欢迎您从《小妇人》走进
读客三个圈经典文库

亲爱的读者，感谢您选择读客三个圈经典文库。

我们的封面统一使用“三个圈”的设计，读者可以凭借封面上形式各异的“三个圈”找到我们，走进经典的世界。

你想成为什么样的人?

对你来说什么是重要的?

这个世界应该是什么样子?

我们在生命中遇到的这些问题，或许可以在浩如烟海的文学经典中找到答案。

跟随读客三个圈经典文库，认识世界、塑造自我，成为更好的人!

《漫长的告别》

《西西弗神话》

《人间失格》

《人类群星闪耀时》

《鼠疫》

《小王子三部曲》

《局外人》

《月亮与六便士》

《基督山伯爵》

《罗生门》

读客

读客三个圈经典文库

经典就读三个圈　导读解读样样全

经典不厌百回读。读客立足于国人的精神需求，提供有质量、有价值、有体系的经典文库，希望更多的读者从中获得乐趣，获得进益。

文洁若

二〇一八年二月二十日

文洁若

著名翻译家，是中国翻译日文作品最多的人。很多日本作家如川端康成、三岛由纪夫的作品，都是经由她首次介绍给中国读者。与丈夫萧乾合译《尤利西斯》，造就了一段文坛佳话。
2002年获日本政府颁发的“勋四等瑞宝章”，2012年获“翻译文化终身成就奖”。

人之所以为万物的灵长，宇宙的精华，就因为他会读，他爱读，爱读经典，常读经典，历代不衰。

柳鸣九 2018年二月十日
恒金森手书

柳鸣九

中国社会科学院研究员、教授。
在法国文学史，西方文学思潮，文学理论与美文作评、文学名著翻译以及学者散文写作方面均有丰厚劳绩，有“著作等身”“学术胆识卓越”的美誉。
其论著与译作已汇集为《柳鸣九文集》（15卷），共约600万字。
2006年被评选为中国社会科学院最高学术称号“终身荣誉学部委员”。

祝"读客经典文库"成为用人类创造的全部知识财富来丰富读者头脑的精神宝藏！

郭家申

2018年2月23日

于北京中国社科院

外国文学研究所

郭家申

俄语翻译家，毕业于莫斯科大学文学语言系。

历任中国社会科学院外国文学研究所副所长、编审。

长达60年的翻译经验，累计翻译字数约500万字，翻译作品达30部。

译著有：《外国当代戏剧选》《艺术创造的本性》《高尔基自传三部曲》《一个沉思默想的女人》《迷惘的微笑》等。话剧译本《华沙曲》获辽宁省翻译奖。

题读客经典文库

阅读经典，就是立足于高起点，含英咀华，激奋精神，行健致远。

羅新璋

罗新璋

1957年毕业于北大西语系。
1963年转入国家外文局《中国文学》杂志社从事中译法文学翻译工作，1980年调入中国社会科学院外国文学研究所，从事法国文学创作。
曾花四年时间手抄200多万字的傅雷译文，在翻译时更是字斟句酌，力求精益求精，享有“傅译传人”的美誉。
主要译有《红与黑》《特利斯当与伊瑟》《列那狐的故事》《猫球商店》等。

寄语「读客文库」

普及世界文学经典

广播人类文明果实

巴蜀译翁（杨武能）

二〇一八年春于广西北海

巴蜀译翁（杨武能）

1938年生于重庆，师从叶逢植、张威廉、冯至等先生，国家社科基金重大研究项目“歌德及其汉译研究”首席专家。

先后荣获联邦德国总统颁授的德国“国家功勋奖章”、联邦德国终身成就奖性质的洪堡学术奖金，以及国际歌德研究领域的最高奖歌德金质奖章。

著作译作数量众多，影响较大的包括《浮士德》《少年维特的烦恼》《格林童话全集》《魔山》等。

名著是人类的精品食粮，提供给人立足世上的能量。我自称“八〇后”，是最大的受益者。读好书和译好书，从1980年至今，每天都收集好的快乐时光，组成不断升值的人生。

读客自有精神成长路线图，希望更多读者按图索骥，从中受益。

李玉民

李玉民

从事纯文学翻译近40年，出版作品上百部，总计翻译字数达2500万字。
主要译作有：《巴黎圣母院》《悲惨世界》《缪塞戏剧选》《艾吕雅诗选》等；主编《纪德文集》（5卷）、《加缪文集》（3卷）。
在李玉民的译作中，有半数作品是他首次向中国读者介绍的。

周克希

复旦大学数学系毕业后，在华东师大数学系任教二十八年，又在译文出版社当过十年编辑。译有普鲁斯特、福楼拜、圣埃克絮佩里、大仲马和萨勒纳弗等人的小说。著有随笔集《译边草》《译之痕》《草色遥看集》。

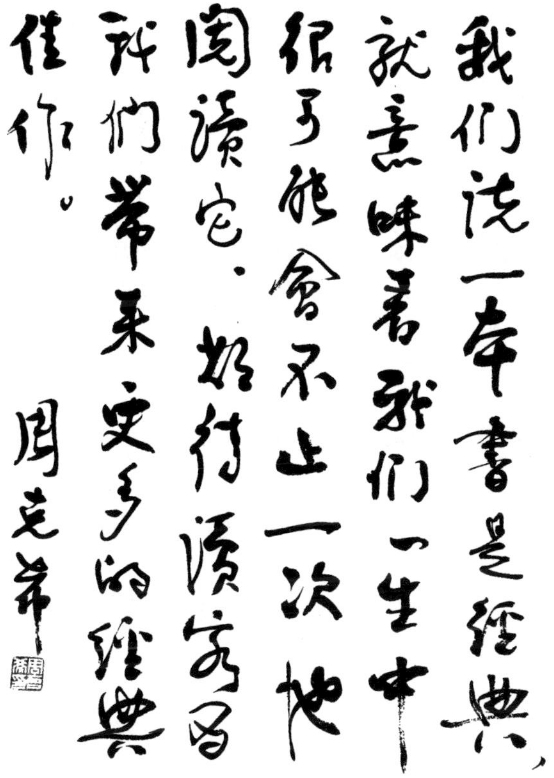

每一部经典文学作品，都是人类的重要精神基因。读客用经典文学绘制的精神成长蓝图，希望能够让更多的读者通过文字认识世界，找到自己灵魂的归属。

谭晶华

谭晶华

文学博士，教授，博士生导师。原上海外国语大学常务副校长，现任该校学术委员会主任。中国日本文学研究会会长、上海翻译家协会会长。出版众多著作、论文、辞典和教材、文学名著译作120多部（篇），350余万字。

读客经典文库将人类精神文明的精华做了系统的梳理，让经典更直接地与个体成长结合起来，是一种独到的做法。

黄宜思

2018.2.23.

黄宜思

中国政法大学教授，著名翻译家黄雨石之子。译有《罗马帝国衰亡史》《澡盆故事》《远航》《六便士之家》《罗马史》等。于2008年和2009年两度担任中国翻译协会主办的全国“韩素音青年翻译奖”竞赛评委。

与好书为友，拥抱每个能陶冶你心性的机会；
携经典作伴，在读客经典中找到你下一本书。

曹明伦

曹明伦

四川大学教授、博士生导师，中国作家协会会员，中国翻译协会理事、成都翻译协会会长，国务院政府特殊津贴专家。译有《爱伦·坡集》《弗罗斯特集》《培根随笔集》《莎士比亚十四行诗集》等多种英美文学经典。

希望读客经典为读者
提供经典的精神享受。

姚锦清

姚锦清

上海外国语大学高级翻译学院教授，上海市语委英译专家。参编《20世纪欧美文学史》《外国文学名著赏析辞典》及《外国抒情诗赏析辞典》。主要译作有《布赖顿硬糖》《心灵的激情——弗洛伊德传记小说》等。

愿读客经典使青年朋友们快快成长，成年人永远年轻！

王之光

2018.2.22

王之光

浙江大学教师，长期从事文学和文化翻译教学与实践，已经出版的有《发条橙》《索多玛的120天》《小妇人》《圣经故事》《法国电影》等，还有汉译英作品如《台湾简史》《中美关系史》等。

阅读经典，丰实人生。

愿读客经典走进千万读者中。

陆求实

二〇一八年二月

陆求实

中国翻译协会专家会员、上海翻译家协会理事，致力于日本文学译介多年，译有夏目漱石、谷崎润一郎、吉川英治、渡边淳一、村上春树、岛田雅彦等人作品，曾获“上海翻译新人奖”“上海优秀中青年文艺家”“上海文艺家荣誉奖”，2011年荣获日本“野间文艺翻译奖”。

致读客经典

读经典，提升人生境界，汲取文化精华。

吴刚

吴刚

上海外国语大学高翻学院副院长、教授，英美文学博士，上海市翻译家协会理事。出版有《霍比特人》《美与孽》《莎乐美》等翻译作品30多部。

在这个文库里，总能找到一本要读的书：有你读过但值得重读的书，有你听说过且打算读的书，也有尚待发现并有可能影响你一生的书。

姚向辉

姚向辉

青年译者，译作有《教父》《七杀简史》《漫长的告别》《马耳他之鹰》等。

愿我的孩子，我孩子的孩子，都能看着读客经典，进入世界文学的瑰奇殿堂。

汪洋

汪洋

毕业于北京大学，翻译家，外国文学资深编辑。从事英、日文文学翻译、编辑工作十余年，已出版译著有《D之复合》《人类灭绝》《鹰翼行动》《百年法》《亲爱的提奥——梵高传》《红字》等，涵盖推理、科幻、军事、惊悚、艺术史及经典文学等领域。

品经典之作，读经典译文，祝读客经典多出精品，愿更多读者在阅读经典中找到自我，收获未来！

刘勇军

刘勇军

知名青年翻译家，译风简练而深邃。译有《月亮与六便士》《刀锋》《不安之书》《生命不息：归来》《日出酒店》《遗失的时光》等经典作品。

第一部

小妇人

[美]露易莎·梅·奥尔科特 著
王之光 译

读客三个圈经典文库
经典就读三个圈　导读解读样样全

江苏凤凰文艺出版社
JIANGSU PHOENIX LITERATURE AND ART PUBLISHING

图书在版编目（CIP）数据

小妇人 / (美) 露易莎·梅·奥尔科特
(Louisa May Alcott) 著；王之光译. — 南京：江苏
凤凰文艺出版社, 2018.4（2025.6重印）
书名原文: Little Women
ISBN 978-7-5594-0107-6

Ⅰ. ①小… Ⅱ. ①露… ②王… Ⅲ. ①长篇小说－美
国－近代 Ⅳ. ①I712.44

中国版本图书馆CIP数据核字 (2018) 第039348号

小妇人

[美] 露易莎·梅·奥尔科特 著　　王之光 译

责任编辑　丁小卉
特约编辑　周奥扬　车　童
装帧设计　读客文化　021-33608320
责任印制　刘　巍
出版发行　江苏凤凰文艺出版社
南京市中央路165号，邮编：210009
网　　址　http://www.jswenyi.com
印　　刷　三河市中晟雅豪印务有限公司
开　　本　890 毫米 × 1270 毫米　1/32
印　　张　19.5
字　　数　410 千字
版　　次　2018 年 4 月第 1 版
印　　次　2025 年 6 月第 19 次印刷
书　　号　ISBN 978-7-5594-0107-6
定　　价　69.90 元（全2册）

Little Women

Louisa May Alcott

露易莎·梅·奥尔科特

（1832—1888）

露易莎·梅·奥尔科特

五美分纪念邮票

奥尔科特的小木屋[1]

1　露易莎·梅·奥尔科特的故居位于马萨诸塞州康科德小城，如今是一座纪念博物馆。小屋名叫“果园屋”（Orchard House），150年前奥尔科特正是在“果园屋”内一张父亲制作的简易书桌上写就了《小妇人》。

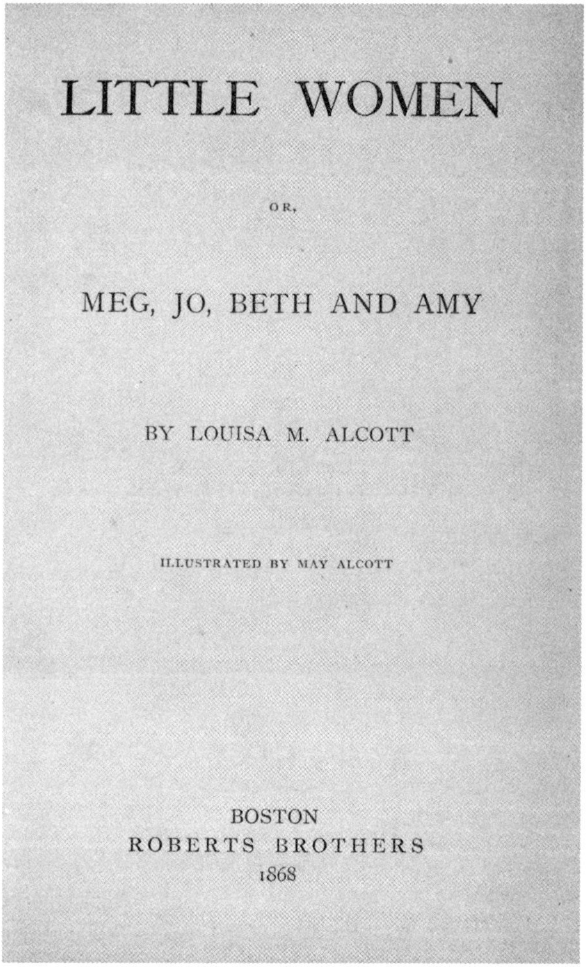

LITTLE WOMEN

OR,

MEG, JO, BETH AND AMY

BY LOUISA M. ALCOTT

ILLUSTRATED BY MAY ALCOTT

BOSTON
ROBERTS BROTHERS
1868

1868年初版《小妇人》封面

目　录

第一部

第一章

扮演朝圣者

“没有礼物送，不算圣诞节。”乔躺在地毯上嘟囔着。

“穷光蛋，真可怕！”美格低头看看一身旧衣服，叹息道。

“有人漂亮东西应有尽有，有人却样样没有，我看不公平。”小艾美委屈地哼着鼻子，加了一句。

“我们有爸妈，姐妹相亲。”贝丝坐在角落里，倒是心满意足地说。

听了振奋人心的话，四张小脸在炉火的映照下亮堂起来，但听了乔忧伤的话，马上又阴沉下去了：

“可爸不在，长时间当兵在外。”她没有说出口，“说不定有去无回了呢！”但各人想念着远方战场[1]上的父亲，都默默地加了这一句。

大家沉默了片刻，美格换了一种语气说道：

“妈妈提出，今年圣诞不送礼，你们知道理由的，今年冬天对谁来说都难熬。现在男人们在军营里受煎熬，她觉得我们不应该花钱找乐。我们虽然做不了那么多，但可以，也应该乐意做出

1　指美国南北战争（1861—1865）。

这么一点小小的牺牲。恐怕我是做不到哇。”美格摇摇头，一想到那些朝思暮想的漂亮礼物，不由懊丧起来。

“我说，我们要花的那点点钱也无济于事。每人只有一元钱，就是捐给了军队也没什么用。没错，我不指望妈妈给什么，你们也不会送，可我真的想替自己买一本《水精灵》[1]，老早就想买了。”乔说。要知道，她是个书虫。

“我那一元钱本来想买新乐谱的。”贝丝说。她叹了一小口气，声音轻得除了壁炉刷和水壶架谁也没听到。

“我要买一盒上好的费伯牌绘图铅笔，确实需要嘛。”艾美毅然决然地说。

“妈妈并没有规定我们钱该怎么花，她不会希望我们什么都不要。不如大家都买自己想买的，开心一下。我说，挣这笔钱，我们够卖力的了。”乔一边高声说，一边审视着自己的鞋跟，颇有绅士风度。

“可不是嘛——差不多整天都在教那些讨厌的孩子，本来倒希望回家轻松一下的。”美格又抱怨开了。

“你的辛苦比我差得远呢，”乔说，“难道你愿意成天和神经质、大惊小怪的老太婆关在一起吗？她把人使唤得团团转，却里外不称心，把人折腾得恨不得跳窗出去，要么就大哭一场。”

“做一点事情就心烦是不好，不过，我真的觉得洗碗碟、理东西是世上最糟糕的工作。搞得脾气暴躁不算，手也变得这么僵硬，连琴都弹不好了。”贝丝看看粗手，叹了口气，这回大家都听到了。

“就不信你们哪个人有我辛苦，”艾美大声道，“你们反

---

1 英语国家儿童读物，属神怪故事。

正用不着跟野姑娘们一起上学的。你功课搞不懂，她们就老是烦你，还嘲笑你身上的衣服；爸爸没钱，却要被她们‘标榜’。连你鼻子不漂亮，也要奚落一下。”

“我想，你是说‘诽谤’吧，不要说成‘标榜’，好像爸爸是个泡菜罐子，要贴标签似的。”乔边笑着纠正道。

“我知道我在说什么，也不用疯痴（讽刺）嘛。就是要多用生词，能提高字（词）汇量嘛。”艾美神气活现地回嘴。

“别斗嘴了，妹妹们。乔，谁叫爸爸在我们小时候丢了钱。难道你不希望我们有钱吗？天哪！没有烦恼事，我们会有多么快乐多么乖哟！”美格说，她还记得过去的好日子。

“前几天你说过，我们过得比金家孩子要快活得多。他们虽然有钱，却一天到晚都在明争暗斗，可以说苦恼不断。”

“我是这么说过，贝丝。唔，现在还是这么认为呢。虽然不得不干活，我们却可玩可闹。就像乔说的，我们是一票很快活的人。”

“乔尽说这样的土话！”艾美不无责备地看着手脚伸展躺在地毯上的长条身躯道。乔马上坐起来，双手插入口袋，吹起了口哨。

“不要嘛，乔。男生做的！”

“所以才这么做。”

“最恨粗丫头，一点都没有淑女味！”

“也讨厌装腔作势的妮子，就知道扭扭捏捏！”

“巢中鸟儿，和睦相处。”和事佬贝丝唱起了歌，脸上的表情滑稽可笑。两个尖嗓门轻了下来，化作一阵笑声。“窝内斗”暂时熄火了。

“说实在的，姑娘们，你们俩都不对。”美格摆出大姐架势，开始训话。“约瑟芬已经长大，该丢掉小子们的把戏，老实些。小的时候，这没什么。可现在人高马大，头发都网起来了，要记住你是大姑娘了。”

“才不是呢！如果头发网起来就算大姑娘，那二十岁以前，我绝对只梳两根辫子。”乔叫了起来，扯掉了发网，抖落一头栗色长发。“想到自己要长大，要成为马奇小姐，可真是讨厌。就是不高兴穿长礼服，偏不做一本正经的娇小姐！我就是喜欢男孩子的游戏，男孩子的工作，男孩子的风度。可偏偏是个女的，够糟的了！不是男儿身，真没劲。再没有比现在更糟糕的；多想跟爸上战场，却只能待在家里织东西，像个臭老太！”乔晃动蓝军袜，把针抖得叮当作响，线团也滚到了屋子另一边。

“可怜的乔！太糟糕了，可也没办法可想呀。认命吧，只能把名字改得有男子气一些，当我们姐妹的兄弟。”贝丝说着，用那世上所有洗碗碟打扫工作都不能使其粗鲁的手，轻轻地抚摸着靠在她膝上的头发蓬乱的脑袋。

“至于你，艾美。”美格继续数落说，“你就是太讲究，太古板。你的神态现在有点滑稽，一不注意，就会长成装模作样的小憨鹅。要是不刻意追求高雅，你倒举止优雅，言谈文雅，我挺喜欢的。可你说的那些蠢话，和乔的土话没什么两样。”

“如果乔是假小子，艾美是憨鹅，请问，我是什么呢？”贝丝问，她也想挨一下训。

“你是小宝贝，没别的。”美格亲切地回答。没人唱反调，因为这位胆小的“老鼠”是家中的宠儿。

鉴于青少年读者都想知道“人物长的模样”，我们借此机会，简单描绘一下坐在暮色中麻利地做着针线活的四姐妹。此时，屋外十二月冬雪轻轻地飘落，屋内炉火噼啪蹿动。这是一间旧房子，地毯有点褪色，家具也很朴素，但屋里很舒适。墙上挂着一两幅别致的图画，壁橱内堆满了书，窗台上盛开着菊花和圣诞时应景的圣诞蔷薇。屋里洋溢着一股宁静、温馨的居家气氛。

玛格丽特，小名美格，十六岁，是四姐妹最大的一个。她长得十分秀丽，体态丰满，肌肤白皙；天生一双大眼睛，褐色的头发又密又软，讨人喜欢的小嘴，洁白的双手，这一切都令她颇为自得。乔，大名叫约瑟芬，十五岁，长得又高又瘦，肌肤偏黑，不由得让人想起小公马，修长的双臂很碍事，似乎永远都无所适从。她嘴巴刚毅，鼻子有点滑稽，灰色的眼睛炯炯有神，好像洞察一切，眼神时而凶巴巴的，时而滑稽可笑，时而若有所思。浓密的长发是她的一个亮点，但为了利落，通常用发网束起来。乔肩膀厚实，大手宽脚，穿的衣服显得很松快。她正在快速长个成年，但姑娘不自在的表情透出几分无奈。伊丽莎白——大家都叫小名贝丝，十三岁，皮肤红润，秀发光润，双眸明亮，举止腼腆，声音羞怯，面带安详，不露声色。父亲称她为“小静”，这个称呼完全适宜，因为她似乎活在自己快乐的世界中，只敢与信任热爱的少数人打交道。艾美，年龄最小，却是家中要员——至少在她自己看来是如此。她端庄秀丽，白肌肤，蓝眼睛，黄头发卷曲着披到肩头，脸色泛白，身材苗条。她举止讲究，颇具年轻淑女风度。四姐妹的性格怎样，容后分解。

时钟敲了六下，贝丝扫净了壁炉面，把一双便鞋放在旁边烘暖。这双旧鞋，给屋里带来了好心情。姑娘们想起妈妈就要回来了，都兴奋起来准备迎接。美格结束了训话，点亮了灯，艾美自觉让出安乐椅，乔忘记了疲倦，坐起来把鞋子凑近炉火。

“鞋子太破旧了。妈咪得穿新的。”

“我想用我那元钱给她买一双。”贝丝说。

“不，我来买！”艾美大声道。

“我最大。”美格刚开口，乔就语气坚决地打断了她：

“爸爸不在，我就是家中的男人，由我来买鞋。爸爸说过的，他出门时，我要特别照看好妈的。”

“我看还是这样吧，”贝丝说，“每人为妈妈买一样圣诞礼物，自己嘛就别买了。”

“那才像你，乖乖！买什么好呢？”乔叫道。

每个人都静静地思考了片刻，然后，美格好像受自己漂亮的手的启发，宣布说：“我要送一副精美的手套。”

“军鞋，送最好的。”乔嚷嚷着。

“手帕，修边的。”贝丝说。

“我要买一小瓶古龙香水，妈妈喜欢的，而且不贵，还可以留点钱给自己买铅笔。”艾美接着说。

“那礼物怎么送呢？”美格问。

“放在桌子上，把妈妈叫进来，然后看着她把礼盒打开。难道忘了以前生日是怎么过的吗？”乔回答说。

“以前，轮到我坐大椅子，戴上花冠，看你们一个个走过来，送礼物，吻一下，可把我吓坏了。我喜欢礼物和亲吻，但你们坐着瞪眼，看我把礼盒打开，太可怕了。”贝丝说，边烤面包准备茶点，边烘脸取暖。

“就让妈咪以为我们给自己买了礼物，然后给她个惊喜。明天下午就去买东西。美格，圣诞节晚上的戏，还要好好排演一下的。”乔说，手靠着背，头仰着，踱来踱去。

“我这可是最后一次演戏了，超龄了嘛。”美格喃喃道。她在“化妆”打闹的时候非常孩子气。

“这我知道，你才不会洗手不干呢。只要披下头发，拖着白礼服，戴上金纸珠宝，就招摇上台了。你是我们这里的最佳演员呢，你要是歇戏，就一切都完了。”乔说，“今晚就应该排演的。过来，艾美，排练一下昏厥的场面，你演得像个木偶一样。”

“没有办法的。没看见过别人昏厥嘛。我可不喜欢跟你一样，跌跌撞撞倒地，自己搞得鼻青脸肿。如果落下容易，我就倒下，做不到的话，就跌倒在椅子上，动作优雅一点。我才不在乎雨果拿手枪戳着我呢。”艾美回嘴道。她没有戏剧天赋，但个子小巧，剧中反角扛得动，可以把她惊叫着扛出场。

“要这样做动作。双手捏紧，摇摇摆摆地走过来。口中狂叫，‘罗得里戈，救救我！救救我！’”乔惊叫起来，声音着实很惊悚。

艾美跟着她做，但僵硬地抬着手，走台一冲一冲的，活像机械开动。她发出的“哎哟”声，令人想起遭受针扎的情形，而不是惊恐万状，痛苦不堪。乔绝望地哀叹着，美格咯咯大笑。贝丝聚精会神地看戏，连面包烤焦了也浑然不知。

“没救了！到时候好自为之吧，观众笑了可不要怪我哟。来吧，美格。”

情节发展顺利，堂彼得罗目中无人似的，一口气做了两页长的报告。女巫海格煮了一锅癞蛤蟆，哼唱着恐怖符咒，产生了怪诞的效果。罗得里戈英勇地挣开锁链，雨果“哈哈”地狂喊着，悔恨交加，砒霜毒发身亡。

“这是我们的最高水平啦。”美格说。这死掉的反角坐了起来，揉揉胳膊肘。

“乔姐，真不知道，你是怎么编出这么精彩的东西来上演的。就像莎士比亚再世！”贝丝吆喝着。她坚信，姐姐们都是天才，而且无所不能。

“别这么说，”乔谦让着，“我确实认为《女巫诅咒》这出悲剧是好戏。不过，我倒是想试试《麦克白》的，就是舞台没有装地板活门，好让班柯从地底下钻出来。我一直想扮演屠夫角色的。‘我眼前看到的，是不是宝剑？’”乔喃喃道，转动着眼珠，在空中瞎抓着，她以前看过悲剧名角的表演。

“住手，烤面包的叉子，怎么不叉面包，却叉着妈妈的鞋子。贝丝成了戏痴！”美格喝道。众人哄堂大笑，排演就此结束了。

“姑娘们这么高兴，我别提多开心了。”门口传来一个愉快的声音，演员、观众们纷纷转身迎接母亲。这位个子高挑的女士露出“有事就找我”的眼神，十分和蔼可亲。她并非十分美貌，但对于孩子们来说母亲永远是秀丽的。姑娘们认为，那灰白的披风和过时的帽子，穿在世界上最棒的妈妈身上。

“宝贝们哪，今天过得怎么样？我有很多事情要做，明天要送的礼盒没准备好，所以没有回来吃正餐。贝丝，有客人来吗？美格，感冒怎么样了？乔，你好像累得要命。来，亲我一下，宝贝。”

马奇太太一边慈爱地问长问短，一边脱下了湿衣服，换上暖和的便鞋，在安乐椅上坐下。然后，她让艾美坐在腿上，准备享受她忙碌的一天中最愉快的时光。姑娘们忙这忙那，各尽所能，努力把一切都安排得舒舒服服。美格摆茶桌，乔搬柴、放椅子，却把柴禾撒落了，把椅子打翻了，弄得噼啪直响。贝丝在客厅和厨房间跑来跑去，一声不吭地忙碌着。艾美则袖手旁观，在一边发号施令。

一家子围坐桌边时，马奇太太脸上显得特别高兴，说道：“晚饭后有好东西招待你们。”

姐妹们脸上马上云开日出般露出灿烂的笑容。贝丝拍拍手，也顾不得手上拿着饼干。乔把餐巾往空中一抛，大声嚷嚷："信！信！爸爸万岁！"

"是的，一封长长的信。他身体健康，说是能安度寒冬，而且过得比我们想象的要好。他祝我们圣诞快乐，万事如意，特别是祝福你们，姑娘们。"马奇太太说着拍拍口袋，仿佛里面装着珍宝。

"快点儿吃！艾美，不要勾起小指，边吃边傻笑。"乔嚷嚷着，急于享受招待，却被茶噎了一口，面包都掉到了地毯上，涂黄油的一面朝下。

贝丝不再吃了，默默地走到阴暗的角落坐下，等候其他人吃完，憧憬着喜悦的时刻到来。

"爸爸超过参军年龄，身体也不适合当兵，但还要去做随军牧师。我觉得他真伟大。"美格热切地说。

"我真想当摇拨浪鼓的，随军贩[1]——叫什么来着？或者护士，那样就可以守着他，帮助他。"乔激动地说，还唉了一声。

"睡帐篷，吃各种难吃的东西，还用铁皮杯喝水，肯定够受的。"艾美叹息道。

"他什么时候回家呢，妈咪？"贝丝问，声音有点颤抖。

"要好几个月呢，乖乖，除非他生病。只要能在部队留一刻，他就会永远忠于职守。我们也不会要他抛下将士们提前回家一分钟。过来吧，听我读信。"

大家围在炉火前，妈妈坐在大椅子里，贝丝坐在她脚边，美格和艾美坐在椅子的两个扶手上，乔靠在椅背上，即使来信碰巧催人泪下，也没人会注意到她感情的表露。那艰难岁月里写的

1　随军女商贩。原文是法语词，乔记不全。

信，很少有不感人的，特别是爸爸寄回家的。这封信却很少提到承受艰辛、面对危险和强抑思乡情，而是鼓舞人心的平安家书，写的都是生动的部队生活、行军打仗和军事新闻。只是在最后，字里行间才流露出慈父的爱心和对家中幼女的挂念。

> 转达给她们我所有的爱和亲吻吧。告诉她们，我白天想念她们，夜里为她们祈祷，她们的爱时时刻刻都给了我莫大的安慰。要再等待一年才能和她们相见，似乎很漫长，但是请提醒她们，我们在等待中都有工作可做，不至于虚度这些艰难的日子。我相信，她们会牢记我的话，会做你的乖孩子，踏实地做力所能及的事，勇敢地进行自我斗争，很好地战胜自己。当我回来时，我会更爱我的小妇人们，并为她们感到无比自豪。

读到这一段，每个人都在抽噎。乔任凭颗颗泪珠淌下鼻尖，并不为此感到羞愧。艾美一点都不在乎卷发起皱，一头扑在了妈的肩上，呜咽着说："我真自私！可我真的会努力学好。这样，他就不会对我失望了。"

"我们都会学好的！"美格哭着说，"我太注重打扮，好逸恶劳。以后不会这样了，我尽量改正。"

"爸爸喜欢叫我'小妇人'，我会努力做到，不再粗野，在家做分内事，不再想到外出。"乔说，可心里知道，在家里不发脾气比对付南方一两个的叛军要困难得多。

贝丝什么都没说，只是用蓝军袜擦去泪水，然后全身心地做编织，争分夺秒地履行手头的义务。她幼小的心灵已经暗下决心，一年后爸爸凯旋、一家团聚时，要实现他的愿望。

马奇太太打破了乔说完话之后的静默，欢快地说：“还记得小时候扮演《天路历程》的情形吗？你们让我把拼缝口袋绑在背脊上做担子，交给你们帽子、拐棍和纸卷，从地下室也就是‘毁灭之城’往上爬，爬呀，爬呀，穿过整个屋子，来到屋顶，你们把收集的美好东西都放在那里，充当‘天城’。那样玩，你们别提多高兴了。”

“多么来劲，特别是走过狮子身边啦，奋战恶魔啦，穿越小妖精出没的幽谷啦。”乔说。

“我喜欢包袱掉下来，滚下楼梯的情景。”美格说。

“我最喜欢的情景是走出来，上到平屋顶，屋顶满是鲜花、树木和漂亮东西，大家站在那里，在太阳底下纵情歌唱。”贝丝笑着说，好像那快乐时刻又重演了。

“我已经不太记得了，只知道当时害怕地下室和黑暗入口，还有总是喜欢藏在屋顶的牛奶蛋糕。假如不是太老了，这种东西倒喜欢再来玩一遍的。”艾美说。她才“成熟”到十二岁，却已经开始谈论抛下孩子气的东西。

“玩这种东西永远不会太老的，乖乖，因为我们始终以这样那样的方式玩着这种游戏的。我们的担子就在眼前，我们的道路躺在脚下。渴望美德，渴望幸福，这是引导我们克服困难，改正错误，走向问心无愧的向导。问心无愧才是真正的天城。好了，小朝圣者，你们是不是再来一次呢？不是玩耍，而是一本正经地做。看看爸爸回家之前，你们能走多远。”

“真的，妈妈？我们的包袱在哪儿？”艾美问道，她喜欢就事论事。

“刚才你们每个人都讲了自己肩负的担子，只有贝丝没说。我想她还没有负担。”母亲说。

“不，我有的。是碗碟和掸子，我还嫉妒有漂亮钢琴的女孩，害怕见生人。”

贝丝的包袱这么滑稽，大家都想笑，但谁都没笑，因为那样会深深地伤害她的感情。

“我们说干就干，”美格若有所思地说，“这其实就跟学好一样，戏里的故事可以帮助我们。虽然我们也想学好，但很难，所以就忘了，就不尽力去做。”

“今晚我们本来在‘绝望的深渊’里，妈妈像书中的‘帮助’一样，把我们拉了出来。我们应该像基督徒一样，有一卷指导书[1]。那个怎么办呢？”乔问，为自己的想象力给烦闷的职责增添了几分浪漫而感到高兴。

“圣诞节的早上，看看枕头底下，会发现指导书的。”马奇太太回答说。

她们趁老汉娜清理饭桌的当口，讨论着新的打算。四个工作篮子拿出来了，姑娘们飞针走线，为马奇姑婆做床单。缝纫工作枯燥得很，但是今晚没有人嘟囔抱怨。她们采纳了乔的计划，把长线缝分成四个部分，分别叫作欧洲、亚洲、非洲、美洲。特别是针线跨国越洲时，讨论各国概况，这样活计就突飞猛进了。

九点钟，她们停下活计，按照惯例，上床前要唱歌。除了贝丝，破旧的钢琴根本弹不出什么曲调来，但她心灵手巧，通过轻触泛黄的琴键，她们唱出的简单歌曲就有了悦耳的伴奏了。美格的嗓音就像长笛，她和母亲领唱。艾美唱歌活像蟋蟀叫，乔随心所欲地拖拉着旋律，总是在不该出来的地方蹦出沙哑声或者颤

1 指约翰·班扬的《天路历程》，讲述朝圣者与恶势力做斗争，最终克服困难，来到天国的故事。本书中的“负担”“包袱”“拦路虎”“恶魔”均出自此书。

音，破坏了哀怨的调子。她们从牙牙学语时就这样做了。

“天上新新亮金金。”

已经成了家庭惯例，谁叫母亲是天生的歌手呢。早上一睁眼，就能听到她的嗓音，走进走出都在婉转歌唱；晚上临睡前也能听到她的欢唱。对于那熟悉的催眠曲，姑娘们不管长得多大，永远不会听厌的。

第二章

圣诞快乐

圣诞节一早，天刚蒙蒙亮，乔第一个醒了。壁炉上没挂着礼物长袜，她一阵惆怅，就像很久以前的一次。不过那一次，是由于她的小袜子塞满了吃的东西而掉在了地上。接着，她记起了母亲的诺言，便把手摸到枕头底下，拿到一本深红色封面的小书。这本书她很熟悉，书中的古老故事讲的是最完美的人生。乔觉得，这本书能真正引导朝圣者踏上漫漫人生路。她一声“圣诞快乐”吵醒了美格，让她看看枕头下有什么。美格找到了一本绿封面的书，里面是相同的画面，还有母亲写的祝福语，这样，唯一的礼物在她们看来显得弥足珍贵。不一会儿，贝丝和艾美也醒了，一番翻寻，也找到了她们的小书——一本灰褐色，还有一本蓝色。大家都坐起来，端详着，谈论着。东方射出缕缕红霞，宣告新的一天开始了。

尽管玛格丽特有点虚荣，秉性却温和虔诚，这不知不觉地影响着妹妹们，特别是乔。乔跟她特别亲，姐姐提建议时总是和颜悦色的，所以言听计从。

“妹妹们，”美格正色道，看看旁边的一头乱发，再瞧瞧隔壁房间戴睡帽的两个小头，“妈妈要我们阅读这些宝书，珍爱它们，重视它们，我们说做就做。我们曾经深信不疑，但爸爸离开了，战祸搞得我们心神不宁，许多事情也就荒废了。你们随意吧，反正我打算把宝书放在桌子上，每天一醒来就读一点点。我清楚，读宝书对我有好处，能帮助我度过每一天。”

她打开新书读起来。乔搂住她，脸贴脸，也读开了，不得安宁的脸上，出现了少有的平静表情。

“美格有多好哇！过来，艾美，我们跟着做吧。我帮助你认生词。我们不懂的，让她们讲解。”贝丝悄声说，被漂亮的宝书所吸引，为姐姐的榜样所感染。

“我的宝书蓝封面，我喜欢。”艾美说。书页轻轻翻动，两个房间里都静静的。冬日阳光爬进来，向亮堂的脑袋和认真的脸蛋问候圣诞节。

“妈妈在哪里？”半小时后，美格问。她和乔跑下楼找母亲，感谢圣诞礼物。

“天知道。有个穷棒子跑来讨饭，妈妈马上就去了，说是去看看人家缺什么。从来没见过这样的女人，把吃的、喝的、穿的和烧的都送给别人。”汉娜回应道。美格一出世，她就跟这家子一起过，尽管只是仆人，可全家人都把她当朋友。

“我想妈妈马上会回来的。你先煎饼，把东西都备好。”美格说。她要把篮子里收集的礼物检查一遍。礼物放在沙发底下，到时候要拿出来。“哎，艾美买的古龙香水哪里去了？”看到小瓶子不见了，她就问。

“她刚才拿出去了，说要系上一根丝带什么的。”乔回答。她正在满屋子跳舞，要把硬实的新军鞋穿柔软。

“我的手帕真漂亮，是不是！汉娜替我洗的，还熨平了呢。上面的标记字样是我自己绣的。”贝丝说着，自豪地看着不太工整的字母，这活儿可花了她不少工夫。

“哎哟！完了，她把‘马奇太太’绣成了‘妈妈’。太滑稽了！”乔拿起一块手帕叫了起来。

“这不行吗？我想这样绣比较好，因为美格的首字母是M. M.，和马奇太太的一样。这些手帕我只想妈妈一个人用。”贝丝说着，显得心烦意乱。

“乖乖，没关系，主意不错——还想得挺周到的。现在可没人会弄错了。我相信，妈妈会很高兴的。”美格一边对乔皱皱眉头，一边笑着对贝丝说。

“妈妈来了。把篮子藏好，快点儿！”乔大声叫了起来。这时门砰地一响，过道里传来了脚步声。

艾美急匆匆跑进来，看到姐姐们都在等她，显得不好意思。

“到哪里去了？背后藏的什么？”美格问道。看到艾美头戴风帽，身穿大衣，她感到十分惊讶，一向懒惰的艾美，竟然这么早出门。

“别笑我，乔！我不想大家这么早知道。我只是想把这小瓶香水换大了。用掉了所有的钱。我是真的努力在做，可不想再那么自私了。”

说着，艾美拿出一个精致的香水瓶，这是用先前的那个便宜货换的。她努力克服自私，显得真挚而谦逊。美格当场就一把抱住她，乔宣布她是“将牌”，贝丝则跑到窗口，摘了一朵漂亮无比的玫瑰，来装饰这瓶名贵香水。

“你们知道，今天早上读书，谈到要做个好孩子，我就为我的礼物感到惭愧。于是，我一起床就跑到街上，去换了这瓶香水。现在，我很高兴，我的礼物最漂亮。”

临街的门又砰地一响，她们把篮子迅速放到沙发下，然后坐到桌边，等着吃早餐。

“圣诞快乐，妈咪！永远快乐！谢谢你送的书。我们已经读了一下，以后每天都读一点。”她们齐声叫道。

“圣诞快乐，小宝贝们！你们马上就开始读，我很高兴，希望能持之以恒。趁我们还没坐下，我想先说几句。离这儿不远，躺着一个贫苦妇女和刚出生的婴儿。没有生火，六个小孩挤在一张床上，才不致冻僵。也没有吃的。最大的那个男孩跑来告诉我，他们又饿又冷。宝贝们，愿意把早餐送给他们做圣诞礼物吗？”

她们等了个把钟头，也都特别饿，好一会儿没人说话。也就那么一会儿，乔就迫不及待地说：

“真巧，你来的是时候，我们还没开吃呢！”

“我可以帮手把东西拿过去，送给那些可怜的小孩吗？”贝丝急切地问。

“我来拿奶油和松饼。”艾美接上去说，一副英雄模样。她放弃了自己喜欢吃的东西。

美格已经在把荞麦面糊盖上，并把面包放到一个大盘子里。

“我早就想到了，你们会愿意的。”马奇太太满意地笑着，“你们都去帮忙，我们回来再吃早饭，面包加牛奶，正餐时再补回来。”

她们很快就准备好，然后队伍就出发了。幸亏天色还早，她们走后街，几乎没人看到，也就没人笑话这支奇怪的队伍。

这是一户可怜的人家。屋子里空空的，没有生火，窗户破败。床上被褥破烂不堪，躺着病弱的母亲和啼哭不止的婴儿。一群孩子脸色苍白，肚里空空，挤在一条旧被子里抱团取暖。

看见姑娘们进来，一个个眼睛睁得大大的，冻得发紫的嘴唇边露出了笑容！

“哎呀，我的天哪！善良天使来看望我们了！”贫苦女人用德语欢呼起来。

“是滑稽天使，还戴着风帽和手套。”乔逗得他们哈哈大笑。

好像真的是善良天使下凡，不久就显灵了。汉娜带来了柴禾，生起火，用旧帽子和自己的斗篷挡住了破烂的窗户。马奇太太把茶和稀粥递给产妇，答应以后常来帮助她们，产妇深感欣慰。她一边又轻轻地给宝宝穿衣服，好像那是亲生骨肉。同时，姑娘们摆好桌子，让孩子们围在炉火边，喂他们吃，就像喂一群饥饿的小鸟。姑娘们又说又笑，费了好大劲才听懂那些滑稽而不标准的英语。

“这太好了！小天使！”可怜的小家伙们边吃边喊，冻得发紫的手伸到火炉边取暖。

姑娘们从未被人称过小天使，感觉非常顺耳。特别是乔，自打出娘胎以来一直被认为是“桑丘”[1]式的仆人，就分外得意。早餐什么也没捞到，但感觉很愉快。她们离开了，留下了温暖给别人，我相信，全城都找不到比这四个小姑娘更开心的人。她们自己挨饿，送出早餐，心甘情愿在圣诞节早上只吃面包和牛奶。

“这叫作爱邻人胜于爱自己。就喜欢这样。”美格说。趁母亲在楼上替可怜的胡梅尔一家翻找衣物，她们把礼物摆了出来。

这次摆放的礼物并不壮观，但小小礼包却寄托了姑娘们深深的爱。高颈的花瓶竖立在桌子中央，里面插满了红玫瑰、白菊花，还有一串蔓藤点缀，桌子上平添了几分雅致。

“来了！贝丝，开始弹！艾美，开门！为妈妈欢呼三声！”

1　西班牙名著《堂吉诃德》中的人物，没有文化，是盲目服从的典型。

乔欢跃着喊道，美格则把妈妈引到上座。

贝丝弹起了最欢快的进行曲，艾美猛地一把推开门，美格则庄严地护送母亲。马奇太太既惊讶又感动，仔细端详礼物、阅读附在上面的字条时，脸上带着笑容，眼里噙满泪水。她立刻穿上军鞋，把散发着艾美买的古龙香水味的一块新手帕收入口袋，把玫瑰花戴在胸前，还宣布漂亮的手套“十分合手”。

屋子里一片欢声笑语，大家互相亲吻着，说明着原委。方式简朴，却充满深情，当时增添了家庭过节的快乐，这种温馨也让人久久难忘。然后，她们又投入了工作。

一早上先是慈善活动，后是赠送仪式，占用了大量时间。剩下的几个小时就只能专门用来准备圣诞夜庆祝了。

姑娘们太小，不可能常去戏院看戏，家里又不是很有钱，请不起剧团上门演出。于是，她们就开动脑筋，俗话说，需求是发明之母，也就因地制宜，土法上马了。她们的某些制作可谓巧夺天工，纸板糊的吉他啦，老式黄油碟包上锡纸充当古董灯罩啦，老棉絮缝制豪华长袍啦，从泡菜工场搞来了马口铁边角料，挂在上面亮闪闪的，盔甲同样利用打罐头盖子的方块边角料覆盖上。家具翻上躺下是常有的事，那个大房间就是唱戏的地方，上演过许许多多天真烂漫的欢庆活动。

绅士免入，乔也就尽兴地女扮男装，心满意足地蹬上朋友送的咖啡色皮靴。而朋友是通过一位认识男演员的女士把它曲线搞到手的。这双皮靴、一把钝头旧花剑、画家曾经用来画画的一件开衩马甲，就是乔主要的宝藏，每场必露面。戏班子比较小，所以两个主要演员必须一场次扮演多个角色。煞费苦心地排练三四个不同角色，快速化妆更衣，还要照看舞台，真是难为她们了。这对于记忆力倒是绝佳的操练。无伤大雅的娱乐，占据了大量空闲时间。不然的话，成天无所事事，孤独无聊，就会去找不那么有益的玩伴了。

圣诞夜，十来个姑娘挤上了床，就算是正厅前排的座位。她们所面对的，是黄蓝相间的印花布帷幕。此刻她们是满心期待，捧场的心情溢于言表。幕后一片窸窸窣窣，窃窃私语，一缕油灯的青烟。偶尔还有艾美的笑声，要紧关头总会歇斯底里地发作。此后铃声大作，帷幕快速拉开，“悲剧”开演了。

戏单只有一份，规定“阴森森的森林”表现为几棵花盆灌木，地上要铺设绿呢地毯，远处有个山洞。山洞以晾衣架为洞顶，几个五斗橱为墙体，有一个火势正旺的小壁炉，上面搁着黑锅子，老女巫俯身伺候着。舞台上黑乎乎的，壁炉的火光效果不错，特别是水壶盖子揭开时，冒出的蒸汽可是货真价实的。留出时间让起初的躁动平息下来，接着反角雨果大摇大摆地上场，腰里别着一把佩剑叮当作响，头戴帽边耷拉的帽子，蓄着黑胡子，披着神秘的斗篷，足蹬皮靴。大动作踱步之后，他拍一下额头，放声乱唱起来，唱他恨罗得里戈，唱他爱莎拉，唱他决意杀死情敌，横刀夺爱。雨果的破嗓门不时为情不自禁的号叫所打断，特别引人入胜。观众一等他停顿换气，便喝彩鼓掌。他以惯受好评的神态鞠了躬，溜到洞穴边，吆喝着：“嗨啲，伙计！我需要汝！”命令海格上台。

美格上，灰色的马鬃挂在面孔两边，披着红黑相间的袍子，拄着拐杖，斗篷上标着神秘教义的符号。雨果索要一杯波欣酒，要让莎拉爱慕他，再来一杯要灭掉罗得里戈。海格以戏剧旋律歌唱，把两者都答应下来，并且着手呼唤精灵把春药拿来：

来呀来，缥缈仙子！
命汝速速离家！
能酿迷药波欣否？
出自蔷薇，饱承雨露。

快快以精灵的神速，
送来急需的芬芳迷药。
浓郁，速效，强力，
精灵，急速如律令！

轻柔的音乐响起，洞穴深处出现了云白色的小个子，翅膀金光闪闪，金发的脑袋箍着蔷薇花环。它挥舞魔杖，唱道：

我来了，
出自缥缈之家，
银色月亮的地方；
快把魔药拿去，
妥善使用，
以免魔力稍纵即逝！

精灵把金闪闪的小瓶子丢在女巫的脚边，随之消失了。海格再吟一曲，唤来又一个鬼魂——它并不可爱；砰的一声，丑陋的黑小鬼出来了，干咳着应答，给雨果扔了黑瓶子，冷笑着消失了。雨果唱出答谢词，把波欣酒塞进皮靴，下台。海格告诉观众，他过去曾经杀死了几个她的仙家朋友，而她现在诅咒他是为了复仇，她打算挫败他的计划。落幕了，观众休息，一边吃糖果，一边就戏文品头论足。

好一阵锤打声，幕布没有动。再次开幕时，大家看到舞台木工活是个杰作，也就不肯对开演拖延窃窃私语了。真是鬼斧神工啊。一幢木楼直抵天花板，中间开了窗口，里面点着油灯。白色帷幕后，莎拉身披漂亮的蓝色饰银连衣裙子，等待罗得里戈的出现。他一身盛装，帽子插着羽饰，披着红色斗篷，耳边是栗色垂卷绺发式，挎着吉他，皮靴当然少不了。他在木楼底下下跪，以撩人心魄的歌喉唱起了小夜曲。莎拉回应着，来回对唱之后，同意一起私奔。剧情的高潮来了。罗得里戈拿出一部五级绳梯，把一头扔上去，请莎拉下楼。她小心翼翼地从百叶窗里爬下来，搭上了情郎的肩头，准备优雅地跳下来。“哎哟！莎拉真可怜！”她居然忘记自己的裙裾了。裙裾在窗口钩住，木楼摇摇摆摆向前倾，哗地垮塌，把一对怨偶埋在废墟里。

众人尖叫着，只见皮靴从废墟中乱踢出来，金头露面了，一边喊着：“我早就说过的！早就说过的！”残酷的老爷堂彼得罗临危不惧，冲进来拖出女儿，一边匆匆地旁白：

“别笑啦！要装作一切正常！”——他命令罗得里戈站起来，恼羞成怒地判处他流放，不准再回本国。罗得里戈尽管被木楼砸得晕头转向，却不买老绅士的账，身体岿然不动。无所畏惧的榜样令莎拉热血沸腾，她也不买老爷子的账。于是，老爷子下令把两人投入城堡深处的牢狱。矮胖的家丁拿来了锁链，把他们带走，表情惊恐万状，显然忘记了台词。

第三幕是城堡内大厅。海格上，来解救情侣，结果雨果。她听到他走近，就躲起来。她看见他把波欣酒倒入两杯葡萄酒，并命令战战兢兢的下人：“送给牢房的囚犯，告诉他们，我马上到。”下人把雨果拉到一边耳语，海格趁机换掉酒杯，另外这两杯无毒。“伙计”费迪南多把酒杯带走，海格就把要给罗得里戈的毒酒放回去。雨果唱久了觉得口渴，便喝下了毒酒，于是头脑错乱，大肆抓挠蹬腿之后，倒地死去了。同时，海格以魔力四射的婉转歌喉，向他提示了事情的经过。

这确实是激动人心的场面。不过某些人认为，大量长头发突然落地，有损反角死亡的效果。众人喊他来幕前亮相，他便彬彬有礼地出来，还领着海格。大家认为，她的唱腔很了不起，胜过了其他演出加起来的效果。

第四幕表现罗得里戈得知莎拉抛弃了自己，绝望之极，打算自杀。正当匕首刺向心口之际，窗口下面传来迷人的歌声，告诉他莎拉没有变心，但处境危险，如愿意搭救她的话，可以办到。钥匙扔进来了，打开牢门，他欣喜若狂地挣脱锁链，冲出去搜救心上人。

第五幕开始时，莎拉和堂彼得罗剧烈争吵。父亲要求她进修道院，但她坚决不从。催人泪下的恳求不果，她准备晕倒，这时只见罗得里戈闯进来，向她求婚。老爷子不肯，嫌他家境贫寒。他们大声吆喝，指手画脚，难以达成协议。小伙子正打算把精疲力竭的姑娘背走，下人战战兢兢地进来，送来海格的信件和口袋。海格已经神秘失踪，她告诉这帮人，如果老头子让小两口不开心，她就把巨万财产传给他们，并且让老头子不得好死。口袋打开了，成斗的马口铁钱币倾倒在舞台上，弄得金光闪闪，富丽堂皇。“古板老爷”见状，彻底回心转意，他毫无怨言地答应了。大家齐声欢唱，有情人以十分浪漫的优雅姿势，跪下接受老爷子的祝福，帷幕落在他们身上。

雷鸣般的掌声响起，却无意间戛然而止。“正厅前排”是床铺搭的，突然间爆棚，把热情的观众关住了。罗得里戈和堂彼得罗赶快前来救驾，所有人都拉出来了，毫无损伤，但许多人笑得说不出话来。闹剧尚未结束，汉娜就进来了，宣布道："马奇太太请客喽，小姐们下楼赴宴！"

真是喜出望外，连这帮喜欢演戏的姑娘也没想到。面对满桌的东西，她们互相看看，又惊又喜。母亲做点吃的款待她们，倒也有可能，但自从告别了富裕的日子，这么好的东西连听都没有听说过。有冰淇淋——共两盘，红的一盘，白的一盘——还有蛋糕、水果和诱人的法国夹心软糖。桌子中央还放着四大束美丽的温室鲜花。

姑娘们别提多惊讶了，看看桌面，又看看母亲。母亲是满面春风。

"是仙女送来的吗？"艾美问。

"是圣诞老人吧。"贝丝说。

"是妈妈做的。"美格还没卸去演戏用的白胡子白眉毛，脸上露出了最甜美的笑。

"马奇姑婆一时心血来潮，送点心来了。"乔灵机一动喊道。

"你们都错了，是劳伦斯老先生送的。"马奇太太回答说。

"劳伦斯小伙子的爷爷！他怎么会想到的？我们根本不熟悉！"美格大声道。

"汉娜把你们早餐会的事告诉了他家的仆人。他是一位古怪的老绅士，可他听了很高兴。他过去认识你外公的。今天下午，他给我送来一张字条，写得很客气。他说，希望我允许他给孩子们送一些小礼物过节，表达一下他的心意。我想却之不恭，所以你们晚上就有了一顿小小的宴席，弥补面包加牛奶的早餐。"

"肯定是那男孩出的主意。我知道肯定是他！很棒的小伙子，真想认识认识他的。他好像也想认识我们的。但他很害羞，美格又一本正经，路上碰到了，也不让我跟他说话。”乔说。姑娘们把盘子递来递去，大嚼冰淇淋，“唏哈唏哈”地吃得津津有味。

“你说的是不是隔壁大房子里的人？”一位姑娘问，“妈妈认识劳伦斯老先生的，说他很傲慢，不喜欢与邻居来往。他把孙子关在屋子里，逼他用功读书，只是偶尔才让他和家教一起骑马或散步。我们邀请他参加宴会，也没来。妈妈说，男孩为人很好，但从来不跟我们女孩子说话。”

“有一次，我家的猫不见了，是他送回来的。我们隔着篱笆聊天，聊的都是板球一类的东西，而且聊得棒极了——他看到美格过来就走开了。我打算什么时候结识他。他需要开心，我相信他一定需要。”乔斩钉截铁地说。

“他很有礼貌，像一位小绅士，我喜欢。所以我不反对你认识他，要看机会的。他亲自送来了花，我本来应该让进来的，就是不知道你们在楼上干什么。他走的时候听到你们有玩头，好像在想些什么，显然他没什么可玩的。”

“妈妈，幸亏没让他进来！”乔望着自己的靴子，笑着说，“可我们以后会演另一出，那出他就能看了。或许他还会参加演戏呢，那不是很有趣？”

“从来都没见过这么漂亮的花！真是太美了！”美格兴致勃勃地端详着花束。

“这些花真可爱，可是依我看，贝丝送的花更香。”马奇太太说着，闻闻插在腰带上快要枯萎的花朵。

贝丝依偎到母亲身旁，轻轻地说：“希望能把我这束花献给爸爸。恐怕他圣诞节没有我们过得这么快乐吧。”

第三章

劳伦斯家少年

"乔！乔！你在哪儿？"美格在阁楼的楼梯底下喊。

"这里！"上面传来沙哑的声音。美格爬上去，发现妹妹坐在朝阳的窗口旁边，一个三脚沙发上面，裹着被窝，一边吃苹果，一边对着《拉德克利夫继承人》哭泣。这里是乔最喜欢的藏身处；她喜欢带上三五个僵苹果、一本好书躲起来，静静地享用，跟她做伴的是住在附近、根本不顾忌她的一头宠物老鼠。美格一露面，"抓扒"嗖地进洞了。乔摇头甩去脸上的眼泪，准备听消息。

"真开心！快看！请柬，加德纳太太正式邀请我们参加明晚的舞会！"美格边喊，边挥动着珍贵的纸条，然后满怀少女的喜悦读了起来。

"'加德纳太太诚邀马奇小姐和约瑟芬小姐参加除夕小聚会。'妈咪同意我们去，可是穿什么衣服呢？"

"问这干吗？你知道只能穿府绸衣服去，没衣服穿嘛。"乔答道，满嘴嚼着僵苹果。

"要是有丝绸服装该多好！"美格叹息着，"妈妈说，我到了十八就可以穿了。还要等上整整两年，真是望眼欲穿。"

“我敢说，我们的府绸跟丝绸也差不多，已经够好的啦。你的那件保护得跟新的一样，可我忘记了，我那件烧了洞，还有扯坏的地方。我该怎么办？火烧洞太显眼，挖都挖不掉。”

“你必须尽量安静地坐好了，别让人看见后背。正面没问题的。我要用新丝带扎头发，妈咪会把她的珍珠发夹借给我；新鞋子很可爱，手套不够称心，但还凑合。”

“我的手套沾上了柠檬水，又没有新的换，只能不戴了。”乔说。她从来都不为穿戴发愁的。

“手套一定要戴的，否则我不去，”美格斩钉截铁地嚷嚷，“手套可是头等大事。要是你不戴，我就太丢面子了。”

“那我就不挪动好了。我不怎么喜欢交谊舞。游来游去没情绪，我喜欢的是东跑西窜开玩笑。”

“不能跟妈妈要新的，太贵了，你又不爱惜。你那副弄脏时，她就说，今年不会替你买了。就不能将就一下？”美格焦虑地问。

“可以把手套捏在手里，不让人看见脏的地方。只能这么办了。噢！我看这么应付吧——每人戴一只好手套，捏一只坏手套。懂了吗？”

“你的手比我大，会把我的手套撑坏的。”美格发飙了，手套是动不得的。

“那我就不戴。才不在乎别人说话呢！”乔大声说着捧起了书本。

“给你给你，好了吧！就是不要弄脏了，要规矩一点。不要反背双手，不要瞪眼，不要喊‘怪怪！’，好不好？”

“别替我担心。我尽量守规矩，竭尽全力不去惹是生非。去回复你的请柬吧，我要看完这个精彩的故事。”

美格下去写“欣然应邀，感谢美意”，打点服饰了。她一边给自己打着真正的荷叶花边，一边轻松地唱着歌。而乔看完了小说，吃完了四个苹果，还同“抓扒”嬉闹了一番。

除夕那天，客厅空荡荡的。两个姐姐忙于“预备出客”的头等大事，两个小妹妹则在伺候穿衣。尽管行头很简单，她们跑上跑下，有说有笑，不亦乐乎。头发烧焦的浓烈味道一度还弥漫了整座屋子。美格希望两鬓来几缕卷发，乔随之给头发包了油纸，用烧红的火钳夹紧了来凑合。

“头发应该这样浓烟滚滚的吗？”趴在床上的贝丝问。

“是湿发在烤干哪。”乔答道。

“什么怪味道！就像羽毛烧起来了。”艾美一边顾盼自雄地整理自己的秀美卷发，一边说。

“好了，我这就撕掉油纸，马上可以看到云鬓卷发的。”乔放下火钳道。

她果然撕掉了油纸，却并没有出现云鬓卷发。头发随着油纸脱落了，发型师大惊失色，把一排烧焦的小卷卷放在五斗橱上，受害者的眼前。

“哎哟哟！你怎么了你？我完了！去不成了！我的头发哟，我的头发！”美格哀号着，绝望地瞪着额头上高低不平的卷发。

“我真倒霉！不该求我烫头发的。我总是把事情搞砸。对不起，火钳太烫了，所以搞得一团糟。”可怜的乔呻吟道，望着黑黑的小饼饼卷发，悔恨的泪水滚落下来。

“没有完呀。只是弄卷曲了，扎丝带的时候，让发梢往额头飘一点就行，而且样子还很时髦呢。我见过很多姑娘这样梳头的。”艾美安慰道。

“我瞎讲究，活该倒霉。情愿不打理那头发的啊。”美格怒气冲冲地吆喝着。

“我也这样想的。头发本来多么滑溜，多么漂亮啊。但很快会长出来的。”贝丝走过来亲吻安抚剃了毛的绵羊。

又出了几个小岔子之后，美格终于打扮齐整了。经过全家人的齐心协力，乔的头发也梳好了，连衣裙穿好了。她们装束俭朴，却十分秀丽。美格一身银闪闪的黄褐色衣服，蓝色天鹅绒的束发带，荷叶花边，珍珠发夹。乔的衣服是枣红色的，绅士风度的亚麻布硬领子，一两朵白菊花是唯一的点缀。各人戴了一只好的薄手套，手里拿着一只脏手套。大家众口一词，认为这很有“轻松雅致”的效果。美格的高跟鞋很紧，夹痛了脚，但她不承认。乔的十九头发夹仿佛都直刺脑袋，并不怎么舒服，可是，哎呦，不漂亮，毋宁死！

“祝玩得开心，小宝贝！”马奇太太对姐妹俩说。她们走上小路，姿势颇为讲究。“晚饭不要吃得太多，十一点回来，到时候，会让汉娜来接的。”她们出门后，大门关上；窗口的声音喊着：

“孩子！孩子！你们俩带漂亮手帕了吗？”

“带了，带了，棒极了。美格的手帕还喷了古龙香水呢。”乔喊道。走几步，她又笑着补充道：“我确信，哪怕地震来了，大家抱头鼠窜，妈咪也会这样询问的啊。”

“这是她的贵族趣味嘛，十分得体的。真正的淑女总是皮靴贼亮，手套洁白，手帕香喷喷的。”美格答道，她自己也有不少“贵族趣味”呢。

“不要忘记了，衣服上那处毛病别让人看到，乔。我的腰带合适吗？头发还可以吧？”美格在加德纳太太梳妆室的镜子前反复打扮，良久才转身过来。

“能不忘记嘛！要是看到我有不对的地方，眨眨眼提醒我好吗？”乔答道。她拉了拉领子，用梳子捋了一下头发。

“不行，淑女怎么能眨眼呢？要是有不对的地方，我就扬眉毛，没关系就点头。好了，肩膀挺直，脚步要小。主人做介绍时，不要乱握手，这是万万不能做的。”

“你是怎么学会所有这些规矩的？我就学不会。那音乐是不是很轻快呀？”

她们平时很少参加舞会，下楼时有点羞怯。聚会不算正式，对她们来说却是件大事。加德纳太太是一位神情庄重的老太太，膝下有六位姑娘。她热情地接待她们，然后引见给了大女儿。美格认识萨莉，举止很快就恢复了自然。但是，乔对女孩子和少女的闲聊向来不太在意，她到处站站，小心翼翼地背靠着墙，就像一匹关在花园里的马驹，感到浑身不自在。屋子的另一边有五六个小伙子，开心地谈论着溜冰，她想过去一起聊，因为溜冰是她人生的一大快事。她把心愿远距离传递给美格，但美格把眉头抬得老高，她就不敢擅自走动了。没有人过来跟她说话，身旁的人群也一个个走开了，最后只剩下她一个人。她担心烧坏的衣服被人看见，不敢四处走动玩耍，只能可怜巴巴地盯着人群，自己打发时光，直到跳舞开始。立刻就有人邀请美格跳舞，她面带笑容，舞步轻盈，但是没人会想到她鞋子太紧，在暗中吃苦。乔看到一位红头发的大个子小伙朝她的角落走来，唯恐他来邀舞，便溜进了挂着门帘的休息室，想偷偷观看，一个人悄悄地自娱自乐。不巧，已经有一个害羞的人选择了同样的避难所。当门帘在她身后落下时，乔发现自己正与“劳伦斯家少年”面面相觑。

“天哪！我还以为没人在这儿！”乔结结巴巴地说，准备飞快地退出去，正如她飞快地冲进来。

但是，男孩大声地笑了，虽然看上去有一点吃惊，但还是高兴地说：

“不用管我，想待就待着吧！”

“不会打扰你吧？”

“一点都不会。要知道，很多人我都不认识，才进来的，起初的感觉特不自然。”

“我也是。请别走，除非你真的想离开。”

小伙子又坐下了，看着脚上的轻软跳舞皮鞋。这时，乔开口了，她努力做到自然而有礼貌：

“我想以前幸会过的。先生住在我家附近，对吧？”

“就在隔壁。”他抬起头，率直地笑了，因为乔一本正经的样子颇为滑稽。这时，他想起了把猫送回她家时，他们谈论板球的情形。

这就打破了乔的拘谨。她也笑了，并用最诚挚的语气说：

“你送来的圣诞礼物，我们很开心了一阵子。”

“是爷爷送的。”

“嗨，是你想出来的，对吧？”

“你家的猫怎么样了，马奇小姐？”男孩问，努力装出一副严肃的样子，但黑眼睛却闪着调皮的神情。

“很好的，谢谢。劳伦斯先生。不过，我不是马奇小姐，叫我乔就行了。”小姑娘答道。

“我也不是劳伦斯先生，叫我劳里就行了。”

“劳里·劳伦斯——这名字真怪！”

“我名叫西奥多，可我不喜欢，因为伙伴们都叫我多拉，女人的名字，所以让他们改叫劳里。”

“我也不喜欢自己的名字——多伤感！希望大家都叫我乔，而不是约瑟芬。你是怎样才让那些男孩不叫你多拉的？”

“揍他们。”

“我可不能打马奇姑婆，所以只好随她这么叫了。”乔无可奈何叹口气。

“你喜欢舞会吗？”过了一会儿，她问。

“难道你不喜欢跳舞吗，乔小姐？”劳里问，似乎觉得这个称呼挺适合她的。

“要是场地大，人人都很活跃的话，我倒喜欢跳的。可像这样的地方，我总要打翻点东西，免不了踩人家的脚指头，或者出洋相。所以就不去胡闹，让美格去跳吧。你也不跳吗？”

“有时候跳。要知道，我在国外待了很多年，这儿我朋友还不多，还不清楚你们这儿的习惯。”

“国外，”乔喊道，“哦，快跟我讲讲！很喜欢听别人讲他们行万里路的。”

劳里似乎不知道从哪里讲起，可是乔问得很急切，很快他便讲开了。他告诉她瑞士韦威的学校生活。在那里，男孩们从来不戴帽子，却在湖上有一批小船，假期里他们跟老师步行到瑞士各地野营。

“多想去一趟啊！”乔大声说，“去巴黎了吗？”

“去年寒假就在那里度过的。”

“会说法语吗？”

“在韦威只许讲法语的。”

“那说说看！我能看，不能说。”

“Quel nom a cette jeune demoiselle en les pantoufles jolis?”劳里亲切地说。

“讲得真不错嗳！我想想——你是说‘穿漂亮鞋子的那个女孩叫什么？’，是不是啊？”

"Oui, mademoiselle."[1]

"她是我姐姐，玛格丽特，你早就知道的！你看她漂亮吗？"

"漂亮。使我想起德国姑娘，清新，文静。跳起舞像淑女。"

听到对姐姐进行男孩子气的赞美，乔高兴得脸上放光。她暗暗记下这话，准备回去说给美格听。两人在幕后边看边评论，一聊就聊成了老友重逢。劳里脸上的害羞神情也烟消云散，乔的男儿风度使他感到心情畅快；乔自己也恢复了乐呵呵的本性，忘了烧坏的衣服，也没人对她抬眉头了。她更加喜欢"劳伦斯家少年"了，要仔细地打量他几次，准备回家向姐妹们描述一番。她们家既没有兄弟，表兄、堂兄也不多，所以与男孩子很少接触。

"黑色的卷头发，棕色的皮肤，又黑又大的眼睛，秀气的鼻子，整齐的牙齿。手脚都不大，个子要比我高一点，男孩子这么温文尔雅又开朗。不知道他有多大了？"

乔刚开口想问，却又及时收了口，显出了少有的老练，试图旁敲侧击。

"我猜，你很快就要上大学了吧？我看你老是在啃书本——不，我是说你用功学习。"乔为那个冒失的"啃"字脱口而出而脸上发烧。

劳里笑了笑，似乎并不感到惊讶。他耸耸肩，回答道：

"还有一两年呢。反正，不到十七岁，我是不会去上大学的。"

"难道只有十五吗？"乔看着这位高大的小伙子问，本来以为他已经十七了。

1　法语：即"对，小姐。"

“下个月才满十六。”

“我多想上大学！看来你并不喜欢。”

“我讨厌上大学。不是埋头啃书，就是到处闲荡。再说，我也不喜欢美国青年的生活方式。”

“那你喜欢什么呢？”

“喜欢住在意大利，以自己的方式快活。”

乔很想问问，他自己的生活方式是怎样的，但他紧锁双眉，显得十分可怕。于是，她转换了话题，一边用脚打着节拍，一边说：“那首波尔卡舞曲真是棒极了！你为什么不去试试呢？”

“要是你也一起来的话，我就去。”他回答时，微微地鞠了一躬，显得颇有风度。

“我不行，我答应过美格不跳舞，因为——”乔欲言又止，似乎在犹豫，不知道是说出真相呢，还是一笑了之。

“为什么？”劳里好奇地问。

“不会说出去的吧？”

“绝对不会！”

“那好，我有个坏习惯，老是站在火炉边上，所以经常烧坏衣服，这件衣服我也烧焦了，虽然补得很好，可还是看得出来。美格让我待着别动，这样就没人会看到了。要是你想笑就笑好了，我知道这很滑稽。”

劳里并没有笑，只低头一下。他轻声说话，表情使乔感到疑惑不解，“别管它。告诉你，我们可以跳舞。那边有一条长长的走廊，我们可以尽情地跳，没人会看到。来吧？”

乔谢了，欣然跟过去。看到舞伴戴着漂亮的珍珠色手套，她真希望自己也有一副干净的手套。走廊里空荡荡的，他们尽情地跳了一曲波尔卡。劳里舞跳得很不错，还教乔跳德国舞步；这种舞步充满了旋转和跳动，乔非常喜欢。一曲终了，他们在楼梯口坐下喘气。劳里正在讲德国海德堡的学生联欢活动时，美格过来找妹妹。她招招手，乔不情愿地跟着美格走进一间侧屋，只见她坐到沙发上，手抱着脚，脸色苍白。

“脚踝扭了。该死的高跟鞋一歪，把我狠狠地扭了一下。痛得要命，差一点就站不住了，真不知道该怎么回家。”她痛得直摇晃。

“我早就知道，穿那双笨鞋，会把脚扭伤的。替你难过。我想现在也没法子，只能叫辆马车，要么待在这儿过夜。”乔说着，一边轻轻地揉那可怜的脚踝。

“叫马车要不少钱，我敢说，现在是叫不到的。大多数人都是乘私家马车来的，要走很远才能叫到车，再说也没人去叫。”

“我去。”

“不要，千万别去！都晚上九点多了，外面又黑灯瞎火的。不能留宿在这儿，屋子里客人住满了。主人有几个女友留下过夜，我想先休息一下，等汉娜来了再尽力而为吧。”

“我去找劳里，他会去的。”乔一想到这个主意，就显得如释重负。

“求你了，别去！别找人，也不要跟人说。把我的胶鞋拿过来，把这双舞鞋放到我们的包里去。不能跳舞了，晚饭一吃完，就等着汉娜来。她一来就告诉我。”

“他们现在要去吃晚饭，我会陪着你的，我愿意陪着。”

“不，乖乖，快去，替我拿些咖啡来。我累得要命，动都动不了！”

说完，美格斜靠在沙发上，刚好遮住了胶鞋。乔跌跌撞撞地朝餐厅走去。她先闯进一间放瓷器的储藏室，接着又打开一扇门，却发现加德纳老先生在那里独自小憩，最后才来到餐厅。她冲向餐桌，拿到了咖啡，慌乱中又泼了，弄得衣服前胸跟后背一样糟糕。

“哦，天哪，我真笨！”乔惊叫一声，赶忙用美格的手套擦衣服，却又毁了手套。

“可以帮你吗？”传来一个友好的声音。是劳里，他一手拿着盛满咖啡的杯子，一手拿着冰淇淋盘子。

“我在给美格拿点吃的，她很累。不知谁撞了我一下，就成了这好模样。”乔回答说。她看看满是污迹的裙子，又看看咖啡色的手套，显得十分沮丧。

“太可惜了！我正要找个人，把手里的这份东西给送出去。可以拿给你姐吗？”

“那就谢啦！我带路。东西我不想拿，否则，肯定又会惹事的。”

乔带路，劳里好像是惯于为女士效劳的，他拉过一张小桌子，又为乔拿来一份咖啡和冰淇淋，十分殷勤周到，连挑剔的美格都称他是个“好小伙子”。他们边吃糖果，边谈论糖纸上的格言，过得很愉快。正当他们与另外两三个刚溜达进来的年轻人安静地玩“霸士”[1]算术游戏时，汉娜来了。美格忘记了脚痛，猛地站起来，痛得叫了一声，赶紧抓住乔。

“嘘！什么也别说。”她小声跟乔嘀咕，接着又大声地说，“没什么，我脚扭了一下，没事。”然后，她一瘸一拐地走到楼上穿外套。

1　霸士，除法游戏，例如，凡3能除尽的数字一律要说fizz，5除尽的说buzz，7除尽的说woof。21就是fizz woof。

汉娜责怪，美格痛哭。乔不知所措，最后决定自作主张。她偷偷地溜了出来，飞快地跑下楼，找到了仆人，请他为她找一辆马车。碰巧这人是雇来的侍者，对邻里环境也是一无所知。乔正在找人帮忙，劳里闻讯走了过来，告诉她，爷爷的马车刚到，是来接他的，她们可以搭他的马车回家。

“早着呢！你还不会走吧？”乔说，如释重负，可还在犹豫客套着。

“我回家都较早。很早，真的！请让我送你们回家吧。你知道的，我也是顺路，听说还下雨了呢。”

问题解决了。乔告知美格的麻烦，满心感激地接受了援助，然后飞快地跑上楼接其他人。汉娜像猫一样对下雨深恶痛绝，所以并没有发难。他们乘着豪华的封闭式马车回家了，觉得十分高雅，非常愉快。劳里和车夫坐到驾驶座，让美格把脚搁起来，姑娘们无拘无束地谈论着舞会的情景。

“我真是太开心了，你呢？”乔问，一边把头发弄蓬松，使自己放松。

“我也是，可那是在扭伤脚以前。萨莉的朋友安妮·莫法特和我交上了朋友，萨莉去她家的时候，要我一起去住上一个礼拜。萨莉开春时去，那时歌剧正好上演。如果妈妈同意我去的话，真是太好了。”美格回答说。一想到这个，她就兴奋起来。

“我看到你和红头发的小伙子在一起跳舞，就是我躲开的那个。他人好吗？”

“哦，好极！他的头发是赤褐色，不是红色。很有礼貌的。还跟他跳了一曲雷多瓦捷克舞呢。”

“他跳新舞步的样子很像发情的蚱蜢，劳里和我都禁不住笑了。你听到笑声了吗？”

“没有，这样做很没礼貌。整个晚上躲在那里干什么了？”

乔讲了自己的奇遇，等她讲完，已经到家了。她们万分感激地跟劳里道“晚安”，然后摸进屋里，希望能不打扰任何人。但随着门嘎吱地打开，跳出两个戴着睡帽的小脑袋，两个睡意蒙眬的声音兴奋地喊道：

“讲讲舞会！讲讲舞会！”

乔还特地为小妹妹们藏起了几颗糖果，尽管美格认为这样“极不礼貌”。听了整个晚上最尽兴的事，她们很快就安静下来。

“我敢说，真像当了一回娇小姐，居然舞会散后坐马车回家，穿着礼服，旁边还有侍女伺候着。”美格说，乔正在用山金车酊止痛药包扎她的脚，并且替她梳头。

“想来娇小姐享福也不过如此了，尽管我们头发烧焦，礼服破旧，手套落单。鞋子太紧，还傻乎乎穿着去跳舞，不扭伤脚才怪呢。”我看乔说得一点没错。

第四章

负 担

“唉，天哪，又得背上包袱往前走，真难哪！”舞会后第二天早上，美格叹息道。假期已经结束，尽情享受了一个礼拜，又要做不喜欢做的工作，不容易适应。

“希望天天都是圣诞节、过新年，那样是不是会很来劲？”乔说着沮丧地打了个哈欠。

“我们能像现在这样享福，应该知足了。可要是能吃夜点心、买鲜花、参加舞会、乘马车回家、看看书、休息休息，又不用工作，那真是太好了。要知道，有些人过的就是这种生活，我常常羡慕那些姑娘，她们的日子可舒坦着呢。我真的喜欢享受。”美格说。她正在设法辨别两件破旧的衣服中哪件尚可一穿。

“哎，这种生活我们是过不上啰。那就不要再抱怨了，我们要像妈咪那样，乐观地背起包袱，继续向前。我知道，姑婆是个十足的累赘，‘海上老人’，但如果能学会容忍她，不抱怨，这个负担就会自动卸掉，或者轻松起来，这差事也就变得不在话下了。”

乔觉得这个主意挺好玩的，心情豁然开朗。但美格却一点都开心不起来，她要照看四个娇生惯养的孩子，担子显得比以前任何时候都要重。平常她会围上一条蓝丝巾，然后把头发梳得美丽动人。可现在，她连梳妆打扮的心思都没有了。

“漂亮有什么用？除了那些调皮的小鬼，没人会看我，也没人会关心我是不是漂亮。”她咕哝着，猛地关上抽屉，“我得没日没夜地辛苦，偶尔才有一点点开心。我变得又老又丑，变得尖酸刻薄，就是因为我穷，不能和平常姑娘一样享受生活。真遗憾！”

美格下楼去了，一脸很受伤的样子，吃早餐时脾气不好。大家似乎都很懊恼，喜欢无病呻吟。贝丝头痛，便躺在沙发上，跟猫儿和三只小猫相互安慰。艾美功课学不会，气急败坏的，橡皮也找不到了。乔不停地吹口哨，准备工作闹出很多动静。马奇太太忙着给一封信收尾，必须马上寄出去的。汉娜脾气不好，她不适应熬夜的。

“一家人如此怒气冲冲，这是前所未有的！”乔大声说。她撞翻了墨水台，两根鞋带都拉断了，还坐到了帽子上，便发了脾气。

“怒气冲冲，你最厉害！”艾美回嘴道。她用掉在石板上的眼泪刷去算错的题目。

“贝丝，假如你不把这些凶猫关到地下室里去的话，我就把它们统统淹死。”美格恶狠狠地恐吓着。一只小猫儿爬到她背脊上，就像树瘤一样粘在上面，却够不到。她拼命要甩掉它。

乔笑了，美格骂骂咧咧的，贝丝恳求开恩，艾美哀叫着，因为她不记得九乘以十二等于几。

“姑娘们，姑娘们，快静一下！我必须赶早班邮车把这个寄出去的。你们的烦恼使我分心啊。”马奇太太大声说。她已经在信中划掉第三个写坏的句子了。

暂时静下来了，这平静却被汉娜打破了。她冲进来，把两个热酥饼放到桌上后，又走了出去。做酥饼成了定式，姑娘们称之为“火笼”。早晨寒冷，她们没有真正的火笼，却发现热酥饼完全可以焐手。汉娜不管家务多么忙碌，自己有多么委屈，一天不落地做酥饼，因为路途漫长，走路时又冷森森的。可怜的姑娘们没有专门备午餐，而且很少有两点以前回家的。

“抱好你的猫儿，头痛快点好，贝丝。再见，妈咪。今天早上，我们成了一窝坏蛋，但回家的时候会成为正宗天使的。走吧，美格！”乔上路了，觉得朝圣者没有按照要求出发。

拐弯前，她们总是回头看看，母亲总会靠在窗口点头微笑、朝她俩挥手的。她们似乎觉得，不这样做，一天就无法踏实。不管心情如何，最后看一眼慈母的脸庞，她们肯定会如沐春晖。

“假如妈咪对我们挥拳头，而不是飞吻，那也是自作自受。世上再没有比我们更加忘恩负义的浑蛋了。”乔大声说。她在雪地里跋涉，寒风凛冽，却感到了赎罪的欣慰。

“不要使用这么可怕的说法嘛。”美格从面纱深处搭话。她活像厌世的修女，把脑袋裹得严严实实的。

“我喜欢意味深长的良性强烈措辞。”乔答道。帽子吹起来，差一点从脑袋上飞落，她赶紧抓住。

“随便你怎么骂自己，我可不是坏蛋，也不是浑蛋。我不愿意这样挨骂。”

“你是个落魄鬼，今天的脾气绝对差，因为不能一直养尊处优。可怜乖乖，就等我发财吧，保证你日子好过，有马车坐，有冰淇淋吃，有高跟鞋穿，有花束妆饰，舞会时尽遇到赤发小伙子。”

“乔，你真是滑稽可笑！”美格对这无稽之谈一笑置之，心里却不由自主地好过了起来。

“我滑稽是你的福气呢。要是我跟你一样垂头丧气，尽管消沉下去，就有我们好看的啦。谢天谢地，我总是能找乐子振作自己。不要再抱怨了，回家时要兴高采烈。听话啊。”

两人分手时，乔鼓劲地拍拍姐姐的肩膀。她们上了不同的道路，各自焐着热酥饼，尽可能开心一点，尽管天气奇寒，工作辛苦，年轻人的享乐欲望却无法满足。

马奇先生为了帮助一位倒霉朋友而葬送了家产，当时，两个大女儿请求做点什么，至少她们可以自食其力。考虑到要尽早培养她们的干劲、勤劳和独立精神，父母答应了。于是，两人满怀热情地投入了工作。尽管障碍重重，但有志者事竟成。玛格丽特找了一份幼儿家教的工作，工资微薄，她却感到十分富足。正如她所说，她“喜欢享受”，而她的主要问题是贫穷。她比妹妹们更难忍受贫穷，因为她还记得过去，那时家里漂亮，无所不有，生活无忧无虑，充满欢乐。她努力做到不羡慕别人，对生活知足，可毕竟年轻姑娘爱美，渴望交乐天的朋友，祈求学习才艺，过上幸福生活，这些都是她们的天性。在金家，由于孩子们的姐姐都刚刚参加社交活动了，她天天都看到自己想要的一切。美格经常能瞥见做工考究的舞会礼服和鲜花，能听到有关戏剧、音乐会和雪橇比赛、各种娱乐活动的热烈讨论，看到钱都浪费在了一些琐事上，可对她来说这些钱是多么宝贵。美格安贫乐道，可有时心中不平，未免愤世嫉俗。她还不知道，自己其实多么富有，拥有很多祝福，而唯有这才能带来幸福生活。

马奇姑婆脚有点瘸，需要一个手脚勤快的人来服侍，乔碰巧合了她的心意。家里破产时，这位膝下无子的老太太想要过继其中的一位姑娘。要求遭到了拒绝，她极为恼火。朋友们告诉马奇夫妇，他们本来可以被列入阔老太太的遗嘱，但机会已经失之交臂。可是，漠视钱财的马奇夫妇只是说：

“就是给金山银山，我们也不会抛弃自家女儿。不管有没有钱，我们死活都要在一起，共享天伦之乐。”

有一段时间，老太太都不愿理他们，但她在朋友家碰到了乔。乔滑稽的脸庞和率直的举止打动了老太太的心，因此她提出要花钱雇乔跟她做个伴。乔心里根本不乐意，由于没有更好的差事，便应下了这份差事。令人称奇的是，乔与这位性情暴躁的亲戚相处得特别好。偶尔也会遇到暴风骤雨，乔有一次还扬长而去回了家，并宣布再也忍受不下去。但姑婆很快就收拾残局，急忙派人把她请回去，使她不好意思拒绝，因为她在心底里还是挺喜欢这位火性子的老太太。

我想，真正吸引她的，还是那一大屋子好书。自从马奇叔公去世以后，那里积满了灰尘和蜘蛛网。乔还记得和蔼可亲的老先生，他以前让乔用他的大字典搭铁路和桥梁，给她讲拉丁文书籍中古怪插图的故事，每次在街上碰见乔，还要为她买几块姜饼。房间里光线暗淡，积满了灰尘，高高的书架上，几尊半身像俯视着下面，那里还有几张舒适的椅子和几个地球仪。最妙的要数五花八门的书，乔可以随意翻阅，把藏书室当成了她的乐园。姑婆打盹或忙着和别人闲聊时，乔就赶忙来到这个清静之地，蜷曲在安乐椅上，贪婪地阅读诗歌、小说、历史、游记和画册，宛如十足的蛀书虫。但是，快乐事往往不能长久。每当她看到故事的精彩之处，读到最优美的诗行，或者旅行家最危险的冒险经历时，总有一个声音尖叫：“约瑟——芬！约瑟——芬！”这时她便不得不离开她的天堂，出去绕纱线，给狮子狗洗澡，或者朗读贝尔沙[1]

1 Belsham，英国政治作家、历史学家,创作风格沉闷。

的《散文集》，一忙就是几个钟头。

乔的志向是创一番伟大的事业。到底是什么事业心中还没数，只等着时光来告诉她。同时，她发现自己最大的苦恼是不能尽兴读书，不能跑步骑马。脾气暴躁、说话尖刻、坐立不安常使她陷入困境，也注定了她的生活充满酸甜苦辣，悲喜交加。但她在姑婆家的锻炼很有必要，虽然老太太没完没了地叫“约瑟——芬”，一想到自己做事能维持生计，乔就开心起来。

贝丝由于太害羞没去上学。她也曾试着上过学，但受不了那种痛苦，于是就辍学，在家里跟爸爸学习。后来，爸爸走了，妈妈也响应号召为“战士援助社”出力出活，即使在这种时候，贝丝仍然始终如一，尽最大努力坚持自学。她这个小姑娘颇像一位家庭主妇，帮汉娜把家里操持得井井有条，使出门挣钱的人过得舒舒服服。她从来不图回报，只想着有爱就满足了。她度过了漫长而默默无闻的日子，却从不感到孤独和无聊，因为在她的小世界里，到处是幻想中的朋友，而且她天生就是劳碌命。贝丝还是个孩子，仍然非常喜欢宠物，每天早上她都要抱上六个布娃娃，替它们穿衣服。布娃娃没有一个四肢完整，也没有一个漂亮的，在贝丝收留它们之前，都是弃儿。姐姐们长大了不再喜欢这些宠物，而这些又旧又丑的东西艾美是不会要的，于是就传给了她。正因为如此，贝丝格外珍惜这些娃娃，还为几个病宝宝设立了医院。她一丝不苟地替它们喂饭、穿衣、爱抚，从不用针去刺它们棉花身体的要害，从不打骂，即使最讨厌的玩具也不冷落欺凌，始终一视同仁。

一个被遗弃的“宝贝”，破破烂烂，四肢不全，以前是乔的，过的是狂风暴雨般的生活，最后被遗弃在一个杂物袋子里，贝丝把它从这个沉闷的穷酸袋中拯救出来，放在她的避难所里。

头顶不见了，她就扎上一顶漂亮的小帽子；四肢也没了，她就用毯子把它包起来，掩盖了这些缺陷；并给这位长期卧床的病人安排了一张最好的床。如果有人知道贝丝是如何细心照料这个娃娃的，想必他们即使哈哈大笑，也肯定会被她的真情所打动。她给它送鲜花；她为它朗读书报，把它裹在大衣里带出去透新鲜空气；她为它唱摇篮曲，每次上床总要先吻一下那脏兮兮的脸，并柔声细语："祝你晚安，可怜的宝贝。"

贝丝和姐妹们一样，也有自己的烦恼。毕竟她不是天使，只是一个人间的小姑娘。正如乔所说，她经常"掉眼泪"，因为上不了音乐课，也没有一架像样的钢琴。她酷爱音乐，用功学习，耐心地在那架叮当作响的旧钢琴上练习，似乎应该有人（不是指姑婆）帮帮她的。可是没人帮她，贝丝独自练琴时，面对五音不全的钢琴潸然泪下，却没人看见她把眼泪从发黄的琴键上悄悄擦去。她像一只小云雀，唱着自己的工作曲，为妈妈和姐妹们演唱时也从不觉得累。每天她总是满怀希望地对自己说："我知道，只要我乖，总有一天会学好音乐的。"

世界上有很多个贝丝，腼腆文静，待在角落里，直到需要时才挺身而出。她们开心地为别人活着，没人留意她们所做出的牺牲。最后，炉边小蟋蟀停止了鸣叫，阳光般温暖的脸庞消逝，只留下了寂静和阴影。

如果有人问艾美，生活中最大的磨难是什么，她马上会回答："我的鼻子。"当她还是婴儿时，乔一次意外失手把她摔落在煤斗里。艾美坚持认为，这一摔永远毁掉了她的鼻子。鼻子不大也不红，不像可怜的"彼得利亚"[1]的鼻子；只是有点扁，无论怎

1 布娃娃的名字。

样捏也捏不出个贵族式的鼻尖。除了她自己谁都不在乎这个，鼻子在拼命地长，但是艾美非常希望她的鼻子能挺直一点，于是便画了整张整张的漂亮鼻子聊以自慰。

“小拉斐尔[1]”，姐姐们都这样叫她，她无疑具有画画的天赋。她最大的幸福莫过于描摹花朵，设计仙女，用古怪的艺术形象为小说画插图。老师们抱怨说，她的写字石板不是用来做加法的，而是画满了动物，地图册空白的页面上也临摹满了地图。她所有的书本，一不小心就会掉出一组组滑稽的漫画。她尽量取得了各门功课的好成绩，作为品德模范，屡屡躲过惩罚。她脾气好，能轻易取悦别人，深受同学喜爱。她的架子、风度备受仰慕，而且多才多艺，有绘画特长，还能弹十二个曲子，能用钩针编织，读法语读错的词不超过三分之二。她常常悲伤地说：“爸爸有钱的时候，我们是如何如何。”真是很动人。她说话时喜欢用长单词，被女同学们认为是“优雅无比”。

艾美差不多被大伙儿宠坏了。都把她当成宝贝，她的虚荣和自私也在迅速膨胀。然而，有一件事却打击了她的虚荣心。她只能穿表姐穿过的旧衣服。表姐弗洛伦斯的妈妈没有一点品位，艾美喜欢戴蓝帽子，却只有红帽子，衣服和围裙也难看花哨不合身，真是痛苦。其实，她穿的每一件衣服都不错，做工考究，几乎看不出是穿过的，但艾美颇具艺术性的眼光却不能忍受它们，特别是今年冬天，她上学穿的衣服是暗紫色的，上面尽是黄点，又没有花边装饰。

“我唯一的安慰是，”她眼里噙着泪水对美格说，“不听话的时候，妈妈没有像玛丽亚·帕克的妈妈那样，把我的裙子折起

1　意大利著名画家，代表作《西斯廷圣母》《雅典学院》等。

来。哎，那可真是糟糕透顶。有时她太调皮了，连衣裙被卷到了膝盖上，连学校都不能来了。每当我想到这种痴（耻）辱，就觉得扁鼻子和上面印有黄色焰火的紫衣算不了什么了。”

美格是艾美的知心朋友，也是她的监督人。也许是性格上异种相吸的缘故，乔和乖巧的贝丝配对。害羞的小女孩只跟乔独诉心事；对她这位高大、冒失的姐姐，不知不觉，贝丝的影响比家中任何人都要大。两位大姐姐互相十分要好，可每人都照料着一个妹妹，并以各自的方式照管着她们。她们称之为“大姐为母”。她们拿妹妹代替丢弃的娃娃，如同小妇人一般，充满母爱，对妹妹呵护有加。

“有人说故事吗？今天太无聊了，迫切需要来一点娱乐。”美格说。那天晚上，姐妹们坐在一起做缝纫。

“今天，我跟姑婆度过的时光十分古怪。我占了上风，就跟你们说说吧。”乔开口了。她可喜欢讲故事了。“我在朗读那本永远读不完的贝尔沙散文，跟平常一样越读越含混，反正姑婆很快就打瞌睡了。然后，我可以取出好书拼命看，直到她醒过来。今天我自己也搞得昏昏欲睡了，她还没有倒头睡去，我却打了个大哈欠，所以她问我，嘴巴张得老大，可以吞下整本书了，这是什么意思嘛?

“‘但愿能够吞下去，一劳永逸，岂不更好。’我尽量和颜悦色地回道。

“这下，她不厌其烦地数落起我的罪孽，并且命令我坐着反省，而她只是稍许‘迷糊’一下。她从来都不会很快醒来的，所以她的帽子一开始像头重脚轻的大丽花一样摇曳，我就从口袋里抽出《威克菲尔德的牧师》，大肆阅读，一只眼看书，一只眼盯着姑婆。刚刚看到他们统统投进水里，我就忘乎所以，大声笑了出来。姑婆惊醒；打盹以后，脾气也好了。她命令我朗读几段来听听，看看我喜欢什么样的轻薄作品，居然胜过了教益良深的贝尔沙宝书。我全力以赴，她很喜欢听的，但嘴里只是说：

"'听不懂，到底讲什么内容啊。倒回去，从头开始，孩子。'

"我就倒回去了，竭尽全力把精华部分读得有声有色。有一次，我使坏，在引人入胜的地方故意停下，还温顺地说：'恐怕让你厌烦了，姑婆。可以停下吗？'

"她捡起听得出神时掉下的编织活，透过眼镜瞪了我一下，以常有的简短语气说：

"'要读完那一章哪，小姐，不要莽撞。'"

"她承认喜欢它了吗？"美格问。

"哎哟哟，不肯的啊！可是她让老贝尔沙歇菜了。我下午跑回去取手套，发现她坐在那里拼命读那本《牧师》，根本没有听到我的笑声。当时我发现好日子就要来了，就在过道里跳起了轻快的吉格舞。只要她回心转意，可以享受多么愉快的生活啊！尽管她钱多，我根本不怎么嫉妒她的。我认为，财主的忧愁跟穷人比，毕竟是只多不少的。"乔补充说。

"这下我记起来了，"美格说，"我也有故事要说的。不像乔的故事那么有趣，但我回家的时候好好回味了一下的。今天，我发现金家上下统统慌里慌张的。一个孩子说，大哥做出了可怕的事情，爸爸把他撵出去了。只听金太太在哭泣，金先生的嗓门很大，格雷斯和艾伦碰到我都别过脸去，免得眼睛哭得红肿让我看见。我当然没有去打听原委，但替他们家难过，庆幸自己没有胡来的哥哥，做了坏事给家里人丢脸。"

"我认为，比起任何恶少做的事情，上学时丢脸要远远难熬的。”艾美摇摇头说，仿佛自己的人生经历属于饱经沧桑的那种。“苏希·潘金斯今天上学，戴了精美的红玉髓戒指。我也想戴，想得要命，恨不得我就是她本人。哦，她画了老师戴维斯先生的画像，鼻子巨大，还有驼背，从嘴巴放出一个气球形的说话框，说：‘小姐们，我的眼睛注视着你们！’我们大家对着画哄堂大笑，突然间他的眼睛真的注视我们了。他命令苏希把石板拿上来。她吓弹（瘫）了，可还是去了，哎哟，你看他怎么办？他拎住了她的耳朵——耳朵！想象有多可怕！——把她提到了背诵台，罚她站了半小时，举着石板供大家观赏。”

“姑娘们有没有对着画儿笑呢？”乔问道。她玩味着这个麻烦局面。

“笑？没人敢！她们正襟危坐哇。苏希痛哭流涕，没错。此刻我不嫉妒她了，自己觉得，从此以后，哪怕有百万枚红玉髓戒指，也不能让我开心了。我永远永远也无法从这种痛苦不堪的奇耻大辱中恢复过来的。”艾美继续做手头的活计，自豪地体会着美德的作用，而且一口气成功说出了两个长词语。

“今天早上，我看到了喜欢看的东西。原来打算正餐时讲出来的，可我忘了，”贝丝说着，一边把乔乱七八糟的篮子整理好，“我出去帮汉娜取牡蛎，看见劳伦斯先生也在海鲜店里。不过他并没有看见我，我藏在鲜鱼桶后面呢，他忙着跟店老板喀特打交道。一个穷苦妇女提着木桶拖把进来，问老板能不能让她拖地板打工换一点点鱼儿吃，因为她的孩子们没有东西吃，而她一天没有活干。喀特先生忙不过来，便没有好气地说：‘没有！’她准备离开，面露饥色，垂头丧气。这时，劳伦斯先生用拐杖的弯头钩起一条大鱼，向她递过去。她又惊又喜，竟把鱼抱在怀里，对他千恩万谢。他吩咐她‘快去烧鱼’，她就匆匆离开，别提多高兴了！他是不是很好啊？哎，她的模样真的很滑稽，怀里抱着滑溜的大鱼，祝愿劳伦斯先生在天国的眠床‘适宜（意）’。”

她们笑完了贝丝的故事之后，便请母亲也讲一个。她想了想，严肃地说：

“今天，我在车间里坐着裁剪蓝色法兰绒上装，不觉为爸爸的境况感到揪心。想到要是他有个三长两短，我们会多么孤独，多么无助。这样做并不明智，却久久不能释怀。后来，一个老人进来定购衣服。他在我身边坐下，显然像个穷人，见他疲惫、焦虑的样子，我就开口跟他交谈。

“‘有儿子在军队里吗？’我问。他带来的字条不是给我的。

“‘有的，太太。共有四个，两个牺牲了，一个成了俘虏。我打算去看另一个，他病得厉害，在华盛顿住院。’他平静地回答。

“‘为国家贡献很大呀，先生。’我说，肃然起敬，取代了怜悯。

“‘都是应该做的，太太。我要是中用，还要亲自参军呢。既然不中用，就送子参军，无偿奉献。’

“他说话时语气欢乐，态度诚恳，似乎乐于奉献一切，我暗自感到羞愧。我只贡献了一个男人，还认为太多了，而他贡献了四个也在所不辞。我在家里有这么多女儿安慰自己，而他最后一个儿子在千里之外等候他，也许是为了跟他‘诀别’！想到自己的福气，我感到很富有，很开心，于是我给他打了一个精致的包袱，送给他一点点钞票，衷心感谢他，给我上了一课。”

“妈妈，再来一个——就这样，带教益的。如果是真人真事，而不是过分说教，我喜欢听后加以回味。”沉默了一下之后，乔说。

马奇太太笑笑，立刻开始了。她为这些听众讲故事已经多年，懂得如何取悦她们。

“从前有四个小姑娘，不愁吃喝不愁穿，生活舒适，童年快乐，父母朋友善良，对她们宠爱有加，而她们并不满足。（这时，听众们暗自相互传递狡黠的眼色，并开始飞针走线。）这些姑娘急欲学好，做出了很好的决定，却不能持之以恒，不停地说，‘要是我们有这个就好了’‘要是我们能那样做就好了’，忘记了自己已经拥有了多少，自己已经能做多少事情。于是，她们问一个老太太，可以使用什么符咒，使自己格外快活。对方说：‘你们感到不满意时，就想想自己的福分，要感恩戴德。’（这时，乔猛地抬起头，仿佛要说些什么，但改变了主意，因为故事还没有完。）

“她们是通情达理的姑娘，就决定尝试老太太的建议，很快就惊奇地发现，自己是多么富有。一个姑娘发现，金钱无法把耻辱和悲伤赶出富人家庭；另一个发现，尽管自己贫穷，却拥有青春、健康、好兴致，比某位暴躁、虚弱、不会享受舒适的阔老太幸福多了；第三个发现，尽管帮厨做饭的差事令人讨厌，但上门讨饭更难熬；第四个发现，哪怕有红玉髓戒指也不如表现好值钱。于是，她们商定，不再怨天尤人，要尽情享受已经拥有的福分，努力做到受之无愧，免得福分增加不了，反而被完全收走。我相信，她们听了老太太的话，始终没有落空，也没有后悔。”

“啊，妈咪，你真狡猾，用我们自己的故事编派我们。这不是讲故事，而是布道！”美格大声说。

“我喜欢这种布道。爸爸以前也是说这种故事的。”贝丝若有所思地说，同时把缝衣针放到乔的针垫上。

“我不像别人那样抱怨这么多，现在要更加小心谨慎才是。我从苏希的下场得到了警示。”艾美能明辨是非。

“我们需要那种教训，不会忘怀的。如果忘记了，你只要像《汤姆叔叔的小屋》中的老克罗一样对我们说‘想想上帝的恩宠吧，孩子们！想想上帝的恩宠吧！’就可以了。”乔打死也忍不住不从这个布道中发掘些许乐趣出来，不过，她跟姐妹们一样，将此事收往心里去了。

第五章

睦邻友好

“乔，你到底去干什么？”美格问。一天下午，大雪纷飞，美格看到妹妹脚踏胶靴，身披风袍，头戴风帽，一手拿着扫帚，一手提着铁铲，正踏着坚实的脚步走出过道。

“出去锻炼。”乔顽皮地眨眨眼睛说。

“早上散了两次步，走了那么远，该够了吧！外面又冷又阴沉，劝你还是和我一样，待在火炉边，这里又暖和又干燥。”美格说着不禁打了个冷战。

“我不听劝！不能整天待着不动。又不是懒猫，我可不想在火炉边打瞌睡。我喜欢冒险，想出去找点刺激。”

美格伸腿，继续烤火，读《艾凡赫》[1]。乔开始奋力铲雪。雪下得不厚，乔很快就绕着花园扫出了一条路。这样，太阳出来时，贝丝就可以在花园里散步了，她的病宝宝们需要呼吸新鲜空气呢。马奇家与劳伦斯先生的屋子中间只隔了一个花园。这是城郊，还是有点像农村，到处是树丛、草地、大花园和宁静的街道。一排矮矮的篱笆把两家隔开。篱笆的一边是褐色的老房子，

1 英国作家沃尔特·司各特创作的长篇历史小说。

光秃秃的，显得有点破败，夏天缠绕在墙上的藤蔓和屋子周围的花朵都早已凋零。另一边是一座富丽堂皇的石砌楼宇，里面有大马车房和玻璃暖房，庭院修整得干干净净，透过华丽的窗帘，隐约可以看到里面考究的摆设。这一切都彰显了屋内的舒适和豪华。但是，屋子显得有点孤单，缺乏生气，草地上看不到孩子嬉闹，窗口也见不到母亲的笑脸，除了一位老绅士和他的孙子，很少有人出入。

乔富有想象力。在她眼里，这幢漂亮的房子就像一座魔法宫殿，金碧辉煌，充满赏心乐事，却没人享受。她老早就想去看看这些隐藏的豪华摆设，认识一下“劳伦斯家少年”。他似乎也想结识人，只是不知如何开头。自从参加舞会以后，她的这种愿望变得更加强烈，并已经设计出许多与他交朋友的方法。可最近没有看到他，乔开始认为他已经走了。一天，她看到楼上窗口有一张晒得黑黑的脸，若有所求地俯视着她们的花园，贝丝和艾美正在那里打雪仗。

“那个男孩正受罪呢，没有朋友，没有欢乐。”她心里想，“他爷爷不知道该给他什么，把他独自关在屋子里。他需要一帮快乐的小伙子来陪他玩，需要活泼开朗的年轻人来做伴。我真想过去看看，把这些话告诉那位老先生！”

想到这里，乔乐了。她胆子大，喜欢做一些鲁莽的事，还常常行为古怪，每每使美格颇为震撼。乔没有忘记“过去看看”的打算，这天午后，大雪纷飞，她决定见机行事。看到劳伦斯先生乘车出去了，她赶紧开始扫雪，一直扫到篱笆边，然后停下来观察了一番。一切都很安静——楼下的窗户都挂着窗帘，看不到一个仆人，连个人影都瞧不见，只有楼上窗口露出一个黑色卷发的脑袋，在一只瘦小的手上托着。

“他在那儿。”乔心想，“可怜的小伙子！在这样阴沉的日子里，孤苦伶仃，太不像话了。扔个雪球上去，让他往外看，就可以安慰上几句了。”

乔抓了一把松软的雪，扔了上去。楼上的人马上转过头来，脸上无精打采的神情一扫而光，一双大眼睛闪闪发亮，嘴角露出一丝笑容。乔笑着点点头，挥舞着扫把叫：

“你好，病了吗？”

劳里打开窗，用渡鸦般嘶哑的声音说：

“好多了，谢谢。得了重感冒，已经困在家里一个礼拜了。”

“真不幸。拿什么来消遣呢？”

“什么都没有，这里无聊得像座坟墓。”

“不看书吗？”

“看得不多，他们不让我看。”

“没人读给你听吗？”

“爷爷有时候读给我听，可我的书他不感兴趣，我也不想老是麻烦布鲁克。”

“那么叫人来看你吧。”

“谁都不想见。男孩们太吵，我头疼受不了。”

“难道没有好女孩为你读书消遣吗？女孩们文静，喜欢护理人。”

“没有认识的。”

“可你认识我们啊。”乔开始说，然后大笑起来，很快又停了下来。

“没错！你能来吗？”劳里大声问。

“我不文静啊。要是妈妈答应，我就会来的。我这就去问她。听话，把窗户关上，等我来。”

说着，乔扛起扫把，向家里走去，一边揣摩着家里人都会怎么说。一想到有人做伴，劳里感到一阵惊喜，四处飞奔去做准备。正如马奇太太所说，他是个“小绅士”。为了对来客表示敬意，他梳理了卷曲的头发，换上了干净的衬衣领子，还整理了一下房间；仆人倒有五六个，房间里还是乱得一塌糊涂。不久，听到一声响亮的门铃声，然后是沉着的声音，要找“劳里先生”，满脸惊奇的仆人跑上来说，一位年轻的小姐来访。

“好的，把她领进来，那是乔小姐。”劳里说着来到小会客室的门口迎接。乔走进来，脸色红润，亲切友好，神情大方；她一手拿着盖着盖子的碟子，一手抱着贝丝的三只小猫。

“我来了，把全部家当都带来了。”她爽朗地说，“妈妈向你问好，要是我能为你做些什么，她会感到高兴的。美格要我带些她亲手做的牛奶冻，她做得很好吃的。贝丝说，她的猫咪可以安慰你。我知道你可能会觉得好笑，可我不能拒绝，要知道，她渴望助人。”

不料，贝丝借出的滑稽猫咪还真管用。劳里对着这些猫咪直笑，顾不得害羞，立刻变得善于交际起来。

乔揭开碟子的盖子，露出牛奶冻，周围是一圈绿叶和艾美最得意的天竺葵红花。“看上去真精美，都叫人舍不得吃。”他说着开心地笑了。

“这算不得什么，只是她们的一点心意，想要表示一下。叫女佣人放好，你喝茶的时候吃。就这点小东西，你就吃吧。又软又滑，你喉咙痛，吃下去也不碍事。这房间真舒服！”

“如果收拾干净的话，是很舒服。可是，女佣们都懒，我也拿她们没办法。这让我伤透了脑筋。”

“过两分钟，我就能把房间收拾整齐。只需把壁炉掸一下，这样吧——把壁炉架上的东西放放齐，就这样——把书放到这里，把瓶子放到那里，沙发不要对着光，枕头弄松一点。好了，这样你这里就好了。”

他这里真的一切都好了。也就是说笑的那点工夫，乔飞快地把东西整理得井井有条，房间里焕然一新。劳里静静地注视着她，内心充满了敬意。乔示意他在沙发上坐下来，他满意地叹了口气，感激地说：

“你真是太好了！啊，这房间是需要这么收拾一下。现在请坐到大椅子上，让我做点什么，逗客人开心。”

“不用，我来就是逗你开心的。要我为你读会儿书吗？”乔热切地注视着不远处几本诱人的书。

“谢谢，那些书我都看过了，不介意的话，我宁愿聊天。”劳里回答。

“完全同意。如果你让我讲，我可以讲上一天。贝丝说我从来都不知道刹车。”

“贝丝是不是脸色红润，老是待在家里的那位？她是不是偶尔才拎着个小篮子出来？”劳里饶有兴趣地问。

“是的，那就是贝丝。她很乖，我最疼她了。”

“漂亮的那位是美格，卷头发的是艾美，是吧？”

“你是怎么知道的？”

劳里脸色霎然绯红，但坦然地说：“怎么了，要知道，我常常听到你们你喊我，我喊你。一个人待在楼上，忍不住要朝你们的房子看。你们姐妹似乎一直都过得很愉快。请原谅我这么无礼，可有时你们忘了把窗帘挂下，就是放着鲜花的那个窗户。灯亮的时候，看到炉火前，你们和妈妈围坐在桌边，就像是看一幅图画。她的脸正好对着我，透过鲜花看上去很亲切，我忍不住要看。你看，我没有妈妈的。”劳里的嘴唇不禁抽搐了一下，但他捅捅炉火，试图掩饰这一切。

劳里孤独、渴望的眼神，令乔热情的心深感震撼。她受到的教育十分单纯，脑子里没有半点杂念，虽然十五岁了，但她还是像个小孩，天真、率直。生病的劳里深感寂寞。想到自己真是富有，能享受家庭的幸福和温暖，乔乐于和他分享这份快乐。她满脸友好的神情，尖嗓门也变得格外文雅，说道：

“我们以后不再拉上那个窗帘，我要让你看个够。我只是希望，你别再偷看，可以过来看看我们的。妈妈人很好，她会给你很多的帮助。要是我求求贝丝的话，她还会为你唱上一曲，艾美会跳舞。我和美格会让你看我们可笑的舞台道具，让你痛快地笑一场。我们会玩得很愉快。你爷爷会让你过来吗？”

“我想，如果你妈妈能跟他说，他会同意我过去的。他其实心地很善良，只是看不出来罢了。只要我喜欢的事，他都会放手让我做的。他只是担心我会打扰陌生人。”劳里说，心情越来越好。

“又不是陌生人，我们是邻居。千万别担心。我们想认识你，我可老早就想这么做了。我们搬到这里的时间还不长，可所有的邻居都认识，除了你们。”

“要知道，爷爷就知道读书，外面发生什么都不管。还有，布鲁克先生，就是我的家庭教师，他不住在这里，没人陪我四处走走。我只能待在家里一个人过。”

“太糟糕了。努力一下，要是有人来请，你应该去拜访的。这样，你就会认识很多朋友，也可以到很多有趣的地方去。别担心害羞，多出去走走，就不会再这样了。”

劳里的脸又红了，乔说他害羞，他可没有生气。乔是出于好意，心直口快中的真情他怎能不领会？

他看着炉火发呆，而乔兴致勃勃地顾盼左右。“你喜欢你的学校吗？”沉默了片刻之后，男孩把话锋一转，问道。

“我可不上学，我是个实干家。我是说，我是个干实事的女孩。我服侍姑婆，她还是个既可爱又专横的老太太。”乔回答。

劳里刚要开口再问，但猛然想起，过多地打听别人的私事不礼貌，于是就及时地住了口，显得有几分尴尬。乔喜欢他有教养，并不介意他嘲笑马奇姑婆，于是她有声有色地描绘这位烦躁不安的老太太，她的胖狮子狗，那只能说西班牙语的鹦鹉，还有自己最热衷的藏书室，劳里简直都听得入了迷。她讲到，一次有位老绅士穿戴整齐，来向姑婆求婚，正当甜言蜜语时，鹦哥扯下了他的假发，令他大为丧气。听到这里，劳里身子向后一仰，笑得眼泪都流出来了，连一位女佣都探头进来看个究竟。

“哦！真让我受益匪浅。请接着讲。”劳里说。他在沙发垫子上抬起头来，高兴得脸上红光闪闪。

乔成功了，感到得意洋洋。她便“接着讲”，讲的都是她们的戏文、打算，对爸爸的希望和担心，以及姐妹们居住的小世界里最有趣的事情。然后他们开始谈书，令乔感到高兴的是，她发现劳里与她一样爱读书，甚至读得比她还多。

“看你这么喜欢书，下来看看我们的书吧。爷爷出去了，不用害怕。”劳里说着站了起来。

“我天不怕地不怕。”乔把头一抬回答道。

“我相信你不怕！”男孩大声道，仰慕地看着她。可他心里还是暗暗地想，如果遇到爷爷心情不好，她一点都不怕才怪呢。

整座屋里的气氛与夏天一样热烈，劳里领着乔逐间观赏，遇到乔感兴趣的地方便驻足细看一番。这样走走停停，最后来到书房，乔见了兴奋得手舞足蹈，她平日特别高兴时都那样。里头一排一排摆满了书本，放着图画、雕塑，小橱柜装满了钱币和古玩，引人注目，还有《睡谷传奇》[1]式椅子、古怪的桌子和青铜器，最令人叫绝的是一个敞开式大壁炉，是由精致的花砖砌成的。

“真是富丽堂皇啊！”乔赞叹道，一屁股坐在了天鹅绒面椅子上，心满意足地环视周围。“西奥多·劳伦斯，你应该是世界上最幸福的男孩。”她顾盼自雄着说。

“人不能光靠书活着。”劳里摇摇头说，他坐在了对面的桌子上。

他还没来得及多说，门铃响了，乔跳了起来，惶恐地叫道：“天哪！是你爷爷来了！”

“哦，是又怎样呢？不是说，你天不怕地不怕的？”男孩调皮地回答。

“我觉得有点怕他，可不知道为什么怕。妈妈说我可以来，我觉得来了也对你没什么坏处。”乔说。她眼睛盯着门，但努力使自己镇定下来。

“你来后我已经好多了，万分感谢。只是担心，你跟我聊天会很累。谈得真开心，真不忍打断。”劳里感激地说。

“医生来看你了，少爷。”女佣说着招招手。

“失陪一会儿，介意吗？我想得去看医生。”劳里说。

“我不要紧。我在这里乐不可支呢。”乔回答。

劳里走了，客人则自娱自乐。她站在那位老绅士精美的肖像前，这时门又开了，但乔没有回头，果敢地说：“我肯定不会怕他的。嘴巴冷酷，却慈眉善目，看样子挺有主见。没有我外公那么

1　美国作家华盛顿·欧文创作的著名短篇小说。

潇洒，可我喜欢他。”

“承蒙夸奖，小姐。”一个声音在她背后生硬地说。劳伦斯老先生就站在那里，这令她大为懊丧。

可怜的乔，脸红得不能再红了。回想起自己刚才所说的话，她的心开始怦怦直跳。霎时她想到了跑，但那是懦夫的行为，姐妹们会嘲笑的。于是，她决定留下来，并尽可能摆脱窘境。她又看了他一眼，发现灰色的浓眉下一双充满活力的眼睛，比画中的双眼要慈祥得多，目光中闪着一丝诡秘，这使她心中轻松了许多。在那可怕的沉默之后，老先生生硬地说："你不怕我，是吗？”他沙哑的声音变得更沙哑了。

“不太怕，先生。”

“你觉得我没有像你外公那么潇洒。”

“是的，先生。”

“我挺有主见，是吗？”

“只是我这么认为。”

“即使这样，你还是喜欢我，是吗？”

“是的，还是喜欢，先生。”

听了这回答，老先生十分高兴。他微微一笑，握握她的手，用手指托起她的下巴，把她的脸往上一抬，严肃地仔细端详，然后放下手点头说："长得不像你过世的外公，倒还继承了他的精神。他是个好人，孩子。更难得的是，他勇敢、诚实，我很自豪与他有交情。”

“谢谢你，先生。”他的话正中乔的下怀，听了以后心里很惬意。

“喂，你对我家孙子干了什么？”老先生尖锐地提出了下一个问题。

“我只想尽力做个好邻居，先生。”乔告诉了来访的缘由。

“你认为他需要开心一点，是吗？”

“是的，先生。他好像有点孤独，年轻人或许能帮助他。我们只是女孩子，可要是能帮得上忙，我们倒很愿意的。您送的圣诞礼物很棒，我们还没有忘记。”乔热情地说。

“啧，啧，啧！那可是孩子出的主意。穷女人现在怎么样了？”

“她很好，先生。”乔快嘴快舌，把胡梅尔家的所有情况讲了一遍，并告诉他，妈妈已经说服几个殷实的朋友来帮助她们。

“和她父亲一样助人为乐。告诉你母亲，抽空我要来看看她。用茶的铃声响了，由于男孩的缘故，我们早点用茶。下楼来吧，继续做个好邻居。”

“只要您喜欢请我，先生。”

“我要是不喜欢的话，就不会请你。”劳伦斯先生用传统的礼节，向乔伸出手臂。

“不知美格对此会怎么说？”乔边走边想，想到自己回家后要描述这里的情景，眼睛高兴得一闪一闪的。

劳里跑下楼来，看到乔竟然和令人生畏的爷爷手挽着手，满脸惊诧地站住。“嘿！怎么了，这孩子碰到什么鬼了？”老先生问。

“不知道您已经来了，先生。”他开口说。乔给他使了个眼色，一副得意扬扬的样子。

“明摆着的，看你冲下楼的样子就行了。来喝茶吧，少爷，拿出点绅士的风度。”劳伦斯先生慈爱地扯了扯男孩的头发，继续往前走。劳里跟在他们身后，好一会儿才反应过来，滑稽的样子引得乔差点哈哈大笑起来。

老先生喝了四杯茶，没有多说话，只是注视着两位年轻人。

两人很快就跟老朋友似的聊开了，孙子的变化没有逃过他的眼睛。现在，男孩脸色红润，充满生气，仪态活泼，连笑声中也充满了真挚的欢乐。

“她说得没错，小家伙确实孤独。我倒要看看，这些小姑娘家能帮他做些什么。”劳伦斯先生看着听着，一边心里琢磨着。他喜欢乔，因为她古怪、率直的做事方式正合他的心意，也因为她似乎十分了解这个男孩，她自己简直就像是个男孩。

如果劳伦斯祖孙真的如乔原来所说的那样“循规蹈矩、死气沉沉”，她完全不会与他们合得来，因为这样的人往往使她害羞、尴尬。但她现在却发现他们坦率、随和，这就使自己感到无拘无束，也给人留下了美好的印象。他们起身时，她提出要走，但劳里说，还想请她再看些东西，遂带她来到暖房。灯火已经特地为她点亮。乔在走道上徘徊，借柔和的灯光，欣赏着两边墙上盛开的鲜花、四周美妙的藤蔓树木，尽情呼吸芳香宜人的潮湿空气，仿佛置身于仙境。这时，新朋友剪了满满的一捧美不胜收的鲜花，扎起来，带着令她愉快的神情说：“请把这些鲜花交给你妈妈，就说我很感谢她送来的药。”

他们来到大客厅，只见劳伦斯先生站在炉火前，可乔的注意力却被打开着的大钢琴深深吸引了。

“你弹琴吗？”她转向劳里问，脸上露出敬佩的表情。

“有时候弹。”他谦虚地回答。

“现在请弹弹吧。我想听听，回去再跟贝丝说。”

“你先请吧。”

“不会弹，太笨了，学不会，可我很喜欢音乐的。”

于是劳里弹，乔把鼻子埋入天芥菜花和香水月季丛中聆听着，十分惬意。他弹得美妙无比，没有半点造作，这增加了她对

“劳伦斯家少年”的敬重。她希望贝丝能够听到他弹琴，可没有说出来，只是赞不绝口，直到他感到局促不安，最后还是爷爷前来解围。

“好了，好了，小姐，甜言蜜语太多，对他可不好。他弹得是不错，可我希望他在正经事上能同样做得出色。要走了吗？好吧，我很感激你，希望下次再来。替我向母亲问好。晚安，乔医生。”

他亲切地与她握手作别，但显得好像有什么事不高兴。走到过道时，乔问劳里，她是否说错了话，他摇摇头。

“没有，都怪我，他不喜欢听我弹琴。”

“为什么？”

“以后再告诉你。约翰会送你回家，我不行，恕不远送。”

“不必了，我又不是娇小姐，何况没几步路。自己多保重，好吗？”

“我会的，希望你能再来。”

“只要你答应我，病好以后来看我们。”

“我会的。”

“晚安，劳里！”

“晚安，乔，晚安！”

乔把下午的经历告诉大家，惹得一家人想全体出动去拜访。每个人都发现，篱笆另一边的大房子里，有一种说不出的魅力。马奇太太想跟老人谈谈自己的父亲，因为老人还没有忘记他；美格渴望到暖房去走走；贝丝憧憬着那架大钢琴；艾美则很想观摩一下精美的图画和雕塑。

“妈妈，劳伦斯先生为什么不喜欢劳里弹琴呢？”生性好问的乔问道。

“我也不太清楚，想必是他儿子的缘故。劳里的爸爸娶了位搞音乐的意大利姑娘，老人的自尊心极强，心里很不高兴。虽然这姑娘贤淑可爱、多才多艺，可老先生就是不喜欢。他们婚后，他没有再见儿子一面。劳里很小的时候，父母就双双去世了，是爷爷把他领回了家。这孩子生在意大利，身体不太健壮，我猜想是老先生唯恐失去他，因此谨小慎微的。劳里和他妈一样，天生就爱音乐，我敢说，爷爷是怕他也想当音乐家吧。无论如何，他的琴艺使老人想起不投缘的媳妇，所以他‘瞪眼睛’，正如乔说的那样。”

“哎哟，真浪漫！”美格嚷道。

“真傻帽儿！”乔说，“他喜欢当音乐家就当呗，他讨厌上大学，就不要送进去受罪好了。”

“我想，所以嘛，他才有一双漂亮的黑眼睛和优雅的举止。意大利人总是风度翩翩。”美格说。她有点多情。

“他的眼睛和举止你知道什么呀？你没跟他说过话，几乎没有。”乔嚷道。她可并不多情。

“我在晚会里见过他的，你讲的东西说明了他懂得举止得体。他说的妈妈送药那几句话多有意思。”

“想必他是指牛奶冻吧。”

“真是个笨孩子！他是指你，绝对没错。”

“是吗？”乔睁大眼睛，仿佛以前从没有这样想过。

“从来没有见过这样的女孩！人家恭维你还不知道。”美格说，摆出对这种事情熟门熟路的小姐的样子。

“我认为这种事是胡说八道。别这么傻，扫我的兴，我倒要谢谢了。劳里是个好男孩，我喜欢他，我不要听什么恭维呀之类的废话，太多情。我们都要待他好，他没了亲娘。他可以过来看我们的，您说对吗，妈咪？”

“对，乔，非常欢迎你的小朋友。我也希望美格记住，少女不应该过早搞得这么复杂。”

“我认为自己不算少女，我还不到十三岁呢，”艾美说，“你说呢，贝丝？”

“我正在考虑我们的《天路历程》。”贝丝答道。她一句话也没有听进去。“考虑我们如何下定决心学好，以便走出‘深渊’，穿过‘边门’，努力爬上陡坡；也许那边那座装满漂亮东西的屋子，便是我们的‘丽宫’呢。”

“我们得先偷偷经过狮子群身边啦。”乔仿佛憧憬着。

第六章

贝丝找“丽宫”

大房子确实是座“丽宫”，不过大家也是颇费周折才进到里面。贝丝觉得很难走过“几只拦路狮子”：劳伦斯老先生是最大的狮子，不过，他来登门拜访了，与每个姑娘都说笑一番，和她们的母亲叙了旧。从此之后，除了腼腆的贝丝没人再怕他了。另一只狮子是：她们贫穷，劳里富有。既然不能礼尚往来，她们也就不肯接受恩惠。但是，一段时间之后，她们发现劳里竟把她们当成了恩人，对马奇太太慈母般的款待、姑娘们的热情相伴，以及在她们那所简陋的房子里所感受到的温暖，他觉得怎么做都不足以表达感激之情。于是，她们忘记了穷人的志气，投桃报李，不再计较谁付出更多。

新的友谊如春草般茁壮成长，各种愉快的事都在那时发生了。大家都喜欢劳里，而他在暗地里向家庭教师夸“马奇家的姑娘都十分出色”。出于年轻人的热情，她们把寂寞男孩接纳到她们中间，如众星捧月。她们心地单纯，劳里对这种纯洁无邪的友谊感到十分陶醉。由于他从小就失去了母亲，又没有姐妹，因此很快便感受到她们给他带来的影响。她们忙碌、活跃的生活方式，使他对自己的懒散生活感到羞愧。他厌倦读书，却发现与人交往极有乐趣。布鲁克先生不得不提交不如意的成绩报告单，因为劳里常常逃学跑到马奇家去。

“不要紧，让他放个假，以后再补回来。”老人说。“邻居那位好太太说，他学习太用功，需要年轻人作伴，需要娱乐和锻炼。我想她说得有道理，我一直对这小子娇生惯养，都像他奶奶了。只要他快乐，由着他干什么吧。他在那边的小修道院里不会捣蛋的，马奇太太比我们更能培养他。”

真的，她们度过了多么美妙的时光啊！她们一起演戏、亮相做活人造型，一起坐雪橇、溜冰，一起在马奇家的旧客厅里度过愉快的夜晚，有时则在劳里家的大房子里开小型晚会。美格随时可以去暖房漫步，尽情地采摘花束。乔在新的书房里贪婪地饱览群书，并常常发表高见，使老人捧腹大笑。艾美临摹图画，尽情地欣赏美。劳里则非常可爱地充当庄园主。

而贝丝呢，虽然对大钢琴朝思暮想，却鼓不起勇气走进那座被美格称为“极乐大厦”的房子。她跟乔去过一次，可老人不知道她的弱点，浓眉大眼瞪着她，还大叫一声“嘿”，吓得她“双脚在地板上直打战”，但绝口不跟妈妈提起。她落荒而逃，并宣布以后永远都不再踏进那里半步，也顾不得那心爱的钢琴了。任凭大家百般哄骗劝说，都无济于事。后来，此事不知怎么传到了劳伦斯先生的耳中，于是他自己着手弥补。在一次简短的拜访中，他巧妙地把话题引向音乐，大谈他见到过的大歌唱家，听到过的管风琴雅乐，还讲了许多趣闻轶事。贝丝听得着了迷，在她偏僻的角落里待不住了，悄悄地靠上前来，在他椅子后面停了下来。她站在那里聆听，眼睛瞪得大大的，面颊为自己不寻常的举动而涨得红红的。劳伦斯先生只当没看见她这个小飞虫，继续大讲劳里的学业和老师。不久，他好像突然想到一个主意，对马奇太太说：

“现在这孩子不理会音乐了，我很高兴，过去他太迷恋音乐了。可钢琴闲着不行啊，你家的姑娘中有哪个愿意来，经常去弹弹，这样才不会走调。你说呢，太太？”

贝丝上前一步，紧握双手，就怕一兴奋拍起手来。这个诱惑确实是无法抗拒的，一想到在那架华美的钢琴上练曲子，她就激动不已。马奇太太还没来得及回答，劳伦斯先生古怪地微微点头，笑着说：

“她们不用跟任何人打招呼，可以随时进来。我总是关着门在屋子另一头的书房里，劳里经常出去，佣人们九点以后就不会再进客厅。”

他起身要走，贝丝打定主意要开口了，因为这最后的安排完全符合她的心愿。“请把我的话转告姑娘们。如果她们不想来，那也没关系。”这时一只小手握住了他的手，贝丝抬头望着他，脸上充满感激的表情。她热切而腼腆地说：

“先生噢，她们想去，非常非常想去！”

“你就是那个学音乐的姑娘吗？”他问，这回他没有吓人地叫“嘿！”，而是慈祥地看着她。

“我叫贝丝，我很喜欢音乐。我会来的，要是您保证没人听我弹琴——也没有打扰人的话。”她补充说，唯恐不礼貌，又担心自己冒失，因而说的时候身体有点颤抖。

“不会有人来听的，乖乖。房子里有半天是没人的，来吧，你可以尽情地弹，我会感谢你的。”

“您心肠真好，先生！”

他友好地看着贝丝，她脸红得像朵玫瑰。但这次她并没害怕，而是感激地握了握大手，对老先生赠送的珍贵礼物，她没有感激的话可说。老先生轻轻地抚着她的刘海，俯身下去，吻了她一下，用几乎没人听到过的语气说：

“我以前有一个小宝贝，眼睛长得很像你。愿上帝保佑你，乖乖！再见，太太。”说完，他匆匆地走了。

贝丝和妈妈狂喜一番，由于姐妹们不在家，她跑到楼上，把振奋人心的消息告诉那些病娃娃家人。那天晚上，贝丝欢快地歌唱着，连深夜睡觉的时候，她都在艾美的脸上弹钢琴，把艾美弄醒了，引得全家人都取笑她。第二天，看到祖孙俩都出了门，贝丝犹豫再三后，壮着胆从侧门进去，然后蹑手蹑脚地来到放着她的崇拜对象的过道。当然是十分凑巧，钢琴上竟安放着一些简单而悦耳的乐谱。贝丝不时停下朝四面窥探，最后用颤抖的手指弹起了琴键。接着，她立刻忘掉了恐惧，忘掉了自己，忘掉了一切，完全陶醉在音乐中。音乐就像是她的一位心爱朋友的话语，给她带来了无以言表的快乐。

她一直弹到汉娜来叫她回家吃饭，但她没有胃口，只是坐在一边，一个劲地对着大家会心地笑。

打那以后，几乎每天都能看到一个戴棕色帽子的小姑娘穿过树篱，一个音乐精灵在过道里悄悄出没。可她从来都不知道，劳伦斯先生常常打开书房门，聆听他喜欢的老曲子；她也没看到劳里在走廊里放哨，不让佣人走近；她更没怀疑放在乐谱架上的乐谱和新曲子都是特意为她安排的。每当他在家里跟她漫谈音乐，她只知道他是善意地给指点迷津。她尽情徜徉在音乐中，以为自己已经如愿以偿，可事实不尽如此。也许是因为她对这种福分心存感激，更大的赐福正接踵而来，但无论如何，她都是受之无愧。

“妈妈，我要为劳伦斯先生做一双便鞋。他待我很好，我得谢谢他，可我想不出其他什么方法。这样行吗？”在劳伦斯先生那次重要拜访的几个礼拜后，贝丝问。

“行，乖乖。这是谢他的好办法，他会高兴的。姐妹们会帮你做，我来出钱。”马奇太太回答。她特别愉快地答应了贝丝的要求，因为贝丝很少为自己提过要求。

经过与美格和乔多次认真商议后，贝丝选定了样式，买好了材料，于是便动手做鞋。深紫色的底色衬着一簇朴素而富有生机的三色堇花，鞋子设计得美观大方，大家交口称赞。贝丝起早贪黑地做，偶尔遇到难做的地方才找人帮忙。她俨然一个麻利的针线工，还没等大家感到厌烦，鞋子就完工了。然后，她写了一张简短的便条，一天早上趁老人还没起床，让劳里帮忙悄悄地把东西放到书房桌子上。

一阵忙碌过后，贝丝等待着即将发生的什么。一天过去了，到了第二天中午，仍没有消息，她开始担心冒犯了这位脾气古怪的朋友。到了第二天下午，她出去办点事，顺便带上乔安娜，就是那个病娃娃，去做例行锻炼。回来走到大街时，她看到三个，哦，是四个脑袋在客厅的窗口探头探脑。一见她，她们就一齐朝她挥手，快乐地高声尖叫：

“老先生来信了！快过来看！”

“哦，贝丝，他送你——”艾美抢先说，并拼命地用手比画着，可没等她再说下去，乔就猛地关上窗，堵住了艾美的口。

贝丝提心吊胆地往家里赶。刚到门口，姐妹们就围住了她，簇拥着来到客厅，指指点点，齐声说：“快看那儿！快看！”贝丝抬眼望去，惊喜得脸色都白了。那儿立着一架小钢琴，锃亮的琴盖上放着一封信，就像是告示牌，上面写着：“致伊丽莎白·马奇小姐”。

“给我的？”贝丝惊得吸口气说。她抱住乔，感觉好像要昏倒，毕竟这件事让她不知所措。

“是的，是给你的，宝贝！他是不是很棒？你觉得他是不是天底下最可爱的老先生？钥匙是放在信封里的。信还没拆看，可我们都很想知道他说了些什么。”乔叫了起来，一边抱住妹妹，一边把信递给她。

“你读吧！我不行！感觉头很晕！哦，真是太好了！”贝丝把脸埋在乔的围裙中，被礼物弄得神魂颠倒。

乔打开信，看到开头几个字就大笑起来：

马奇小姐：

亲爱的女士，

“称呼真好听！真希望有人也会这样给我写信！”艾美觉得这种传统的称呼很优雅。乔继续往下念。

我一生中穿过很多双鞋，不过，你做的那双最合脚。

三色堇是我最喜欢的花，会不时让我想起你这位温柔的赠送者。无以回礼，我想你会同意“老先生”把这份礼物送上，它是已故小孙女的。谨致诚挚的谢意和深深的祝福。你永远的——

心存感激的朋友和谦卑的仆人，

詹姆斯·劳伦斯

“你看，贝丝，我敢说，这是值得骄傲的光荣。劳里跟我说过，劳伦斯先生最疼爱死去的小孙女，她用过的东西都小心珍藏。你想，他把她的钢琴都送给你了。那是因为你有一双大大的蓝眼睛，又喜欢音乐。”乔说。贝丝从来都没有这么激动过，她兴奋得浑身发抖，乔在安慰她。

“看这些巧夺天工的烛台，还有细腻的绿绸折成花纹，中间点缀着一朵金玫瑰，再看看这漂亮的乐谱架和琴凳，一样不缺。”美格接着说。她打开钢琴，向大家展示精妙无比的造型。

“‘谦卑的仆人，詹姆斯·劳伦斯’，听，他居然这样写。一定要告诉同学们的，她们肯定觉得妙极了。”艾美被纸条深深打动了。

“弹弹看，乖乖。让大家听听这宝贝琴的声音。”汉娜说，她一向与全家人同甘共苦。

于是贝丝试弹了一下，大家都说这是她们听到过的最动人的琴声。显然，钢琴刚调过音，外表收拾得整整齐齐。贝丝脚踩发亮的踏板，手指满怀深情地在漂亮的黑白琴键上跳动，脸上洋溢着最开心的笑靥。钢琴虽然很美，但我想，其真正的魅力在于此——俯在琴上的那张笑脸。

“你得上门去感谢他。”乔开玩笑说，她以为妹妹根本不敢去。

“好的，我是要去谢谢他。我现在就去，要不然，又会害怕得不敢去的。”贝丝从容不迫地走过花园，穿过树篱，走进劳伦斯家，这令全家人都感到万分惊讶。

“哎！我发毒誓保证，这是我见过的最怪的事。钢琴竟然使她头脑发热！要是脑子没问题的话，她肯定不会去的。”汉娜望着贝丝的身影惊叫道，姑娘们也被这一幕惊得哑口无言。

如果她们看到贝丝此后的所作所为，肯定越发大惊失色。信我的话，她想都没想就敲了书房的门，听到一个粗哑的声音说：“进来！”她真的进去了，径直走到惊讶的劳伦斯先生跟前，伸出手，声音只是稍微有点颤抖地说：“我是来感谢您的，先生，谢谢您——”她没有说完，他的慈祥面容使她一下子忘了要说的话，脑子里只想着他失去了钟爱的小宝贝，便双手搂住老人的脖子，吻了他一下。

即使屋顶突然掀掉，老先生也不会更惊讶。不过，他喜欢这样——哦，老天，是的，他喜欢得不得了！——那信赖的轻轻一吻，使他那么感动、那么高兴，生硬的脾气就此一扫而光。他让贝丝坐在膝头，布满皱纹的脸靠着她的红红脸颊，觉得仿佛找回了自己的小孙女。从那一刻起，贝丝不再怕他，坐在那里跟他温馨地聊着天，仿佛一生下来就与他相识；正是：爱必消除恐惧，感激能征服傲慢。她回家时，老人一直送回到她家门口，与她诚挚地握手，往回走时又碰了一下帽檐向她致意，身子挺直，神情庄重，就像一位英俊勇武的老绅士，事实上，他也确是如此。

姑娘们看到这一幕时，乔掩饰不住内心的喜悦，跳起了吉格快舞；艾美惊讶得差点掉到窗外；美格举着双手惊叫：“完了，我看世界末日要到了！”

第七章

艾美的耻辱谷

“那小子真像希腊神话的独眼巨人，你说呢？”一天，艾美说。这时劳里正策马嘚嘚而行，经过时还把马鞭一扬。

“你怎敢这样说话？他一双眼睛完整无缺，而且漂亮得很哩。”乔叫起来。她容不得人家说她的朋友半点损话。

“我又没有说他的眼睛，不明白你怎么会发火，人家只是羡慕他的骑术而已。”

“噢，老天爷！这蠢鹅原来是指半人马神啊，却把他叫成了独眼巨人。”乔爆发出一阵大笑。

“不用如此无礼，这只是戴维斯老师所说的‘口吴（误）’而已，”艾美反驳道，用其拉丁语水平把乔镇住，“我只是希望，能拥有一丁点儿劳里花在那马上的钱。”她仿佛自言自语，但却希望姐姐们听到。

“干什么？”美格好意问道。而乔却因艾美第二次用错词而再次大笑起来。

“我负了一身债，急需用钱，但还要等一个月才能轮到领零用钱。”

“负债，艾美？怎么回事？”美格神情严肃起来。

“哦，我至少欠下一打腌酸橙。那我得有钱才能还呀。妈妈不许我在商店赊账的。”

“把事情详细说说。现在时兴酸橙啦？以前可是挑剌橡胶块来做胶球。”美格尽量不动声色，而艾美则神情严肃，不肯放松。

“哦，是这样的。姑娘们成天都买酸橙，你也得跟着买不是？否则别人觉得你小气。现在只有酸橙时兴，上课时人人都埋在书桌下咂酸橙，下课时用酸橙交换铅笔、念珠戒指、纸娃娃什么的。如果女同学相互要好，就送上一个酸橙。如果讨厌她，便当着她的面吃一个，不叫她来咂一口。她们轮流做东，我已经吃了人家不少，一直没有还礼，我应该请还，那可是信用债啊。”

“还差多少钱才能恢复信用？”美格一面问，一面拿出钱包。

“一个二角五分硬币已经绰绰有余，还剩下几分钱请你。你不喜欢酸橙吗？”

“不怎么的，我那份你吃掉了吧。这是钱，尽量省着用吧。钱不多啊。”

“谢谢！有零花钱真好！我要大吃一顿了，这礼拜就没有尝过酸橙呢。人家给我吃，怪不好意思的，无法还人情嘛。真想吃一个啊。”

第二天，艾美上学很迟，可最终还是忍不住把潮湿的棕色纸包炫耀了一番，神情虽然颇为自得，不过这倒也情有可原。然后，她才把纸包放到课桌最里面的角落。没过几分钟，艾美·马奇有二十四个美味酸橙（她在路上吃了一个），可以请客的消息，就在“圈子”中流传开来。朋友们献的殷勤让人受不了。凯蒂·布朗当场邀请她参加下一次舞会；玛丽·金斯利硬把手表借她戴到下课；珍妮·斯诺是一个尖酸刻薄的小姐，在艾美没有酸橙送的时候曾经卑鄙地挖苦过她，可她现在立刻与艾美握手言和，并主动提供一些难题的答案。但是，艾美没有忘记斯诺小姐尖刻的话：“别看某些人鼻子扁塌，可她能闻到人家的酸橙。某些人虽然势利傲气，可她会伸手跟人家要酸橙的。”于是，艾美辛辣回敬，索性把“斯诺女”的希望打得粉碎：“不用马上这么客气起来，你别想吃到。”

那天上午，刚好有位名士来校参观，艾美地图画得漂亮，受到了表扬。斯诺小姐对冤家的这种荣誉耿耿于怀，马奇小姐却为此摆出一副扬扬得意的架子。不过，唉，可悲啊，骄兵必败，一心想报仇的斯诺扭转局面，令冤家一败涂地。来客照例讲了一番陈词滥调；他刚鞠躬退出，斯诺马上就假装问重要问题，却向老师戴维斯先生告密，艾美·马奇课桌里藏着腌酸橙。

原来，老师早就宣布酸橙为违禁品，并郑重声明要把查到的第一个违禁者当众绳之以法。这位相当顽强的先生经过了一场旷日持久的激烈斗争，成功地禁绝了口香糖，没收烧毁了小说和报纸，取缔了一所地下邮局，并禁止做鬼脸、起绰号、画漫画等；为了把五十个反叛的姑娘训导得服服帖帖，他能做的都做了。老天作证，男孩们已经够人受的了，可谁知姑娘们更难对付。在那些神经紧张、脾气暴躁又缺乏教学天赋的人看来，情况更是如此。戴维斯先生精通希腊语、拉丁文、代数，各门学问很好，所以被命名为好老师，毕竟没人特别看重举止、德行、情操、表率。斯诺心里明白，这个时候告发艾美，她只有倒霉的份了。那天早上，戴维斯先生显然把咖啡调得太浓，又由于刮东风使他神经痛，而他的学生又没有理所当然地给他争光。因此，用一个女生不太优雅但很形象的话说：“他紧张得像个巫婆，脾气大得像头熊。”“酸橙”简直就是引爆火药的火苗，他黄脸气得通红，用力一拍桌子，吓得斯诺一溜烟逃回座位。

“小姐们，请注意！”

听到一声断喝，叽喳声戛然而止。五十双蓝色的、黑色的、灰色的、褐色的眼睛乖乖地盯着老师那张可怕的脸。

“马奇小姐，到讲台前来。”

艾美应着站起来，虽然表面镇静，内心却暗暗地害怕，酸橙压得她心头喘不过气来。

“把你桌子里的酸橙带过来。”她还没来得及离座，又听到一声意外的命令。

“不要都拿光。”同桌同学倒还算冷静，低声对艾美说。

艾美匆匆抖出六个，然后把剩下的放在老师面前，心想任何有人情味的人闻到那股香喷喷的气味，都会为之心动。不幸的是，戴维斯先生特别厌恶这种时尚蜜饯的气味，便更加怒火中烧。

“都在了？”

“还有几个。”艾美结结巴巴地说。

“马上把剩下的交出来。”

艾美绝望地朝同伴们望了一眼，只得遵命。

“肯定没有了？”

“我从不撒谎，老师。”

“那好，现在把这些恶心的东西两个两个扔到窗外。”

异口同声的叹息声，如一阵黑风。眼看着最后一线希望破灭，渴望已久的美味，现在到了嘴边，却被夺走了。艾美又羞又恼，脸涨得通红，可怕哟，来回走了足足六趟。每当一对倒霉的酸橙——噢！瞧，它们是那么饱满多汁——从她手中极不情愿地被扔下去，街上就响起一声欢呼。这表明姑娘们的零食落到了她们的死敌，就是那些爱尔兰小鬼的嘴里，他们还为此欢呼雀跃，可这却使姑娘们痛苦不已。这——这确实太过分了，一个个都把目光投向冷酷无情的戴维斯，有的愤怒，有的恳求，一位酷爱酸橙的女孩眼泪都哭了出来。

艾美扔完最后两个酸橙回来，老师令人毛骨悚然地“哼”了一声，然后故作威严地训斥道：“小姐们，你们应该记得我一周前说的话。发生这种事情，我深感遗憾。决不纵容违纪者，我从不食言的。马奇小姐，把手伸出来。”

艾美吓了一跳，双手藏到背后，哑口无言，只是哀求地望着他，其实这种表情比任何语言都能打动人。她可是“老戴维斯”（当然，大家都是这么叫他的）的一位颇为得意的门生。不知哪位姑娘按捺不住“嘘”的一声以示义愤，否则，我个人相信，他会食言的。那嘘声尽管很轻，却激怒了这位生性暴躁的绅士，也决定了这位犯规者的命运。

“手伸出来，马奇小姐！”这是对她无声哀求的唯一回答。艾美生性高傲，既不哭也不开口哀求，她咬紧牙关，把头往后一甩以示自己的抗议，毫不畏缩地任由小手掌挨了几下打。尽管只是轻轻地拍了几下，但这对艾美来说与痛打没什么区别。这是她有生以来第一次挨打，在她看来，这与把她打倒在地没什么不同，是奇耻大辱。

“现在，你就站在讲台前，一直到下课。”戴维斯先生说，他决定一不做，二不休。

太可怕了。回座看着小朋友们怜悯的目光和少数敌人幸灾乐祸的神色，这已经够受的了，而要蒙着新羞面对全校师生，简直是可忍，孰不可忍。一刹那，她觉得自己就要当场栽倒在地，然后放声痛哭一场。但那种痛苦的委屈感，和对珍妮·斯诺的顾忌使她挺住了。踏上那个可耻的地方，下面就像是一片人海。她两眼直勾勾地盯着上方的壁炉烟囱管，一动不动地站在那里，脸色煞白。看到这样一位悲情人物站在面前，姑娘们都无心上课了。

在接下来的一刻钟里，好强而敏感的小姑娘忍受着耻辱和痛苦的煎熬，永远刻骨铭心。在别人看来，这可能只是小事一桩，或许一笑了之，可对她来说，这是一次痛苦的经历。在她十二年的生活中，她完全被爱所笼罩，以前从未遇到过这样的打击。此时，她忘记了小手的刺痛和心灵的创伤，心头只萦绕着一个念头："回家要讲这件事啦，她们听了会对我多么失望！"

一刻钟简直就是一个小时，可终于等到了下课。"下课"这个词对她来说，从来都没有这么亲切过。

"可以走了，马奇小姐。"老师说。看得出来，他心里也不好受。

临走时，艾美充满怨恨地瞪了他一眼，令他不敢马上忘记。她一句话都没说，径直走到休息室，抓起自己的东西就走。她激昂地对自己说，要"永远"离开这个鬼地方。她到家时神色黯然。不久，姐姐们都回家了，马上召开一次声讨大会。马奇太太显得神色不安，但没多说话，只是用无限的温情安慰这个受伤的女儿。美格边掉眼泪，边用甘油涂那受伤的手；贝丝感到，对于这样的心灵创伤，她可爱的小猫咪也无济于事；乔愤怒地提出，立刻逮捕戴维斯先生；汉娜对那"坏蛋"挥舞着拳头，用力地捣着土豆做饭，仿佛坏蛋就在她的捣杵下面。

除了几个伙伴，没人注意到艾美逃学。不过，眼尖的姑娘发现，戴维斯先生下午上课态度和蔼，而且显得分外紧张。就在放学前不久，乔来了。只见她板着脸，阔步走到讲台前，扔下母亲的一封信，收拾起艾美的东西就走。临走时，在擦鞋垫上仔细地刮去靴底的泥，仿佛要把此地的尘土从脚上彻底抖落。

"好吧，可以不去上学，放个假，可我希望你每天能和贝丝一起学点东西。”那天晚上，马奇太太说，“我不赞成体罚，特别是对女孩子。我并不欣赏戴维斯先生的教学方法，不过你结交的也不是使你受益的好姑娘。我打算问一下你爸的意见，然后把你转学。”

“太好了！希望所有女同学都走掉，搞垮他那个破学校。一想起那些诱人的酸橙，简直会让人发疯。”艾美叹息道，一副殉道者的架势。

“丢了酸橙，我并不难过，毕竟违反校规，应该受罚。”母亲严厉地回答。这位小姐本来一心想得到安慰，没想到母亲竟然这么说，她感到十分失望。

“你是说，在全校师生面前丢脸，你很高兴？”艾美嚷嚷道。

“用那种方法来修正过错，我觉得并不可取。”妈妈回答说，“可我不敢说，换种温和点的方法就会对你有好处。你现在变得越来越自负，乖乖，该改一改了。你有许多天赋和优点，可没必要为此夸耀。要知道，若是自负，再出色的天才也会一事无成。真正的才能和美德不怕长期埋没，哪怕真的没人发现，只要自己知道拥有它，并能恰到好处地加以利用，就一定会感到满足。一切才华的巨大魅力，就在于谦虚。”

“千真万确！”在一旁跟乔下象棋的劳里大声道，“我曾认识一个女孩，她音乐天赋极高，却并不自知，她从不知道自己私下作的小曲有多美，即使别人告诉她，她自己也不会相信。”

“我能认识那位好女孩就好了，她或许可以帮助我，我这么笨。”贝丝说。她站在劳里身边认真倾听。

“你确实认识她，她比任何人都更能帮你。”劳里答道，快乐的黑眼睛调皮地望着她，贝丝霎时羞红了脸，把脸埋在沙发垫里，被这出乎意料的发现弄得不知所措。

乔让劳里赢了棋，以奖励他称赞了她的贝丝。贝丝经这么一夸，怎么也不肯出来弹琴献艺了。于是劳里一展身手，他边弹边唱，心情显得特别轻松愉快，因为他在马奇一家人面前极少流露自己的忧郁性格。他走后，整个晚上一直闷闷不乐的艾美似乎灵机一动，突然问道："劳里是否称得上多才多艺？"

"没错，他接受过优等教育，又富有天赋，如果不宠坏，是个人才。"她母亲回答。

"而且他不自大，对吗？"艾美问。

"一点也不。所以他才这么富有魅力，我们全都这么喜欢他。"

"我懂了，多才多艺、优雅高贵当然好，但不能向人炫耀，也不能瞧不起人。"艾美若有所思地说。

"如果使用得当，这些品质总可以从一个人的言谈举止中看得见、摸得着。根本没必要去炫耀嘛。"马奇太太说。

"就像你一下子戴上帽子，穿上衣服，再饰上丝带，就怕别人不知道你衣饰多。这确实不行的。"乔补充说，训话告一段落，随之响起一阵笑声。

第八章

乔遭遇恶魔

“姐姐们，你们去哪里？”一个周六的下午，艾美走进房间，看到美格和乔正准备出去，一副神秘兮兮的样子，于是便好奇地问。

“别管，小姑娘家别问这么多。”乔尖刻地回答。

如果有什么可以让我们年轻人伤感情的话，就是有人对我们说“小孩子家别问这么多”；说上一句“乖乖，走开点儿”，会令我们更难受的。艾美听了这样的侮辱怒不可遏，决心即使磨上一个小时，也一定要搞清这个秘密。美格从来都没有长时间拒绝过她，于是她转向美格，花言巧语地说：“告诉我吧！我想你们也会让我一起去的。贝丝整天弹琴，弄得我没事可做，真孤单。”

“不能啊，乖乖，人家可没邀请你。”美格开口了，可乔不耐烦地插话说：“好了，美格，别说了，要不会把整件事搞糟的。艾美，你不能去，别耍小孩子脾气，嘟嘟囔囔的。”

“你们要跟劳里一起去，肯定是。昨天晚上，你们在沙发上说悄悄话，还笑呢。等到我一进来，你们就不说了。是不是要跟他一起出去？”

“是的，没错，现在可以静下来了吧，别烦我们。”

艾美没有再说，只是眼巴巴看着。她看到美格把一把扇子塞进口袋。

“知道了！知道了！你们要去戏院看《宝石湖上七城堡》！”她嚷嚷道，接着坚决地说，“我要去，妈妈说过这出戏我可以看。我有零用钱的。不立刻告诉我，太小气了。”

“听我说几句，乖。”美格用安慰的口气说，“妈妈不希望你这个礼拜去，你的眼睛还没好，受不了这部童话剧的灯光刺激。下个礼拜，你可以和贝丝、汉娜一起去，再享受不迟。”

“我想跟你们和劳里一起去，不喜欢和她们。请让我去吧。我感冒这么长时间了，老待在家里。我想找点快乐，想得要命。求求你，美格！我会很听话的。”艾美恳求道，努力装出一副可怜的样子。

“要是我们带上她，只要把她裹得严实点，我想妈妈也不会反对吧？”美格说。

“她去，我就不去。我不去的话，劳里会不高兴的。再说，这样也很没礼貌，他只邀请了我们两个，而我们要拉上艾美一起去。我还以为，不要她的地方，她是不会去插一杠子的。”乔生气地说，她只想自己痛快一场，不想费神去照看一个坐立不安的小孩。

她的口气和态度激怒了艾美。艾美开始穿上靴子，一边用令人恼火的口气说：“我就要去，美格说我可以去。我自己付钱的话，就与劳里无关。”

“又不能和我们坐在一起，我们已经订了座位，你又不能一个人坐，劳里会把他的座位让给你，那我们就会扫兴。他也可能给你再找一个座位，可那不合适，没邀请你嘛。你一步都别动，就待在这里。”乔责骂道，她匆忙中刺痛了手指，变得更加生气。

艾美穿着一只靴子坐在地板上，放声大哭起来。美格劝她，这时劳里在楼下叫，两位姑娘匆匆下楼，任凭妹妹号啕大哭。艾美经常装出一副大人的样子，可她也时常忘记这一点，就像一个宠坏的孩子。两位姐姐刚要出门，艾美在楼梯的扶栏上用威胁的口吻喊道："乔·马奇，你会后悔的，我们走着瞧。"

"你敢！"乔说着砰地关上了门。

《钻石湖上七城堡》十分精彩，看了很过瘾，她们度过了美妙的时光。不过，尽管红小鬼滑稽可笑，小精灵光彩夺目，王子公主美不胜收，乔的快乐却总是夹杂着些许苦涩。看到美若天仙的王后一头黄色鬈发，她便想到艾美，幕间休息时便猜测艾美会如何行动来令她"后悔"，以作消遣。她和艾美在生活中发生过多次激烈的小冲突，两人都是急性子，惹急了都会采取暴力。艾美挑逗乔，乔激怒艾美，非常偶然，会爆发脾气，事后两人都惭愧不已。乔虽然年长，却最不能自制。她的火暴性子屡屡使她惹祸上身，却着实难以加以约束。她的怒气总是不持久，等到低三下四地认了错，她便诚心悔改，努力学好。姐妹们常说，她们倒挺喜欢把乔逗得勃然大怒，因为之后她便成了温柔的天使。可怜的乔拼尽全力要学好，但深藏心中的敌人总是随时发脾气，把她扳倒。经过数年的耐心努力，方才加以压服。

美格和乔到家，只见艾美正在客厅里看书。她们进来时，她装出一副受委屈的样子，低头看着书，连眼都不抬，也没问一个问题。要是贝丝没在那里问这问那，听两位姐姐兴奋地描述剧情，好奇心也许就会战胜愤恨，艾美也许就会上去问个明白的。乔走上楼去放她的出客帽子，她首先看看衣柜，因为上次吵架时，艾美把乔的顶层抽屉在地板上翻了个底朝天，以发泄内心的怨恨。还好，一切都没动，乔匆匆地扫视了衣橱、袋子和箱子，接着便认定艾美原谅了自己，忘记了冤屈。

这回乔想错了，第二天，她发现少了件东西，于是引发了一场狂风暴雨。傍晚时分，美格、贝丝和艾美正坐在一起，这时乔冲进房间，神情激动，气喘吁吁地问："有谁拿了我的书？"

美格和贝丝满脸惊讶，立刻说"没有"。唯独艾美捅了捅炉火，一声不吭。乔见她脸色都变了，便冲过去。

"艾美，你拿了我的书。"

"没有，我没拿。"

"那你知道在哪里！"

"不知道。"

"撒谎！"乔嚷道。她一把抓住艾美的肩膀，神态凶狠，就是比艾美再胆大的孩子见了也会害怕。

"没撒谎。我没拿，也不知道在哪里，得了吧。再说我也不想知道。"

"你肯定心中有数，最好马上说出来，不然，看我怎么收拾你。"乔稍微推搡了她一下。

"随你怎么骂，反正，永远都别想再见到你那本傻乎乎的书。"艾美嚷道，她也变得激动起来。

"为什么？"

"我把它烧了。"

"什么！我那么喜欢那本小书，反复推敲，本来想在爸回家前写完的！竟然把它烧了，是不是真的？"乔问。她脸色苍白，两眼迸出愤怒的目光，双手神经质地抓住艾美不放。

"是的！烧了！谁叫你昨天发火，我说过要让你付出代价的。于是，我就——"

艾美没有再往下说，因为乔已经怒不可遏。她一边使劲地推搡艾美，弄得艾美牙齿咯咯作响，一边悲愤交加地喊道：

“你这个恶毒的丫头！再也写不出来了，一辈子都不会原谅你的。”

美格赶紧上前救下艾美，贝丝也过来安慰乔。可乔已无法控制自己，临走时打了妹妹一记耳光，随后冲出房间，跑上阁楼，坐在旧沙发上，单方面结束了争吵。

马奇太太回到家里后，楼下的风暴才平息。她听说了此事，很快就使艾美认识到自己做了对不起姐姐的事。乔的书是她心中的骄傲，也被全家当作前途无量的文学萌芽。只不过是五六则小童话，可乔默默地加以千锤百炼。她全身心地投入了创作，盼望写出些优秀的作品能够发表。她刚仔仔细细地誊抄了一遍，并毁掉了旧草稿，因此艾美的一把火烧掉了她几年的心血。这对别人来说只是个微不足道的损失，可在乔看来，却是一场可怕的灾难，她觉得这是永远都不能弥补的损失。贝丝伤心得像失去了一只小猫咪，美格拒绝保护她的宝贝艾美，马奇太太神色严峻，伤心万分，艾美现在也比谁都后悔，除非她认错道歉，否则没人会爱她了。

茶点的铃声响起时，乔露面了，脸色铁青，对人不理不睬。艾美鼓足勇气怯弱地说：

“请原谅我，乔姐。我真的非常、非常抱歉。”

“永远都不会原谅你的。”乔严厉地回答。从那一刻起，她完全不理艾美了。

没人再提起这场大祸，连马奇太太也不例外。大家都知晓一条经验：乔情绪如此低落时，说什么也白搭。最好的办法就是等待一些小事的发生，或者要靠她自身宽容的天性，来化解内心的愤恨，治愈心灵的创伤。这天晚上，虽然照常做针线活，母亲照样朗读布雷默[1]、司各特[2]、埃奇沃思[3]的作品，但气氛根本不快活，大家若有所失，原来甜蜜、平静的家庭生活打乱了。到了唱歌时间，大家的体会更加深切，贝丝只是默默抚琴，乔呆立一旁，活像个石头人，艾美失声痛哭，只剩下美格和母亲孤军作战地吟唱。但是，虽然她们力图唱得像云雀一样轻快，银铃般的歌喉已失去往日的和谐，全都觉得走调了。

乔接受晚安吻别时，马奇太太轻轻地说："乖乖，别因为心中有恨，就见不到太阳，你们要互相原谅，互相扶持，明天一切都从头开始。"

乔真想扑到妈妈怀里痛哭一场，把悲伤和愤怒都发泄出来，但人道是男儿有泪不轻弹。而且，她内心感到深深的伤痛，真的不能原谅谁。她勉强地眨眨眼，点了点头。见到艾美在一边听，她便粗声粗气地说："这么卑鄙可恶，不值得原谅。"

说着，她大步朝卧室走去。那天晚上，姐妹们没有说笑，也没讲悄悄话。

艾美主动求和遭拒，便恼羞成怒，但愿自己没有低声下气，觉得受到了莫大的伤害，于是便炫耀起自己的优良品质，显得特别令人恼火。乔脸上依然乌云密布，这一天，所有事情都乱套了。早晨寒风刺骨，乔把珍贵的酥饼掉到了阴沟里；马奇姑婆坐立不安。美格忧郁着，贝丝等她到家时摆出一副愁眉苦脸、忧思无限的样子，而艾美在大放厥词，指责某些人虽然嘴上老说要学好，可当有人已经做出了表率，她们却还不肯行动。

"每个人都这么怨气冲天，还是找劳里一起滑冰去。他总是

---

1 Fredrika Bremer，瑞典作家、女性改革者，代表作《新世界之家》。

2 Walter Scott，苏格兰历史小说家，代表作《艾凡赫》。

3 Maria Edgeworth，爱尔兰儿童文学女作家，代表作《父母的助手》。

那么亲切，那么快活。我知道，和他在一起，心情会好些。”乔心想，然后跨出门去。

艾美听到冰鞋的碰撞声，向外一望，急得大叫：“你看看！她答应过我，下次带上我去，这可是最后一次结冰了。可要这个人带我去，等于白说，瞧，她脾气多暴躁。”

“别这么说。你昨天太不听话了。谁叫你把她的宝贝书烧了呢，她当然不肯轻易原谅你。不过，我想她现在会原谅你的，我猜她会的，只要在适当的时候开口。”美格说，“跟着他们，不要说话，等到乔和劳里有说有笑，你再趁空当上前，只要吻她一下，或者做件友好的事，我敢说，她又会真心诚意地跟你和解的。”

“我去试试。”艾美说。这个主意正合她意。一阵匆忙之后，她准备好了，朝他们追了上去。而两位朋友正消失在山的那边。

这里离河边不远，两人没等艾美来到就已经准备好了。乔见她过来了，就背过身去。劳里没有看见她，正小心翼翼地沿着河岸滑冰，探测冰层的声音，因为在冰天雪地的前几天有过一段暖和的日子。

“我先到第一个弯口去，看看可不可以滑，然后再开始比赛。”艾美听到劳里这么说。只见他身穿一件皮毛镶边的外套，头戴帽子，就像俄国的小伙子，飞也似的滑去。

乔是听见艾美奔跑来的，在她身后气喘吁吁，一边跺脚，一边穿冰鞋，还往手上呵气。她就是不转身，沿河岸歪歪扭扭地慢慢滑行，妹妹遇到了麻烦，她心里反而感到解气，但也只是一种苦涩而不悦的快意。满腔怨恨，越积越深，最后使她丧失了理智，犹如罪恶的念头和情绪，不及时排除，必酿成大祸。劳里转过弯，回头大声喊道：

“要靠岸边滑，中间不安全。”

乔听到了，可艾美还在使劲站稳脚跟，一个字都没听见。乔扭头瞟了她一眼，藏在她心中的小魔鬼在耳边说：

“管她有没有听到，随她去吧。”

劳里绕过转弯处不见了，乔刚好来到转弯处，艾美还远远地落在后面，她正朝河中央平滑的冰面滑去。乔呆呆地站了一下，心中升起一种不祥的预感。她还是决定继续向前滑行，可莫名的东西使她停下脚步，回头正好看到妹妹撒开双手，身体往下掉，随之听到一声融冰的破裂声，看到水花溅起，同时传来一声惨叫，吓得乔心都快要停止跳动了。她试图叫劳里，可就是叫不出声；她想往前冲，可双脚疲软无力，不听使唤。有一会儿，她只能一动不动，呆立在那里，满脸恐惧，两眼直勾勾地盯着黑油油水面上的那顶蓝色小帽。一个身影从她身边一闪而过，劳里大声喊道：

“快！快！拿根横杆来。”

她是怎么拿的，连自己都不知道。但在接下来的几分钟里，她好像中了邪似的，茫然地听从劳里的吩咐。劳里则十分镇定，他平卧在冰面上，用手臂和冰球棒钩住艾美。等到乔从篱笆上抽出一根横杆，才一起把孩子拉出来。艾美吓得要命，幸好没有受伤。

“嗨，必须尽快把她弄回家，我们的衣服给她盖上，我先要把她这双该死的冰鞋脱掉。”劳里边喊边把皮衣给艾美裹上，他使劲地扯鞋带，解带从来都没有这么麻烦过。

他们把艾美送回了家。她颤抖着，浑身滴着水，还一个劲地哭喊。然后，经历了这场惊心动魄的意外之后，艾美全身裹着毯子，在炉火前睡着了。在这阵手忙脚乱的时候，乔连话都没说，只是急得团团转，脸色苍白，神色慌张，衣服脱去不少，裙子撕了个口子，双手也被冰块、横杆和坚硬的扣子擦伤了。艾美安然入睡，屋子里安静下来，马奇太太坐在床边，把乔叫到身边，替她包扎手上的伤口。

“肯定她没事了吗？”乔轻声问，她望着长满金发的脑袋，心里满是悔恨，差一点这颗脑袋就要在险恶的冰层下消失，再也见不到了。

“没事了，乖乖。她没有受伤，我想连感冒都不会得。你们做得很对，用衣服把她裹住，又马上送回家。”母亲欢乐地回答。

“都是劳里做的。我当时只是听天由命。妈妈，要是她死了，都是我的错。”乔倒在床边，眼里噙满了悔恨的泪水。她诉说着发生的一切，狠狠地责备自己竟然铁石心肠。她泣不成声地祷告，感谢老天，使她幸免了严厉的惩罚。

“都怪我脾气不好！我想努力改正。我还以为已经改好了，谁知比以前更糟了。妈妈啊，我该怎么办？怎么办？”可怜的乔绝望地喊道。

“自己当心，再加上祈祷，乖乖。不要灰心，也不要觉得缺点改不掉。”马奇太太说着，把那蓬乱的脑袋拉到自己肩头，体贴地亲吻满是泪水的面颊，可乔哭得更凶了。

“您不知道，您猜不到我的脾气有多坏！我发火时好像什么事都干得出来。我会变得很野蛮，谁都会伤害，还幸灾乐祸。我怕有一天会做出可怕的事，毁了自己的一生，谁都会恨我。妈妈噢，帮帮我吧，求您帮帮我吧！”

“我会的，宝贝，我会的。别哭得这么伤心，要记住这一天，下决心保证不重犯。乖乖，我们都要面临魔鬼的诱惑，有些比你碰到的还要厉害得多，往往要努力一辈子来抵御。你觉得你的脾气是世上最坏的，可我以前脾气跟你一样坏。”

“您的脾气？怎么，可从没见过妈妈您生气呀！”乔惊讶得暂时忘掉了悔恨。

“四十年来，我一直在努力改正，只是学会了如何控制。在我一生中，几乎每天都生气，可我学会了不发作。我还希望随遇而安，可能又得熬上四十年，才能做到吧。”

她深爱着的母亲脸上所表现的忍耐和谦卑，对乔来说，是最贤明的教导和最严厉的责备。有了母亲给她的安慰和信心，她立刻舒畅多了。知道母亲也有她这样的缺点，也在努力改正，她更觉得容易承受些。要痛下决心，改正缺点，虽然四十年当心和祈祷的周期，对一个十五岁的少女来讲，显得那么漫长。

“妈妈，当马奇姑婆责骂，或有人烦扰您时，您有时紧闭双唇走出屋外，那是不是在生气？”乔问道，觉得自己跟妈妈越发亲近了。

“是的，我学会了压住冲到嘴边的气话，觉得这些话要不由自主冲口而出时，我就走开一会儿，为自己的软弱、恶意敲敲警钟。”马奇太太叹口气，笑了笑，边说边把乔散乱的头发理顺、扎好。

“您是怎样学会保持冷静的？我正为此麻烦不断——刻薄话总是不假思索地飞出口；说得越多越糟糕，最后恶语伤人、恶毒攻击成了乐趣。告诉我您是怎样做的，好妈咪。”

“我的好妈妈过去总是帮我——”

“就像您帮我们一样——”乔插嘴说道，感激地献上一吻。

“但我在比你稍大一点的时候便失去了她。我自尊心极强，不愿对别人坦白自己的弱点，因此多年来只能独自挣扎。我失败过许多次，并为此洒下无数痛苦的泪水。乔，难哪，尽管我非常努力，但似乎总是毫无进展。后来你父亲出现了，我沉浸在幸福之中，发现学好并非难事。但后来，当我膝下有了四个小女儿，家道中落时，老毛病又犯了，因为我天生缺乏耐性，看到孩子们缺这少那，心里便煎熬得厉害。”

“可怜的妈妈！那么是什么帮助了您？”

“你父亲，乔。他从不失去耐心——从不怀疑，从不怨天尤人——而是乐观地企盼、工作和等待，使人耻于跟他唱对台戏啊。他帮助我，安慰我，让我知道，如果想要女儿拥有美德，自己就要身体力行，我就是楷模呀。想到为你们努力，而不是为自己，事情就容易了；每当我说话太冲，你们投来又惊又骇的目光，就比言语斥责更厉害。我努力以身作则，赢得了孩子的爱戴、尊敬和信任，这就是最美好的报偿。”

“呵，妈妈，我及得上您一半就心满意足了。”乔深受感动地说道。

“我希望你会做得好得多，乖乖。但你得时时提防你爸所说的‘藏在心中的敌人’；不然，即使它没有毁掉你一生，也会使你终身痛苦。你已经得到了警示；要牢记在心头，竭尽全力控制自己的暴躁脾气，以免酿成比今天更大的悲剧，抱憾终身。”

“我一定努力，妈妈，真的。但您得帮助我，提醒我，防止我祸从口出。我以前看见，爸爸有时用手指按住双唇，用异常亲切而严肃的眼光望着您，您便紧咬嘴唇，或是走出门去。他这样是不是在提醒您？”乔轻轻问道。

“是的。我叫他这样帮助我，他也从不忘记。看到那个小小的手势和亲切的目光，我的恶言便收口了。”

乔看到母亲讲话时眼睛噙满泪水，嘴唇轻轻颤动，担心自己说得太多了，便赶紧轻声问道：“这样望着您，跟您谈这个问题不对吗？并非有意冒犯，可是跟您谈心我就畅快，就感到又安全又幸福。”

“我的乔，你可以向母亲倾诉衷肠。女儿向我诉说心里话，并明白我是多么爱她们，这对我是最大的幸福，最大的骄傲。”

“我以为使您伤心了呢。”

“不，乖乖；只是提起父亲，我便想到多么想念他，多么感激他，多么应该忠实地为他照看他的四个小女儿，使她们平安、学好。”

“但是您却叫他上前线，妈妈。他走时您没哭，现在也从不埋怨，似乎您从不需要帮手。”乔不解地说。

“我把最美好的东西献给我热爱的祖国，一直到他走后才让眼泪流出来。我为何要埋怨呢？我俩只是尽了应尽的责任而已，而且最终一定会因此而更加幸福。我似乎不需要帮助，那是因为我有一个比父亲更好的朋友在安慰我，加持我。孩子，你生活中的烦恼和诱惑在露头，而且可能还会有许多，只要感受到天父的力量和仁爱，正如你感受到地上的父爱一样，你就能战胜它们，超越它们。你对天父之爱越深，信任越大，你就觉得与他越接近，对世俗的力量和智慧依赖就越少。天父的慈爱和关怀旷日持久，永远与你同在，它是人生平和、幸福和力量的源泉。坚守这个信念，向上帝尽情倾诉种种苦恼、希望、悲伤和罪过吧，就像你向妈妈倾诉一样。”

乔的唯一反应是紧紧拥抱母亲。随后是沉默，她做了最虔诚的祈祷，做到心如止水，说话便是多余的了；在那悲喜交加的时刻，她不仅懂得了后悔和失望的痛苦，也体会到了自我否定和自我控制的愉悦。在母亲的引导下，她与天父更近了。天父用爱欢迎每一个孩子，这种爱比任何父爱更强烈，比任何母爱更温柔。

艾美在睡梦中动了一下，叹了口气。乔抬头看去，脸上泛起了从未有过的表情，恨不得马上就修正自己的过错。

“我一生气就见不到太阳，我不愿原谅她，今天要不是劳里，就一切都追悔莫及。我怎么会这么缺德？”乔不由得说出声来。她俯身看着妹妹，并轻轻地抚摸着散落在枕头上的湿头发。

艾美似乎听到了，睁开眼睛，伸出双臂，面带笑容，这一笑犹如一股暖流直达乔的心田。两人什么都没说，只是隔着毯子紧紧地互相拥抱，所有仇怨都在一吻中烟消云散了。

第九章

美格涉足名利场

“那帮孩子现在出麻疹，真是天赐良机。”美格说。这是四月的一天，她在房间里整理“出客”的行李，妹妹们围在身边。

“安妮·莫法特真好，说话算话。整整两个礼拜玩他个痛快。”乔答道，一边伸长胳膊把几件裙子叠起来，样子活像一架风车。

“天气也很好，喜欢这样。”贝丝接着说，一边从她的宝贝箱子里仔细地挑出几条领圈和发带，借出来参加这次重要聚会。

“但愿是我出去过好日子，戴上所有这些漂亮的东西。”艾美说。她嘴里衔了一口针，美观地插入姐姐的针垫里。

“但愿你们都去，可那不可能，只能回来时再说故事了。你们对我这么好，把东西借给我，又帮我整理东西，这点小事肯定能办到。”美格说着，扫视了一下房间，最后把目光落在简单的行李上，可这在她们眼里几乎是完美的了。

“妈妈从百宝箱里拿出了什么给你？”艾美问。马奇太太有个杉木箱子，里头装着几件曾经辉煌时的旧物，准备到时候送给女儿们。那天打开箱子时，艾美不在场。

“一双长筒丝袜，那把漂亮的雕花扇子，还有可爱的蓝色腰带。我原想要那件紫罗兰色的真丝裙子，来不及改制了，只好穿我那条旧塔拉丹纱裙。”

“穿在我的新薄纱裙子外面很配，衬上腰带就更漂亮了。真后悔我的珊瑚手镯给砸坏了，不然你可以戴上。”乔说。她慷慨大方，什么都肯出借，只是东西大都破旧不堪，派不上什么用场。

“百宝箱里有一套漂亮的旧式珍珠首饰，但妈妈说鲜花才是年轻姑娘最美丽的饰物，而劳里答应我要什么就送什么。”美格回答。“来，让我看看，这是新的灰色旅行衣——把羽毛卷进我帽子里，贝丝——那是礼拜天和小型晚会穿的府绸裙子——春天穿显得沉了点儿，对吧？如果是紫罗兰色的真丝裙子就好了，唉！”

“不要紧，参加大型晚会还有塔拉丹连衣裙呢，再说，你穿白衣裳就像个天使。”艾美说道，望着那一小堆漂亮衣饰，心驰神往。

“不是低领，拖曳效果也不够，但也只好将就一下了。我那件蓝色家居服倒是挺好，翻了新，还刚刚镶了饰边，感觉和新的一样。我的丝绸宽松衫一点都不时髦，帽子也不像萨莉那顶。我原不想多说，但我对自己的伞失望极了。原叫妈妈买一把白柄黑伞，她却忘了，带回一把黄柄绿伞。这把伞结实精致，不该抱怨，但跟安妮那把金顶绸伞相比，就要无地自容了。”美格叹息着，极不满意地审视着那把小伞。

“把它换过来。”乔提议。

“我不会这么傻，妈为我花钱已经很不容易了，不想伤她的心。这只是我的荒唐想法罢了，不会陷进去的。丝袜和两双新手套足慰平生。你把自己的借给我，真是好妹妹。我有两双新的，旧的也洗得干干净净，平常使用，觉得已经十分富裕气派了。”美格又朝她放手套的盒子瞥了一眼，情绪大涨。

“安妮·莫法特的晚礼帽上头，有几个蓝色和粉红蝴蝶结；你可以帮我打上几个吗？”她问，这时贝丝拿来一堆刚刚从汉娜手中接过的雪白薄纱。

“不，我不会想打，漂亮的帽子跟没有饰边的素净衣服不配。穷人不戴花嘛。”乔断然说道。

“不知道到底我有没有福气，穿衣服锁有真花边，戴帽子打蝴蝶结呢？”美格热切地说。

“那天你还说，只要可以去安妮·莫法特家，就心满意足了。”贝丝轻声评论。

“是说过的！哦，我是很满足，不会烦恼了。似乎人得到的越多，胃口也就越大，对不？噢，行了，隔底放好了，一切齐备，就剩舞会礼服了，那要等妈来收拾。”美格说着，眼光从装得半满的行李箱落到熨补过多次、她郑重其事地称为“舞会礼服”的白色塔拉丹薄纱裙上，心情愉快起来。

第二天天气晴朗，美格气派地出发了，去领略两个礼拜的新奇乐趣。马奇太太好不容易同意，生怕美格回来时对家里会更加不满意。但美格极力恳求，而且萨莉也答应照顾她；再说，整个冬天美格都在做烦闷的工作，出去消遣一下也是一大快事。最后，母亲终于做出让步，答应让女儿去初次品尝时尚生活的滋味。

莫法特家确实很赶时髦，楼房富丽堂皇，主人优雅端庄，纯朴的美格见了心里发虚。尽管那家过的是浮夸生活，可她们待人热忱，没过多久，这位客人便不再拘束。不知为什么，美格隐隐感到，她们教养有限，智力一般，而且阔气掩盖不了平庸的材料。当然，乘漂亮的马车，每天都锦衣华服，一个劲儿地玩乐，这样养尊处优的日子很惬意，也正合美格的心意。不久，美格便开始学着周围人的言谈举止，摆点小架子，装腔作势，说话时还带几句法语，把头发卷曲，把衣服改小，尽可能评论流行时尚。安妮·莫法特的漂亮东西，美格看得越多越眼红，也越渴望发财。现在想起来，自己家徒四壁，工作也变得格外艰辛。尽管有新手套和真丝长袜，可她还是觉得自己一无所有，深感委屈。

不过，她没有太多的时间抱怨，因为这三位小姑娘在忙于享受“美好时光”。她们白天逛商店、散步、骑马、探亲访友；晚上，上戏院、看歌剧或者在家里嬉闹；而安妮交友甚广，深知待客之道。她的姐姐们都是漂亮小姐，其中一位已经订婚，美格觉得订婚是极有趣极浪漫的。莫法特先生是位富态乐天的老绅士，与美格的父亲相识；莫法特太太也是位肥胖、快乐的老太太，她跟女儿一样十分喜欢美格。所有人都宠爱她，亲切地称她为“黛茜”，宠得美格真有点头脑发热。

到了“小舞会”的那天晚上，她发现别人都穿上了薄薄的衣服，打扮得漂漂亮亮的，相比之下，自己的府绸衣服根本不行。于是塔勒坦布裙子出场了，可与萨莉挺括崭新的塔勒坦布裙子一比，立刻显得陈旧不堪、又皱又破。美格看到姑娘们瞥了一眼，接着面面相觑，面颊顿时开始发烧，因为尽管她生性温柔，毕竟自尊心十足。大家一个字都没说，可萨莉提出帮她梳理头发，安妮提出为她系腰带，贝儿，就是已经订婚的那位姐姐，称赞她手臂洁白。在美格看来，她们的好意只不过是同情她贫穷。她心情十分沉重，独自站在一边，而其他人有说有笑，还像翩翩蝴蝶到处飞奔。美格正感到十分难受痛苦时，女佣送来一盒鲜花。没等她开口，安妮就揭开盖子。看到里面这些美丽的玫瑰、杜鹃和绿蕨，众人都惊叫起来。

“肯定是给贝儿的，乔治经常给她送的。这些花真的令人陶醉。”安妮深深地闻了一下鲜花，大声咋呼。

“那位先生说，这些花是送给马奇小姐的。这儿有张纸条。”女佣插话道，说着把纸条递给美格。

“多有意思！会是谁送的呢？以前并不知道你有情人。”姑娘们呼喊着，纷纷围住美格，显得十分好奇、惊奇。

“纸条是妈妈写的，花是劳里送的。”美格简单地说。不过，她心里非常感激劳里没有忘记她。

“真的啊！”安妮说，脸上带着一种滑稽的表情。美格把纸条塞进口袋，把它当作战胜嫉妒、名利和孤傲的法宝。寥寥数语充满深情，她感觉好多了，美丽的鲜花更使她高兴起来。

美格几乎恢复了愉快的心情，她拈出几枝绿蕨和玫瑰留给自己，随即将剩下的分成几把精美的花束，分赠给朋友们点缀在胸前、头发和衣裙上。她做得这么漂亮，大姐克拉拉不禁称她为“她所见到的最甜美的小家伙”，众人也为她的小小心意所感动。这一善举把她的沮丧心情打发走了。大家都跑到莫法特太太跟前展览去了，她独个儿把几枝绿蕨插在自己的鬈发上，又把几朵玫瑰在裙子上别好，这时裙子在心目中变得不那么难看了，一照镜子，看到了一张喜气洋洋、双目明亮的脸孔。

那天晚上，她玩得很痛快，尽情地跳舞。所有人都很热情，她获得了三次赞扬。安妮请她唱歌，有人称赞她嗓子非常甜美；林肯少校问那位“长着漂亮眼睛、充满青春活力的小姑娘”是谁；还有晚上，莫法特先生坚持要请她跳舞，说她“不拖泥带水，舞步轻盈”，他说得极为动听。总之，她度过了一段美好的时光。后来，无意中听到一些议论，令她方寸大乱。她正坐在暖房门口，等舞伴给她送冰淇淋，突然听到花墙的另一边有个声音问：

“他多大了？”

“我想，也就十六七岁吧。”另一个声音回答。

“那些姑娘中总有一个会碰到这种绝妙好事，你说对吧？听萨莉说，他们现在关系很亲密，那个老的也很溺爱她们。”

“我敢说，姓马的自有打算，虽然早了点，可这把牌她会打得很好。显然，姑娘们还没想到这一点呢。”莫法特太太说。

“她刚才在胡扯，说纸条是她妈写的，好像她已经知道了。可鲜花送来的时候，你看她的脸都红成什么样子了。可怜的人哪！要是她打扮得入时一点，确实很漂亮。要是我们在礼拜四把衣服借给她，你觉得她会生气吗？”另一个声音问。

“她很高傲，不过，我想不会介意的，毕竟她只有那条难看的塔勒坦布裙子。今天晚上她可能会撕破裙子，那样就有理由借给她一条像样的裙子啦。”

“再说吧。我要去邀请小劳伦斯，当然是特意为了她，到时我们就等着看好戏吧。”

这边，美格的舞伴过来了，看到她脸色通红，且神色颇为不安。听了刚才这些话，她感到既屈辱又气又恶心。她确实很高傲，那时也幸亏这样，她才没有发作。她再天真无邪，可还是能明白朋友们的这些闲话。她努力忘记它，可就是忘不掉，心头一直萦绕着“姓马的自有打算”“胡扯”“难看的塔勒坦布裙子”。她真想痛哭一场，然后飞奔回家，把苦恼告诉家人，求教于她们。可那做不到，她只能强颜欢笑。由于她举止上显得神情激动，倒并没有露出半点破绽来，没人想得到她是在强装笑脸。她很高兴舞会终于结束了，便静静地躺在床上，思考、疑惑、气愤，一直想到头痛，还有几滴凉丝丝的眼泪落在热辣辣的脸颊上。那些荒唐的好意之言，为美格打开了一个新的世界，在此之前，她一直都在旧的天地里孩子般地快乐生活，可这些闲话扰乱了那份宁静。她与劳里纯真的友谊也因为这些无聊话而玷污了；她对母亲的信任也因莫法特太太小肚鸡肠的一席世故话而有些许动摇；她原以为自己是穷人家的女儿，应满足于朴素的穿着，想不到姑娘们无端怜悯，把邋遢衣服看成是天底下最大的灾难。她的理性决断遭到削弱。

可怜的美格一夜辗转反侧，起床时眼皮沉重，心情极坏。她既怨自己的朋友无事生非，又愧自己不敢坦白真相，以正视听。那天早上，姑娘们全都懒懒散散，直到中午时分才提起劲头打毛线。美格马上意识到，她的朋友们举止异常；她们待她更加敬重，对她的言谈十分关注，并且用颇好奇的眼光看着她。这一切令她既惊奇又得意，只是无法理解。最后，贝儿写字时抬起头来，伤感地说：

"黛西，亲爱的，我给你男友劳伦斯先生送了一份请帖，请他礼拜四过来。我们也想认识认识他，这可是特意为你而请的哟。"

美格红了脸，但她突然想捉弄一下这些姑娘们，于是装作一本正经地回答：

"你们的心意我领了，只是恐怕他不会来。"

"为什么，chérie[1]？"贝儿小姐问。

"他太老了。"

"孩子，你说什么？请问，他究竟有多大年纪？"克拉拉小姐嚷道。

"差不多七十了吧，我想。"美格答道，数数打了多少针，

1 法语：乖乖。

拼命忍住笑。

“你这狡猾的家伙！我们指的当然是年轻的那位。”贝儿小姐笑了，喊道。

“哪里有什么年轻人！劳里只是个小男孩。”姐妹们听到美格这样形容自己的所谓“情人”，不禁互相使了个古怪的眼色，美格见状也笑了。

“和你年纪相仿？”南妮说。

“和我乔妹妹年纪差不多，我八月份就十七了。”美格把头一仰，答道。

“他真棒，给你送鲜花，对吧？”不识趣的安妮还在说。

“对，他经常这样做，送给我们全家人，因为他们家里多的是，而我们又是这么喜欢鲜花。你们知道，我妈和劳伦斯老先生是朋友，两家孩子在一起玩，是相当自然的事情。”美格希望她们住嘴。

“显然黛茜还没有进入社交圈。”克拉拉小姐朝贝儿点点头说。

“田园乡间，天真无邪。”贝儿小姐耸耸肩说道。

“我准备出门给我家姑娘们买点东西；各位小姐要我捎点什么吗？”穿着一身镶边绸裙子的莫法特太太像头大笨象一样缓缓走进屋来，问道。

“不用费心了，太太，”萨莉回答，“我礼拜四已经有一条粉红色的新绸裙子，什么都不缺了。”

“我也不——”美格欲言又止，她突然想到，自己确实想要几样东西，却得不到。

“那天你穿什么？”萨莉问。

“还是那条白色的旧裙子，要是我能把它补得能出客的话，昨晚可惜给撕破了。”美格想尽量讲得自然，却感到很不自在。

“为什么不捎信回家再要一条？”不善鉴貌辨色的萨莉问。

“只有这一条嘛。”美格好不容易才说出这话。但萨莉仍然没有明白过来，她友好地惊叫起来：

“只有那么一条？真好笑——”她的话没说完，贝儿赶忙朝她摇头，插进来友善地说：

“不好笑；她又不进社交圈，要这么多衣服有什么用？黛茜，即使你有一打，也不必往家里要。我有一条漂亮的蓝色绸裙子，我已经穿不下，白白搁着，不如你来穿上，遂遂我的心意，好吗，乖乖？”

“谢谢你的好意，但如果你们不在意，我倒不在乎穿旧裙子，像我这样的小姑娘，这样穿挺合适。”美格说。

“请你一定让我把你打扮得气派一点。我就喜欢这样做。上下打扮齐整了，你准是个标准的小美人。我要把你打扮好了，才让你见人，然后我们像灰姑娘和仙姑参加舞会一样突然亮相。”贝儿用富有说服力的声调说。

美格无法拒绝如此友善的提议，她很想看看，自己打扮后是否会变成个“小美人”，于是点头同意，把原来对莫法特一家的不舒服感觉抛在脑后。

礼拜四晚上，贝儿和女佣关起门来，一起把美格打扮成漂亮小姐。她们把美格的头发烫卷，脖子和胳膊上扑了香粉，为了使双唇更红润，又涂了深红色的唇膏，要不是美格反抗，女佣霍滕斯还要给她抹“一点胭脂”。她们给她套上天蓝色的裙子，裙子紧得让她都透不过气来，而且领口很低，正派的美格站在镜子前，看着自己一个劲地脸红。接着又戴上一套银首饰：手镯、项链、胸针，还有耳环，霍滕斯用一根看不见的粉红色丝线把它们都串在一起。胸前戴上一束香水月季花苞，还有一条褶裥花边遮着。美格终于同意露出楚楚动人的洁白双肩，再加一双蓝色高跟绸靴，令她心满意足。拿上一块镶有花边的手帕、一把羽毛扇和银夹子夹着的一束鲜花，她打扮齐整了。贝儿小姐满意地审视美格，就像一个小姑娘端详打扮一新的玩偶。

“小姐真charmante, très jolie[1]，不是吗？”霍滕斯做作地拍手欢叫。

“出去让大家瞧瞧吧。”贝儿小姐说，一边领美格去见在房间里等着的姑娘们。

美格拖着长裙跟在后面，裙子窸窣有声，耳环叮当作响，鬈发上下波动，心儿怦怦猛跳。刚才那面镜子已明明白白地告诉她，自己是个“小美人”，她觉得似乎她的“好戏”真的已经开始了。朋友们热情洋溢，反复着那个溢美之词；她站在那里好一阵，好像寓言里的寒鸦，尽情享受着借来的羽毛，众人则像一班喜鹊，叽叽喳喳地叫个不停。

“南妮，趁我换衣裳，你教她走步，别让裙子和法式高跟鞋绊倒了。克拉拉，你用银蝴蝶发夹，把她左鬓的那绺长鬈发夹起来。你们谁也别弄糟了我这一手漂亮功夫啊。”贝儿说着匆匆走开，对自己的成功显得相当得意。

“我不敢走下去，觉得头晕目眩，身子僵硬，好像只穿了一半衣服。”美格对萨莉说。此时铃声响起，莫法特太太派人来请小姐们立即赴会。

“大不一样咯，不过这样很漂亮。跟你比我都无地自容了。瞧，贝儿多有品位，当然你也蛮有法国味道的，真的。就让花这

1 法语：迷人，真漂亮。

么挂着，不用太在意，小心摔倒。”萨莉说着，努力装出一副不在乎美格掠美的样子。

玛格丽特牢记这个告诫，安然下楼，漂动到客厅，莫法特一家和几位早到的客人都聚集在那里。她很快发现，华丽的衣服有一种魅力，总能吸引某类人的注目礼。有几位小姐以前从不注意她，可一下子热情起来；几位年轻绅士在上一场舞会中只是盯了她一眼，而现在他们不光是盯着她看，还要求与她认识，对她讲了各种愚蠢的贴心话；还有几位老太太坐在沙发上，喜欢对大家品头论足，也饶有兴趣地打听她的身份。只听莫法特太太对其中的一位说：

“黛茜・马奇的父亲是上校军官，是我们家的远亲，可现在家道中落，可惜吧？她们也是劳伦斯家的密友。告诉你，她可温柔着呢，我家内德对她可痴迷呢。”

“啊！原来是这样。”老太太说着，戴上眼镜又把美格审视了一遍。美格假装没听到，心里还是很吃惊，莫法特太太竟然胡说八道。

“头晕目眩”的感觉还没有消失，可美格想象自己就在扮一位优雅小姐的新角色，因此她表现颇为得体，哪怕裙子太紧，束得她两肋隐隐作痛，脚底下不断地踩着裙裾；尽管她还胆战心惊，唯恐那对耳环会甩出去，弄丢或者摔破。旁边一个小绅士正在想方设法卖弄诙谐，讲着一些并不可笑的笑话，她摇着扇子咯咯地笑。突然，笑声戛然而止，只见她满脸烦乱，因为，就在对面，她看见了劳里。他盯着她，毫不掩饰心中的诧异，且不以为然。这她感觉得到，尽管劳里屈身鞠躬，面带笑容，可他真诚的双眼里流露出一种目光，使她脸红，都怪自己没穿上旧裙子。她看到，贝儿胳膊肘推推安妮，然后两个人都把目光转向劳里，这使她心里更加烦乱。好在劳里生性腼腆，看上去特别像个孩子，她才放宽心。

“这些人真无聊，都想到哪里去了！反正我不在乎，也丝毫不会变色的。”美格心想，赶忙窸窸窣窣地跨过房间去和朋友握手。

“你能来我很高兴，本来还怕你不来了。”她装出一副大人的口气说。

“是乔要我来的，回去还要汇报你打扮得怎样。于是我就来了。”劳里回答，眼睛并没有朝她看，只是暗自取笑她母亲般的口吻。

“那你打算怎么跟她说呢？”美格问。她急切想知道他对自己怎么看，可心里第一次感到局促不安。

“我想说，都认不出来了。你看上去这么像大人，实在是面目全非，我很担心。”他说着，抚摸着手套上的扣子。

“真荒唐！姑娘们把我打扮成这模样，是觉得好玩，我也挺喜欢的。要是乔看到的话，她会不会盯着我看？”美格问，一心想要他说出她这个样子是否比以前有长进。

“是的，我想她会的。”劳里黯然地回答。

“难道你不喜欢我这样吗？”美格问。

“我不喜欢。”劳里生硬地答道。

“为什么？”美格急切地问。

他扫了一眼卷卷的头发，裸露的肩膀，花里胡哨的裙子，回答中丢却了往常彬彬有礼的风度，那种神情更使她窘迫不安。

“我不欣赏过分炫耀。”

这话竟然出自比她年轻的小伙子之口，美格怎么也听不下去。于是她走开了，冷冷地扔下一句话，“从没见过你这样无礼的男孩子。”

美格火冒三丈，她来到一个没人的窗口，站在那里让凉风吹拂火辣辣的脸颊，紧绷的裙子绷得她脸色通红，极不舒服。她站在那里时，林肯少校从身旁经过，不一会儿，美格听到他跟他母亲说：“她们在戏弄那个小姑娘。我本来想让你见见她，可她们把她彻底毁了，今晚她只是个布娃娃而已。”

“哦，天哪！”美格叹了口气，“我真该放聪明点儿，穿自己的衣服，那样就不会惹别人恶心，我自己也不会这么不舒服，我真害臊！”

她把额头靠在冰凉的窗棂上面，让窗帘半掩着自己的身影，拿手的华尔兹已经开始，也全然不觉。这时，一个人碰碰她，她回过身来，看到了劳里。他一脸悔意，毕恭毕敬向她鞠了个躬，伸出手来说：

“恕我一时无礼，来和我跳个舞吧。”

“恐怕这不合你的口味吧。”美格试图装出一副生气的样子，却一点也装不出来。

“没这回事，巴不得呢。来吧，我会学好的。虽然不喜欢你的衣服，但我真的觉得你——反正漂亮极了。”他挥挥手，似乎语言还不足以表达他的仰慕之情。

美格一笑，回心转意了。当他们站在一起等着合上音乐节拍时，她悄悄说道：

“小心裙子把你绊倒。我受尽折磨，穿上它真像头蠢鹅。”

“围着领口别起来就有用了。”劳里说着，低头看看那双小蓝靴，显然对它们倒很满意。

他们敏捷而优雅地迈开舞步，由于在家里练习过，这对活泼的年轻人配合得相当默契，给舞场平添了快乐的风景线。他们欢快地旋转起舞，觉得经历了这次小口角之后，彼此更加接近了。

“劳里，我想请你帮个忙，好吗？”美格问。她刚跳一会儿便气喘吁吁地停下来，也不解释，劳里便站在一边替她扇扇子。

“那还用说！”劳里欣然回答。

“回到家里，千万不要告诉她们我今天晚上的打扮。她们不会明白这是个玩笑，妈妈听到会担心的。”

“那你为什么这样做？”劳里的眼睛显然是在这样问。美格急得又说：

“我会亲自把一切告诉她们，向妈妈‘坦白’我有多傻。但我宁愿自己来说；你别说，行吗？”

“我向你保证会守口如瓶，只是她们问我时该怎样回答？”

“就说我看上去挺好，玩得很开心。”

“第一项我会全心全意地说的，只是第二项怎么说？你看上去并不像玩得开心，不是吗？”劳里盯着她，那种神情促使她悄声说道：

“是，刚才是不开心。不要以为我那么讨厌。我只是想找乐子，但我发现这种乐子毫无益处，我已经开始厌倦了。”

“内德·莫法特过来了，他想干什么？”劳里边说边皱起黑色的眉头，仿佛并不认为这位小主人的到来可以增加乐趣。

“他认下了三场舞，我想他是来找舞伴的。烦死人！”美格说完摆出一副倦怠的神情，把劳里也逗乐了。

他一直到晚饭时候才再跟她说上话，当时她正跟内德和他的朋友费希尔一起喝香槟。劳里自言自语，那两人表现得“十足一对傻瓜”，他觉得自己有权像兄弟一样监护马奇姐妹，必要时站出来保护她们。

“喝那玩意儿，明天就会头痛欲裂。我可不喝。美格，你看，你妈妈不喜欢这样的。”他在她椅边俯下身来低声说道，此时内德正转身给她续杯，费希尔则弯腰捡起了她的扇子。

“今天晚上我不是美格，而是个轻狂得无恶不作的‘布娃娃’。明天我就会收拾起这副‘过分炫耀’的嘴脸，拼命学好。”她皮笑肉不笑地答道。

“但愿明天已经到来了。”劳里咕哝着，怏怏走开了。看到她变成这副样子，他心里很不是滋味。

美格一边跳舞一边调情卖俏，嘀嘀咕咕地聊着，傻笑着，就像别的姑娘们一样。晚饭后，她跳德国华尔兹舞，自始至终跌跌撞撞，长裙子也差点把舞伴绊倒。劳里见到她这种瞎蹦乱跳的模样，心生反感。他一边看着，心里想好了一番数落的话，却没有机会发表，因为美格总是躲着他，一直到他过去道晚安。

“记住！”她说道，强颜欢笑着，头痛欲裂已经开始了。

“守口如瓶，至死不渝。”劳里夸张地拖着长音，转身离去。

这小小的插曲激起了安妮的好奇心，但美格累得不想再扯闲话，上床歇息了。她觉得自己像参加了一场化装舞会，却玩得并不尽兴。第二天，她整天都不舒服，到了礼拜六，就回家了。她已经被两个礼拜的玩乐弄得筋疲力尽，感到自己已经享受够了“奢侈的生活”。

“安安静静的生活真好，不用整天客套应酬。家里虽然不漂亮，可真的是舒服。”美格说，安详地左顾右盼。礼拜天晚上，她与母亲和乔坐在一起。

“听到你这么说，我很高兴，乖乖。我本来还担心，去过了豪宅，会觉得家里又破又无聊。”母亲回答，那天她不止一次地看着美格，满脸担忧的神情。其实，慈母的眼睛，一眼就能察觉孩子们脸上的丝毫变化。

美格高兴地讲了她的经历，接着一遍又一遍地重复，说她度过了一段多么美好的时光，可还是心事重重的样子。看到妹妹们都上床睡觉去了，她若有所思地坐着，两眼盯着炉火，沉默寡言，满面愁容。时钟敲响了九点，乔提出要去睡觉，美格突然站了起来，坐到贝丝的凳子上，双肘靠在母亲膝上，鼓足勇气说：

“妈咪，我要‘坦白’。”

“早就想到了。你要说什么，乖乖？”

“要我回避吗？”乔谨慎地问。

“不用不用，我有什么事瞒过你啦？在小妹妹们面前我不好意思说。我在莫法特家做了不少可怕的事情，我想你们应该了解。”

“说吧。”马奇太太微笑着说，显得有些担忧。

“我已经说过，她们把我打扮起来。可我没跟你们说，她们给我抹粉、穿紧身裙、烫头发，把我弄得像个时髦女郎。劳里觉得那样不妥当，我知道他是这么想的，尽管嘴里没说。还有人叫我‘布娃娃’。我知道这样很笨，可她们讨好我，夸我是个大美人，还说了一大堆废话，于是就任由她们作弄了。”

“就这些？”乔问。马奇太太则静静地注视着漂亮女儿低垂着脸，不忍心再责备她干了那些细小蠢事。

“还有，还喝了香槟，和别人戏闹追打，还学着调情，总之令人恶心。”美格责备自己。

“看样子还有吧。”马奇太太抚摸着那张娇嫩的脸。突然，美格脸色通红，支支吾吾地说：

“还有，都很无聊，想说出来，因为我最恨别人这样议论我们和劳里的关系。”

随后，她便把在莫法特家听到的闲言碎语一一讲了出来。美格说的时候，乔看到母亲咬紧嘴唇，竟有人在美格纯真的心灵里灌输这种想法，似乎令她十分不快。

“哎呀，敢说这是我听到过的最混账的废话！”乔义愤填膺，“你为什么不当场跳出来说个明白？”

“做不到，这太难为情了。起初是不由自主听到的，但后来我又怒又羞，倒没想起该走开了。”

“待我看到安妮·莫法特，就告诉你怎么解决这种荒唐事情！什么‘早有打算’，什么对劳里好是因为他家有钱，以后会娶我们！如果我告诉他，那些无聊的东西是怎样谈论我们穷孩子的，他不叫起来才怪！”乔说着笑起来，似乎这种事情回想起来不过是个大笑话而已。

“如果告诉劳里，我就跟你没完！不能说，对吗，妈妈？”美格焦虑地说道。

“对，千万不要重复那种愚昧的闲话，要尽快忘掉。”马奇太太严肃地说，“我让你置身于那些我了解甚少的人中间，真是很不明智——我敢说，他们心地不坏，但精于世故，缺乏教养，对年轻人满脑子粗俗念头。我对这次出访可能对你造成的伤害，说不出有多么难过，美格。”

“不要难过，我不会因此而受伤害的。我会把坏的全抛到脑后，只记住好的，因为确实也玩得很尽兴，很感谢您放我去。我不会因此而伤心，也不会不知足，妈妈。我知道自己是个傻小姑娘，我会留在您身边，直到可以自己照顾自己。不过，让人家夸赞、仰慕，心里真是美滋滋的。我还是忍不住要说心里美滋滋哩。”美格说道，对自己的坦白内容显得有点不好意思。

“这再自然不过了，如果这种美滋滋不酿成狂热，不会导致做傻事或做姑娘家不该做的事情，那就无伤大雅。要学会认识、珍惜名副其实的赞美话，用端庄美丽来激发优秀人士的敬意，美格。”

玛格丽特坐着想了一会儿，乔则背手而立，既发生了兴趣，又带着几分迷惑。她看到美格红着脸谈论爱慕、情人之类的东西，倒是新鲜事。乔觉得，姐姐似乎在那半个月里惊人地长大了，从她身边飘走，飘进了一个她不能跟随的世界。

“妈妈，你有没有莫法特太太所说的那类‘打算’呢？”美格含羞问道。

“有，乖乖，多着呢。凡是做母亲的都有打算，但我的打算恐怕跟莫法特太太有出入啊。我会告诉你一些。时候到了，你小脑袋、心里已经有浪漫念头，稍加点拨就会想到这种严肃的课题上来。你还小，美格，但也不至于幼稚得不明白我的话。这种话，由母亲来跟你们小姑娘说再合适不过了。乔，也许很快就会轮到你的，也一起来听听我的‘打算’吧。如果是好打算，就帮我一起执行。”

乔走过去坐到椅子扶手上，看样子她以为她们就要参加到什么极庄严的事情中去。马奇太太执着两个女儿的手，若有所思地望着两张年轻的面庞，语调严肃而轻快地说：

“我希望女儿们美丽善良，多才多艺；众人爱慕，世人敬重；青春幸福，姻缘美满巧安排。愿上帝垂爱，使她们尽量无忧无虑，生活愉快而有意义。被好男人爱上娶走，是女人一生最大的幸事，我热切希望我的姑娘们可以有这种美丽的经历。考虑这种事情是很自然的事，美格，期望和等待也是对的，做好准备是明智的。这样，幸福时刻到来时，你才会觉得已准备好担责，无愧于这种喜事。好女儿们，我对你们寄予厚望，但并不是要你们急冲乱撞——仅仅因为有钱人豪门华宅，财大气粗，便嫁给他们。这些豪宅并不是家，因为里头没有爱情。金钱是必要而且宝贵的东西——如果用之有道，还是一种高贵的东西——但我决不希望你们把金钱看作首要的东西，唯一的奋斗目标。只要拥有爱情、幸福美满，我宁可你们成为穷人妻，也胜过没有自尊、不得安宁的皇后。”

“贝儿说，如果不主动出击，穷人家的姑娘就永远不会有机会。”美格叹息说。

“那我们就做老处女好了。”乔坚定地说。

“说得好，乔，宁愿做快乐的老处女，也不做伤心的太太或不正经的女孩子，四处乱跑找丈夫。”马奇太太坚定地说，“不要烦恼，美格。贫穷根本吓不倒真诚的恋人。我认识的一些优秀、高贵的夫人就是穷人家的姑娘，可这些可爱的姑娘都没有获准成为老处女。让时间来解决这些问题吧。让这个家充满欢乐，这样当你们自己成家的时候，才适合承担起自己的家庭，万一没有，也可对这个家感到知足。宝贝们，有一点要记住，妈妈永远是你们的知己，爸爸也是你们的朋友，不管女儿嫁人不嫁人，我俩都希望，也都相信她们永远是我们的骄傲和安慰。”

“我们会的，妈咪，我们会的！”姐妹俩真诚地喊道。说完，马奇太太和她们道了晚安。

第十章

匹克威克社和邮箱

春天来了，一套新的娱乐方式时兴起来。白天渐长，下午也有了更长的时间进行劳作，做各种各样的游戏。院子也该梳理了，四姐妹各有一小块地皮，可以随心所欲地打理。汉娜常说：“从烟囱边一看，就知道哪块园地是谁的。”果不其然，因为姐妹们的趣味就像性格一样千差万别。美格的地里种了玫瑰、向日葵、桃金娘，还有一棵小橙子树。乔喜欢做实验，园圃里年年季季不同。今年种的是蓬勃向上的向日葵，葵花子送给“咯咯哒婶婶”和她的小鸡吃。贝丝的园子则是老花样，种着各式芬芳扑鼻的鲜花——香豌豆、木樨草、飞燕草、石竹、三色堇、青蒿，还有喂小鸟的繁缕，引猫咪的樟脑草。艾美的园子弄了个小凉亭，虽然弯弯扭扭，却也十分好看，上面爬满了一圈圈五颜六色的金银花和牵牛花，一朵朵、一串串挂着，颇为雅致，还有高高的白百合，娇嫩的草蕨，无奇不有，适时盛开，颇有诗情画意。

天气晴朗时，她们就搞园艺，散散步，划河船，找名花，下雨时则待在家里消遣，有旧游戏，也有新游戏，全都有点创意。其中一种叫作“匹克威克社”，因为当时流行神秘社团，她们认为也该建上一个，又因姐妹们都崇拜狄更斯，便自称“匹克威克社”。社团坚持了足足一年，只有几次中断。每到礼拜六晚上，大家便来阁楼里会合，举行社团仪式如下：三张椅子并排摆在一张桌子前面，桌上摆着一盏油灯和四个白色会徽，上面各印着不同颜色的“匹克威克”几个大字，还摆着一份名为《匹克威克文选》的周刊。四姐妹都为周刊撰稿，编辑是酷爱舞文弄墨的乔。七点整，四位社员登上会所，把会徽绑在头上，郑重其事地坐下。美格最大，名号塞缪尔·匹克威克；富有文学才干的乔号曰奥古斯都·斯诺格拉斯；胖乎乎、肤色红润的贝丝号称特雷西·托曼；做事总是贪心不足的艾美号纳撒尼尔·温克尔。社长匹克威克宣读社报。报纸里头写满了独创的故事、诗歌、当地新闻、有趣的广告，以及对各人缺点错误的善意提示。这天，匹克威克先生戴上一副没有镜片的眼镜，敲一下桌子，清清嗓子，狠狠瞪一眼斜靠在椅子上的斯诺格拉斯先生，等他坐正了，这才开始读：

匹克威克文选

18____年5月20日

诗人角

周年纪念颂

今晚，我们再次相聚
　在匹克威克大堂。
庆祝第五十二周纪念日，
　庄严守礼，头戴徽章。

我们一个不落，
　个个精神抖擞。
一张张熟悉的面孔，
　握紧友爱之手。

我们恭敬地问候，
　恪尽职守的匹克威克，
他鼻梁上架眼镜，
　朗读我们内容充实的周刊。

虽然他身患感冒，
　我们一样听得津津有味，
因为他吐出的沙哑字句，
　全部充满了智慧。

六尺高斯诺格拉斯高高在上，
　优雅的大笨象，
褐色的面孔快乐滑稽，
　向伙伴们微笑。

诗歌之火照亮眼睛，
　他勇敢地抗争命运。
眉宇间写着凌云壮志，
　鼻子上却沾了墨水！

下面是文静的托曼，
　多么红润、丰满、亲切，
听双关语笑得呛咳，
　随之滚下座位。

严肃的小温克尔也在场，
　根根头发都理顺，
十足的礼仪典范，
　虽然他最恨洗脸。

本年已逝，我们团结着，
　欢笑与共，奇文共写，
踏上文学之路，
　走向盛名的荣耀。

愿社刊长盛不衰，
　愿社团永续存在，
愿来年把祝福赐给
　欢快实用的匹克威克社。

奥·斯诺格拉斯

戴面具的婚礼

威尼斯传奇

贡朵拉[1]一艘接一艘摇过来，泊在大理石台阶下，可爱的乘客们下船；衣着华丽的人群，走进阿德龙伯爵富丽堂皇的大厅。骑士、贵妇人、小精灵、小侍从、僧侣及卖花女，全都欢快拥入舞池。美妙的嗓音飞扬，优美旋律不绝于耳，化装舞会在欢笑和音乐声中进行。

“殿下今晚见到维奥拉小姐了吗？”殷勤的行吟诗人问正靠在他臂膀上，在大厅里翩翩起舞的仙后。

“见到了，真是可爱，但悲哀不堪！她的裙子也选得好，下个礼拜，就要嫁给她切齿痛恨的安东尼奥伯爵了。”

“说实话，我嫉妒他。他从那边走过来了，打扮得像个新郎，除了黑色面具。摘下面具后，我们就知道他对那位无法赢得芳心，却被严父许配给他的漂亮姑娘有什么看法了。”行吟诗人说。

“风闻她爱上了踏破她家门槛的年轻英国艺术家，却遭到老伯爵拒绝。”女士边舞边说。

舞会达到了高潮，牧师出现了，把这对年轻人带到挂着紫色天鹅绒帘幕的壁龛前，示意他们跪下。欢乐的人群立即静下来，只听到喷泉的水声和橙林在月光下发出沙沙声。这时阿德龙伯爵说道：

“各位贵族名媛，请原谅我设下此计，请你们来见证小女的婚礼。神父，我们静候仪式开始。”

众目睽睽，一起投向新郎新娘，人群中响起了惊奇

1 威尼斯的凤尾游船。

的窃窃私语，因为一双新人都没有摘下面具。大家心里异常惊奇，一片好奇，出于礼仪都三缄其口。待神圣的婚礼结束，心急的观众便围着伯爵追根问底。

“我是知无不言，只知道这是害羞的维奥拉出的怪点子，也只好由她了。好了，孩子们，游戏到此为止，摘下面具，接受我的祝福吧。”

但两人并没有下跪，年轻的新郎摘下面具，露出艺术家情人费迪南德·德弗罗气质高贵的面孔。他胸佩一枚闪闪发亮的英国伯爵星徽，可爱的维奥拉幸福地倚在他的怀里，魅力四射，神采飞扬。新郎的回答，语惊四座：

“岳丈大人，您轻蔑地令我等到和安东尼奥伯爵齐名，并和他一样阔气的那一天再来娶您的女儿。我超额完成了，即使您的野心也拒绝不了德弗罗和德维尔伯爵。姓氏千古流传，家财富可敌国，和这位漂亮的小姐，也即我的妻子缔结姻缘，到底配不配？”

老伯爵站在那里如雕塑一般。费迪南德转向迷惑不解的人群，带着胜利的微笑喜悦地说道：“勇敢的朋友们，我祝愿你们求婚也能像我一样马到成功，祝福你们也能用这种戴面具的婚礼，和我一样娶得美丽新娘归。”

塞·匹克威克

为什么匹克威克社像通天塔？

社员个个都无规无矩。

南瓜记

从前，农夫在园子里栽下一粒小种子。不久种子破土而出，长成藤蔓，结了许多南瓜。十月的一天，瓜熟蒂落。他摘下一个带到集市。杂货商买下，把瓜放在店堂里。当天早上，戴棕色帽子、穿蓝色裙子圆脸扁鼻的小姑娘来替妈妈把瓜儿买去。她把瓜拖回家，切好放在大锅里煮，其中一些拌上盐和黄油捣烂，用作晚餐。其余的加上一品脱牛奶、两个鸡蛋、四调羹糖、肉豆蔻和脆饼片，然后放在碗里烘烤，直到色泽金黄、香味扑鼻为止。第二天，便被姓“马奇”的一家子吃掉了。

特·托曼

匹克威克先生阁下：

来信非别与阁下讨论罪行问题罪人是名叫温克尔的小子他发出笑声给匹社捣乱乃至不愿意为这份好报刊写稿我希望您能原谅他的恶行并让他奉上一则法国寓言因为他笨头笨脑不会且功课多脑袋不够使未来我一定抓紧时间的牛鼻子准备一些commy la fo[1]的作品意思是像样的匆匆搁笔上课时间又到了。

纳·温克尔敬上

1 蹩脚法语，意为“像样，过得去”。

［上文对以往劣行供认不讳，男子汉气概值得嘉奖。我们这位小朋友最好学习一下标点符号。］

不幸事故

上礼拜五，地窖里传来强烈的震动声，惨叫声紧接而至，我们大惊，一起冲进地窖，发现尊敬的社长大人倒卧地上，原来是在搬木柴烧火时绊了一跤。我们看到满目狼藉，匹克威克先生跌倒时，没头没脑投入水桶，带翻了一小桶液体皂，泼在强壮的身躯上，衣服也撕烂了。把他抬出险境后，发现他并未受伤，只是擦破了几处皮而已。现在，可以高兴地告诉大家，他一切如常。

编者

讣告

我们有责任把这件痛事记录下来：我们珍贵的朋友雪球帕特·鲍太太突然神秘失踪。此漂亮可爱的猫是一大班仰慕她的热心朋友的宠儿，美丽出众，吸引眼球，优雅举止和良好品德赢得了大家的欢心。失去她，众人无不深感痛惜。

最后一次见到时，她正坐在门边，盯着肉店老板的运货马车；据推测，可能某个歹徒垂涎美色，以致卑鄙掠美。几周过去，猫儿仍然毫无踪迹。我们放弃一切希望，在她的篮子上系黑绸带，把她的食盆放开，并为永远失去她而痛哭流涕。

一位富有同情心的朋友寄来如下美文：

挽歌

悼雪球帕特·鲍

我们哀悼小猫的丢失，
　叹息她命运多舛。
火炉边再见不到她的身影，
　绿旧门边也没有她玩耍。

她的夭孩长眠的小坟，
　是栗树下的一抔净土；
我们却无缘在她坟前悲泣，
　不知道她归葬何处。

她空着的床，她闲置的球，
　再也见不到主人归来；
轻柔的步拍，悦耳的喵叫，
　不再从门边传来。

又有猫来捉鼠，
　那是个脏面孔；
不像我们的爱猫洒脱，
　玩耍也不如她飘逸。

她在雪球玩过的大厅，
　悄悄溜来溜去。
但她对狗只是呼噜叫，
　而我们宠儿勇敢把狗驱。

温顺尽力，也有用场，
　但模样却不雅；
你在我们心中的崇高位置，
　她怎么能及？

奥·斯

广告

才华横溢意志坚强的演讲人奥伦西·布拉格奇小姐，将于下周六晚例行演出之后，在匹克威克大厅讲演其著名专题“论妇女及其地位”。

每周例会将在厨房举行，教导小姐们烹调。
主持人汉娜·布朗，诚邀全体社员参加。

“畚箕协会”将于下周三集合，列队开进“会所”顶层。所有队员需穿工作服，带扫把，并于九点整准时会齐。

贝丝·邦瑟太太将于下周展销新品“玩偶女帽”。

最新的巴黎款式现已到货，竭诚欢迎订购。

“新话剧”将于数周后在谷仓维尔剧院举行，该剧将成为美国舞台一绝。震撼人心，剧名为《希腊奴隶》，又名《复仇者君士坦丁》！！！

提示

如果塞·匹洗手时少用点儿肥皂，早餐便不会老是迟到。请奥·斯不要在街上吹口哨。特·托请别忘记艾美的餐巾。温不必为裙子上没有九道横褶而烦恼。

一周总结

美格——良。 乔——差。

贝丝——优。 艾美——中。

社长读完报（请读者相信，这是当年一班真诚的女孩子编写的报刊的善本），社员们发出一轮掌声，接着斯诺格拉斯先生起身提议。

“社长先生，各位先生，”他摆出一副国会议员的架势，语气庄重地说，“我提议接纳一位新社员——一位实至名归、感恩戴德的好人，能够将本社精神发扬光大、提高社刊的文学价值、快乐有趣的人士。我提议西奥多·劳伦斯先生成为匹克威克社的名誉社员。来吧，就欢迎他吧。”

见乔突然改变腔调，姑娘们都笑了起来，但大家都显得有点顾虑，斯诺格拉斯落座的时候大家都不作声。

“我们投票决定吧，”社长说，“赞成这项动议的请说：‘同意。’”

斯诺格拉斯首先大叫一声，使众人吃惊的是，贝丝接着也羞答答地表了态。

“持反对意见的请说：‘反对。’”

美格和艾美持反对意见。只见温克尔先生站起来，振振有词地说道：“不想要男孩子，只会取笑我们，而且东奔西跳。这是女子社团，希望有隐私，规规矩矩。”

“我担心他会笑话我们的报刊，进而取笑我们。”匹克威克扯着额前的一小绺鬈发说道。她拿不定主意的时候便这样做。

斯诺格拉斯一跃而起，十分认真。“先生，我以绅士的名义向你保证，劳里根本不会这样做的。他喜欢写作，他会使我们的稿子另添一种格调，让我们不用多愁善感，你明白吗？他帮了我们许多忙，我们无以为报。我想起码可以为他提供一席之地，欢迎他入社。”

这番关于受恩回报的巧妙暗示，使托曼站起身来，他似乎下定了决心。

“对，应该这样，哪怕我们担心也好。依我看，他可以入社，他爷爷也可以，如果他愿意的话。”

贝丝脱口而出，掷地有声，社员们个个动容，乔离座赞许地与她握手。“好了，再投一次票。大家记住这是我们的劳里，说：‘同意！’”斯诺格拉斯激动地叫道。

“同意！同意！同意！”三姐妹异口同声地回答。

“好极了！主保佑你们！现在，正如温克尔那富有个性的说法，最好是‘抓紧时间的牛鼻子’，好，请允许我请出新社员。”乔一把拉开柜门，只见劳里坐在一个布袋上，脸色通红，强忍住笑，双眼闪闪发亮，众人大为沮丧。

“你这淘气鬼！你这叛徒！乔，你怎么可以这样？”三个姑娘喊道。斯诺格拉斯得意洋洋地把她的朋友带上前来，拿出一把椅子和一个会徽，瞬间安置妥当。

“你们两个坏蛋真是厚颜无耻，令人吃惊。”匹克威克先生道，试图皱起蛾眉，却化作了温柔一笑。不过，新社员善于随机应变。他站起来，向社长优雅地行个礼，风度迷人地演说道：“社长先生和女士们——请原谅，先生们——请允许在下自我介绍：山姆·维勒，愿为会社效犬马之劳。”

“好！好！”乔大声说，把靠着的旧暖炉把手敲碰得山响。

“我忠实的朋友和高贵的恩人，”劳里挥挥手说，“那位把我溢美地介绍给各位的人，今晚的卑鄙计谋不能怪她。是我出的主意，磨了很久她才让步的。”

“得了，别大包大揽了，你知道藏柜子里头是我出的主意。”斯诺格拉斯打断他的话，觉得这个玩笑十分有趣。

“别信她瞎说，我才是冒失鬼，先生，”新社员向匹克威克先生行了个维勒式的点头礼，说道，“不过我用名誉担保，下不为例，从今往后我要为这个不朽的会社鞠躬尽瘁。”

“听哪！听哪！”乔叫道，把暖炉盖当作铙钹乱敲一气。

“往下说，往下说！”温克尔和托曼说道，社长则温厚地一躬身子。

“我只想说，承蒙厚爱，不胜惶恐，为略表感激之情，为加强睦邻友好关系，我在花园一角的树篱里设了一个邮箱。是间宽敞漂亮的小屋，各道门都上了挂锁，鸿雁往来，方便之极——恕我说粗话，女人也可以往来的。原是一间旧燕屋，但我已把门堵上，把屋顶打开，各种物件都可以放，可节省宝贵的时间。那些信件、手稿、书籍、包裹等等，都可以在那里传递，两家各执钥匙一枚，相信这样一定妙不可言。请允许我献上这把钥匙，衷心感谢各位的厚意，并承蒙赐座。”

维勒先生把一枚小钥匙放在桌上，热烈的掌声响起，坐下时又鼓掌，暖炉当当作响，乱晃一气，秩序好一会儿才恢复过来。接着是长时间的讨论，大家充分发挥，个个表现得出人意料。会议开得异常活跃，很晚才在为新社员发出的三下欢呼声中结束。对于吸收山姆·维勒入社，大家从不感到后悔，因为他态度专注，表现出色，活泼快乐，是难得的社员。他无疑补充了会议的“生气”，给社刊增添了一种“格调”，因为他的演说震撼人心，文稿风格优美经典，富有爱国心，而且滑稽生动，从不多愁善感。乔觉得这些文章堪可媲美培根、弥尔顿、莎士比亚的大作，认为其对自己的作品也有影响。

邮箱确实是高招，业务十分繁忙，足以媲美真邮局，因为各种各样离奇古怪的东西都经那里传递：悲剧、领结、诗歌、泡菜、花草籽、长信、乐谱、姜饼、橡皮擦、邀请函、训斥信，还有小狗，等等。连老先生都感到有趣，也送一些古怪包裹、神秘字条和滑稽的电报来凑热闹，而他那位迷上汉娜魅力的园丁，竟送了一封情书让乔转交。秘密泄露时，大家笑得前仰后合，绝没有想到，这个小小的邮箱，日后还会装上多少情书啊！

第十一章

试验

“六月一号！金家明天就去海边度假，我没事了。整整三个月的假期，我真是太幸福了！”美格赞叹道。这天天气暖和，美格刚刚回到家里，只见乔躺在沙发上，显得疲惫不堪，贝丝替她脱下肮脏的靴子，艾美正在榨柠檬汁，为大家提神。

“马奇姑婆今天已经走了，哦，我真是高兴呀！”乔说，“我本来怕得要命，就怕她叫我陪去，要是真的叫我，我倒也没办法。要知道，梅园死气沉沉，简直就像教堂里的墓地，能不去就不去。把老太太送走时真忙乱，每次她开口，我都感到害怕。为了早点把她打发走，我干得特别起劲，显得特别亲热，可就怕她舍不得和我分开。她总算上了马车，我这才松了口气。谁知最后又吓了一跳，马车刚要走，她伸出头说：‘约瑟芬，你能不能——？’我转身落荒而逃，下面的话也没听到。我是拼命跑步的，直到转弯处，这颗心才放下来。”

“可怜的乔，她进来的时候好像后面有几只狗熊在追赶。”贝丝边说边把姐姐的双脚慈爱地抱在怀里。

“马奇姑婆真是个十足的海蓬子，可不是吗？”艾美评论道，一边挑剔地品尝混合饮料。

“她是说吸血鬼[1]，不是海草。不过这没关系，反正天热了，也不必对用词太在意。”乔咕哝着说。

“整整一个假期，你们打算怎么过？”艾美问，她机灵地把话题一转。

“我要睡懒觉，最好什么都不做。”美格陷坐在摇椅上回答，“一个冬天了，都是一早就被叫醒，又整天都得替人家干活。我现在要休息，痛痛快快地玩个够。”

“不行。”乔说，“我可不想老是睡觉。我已经搬来了一大堆书，要充实一下这美好时光，就坐在老苹果树上，除非是玩——”

“不要说‘玩乐’！”艾美恳求道。因为乔纠正了“海蓬子”，这回艾美也要奚落一下乔，作为报复。

“那就说‘玩唱’吧，和劳里一起，那样总算妥当，够确切了吧，反正他的歌唱婉转动听。”

“我们别做功课了，贝丝。只是暂时的，玩个痛快，好好休息，女孩子就应该这样嘛。”艾美提议。

“好吧，我会的，要是妈妈不反对。我想学唱几首新歌。我的那几个孩子也要重新打扮度暑假，他们没有衣服，乱得要命。”

“可以吗，妈妈？”美格转向马奇太太问。马奇太太坐在被姑娘们称为“妈咪角”的地方，正在做缝纫。

“你们可以试着过一个礼拜，看看感觉如何。我想，到礼拜六晚上，你们会发现，光玩不工作其实和光工作不玩一样糟糕的。”

“噢！天哪！不会吧！光玩不工作肯定很痛快。”美格得意

1 英语中海蓬子samphire和吸血鬼vampire的读音相近，这里属艾美的误读。

地说。

“现在我提议大家干一杯，我‘朋友和伙伴甘普[1]’就这么说过。祝我们永远快乐，不用干活！”这时柠檬汁递了开来，乔站起身，手举杯子高声祝酒。

她们痛快地一饮而尽。接着试验开始了，大家懒洋洋地打发了那天剩下的时光。第二天上午，美格到了十点钟才露面，她一个人吃早饭，只觉得真没味道。乔没有在花瓶里插上鲜花，贝丝也没有打扫，艾美的书扔得到处都是，房间里显得冷清凌乱。只有“妈咪角”还是跟往常一样，收拾得整齐舒爽。美格就坐在那里，“悠闲地看书”，一边打着哈欠，憧憬着用自己挣的钱买几件什么样的漂亮夏装。乔和劳里在河面上玩了一上午，下午则爬到苹果树上读《茫茫世界》，一边读一边还伤心落泪。贝丝也开始了试验，她把布娃娃们居住的大壁橱都翻了出来，可干了一半就累了，于是把家当乱七八糟地撇在一边，管自个儿去弹钢琴了，心里庆幸不用刷碗了。艾美把自己的凉亭整理了一番，穿上最漂亮的白色外衣，梳理了那头卷曲的秀发，然后坐在金银花下面画画。她一心盼望着有人会看到，打听这位年轻的画家是谁。谁知道，根本没人过来，倒有一只好事的盲蛛饶有兴趣地端详她的作品。她只好出去散步，却淋了一场雨，回到家时成了落汤鸡。

茶点的时候，她们互相交流各自的感受。大家都有同感，这一天过得很开心，只是显得异常漫长。下午，美格去购物，买了块“漂亮的蓝色平纹纱”，裁下幅面后才发现，这料子不经洗，这次不幸弄得她略有点没好气。乔在划船时鼻子上晒蜕了一层皮，书读久了又弄得头痛脑胀。由于壁橱弄得乱七八糟，贝丝

1 Gamp是英国作家狄更斯小说《马丁·瞿述伟》中的人物，手持大布伞。

心里颇有几分担心，而且发现一次要学三四首歌也很不容易。艾美淋湿了外衣，深感可惜，因为第二天就是凯蒂·布朗的舞会，现在她像花神麦克弗林赛[1]一样“衣不掩体”。可这些都只是小事，她们要母亲放心，试验进展得很顺利。母亲笑了笑，什么都没说，在汉娜的帮助下，把她们丢下的工作做完，把家收拾得舒服安逸，于是家庭机器又正常运作。可说来也怪，这种“休息加享乐”的过程，竟然产生了一种奇特的、不舒服的事态。日子变得越来越漫长，大家的脾气也跟天气一样变化无常，每人都心里没着落，而魔鬼撒旦总能为这些无聊的人找些恶作剧来做。作为最奢侈的享受，美格把一些针线活拿去让别人做，可接着却发现日子过得很沉闷，最终又操起裁剪活来，结果在按莫法特的样式翻新衣服时，把自己的衣服剪坏了。乔整天看书，直看得两眼昏花，对书厌倦，心情也变得异常烦躁，连一向性情温和的劳里都跟她吵了一架。她情绪十分低落，只恨自己当初没有跟马奇姑婆一起去。贝丝过得挺好，因为她老是忘记这几天“光玩不用工作”，时不时地回到老套路。不过，有一种莫名的东西还是潜移默化，不时地扰乱她的那份宁静。她也显得有几分不安，甚至有一次，她竟然推搡了几下可怜的布娃娃乔安娜，骂她是个“丑八怪”。艾美的境况最糟糕，因为她玩的资源不多，姐姐们丢下她，让她管自己玩，照顾自己。本来她还以为自己是个多才多艺、举足轻重的小人物，可现在很快就发现，其实自己却是个沉重的负担。她不喜欢布娃娃，童话又太幼稚，人总不能老是画画。茶会算不了什么，野餐也不过如此，除非组织得很好。“要是能有间漂亮的房子，里面有很多美丽的女孩，要么去旅行，这

1 M' Flimsey是神仙，其雕像一丝不挂。

样的夏天才会开心。可在家里和三个自私自利的姐姐守在一起，还要再加上个大男孩，波阿斯也会受不了的。”这位乱用圣经典故的小姐抱怨道。这几天她沉浸于充满快乐、烦恼和烦闷的生活中。

没人愿意承认自己对试验已感到厌倦，可到了礼拜五晚上，人人都暗自高兴，一个礼拜马上就要熬到头了。马奇太太富有幽默感，她希望加深姑娘们对这个教训的印象，决定以适当的方式结束这次试验。于是，她给汉娜放了一天假，以让姑娘们充分领略光玩乐的后果。

礼拜六早上，她们起床就发现，厨房里没有生火，餐厅里没做好早餐，连母亲的踪影都瞧不见。

“天哪！出什么事了？”乔大叫，沮丧地四下张望。

美格跑上楼，很快又回来了，显得一脸轻松，不过十分困惑，又有点惭愧。

“妈妈没生病，只是觉得很累，她想静静地在房里待一天，让我们好自为之。真的有点怪，妈妈以前可不是这样的。她说了，这个礼拜她过得很累，所以我们不要抱怨，还是自己照顾自己吧。”

“那太简单了，我就喜欢这样。我正想找点儿事干——就是换个玩法，是吧？”乔马上就接茬儿。

其实，她们眼下是要找点事做，要好好调剂一下；因此都起劲承担起来，可不久她们就认识到汉娜说得没错：“做家务可不是闹着玩的。”贮藏柜里有许多食品，贝丝和艾美摆桌子，美格和乔做早餐，一边做一边还纳闷儿，为什么佣人们都说家务难做。

“我还是给妈妈拿点上去，尽管她吩咐我们不用管她，说她会照顾自己的。”美格说。她把持茶壶坐正座，俨然一副主妇的样子。

趁大家还没开吃，她们先装满一个盘子，然后连同厨师的问候一起送上楼去。虽然茶煮得又苦又涩，煎蛋烧焦了，饼干也沾上了点点苏打粉，不过马奇太太还是接过她的那份早餐，并连声道谢，等乔走了以后，她对着餐盘会心地笑了。

“可怜的小家伙们，恐怕今天会过得很难受哟。不过，她们不会遭罪，这毕竟对她们有好处。”说着，她拿出自己早已准备的美味，把难吃的早餐扔掉，免得她们伤心——这是母亲的小小把戏，令她们感激万分。

楼下怨声载道，大厨师面对失败深感委屈。“没关系，午饭我来做。我当仆人，你当主人，动口不动手，尽管陪客人，发号施令就是了。”乔说，其实她对做饭烧菜的事比美格懂得还少。

玛格丽特愉快地接受了这份热心帮助，于是退到了客厅。她把垃圾扫到沙发下面，把百叶窗拉上，省去了掸尘的麻烦，很快便把客厅整理好了。乔对办事能耐十分自信，还想弥合吵架造成的裂痕，她马上写了一张纸条，放入家庭邮局，邀请劳里过府来吃午饭。

“最好先弄清楚拿什么请客，再考虑请人家吃饭。”美格得知此事后说。这一举动虽然好客，可不免有点儿仓促。

“哦，有腌牛肉，还有很多土豆。我再去买些芦笋，买只龙虾，‘换个口味’，汉娜就是这么说的。我们可以买些生菜做色拉。我不知道怎么做，可书上有的。我要用牛奶冻和草莓做甜点，要是你想高雅一点儿的话，还可以煮上咖啡。”

“不要做这么多，乔，你做的只有姜饼和糖蜜还凑合着能吃。这个餐会我是不会插手的，既然你自己请了劳里，就由你来招待他好了。”

“什么都不要你做，只要你对他客气些，做布丁时帮一把就够了。万一我搞糊涂时，麻烦指点一下，行吗？”乔嘴上说着，心里可受到了伤害。

“行，可我也懂得不多，只有面包和一些小吃还行。最好先请妈妈批准，再去买东西。”美格谨慎地回答。

“那当然啰。我又不是傻瓜。”乔说着走开了。她怒火中烧，竟然有人怀疑她的能耐。

“你们想做什么就买什么，不用来打扰我，午饭我出去吃，家里的事就管不到了。”乔来征求意见时，马奇太太说，“向来都不爱做家务，今天我放假，读读书、写点东西、串串门，落得自己娱乐娱乐。”

看到一向忙碌的母亲一反常态，一早就悠闲地坐在摇椅上看书，乔感到好像发生了什么异常自然现象：即使日食、地震，甚至火山爆发，也不会令她觉得更奇怪。

“怎么回事，一切都乱套了。”她边想边走下楼梯。“贝丝正在那里哭，这证明家里肯定出现了什么麻烦。要是艾美再捣鬼，我一定要揍她几下。”

乔感觉自己不自在，匆匆走进客厅，看到贝丝正对着金丝雀皮普哭泣。只见它躺在笼子里死了，小爪子可怜地往外伸出，仿佛在乞求食物。它是饿死的。

“都是我的错——我把它给忘了——谷子一粒不剩，水也一滴没有。皮普噢！噢，皮普！我怎么能对你这么狠？”贝丝哭道，把可怜的小鸟放在手里，试图把它救醒。

乔瞄瞄小鸟半开的眼睛，摸摸它的心脏，发现它早已僵硬冰冷，于是提出用自己的多米诺骨牌盒来装殓。

“放在炉里烘，或者会暖和苏醒过来的。”艾美满怀希望地说。

“它是饿坏的。既然已经死了，就不要再去烤。我要给它做一件寿衣，葬在园子里。以后再不养鸟了，再不了，皮普！我不配养的。”贝丝低声哭诉着，双手捧着宠鸟坐在地板上。

“葬礼今天下午举行，我们都参加。好了，别哭了，贝丝。这事很可惜，但这礼拜事情全都乱了套，皮普便是遭受了这个试验的最大牺牲。给它做好寿衣，放在我的盒子里，宴会后，我们举行一个隆重的小葬礼。”乔开始感到，自己仿佛承揽了大量的工作。

乔留下别人安慰贝丝，自己来到厨房。里面一片狼藉，令人一看就灰心丧气。穿上一件宽大的围裙，她开始工作了。她把碗碟叠起来，刚准备洗就发现火灭了。

“真是前途光明！”乔咕哝着，砰的一下打开炉门，用力地捅煤渣。

炉火捅旺了以后，她想趁着正在烧水这会儿去一趟菜场。一走路，精神又振奋起来，她买了一些便宜货，返家途中心里得意，有一只幼小的龙虾、一些老芦笋，还有两盒酸草莓。等到她收拾停当，午饭到了，炉子也烧红了。汉娜留下了一盘等着发酵的面包。美格老早就着手发面包，放在炉子上再发一遍，然后就忘了。现在，美格在客厅里招待萨莉·加德纳，突然门飞开了，进来一个人，浑身沾满面粉和煤屑，头发蓬乱，红着脸尖叫道：

“我说，面包胀到盘子外面是不是发酵够了？”

萨莉大笑起来，美格则点点头，眉头扬得老高，那个鬼影子见状立刻就消失了，马上去把发酸的面包放入烤炉。贝丝正坐在一旁缝寿衣，心爱的小鸟静静地躺在骨牌盒里。马奇太太四处打量了一番，对贝丝安慰了几句，然后就出门了。随着母亲灰色的帽子在拐弯处消失，姑娘们心中顿生一种孤立无援的异样感觉。没过几分钟，克罗克小姐出现了，说是来吃午饭的，她们彻底绝望了。这位小姐是位面黄肌瘦的老姑娘，长着尖尖的鼻梁和一双好奇的眼睛。她不会放过任何琐事，看到什么都会说长道短一番。姑娘们都不喜欢她，可母亲关照过要善待她，就是因为克罗克小姐又老又穷，也没几个朋友。美格为她搬来安乐椅，勉力招呼她，而克罗克小姐则问这问那，指手画脚，还闲扯她的那些熟人的事情。

那天早上，乔弄得精疲力竭、焦头烂额，真是难以言表。不仅如此，她做的午餐还成了一个十足的笑柄。由于不敢再向人讨教，她只能孤军奋战，这才发现，要当厨师，光凭力气和愿望是不够的。她把芦笋煮了一个小时，却伤心地发现芦笋头煮没了，中间那段却硬得要命。面包烤得焦黑。由于色拉调料做得她大为恼火，她索性就撒手不管，直到最后，她终于相信自己烤的面包没法吃。龙虾不知怎的变成了猩红色的谜团，她敲开虾壳，然后剥开，一点点虾肉掉到一堆生菜叶子中间，消失得无影无踪。芦笋不能搁得太久，土豆要快点煮，结果煮得半生不熟。牛奶冻结块了，草莓被店家巧妙地“摞好”，其实没有看上去那么熟。

“好吧，要是肚子饿的话，可以吃牛肉，有面包夹黄油。只是整整一个上午的工夫花下去，一场无结果，真是丢脸。”乔心里想，她比平时迟了半个小时才打响了开饭的铃。她又热又累，垂头丧气地站在一旁，审视这顿为劳里和克罗克小姐准备的美餐。要知道，一个是吃惯了各种美味佳肴的，而另一个有好打听的眼睛，会记下一切失误；她那爱搬弄是非的长舌头，能把这一切广为传播。

菜肴一一尝过后，就被冷落了，可怜的乔真想钻到桌子底下去。这时，艾美咯咯直笑，美格满脸愁容，克罗克小姐噘起嘴，劳里拼命地又说又笑，想搞活宴会的气氛。乔的拿手本领是水果，糖加得恰到好处，再拌上一罐浓味的奶油。当漂亮的玻璃盘一一摆上时，大家彬彬有礼地看着漂在奶油大海上的玫瑰红小岛，她发热的脸颊才稍微冷却了一点，并深深地舒了口气。克罗克小姐第一个品尝，只见她面容歪曲，慌忙喝水。乔看到水果在挑剔的叉子捣鼓下可悲地缩小，心想可能不够，于是她起先还不敢吃。她瞥了一眼劳里，见他正在勇敢地吃着，不过嘴微微皱起，眼睛盯着自己的盘子。艾美向来喜欢精致的食品，舀了满满一匙，噎住了，用餐巾捂着脸，猛地逃离了餐桌。

“噢，怎么啦？”乔高声问道，声音有点颤抖。

“放糖变成了放盐，奶油是酸的。”美格回答，一边还打了个灾难性的手势。

乔唉了一声，一下就瘫倒在椅子上，这才记起厨桌上有两个盒子，自己拿起一个就仓促地往草莓上倒，而牛奶又忘了冷藏。她的脸色霎时变得通红，几乎要哭出来。这时，她与劳里的目光相遇了，他在勇敢地大嚼盐渍草莓，眼睛里还装出开心的样子。她突然觉得，这件事是多么的滑稽，于是大笑起来，直笑得眼泪都淌下来。其他人也都笑得前抑后扬，连被姑娘们称作“牢骚鬼”的老姑娘也不例外。大家黄油加面包、吃着橄榄，有说有笑，这顿不幸的午餐开心地结束了。

“我现在没有心思收拾，先举行小鸟葬礼吧，让自己冷静下来。”乔看到大家站起来便说道。克罗克小姐一心赶着要在下一个朋友的餐桌边编派这个新故事，便向大家告辞。

为了贝丝，他们全都静默下来了。劳里在树林的蕨草下面挖了个墓穴，小皮普被安放在里头，它那柔情万丈的女主人哭得成了个泪人儿。墓穴盖上苔藓，上立一块石碑，碑上挂一个用紫罗兰和繁缕编成的花环，并刻了墓志铭。铭文是乔一面做饭一面想出来的：

墓主皮普·马奇，
　卒于六月七日；
一身宠爱，故主伤心，
　小鸟小鸟，永垂不朽！

小鸟的葬礼结束后，贝丝回到房间，心情十分沉重，还在想着龙虾。但她却找不到休息的地方，几张床都没有整理。她把枕头拍拍松，又把东西收拾了一番，悲伤的心才觉得舒坦些。美格帮助乔收拾残羹剩饭，花了半个下午才干完。她们已经劳累不堪，决定晚餐就喝清茶，再吃点烤面包就打发了。劳里带着艾美去乘马车，他确实干了件善事，因为艾美吃了酸奶油心情不好。下午，马奇太太回家时，看到三个姐姐都在努力干活。她看了一眼壁橱，心里就明白，试验已经部分成功了。

这些家庭主妇还没来得及休息，又有几个人来拜访。一阵混乱，才准备好招待他们，接着沏茶，做各种跑腿的琐事。一两件非做不可的针线活已经不能再拖了。夜幕降临，一切都沉寂下来，外面起露水了，姑娘们一个个都聚集在走廊上，那里的六月月季花露出了美丽的花蕾。大家都坐下来，不是呻吟就是叹息，仿佛都筋疲力尽、心事重重。

“这一天真可怕！”乔照例还是第一个开口。

“好像比平时短一点，可真难熬。”美格说。

“一点都没个家的样子。”艾美接着说。

“没有妈咪和小皮普，不可能像家。”贝丝叹息道，满含深情地瞥了一眼头上空荡荡的鸟笼。

“妈妈来了，乖乖，如果你想要的话，明天可以再养一只。”

马奇太太说着来到她们中间。看得出来，她的假日似乎也愉快不了多少。

“女儿们，对试验满意吗？还想再这样过一个礼拜吗？”她问，这时贝丝凑到母亲跟前，其他姐妹也围了过来，脸上发亮，就像朵朵鲜花转向了太阳。

“我不想。”乔坚定地高声嚷道。

“我也不想。”其他人都附和道。

“那，你们认为，承担一些责任，活着为别人考虑一点，这样更好些，是不是？”

“闲逛玩乐可没什么好处。”乔说着点点头，“我已经厌烦了，想马上找点事情做。”

“假如学会烧家常菜，这本领可有用啦，主妇少了它可不行。”马奇太太说。这时，她想起了乔一手操办的午餐会，暗暗地发笑。她已经碰到过克罗克小姐，听她说了有关的情况。

“妈妈，你出去了，什么事都不管，就为了看看我们会怎么样，是不是啊？”美格大声问道。她心存疑窦已经有一整天了。

“对，我想让你们看到，只有每个人都做好本分工作，大家才能过得舒服。平时是我和汉娜替你们做，你们的日子过得蛮舒坦。不过我总觉得，你们不会开心，也不会领情。所以我想给你们一个小小的教训，让你们知道，如果每个人都只顾着自己，事情会怎样结局。只有互相帮衬，做好日常工作，才能享受休闲的快乐；只有大家容忍克制，我们才会觉得家里舒服、可爱。你们说是不是这样？”

“是的，妈妈，我们就是这么想的！”姑娘们齐声喊道。

“那么我就建议你们，再一次挑起自己的小负担。虽然有时担子显得很沉重，但对我们有好处，学会了怎么挑法，担子也就轻松了。工作是好东西，人人都有份儿，有益身心健康，免得我们无聊，干坏事。比起金钱时装来，工作更能给我们一种能耐感和独立感。”

“我们会像工蜂一样工作，并且热爱工作，看着吧！”乔说，“我要把做饭当作我的假日任务来学，下一次宴会一定会成功。”

“我要帮爸爸做一批衬衣，不用您操劳，妈咪。我能做到的，也愿意这样做，虽然我并不喜欢针线活。这样做比成天讲究自己的衣着更有好处，事实上我的衣着也已经很不错了。”美格说。

“我要每天做功课，不再花这么多时间弹琴和玩洋娃娃。我天性愚笨，应该多用功，而不是玩。”贝丝下定了决心。艾美则学姐姐们的样子大声宣布：“我要学会开纽孔和区分各种词类。”

“很好！这样的话，我对这个试验十分满意，看来我们也不用再试了。不过，不要走另一个极端，像奴隶那样过度劳累。要劳逸结合，让每一天都过得既开心又有收获，证明自己懂得时间的宝贵，能充分利用它。那样的话，年轻时就会快乐无比，老来也不会有太多的遗憾，哪怕贫穷，生活也会变得丰富多彩，充满成功。”

“我们一定记住，妈妈！”她们确实也记住了。

第十二章

劳伦斯营地

贝丝是邮局局长，她在家时间最多，能够按时收取邮件。再说，她也非常喜欢每天打开邮箱小门，分发邮件的工作。七月的一天，她双手捧满邮件进来了，然后满屋子分发书信和包裹，俨然一副便士邮递员[1]的样子。

“这是您的花束，妈妈！劳里总是把这事记在心上。”她边说边把香喷喷的鲜花插进摆在“妈咪角”的花瓶里，花瓶一直是那位感情细腻的男孩负责填满的。

“美格·马奇小姐，一封信和一只手套。”贝丝继续工作，把邮件递给坐在妈妈身边缝袖口的姐姐。

“咦，我在那边丢了一双，怎么现在只有一只？”美格望望灰色的棉手套，“你是不是把另一只丢在园子里头了？”

“没有，肯定没有，邮箱里就只有一只。”

“我讨厌落单手套！不过不要紧，另一只会找到的。我的信只是我要的一首德语歌的译文。我想是布鲁克写的，不是劳里的字迹嘛。”

---

1 英国旧时平邮邮资，不论远近，一律收一便士。

马奇太太瞅一眼美格，只见她穿着一袭方格花布晨衣，额前的小鬈发随风轻轻飘动，显得美丽动人，女性味十足。她坐在堆满白布卷的小工作台边，哼着歌儿飞针走线，脑子里只顾做着如皮带上的三色堇一样朝气蓬勃、天真无邪的少女美梦，一点也没有觉察到妈妈的心事。马奇太太笑了，感到十分满意。

“乔博士有两封信，一本书，还有一顶滑稽的旧帽子，把整个邮箱都盖住了，还伸出外面。”贝丝边说边笑着走进书房，乔正坐着写作呢。

“劳里真是个狡猾的家伙啊！我说如果流行大帽子就好了，因为我每到天热就会把脸晒伤。他说：‘何必管它流行不流行？就戴一顶大帽，舒服要紧！’我说如果我有就会戴的，他就送了这顶来试我。我偏要戴上它，跟他闹着玩，让他知道我不在乎流行不流行的。”乔把这顶旧式阔边帽子挂到柏拉图的半身像上，开始读信。

一封是妈妈写的，她读着便双颊飞红，热泪盈眶了，信上说：

乖乖：写条子是要告诉你，看到你为控制脾气不遗余力，我甚感欣慰。你不辞劳苦，不计成败，也许以为除了那位每天给你帮助的“朋友”（我相信是那本封面卷了角的指导书）外无人知晓。不过，我也一一看在眼里，而且完全相信你的诚意和决心，因为你的决心已经开始开花结果了。继续努力吧，乖乖，耐着性子，鼓足勇气，记住有一个人比任何人都更关心你，更爱护你，她就是你亲爱的

妈妈

“此话对我很有好处，这封信抵得上万千金钱和无数溢美之

词。噢，妈咪，我确实是在努力！在您的帮助下，我一定不屈不挠地坚持下去。”

乔把头靠在臂上，笔下的小说稿纸上洒下了几滴喜泪。她原以为没有人看到和欣赏她的学好努力，现在变了。她一向最敬重母亲的话，母亲的赞扬出人意表，显得弥足珍贵，更加鼓舞人心。她把纸条当作护身符别在上衣里面，以便时刻提醒自己，更增加了迎战、征服那恶魔的信心。她接着打开另一封信，准备接受这个不知是好是坏的消息，展现在眼前的是劳里大大咧咧的字：

亲爱的乔——嗨嗨！

明天有几个英国小孩来看我，准备玩个痛快。如果天气晴朗，将去长草坪搭帐篷，大家一起划船去，吃午饭，玩槌球——生篝火，烧东西吃，学吉普赛人，享受各种玩乐。他们人都很友善，都喜欢这样玩。布鲁克也去，他照看我们这帮男孩子，凯特·沃恩管束女孩子。希望你们都能来，无论如何别丢下贝丝，没人难为她。至于吃的，请不要担心——一切都由我来安排。只要人来就行，这才够朋友！

匆匆搁笔

你永远的朋友 劳里

“好彩头！”乔喊着飞奔进屋，去告诉美格，“当然可以去的，妈妈，是吧？还可以帮帮劳里，我能划船，美格会做饭，妹妹们也多少能帮上点忙。”

“希望沃恩姐弟不是讲究体面的成年人。你了解他们吗，乔？”美格问。

“只知道他们是四姐弟。凯特年纪比你大，弗雷德和弗兰克是双胞胎，年纪跟我差不多，还有个小姑娘（格莱丝）九、十岁光景。劳里是在国外认识他们的，他喜欢那两个男孩子；我想，他不怎么推崇凯特，因为他谈起她便严肃地抿起嘴巴。”

“我真高兴，我的法式印花布服装还干干净净，这种场合穿正合适，又好看！”美格得意地说，“你有什么出得场面的吗，乔？”

“红灰两色的划艇衣，够好的了。我要划船，到处跑动，不想顾忌衣服上过浆而不敢动弹。你也来吧，贝蒂[1]？”

“那你得别让那些男孩子跟我说话。”

“一个也不让！”

“我想让劳里高兴，我也不怕布鲁克先生，他是个大好人，但是我不想玩，不想唱，也不想说话。我会埋头干活，不麻烦别人。你来照看我，乔，那我就去。”

“这才是我的好妹妹。你努力克服自己的害羞心理，我真高兴。我知道改正缺点并不容易，而一句鼓励的话儿，就能使人精神一振。谢谢您，妈妈。”乔说着感激地吻了一下母亲瘦削的脸庞，这一吻对于马奇太太来说，比让她恢复丰满红润的青春笑脸都要宝贵。

“我收到一盒巧克力糖和我想要临摹的图画。”艾美说着把邮件打开给大家看。

“我收到劳伦斯先生一张字条，叫我今晚点灯前过去弹琴给他听，我会去的。”贝丝接着说，她跟老人的友谊与日俱增。

“我们马上行动起来吧，今天干双倍活，明天就可以玩得无

1 贝蒂是贝丝的小名。

忧无虑了。”乔说道，准备放下笔杆，拿起扫帚。

第二天清早，太阳公公把头探进姑娘们的房间，告诉她们是个大晴天。这时，他看到了滑稽的一幕。姑娘们个个都为这次野营做好了必要的准备。美格脑门上挂着一排卷发纸；乔在晒焦的脸上涂了冷面霜；贝丝把乔安娜带上床共眠，来补偿即将到来的分离；最可笑的要算艾美，她用衣夹夹住鼻子，想以此来使那个令人烦恼的鼻子挺一点。这种夹子原来是画家拿来把纸夹到画板上的，现在用于这项用途也算物尽其用吧。这可笑的一幕似乎把太阳都给逗乐了。它乐得金光四射，把乔晒醒了，她冲着艾美的这副打扮哈哈大笑，吵醒了众姐妹。

阳光和欢笑都是开心聚会的好兆头，很快，两家的屋子里都开始忙碌起来。贝丝第一个准备好，她靠在窗前不断报告邻居的动态，活跃了三姐妹梳妆打扮的气氛。

“一个人带着帐篷出来了！我看到巴克太太把午饭放到一个食盒和大篓里。现在劳伦斯先生抬头看天空和风标；但愿他也一起去。那是劳里，打扮得像个水手——好小伙子啊！啊呀呀！马车上全是人，一个高个女士，一个小姑娘，还有两个可怕的男孩子。一个是瘸子，可怜巴巴的！他拄着拐杖。劳里没跟我们说过。快点，姑娘们！时间不早了。呀，我这里宣告，那是内德·莫法特。瞧，美格，这不是那天我们购物时向你欠身的那个人吗？”

“可不是嘛。奇怪，他怎么也来了？我还以为他在山里头呢。那是萨莉；太好了，她回来得正是时候。你看我这样行吗，乔？”美格惊慌地问道。

“标准的美人。提起裙子，把帽子扶正，这样斜翘着有感伤情调，而且风一吹便飞走了。好了，我们出发吧！”

“乔噢，你不是要戴这顶糟帽子去吧？太荒唐了，你不该把自己弄得像个小伙子的。”美格规劝道。此时乔正把劳里开玩笑送来的旧式阔边意大利草帽用一根红丝带围系起来。

“正是要戴着去，它棒极了——又遮阳，又轻，又大。戴上它很滑稽，再说，只要舒服，我不在乎做个小伙子。”乔说罢迈步就走，姐妹们紧跟其后。每人穿一身夏装，戴一顶逍遥自在的宽边帽子，满脸笑容，十分好看，俨然一支活泼快乐的小队伍。

劳里跑过来迎接，然后十分热忱地把姑娘们一一介绍给他的朋友们。草坪就是接待室，在那里待了没几分钟，气氛就变得相当活跃。美格发现，凯特小姐虽然二十岁了，可穿戴朴素，心里顿时松了口气。要知道，这可是美国女孩应该学习的。听到内德先生一再向她保证，自己是专为看她才过来的，她感到受宠若惊。乔知道为什么一提起凯特，劳里就抿住嘴巴，装出一本正经的样子；原来那位小姐有一种“走开，别碰我”的架子，这与其他姑娘自由轻松的举止形成了鲜明对比。贝丝仔细地观察了一番刚认识的这些男孩，最后断定跛脚的那位并不“可怕”，倒是温文尔雅，且体弱多病，应该对他友好。艾美发现格莱丝人虽小，可举止优雅、活泼开朗；互相默默地对视了几分钟后，马上就成了好朋友。

帐篷、午饭、槌球游戏器具早就先行送走，所以大家很快登上了小船。两叶轻舟一起推进，岸上只剩下挥着帽子的劳伦斯先生一人。劳里和乔共划一条船，布鲁克先生和内德先生划另一条，而淘气作乱的双胞胎之一弗雷德·沃恩则使劲划着一只单人赛艇，像受了惊的水生蝽一样在旁边乱冲乱撞，妄图将两船撞翻。乔那顶风趣的帽子用途十分广泛，值得鸣谢。它一开始便打破隔膜，逗得众人一笑，她划船时帽子上下摆动，扇出阵阵清风，如果下起雨来，还可以给全班人马当作一把大伞使用，她说。凯特对乔的一举一动都觉得十分离奇，特别是她丢了桨时大叫“怪怪！”；而劳里就座时不小心在她脚上绊了一下。他说：“我的好伙伴，弄痛了没有？”这更叫她纳罕不已。戴上眼镜把这位奇怪的姑娘审视几遍后，凯特小姐认定乔“古怪，但挺聪明”，于是远远对着她微笑起来。

另一条船上，美格舒舒服服地坐在两个桨手的对面。两个小伙子见状大喜，各自使出非凡的“技巧和机敏”，去做平掠回桨的动作。布鲁克先生是个严肃、沉默寡言的青年，声音悦耳动听，棕色的眼睛很神气。美格喜欢他性格沉静，把他看作是一部活百科全书，装着各种有用的知识。他不大跟她说话，但目光却常常落在她身上，美格肯定他对自己并不反感。内德是大学新生，当然认为摆足派头是自己应尽的义务。他并不特别聪明，但脾气随和，不失为维持野炊活动的好人选。萨莉·加德纳一面尽心竭力护着自己的凸纹布白裙子不弄脏，一面和无处不在的弗雷德攀谈，因为弗雷德不断胡闹，把贝丝吓得心惊胆战。

长草坪并不远，他们到的时候帐篷已经搭好，三门柱也竖了起来。这是块令人神清气爽的绿色旷野，当中有三棵枝繁叶茂的橡树，还有一条狭长而平整的草坪可打槌球。

“欢迎来到劳伦斯营地！”年轻的主人喊道。她们刚靠岸，欢呼雀跃着。

“布鲁克是总司令，我是军需部长，其他男士是参谋，各位女士都当客人。帐篷是特意为你们搭的，那棵橡树就是你们的起居室，这棵是食堂，另外一棵是营地伙房。现在，趁天还没热起来，我们先来打一局，然后再做午饭。”

弗兰克、贝丝、艾美和格莱丝坐下来观看其他八个人打球。

布鲁克先生挑了美格、凯特和弗雷德，劳里则选了萨莉、乔和内德。英国人玩得很出色，可是美国人更胜一筹，好像受到了1776年[1]精神的鼓舞，士气十足，寸土必争。乔和弗雷德之间发生几次争执，有一次还差点吵了起来。乔在打最后一道门时，一下击空了，这使她大为恼火。弗雷德得分紧随其后，却比乔早轮到击球。他击了一下，球打到了门柱上，在球门外一寸的地方停了下来。大家离得都很远，他跑上前来看个究竟，脚尖偷偷地把球轻轻一拨，球随之到了球门内一寸的地方。

“我进了！嗨，乔小姐，我要收拾你，先赢球。”年轻的绅士大声喊道，一边晃动着他的槌棒，准备再次击球。

“你把它踢进去的，我看到了。现在该轮到我了。”乔大声说。

“我敢发誓，没有踢。球刚才也许是滚了一下，可那没犯规。请你让开，我要冲击桩标了。”

“这里是美国，我们从不赖皮，不过你要赖就赖吧。”乔气愤地说。

“谁不知道，美国佬最狡猾了。看球！”弗雷德反驳道，并把她的球槌出老远。

乔刚要张口骂人，可她忍住了，脸涨得通红，站了片刻，使尽全身力气把一个门柱捶下。也就在这时，弗雷德击中了桩标，欣喜若狂地宣布自己胜出。乔走过去捡球，好一会儿才在灌木丛中找到了自己的球。她回来后显得很冷静，耐心地等着击球。过了几个回合，她终于收复失地，可等到这时，另一方几乎赢定了，因为凯特是倒数第二个击球，而球就在桩标边上。

1　1776年美国颁布了《独立宣言》，宣告摆脱英国殖民统治。

“哎呀，我们完结了！再见，凯特，乔小姐还欠我一个球呢，你是完蛋了。”弗雷德兴奋地喊道，这时大家都走过来观看最后的决战。

“美国佬有对敌人宽宏大量的本事。”乔说着瞥了他一眼，使小伙子的脸霎时涨得通红，“特别是击败敌人的时候。”她补充说。乔绝妙一击，球绕过凯特的球进了球门，她获得了比赛的胜利。

劳里把帽子往上一抛，突然又想起输家是自己的客人，不便太高兴，于是刚欢呼了几声，就赶紧停下来。他对乔悄悄地说：“干得好，乔！他的确耍赖，我看到了；我们不能跟他直说，可他以后不会再这样了，相信我吧。”

美格把乔拉到一边，假装帮她夹紧一绺松下来的辫子，夸奖她说：“这事真叫人来气，可你没有发作，我真高兴，乔。”

“别夸我，美格，到现在我都想给他个耳光。我躲在荨麻丛里，消了消气才没说出口，要不，我早就发作了。现在还很火，他最好滚得远一点儿。”乔说着咬紧嘴唇，大帽子下的双眼瞪着弗雷德。

“做饭了。”布鲁克先生看了看表说，“军需部长，你生火，再提些水来，好吗？马奇小姐、萨莉小姐，还有我，摊桌子。谁咖啡煮得好？”

“乔会的！”美格说，高兴地推荐妹妹。乔最近经常下厨烧菜，学了不少技艺，觉得这下可以露一手了。她走过去照看咖啡壶，妹妹们拾干柴，男孩们生火，到附近的泉眼提水。凯特小姐在写生，贝丝一边用灯芯草编小垫子做盘子，一边和弗兰克聊天。

总司令带领助手们很快就摊好了桌布。吃的喝的都摆上了，引得众人直流口水，其中又点缀了几片绿色的叶子，色香味俱佳。乔宣布咖啡煮好了，大家都坐下来享受一顿丰盛的午餐。年轻人一般肠胃都很好，运动后更是胃口大增。午饭吃得很开心，一切都显得那么新鲜、有趣，朗朗的笑声此起彼伏，竟把正在附近吃草的一匹老马都惊动了。饭桌疙疙瘩瘩得令人喷饭，弄得杯子和盘子东倒西歪，频遭厄运。橡子掉到了牛奶里，黑色的小蚂蚁不请自来，也来分享点心，还有长满绒毛的毛虫也从树上吊下来瞧个究竟。三个浅头发的小孩从篱笆上探出脑袋，河对岸的一条狗冲着他们拼命地叫个不停。

“要加的话，盐在这里。”劳里说着把一碟草莓递给乔。

“谢谢，我宁可要蜘蛛。”说着，乔从奶油中捞出两只小蜘蛛，不小心掉到里面淹死了。“怎么还敢提上次糟糕的宴会？就算你的宴会无懈可击，那又怎么样？”乔接着说。两人都会心地笑了，由于瓷盘不够，他们就合用一个盘子。

“那天我吃得特别开心，至今难忘啊。要知道，今天可不是我的功劳。我什么都没做，都是你、美格和布鲁克一手操办的，我是感谢不尽啊。吃饱了干什么呢？”劳里问，他感到自己的王牌已经打完了，吃完午饭就没什么安排了。

“玩游戏，等天凉下来再回去。我带了‘猜作者’游戏卡，我敢说，凯特小姐会玩一些新花样。去问问她，她是客人，你应该多和她待在一起的。”

“你不也是客人嘛！我想布鲁克跟她合适，可他老是与美格聊天，凯特戴着那副滑稽的眼镜，盯着他们看。我要走了，用不着教我那些规矩，你自己做不到的。”

凯特确实会玩几种新花样，女孩们不愿再吃了，男孩们再也吃不下了，他们都退到了起居室，玩起“废话接龙”的游戏。

“一个人开始讲故事，说什么废话都行，长度没关系，只是要注意，说到紧要关头必须打住，让另一个人接龙。做得好是很有趣的，可以形成一大堆可悲可喜的材料，使人大笑特笑。请开头吧，布鲁克先生。”凯特以命令的口气说。美格对这位家教是以礼相待的，听了很吃惊。

布鲁克先生躺在草地上，位于两位小姐的脚边。他漂亮的棕色眼睛盯着波光粼粼的河面，顺从地起头了：

“从前有个骑士，穷得只剩下剑和盾，于是出去闯世界打天下。他历尽艰辛，周游历国，差不多有二十八年之久，最后来到老国王的宫殿。老国王有一匹心爱的小宝马，但尚未驯服。他下令，谁把马套好训练好，就有重赏。骑士同意试一试，决定稳扎稳打；宝马雄壮骁勇，很快就和新主人建立了感情，虽然性子暴烈，但还是日渐驯服了。每天训练时，骑士都骑着国王的宝马招摇过市，边走边寻找梦中出现过无数次的漂亮脸蛋，但一直找不到。一天，他策马走过一条寂静的街道，却在废城堡的窗口里看到了那可爱的脸。他惊喜万分，便打听是谁住在这座旧城堡里头，得知原来是几位掳来的公主，中了魔咒，关在里头，整天纺纱织布，存钱赎自由。骑士极想解救她们，但身无分文，于是只能天天路过那里，盼望着再次看到佳人的脸蛋，希望公主能来到光天化日之下。最后他决定闯进城堡，设法帮助她们。他走过去敲门，大门马上拉开，他看到了——”

“一位绝色佳人，她狂喜地大叫一声，高呼：‘终于盼来啦！盼来啦！’”凯特接上茬儿，她读过法国小说，喜欢那种风格。“‘原来是她呀！’居斯塔夫伯爵喊道，欣喜若狂地拜倒在她的石榴裙下。‘起来啊！’她伸出纤纤玉手说道。‘不起来！除非你告诉我怎么才能救你。’骑士跪在那里发誓。‘呵，厄运把我囚在这里，暴君不死，我就没有出头之日。’‘坏蛋在哪里？’‘在紫红色的大厅里。去吧，勇敢的爱人，快把我救出绝境。’‘遵命，一定与他决一死战！’说完这几句豪言壮语后，他冲出去，抡开紫红色大厅的大门，正要走进去，却遭到——”

“希腊大词典的一下痛击，一个披黑衣的老家伙对他下了手。”内德说。“某某爵士马上回过神来，把暴君摔出窗外，大获全胜，转身去与佳人相会，但眉头上顶着大包；却发现门锁上了，只好撕破窗帘做成绳梯，下到半途绳梯突然断裂，他一头栽进六十英尺下面的护城河。他熟谙水性，涉水绕城堡而行，最后来到一扇有两名彪形大汉把守的小门；他把两个脑袋撞在一起，脑袋挤得像核桃一样裂开，接着，不费吹灰之力便破门而入，走上两级石阶，上面积满了一英尺厚的灰尘，还有拳头大小的癞蛤蟆，大蜘蛛准把你吓得歇斯底里尖叫，马奇小姐。在石阶上头，他蓦地撞到了一个景象，令他大惊失色，毛骨悚然，他看到——”

“一个高高的身影，一身白衣服，脸上蒙了一幅面纱，瘦骨嶙峋的手提着一盏灯，”美格续上去，“它招招手，无声无息地沿着像坟墓一样黑暗冰凉的走廊滑行。披着盔甲的塑像阴森森地站立两边，周围一片死寂，灯火发出幽蓝的光，鬼影不时向他转过脸来，两只恐怖的眼睛透过白面纱发出闪闪幽光。他们走到一扇挂了帘子的门前，门后面奏起悦耳的音乐；他跳上前要走进去，幽灵把他拽了回来，威胁地在他面前扬着一个——”

“鼻烟盒，”乔阴森森地说，众人听得毛发倒竖，“‘谢了。’骑士礼貌地说，一面拈了一撮儿，随即重重地打了七个大喷嚏，震得脑袋都掉了下来。‘哈！哈！’鬼魂狂笑着。恶鬼透过钥匙孔，看到公主们仍在纺线赎身，便捡起牺牲品，把他放进一个大铁皮箱子里，箱子里头还密密麻麻地塞了十一个无头骑士，他们全站起身来，开始——”

“跳号笛舞，”弗雷德趁乔停下换气时插进来，“他们跳舞时，废城堡变成了一艘鼓满风帆的战船。‘三角帆向风，收中桅帆升降索，背风转舵，炮手就位！’船长吼叫道。此时一艘葡萄牙海盗船正驶入视线，前桅飘着一面黑旗。‘为了胜利，弟兄们冲啊！’船长说，于是大战开始了。当然是英方打赢了，他们向来都是赢家。”

“不对！”乔在一边叫道。

“把海盗船长俘虏后，战船直冲那纵帆船，船甲板上堆满尸体，鲜血从下风一侧排水孔流了出来，因为下的命令是‘拔刀，拼死肉搏！’‘副水手长，拿三角帆帆脚绳扣来，如果这坏蛋不赶快招供，就把他干掉，’英国舰船长说道。那葡萄牙人咬紧牙关，坚决不招，情愿走跳板跳海。快乐的水手们欢呼若狂。但那狡猾的家伙潜入水中，游到战船下面凿穿船底，眼看扬满风帆的船儿沉了下去，‘往海底，海底，海底，’那儿——”

“噢，天啊！我该说什么？”萨莉叫道。此时弗雷德收住了他的连篇废话，水手用语和生活描写的大杂烩，全都取材于他最喜欢的一本书。“唔，他们沉到海底，好美人鱼前来迎接，看到装着无头骑士的箱子，美人鱼十分伤心，便好心地把他们腌在盐水里，希望能发现他们的秘密，是女人，好奇心就强。后来，有人潜水下来，美人鱼便说，‘若能把箱子拿上去，便把这盒珍珠送给你。’她想让这些可怜虫起死回生，但自己却无力抬起沉重的箱子。潜水者把箱子举上来，打开一看，并无珍珠，失望之余，便把箱子遗弃在一片荒野里，被一个——”

“小牧鹅女发现了。小姑娘在这片地里养了百头肥鹅，”艾美在萨莉才思枯竭时接着说，“她很替骑士们难过，便请教一位老太太，怎样才能救他们。‘你的鹅会告诉你的，鹅无所不知。’老太太说。她接着又问，旧脑袋丢了，应该用什么做新脑袋，只见那鹅百嘴张开，齐齐尖叫——”

“‘卷心菜！’”劳里立即接上去，“‘就是它了。’姑娘说道，随即跑到菜园里摘了十二棵大卷心菜。她把卷心菜装上，骑士们马上复活了。他们谢过牧鹅女，兴高采烈地上路，并不知道脑袋换了。世上跟他们一样的脑袋太多了，见怪不怪。我关注的那位骑士回头去找佳人，得知公主们已靠纺纱赎回了自由，除了一位外已全部出嫁了。骑士听了热血沸腾，跨上一直跟他赴汤蹈火的小公马，冲进城堡，看看都留下了哪位。他隔着树篱偷窥，看到他心爱的公主正在花园里采花。‘给我一朵玫瑰好吗？’他问道。‘自己过来拿。我不能走来找你，这样不规矩。’佳人柔声说道。他试图爬过树篱，但它似乎越长越高；然后他想冲破树篱，但它却越长越密。他一筹莫展，于是耐心地把枝杈一枝一枝折断，开了一个小洞，从洞里望进去，哀求道：‘让我进吧！让我进吧！’但俏公主似乎并不理解，依然平静地采她的玫瑰，任由他孤身奋战。他有没有冲进去呢？弗兰克会告诉大家的。”

“我不会，没有参加玩，我从来都不玩的。”弗兰克说道。他不知道怎样做，才能把这对荒唐的情人从感情困境中解救出来。贝丝早躲到乔的身后，格莱丝则睡着了。

“那么说可怜的骑士就被困在树篱上了，对吗？”布鲁克先生眼睛仍然凝视着小河，手里把玩着插在纽孔上的蔷薇，问道。

“我想后来公主给他一束玫瑰，并把门打开。”劳里说，顾自笑着，向老师扔着橡实子。

“看我们凑了篇什么样的废话！多练练，或许就能搞出点聪明的名堂吧？你们知道‘真言’吗？”当大家笑过自己瞎编的故事后，萨莉问。

“但愿我知道。”美格认真地说。

“我是指那个游戏。”

“什么游戏？”弗雷德问。

“哦，这样，大家把手叠起来，选一个数字，然后轮流抽出手，抽到这个数字的人，得老实回答大家的问题。很好玩的。”

“我们试试吧。”喜欢新花头的乔说。

凯特小姐、布鲁克先生、美格和内德退出了。弗雷德、萨莉、乔和劳里叠手玩游戏，劳里抽中了。

“谁是你心目中的英雄？”乔问。

“爷爷和拿破仑。”

“你认为这里哪位女士最漂亮？”萨莉问。

“玛格丽特。”

“最喜欢哪一位？”弗雷德问。

“乔，那还用说。”

劳里说得实事求是，大家全笑起来。乔轻蔑地耸耸肩，说：“你们问得真无聊！”

“再玩一回，‘真言’这游戏挺不错。”弗雷德说。

“对你来说是好游戏。”乔低声反驳道。

这回轮到她了。

“最大的缺点是什么？”弗雷德问，借此试探她是否诚实。他自己缺乏这种美德。

“脾气急躁。”

“最希望得到什么？”劳里问。

“一对靴带。”乔揣测到他的用意，给予迎头痛击。

“回答不老实，必须说出真正最希望得到什么。”

“天才，难道你不是恨不得你可以给我吗，劳里？”她望着那张失望的脸孔狡黠地一笑。

“最敬慕男士什么美德？”萨莉问。

“勇敢真诚。”

“现在该我了。”弗雷德说道，他抽中最后。

“给他来点厉害的。”劳里向乔耳语，乔点点头，立即问：

“槌球比赛你难道没有赖皮？”

“嗯，唔，有那么一点点。”

“好！你的故事难道不是取自《海狮》？”劳里问。

“差不多。”

“你难道不认为英国在各方面都完美？”萨莉问。

“不这样，我就无地自容了。”

“真是彻头彻尾的约翰牛[1]。好了，萨莉小姐，轮到你了，不必等抽签。我要问你一个问题，先折磨一下你的感情。你觉得自己是不是有几分卖弄风情？”劳里说。乔则向弗雷德点点头，表示讲和了。

“好个鲁莽汉！当然不是的。”萨莉叫道，那架势说明事实恰恰相反。

“最恨什么？”弗雷德问。

“蜘蛛和米粥汤。”

“最喜欢什么？”乔问。

“跳舞和法国手套。”

“哦，我看‘真言’是无聊透顶的把戏；不如换个有意思

1 原文为John Bull，特指典型的英国人。

的，我们玩‘猜作者’，来提神吧。”乔提议。

内德、弗兰克和小姑娘们加入了这个游戏，三个年长一点的则坐到一边聊天。凯特小姐又拿出她的写生本，美格看着她画，布鲁克先生则躺在草地上，手里拿着一本书，却又不看。

“你画得真棒！真希望我也会。”美格说道，声音又仰慕又遗憾。

“那你为什么不学？我认为你有这方面的趣味和才华。”凯特小姐礼貌地回答。

“没有时间啊。”

“可能你妈妈希望你学别的才艺吧。我妈妈也一样，但我私下学了几课，把才华证明给她看，她便同意我继续学了。你不也一样可以自己跟家庭教师学吗？”

“我没有家庭教师。”

“我倒忘了，美国姑娘大都上学堂，跟我们不一样。爸爸说，这些学校都很气派。我猜你上的是私立学校吧？”

“我根本不上学。我自己便是个家庭教师。”

“是吗！”凯特小姐说。但她倒不如直说：“哎哟，真糟糕！”因为她的语气分明有这个意思。她脸上的神情使美格涨红了脸，懊悔自己刚才太坦诚。

布鲁克先生抬起头，马上说道：“美国姑娘跟她们的祖先一样热爱独立，她们自食其力，并因此而受到敬重。”

“噢，不错，她们这样做当然十分体面的。我们也有不少高尚可敬的小姐这样做，受雇于贵族阶层。因为，作为绅士家的女儿，她们都很有教养和才艺的呢。”凯特小姐用一种恩赐的腔调说道，这伤及了美格的自尊心，使她的工作变得不但更加讨厌，而且更加低人一等了。

“德语歌合你的口味吗，马奇小姐？”布鲁克先生打破尴尬的沉默，问道。

“当然！优美极了，我十分感激替我翻译的那个人。”美格板着的脸，说话时又有了生气。

“你不会德语吗？”凯特小姐惊讶地问。

“读得不大好。父亲原来教我，但现在不在家，我自学进展不快，没人纠正发音嘛。”

“现在就读读看；这里有席勒的《玛丽·斯图亚特》，还有一位愿意教你的家庭老师。”布鲁克先生笑容可掬地把他的书放在她膝上。

“这本书太难，不敢读。”美格说道。她十分感激，但在多才多艺的小姐面前又感到很不好意思。

“我先读几句来鼓励你。”凯特小姐说着，把其中最优美的一段朗诵一遍，读得一字不差，但却毫无表情。

布鲁克先生听完后不语。凯特小姐把书交回美格，美格天真地说道：

“我想这是诗歌吧。”

“部分是。读读这段吧。”

布鲁克先生把书翻到可怜玛丽的挽歌那一页，嘴角挂着一丝怪笑。

美格服从了，顺着新教师用来指点的长草叶羞涩地慢慢读下去。她的声调悦耳轻柔，那些生涩难读的字句不知不觉全变得如诗如歌。绿草叶一路指下去，把美格带到悲泣哀怨的神往境界。她旋即忘掉了听众，旁若无人地往下读，读到不幸的女王说话时，腔调带上了悲剧口气。当时，她要是看到了那对棕色眼睛，一定会突然停下的；但她没有抬头，这堂课于是没有砸锅。

“读得好！”布鲁克先生待她停下来说道。其实她读错了不少单词，但他当作没听到，俨然一副“热爱教书”的模样。

凯特小姐戴上眼镜，把眼前的动人情景扫视了一回，然后合上写生本，屈尊地说道：“你的口音蛮漂亮，日后必成好朗诵者。建议你学一学，德语对于教师来说是很有价值的才艺。我得去照看格莱丝，她在乱蹦乱跳呢。”凯蒂小姐说着慢慢走开了，又自言自语地耸耸肩。“我可不是来照料女家庭教师的，虽然她确实年轻貌美。这些美国佬真是怪人；劳里跟她们一起恐怕会学坏了哩。”

“我忘了英国人瞧不起女家教，不像我们平等相待。”美格望着凯特小姐远去的身影懊恼地说道。

“可悲的是，据我所知，男家教在那边，日子也不好过。对于我们打工仔来说，再没有比美国更好的地方了，玛格丽特小姐。”布鲁克先生显得如此满足，如此快乐，美格也不好意思再哀叹自己命苦了。

“那真高兴我生活在美国。我不喜欢我的工作，不过还是从中得到很大的满足，所以我不要抱怨；我只希望能像你一样喜欢教书。”

“如果有劳里这样的学生，我想你就会喜欢的。可惜我明年就要失去他了。”布鲁克先生边说边在草坪上狠命戳洞。

“上大学，是吧？”美格嘴里这样问，眼睛却在说：“那你自己干什么呢？”

“是的，该上大学了，他准备好了；他一走，我就参军。部队上需要我。”

“我真高兴！”美格叫道，“我也认为每个青年都应该有这个心愿，虽然留在家里的母亲和姐妹们会感到日子难过。”她说着伤心起来。

“我没有母亲姐妹，在乎我死活的朋友也寥寥无几。”布鲁克先生有点苦涩地说道。他心不在焉地把干枯玫瑰放到戳好的洞里，像小坟墓似的用土盖上。

“劳里和他爷爷就会十分在乎，万一你受了伤害，我们也全都会很难过的。”美格真心地说。

“谢谢，听了令人高兴。”布鲁克先生振作起来，说道。一语未毕，内德骑着那匹老马笨拙地走过来，在小姐们面前炫耀他的骑术，于是这一天就再也没有安宁了。

“你难道不喜欢骑马吗？”格莱丝问艾美。她俩刚刚和大家一起跟着内德绕田野跑了一圈，这时站着在歇气。

“喜欢极了！我爸爸有钱那时候，美格姐常常骑，但我们现在没有马了，只有‘爱伦树’。”艾美笑着补充说。

“跟我说说，‘爱伦树’是一头驴子吗？”格莱丝好奇地问。

“嘿，你不知道，乔爱马爱得发疯，我也一样，但我们没有马，只有一个旧横鞍。我们园子里有一棵苹果树，长了一枝低树丫，乔便把马鞍放上去，在弯起处系上缰绳，我们有兴致时，就跳上‘爱伦树’驰骋。”

“多有趣！”格莱丝笑了，“我家里有一匹矮种马，我几乎每天都和弗雷德和凯特一起去海德公园骑马；真惬意，我的朋友们都去，整个骑马道罗欧都是绅士小姐们的身影。”

“哎呀，多带劲！希望有一天能出国，但我宁愿去罗马，不去罗欧。”艾美说。她压根儿不知道罗欧是什么，死活不肯请教。

坐在两个小姑娘后面的弗兰克听到了她们说话。看到生龙活虎的小伙子们在做各种各样的滑稽体操动作，他很不耐烦地一把推开自己的拐杖。贝丝正在收拾散乱一地的“猜作者”卡片，闻声抬起头来，羞怯而友好地问：

“恐怕你累了吧，我能为你效劳吗？”

“跟我说说话吧，求你啦，一个人枯坐闷死了。”弗兰克回答。显然他在家里被悉心照料惯了。

贝丝害羞，即使让她发表拉丁语演说也不会比这更困难；但她现在无路可逃，乔不在身边挡驾，可怜的小伙子又眼巴巴地望着她，她于是勇于一试。

“你看谈什么好呢？”她边收拾卡片边问，把卡片扎起来时撒落了一半。

“嗯，我想听听板球、划船和打猎这类事情。”弗兰克说道。他尚未懂得自己的兴趣应该力所能及。

“天哪！我该怎么办？我对这些一无所知。”贝丝想，仓皇之间忘记了小伙子的不幸。她想引他说话，便说：“我从来没见过打猎，不过我猜你熟门熟路的。”

“以前是，但我再也不能打猎了，跳越一道该死的五栅门时伤了腿，再也不能骑马放猎狗了。”弗兰克长叹一声说。贝丝见状直恨自己粗心无知，说错了话。

“你们的鹿儿远比我们丑陋的水牛美丽。”她说道，转身望着大草原寻找灵感，很高兴自己曾读过一本乔十分喜欢的男孩子读物。

事实证明水牛具有镇静功能，令人满意。贝丝一心一意要让弗兰克乐起来，心里早没有了自己。姐妹们看到她竟和一个原来躲避不迭的可怕男孩谈得滔滔不绝，全都又惊又喜，贝丝对此却全然不觉。

“好心的人儿！她怜悯他，所以对他好。”乔说道，从槌球场那边对着她微笑。

“我一向都说她是个小圣人。”美格用不容置疑的口吻说。

“很久都没有听弗兰克笑得这样开心了。”格莱丝对艾美说。她们正坐在一处，边谈论玩偶，边用橡果壳做茶具。

“我贝丝姐有时候很努力，是个‘令人瑕疵’的姑娘。”艾美对贝丝的成功很高兴，说道。她的意思是“令人痴迷”，不过反正格莱丝也不知道这两个词的确切意思，“令人瑕疵”听起来不错，而且令对方刮目相看。

看了即兴马戏表演，下了狐狸大雁棋，打了一场槌球友谊赛，不觉一个下午就过去了。等到夕阳西下，大家拆了帐篷，收拾好篮子，卸下三门柱，把行李装上船。他们一起顺流而下，放声歌唱。内德伤感起来，用柔和的颤音唱起了小夜曲，从那忧郁的过门：

“孤独，孤独，哎哟！孤独。”

唱到歌词时：

我们各自青春年少，各自有心，
呵，为什么要这样拉开冷漠的距离？

他趁机望着美格，表情有气无力，美格忍不住扑哧一笑，把歌声打断了。

“怎能对我这样无情？”乘大家活跃地说话时，他咕哝道，“你全天都和那个古板的英国女人混在一起，这会儿又来轻慢我了。”

“不是有意的，只是你很滑稽，实在忍不住。”美格答道，避而不谈他第一部分的责备。说真的，她对莫法特家晚会以及后来的闲话记忆犹新，整天都躲着他。

内德生气了，转头向萨莉寻求安慰，他小气地说道：“你说这姑娘是不是一点风情也不解啊？”

“半点也不解，不过她是个乖乖儿。”萨莉回答，虽然坦白了朋友的缺点，却维护了朋友。

“反正不是受惊的‘怪怪鹿’吧。”内德想说俏皮话，无奈年轻人火候未到，果然不成功。

在早晨集合的草地上，大家互道晚安，依依惜别，因为沃恩姐弟们还要去加拿大呢。四姐妹穿过花园回家时，凯特小姐目送着她们说：“尽管美国姑娘感情外露，但熟悉之后，便知道她们十分迷人。”她的话里已经放下了恩赐的腔调。

“我同意你的意见。”布鲁克先生说。

第十三章

空中楼阁

九月的一个下午，天气晴暖，劳里躺在吊床上舒服地摇来摇去，一边揣摩着那几个邻居在干什么，可又懒得出门去瞧个究竟。这一天他过得毫无收获，糟糕透顶，为此他正在闹情绪，恨不得能重新再过一次。闷热的天气使他全身懒洋洋的，书也不读，令布鲁克先生无法忍受，又有半个下午在弹琴，弄得爷爷很不开心，他还恶作剧，暗示他的一只狗快要发疯，把女佣们吓得半死，然后又跟马夫吵了一架，无端地指责对方没照看好他的马。最后，他躺在吊床里，为世人皆愚而愤愤不平。阳光明媚，周围一片宁静，心情烦躁的他，也渐渐平静下来。仰望着头上的七叶树绿意盎然，他做起了白日梦。他想象着自己在海上颠簸，做环球航行，一阵说话声传来，他从梦中惊醒，回到了岸上。透过吊床的网孔，他看到马奇家的姑娘们正走出来，好像要出游。

“那些女孩子现在究竟要干吗？”劳里心想。他睁开睡意蒙眬的眼睛想看个清楚，邻居姑娘们的穿着确实有点古怪。每个人都头戴挂着边的大帽子，肩背棕色亚麻布小袋，手里还拿着一根棍子。美格拿着坐垫，乔夹着书，贝丝拎个篮子，艾美抱着纸夹。她们悄无声息地穿过花园，从后面一扇小门出去，爬上小山，向河边走去。

“哎，真行啊！”劳里心想，“去野餐也不叫我一声。她们没有开船的钥匙，不可能乘船去。也许是她们忘了，我得给她们拿去，顺便看看到底去干什么。”

帽子倒有半打，可他还是费了老长时间才找到一顶，然后又找钥匙，最后发现竟在自己的口袋里。等到他翻过篱笆，朝她们跑去时，姑娘们早已不见了。他抄近路来到船库，等着她们出现，见没人来，就登上小山放眼远眺。山坡上长着一片松树，绿林深处传来一个声音，清脆得胜过松林的沙沙声和蟋蟀昏昏欲睡的鸣叫声。

“这里风景真美！”劳里暗自赞叹。他透过灌木丛眺望，顿时精神抖擞，心情舒畅。

眼前果真是风景如画，姐妹们围坐在树荫下，斑驳的树影在身上摇曳不定，清风夹着花香撩弄着秀发，轻拂着发热的面颊。林中小居民都照常起居，仿佛在场的不是陌生人，而是老朋友。美格坐在坐垫上，雪白的双手正在灵巧地做针线活，粉红色的衣裙，在绿色的映衬下，宛如一朵鲜艳的玫瑰。贝丝正在捡松果，不远处的铁杉树下，已经厚厚地堆了一层，她能用这些松果做出漂亮的玩意儿。艾美正对着一簇蕨草作素描，乔边朗读边做编织活儿。劳里看着看着，脸上阴沉了下来，觉得自己是不请自来，应该离开了。可他还在流连，因为家里实在孤独，林中这批人虽说安静无事，可对于不甘寂寞的他又具有巨大的吸引力。他站着纹丝不动，一只忙于觅食的松鼠从身边的一棵松树上跳下来，突然看见了他，尖声责骂着往后一蹦。贝丝闻声抬头一看，看到桦树后那张渴望的脸，于是会心一笑，向他致意。

“请问能过来吗？打扰你们吗？”他慢慢地走上前问。

美格皱起眉头，可乔不服气地瞪了她一眼，立刻说：“当然可以。本该先问问你的，只是我们觉得，你可能瞧不起这种女孩子的游戏。”

“我向来都喜欢你们的游戏，可要是美格不欢迎的话，我这就走。”

“我并不反对，可你得做点什么。这里可不兴闲着没事干。”美格神情庄重地说，可语气里又带有几分亲切。

“多谢。要是能让我待一会儿，做什么都行。你们知道，家里闷得像撒哈拉大沙漠。要我做什么？做针线、读书、拣松果、画素描，要不都做？说吧，我没问题。”劳里坐下来，一副顺从的样子，看了让人觉得高兴。

“我要把袜子后跟织好，你替我把这故事读完。”乔说着递给他一本书。

“遵命，小姐。”劳里温顺地答应，说着就读起来，他要努力证明，为有幸参加“勤劳大家缝协会”而感激万分。

故事并不长，读完后，他斗胆提出几个问题，犒赏自己。

“请问小姐，能否问问，这个富有魅力和教育意义的机构是不是新组织？”

“你们愿意告诉他吗？”美格问三个妹妹。

“他会笑的。”艾美警告道。

“管他呢？”乔说。

“我想他会喜欢的。”贝丝接着说。

“我当然会喜欢！保证不笑。说出来吧，乔，别害怕。”

“谁怕你啊！哦，你知道我们过去常常玩《天路历程》。我们整个冬季和夏季都兢兢业业的，没有放弃。”

“是的，我知道。”劳里说，机灵地点点头。

“谁告诉你了？”乔问。

“小精灵。”

“不，是我。那天晚上你们都出去了，他萎靡不振，我便告诉了他，逗他乐呢。他很喜欢，所以别骂，姐。”贝丝怯怯地说。

“你守不住秘密。不过算了，现在倒省事了。”

“请接着说吧。”劳里看到乔有点不高兴，专心做活儿，便说。

“噢，难道她没告诉你，我们这个新计划吗？喏，为了尽量不虚度假期，每人都定下一个任务，并全力执行。假期即将结束，定额也全部完成了，我们真高兴，没有蹉跎岁月。”

“不错，我看做得很好。”劳里想到自己无所事事地打发日子，十分后悔。

“妈妈要我们尽量到外面走走，所以我们把活计拿出来，顺便散散心。为了助兴，我们打扮成朝圣者的样子，东西放在袋子里，戴上旧帽子，拄着拐杖来爬山，几年前就经常这样玩。我们管这座山叫作‘逍遥山’，登高望远，可以看到我们向往居住的乡村。”

劳里坐起来，顺着乔的指点望去。透过树林的缝隙，可以看到一条碧绿的大河，河对岸是茫茫的草地，一直看到大城市的郊区，举目远眺还可以看见一脉高耸入云的青山。正值秋日，夕阳西下，天边霞光四射，蔚为壮观。金色的紫霞萦绕着山顶，银白色的山峰在万道红光的照耀下，闪闪发光，宛如天城仙宇的塔尖。

“真美！”劳里轻声赞叹，他一向都很善于欣赏美。

“景色总是这么美，我们都喜欢欣赏的。从不千篇一律，总是气象万千。”艾美答道，希望自己能把这美景画下来。

“乔谈到了我们向往居住的地方。她说的可是真正的乡下，有猪呀、鸡呀，还可以晒干草。那该多好，不过我希望真有这样美丽的地方，那样，我们就可以去了。”贝丝若有所思地说。

“还有个地方比这里更美。等我们学好了，就能慢慢过去了。”美格甜美的声音答道。

“要等这么久，又这么难，我真想马上插翅飞过去，和那些燕子一样，飞进那扇壮丽的大门。”

“贝丝，你迟早都会到达的，不用担心。”乔说，“只有我要奋斗、要拼搏、要攀登、要等待，最终可能永远都进不去。”

“要是能安慰的话，我会陪着你。我先要长途旅行，才能看得见你的天城。万一我迟到了，你要替我说句好话，你会吗，贝丝？”

小伙子脸上的表情让他的这位小朋友感到不安。可她两眼默默地望着变幻不定的云朵，打气说：“要是人们真的想去，真的一生都在努力，我想就会进去的。我相信那扇门上没有锁，门口也没人把守着。我老想，肯定和图画中画的一样，当可怜的基督徒蹚过河水升天的时候，闪着金光的天神会伸出双手来迎接。”

“要是我们梦中的空中楼阁都能实现的话，我们都能住进去，那是不是很有趣？”乔沉默片刻后问。

“我有这么多梦想，真不知道该选哪个好？”劳里平躺在地上说，一边把一颗松果扔向刚才暴露了他行踪的松鼠。

“要选最喜欢的那个。是什么？”美格问。

“要是我说了，你也会说吗？”

“会的，要是妹妹们也说的话。”

“我们会的，劳里，该你了。”

“我打算，先把世界游个遍，再在德国定居，尽情享受音乐。我要成为著名的乐师，世人都跑来听我表演。我永远都不用担心金钱和生意，只想享受生活，做想做的事。这就是我的钟爱楼阁。你的呢，美格？”

玛格丽特似乎觉得说出来有点难。她拿起一根蕨草在眼前挥动着，仿佛要驱散其实并不存在的小昆虫。她慢吞吞地说：“我梦想有一座漂亮的宅子，里面尽是各种豪华的东西——美味的食品、漂亮的衣服、阔气的家具，还有和善的人和大把大把的钞票。我要当女主人，有很多佣人，一切都按我的意思来安排，那样我就一点都不用打工了。我会多么开心！到那时，我不会偷闲，只会多做好事，让每个人都深深地爱我。”

“那你梦想的楼阁里就不要男主人了？”劳里顽皮地问。

“我是说‘和善的人’，知道不？”美格说话时仔细地把鞋系好，才没让大家看到她的脸。

“你干吗不说想要个好丈夫，他博学多才、温柔体贴；再养几个小孩，要像天使一样？要是少了他们，你的楼阁可不会十全十美。”乔率直地说。她现在还想象不到缠绵的爱情，更瞧不起浪漫故事，可对小说里的那些，她却情有独钟。

“你的楼阁里什么都没有，只有几匹马、几个墨水瓶，再加上几本小说。”美格气愤地回答。

“这哪里不好？我要一个马厩，养满阿拉伯骏马，几间屋子，里面堆满书，再用魔法墨水瓶来写东西，这样我的作品就会和劳里的音乐齐名。在搬进楼阁之前，我想先干一番大事——英勇的、要么杰出的大事，总之是等我死了都难被忘记的大事。现在还不知道是什么，可我时刻准备着，说不定哪一天能石破天惊。我想我得写书，名利双收，才合我心意，这就是我最大的梦想。”

“我的梦想是平平安安地待在家里，和爸爸、妈妈住在一起，帮他们看家。”贝丝心满意足地说。

"难道别的什么都不想吗？"劳里问。

"有了那架小钢琴，我已经很知足了。只希望我们都能身体健康，能守在一起，就足够了。"

"我有很多愿望，可最中意的是想成为画家，去罗马，画一些漂亮的画，成为世界上最好的画家。"这是艾美一个小小的心愿。

"我们个个胸有大志，对吧？我们每个人，贝丝除外，都想名利双收，在每个方面都做得很出色。我在纳闷儿，我们中间有谁能如愿以偿。"劳里说着嚼起了青草，活像一头冥思苦想的牛犊。

"我有打开楼阁的钥匙，不过能不能打开这扇门，还要等着瞧。"乔神秘地说。

"我有打开楼阁的钥匙，不过就是不让我打开试试看。去他的大学！"劳里咕哝着，一边不耐烦地叹息道。

"这是我的钥匙！"艾美挥动着铅笔喊道。

"我可没有。"美格失望地说。

"不，你有。"劳里立刻回答。

"在哪里？"

"你的脸上。"

"胡说。那有什么用？"

"等着瞧吧，看它是否会给你带来好事。"小伙子回答。他想到自己知道一个小秘密，不由放声大笑。

美格遮着蕨草的脸涨得通红，可什么都没问，只是望着河对岸，脸上流露出渴望的神情。那天布鲁克讲骑士故事的时候，脸上也带着同样的表情。

"如果十年后还都活着，我们再聚首，看看有多少人如愿以偿，或者接近了多少。"乔说，她总是胸有成竹的。

"天哪！到时我该多大了——二十七岁！"美格喊道。现在她刚刚十七，却以为是大人了。

“你和我将是二十六岁，特迪[1]，贝丝二十四，艾美二十二。那时，我们将年高德劭了！”乔说。

“希望在此前做出一些值得自豪的事情。可我是个懒汉，恐怕要‘蹉跎’了，乔。”

“需要一个动机，妈妈说，一旦有了动机，你肯定就会干得十分出色。”

“真的？我对天发誓一定努力，但愿有这样的机会！”劳里叫道，突然来了劲头，坐起来，“我能讨爷爷的欢心，就很应该知足了；我也确实尽力而为，但你们知道，这样做跟我的性格犯冲，真难哪。他要我像他年轻时一样，做个印度商人，但这还不如把我毙掉。我痛恨茶叶、丝绸、香料，痛恨他的破船运来的每一种垃圾。这些船只归我所有后，什么时候沉到海底我都不会在乎。我去读大学，应该遂了他的心愿吧，我献给他四年，他就该放我一马，不用做生意；但他顽固不化，非要我跟他亦步亦趋，除非我像父亲一样离家出走，自得其乐。如果家里有人陪着老人的话，我明天就远走高飞。”

劳里言辞激烈，仿佛一点点挑衅就能惹得他把扬言付诸行动。他正处于突飞猛进的发育时期，虽然行动懒洋洋的，却有一种年轻人的逆反心理，内心躁动不安，渴望能独自闯天下。

“我有个主意，你乘上你们家的大船出走，闯荡一番后再回家。”乔说。想到这么大胆的英雄行为，她一任想象力驰骋，同情心也被她所谓的“特迪的冤屈”激发起来。

“那样不对，乔，不可以这样说话，劳里也不能听从你的

1　劳里的小名。

坏主意。应该按照爷爷的意愿去做，好孩子。”美格的口吻母性十足，“要刻苦努力上大学，看到你尽自己的能力来取悦他，我肯定他对你便不会这么强硬，这么不讲理。你也说的，家里没有人来陪伴他，爱他了。如果你擅自把他抛下，你也永远不会原谅自己的。不要消沉，不要烦恼，要尽心尽责；这样你就能得到报偿，受人敬爱，就像好人布鲁克先生一样。”

“你知道他些什么？”劳里问。他对这个好建议心存感激，但对这番教诲却不以为然，刚才他不同寻常地发泄了一番，现在很高兴把话题从自己身上转开。

“只知道你爷爷告诉我们的那些——他精心照顾老母，直到为她送终；由于不愿抛下母亲，国外很好的人家请他当私人教师他也不去；还有，他现在赡养一位护理过他母亲的老太太，却从不告诉别人，而是尽力而为，慷慨、耐心、善良。”

“没错，是个大好人！”劳里由衷地说。而美格这时沉默不语，双颊通红，神情热切。“爷爷就是喜欢这样，背地里把人家了解得一清二楚，然后到处宣扬他的美德，使大家都喜欢他。布鲁克不会明白，为什么你母亲会待他这样好。她请他跟我一同过去做客，以礼相待，亲切周到。他认为她简直十全十美，回来后好些天都把她挂在嘴边，接着又热情洋溢地谈论你们众姐妹。若我有朝一日如愿以偿，会让你们看到我为布鲁克做点什么。”

“不如从现在做起，不要再把他折磨得生不如死。”美格尖刻地说。

“你怎么知道我让他生气呢，小姐？”

“每次他离开的时候看脸色就知道了。如果你表现好，他就显得心满意足，脚步轻快；如果你淘气了，他就脸色阴沉，脚步拖拉，仿佛要回去改进工作。”

“好啊，这样不错耶！原来，你通过布鲁克的脸色，就把我的成绩好坏全都登记着，对吧？我只看到他经过你家窗口时躬身微笑，却不知道你从中悟出一封电报呢。”

“没有的事。别生气，还有，噢，别告诉他我说了什么！我这么说，只是关心你的进步而已。你知道这里说的全是悄悄话。”美格叫起来，想到说话一时大意，不禁有点后怕起来。

“我从不搬弄是非的。”劳里答道，脸上露出特有的“大人物”的神气，乔如此描述他偶然露出的一种表情。“不过，既然布鲁克要做晴雨表，我就得注意，让他报告好天气就是了。”

“请别动气。我刚才并非是要说教或搬弄是非，也并非出于无聊。我只是觉得，乔这么怂恿你，日后你会为那种情绪后悔的。你对我们这么好，我们把你当作亲兄弟，把心里话儿都掏出来的。对不起了，我是一片好心。”美格热情而又腼腆地打了个手势，伸出手来。

想到自己刚才一时懊恼，劳里不好意思了，他紧紧握住那只小手，坦诚地说：“说对不起的应该是我。我脾气暴躁，而且今天一整天都心情不好。你指出我的缺点，像亲姐妹一样待我，我心里高兴。一时有莽撞得罪之处，请不要放在心上，我还要谢谢你呢。”

他一心要表示自己没有动气，尽量表现得和颜悦色——为美格绕棉线，替乔朗诵诗歌，帮贝丝摇落松果，帮艾美画蕨叶，证明自己是名副其实的“勤劳大家缝协会”会员。正当他们热火朝天地讨论着乌龟（河里刚刚爬出了这么一只和蔼可亲的动物）的驯养习性的时候，一阵铃声远远飘过来，通知她们汉娜已把茶“泡开”了，赶回家吃晚饭，时间刚刚好。

“我可以再来吗？”劳里问。

“可以，可你要好好表现，好好读书，就像识字课本上要求孩子们做的那样。”美格笑着说。

“我会努力的。”

“那你就来吧，我会教你打毛线，跟苏格兰男的一样。现在袜子的需求很大呢。”乔补充说，一边挥动着手中的袜子，就像挥舞蓝色的毛线大旗一样。这样，他们便在大门口分手了。

那天晚上，贝丝在月光下为劳伦斯先生弹琴。劳里站在门帘的阴影里，聆听小乐师的表演。那朴素的旋律总能使他浮躁的心情平静下来。劳里注视着坐在一边的老人，只见他一手托着满头白发的脑袋，深情地回忆着死去的小孙女。想起当天下午的对话，男孩决定心甘情愿地做出牺牲，心里暗自说：“让我的空中楼阁滚蛋吧，我要和亲爱的老人守在一起。他需要我，因为我是他的一切。”

第十四章

秘 密

十月，天开始冷起来，下午也变短了，乔在阁楼上忙得不可开交。和煦的阳光从天窗上照进来，两三个小时过去了，乔一直坐在旧沙发上奋笔疾书，面前放着一个箱子，上面摊满了她的稿纸。她的爱鼠“抓扒”在头顶的横梁上散步，身边跟着它的长子，这小家伙显然对它那几根胡须感到扬扬得意。乔全神贯注地写着，直到写完最后一页，然后龙飞凤舞地签上自己的名字，把笔一扔，喊道：

“行了，我已经尽力了！要是这还不行，只能等到下次长进了再说吧。”

她靠在沙发上，把稿子细读了一遍，又时不时地划拉几笔，添上不少感叹号，看上去像一个个小气球。然后，她用一根漂亮的红丝带把稿纸扎起来，又郑重其事地端详了一下；毫无疑问，这是她的呕心沥血之作。乔在阁楼上的书桌，是一只钉在墙上的旧铁柜，里面放着稿纸和几本书，很安全。只要把门一关，同样具有文学天赋的“抓扒”，平时见书就啃，像个流动图书馆似的喜欢把留在外边的书吞在肚子里，现在只好望柜兴叹了。乔从铁柜子里取出另一份稿子，把两份一起放入口袋，然后悄悄地下楼，留下鼠友去啃笔尖、尝墨水。

她不声不响地戴上帽子，穿好外衣，从后窗口爬到一个低矮的阳台顶，纵身跳到一块草地上，迂回上了大路。至此，她定了定神，搭上一辆过路的马车直奔城里。一路上她满脸喜悦，却又神秘兮兮的。

无论谁见了，都会觉得她的行动非同寻常。一下马车，乔就大步向前，来到一条繁华大街上，在一个门牌号码前才慢下来。她好不容易才找到地方，走进门，抬头望了一眼肮脏的楼梯，呆呆地站了一会儿，突然飞快地冲到街上，速度毫不亚于她来的时候。就这样，她进进出出好几个来回，逗得对面楼上一个闲靠在窗口的黑眼睛小先生哑然失笑。第三趟返回的时候，乔抖了一下身子，压低帽子遮住眼睛，然后朝楼上走去，看上去似乎准备把满嘴的牙都拔掉。

门口有许多招牌，其中一块是牙医的。一副假颌慢慢地一张一翕，里面一副洁白的牙齿引人注目。小先生定睛看了片刻，然后穿上外套，戴上帽子，下楼站在对面房子的门口。他打了个哆嗦，笑着说："她这种人就知道独自来，可要是痛得受不了，就需要有人护送回家的。"

过了十分钟，乔满脸通红地冲下楼，那模样就像一个人刚受过残酷的折磨。她看到年轻人时，神情一点都不高兴，点了点头就从他身边过去了。可他跟了上来，同情地问："难受吧？"

"还好。"

"还蛮快的。"

"是的，感谢上帝。"

"怎么一个人来？"

"不想让人知道。"

"从没见过你这样古怪的人。拔了几个？"

乔看着她的朋友，有点莫名其妙，接着便开始哈哈大笑，好像有什么事逗她开心。

“希望拔它两个，但得等上一个礼拜。”

“你笑什么？乔，你搞什么鬼？”劳里迷惑不解地问。

“你也是啊。你在上面那间弹子房干什么，先生？”

“对不起，小姐，那不是弹子房，是健身房，我在学击剑。”

“那我真高兴。”

“为什么？”

“你可以教我，这样我们演《哈姆雷特》时，你可以扮雷奥提斯，击剑一场就有好戏看了。”

劳里放声大笑，那由衷的笑声惹得几个过路人也禁不住笑起来。

“演不演《哈姆雷特》我都会教你，这种活动简直其味无穷，令人精神大振。不过，你刚才说‘真高兴’说得那么果断，我想一定有别的原因，对吗，嗯？”

“对，我真高兴你没有进弹子房，希望你不要去那种地方。你平时去吗？”

“不常去。”

“但愿你别去。”

“没什么害处的，乔。我家里也有弹子球的，但没有好对手，根本没劲。我喜欢弹子球，有时便来和内德·莫法特或其他伙伴比一比。”

“噢哟，真为你惋惜，你慢慢就会玩上瘾，就会浪费时间金钱，变得跟那些可恶的男孩一样。我一直希望你会自尊自爱，不令朋友失望。”乔摇着脑袋说。

“难道小伙子偶尔玩一下无伤大雅的游戏，就丧失尊严了吗？”劳里恼火地问。

“那得看他怎么玩和在什么地方玩。我不喜欢内德这帮人，也希望你别粘上他们。妈妈不许我们请他到家玩，虽然他想来。如果你变得像他一样，她便不会让我们再这么一起嬉闹了。”

“真的？”劳里焦急地问。

“没错，她受不了时髦青年，她宁愿把我们全都关进硬纸帽盒里，也不让我们跟他们打交道。”

“哦，她还不必拿出硬纸帽盒来。我不是时髦分子，也不想做那种人，但我有时真喜欢没有害处的玩乐，你不喜欢吗？”

“喜欢，没有人在乎这样娱乐，想玩就玩吧，只是别玩疯了，好吗？不然，我们的好日子就完了。”

“我会做个双重纯洁的圣人的。”

“我可受不了圣人，就做个诚朴、正派的好男孩吧，我们便永不离弃你。如果你像金家儿子那样，我可真不知道该怎么办。他钱多，却不知怎么花，反而酗酒聚赌，离家出走，还仿冒父亲的名字，真是可怕。”

“你以为我也会学样？过奖了！”

“不，不是——哎呀，不是的！但我听人说，金钱能诱惑人，有时我真希望你没钱，那我就不必担心了。”

“你担心我吗，乔？”

“有点儿担心，你有时显得情绪不佳，心怀不满；你个性极强，一旦走上歪路，恐怕很难拦住。”

劳里不声不响走了一会儿，乔望着他，但愿自己口有遮拦。虽然他嘴唇挂着微笑，似乎在嘲笑她的告诫，眼睛里却分明怒气冲冲。

“你是不是打算一路上给我训话？”这时他问。

"当然不是。干吗？"

"如果是，我就乘公车回家；如果不是，我愿和你一块儿步行，并告诉你一件趣闻。"

"那我不再说教了，很想听听你的新闻。"

"那很好，走吧。这是秘密，要是我讲了，你也要把你的秘密告诉我。"

"我没有秘密。"乔说，突然又止住了，想起自己还真有一个。

"你自己心里明白——你什么也瞒不住的。还是坦白出来吧，不然我也不说了。"劳里大声道。

"你的秘密好听吗？"

"哦，那还用说！都是你熟悉的人，很有趣的！你应该听听，我早就忍不住想讲了。来吧，你先说。"

"在家里你一点都不能说，做得到吗？"

"一句都不说。"

"你不会在背后笑我吧？"

"绝对不会。"

"你会的，想知道什么，总有办法从人家那里套出来，真不知道是怎么得逞的，反正你是天生就知道哄人。"

"谢谢夸奖。痛快说吧。"

"好吧，我把两篇短篇小说投给了报社编辑，下个礼拜给答复。"乔在她好朋友的耳边嘀咕。

"好哇！马奇小姐，美国名作家！"劳里大声道，把帽子往上一扔，又接住了。这时他们已经到了城外，两只鸭、四只猫、五只母鸡和六个爱尔兰孩子见此都乐坏了。

"嘘！我敢肯定，不会有戏的。可不试一下，我不甘心。这事我没提过，因为不想让别人失望。”

“肯定能成功。怎么了，那些每天发表的东西一半都是垃圾；相比之下，你的小说都称得上是莎士比亚的杰作了。要是看到它们见报，难道不有趣？难道不应该为我们的女作家感到自豪吗？”

乔眼睛一亮，有人信任总是很开心。朋友的赞扬总比报纸上十几篇吹嘘文章要悦耳得多。

“你的秘密是什么？公平交易，特迪，不然，我永远都不会再相信你了。”她说。劳里的鼓励使她心中燃起了耀眼的希望之火，可乔正努力熄灭它。

“说出来可能会有麻烦，可我没有保证要保密，所以说了没关系。只要我有好消息，都会告诉你的，要不然，心里憋得慌。我知道美格手套的下落。”

“就这个？”乔失望地问。劳里点点头，满脸神秘地眨眨眼。

“眼下足够了，等我说了，你就会明白的。”

“那好，说吧。”

劳里俯下身，在乔耳边嘀咕了三个字，乔的脸上发生了滑稽的变化。她站着，呆呆地盯着他一下，显得诧异又恼火；她好一会儿才继续向前走，并厉声问道：“你是怎么知道的？”

“看到的。”

“在哪里？”

“口袋里。”

“一直在吗？”

“在的，那不是很浪漫吗？”

“不，让人讨厌。”

“难道不喜欢？”

“当然不喜欢。真荒唐，这不行。天哪！美格知道了会怎么说？”

“你跟谁都别说，注意了。”

“我可没答应你。”

“有默契的，我可是信任你的。”

“好吧，我暂时不说。可我觉得恶心，你还是别跟我说的好。”

“我还以为你会高兴呢。”

“想到有人会过来把美格抢走？没门。”

“有人来把你抢走的时候，你就好受了。”

“我倒要看看，谁敢。”乔恶狠狠地大声道。

“我也想瞧瞧！”劳里想到这里笑了起来。

“我想，我这人听不得秘密。听了你说的那件事，感到脑袋里乱七八糟的。”乔说，没有丝毫的感激之意。

“和我一起往山下跑，你就会没事的。”劳里提议。

四下里看不到人，在她前面，平整的山路向前倾斜着延伸下去，确实诱人。乔抵挡不住诱惑，冲了下去，很快就把帽子和梳子都丢在了身后，跑的时候发夹也掉得满地都是。劳里先到终点，看到自己的疗法灵验了，就颇为满意。他的阿塔兰塔[1]靠近了，只见她气喘吁吁，头发飞散，眼睛发亮，脸颊红润，脸上没有丝毫不快了。

“我真想变成一匹马，那就可以在这清新的空气中尽情驰骋，而不用气喘吁吁了。跑步真是太棒了，但看我弄成了什么男孩样子。去，把我的东西捡回来，就像小天使一样，你本来就是嘛。”

1　希腊神话中著名的女猎手，善于奔跑，她向求婚者提出同她赛跑的条件，胜者与之结婚，败者用矛刺死。

乔说着坐到一棵枫树下面，绯红的叶子已经撒满了河岸边。

劳里慢吞吞地离开，去收拾丢落的东西，乔束起辫子，但愿不要有人走过，撞见这副狼狈相。但一个人恰恰走过来，不是别人，正是美格。她在串门，穿着整齐的节庆服装，更显出淑女的风韵。

“你究竟在这里干什么？”她问，惊讶而不失风度地望着头发蓬乱的妹妹。

“捡枫叶。”乔温顺地回答，一面挑拣刚刚拢来的一捧红叶。

“还有发夹，”劳里接过话头，把半打发夹丢到乔膝上，“这条路长了发夹，美格，还长了梳子和棕色的草帽。”

“你刚刚跑步来着，乔。怎么能这样子？你什么时候才不再胡闹？”美格责备道，一面理理袖口，又把被风吹起的头发抚平。

“等我人老走不动了，不得不用上拐杖，那时再说吧。别使劲催我提早长大成人，美格。看到你一下子变了个人，已经够难受了，就让我做个小姑娘吧，能做多久是多久。”

说着，乔埋下头，让红叶遮住自己那轻轻颤动的双唇。她最近感觉到，玛格丽特正迅速长成一个妇人。姐妹分离是迟早的事情，但劳里讲的秘密，使这一天变得迫在眉睫，她害怕呀。劳里看到她满脸愁容，为了分散美格的注意力，赶紧问：“你刚才上哪儿去串门了，穿得这么漂亮？”

“加德纳家。萨莉跟我详谈了贝儿·莫法特的婚礼。婚礼极尽奢华，新人已去巴黎过冬了。想想那该有多么快乐！”

“你是不是艳羡哪，美格？”劳里问。

“恐怕是吧。”

“那我真高兴！”乔咕哝道，把帽子猛地一拉戴上系好。

“为什么？”美格吃惊地问。

“如果你看重财富，就绝不会去嫁一个穷人。”乔说。劳里暗暗示意她说话小心，她却不悦地对他皱皱眉头。

“我永远不会‘去嫁’什么人的。”美格说罢扬长而去。乔和劳里跟在后面，一面笑一面窃窃私语，还向河中打水漂。“表现就像小孩子。”美格心里这样说，不过若不是穿着最漂亮的衣服，她可能也忍不住和他们一起闹了。

整整一两礼拜，乔行动古怪，搞得姐妹们迷惑不解。每当邮递员打铃，她都会冲到门口；每每遇到布鲁克先生，她都显得很粗鲁；她只是一个人坐着，愁眉苦脸地望着美格，偶尔莫名其妙地跳起来推搡她，接着亲吻她；还有劳里和她老是互打暗号，谈什么“展翅的雄鹰”，姑娘们最后只好宣布：这两位都神经错乱。乔爬窗后的第二个礼拜六，劳里在满园子里追乔，最后在艾美的花棚里抓住了。美格坐在窗口做针线活，见此情景，心中便有几分不快。他们到底在那里干什么，美格看不到，只听到刺耳的笑声，接着是窃窃私语，还有报纸翻响的声音。

“真拿这小姑娘没办法，就是不肯像个淑女模样。”美格一面不悦地望着两人赛跑，一面叹息。

“我倒希望她不肯；现在这样有多风趣可爱。”贝丝说。看到乔与别人而不是和自己分享秘密，她心里不免有点难过，却绝不表露出来。

“这样是令人讨厌，但永远都不可能使她commy la fo[1]的。”艾美接着说。她坐在那里为自己制作一些新饰边，一头鬈发顺顺当当地扎成两股，十分好看，令她自觉优雅无比，仪态万方。

过了几分钟，乔冲了进来，躺在沙发上假装看报。

“报纸上有什么奇闻趣事吗？”美格屈尊地问。

1　蹩脚法语，像样，过得去。

“只有小说一篇，觉得算不上什么。”乔回答，小心翼翼地遮住了报名标记。

“还是大声读出来吧。我们开心，你也不会再胡闹。”艾美用大人的口吻说。

“什么题目？”贝丝问，心里纳闷儿，乔为什么一直都用报纸遮着脸。

“《画王争霸》。”

“题目蛮好听的，快念。”美格说。

乔用力地清了一下嗓子，深深地吸了口气，然后飞快地读起来。姑娘们兴致勃勃地听着，故事浪漫而有点伤感，最后大多数人物都死了。

“我喜欢其中漂亮图画的那段。”等乔停下来，艾美称赞道。

“我喜欢描写情人的那部分。维奥拉和安杰洛是我们最喜欢的两个名字，是不是有点怪？”美格说着擦了擦湿润的眼睛。“情人的部分”确实写得非常凄惨哀怨。

“谁写的？”贝丝瞟了一眼乔的脸色，然后问道。

读报人突然坐了起来，把报纸一扔，露出通红的脸蛋，严肃的神情中夹着几分兴奋，显得颇为滑稽。她厉声回答：“你姐姐。”

“你？”美格喊道，把手头的活计扔到一边。

“写得蛮不错的。”艾美评论说。

“早就知道了！早就知道了！哦，我的乔，我太自豪了！”贝丝抱住姐姐，为这次巨大的成功而欢呼。

天哪，她们是多么开心，真的！美格怎么都不敢相信，直到她看到“约瑟芬·马奇小姐”这几个字明明白白地印在报纸上。艾美宽容地评论着故事中绘画的部分，又提供了一些写续集的线索。不幸的是，事情已经不可能了，因为男女主人公都已经毙命了。贝丝是多么激动，高兴得又唱又跳。汉娜得知是“乔的东西”，十分惊讶，进来就喊：“莎士[1]转世！想都没想到！”马奇太太得知此事，也是非常自豪。乔笑得多么开心，眼中噙满泪水。这时，她宣布，自己够风光的了，就算死了也值得。报纸在大家手里传来传去，这份“展翅的雄鹰”仿佛真的在马奇府的上空展翅翱翔。

“跟我们说说。”“什么时候出的？”“你拿了多少稿费？”“爸爸知道了会怎么说？”“劳里会不会笑话？”全家人围在乔身边，七嘴八舌。每每家庭有一点点开心的事，这不识时务、感情外露的一家人都会狂欢一番。

“别再叽叽喳喳了，姐妹们，我把什么都告诉你们吧。”乔说。她为自己的《画王争霸》备感得意，心里还纳闷儿，伯尼[2]小姐对她的《埃维莉娜》是不是感到更光荣一些。讲述了两篇小说投稿的经过，乔补充说：“我去听回音的时候，那个男的说，两篇他都喜欢，可他不给初学写作的人付稿费，只是登出来，再加些简评。他说，这是一种有益的做法，等到作者水平提高了，自然大家愿意付稿费。于是，我就把小说都交给了他，这篇是今天刚寄来的，被劳里看到了。他一定要看，我就给他看了。他说写得不错，应该再写一些，由他去安排下次的稿费。我很高兴，很快，我就可以养活自己，还可以帮你们一把呢。”

说到这里，乔缓不过气来了。她把头埋在报纸里，撒下几滴油然而生的眼泪，沾湿了这篇小说。自力更生、赢得亲人的赞扬是她心底最大的愿望。通过这次成功，乔似乎迈出了通向那个幸福目标的第一步。

---

1 指英国大文豪莎士比亚，汉娜的发音不准。

2 英国女作家（1752－1840），《埃维莉娜》于1778年匿名发表，此处对其时间和署名的描述似乎有出入，因为南北战争发生在1761－1765年，时代不一致。

第十五章

电 报

“一年中十一月是最讨厌的了。”一个阴沉的下午，美格站在窗口，望着窗外霜冻萧瑟的园子说。

“所以我是这个月生的。”乔闷闷不乐地说，连鼻子沾上了墨水都没注意到。

“要是现在有好事的话，我们还是觉得这个月不错的。”贝丝说。她对什么都充满希望，甚至对十一月也是如此。

“大概吧，但这个家从来都没有什么好事，”心情不好的美格说。“我们日复一日地苦干，没有一点起色，有趣的事情还是没有。跟驴子拉磨差不多嘛。”

“哎哟，我们真是忧郁啊！”乔喊道。“乖乖，我倒不怎么奇怪，因为你看到别的姑娘们风光快乐，自己却一年到头拉磨，苦干噢。但愿能为你安排命运，就像我为笔下的女主人公所做的那样！你长得美，而且已经学好了，我要安排某个阔亲戚出人意料地给你留下一笔财产，于是你成了富二代，出人头地，对曾经小看你的人嗤之以鼻，漂洋过海，最后成了贵夫人，衣锦还乡，轰轰烈烈的。”

“这种留遗产的办法，如今是不会再有的了。男人得工作得好，女人得嫁得好，才能有钱。这个可怕的世界真不公平。”美格愤世嫉俗地说。

“我和乔要为你们大家赚大钱；等上十年吧，我们不发财才怪呢。”艾美说。她正坐在一角做泥饼——汉娜就这样称呼她那些小鸟、水果、脸谱等小陶件的。

“等不得了，恐怕我对笔墨和泥土也没什么信心，虽然我很领情的。”

美格叹了口气，又回头转向花木凋零的园子。乔抱怨着，沮丧地把双肘靠在桌子上。可艾美在一个劲地拍泥巴，贝丝坐在外边窗口，笑着说：“马上就双喜临门了。妈咪到街口了，劳里穿过园子了，好像他有什么好消息。”

他们俩一起进来了，马奇太太跟往常一样问道：“女儿们，有爸爸的信吗？”劳里则盛情难却地说：“有谁想去乘车兜风？一直做数学，头都昏掉了，我想去飙车一圈，清醒一下脑子。虽然是阴天，可空气不错。我要去接布鲁克回家，要是外边没劲，车厢里边会很快乐的。来吧，乔，你和贝丝会去，是吧？”

“我们当然去。”

“非常感谢，可我正忙着呢。”美格赶紧取出针线篮。她答应过母亲，最好别和这位年轻人三天两头出去乘车，至少她应该这样。

“我们三个马上就好。”艾美喊着，一边跑去洗手。

“我可以为您做点什么，母亲大人？”劳里问。他靠在马奇太太的椅背上，眼光和语气里都充满了深情，他对马奇太太一向如此。

“不用了，谢谢。不过，孩子，要么麻烦你去趟邮局。今天应该有信，可邮递员还没来过。爸爸历来准时，可能是路上耽搁了。”

刺耳的铃声打断了她。过了片刻，汉娜拿着一封信走了进来。

“是一封可怕的电报，太太。”她说着递了过去，似乎怕它爆炸伤人。

一听是“电报”，马奇太太一把夺过去。读了仅有的两行，她一下就瘫倒在椅子上，面容苍白，仿佛这张小纸片把一颗子弹射进了她的心脏。劳里冲下楼去取水，美格和汉娜立刻搀住她，乔胆战心惊地大声念道：

马奇太太：

你夫病重，速来。

华盛顿布兰克医院

S·黑尔

她们都屏住呼吸听着，屋子里静悄悄的。很奇怪，外面的天都暗了下来，整个世界好像发生了变故。姑娘们聚集在母亲身边，只觉得生活的一切幸福和支柱一下子都要被夺走。不久，马奇太太回过神来，重新把电报读了一遍，然后向女儿们伸出双臂说：“我马上就走，可能已经晚了。噢，孩子们，孩子们，要帮我一起挺住啊！”说话的口气令她们永生难忘。

好几分钟，房间里只能听到哭泣声，夹杂着断断续续的安慰声和轻轻的劝解声，但亲切的展望往往以泣不成声告终。可怜的汉娜最先从痛苦中挣扎出来，不经意间，她的见识为大家树立了榜样。在她看来，工作就是治疗各种痛苦的良药。

“愿上帝保佑好人！不能只顾着哭，我要马上把你的东西收拾好，太太。”她真诚地说，一边用围裙擦脸，一边用她那粗糙的手与女主人热情地握了一下，走开了，接着以一个顶三个的干劲投入了工作。

“汉娜说得对，现在没工夫哭。静下来，孩子们，让我想一下。”

可怜的姑娘们勉强镇定下来。这时母亲坐起来，脸色惨白，但显得很冷静，她强压着内心的痛苦，考虑着她们该怎么办。

“劳里在哪里？”她问。她理清了思绪，决定了首先要做的几件事。

“在，太太。哦，让我做点什么吧！”男孩大声应答。他觉得最初的悲伤太神圣了，连他友好的眼睛也看不得，所以刚才退到了隔壁房间，现在又急匆匆地过来。

“去发封电报，说我马上就来。下一班火车凌晨开，就乘那班车。”

“还有吗？马都备好了，我哪儿都能去，干什么都行。”他说。看来他已经准备飞到天边了。

“给马奇姑婆家送封信。乔，给我纸笔。”

乔从自己新抄好的稿纸上撕下一张反面空白的，把桌子拉到母亲跟前。她心里很清楚，为了这次伤心的长途旅行，还得去求借。只要能为爸爸筹钱，哪怕只是一点点，她做什么都心甘情愿。

“现在就去，乖乖。别拼命赶，伤了自己，犯不着的。”

显然，马奇太太的告诫被抛到了脑后。五分钟后，劳里骑快马逃命似的从窗前飞奔而过。

“乔，快到收容所去一趟，告诉金太太我不去了。顺路把这些东西买来，我马上写下来，到时候会有用的。去之前，我先得做好护理的准备。医院的商店有时并不好。贝丝，去跟劳伦斯先生要两瓶陈年葡萄酒。为了爸爸，我只能求人，面子也顾不得了，他该喝最好的东西。艾美，让汉娜把黑箱子拿下来。美格，来帮我找东西，我脑子都昏了。”

既要写，又要思考，还要指挥一切，一下把这位可怜的太太搅得头昏脑涨。美格恳求她在房间里静静地坐上片刻，一切工作由她们来做。大家个个奔东跑西，就像被一阵风吹散了的树叶。这封电报就像一道恶咒，一下子把宁静幸福的家庭搅得支离破碎。

劳伦斯先生跟着贝丝匆匆赶回来，热心的老先生把能想到的让病人享福的东西都带来了。他还客气地答应，在母亲不在的时候照看姑娘们，这使马奇太太备感安慰。他把一切都拿出来了，包括自己的晨衣，甚至提出要亲自护送她去。不过后者是不可能的。马奇太太不愿让老先生长途奔波劳累。然而，当他提及此事时，马奇太太欣慰的神情跃然脸上，毕竟心急如焚地出门是不妥当的。劳伦斯先生注意到她脸上的神情，紧皱浓眉，搓搓手，突然起身离开，说马上就回来。大家没有时间去想他了。这时美格跑进门来，一手拎着一双胶鞋，另一只手端着一杯茶，却正好碰见布鲁克先生。

“马奇小姐，听到消息我很难过。”他平和善意地说，使她不安的心感到十分暖意。“我是来护送你妈妈的。劳伦斯先生派我去华盛顿办点事，我真的很高兴能去帮忙。”

美格伸出手，胶鞋一下子掉到了地上，茶也差一点倒了，她脸上充满了感激之情。这使布鲁克先生觉得，做出再大的牺牲都值得，何况这次只需稍微花点时间照顾马奇太太。

“你们真是太好了！妈妈会愿意的，我敢肯定。有人照顾她，我们也就放心了。真的感激不尽！”

美格说得很真挚，进入了忘我的境界。一双棕色眼睛的注视，才使她想起茶快凉了。她赶忙带头走进客厅，说是去告诉妈妈。

等到劳里回来的时候，一切都已安排妥当。他带回来马奇姑婆的一封短信，还有急需的钱，信里寥寥数行，重复了她的老生常谈——她老是跟她们说，马奇先生去参军真是荒唐，早料到这不会有好结果，希望下次她们会听话。马奇太太把纸条扔进炉火，把钱塞进钱包。她紧咬双唇，继续做准备工作。要是乔在场的话，她能领会其中的道理。

短暂的下午一晃就过去了，其他需要奔走的一切都办妥了，美格和母亲正在忙着做一些必要的针线活，贝丝和艾美在弄茶，汉娜“噼里啪啦”地烫好衣服，只有乔还没回来。大家开始担心起来，劳里出去找她了，因为没人知道乔脑子里会有什么古怪的念头。他没找到乔，可她倒回来了，古怪的神色里夹杂着几分滑稽和担心，满意和遗憾，大家见了都感到疑惑不解。她更把一卷钱放在母亲面前说：“这是我给爸爸的，希望他过得舒服点，早点回来！”声音里带着几分哽咽。

“乖乖，哪来的？二十五元！乔，没干傻事吧？”

“没有，这是我光明正大所得的。没讨、没借、没偷。我挣的。我想你不会骂我的，我只是把自己的东西卖了。”

说着，乔摘下帽子，大家都惊叫一声，她满头长发剪短了。

“你的头发！漂亮的头发！”“噢，乔，怎么能这样？这可是你的一个亮点。”“我的宝贝，用不着这样的。”“她不像我的乔了，可我会深爱她的！”

在大家的喊声中，贝丝把剪成平头的脑袋深情地搂在怀里。乔装出一副满不在乎的神态，却一点也骗不过大家。她捂弄一下褐色的短发，尽力表示自己喜欢这种发式，说：“又不会影响国家的命运，别这么号啕大哭了，贝丝。这正好可以治治我的虚荣心，我对秀发越来越自鸣得意了。现在除掉这头乱发，可以健脑益智，我的脑袋变得又轻便又冷静。理发师说，短发很快就可以卷曲起来，这样就像男孩子，好看，又容易梳理。我很满意，收起钞票，开饭吧。”

“把事情经过告诉我，乔。我并不是十分满意，但不能责怪你，我知道你是心甘情愿为自己的爱牺牲你所谓的虚荣心。不过，乖乖，没必要这样，我怕你过两天反悔呢。”马奇太太说。

“不会的！”乔坚定地回答。这次胡闹没有遭到严厉谴责，她心里轻松多了。

“是什么促使你这样做的？”艾美问。对于她来说，剪掉一头秀发还不如砍掉她的脑袋呢。

“嗯，我拼命想为爸爸做点事。”乔回答。这时，大家已经围在桌边，年轻人身体健康，即便心里烦恼也照样能吃。“我像妈妈一样讨厌借钱，我知道马奇姑婆又要叽里咕噜了，她向来就是这样，只要你向她借上九便士硬币。美格把季度的薪水全交了房租，我的却只用来买了衣服，我觉得自己很坏，决心无论如何要筹点钱，哪怕是卖掉自己脸上的鼻子。”

“不必觉得自己很坏，孩子。你没有冬衣，用自己辛苦赚来的钱，买了几件最朴素不过的衣服而已。”马奇太太说着看了乔一眼，一股暖流淌进女儿的心田。

“开始我一点也没想到要卖头发，后来我边走边盘算自己能做点什么，真想窜进富丽堂皇的商店里随便拿。我看到理发店的橱窗摆了几个发辫，都标了价，一个黑色发辫，还不及我的粗，标价四十元。我突然想到，有一样东西可以换钱，于是我顾不上多想便走了进去，问他们要不要头发，我的头发他们给多少钱。”

“我不明白你怎么这样勇敢。”贝丝肃然起敬。

“哦。老板是个小个子，看他的样子，似乎活着就是为了给他的头发上油。他一开始有点目瞪口呆，看来不习惯女孩子闯进店子里叫他买头发。他说对我的头发不喜欢，颜色并不时髦，况且原本就不会出多少价的。头发要经过加工才值钱，等等。天色已晚，我担心如果不马上做成这桩买卖，那就根本做不成了，你们也知道我做事不喜欢半途而废。于是我求他把头发买下，并告诉他为何这样着急。这样做当然很傻，但他听后改变了主意，因为我当时很激动，话说得颠三倒四。他妻子听到了，善意地说：‘买下吧，托马斯，成全这位小姐吧，如果我有一把值钱的头发，我也会为我们的吉米这样做的。’”

“吉米是谁？”逢事喜欢让人解释的艾美问道。

“她的儿子，她说也在军队里头。这种事情使陌生人一见如故，可不是吗？那男人帮我剪发时，她一路跟我拉话儿，分散我的注意力。”

“一刀剪下去的时候你觉得不寒而栗吗？”美格打了个哆嗦问。

“趁那男人操家伙的当儿，我看了自己的头发最后一眼，仅此而已。我从不为这种小事哭鼻子。不过我承认，看到自己的宝贝头发摆在桌上，摸摸脑袋只剩下又短又粗的发茬时，心里怪怪的。这种滋味简直有点像掉胳膊断腿。那女人看到我盯着头发，便捡起一绺长发给我保存。现在把它交给您，妈咪，以此纪念昔日的光彩；短发舒服极了，我想以后再也不会留长发了。”

马奇太太把波浪形的栗色卷发绺折起来，和一绺灰白色的短发一起放在她的桌子里头，只说了一句：“难为你了，宝贝。”但她脸上的神色使姑娘们换了个话题。她们强打精神，谈论布鲁克先生是怎样一个好人，又说明天一定天气晴朗，爸爸回来养病的时候，大家就可以共享天伦之乐了。

十点了，大家都毫无睡意，马奇太太把最后完工的活计搁在一边说："来吧，姑娘们。"贝丝走到钢琴前，弹了一曲父亲最喜欢的赞美诗，大家都鼓足勇气唱了起来，然后逐个悲伤得难以为继，最后只有贝丝还在满怀深情地唱，因为对她来说，悦耳的音乐总能抚平心灵的创伤。

"去睡吧，别再讲话了。我们明天还要起早，可还是要睡足。晚安，宝贝们。"马奇太太说。这时圣歌结束了，没人再想唱一首。

她们默默地吻别母亲，然后悄悄地上床睡觉，仿佛病重的父亲就躺在隔壁。尽管遭此大难，艾美和贝丝还是很快就入睡了。美格睡不着，幼小的心灵第一次做严肃的思考。乔一动不动地躺着，姐姐以为她早已入睡，却听到了憋着的哽咽声，还摸到了湿润的脸颊，她惊叫一声：

"乔，乖乖，怎么了？你在为爸爸伤心吗？"

"不，现在不是。"

"那你干吗哭呢？"

"为我——我的头发！"可怜的乔终于放声哭出来了，她本来想用枕头遮掩感情的流露，可没用。

美格听了一点都不觉得好笑，她柔情似海地亲吻着、抚摸着这位受伤的英雄。

"我不后悔。"乔哽咽了一下，辩解道，"要是可能，明天还会这么做的。只是内心虚荣、自私的一面，才会这么傻哭。不要跟别人说，现在没事了。我还以为你睡着了，只想为我的亮点哭两声，并不想让人知道。你怎么也没睡？"

"睡不着，心里很焦急。"美格说。

“想想愉快的事情，就会很快睡着了。”

“试过了，但反而更清醒。”

“你在想什么？”

“英俊的脸孔——特别是眼睛。”美格答道，黑暗中自个微笑起来。

“你最喜欢什么颜色？”

“棕色——有时候喜欢，不过蓝色也很漂亮。”

乔笑了，美格严令她不许再说，接着又笑着答应替她把头发卷曲，随后便酣然入睡，梦里住进她的空中楼阁去了。

午夜的钟声敲响了，房间里一片寂静。只有一个身影悄悄地从一张床走到另一张床，把这边的被单拉直，把那边的枕头塞好，又久久站立，满怀深情地注视着每一张熟睡的脸，轻轻地吻她们，用母亲独有的热情为她们默默祈祷。她撩起窗帘，望着外面沉闷的黑夜，只见月亮突然破云而出，宛如一张明亮和蔼的脸照着她，它在寂静中好像悄悄地在说：“别急，乖乖！乌云是遮不住光明的。”

第十六章

信 件

阴冷的清晨，天蒙蒙亮，姐妹们点亮了灯，认真地读起了她们的章节，她们可从来都没有这么虔诚过。既然大难的阴影真的已经降临了，小书里就充满了帮助和安慰。她们穿衣服的时候商定，与母亲道别的时候，要高兴、满怀希望，不落泪，不抱怨，让她开心地踏上艰难的旅途。她们下了楼，只觉得一切都很陌生——外面漆黑一片，无声无息，里面灯火通明，热闹非凡。凌晨吃早餐有点怪，汉娜头戴睡帽在厨房里忙碌着，连她那熟悉的脸也显得相当陌生。过道里放着大箱子，沙发上放着母亲的风衣和帽子。母亲独自坐着，尽量吃一点。一夜没合眼，加上忧心忡忡，她脸色苍白，显得疲惫不堪。这时姑娘们觉得很难执行先前做出的决定。美格极力控制自己，可还是眼泪汪汪，乔好几次都忍不住用厨房卷筒毛巾抹眼泪。两个妹妹神色黯然、痛苦不堪，仿佛她们从没体验过悲痛。

谁都没有多说话。她们坐着等马车，等待着离别时刻的到来。姑娘们在为母亲忙这忙那，一个为她折围巾，另一个为她把帽带拉直，还有一个帮她穿套鞋，再有一个替她系好旅行包。这时，马奇太太对女儿们说：

“孩子们，我把你们托付给汉娜和劳伦斯先生照顾。汉娜向来忠诚，我们的好邻居也会像守护自己的孩子一样保护你们。我很放心，可我担心的是，你们要正确面对这次困难。我不在的时候不要伤心，不要烦躁，也不要以为你们只要偷闲，把它忘了，就可以舒服了。还是要照常工作，工作是天赐的、最好的安慰。满怀希望，不要偷闲，不管发生什么，都要记住，你们永远都不会没有爸爸。”

“好的，妈妈。”

“美格，乖乖，谨慎一点，照顾好妹妹，有事问问汉娜；有什么麻烦，去找劳伦斯先生。乔，耐心一点，别灰心，别做傻事，记得常给我写信；勇敢起来，多帮帮别人，多鼓励大家。贝丝，别忘了练琴安慰自己，帮家里做点小事。还有你艾美，尽量多帮帮家里，听话，开心地待在家里，不要闯祸。”

“会的，妈妈！我们会的！”

吱吱嘎嘎的马车声由远而近，她们都站起来倾听。那是痛苦的时刻，可姑娘们挺住了，没人哭，也没人逃避，发出悲叹。她们怀着沉重的心情，让母亲把深情的祝福带给父亲。她们嘴上说着，可心里明白，可能已经太迟了。她们默默地亲吻母亲，深情地依偎在母亲周围。望着母亲乘车远去的身影，她们强作欢颜，与她挥手道别。

劳里和爷爷也来送行，布鲁克先生显得精神饱满、明达事理、和蔼可亲，姑娘们当场就送他一个雅号“高尚先生”。

“再见，我的宝贝！愿上帝保佑我们平安！”马奇太太轻声说道。她在一张张可爱的小脸蛋上都吻了一下，然后匆匆地上了马车。

母亲渐渐远去，太阳冉冉升起。马奇太太回头望去，只见众人站在大门口，太阳照在她们身上，又是个好兆头。她们也看到了太阳，面带微笑地挥着手。马车转弯时，她最后瞥到了四张开心的面孔，她们身后站着劳伦斯先生，俨然一个保镖，还有忠实的汉娜和忠诚的劳里。

“大家对我们真是太好了！”她说着转过头去，见到年轻人脸上尊重和同情的表情，她心中更有体会。

“我看，他们想不对你们好也办不到啊。”布鲁克先生说。他笑得很有感染力，马奇太太也忍不住笑了起来。就这样，漫长的旅途在灿烂阳光和欢声笑语的好兆头中开始了。

“我觉得好像发生了地震。”乔说。邻居回家吃早餐去了，让她们也休息一下。

“好像房子都倒了一半。”接着美格愁眉苦脸地说。

贝丝开口想说话，可只是用手指着母亲桌上一堆补好的袜子。这表明，即使在匆忙的最后时刻，她还是替她们着想，为她们忙碌。虽然只是小事一桩，可深深地触动了她们的心。她们不顾先前的勇敢决定，都忍不住失声痛哭起来。

汉娜很明智，由她们宣泄，等到阵雨有渐止的迹象，她才端着咖啡壶来救场。

“好了，乖小姐们，别忘了妈说的话，不要烦躁。来，喝杯咖啡，喝完了就开始工作，为这个家添砖加瓦。”

喝咖啡是高级待遇，再说那天早上汉娜心灵手巧，把咖啡煮得很香。她不断点头相劝，咖啡壶嘴里冒出来的阵阵香气也令人欲罢不能。姐妹们凑到饭桌边，把手帕换作餐巾，十分钟便都恢复了常态。

“‘满怀希望，不要偷闲。’这是我们的座右铭，看谁最能记住。我要照常上马奇姑婆那儿去。唉，但愿她不要训话了！”

乔呷着咖啡，便来了精神。

“我也要上金家去，不过我倒宁愿待在家里做家务。”美格说道，直后悔自己把眼睛哭红了。

“不必啦。我和贝丝可以把家理得头头是道的。”艾美郑重其事地插话说。

贝丝赶紧拿出拖把和洗碗盆子说：“汉娜会教我们做的，你们回来的时候，我们会把一切都备得好好的。”

“我觉得焦虑情绪挺有趣儿。”艾美边嚼砂糖，边沉思地说。

大家全忍不住笑起来，心里也好受多了。美格则对这位可以在糖缸里找安慰的小姐摇摇头。

看到酥饼，乔严肃起来。姐妹俩出门去上班，凄惨地不断回头向窗口望去，平时母亲一定在的，此时却空空如也。不过，贝丝却没有忘记这个小小的家庭仪式，她站在窗前，向两位姐姐点头致意，像个穿唐装的红脸摆头娃娃。

“真是我的好贝丝！”乔说着挥挥帽子，露出一脸感激之情。“再见，美格，希望金家兄弟今天不会折腾你。别担忧爸爸，乖乖。”临分手时她又说。

“我也希望马奇姑婆不会唠唠叨叨，你的头发很好看，又像个小伙子。”美格回答。妹妹的脑袋披着短短的鬈发，衬在高高的身架上，显得又小又滑稽，美格极力忍着不去笑她。

“这是我唯一的安慰。”乔摸摸劳里送她的大帽子，转身而去，觉得自己就像寒风中的剪毛羊。

父亲的消息传来，使姑娘们颇感欣慰。虽然他病得很严重，但在护士的体贴精心照顾下，病情已有起色。布鲁克先生每天都寄来一张病情报告。作为一家之长，美格坚持由她来读这些快信。随着时间推移，消息也变得越来越令人高兴。起先，谁都急着要写信，写好后由一个人把鼓鼓的信封小心翼翼地投进信箱。她们都因华盛顿信使的任务而拥“信”自重。有一个邮件很具代表性，我们不妨截下几封来读一读：

亲爱的妈妈：

读了来信，我们的喜悦心情简直难以言表，大好消息令我们高兴得又笑又哭。布鲁克先生真是好人，事情真巧，为了劳伦斯先生的生意，他能留在你们身边陪伴这么久，对你和爸来说那么有用。妹妹们个个很听话。乔帮我干针线活，还坚持做各种难做的工作。幸亏我知道她的“道德冲动”长不了，才不至于担心她劳累过度。贝丝按部就班，尽忠职守，从不忘记您告诉她的话。她为爸爸难过，只有在弹小钢琴时才控制自己的重重心事。艾美很听我的话，我也十分细心地照顾她。她自己梳头，我正教她开纽孔，补袜子。她干得很卖力，您回家一定会对她的进步感到满意。劳伦斯先生像老母鸡一样照看我们——这是乔说的话，劳里待我们也十分热情友好。你们远在外地，我们有时闷闷不乐，觉得自己像个孤儿，是劳里和乔使我们快乐起来。汉娜是个大圣人；她从不骂人，总是称我为“玛格丽特小姐”，待我十分尊重。您知道，这称呼是十分体面的。而且我们人人安好，个个忙碌，只是日夜盼望你们回来。请转达我对爸爸最诚挚的爱。相信我吧。

永远属于您的

美格

和这张字迹秀丽的香笺形成鲜明对照的，是下面这张潦潦草草地写在进口薄信纸上、墨迹斑斑、龙飞凤舞的大纸条：

尊贵的妈咪——为亲爱的爸爸欢呼三声！布鲁克一待爸爸身体好转，便飞速电告我们，真是好人。收到信时我冲上阁楼，试图感谢上帝对我们的厚爱，却只哭着说："我好高兴！我好高兴！"这不也跟真正的祈祷一样管用吗？我心中百感交集。我们日子过得很有趣味；我已经开始享受这种生活，大家互相体谅，家里就像一个无比温暖的斑鸠巢。若您看到美格坐在首席，努力做个好妈妈，一定会笑出来的。她越来越漂亮了，有时候我竟爱上她了。两个小妹妹是名副其实的天使长，我呢——嗯，我是乔，不会变的。哦，我得告诉您，差点和劳里吵了一架。我对一桩小事畅所欲言，他便动气了。我并没有错，只是说话方式不对，他便径直走回家，说我不道歉就不会再来。我宣布不会道歉，十分恼火。事情整整一天都僵着。我心里不好受，十分想念您。我和劳里自尊心都特强，很难放下面子道歉，但我以为他会回心转意的，因为我有理。他没有来，晚上我想起艾美掉进河那次您跟我说的话，又读了我的小册子，心里好受了一点，决定不能因一时愤怒而看不见阳光，于是便跑过去向劳里道歉。谁知就在门口遇到了他，也是跑来向我道歉的。我们都大笑，互相说了对不起，又和好如初了。

昨天我帮汉娜洗衣服时，胡诌了一首"侍（诗）"；爸爸喜欢我这些小玩意儿，现寄上博他一笑。紧紧拥抱爸爸，也代我好好亲亲您自己。

您的

混乱大王乔

肥皂泡之歌

洗衣盆女神哟，我欢歌一曲；
　看那白泡泡泛起，
我使劲又洗又漂，
　拧干的衣服晾起来，
在悠悠清风中晃荡，
　天上阳光灿烂。

我祝愿能把一周的污渍，
　从我们的心灵洗去。
让水和清风施展魔法，
　把我们洗得一样纯净。
使地球上真有一个
　灿烂辉煌的洗涤日！

在有益的生活道路上，
　愿内心平静，如花永不凋谢；
忙碌的脑袋来不及顾及
　悲伤、烦恼和忧郁。
我们勇敢地挥动扫帚，
　焦虑的念头一扫光。

我高高兴兴地肩负

　每天的劳动任务；

使我身体强健，充满希望。

　我快乐地学会说——

“头脑可以思考，心灵可以感觉，

　但手，必须永远工作！”

亲爱的妈妈：

信封空间有限，只够我送上我的挚爱，送上我一直保养在屋里留待爸爸观赏的三色堇干花。我每天早上读书，白天努力学好，晚间哼着爸爸的曲子入睡。我现在不能唱《天国之歌》，使我哭泣。大家都和善，没有你们的日子过得还愉快。艾美要我把下面的空白留给她，得搁笔了。我没有忘记盖好布衬垫，每天都给房间通风，给时钟上发条。

亲亲爸爸的脸颊。他说这是我的脸颊。噢，务必赶快回到我的身边。

您疼爱的

小贝丝

Ma Chère Mamma[1]：

我们都很好我总做功课从不和姐姐们强挑（调）——美格说我的意思是驳策（斥）所以我把两个词都写上等你来挑。美格待我棒极每晚吃茶点都让我吃果冻乔说这东西对我很有好处使我脾气甜美。劳里对人

1　法语：亲爱的妈妈。

不够尊重现在我已差不多十几岁了，他还管我叫黄毛丫头当我像海蒂·金一样说Merci[1]或者Bon jour[2]的时候他就说很快的法语来伤我心。我那条蓝套裙的袖子全磨破了，美格换了一对新的，但前面换错了颜色变得比裙子还要蓝。我心里不好受但没有恼火忍受着困难我真希望汉娜把我的围裙浆硬一点并每天做荞麦。她不可以吗？我的问号画得够漂亮吧？美格说我的标点付（符）号和拼写很不雅我很感屈如（辱），但是哎呀我有这么多事情要做，不能停下。再会，给爸爸送上大堆的爱。

深深爱您的女儿，

艾美·科蒂斯·马奇

亲爱的马奇太：

我只写几子（字）告诉你我们过得丁（顶）好。姑娘们又聪明又勤快。美格小姐就能成为很好的管家；她对这有心（兴）趣，飞快掌握里头的七（窍）门儿。乔死（事）死都带头，但不会死先盘算。永不知她下一步出什么花样。她礼拜一洗了一桶衣服，还没绞干就上了浆，还把一条粉红色的印花裙儿弄成蓝色，我差一点笑死了。这班小家伙贝丝最乖，又做家务又可靠，是我的好帮手。她什么都努力去学，小小年纪就上街买菜了；还在我的指点下记账，很神呢。我们一直都节省，按照您的意思，每礼拜只让姑娘们喝一次咖啡，给她们吃简单又健康的主食。艾美有好衣服穿，有甜品吃，也不发

1 法语：谢谢。

2 法语：你好。

牢骚了。劳里先生还是那么折腾，常把屋子弄得天翻地覆；不过他能使姑娘们振作，所以任他们胡闹去。那位老先生送来大堆东西，简直让人烦了，不过出于好心，我做下人的也不该说三道四。面包发起来了，这次不多说了。向马奇先生致敬，祝愿他不再得肺炎。

汉娜·莫莱特

敬上

2号病房护士长：

拉帕汉诺克河边营地一片静谧，部队状态良好，军需部运转正常，特迪上校手下的地方卫队一直忠于职守，总司令劳伦斯将军每天巡视部队，军需官莫莱特掌管营中秩序，赖昂少校专司晚间巡哨。收到华盛顿方面的佳讯后，我军鸣枪二十四响致敬，并于总部举行阅兵典礼。总司令致以美好祝愿。

特迪上校

同祝

尊敬的女士：

小姑娘个个安好；贝丝和孙儿天天汇报。汉娜是模范仆人，像龙一样保护美丽的美格。所幸天气一直晴好。请尽管使唤布鲁克，经费超出估算请向我报销。别让尊夫短缺什么。感谢上帝他正康复。

诚挚的朋友和仆人，

詹姆斯·劳伦斯

第十七章

小姑娘讲信用

整整一个礼拜，旧房子里洋溢着的美德，足以使街坊上移风易俗。大家思想境界就像在天堂，忘我之风盛行，真是惊世骇俗。起先，她们为父亲担心，可现在这种担心已有所缓解，不知不觉中，姑娘们放松了这种值得称道的努力，又开始故态复萌。她们没有忘记自己的座右铭，不过，满怀希望、不要偷闲显得越来越不容易办到。在付出种种艰苦努力之后，她们觉得“奋进”赢得了假期，于是乎大休特休了。

乔因疏忽大意，没有裹好剪了头发的脑袋，得了重感冒，奉命待在家里养病，马奇姑婆不喜欢听伤风的人朗读。这正中乔的下怀，她起劲地翻箱倒柜，从阁楼搜罗到地窖，然后埋到沙发里服砷剂，看闲书，慢慢养起病来。艾美发现家务和艺术不能兼顾，便又重新操起了她的泥饼。美格天天去教学生，在家时便做些针线活，或自以为是在做，而更多的时候是给妈妈写长信，反复细读华盛顿的快信。只有贝丝坚持不懈，极少偷闲或悲泣。

贝丝每天都忠实地做好一切琐碎的家务。姐妹们都健忘，再加上屋子里就像座钟丢了摆，她便把许多属于她们的工作也揽了过来。每当思念母亲远离、担心父亲病情，心情沉重的时候，她就躲进一个衣柜里，把脸埋在亲切的旧衣服里，悄悄呜咽一阵，轻声祷告几句。没有人知道，是什么力量使她在一阵哭泣之后重新开心起来，但大家都分明感觉到，她是多么的和善、乐于助人，于是每逢遇上一丁点儿的小问题，大家都喜欢找她排解、出主意。

谁都没想到，这次经历是对品格的一次考验。等最初的躁动过去，她们觉得自己干得很出色，值得赞扬。她们也确实干得不错，可错误在于没有坚持下去。于是，她们陷入了焦虑、后悔，这才从中得到了教训。

“美格，希望你去胡梅尔家看看吧。妈妈说过的，叫我们别忘记了她们。”马奇太太走后的第十天，贝丝说。

“今天下午太累了，我可不去。”美格说着，舒服地在摇椅上边摇边做针线活。

“乔，你能去吗？”贝丝问。

“外面风太大，我感冒还没好呢。”

“我以为差不多好了呢。”

“要是跟劳里出去嘛，够好了，可去胡梅尔家呢，就没好。”乔边说边笑，为自己前后矛盾的话显得有点惭愧。

“你自己干吗不去呀？”美格问。

“我每天都去的呀，可那婴儿病了，我不知道该怎么解决的。胡梅尔太太上班去了，姐姐罗晨在照看着，可病情越来越厉害，我看还是去一趟吧，你不去，要么叫汉娜去。”

贝丝正经地说，可美格只答应第二天才去。

“贝丝，跟汉娜要些好吃的，拿去就行了。出去透透气，对你有好处的。”乔说。接着她又辩解道：“我会去的，可手头的东西先得写完嘛。”

“我头痛，人又很累，本来以为你们有人会去的呢。”贝丝说。

“艾美马上就回来了，她会替我们跑一趟的呀。”美格提议。

“好吧，我歇会儿，等等她。”

说完贝丝在沙发上躺下来，另外两位则继续工作，把胡梅尔家的事忘得一干二净。一个小时过去了，艾美还没回来。美格到房间试新衣服去了，乔埋头写她的小说，汉娜在灶火前睡得正香。贝丝默默地拉上帽子，在篮子里放满了零碎东西，给穷孩子们带去，然后扛着个沉重的脑袋，冒着刺骨的寒风出了家门，坚韧的双眼流露出一丝伤心的神色。她回来的时候，天色已晚，没人看到她爬上楼梯，把自己锁在母亲的房间里。半小时后，乔去“妈妈的小室”拿东西，才发现小贝丝坐在药箱上，两眼通红，神情黯然，手里拿着个樟脑瓶。

“怪怪！出什么事了？”乔喊道，这时贝丝伸手，似乎警告她别靠近，并迅速问道：

“你得过猩红热的，是吗？”

“几年前和美格一起得的，怎么啦？”

“那我就跟你说。乔噢，那婴儿死了！”

“哪个婴儿？”

“胡梅尔太太的那个。她还没到家，小孩就死在我的怀里。”贝丝抽泣着大声道。

“可怜的宝贝，这对你真是太可怕了！应该我去的嘛。”乔说着抱了妹妹坐在母亲的大椅子上，满脸悔恨。

“没什么好怕的，只是很惨哟！一眼就看得出来，婴儿病得更厉害了，可罗晨说妈妈已经去找医生了。于是我抱着小孩，好让罗晨歇一会儿。他看上去好像睡着了，突然哭了一声，抖了一下，然后就躺着不动了。我想给他暖暖脚，罗晨给他喝牛奶，可他一动都不动，我就知道他死了。”

“别哭，乖乖！那你怎么办了呢？”

“我只是坐着轻轻地抱着他，等到胡梅尔太太带医生赶来。医生说没救了。海因里希和明娜也喉咙痛了，医生看了看说：‘猩红热，太太。早就该找我了。’他很生气。胡梅尔太太说没钱，一直是自己想办法给婴儿治病，可现在太晚了。她只能求他救救其他的孩子，相信慈善机构会付钱给他。他笑了笑，变得热情多了。可婴儿很惨，我和他们一起哭。他突然转过身来，叫我马上回家服颠茄，要不然我也会得猩红热的。”

“不，不会的！”乔喊道，惊恐地搂紧她，“噢，贝丝，要是你病了，我永远都不会原谅自己的！我们该怎么办哪？”

“别害怕，我想不会这么严重。我查过妈妈的书，知道起先是头疼、喉咙痛，感觉不舒服，就像我这样，所以我服了一点颠茄，现在感觉好多了。”贝丝说着把冰冷的双手摁到滚烫的额头上，尽量使脸色显得好看些。

“要是妈妈在家就好了！”乔喊道，一把拿过那本书，心里觉得华盛顿太遥远了。她读了一页，看了一眼贝丝，摸了摸头，瞧了瞧喉咙，然后严肃地说：“你一个多礼拜都在照看婴儿哟，还跟其他孩子待在一起。要知道，他们都是要得病的人。恐怕你也要得猩红热啦。我去叫汉娜，她什么病都知道的。”

“别让艾美来，她可没得过的，我不想把病传给她。你和美格不会再得了吗？”贝丝忧虑地问。

“我想不会，即使我得了也没啥，我活该。让你去，我自己却待在家里写废话，我真是头自私的猪！”乔喃喃地说。随后，她过去请问汉娜。

好心人一听马上睡意全无，立刻带头赶了过来。她安慰乔不用着急，谁都会得猩红热，医治得当就不会死人——所有这一切，乔都相信，心里感到轻松多了。两人上楼去叫美格。

“现在，告诉你们该怎么办。”汉娜说。她已经替贝丝检查，盘问完毕了。“要去请班斯医生，让他给瞧瞧，乖乖，保证一开始就对症下药。然后把艾美送到马奇姑婆家去待一些日子，别让她也染病，你们两个留一个在家里，陪贝丝玩一两天。”

“当然，我留下。我最大。”美格先说，显得既担心又内疚。

“我留下，贝丝生病，都是我不对。我答应过妈妈，这差事我来做，可我没做。”乔坚决地说。

“你想谁留下，贝丝？留一个就够了。”汉娜说。

“请乔留下吧。”贝丝心满意足地把头靠着姐姐。这样问题马上就解决了。

“我去告诉艾美吧。”美格说。她有点不高兴，但实际上也松了口气，因为她并不喜欢当护理，乔却喜欢。

艾美死命反抗，激动地宣布，她宁愿得猩红热，也不愿去马奇姑婆家。美格跟她又是商量，又是恳求，又是下令，都是白费心机。艾美坚决抗命，就是不肯去。美格绝望了，只得弃下她，去找汉娜求救。她还没有回来，劳里就走进了客厅，看到艾美把头埋在沙发垫里抽咽。她诉说了自己的遭遇，满心希望能得到一番安慰。但劳里只是把双手插在口袋里，在房间里踱来踱去，一面轻轻吹着口哨，一面凝眉思索着。不一会儿，他在她身边坐下来，甜言蜜语地哄道：“做个明事理的小妇人吧，要听她们的。好了，别哭了，我告诉你一条快乐妙计。你去马奇姑婆家住，我每天都来接你出去，或是乘车，或是散步，咱们玩个痛快。那不是比闷在这里要好？”

“我不愿被打发走，好像碍着她们似的。”艾美用一种受伤的口吻说道。

“天地良心，孩子，都是为了你好。你也不想染病的吧？”

“当然不想；但我敢说也会得病，我一直跟贝丝在一起的。”

“那样子，就更应该马上走开，免得被传染上。我看，换一换空气，小心保养，就能保你平安的，即使不能彻底解决，也会病得轻一些。建议你尽早起程，猩红热可不是闹着玩的，小姐。”

“但马奇姑婆家没意思，她脾气又这么凶。”艾美面露惧色说。

“有我每天去那里告诉贝丝的情况，带你出去游逛找刺激，你就不会闷了。老太太喜欢我，我尽量跟她客气点，她就会由着我们，不来找我们的碴儿了。”

“你能用那辆大轮子跑车接我出去吗？”

“我以绅士的名誉保证。”

“每天都来？”

“一言为定。”

“贝丝的病一好就带我回来？”

“刻不容缓。”

“真的上戏院？”

“可能的话，上一打戏院呢。”

“嗯——那么我想我去吧。”艾美慢吞吞地说。

“好姑娘！叫美格来，告诉她你服从了。”劳里赞许地在艾美身上一拍，其实这比方才“服从”二字更令艾美恼火。

美格和乔冲下楼来，观看这一奇迹。艾美自命不凡，觉得自己作出了自我牺牲，答应如果医生证明贝丝真的有病，她就去。

“小乖乖情况怎么样？”劳里问。他特别宠爱贝丝，心中万分焦急，却不想表露出来。

“现在躺在妈妈的床上，感到好些了。婴儿的死使她心烦意乱，但我敢说她只是感冒了。汉娜说她是这么认为的，但她愁容满面，这就让我心神不宁。”美格回答。

“人世间真是祸不单行！”乔说道，急切地捂弄着头发，“才过一坎，一坎又来。妈妈不在，我们就像失去了屏障，我不知所措了。”

“喂，别把自己弄得像刺猬，不好看的。快把头发弄好，乔，告诉我，是发封电报给你妈妈呢，还是做点什么？”劳里问。他一直对朋友丢掉一个亮点耿耿于怀。

“我正为这犯难呢，”美格说。“如果贝丝真的有病，按理应该告诉她，但汉娜说不能告诉，反正妈妈也搁不下爸爸，那样只能让他们干着急。贝丝不会病很久，汉娜知道解决办法，再说妈妈吩咐过要听她的话，所以我想还是遵命，但我总觉得有点不妥。”

“唔，这个，我也说不清。不如等医生来看过之后，你问问爷爷。”

“对。乔，快去请班斯医生，”美格下达命令，“要等他来了，我们才能作出决定。”

“你别动，乔。我是本处的跑腿员啊。”劳里说着拿起帽子。

“恐怕你忙着呢。”美格说。

“没有，今天的功课已经做好了。”

“你假期也学习吗？”乔问。

“我是学习邻居的好榜样而已。”劳里答罢一头冲出房间。

“作为我的好小伙，我寄予厚望啊。”乔赞赏地笑看他跃过篱笆。

“作为小伙子，他是做得很好。”美格颇不礼貌地回答。她对这个话题不感兴趣。

班斯医生来了，说贝丝是猩红热的症状。尽管他听了胡梅尔家的事态后表情严肃，可还是觉得贝丝并无大碍。吩咐艾美马上离开，并带上一些预防药。她在乔和劳里的护送下，堂而皇之地出发了。

马奇姑婆拿出一贯的待客之道加以接待。

“你们现在打算怎么样？”她问道，目光从眼镜框上方瞪着他们，此时，站在她椅子背上的鹦鹉大声叫道：

“滚开。男孩子不准进。”

劳里退到窗边，乔说明了原委。

“果然不出我所料，谁让你们混到穷人堆里呢。艾美如果没得病，可以留下派派用场，不过我肯定她也会病的——看样子现在就像有病的。别哭，孩子，我听到抽鼻子就心烦的。”

艾美正要哭出来，劳里狡猾地扯扯鹦鹉的尾巴，鹦哥宝莉吓得嘎地叫了一声：“哎呀，完了！”模样十分滑稽，引得艾美破涕为笑。

“你们母亲来信怎么说？”老太太粗暴地问道。

“父亲好多了。”乔拼命镇定自己，答道。

“哦，是吗？我看也熬不了多久。马奇一向都没有什么耐力。”老太太开心地回答。

“哈，哈！千万别说死，吸一撮鼻烟，再会，再会！”鹦哥尖声高叫，在栖木上跳来跳去。劳里在鸟屁股上一捏，它便去抓老太太的帽子。

“闭嘴，你这没规矩的破鸟！嗳，乔，你最好马上走。不成体统啊，这么晚了还跟一个愣头青瞎逛——”

“闭嘴，你这没规矩的破鸟！”宝莉高叫道，从椅背上一跃而起，冲过来啄那“愣头青”，小伙子听到最后一句早已笑得前仰后合。

“我看这无法忍受，但我要尽量忍着。”孤零零地留在马奇姑婆身边的艾美这样想。

“去你的，丑八怪！”宝莉尖叫。听到这句粗话，艾美忍不住哼了一声。

第十八章

暗无天日

贝丝确实得了猩红热，比大家预料的要严重得多，只有汉娜和医生心中有数。姑娘们对疾病一窍不通，劳伦斯先生也不准过来看望，于是一切都听从汉娜安排。忙碌的班斯医生虽尽力而为，可还是把大量的工作留给了优秀的保姆。美格唯恐把病传染给金家，便留在家里料理家务。她写信时，对贝丝的病情只字不提，为此，心里感到万分焦虑，还有一丝负罪感。她觉得这事不该瞒着母亲，可母亲吩咐要听汉娜的，而汉娜又不愿意听到“马奇太太知道了为区区小事担心”。乔日夜都守在妹妹身边，工作并不算辛苦，因为贝丝十分坚强，总是尽量忍着病痛，一声不吭。可有一次，贝丝发高烧，开始喉咙沙哑，说话断断续续，把床单当成心爱的小钢琴，在上面乱弹，还试图唱歌，终因喉咙红肿而唱不成曲。还有一次，她连身边熟识的面容都认不出来了，把她们的名字都张冠李戴，还哀求着要找母亲。这下可把乔吓坏了，美格也请求汉娜，允许她写信把真相告诉父母，连汉娜也说“要考虑考虑，但现在还没危险”。华盛顿的一封来信使形势雪上加霜，马奇先生旧病复发，要再耽搁很久才能考虑回家。

现在日子真是暗无天日！屋子里多么悲伤、凄凉！死亡的阴影笼罩着曾经充满欢乐的家，姐妹们在期待中劳作，她们的心情是多么沉重！玛格丽特常常独自坐着淌眼泪，泪珠滴落到针线活上。这时，她深深地感到自己过去是多么富有——拥有爱、庇护、安宁和健康，这些都是生活的恩赐，比什么都珍贵，是金钱买不到的。而乔呢，守在昏暗的房间里，备受病魔折磨的妹妹就躺在眼前，可怜的声音在她耳边萦绕。她了解到贝丝的天性是多么美好、善良，在大家心目中的位置是那么纵深、温柔。她还懂得了贝丝无私的愿望是多么可贵，她为别人而活着，以那些每个人都可能拥有的朴实德行，为家庭增添欢乐，而这一切比起才干、财富和美貌都更宝贵，应该加倍热爱、珍惜。艾美呢，寄居在外，渴望着回家照顾贝丝，她觉得做什么都不算艰苦，也不算烦人。多少被她遗忘了的工作都是贝丝主动替她做的，想到这，她心里就感到悔恨不已。劳里像个忐忑不安的鬼魂在屋子里出没。劳伦斯先生也把大钢琴锁起来，因为贝丝此前经常在黄昏时候为他带来快乐，他不愿让琴勾起对这位小邻居的思念。大家都惦记着贝丝。送奶人、面包店老板、杂货店老板和肉贩都询问她好点没有。胡梅尔穷太太来为她的考虑不周而道歉，顺便替明娜要了块裹尸布。邻居们送来了各种安慰和祝福，即使那些最熟悉她的人都觉得奇怪，腼腆的小贝丝竟然结识了这么多朋友。

这时，贝丝躺在床上，身边有乔安娜陪着。即使在神情恍惚的时候，她都没有忘记孤苦伶仃的娃娃。她向往着那几只猫咪，但不愿让人抱过来，唯恐它们也染病。呻吟停住的时候，她还替乔担心。她给艾美送去美好的祝愿，让姐姐转告母亲，自己很快就能写信了，还常常央求着要铅笔和纸，试图写几句。这样，父亲才不会认为她忘了他。可不久，连这些偶尔的清醒都停止了，她久久地躺在床上，辗转反侧，嘴里语无伦次，有时又昏昏睡去，醒来仍是奄奄一息。班斯医生一天来两次，汉娜彻夜守着贝丝，美格把一封电报放在书桌里，准备随时发出去，乔也是不敢离开半步。

十二月一日对她们来说确实是寒冷的一天。凛冽的寒风呼啸，漫天大雪纷飞，这一年似乎也已苟延残喘。那天早上，班斯医生过来，看了贝丝半天，然后用自己的双手把她滚烫的手握了片刻，轻轻地放下，悄悄地跟汉娜说："马奇太太要是走得开的话，最好现在就叫来。"

汉娜默默地点点头，双唇紧张地抽搐了一下。美格听了这话，仿佛全身的力气都没了，一下瘫倒在椅子上。乔脸色苍白，呆立了片刻，然后冲到客厅，抓起电报，把衣服往身上一套，飞快地出门，冲进了风雪中。很快她就回来了，无声地脱下披风。这时劳里进来了，手里拿着一封信，说马奇先生正在恢复中。乔感激地读着，可心中沉重的石头似乎还没有落地，她满脸忧愁，于是劳里就问："怎么啦？贝丝病情加重了？"

"我已经去叫妈妈了。"乔说着，沉着脸使劲地脱皮靴。

"干得好，乔！你自己决定这么做的吗？"劳里问。他见乔双手直抖，就让乔在过道的椅子上坐下，替她脱下那双不听话的靴子。

"不，是医生说的。"

"噢，还没那么坏吧？"劳里吃惊地喊道。

"很坏。她不认识我们了，连绿鸽群都不说了，就是墙上树藤的叶子。她一点都不像我的贝丝。我们无依无靠哇。妈妈和爸爸都不在，上帝又那么远，找都找不到。"

泪珠顺着乔的面颊滚落下来，她无助地伸出手，仿佛在黑暗中摸索。劳里握住乔的手，声音也哽咽了，轻声地说："我在这里，抓住我，乖乔！”

她说不出话来，可她真的“抓住”了，这次温暖友好的握手抚慰着她疼痛的心，好像把她引到了上帝神圣的手边，唯此才能在困难时帮她一把。劳里想说几句体己的安慰话，可想不出合适的话，于是他默默地站着，像她母亲常做的那样，轻轻地抚摸乔低垂的头。他也只能如此，可这胜过千言万语，很有安慰力，使她已经感受到了这种无言的同情。沉默中，她体会到了爱化解悲伤时甜蜜的欣慰。很快，她擦干眼泪。落泪倒使心里感到好受些，她满脸感激地抬头望着劳里。

“谢谢你，特迪。我现在好多了，也没那么绝望，万一真有什么事，我会努力挺住的。”

“要往好处想想，那会对你有用的。你妈妈很快就来了，到时候，一切都会好的。”

“爸爸身体好多了，我很高兴。现在妈妈回来，就不会太惦记。噢，天哪！好像真是祸不单行，而我又遭遇了最麻烦的一份。”乔叹了口气，把湿透的手帕摊在膝盖上晾干。

“美格不和你分担吗？”劳里气愤地问。

“哦，分担的，她也尽力了。她没有像我这样爱贝丝，也不会这样思念她。贝丝是我的宝贝，我不能失去她。我不能！绝对不能！”

乔低头用湿手帕捂着脸，绝望地哭了起来。她一直勇敢地坚持着，有泪不轻弹。劳里用手擦了擦眼，说不出话来。他清了一下嗓子，等到嘴唇不抖动了，才张口说话。这也许不是男子汉所为，可他控制不住，对此我却感到高兴。不久，乔的呜咽声静了下来，劳里这才满怀希望地说：“相信她不会死。人这么好，我们又都这么爱她，我想上帝还不会把她带走。”

“好人才会死呢。”乔叹息道，可她停止了哭泣，朋友的话使她情绪好了一点，可她内心仍感到疑惑和担心。

“可怜的乔，你够累的了。你可不会绝望。歇会儿。等一下，我要让你高兴高兴。”

劳里两格一步跑上楼，乔把疲倦的头靠在贝丝的棕色小帽上。贝丝把它留在桌上，还没人想到要拿走。这帽子肯定有魔力，乔似乎变得像它的主人那么温柔、听话了。当劳里跑下楼梯的时候，手里拿着一杯酒，乔笑着接过酒杯，鼓足勇气说：“为了贝丝的健康，干杯！你是个好医生，特迪，真会安慰人。该怎么报答你呀？”她又说了一句。酒恢复了她的体力，正如安慰话使她抛弃了烦恼，头脑清醒不少。

“我慢慢会向你讨账的。而今晚，我要给你点东西，肯定比酒更能使你心里舒服的东西。”劳里说着，不禁喜形于色。

“是什么？”乔疑惑地问，她一时忘却了悲伤。

“我昨天拍电报给你妈，布鲁克回电，她就来，今晚到，一切都会没事的。这么做，难道你不开心吗？”

劳里说得很快，立刻变得兴奋起来，脸也涨得通红。由于担心姑娘们失望、贝丝伤心，他一直都把这事瞒着大家。乔脸色发白，从椅子上跳了起来，等他一说完，立刻用双臂搂着他脖子，高兴地喊道：“劳里啊！妈妈啊！我真开心！”这使他如触电一样，大惊失色。她不再哭泣，而是狂笑起来，一面颤抖，一面搂紧她的朋友，仿佛被这突如其来的消息弄迷糊了。

劳里尽管大吃了一惊，却表现得相当镇定。他安慰地轻轻拍着她的背脊，见她正逐渐恢复过来，便腼腆地在她脸上吻了一两下。乔刹那间清醒了。她扶着楼梯扶手，把他轻轻推开，气喘吁吁地说：“噢，别这样！我刚才不是故意的，表现真可怕。你这么可爱，竟然跟汉娜对着干，所以我情不自禁扑向你。把事情经过告诉我吧，别再给我酒喝了，它让我干傻事。”

“我倒不介意，”劳里笑道，一面理好领带，“是这样，你知道我心神不宁，爷爷也是。我们认为汉娜僭越职权，而你妈应该知情的。如果贝丝——哦，如果有三长两短，她永远都不会原谅我们的。所以，我让爷爷开口说出该采取行动这话，昨天便冲到邮局。你也知道医生神色严峻，而汉娜一听我说发电报就恨不得拧下我的脑袋。我一向不能忍受别人‘颐指气使’，于是打定主意，把电报发了。你妈就要回来了，我知道夜班火车凌晨两点到站。我去接，你只需收敛一下你的狂喜之情，安顿好贝丝，专候母亲来到的佳音。”

“劳里，你真是个天使！要我怎么谢你？”

“再扑过来抱我一次吧。我很喜欢这样。”劳里淘气地说——整整两个礼拜以来，他一直都很规矩。

“不了。等你爷爷来了，我会找个代理人再这么来一下。别闹了，回家休息去吧，半夜还要起来呢。愿上帝保佑你，特迪，上帝保佑你！”

乔已经退到了墙角。说完话，她闪进厨房，坐在碗柜上，跟聚集在那里的猫咪们说：“很开心，哦，真的很开心！”这时劳里出门了，他觉得这事情自己干得很漂亮。

“真是多管闲事，从没见过。可我原谅他，希望马奇太太马上就回来。”听了乔的好消息，汉娜说，她感到松了口气。

美格暗地里一阵狂喜，然后对着那封信左思右想。这时乔把病房整理得井井有条，汉娜“匆匆做了几个馅饼，万一有什么客人来”。屋子里仿佛吹过一阵清风，好像有比阳光更亮的东西照亮了寂静的房间。一切都似乎感受到了这充满希望的变化。贝丝的小鸟又开始唱歌，艾美的窗台花丛中发现了一朵含苞欲放的月季花，炉火也烧得格外欢快。每次姐妹们碰在一起，都要互相拥抱，苍白的脸上露出笑容，悄悄地互相鼓励：“乖乖，妈妈要回来了！妈妈要回来了！”大家都欢天喜地，只有贝丝躺在床上，昏迷不醒，感受不到希望和喜悦，也没有疑虑和恐惧。这是一幅令人生悲的景象——曾经红润的脸蛋变得空白一片，以前忙碌的双手变得骨瘦如柴，从前总挂着微笑的嘴紧闭着，往日漂亮整齐的秀发乱糟糟地散落在枕头上。她整天这样躺着，只是偶尔才醒来喃喃地喊“水！”，双唇干得连话都说不清楚。乔和美格整天伺候在身边，守护着、等待着、期盼着，把一切希望都寄托在上帝和母亲身上。大雪整天下个不停，寒风呼啸，时间过得特别慢。夜幕终于降临了，美格和乔坐在床的两侧，每当时钟敲响，便眼睛一亮，互相看看，因为时钟每响一下，救援就近一步。医生已经来过了，说午夜时分可能会有转机，但吉凶难卜，他到时再来。

汉娜劳累不堪，躺在床脚边的沙发上，很快就睡着了。劳伦斯先生在客厅里踱来踱去，他宁可面对一个反叛的炮兵连，也不愿看到马奇太太进门时焦虑的神情。劳里躺在地毯上，假装休息，可其实他若有所思地注视着炉火，这时他的黑眼睛显得温柔清澈，分外好看。

两姐妹永远都忘不了那个夜晚。她们守候着贝丝，没有一丝睡意，心里却有一种可怕的感觉，感到无能为力，到了这种时候，谁又能怎么样呢?

“要是上帝放过贝丝，我就再也不怨天尤人。”美格低声祈祷，口气十分诚挚。

“要是上帝饶贝丝一命，我愿一生都爱他，做他的仆人。”乔同样满怀热情地应道。

“真希望我没有长心脏，免得心痛得要命。”过了一会儿美格叹气道。

“要是人生老是这么苦，不知道以后的日子该怎么挨。”妹妹沮丧地说。

时钟敲了十二下，两个人都忘记了自己，只是一个劲儿地盯着贝丝，因为她们以为贝丝病态的脸上掠过了一丝变化。屋子里死一般的静寂，只有寒风的呼啸声打破了沉寂。疲惫的汉娜还在睡觉，只有两姐妹看到了什么，犹如一个淡淡的幽灵落到了小床上。一个小时过去了，什么事都没有发生，只有劳里悄悄地出发到车站接人去了。又一个小时过去了，还是没人来。姐妹俩心急如焚，难道是风雪延误，还是路上出了事故，要么最不幸的是华盛顿来了噩耗。

凌晨两点多了，乔站在窗口，心想这个冰封雪飘的世界是多么阴沉。这时，她听到床头有动静，迅速转过身来，看到美格捂着脸跪在母亲的安乐椅前。极端的恐惧攫住了乔的心，她倒吸了一口冷气，心想：“贝丝死了，美格不敢跟我说。”

她立马回到岗位，激动地看到，似乎发生了重大转机。贝丝退了烧，脸不再潮红，痛苦的神色已经不见了，昏睡中可爱的小脸蛋显得十分苍白、安详。乔根本不想伤心痛哭。她向自己最亲爱的妹妹俯身下去，深情地在湿润的额头留下一个吻，轻声说：“再见，贝丝，再见！”

仿佛被这声响惊动了，汉娜醒了过来，慌忙来到床前，看着贝丝，摸摸双手，在嘴边听了听，然后把围裙甩过头顶，坐在摇椅上摇来摇去，一边低声叫道：“烧退了，她睡得正香呢，身上在出汗，气也顺畅了。谢天谢地！哦，上帝保佑！”

姐妹俩还没回过神来，这时医生过来证实了这个喜讯。这医生其貌不扬，可在她们看来，他的脸还是无比美好。他慈爱地看着她们，笑着说：“是的，宝贝。我想，小姑娘这回熬过去了。请保持安静，让她睡个够，等她醒过来，给她——”

她们该给她什么，谁都没听到，两个人都蹑手蹑脚来到漆黑的过道，坐在楼梯上，高兴地紧紧搂抱着，满心的话一下子都说不出来了。她们回来的时候，与忠诚的汉娜亲吻拥抱，发现贝丝跟往常一样躺在床上，脸颊垫在手上睡得正香，脸色恢复了红润，平静地呼吸，仿佛是刚刚入睡。

“要是妈妈现在来就好了！”乔说。这时冬夜开始破晓。

“看，”美格拿来一朵半开的白月季说，“我原以为，花儿明天可能还来不及开放，还不能捏在贝丝的手中，要是她——离开我们的话。可它晚上就开了，我想插在这儿，我的花瓶里。等亲爱的妹妹醒来，她第一眼看到的就是这朵小月季，还有妈妈的脸。”

守了一个漫长伤心的不眠夜，第二天清早，美格和乔睁着倦眼，放眼望出去，只见日出显得格外壮丽，世界都显得异常可爱。

“真像个童话世界。”美格站在窗帘后面，望着窗外精彩纷呈的一幕，微笑着说。

“听！”乔喊着跳了起来。

是的，楼下的门铃响了，汉娜大声喊叫，接着是劳里的声音，高兴地轻声说：“姑娘们，她到了！她到了！”

第十九章

艾美的遗嘱

家里发生了一连串的变故，而艾美正在马奇姑婆家苦挨。她深深体会到寄人篱下的滋味，生平第一次认识到，自己在家里是如何受到亲人的宠爱。姑婆从不宠爱人，她不赞成溺爱；不过，她也是善意的。小姑娘表现不错，很是讨她欢心，而老人对侄儿的几个孩子心里也确有偏爱，但她认为这种事情是不宜说出来的。她的确在竭尽全力使艾美幸福，但是，天可怜见，她却犯了多大的错误啊！某些老人尽管皱纹累累、白发苍苍，心中却仍然充满朝气，能够和孩子们同喜共忧，使他们感到无拘无束，并能寓教于乐，以最温和的方式给予和得到友谊。可惜姑婆却没有这个天分，她规矩极多，态度严酷，说话啰唆，枯燥乏味，艾美苦不堪言。老太太发现艾美比姐姐更和善听话，便觉得把小姑娘从家里带来的自由散漫、娇生惯养恶果尽可能改正掉，她自己是责无旁贷。于是，她对艾美手把手，按自己六十年前所接受的教育来教导她，这样做只有令艾美心惊胆战，觉得自己像只落网的苍蝇，落到了一丝不苟的蜘蛛手上。

她每天早上都得擦洗茶杯，把旧式汤匙、那个圆肚银茶壶、几面镜子擦拭得锃光发亮。接着便得打扫房间，而这个任务真是艰巨。没有一粒尘埃躲得过姑婆的眼睛，而家具全部都是爪形腿脚，并刻有很多永远扫不干净的浮雕。然后又得喂鹦哥，给叭儿狗梳毛，还得取东西，传达命令，楼上楼下跑十多个来回，而老太太腿脚极不灵便，不大离开自己的大座椅。干完这些劳累的活儿，她还得做功课，天天要考验她身上各种美德。之后，她可以活动、玩耍一个小时，她是多么受用这段时间哟！劳里每天都过来，甜言蜜语地哄马奇姑婆，直到她答应让艾美跟他一同外出为止。然后，他们一齐散步、骑马，尽兴而归。吃过正餐后，她得大声朗读，并坐着一动不动，老太太则在打瞌睡，常常是一页没读完就睡着了，一睡就是个把小时。接着是缝缀各色花布、手巾，艾美外表温顺，内心却在拼命反抗。就这样一直缝到黄昏，才允许随意娱乐，一直玩到茶点时间。晚上的时光最糟糕，姑婆会大讲特讲她年轻时候的故事。这些故事无聊得难以言表，艾美每次都盼着上床睡觉，打算为自己的厄运哭一场，但通常都是还没有挤出半点眼泪便昏昏入睡了。

要不是有劳里和女佣人埃丝特老人，她觉得这种可怕的日子简直过不下去。光是那只鹦鹉，就足以令她神经错乱。鸟儿不久便发觉，艾美并不敬重自己，于是做出尽可能淘气的事儿来泄愤。每当她走近，它便去抓她的头发；她刚洗干净鸟笼，它便把面包和牛奶打翻作弄她；趁老太太打瞌睡又去啄“拖把”，把狗狗弄得猛吠；还当众咒骂她，总之一举一动都表现得十足一个该死的破鸟。她也忍受不了那只狗——一只肥胖、动辄发脾气的畜生。每逢给它洗澡，就向她狂吼怒叫，想吃东西时，它就仰躺在地上，四脚朝天，脸上一副痴呆的表情，而这样求食，一天足有十余次之多。厨师脾气粗暴，老马车夫又聋又哑，而唯一理会小姐的人只有埃丝特。

埃丝特是个法国人，她已经和“夫人”，她这样称呼女主人，共同生活了多年，对老太太有一定的操纵权，老太太没有她便活不下去的。她的真名叫作埃丝苔尔，但姑婆命她改名，她遵从了，条件是永远不能要求她改变宗教信仰。她喜欢上了艾美小姐，熨烫“夫人”的花边时，常常让她坐在身边，跟她讲生活在法国的奇闻怪事，令艾美神往。她还允许“小姐”在大宅子里头漫游，仔细欣赏藏在大衣橱和旧式柜子里的奇珍异宝，因为姑婆喜欢收藏品。艾美最中意的是一个印度木柜，里面有许许多多奇形怪状的抽屉、小分类架和暗格，装着各种各样的饰物，有些贵重，有些只是怪异而已，或多或少都是古董了。欣赏和摆弄这些东西，给艾美带来了巨大的满足感，尤其是那些珠宝盒，天鹅绒垫子上沉睡着四十年前曾装点过美女的各式首饰。这里头有一套姑婆踏上社交场合时戴的石榴石饰物、出嫁时父亲送的珍珠、情侣钻、葬礼上戴的黑大理石戒指和发夹，还有一些怪模怪样的宝物盒项链坠子，里头藏着亡友肖像和发编小枕头，她独生女儿戴过的婴儿手镯，马奇公公的大挂表和被许多小孩把玩过的红印章。姑婆的婚戒单独摆在一个盒子里，她的手指长胖了，现在已经戴不进去，于是当作最最宝贵的珠宝珍藏了起来。

“如果她立遗嘱，小姐想选哪一样呢？”埃丝特问。她总是坐在跟前看守着，并把贵重物品锁起来。

“我最爱钻石，可惜里头没有项链，而我最喜欢项链，它们漂亮极了。如果可能，我就选这一个。”艾美答道，羡慕不已地望着一串纯金乌木珠链，链子上头沉甸甸地挂着一个用相同材料做成的十字架。

“我也盼着这个呢，但不想要来做项链。啊，不！在我眼里这是一串念珠，我要以一个好天主教徒的身份持着它祈祷。”埃丝特说道，若有所思地端详着漂亮的首饰。

“准备把它当作挂在你镜子上头的那串香木珠链一样使用吗？”艾美问。

“对，正是这样，用来做祷告。这么精美的东西，用来做念珠，而不是当作轻薄的珠宝来佩戴，圣徒们一定更高兴。”

“你似乎能在祷告中得到极大安慰，埃丝特，每次祷告回来你都显得平和、满足。但愿我也能这样。”

“如果小姐是天主教徒，就能找到真正的安慰；既然做不到，也不妨每天独处一室，静思并祈祷，我在夫人之前侍候的那位好太太便是这样。她有个小教堂，发现那是排解大难的安慰物。”

“我也这样做正确吗？”艾美问。她在孤独寂寞中深感需要一种帮助，由于贝丝不在身边提醒自己，她觉得都快把那本小册子给忘掉了。

“那很好呀，妙不可言。如果你喜欢，我很乐意把化妆室收拾好给你用。不用告诉夫人，她睡觉时你可以进去独坐一会儿，坚守善念，祈求天主保佑你姐姐。”

埃丝特十分虔诚，真情劝解；她有爱心，对艾美姐妹们的困境感同身受。艾美觉得这个主意好，便允许她把自己房间隔壁那个亮堂的密室布置起来，希望这样能带来益处。

“真想知道姑婆身后这些漂亮东西会落到哪里。”她说着慢腾腾地把亮晶晶的念珠放回原处，把珠宝箱逐一关上。

“会落到你和几个姐姐手上的。这个我知道，夫人常向我吐露心事的。我见证了她的遗嘱，就是这样写的。”埃丝特微笑着低声道。

“好极了！不过我希望她现在就能给我们。拖延时间并不惬意。”艾美说着向情侣钻望了最后一眼。

“小姐们戴这些东西为时尚早。谁先订婚，谁就得到那套珍珠首饰，夫人说过的。我想，你离开时会送你那只绿松石小戒指，夫人认为你举止有礼，行为迷人。”

“是吗？噢，只要能得到那漂亮戒指，就做个乖乖小羊羔吧！它比吉蒂·布莱恩特的不知要好看多少倍。归根到底，我还是挺喜欢姑婆的。”艾美笑容可掬地把那只蓝色戒指戴上试试，下定决心要赢得它。

从这天开始，她成了驯服听话的模范，而老太太看到自己的训练大见成效喜不自胜。埃丝特在密室里放上一张小桌子，前面摆一张脚凳，上面挂一幅从一间锁着的屋子里拿来的图画。她认为这画没有什么价值，但题材合适，便把它借来，心里以为夫人永远不会知道，即使知道了也不会管。殊不知这是一幅世界名画的珍贵摹本。爱美的艾美仰望着圣母玛利亚亲切温柔的面孔，心里千头万绪，善念交集，眼睛从不知疲倦。她在桌上放上自己的新约小圣经和赞美诗集，摆上一个花瓶，每天换上劳里带来的最美的花儿，并天天过来独坐一会儿，“坚守善念，祈求上帝保佑姐姐”。埃丝特送给她一串带银十字架的黑色念珠，但艾美怀疑它不适合新教徒做祈祷用，便把它挂起来不用。

小姑娘做这一切是非常诚心的。离开了安全温暖的窝，孤身在外，她强烈地感受到请好心的手扶她一把的需要，于是本能地向那位强大而慈悲的“朋友”求助，上帝父亲般的爱是如此亲近地环抱着他幼小的孩子们。她得不到母亲的帮助，去独立思考和自我约束，但现在有人给她指点了方向，她便努力去寻找出路，并满怀信心地踏上行程。不过，艾美是新朝圣者，此刻肩上的担子似乎很沉重。她试图忘掉自己，保持乐观，问心无愧地做人，尽管没有人看到，也没有人为此而赞扬她。为了使自己非常非常地学好，她做出的第一个努力是，像姑婆那样立一个遗嘱。假使她真的病倒、去世，她的财产也可以得到公平慷慨的分割。只要一想到跟自己小小的珍藏分手，她便心如刀割，在她眼里，这些东西跟老太太的珠宝一样珍贵。

她花了一小时娱乐时间，费尽心机拟出了这份重要文件，埃丝特帮她纠正了某些法律用语。法国好心人签上大名后，艾美放心了，放在一边，准备拿给劳里看，希望他做第二见证人。这天下雨，她到楼上一间大房子里玩耍，并带上鹦哥作伴。房子里放着满满一衣橱的旧式戏服，埃丝特允许她穿着这些戏服玩，她于是乐此不疲，穿上褪了色的织锦衣裳，对着立地镜来回检阅，行仪态万方的屈膝礼，长裙摇曳而行，发出悦耳的瑟瑟声。这一天，她玩得不可开交，连劳里拉门铃也没有听到。劳里悄悄探头望进去，恰好见到她手摇扇子，摇头摆脑，煞有介事地踱过来踱过去。她头上缠着巨大的粉红色头巾，与身上的蓝缎子衣裳和拼缝的黄套裙形成了奇怪的反差，由于穿着高跟鞋，走路必须十分谨慎。劳里事后向乔述说了十分滑稽的情节，她身穿华服忸怩向前，鹦哥紧跟，时而侧身游行，时而昂首挺胸，全力亦步亦趋，偶尔又停下来笑一声或高叫："我们不是挺好吗？去你的，丑八怪！闭嘴！亲亲我，乖乖！哈！哈！"

劳里费了大力，才忍住笑声的爆发，以免惹怒女王陛下。他敲敲门，艾美优雅地把他迎进去。

"坐下歇一会儿，待我把这些东西卸掉，然后我有极严肃的事情要向你咨询。"展示完自己的光彩，并把鹦哥赶到墙角后，她这样说。"这只鸟真是我命中的磨难。"她接着又说，一面摘下红色头巾。劳里则跨坐在一张椅子上。"昨天，姑婆睡着了，我尽量不敢出声，鹦哥却在笼子里尖声高叫，乱扑乱动；我便过去把它放出来，发现笼子里有一只大蜘蛛。我把蜘蛛捅出来，它却溜到书橱下面；鹦哥紧追过去，弯低脖子向书橱下面张望，还抬起单眼，怪模怪样地说：‘出来散步呀，乖乖。’我忍不住笑出了声，宝莉听到后叫骂起来，姑婆被吵醒了，把我们两个骂了一顿。”

“蜘蛛接受那老家伙的邀请了吗？”劳里打着呵欠问。

“接受了，蜘蛛出来了，鹦哥却拔脚就跑，吓得半死。它夺路跳到姑婆的椅子上，一面看我追蜘蛛，一面大叫：‘抓住她！抓住她！抓住她！’”

“撒谎！上帝呀！”鹦鹉叫起来，又去啄劳里的脚趾。

“如果是我养的，就拧断你的脖子，你这孽畜！”劳里向鸟儿挥挥拳头叫道。鹦哥把头一侧躲过，庄严地嘎嘎大叫：“阿利路亚！上帝保佑，乖乖！”

“我好了。”艾美把衣橱门关上，从口袋里掏出一张纸。“我想请你看看，告诉我是否合法、正确。我觉得非做不可，人生无常，我不想身后引起纠纷。”

劳里咬着嘴唇，微微转过身子，背着这位悲天悯人的朋友，带着颇值嘉许的认真劲头，读起了这份错别字百出的文件：

我的遗嘱

我，艾美·科蒂斯·马奇，在此心智健全之际，将全部财产遗曾（赠）如下—

给父亲：我最好的素描、地图及艺术品，包括画框。还有一百美元给他自由支配。

给母亲：诚挚送上我的全部衣服，有口袋的蓝围裙除外——以及我的肖像、奖章。

给好姐姐玛格丽特：送上我的绿松石戒指（如果能得到），以及画着鸽子的绿箱子，以及我的上等花边给她戴，还有我给她画的肖像，以纪念她的“小姑娘”。

给乔：我留给她我的胸针，封蜡补过的那个，以及我的铜墨水台，她弄丢了盖子的，还有我最珍爱的石膏兔子，因为我很后悔烧掉了她的小说。

给贝丝：（如我先她而去）送上我的洋娃娃和小衣柜、扇子、亚麻布衣领和我的新鞋子，如果她病好后身体瘦下来可以穿下的话。在此，我一并为以前取笑过老乔安娜而致歉。

给我的朋友和邻居西奥多·劳伦斯：遗曾我的制型纸文件夹，陶土模型马，虽然他说过这马没有颈。以及他喜欢的我的任何一件艺术品，以报答他在我们痛苦之际对我们的大恩大德，最好是《圣母玛利亚》。

给我们尊敬的恩人劳伦斯先生：留给他盖子镶镜子的紫盒子，这给他装钢笔用很漂亮，并可以使他睹物思人，想起那位对他感激涕零的逝去了的姑娘。感谢他帮助了她全家，尤其是贝丝。

我希望最要好的玩伴吉蒂·布莱恩特得到那条蓝绸缎围裙和我的金珠戒指，连同一吻。

给汉娜：我送上她想要的硬纸匣和我留下的全部拼凑布匹，希望她“看到它时就会想起我”。

我有价值的财产现已处分完毕，希望大家满意，不会责备死者。我原谅所有人，并相信号角响起时我们会再见。阿门。

在此遗嘱上签字盖章，公元一八六一年十一月二十日。

艾美·科蒂斯·马奇

见证人：

埃丝苔尔·瓦尔诺

西奥多·劳伦斯

最后一个名字是用铅笔签的，艾美解释说，他要用墨水笔描一次的，并替她把文件妥善封好。

“你怎么会想到这个的？有人告诉你贝丝分派自己的东西了吗？”见艾美在他面前放上一段扎文件用的红带，连同封蜡、一支小蜡烛、一个墨水台，劳里严肃地问。

她于是解释一番，然后焦急地问：“贝丝怎么样啦？”

“我本不该说的，但既然说开了，便告诉你。一天，她觉得自己已病入膏肓，便告诉乔，她想把她的钢琴送给美格，她的猫儿给你，她可怜的旧娃娃给乔，乔会为她而爱惜这个娃娃的。她很遗憾没有多少东西留下，便把自己的头发绺分给我们其他人，把挚爱留给爷爷。她可没想到立遗嘱呀。”

劳里一面说一面签字封口，久久没有抬起头来，直到一颗硕大的泪珠落到纸上。艾美愁容满面，但她只是问道：“人们有时会在遗嘱上加插附言之类的东西吗？”

“会的，叫作‘补遗’。”

“那么我的也加上一条——我希望把我的鬈发通通剪下来，分送给朋友们留念。我刚才忘了，但我现在要这么做，虽然会毁掉我的遗容。”

劳里把这条加上去，为艾美做出这最后也是最伟大的一个牺牲而笑了。之后，他又陪她玩了一个小时，并耐心听她讲磨难，倒苦水。当他准备告辞时，艾美把他拉住，颤抖的嘴悄声道：“贝丝是不是真有危险？”

“恐怕是这样，但我们必须往好处想。别哭，乖乖。”劳里像哥哥一样伸出手臂护着她，使她感到了莫大的安慰。

劳里走后，她来到了自己的小教堂，坐在黄昏里为贝丝祈祷，一面心酸落泪。失去了温柔可爱的小姐姐，哪怕有百万个绿松石戒指，也不能给她带来安慰。

第二十章

推心置腹

对于母女团聚，我想，我没什么可讲的。这样的时刻总是那么愉快，就是描述难了点，索性就留给读者去想象吧。我只想说，屋子里洋溢着真正的幸福，还有，美格美好的愿望终于实现了。当贝丝长长睡了一觉好转醒来时，首先看到的是一朵小月季，还有妈妈的面孔。身体太虚，她还发不出惊叹，只是笑了笑，紧紧地依偎在慈母的怀里，感到渴望终于得到了满足。然后，贝丝又睡下了，可那瘦弱的手睡梦中还是拉着母亲，母亲不愿把小手掰开，只能靠姐妹俩伺候着她了。

汉娜无法发泄自己的激动心情，便为旅行者“上盘”了一顿丰盛的早餐。美格和乔像孝顺的小鹳一样喂母亲进餐，一面听她轻声讲述父亲的情况，还有布鲁克先生答应留下来护理。她在归路上因暴风雪耽搁，到站的时候，忧心如焚，又冷又累，而劳里的脸上充满希望，使她得到了难以言表的安慰。

那是一个多么奇怪，又多么愉快的日子！外面是一派银装素裹，生机盎然，所有的人似乎都来到了屋外，迎接第一场雪；里面又是那么宁静，那么平稳。大家护理很辛苦，都入睡了，屋子笼罩在一种安息日的寂静之中。汉娜打着瞌睡，在门口守着。两个大姐如释重负，充满幸福感，终于闭上了疲惫的眼睛，躺着休息，犹如两艘经历了狂风暴雨的小船，正安全地锚泊在风平浪静的港湾。马奇太太不愿从贝丝身边离开，便坐在大椅子上养神，还不时睁开眼睛，瞧瞧、摸摸，对着孩子沉思，俨然一个守财奴看管着失而复得的财宝。

同时，劳里匆匆出发去安慰艾美。他故事讲得很精彩，连姑婆都“鼻子里哼出儿声笑”，而且一次都没再说“我早就跟你讲过了”。艾美这回表现得十分坚强，看来她在小教堂里下的善念功夫开始开花结果了。她很快就把泪水擦干，按捺住要见母亲的迫切心情。当劳里说她表现得“像个一流的小妇人”，而老太太也由衷地表示赞同时，她竟没有想到那枚绿松石戒指。甚至鹦哥也似乎深受感动，连连叫她“好姑娘”，愿上帝保佑她，并用极其友好的声调求她“出来散步呀，乖乖！”。她本来很高兴出去，在阳光明媚的雪地里玩个痛快，但发现劳里尽管男子气地掩饰着，身子却困得直往下倒，便劝他在沙发上躺躺，自己则给母亲写封信。过了好一会儿她才把信写完，等她再次出现时，劳里头枕双臂，直挺挺地酣睡着。姑婆拉下了窗帘，闲坐在一边，一时显出少有的和蔼态度。

过了一会儿，她们开始意识到，他要睡到晚上才能醒过来了。要不是艾美看见母亲而发出欢叫声把他惊醒，我看没有把握他会醒。那天，城里城外可能有许许多多幸福的小姑娘，但依我看艾美要算是最最幸福的一个，她坐在母亲膝头上诉说自己的磨难，母亲则报以赞赏的微笑和百般爱抚。两人单独来到小教堂，艾美解释了它的来龙去脉，母亲听后并不反对。

“相反。我挺喜欢它的，乖乖。”她把眼光从沾灰的念珠，移到翻烂的小册子和点缀着常青树花环的美图上。“事情不如意，令人烦恼悲伤时，能找个地方清静一下是大好事。人世间有很多艰难困苦，只要我们求助的方法对路，就总能挺过来的。我想我的小女儿正在领会这个道理呢。”

“是的，妈妈，回家后我打算在大壁橱的一角放上我的书和我画的那幅图画的摹本。圣母的面孔画得不好——她太美了，我画不来。但圣婴还画得不错，我很喜欢。我喜欢想，他也曾经是个小孩，这样我就显得离神更近了。这样一想，就好办了。”

艾美指指笑着坐在圣母膝上的基督圣婴，马奇太太看到她举起的手上戴着一样东西，不觉笑了。她没有说什么，但艾美明白了她的眼神，她沉吟了一会儿，郑重其事地说：“我原本要告诉的，但一时忘了。姑婆今天把这戒指送给了我。她把我叫到跟前，吻了我一下，把它戴在我的手指上，并且说我替她增了光，她愿意把我永远留在身边。戒指绿松石太大，她便把这滑稽的护圈给我戴上。我想戴着它们，妈妈，可以吗？”

“很漂亮。不过我认为你年龄小，不大适宜戴这种饰物，艾美。”马奇太太看着那只胖嘟嘟的小手，食指上戴着一圈天蓝色宝石和一个由两个金色小箍扣在一起组成的古怪护圈。

“我会努力做到不图虚荣的，”艾美说。“我想，并不只是因为漂亮才喜欢它，戴上是因为能时刻提醒我一下，就像故事里女孩戴手镯一样。”

“你是指姑婆吗？”母亲笑着问。

“不是，提醒我不要自私。”艾美的神情十分诚恳，母亲不禁止住了笑，器重地倾听女儿的小计划。

“最近，我常常反省自己的‘一大堆毛病’，发现最大的一项是自私；要尽可能努力克服这个缺点。贝丝就不自私，所以大家都爱她，一想到要失去她就那么伤心。如果我病了，大家就远远不会这么伤心，我也不配让他们这样；不过，很希望能有许许多多的朋友爱我、怀念我，所以我要努力，尽量向贝丝姐学习。只是我常常忘了自己下的决心，如果身边有什么东西在时刻提醒我，我想就会做得好一点。我们这样做行吗？”

“行啊，不过我倒是对你设立壁橱一角更有信心。戒指就戴着吧，乖乖，然后好自为之。我相信你会有长进的，因为诚心学好便是成功的一半。现在得回去陪贝丝了。振作起精神，小女儿，很快就会接你回家的。”

那天傍晚，美格正给父亲写信，报告旅行者平安到家。乔悄悄上楼，来到贝丝的房中，发现母亲还在老地方。她站了片刻，用手指绞着头发，摆出一副忧心忡忡、犹豫不决的样子。

“怎么了，宝贝？”马奇太太问，一边伸出手来，脸上的神情也怂恿女儿推心置腹。

“妈妈，我想跟您说点事。”

“有关美格的？”

“猜得真准！是的，有关美格的，事情不大，可我很烦。”

“贝丝在睡觉，你小声点儿，跟我说，到底是怎么回事。我想那个莫法特没来过的吧？”马奇太太问，声音颇为严厉。

“没有，他来的话，我肯定会把他挡在门外。”乔说着，坐在母亲脚边的地上。“今年夏天，美格在劳伦斯先生家里丢了一副手套，只找回了一只。我们都把这事给忘了。后来，特迪跟我说，是布鲁克先生拿着，一直放在马甲口袋里。有一次，手套掉了出来，特迪还笑他呢。另外，布鲁克先生承认，他喜欢美格，只是不敢开口。美格还年轻，布鲁克又那么穷。你看，事情是不是很可怕？”

“你觉得美格喜欢他吗？”马奇太太担心地问。

“天哪！爱情这种无聊的事，我什么都不懂！”乔喊道，脸上既感兴趣又不屑一顾的神情，甚是滑稽。“小说里，女孩子产生爱情，不是心跳脸红，昏死过去，就是变得消瘦憔悴，做出的事都跟傻子一样。现在美格还没成这个样子，吃、喝、睡都很正常。我一说到那个男的，她都会盯着我看。只有特迪拿情人们开玩笑的时候，她才会稍微脸红一下。我不让他开这种玩笑，可他就是不听。”

“那你以为美格不喜欢约翰咯？”

“谁？”乔瞪大眼睛问。

“布鲁克先生，我现在叫他‘约翰’。是在医院的时候开始这么叫他的，他也喜欢我们这么叫的。”

“噢，老天！我知道了，你会帮他的。他对爸爸不错，你不会把他打发走的。要是美格愿意，就让她嫁给他。哄爸爸，又帮您，就是为了骗得你们的喜欢，真卑鄙！”乔又愤怒地揪起了头发。

“乖乖，别为这事发火，我会告诉你是怎么回事。约翰是受了劳伦斯先生的委派陪我一起去的，他对你可怜的爸爸照顾得很周到，我们这才觉得他挺可爱的。他对美格的事很光明正大。他跟我们在说，他爱美格，可先得挣下一个舒服的家，然后再向她求婚。他只要我们答应让他爱美格，让他为美格效劳，要是他能的话，就赢得美格也爱他。他真的是不错的小伙子，我们不能拒绝他的要求，可我也不会答应，让美格这么年轻就订婚。”

“当然不行，那样太白痴！早就知道里面有鬼，我早就感觉到了。没想到会这么糟糕。我只希望我自己可以和美格结婚，这样就可以让她平安留在家里了。”

这个古怪的想法使马奇太太忍俊不禁。她严肃地说：“乔，我对你推心置腹，你暂时别对美格说。等约翰回来，我就可以看见他们俩聚首，美格对他怎么样的感情，不是一目了然嘛。”

“她常说起那双漂亮的眼睛，她会领会他的情意的，到那时，美格一切都完了。她的心又那么软，要是有人含情脉脉地看着她，她的心就会像太阳底下的黄油，马上就化掉了。她读他寄来的简报，比读你的信还起劲呢。我一提这事，她就掐我。她喜欢棕色眼睛，觉得约翰这个名字也不难听。她会坠入爱河的，我们在一起时的宁静、快乐、舒适的时光就要完结了。我都想到了！他们会满屋子谈恋爱，我们只能躲开。美格会爱昏了头，不会再对我那么好了。布鲁克会凑到一大笔钱，把她抬走，这样我们家里就会出现空洞。我的心会破碎的，一切都会变得让人讨厌。噢，老天！我们为什么不是男孩，那样就不会有烦恼了。”

乔闷闷不乐地把下巴靠在膝头上，对那位该死的约翰猛挥拳头。马奇太太叹了一口气，乔抬起头来，如释重负地舒了一口气。

“你不喜欢这样的吧，妈妈？这真叫我高兴。我们让他管自己忙乎去，也不要告诉美格，一家人还跟原来一样，一起快乐生活。”

“刚才叹气是我做得不对，乔。你们日后各自成家立业，是自然要发生的事情，也是对的，但我确实想让女儿们在身边多留几年。我很遗憾这件事来得这么快，美格才十七岁，而约翰也要过好几年才有能力组织家庭。我和你父亲的意见是，二十岁前她不能订下任何盟誓，也不能结婚。如果她和约翰相爱，他们可以等，这样也可以考验他们的爱情。她做事认真负责，我倒不担心她会待他不好。美丽、善良的女儿，我希望她姻缘美满哪！”

“您难道不希望她嫁个阔佬吗？”乔问。刚才说到最后，母亲的口气软了下来。

“金钱是一种很有用处的好东西，乔，我既不希望我的女儿生活捉襟见肘，也不希望她们受富贵浮云的诱惑。我希望确信，约翰有份稳定的好职业，收入足以远离债务，使美格生活舒适。我并不奢求我的女儿嫁入名门望族，金玉满堂，地位煊赫。如果地位和金钱与爱情和品行并行不悖，我感激地接受，并分享你们的福气；但根据经验，我知道普通的小户人家虽然每天都要为生活操劳，却可以拥有真正的幸福，一点点的缺衣少食，却使偶然的福气带来甜蜜温馨。看到美格从低微起步，我也心满意足，如果我没有看错的话，约翰是个好男人，她将因拥有他的心而变得富有，而这比金钱更为宝贵。”

“我明白的，妈妈，也很赞同，但我为美格感到失望。我一向计划让她日后嫁给特迪，一生享尽荣华富贵。那不好吗？”乔仰头问道，脸色开朗了一点。

“他比她年纪小，你知道的。”马奇太太刚说了一句，乔便打断她：“只是小一点儿，他少年老成，个子又高，如果他愿意，他的言谈举止可以像个大人的。再说他富有、慷慨、人品好，而且爱我们全家。这计划泡了汤，我感到十分惋惜。”

“恐怕，在美格眼里，劳里还是个小孩子，再说，他太像风向标了，说变就变，靠不住。乔，你就别操心了，等以后，让他们自己的心来决定你朋友们的伴侣吧。掺和这些事我们没把握的，最好还是别去想那些事情，就是你说的‘乱七八糟的浪漫’，弄不好会伤了邻里和气。”

“好吧，我不管。可我最讨厌的是，本来东拉扯一下，西切断一点，很容易理清楚的事情，这下越来越错综复杂，纠缠不休了。真希望我们头上都能有个熨斗压着，那样就不会长大了。可花蕾会开放成月季花，小猫咪总要长成大猫——成熟就是遗憾！”

“猫呀、熨斗呀，你们在说什么呢？”美格问。她悄悄地走进房间，手里拿着写好的信。

“只是胡扯而已。我去睡觉了。来吧，佩吉[1]。”乔说着，就像动画拼图解谜玩具伸了个懒腰。

“很对，写的好文章。请再加一句，说我向约翰问好。”马奇太太看了一遍，然后还给美格。

“您叫他‘约翰’？”美格笑着问，天真的眼睛盯住母亲。

“是的，他像我们的儿子，我们很喜欢他的。”马奇太太回答。她也热切地望着美格。

“这么说，我很高兴，他确实很孤独。晚安，亲爱的妈妈。有您在这里，真是说不出的舒服。”美格轻声回答。

母亲给了她一个深情的吻。她离开时，马奇太太既满意又不无遗憾地说：“她还没有爱上约翰，可很快就会的。”

1 美格的小名。

第二十一章

劳里胡闹，乔来平息

第二天，乔的脸依旧很费猜详，神秘兮兮，煞有介事。秘密还压在心头，她发现要装出一副若无其事的样子也不容易。美格看在眼里，也不急着打听，她知道对付乔的最佳办法就是逆反心理，所以她敢肯定，要是不问，乔一定会和盘托出的。因此，看到乔依旧沉默不语，她颇感奇怪。乔还摆出一副盛气凌人的架子，这使美格大为恼火，于是她也装出一副高不可攀的样子，只伺候着母亲。这么一来，乔只好另找出路了。马奇太太接替乔担任护理，让长期困在家里的乔休息、锻炼、玩乐。艾美不在，劳里成了乔唯一的伙伴。她虽然喜欢与劳里在一起，此时却有点怕他，因为他喜欢作弄人，简直到了无可救药的地步，乔就怕他从自己嘴里套去秘密。

她一点都没错，这个喜欢胡闹的家伙猜想乔有个秘密，于是就下决心要打探个明白，这就使乔够受的。他哄骗奚落、威逼利诱，要不就骂人，表面上装作毫不在意的样子，其实想出其不意地从乔口中掏走真相。他先宣称自己知道了，随后又说自己不在乎，最后凭借这软磨硬泡的功夫，他满意地发现秘密涉及美格和布鲁克先生。他愤愤不平，自己的家教竟然不跟他推心置腹。他要开动脑筋，想出适当的办法好好报复一下，出出横遭轻慢这口怨气。

美格此时显然已忘记了此事，专心地为父亲的归来做着准备。但突然间，她似乎发生了变故，有一两天简直变得面目全非。听到有人叫她便大吃一惊，人家望她一眼便面红耳赤。整天默默不语，做针线活时独坐一边，羞答答的，心事重重。母亲过问，她回答自己很好，乔问她，她便求她别管。

"她于无形中感受到这种东西——我是指爱情——而且进展得很快。那些症状她几乎全得了——颤抖、暴躁、不吃、不睡，私下里郁郁寡欢。我还发现她在唱他给的那首歌，一次竟然像您一样说'约翰'，迅即脸红得像朵罂粟花。我们到底该怎么办？"乔说。看样子她准备采取任何措施，无论多么激烈也在所不惜。

"只有等待。不要理她，要和气耐心，等爸爸回来，事情就能解决了。"母亲回答。

"美格，这里有一封你的信，还封得这么严实！真怪！特迪给我的信从来不封。"第二天，乔边说边分发小信箱中的信件。

马奇太太和乔都在埋头忙各自的活计，突然听到美格一声喊叫。她们抬起头来，只见美格神色惊慌地盯着那封信。

"孩子，怎么了？"母亲跑过去问，这时乔试图夺过这封胡闹的信。

"全乱套了——他可没有写这样的信。乔噢，你怎么能这样？"美格用手捂着脸哭，似乎心都碎了。

"我！我什么也没干！她在说什么？"乔疑惑地喊道。

美格温柔的眼睛射出了道道怒光，她从口袋里掏出已揉成一团的信，一把扔给乔，责骂道："你写的，那臭小子帮你写的。你怎么能这么无礼，这么卑鄙，对我们两个这么残酷？”

乔差不多什么都没听到，因为她和母亲在读信。这信的笔迹非同寻常。

最亲爱的玛格丽特：

我再也控制不住自己的感情，一定要在回来之前就知道我的命运。我现在还不敢让你的父母知道，可我想，只要他们了解我们深深相爱，就会答应的。劳伦斯先生会帮我找份好工作，再说你，亲爱的宝贝，你会使我幸福。我求你，先瞒着家人，只请写一句希望的话给我，让劳里转交。

深爱你的约翰

“噢，这个小坏蛋！我为妈妈保密，他就这样报答我。我去把他臭骂一顿，押他过来求饶。”乔叫道，恨不得立即法办真凶。但母亲脸上带着一种少见的神情，拦住她说：“站住，乔，你首先得撇清自己。你搞了那么多恶作剧，恐怕这事也插了一手。”

“我发誓，妈妈，没有！根本没看过这封信，也不知情，千真万确！”乔说话时神情极其认真，母亲和美格相信了她。“如果我参与了，会干得更巧妙，写一封合情合理的信。我想你们也知道，布鲁克先生不会写出这种混账东西的。”她接着说，轻蔑地把信抛下。

“这字像是他写的。”美格结结巴巴地说，把这封信和手中的一封做比较。

“哎呀，美格，没回信吧？”马奇太太急问。

“我，我回了！”美格再次掩着脸，羞愧难当。

“那可糟糕！快让我把那坏小子押过来教训一顿，让他解释清楚。不把他抓来我不得安宁哪。”乔又向门口冲去。

“闭嘴！这事我来处理，比我想象的更糟。玛格丽特，把事情从头说清楚。”马奇太太下令，一面在美格身边坐下，一只手却抓着乔不放，以免她溜出去。

“第一封信来自劳里那儿，他看上去似乎不知情的，”美格低着头说，“一开始我担心了，打算告诉的，后来想起您喜欢布鲁克先生，我便想，即使把这小小的秘密藏上几天，也不会怪我的。我真傻，以为没有人知道，而当我考虑怎么回答时，我觉得自己就像书里头那些惹上这种事的女孩子。原谅我，妈妈，我做的傻事现在得到了报应；我再也没脸见他了。”

“你跟他说了些什么？”马奇太太问。

“我只说我年龄小，还不考虑这种事情，说我不想瞒着你们，他必须跟父亲说。我对他的善意万分感激，愿做朋友，但仅此而已，其他以后再说。”

马奇太太露出了欣慰的笑容，乔拍手称快：

“你可真是不亚于卡罗琳·珀西，堪称谨言慎行的楷模哩！往下说，美格。他看了怎么说？”

“他回信的写法完全不同，说从来没有寄过什么情书。他很遗憾，我那调皮捣蛋的妹妹乔竟这样轻薄我们的名字。信中态度和善，毕恭毕敬，但想想我有多尴尬！”

美格靠在母亲身上，成了绝望的翻版。乔急得直骂劳里，一面在屋里团团乱转。忽然，她停下来，拿起两张纸条，细细比看了，断然说道：“我看，布鲁克根本没有见过这两封信。都是特迪写的，他把你的信留着，用来奚落我，谁叫我不把秘密告诉他。”

“不要藏什么秘密，乔。告诉妈妈，远离麻烦，我本该那么做的。”美格警告道。

“好家伙，孩子！妈妈说过的。”

“行了，乔。我安慰美格，你去把劳里找来。我要细查此事，立即终止这出恶作剧。”

乔跑出去了，马奇太太轻声跟美格说出布鲁克先生的真实感情。“嗯，乖乖，你自己的意思呢？是否爱他？爱得足以等到他有能力为你组织家庭的那一天？或者你宁可暂时无牵无挂？”

“我吃够了担惊受怕的苦头，起码很长一段时间，我都不想跟情郎有什么瓜葛了，也许永远都不。”美格使着性子说道。“如果约翰不知道这桩荒唐事，那就别告诉他，让乔和劳里别嚼舌头。我不想被人蒙在鼓里当傻子耍——有多难为情啊！”

马奇太太看到向来温柔的美格被激怒了，恶作剧伤害了她的自尊心，于是安慰美格，向她保证闭口不提此事，以后也会审慎处理。听到过道里传来劳里的脚步声，美格立刻跑进了书房，马奇太太独自接见了罪人。乔怕他不肯来，没有告诉为什么找他。可他一看到马奇太太的脸就明白了。他站在一边转着帽子，一副惭愧的样子，一看就知道是他干的。乔被支开了，但她在过道里踱来踱去，宛如害怕犯人跑掉的哨兵。客厅里说了半个钟头，声音忽高忽低，可接见时到底发生了什么，姑娘们都不知道。

她们被叫进来时，劳里站在母亲身旁，一脸悔过的样子，乔当场就原谅他了，只是觉得此时表露出来并不明智。劳里低声下气地向美格道歉，听到劳里保证布鲁克对此玩笑一无所知时，美格心里大为宽慰。

“我到死都不会跟他说——惊马也休想从我这里拖出半点口

风。美格，请原谅我。为了表示我不折不扣的歉意，我愿意为您做牛做马。”他接着说，一副羞愧难当的样子。

“我尽力吧。可这样做确实没有绅士风度。想不到你竟然会这么狡诈，这么恶毒。”美格答道。她尽量用严肃的语气责备劳里，借以掩饰少女的尴尬。

“总之，这实在可恶，一个月没人理我，也是活该，可你还是会理我的，是吧？”劳里拱起双手抱拳，做出一个恳求的姿势，那语气的说服力简直无法抗拒。虽然他干了坏事，可大家没法再对他横眉冷对。美格原谅了他，马奇太太虽然努力显得严肃，可听到他宣称愿意做牛做马来赎罪，又在受辱的小姐面前表现得低声下气，她板着的脸也舒展开来。

这时，乔远远地站在一边，试图要硬了心肠对待劳里，也就装出一副不以为然的样子。劳里瞟了她两眼，可她毫无容情之意，他深受冤屈，于是转身背对着她。等到其他人都说完了，劳里深深地向她鞠了一躬，然后一声不吭地走了。

劳里一走，乔就后悔，自己应该再宽容些的。等母亲和美格上了楼，她又感到一阵寂寞，渴望着见到特迪。犹豫片刻之后，她还是控制不了这种冲动，便抱上一本要还的书，来到了大房子。

“劳伦斯先生在吗？”乔问正在下楼的女仆。

“在，小姐。恐怕暂时不想见人。”

“怎么啦？病了吗？”

“唉，不，小姐。他刚跟劳里少爷吵了一架。少爷不知怎么了，大发脾气，使老先生大为恼火，我也不敢靠近他。”

“劳里在哪里？”

“自己锁在房间里，我敲了半天，就是不开门。饭菜已经做好了，没人吃，不知道该怎么办。”

“我去看看是怎么回事。他们两个我谁都不怕。”

乔上楼，猛敲劳里小书房的门。

“别敲了，小心我开门收拾你！”小绅士朝门外扬言道。

乔马上又敲，门突然开了。劳里还没回过神来，乔就跳了进去。乔看到劳里真的在发脾气，可她知道怎么对付他。于是，她摆出一副懊悔的样子，双膝款款跪下，温顺地说：“我脾气不好，请原谅我吧。我是来讲和的，你不答应，我就不走了。”

“没关系，起来吧，别做憨鹅。”她的请求得到了这么一个简慢的回答。

“谢谢，我会的。请问出了什么事？你似乎心里不大畅快。”

“我被人推搡了，忍无可忍！”劳里愤怒地吼道。

“谁推搡你了？”乔问。

“爷爷。如果换了别人，我早就——”受伤的年轻人右臂狠狠一挥，把话止住。

“那有什么。我也常常推搡你，你不生气的。”乔安慰道。

“呸！你是姑娘家，那样推搡很来劲。但不允许男人推搡我。”

“如果你像现在这样暴跳如雷，我想没人要一试身手的。爷爷为什么那样对你？”

“就因为我不肯告诉他，你妈妈为什么把我叫去。我答应过不说的，当然不能食言。”

“难道不能换个说法满足爷爷吗？”

“不能，他就是要说出真相，全部真相，只说真相。假如能不牵涉到美格，倒可以告诉他我那部分糊涂真相。既然不能，我便一言不发，由他去骂，最后老头竟一把抓住我的领口。我气坏了，赶紧脱身溜掉，担心自己失控。”

“这样是不对，但我知道他后悔了，还是下去和解吧。我来帮你说。”

“死也不去的！我不过开了一个玩笑，难道你们要人人教训一顿，痛打一下不成？我是对不起美格，也已经堂堂正正地道了歉；没有做错事的话，是不会再干的啦。”

“但他并不知道的呀。”

“他应该信任我，不要把我当婴儿对待。没有用的，乔，他得明白我能够照顾自己，不需要拉着人家的围裙带子走路的。”

“你们都是辣椒罐子！”乔叹道，“你打算这事怎么解决？”

“哦。爷爷应该道歉。说过这大惊小怪的事不能告诉他，就应该相信我的。”

“哎呀！他不会道歉的。”

“不道歉就不下去。”

“哎，特迪，理智一点。就让这事过去吧，我会尽力解释清楚的。总不能老待在这里吧，这样夸张有什么用呢？”

“我本来就不打算在这里久留。我要悄悄溜走，浪迹天涯，爷爷想我时，很快就会回心转意了。”

“但恐怕不该这样让他担心的。”

“别说教了。我要去华盛顿看布鲁克。那地方充满乐趣，我要丢下忧愁，痛快一下。”

“那样多有趣！恨不得我也能出走。”乔脑海里泛起一幅幅生动的首都军营生活画面，立刻忘记了自己的良师益友角色。

“那就一起走吧，嗨！为什么不呢？你给父亲一个惊喜，我给布鲁克一个突然袭击。这个玩笑妙不可言。干吧，乔。我们留一封平安信，然后立即开拔。我有足够的钱。你是去看父亲啊，有百利无一害的。”

乔一度似乎就要同意了，这个计划虽然轻率，却正合她的性格。她早已厌倦了操心和禁闭的生活，渴望改变一下环境，想到父亲，想到新奇、充满魅力的军营和医院，想到自由自在的游乐生活，那是多么令人向往。她憧憬地向窗外望去，眼睛闪闪发亮，但目光落到了对面的老屋上面。她摇摇头，伤心地作出了决定。

“假如我是个男孩子，我们就可以一起出走，玩个痛痛快快；但我是悲惨的女孩子，只能规矩待家里。别引诱我了，特迪，这是个疯狂的计划。”

“乐趣正在这里呀。”劳里说。他天生任性，冲动之下，疯狂地打算冲破束缚。

“住嘴！”乔捂着耳朵叫道，“‘装腔作势’就是我的宿命。我趁早认命吧。我是来感化的，不是来听你说令我落荒而逃的勾当的。”

“我知道美格会给这种计划泼冷水，还以为你更有胆识呢。”劳里用激将法。

“坏小子，收声吧！坐下好好反思自己的罪过，别煽动我罪上加罪。如果我动员你爷爷来向你赔个不是，你就不出走了吧？”乔严肃地问。

“是啊，但你办不到。”劳里答道，他愿意“和解”，但觉得必须先平息自己的怨气。

“我既然能对付小的，就能对付老的。”乔走开时咕哝着。劳里双手托着脑袋，盯着铁路图看。

乔敲响了劳伦斯先生的门。“进来！”老先生的声音听起来更加沙哑了。

“是我呀，先生，来还书的。”她泰然地回答，说着走了进去。

“还要再借吗？”老人脸色十分难看，心烦意乱，却尽量掩饰着。

“要的。我迷上了约翰逊[1]，想读读第二部的。”乔答道，希望靠再借一本鲍斯韦尔[2]的《约翰逊传》，来平息老人的心情，他曾经力荐这本生动传神的著作。

他把踏梯推到放约翰逊文学的书架前，紧锁的浓眉舒展了一些。乔跳上去，坐在踏梯顶上，假装找书，心里却在盘算着怎样开口，才能提起她来访的危险目的。劳伦斯先生似乎猜到了她心里有事，他在屋子里快步兜了几圈，然后转头看着她，突然发问，吓得乔失手，《拉塞拉斯王子传》[3]封面朝下扑到了地上。

“那孩子干了些什么？别护着他。看他回来时那副架势，我就知道肯定淘气了。他一句话都掏不出来。我就扬言要推搡他，逼他说出真相，他就冲到楼上，把自己锁在房间里。”

“他是做错了事，可我们原谅他了，而且都答应跟谁也不说的。”乔迟疑地说。

“那不行，不能因为你们姑娘们心肠软就答应，便可以逍遥躲起来了。如果他干了错事，就应该坦白道歉，并受到惩罚。说出来吧，乔，我可不想被蒙在鼓里。”

劳伦斯先生脸色可怖，声调严厉，可能的话，乔真想拔腿就跑。但她正坐在高高的踏梯上，而他就站在脚下，俨如一只挡道的狮子。她只好原地不动，鼓足勇气开了口。

“真的，先生，不能说。妈妈不许说。劳里已经坦白了，道

1 Samuel Johnson，英国作家、文学评论家和诗人，代表作《英国大辞典》。

2 James Boswell，苏格兰传记作家，代表作《约翰逊传》。

3 约翰逊的一部富于道德和哲学思索的小说。

歉了，并受到了足够的重罚。我们不说出来，不是护着他，而是要护着另一个人。如果你干预，只会增加麻烦。请高抬贵手不管吧。我也有部分责任，不过现在没事了。我们还是把它忘掉，谈谈《漫游者》或什么令人愉快的东西吧。”

“去他的《漫游者》！爬下来向我保证，我家那冒冒失失的小子没有做出什么忘恩负义、鲁莽无礼的事情。如果他做了，尽管你们对他这么好，我还是要亲手鞭打他。”

此话听起来十分可怕，却并没有吓倒乔；她知道这个性格暴躁的老头绝不会动他的孙子一个指头的，不管他怎么扬言。她顺从地走下踏梯，把恶作剧尽量轻描淡写地复述了一遍，既不泄露美格，也不遗漏事实。

“嗯——哈——好吧，要是这孩子不肯说，不是由于顽固不化，而是由于答应过你们，那就饶他算了。他很固执，很难管的。”劳伦斯先生说着，一边不停地搔头发，直到头上仿佛被大风吹过一样怒发冲冠。这时，他松了口气，紧皱的眉头也舒展开来。

“我也很固执，千军万马都管不了我，可一句好话就能让我服服帖帖的。”乔努力为朋友说句好话。要知道，劳里是刚摆脱了一种困境，又陷入了另一种麻烦。

“你觉得我待他不好，是吧？”老人厉声对道。

“天哪，不是的，先生，您有时候待他太好了。他考验您的耐心时，您就会急不可耐，恨铁不成钢的。您看是不是这样？”

乔决定一吐为快，表面上尽量显得平静，不过等她壮着胆子说完后，不由得哆嗦了一下。老人只是把眼镜啪地往桌上一扔，坦诚地大声道：“没错，丫头，是这样！我爱这孩子，可他常让我受不了，要是我们老是这样，真不知道该如何了结。”这回答虽然出乎意料，却使她松了口气。

“我跟您说吧，他要出走。”这话一出口，乔就后悔了。她本意是告诫老人，劳里不会忍受太多的束缚，希望他更加容忍这小伙子。

老先生红润的脸立刻就变色了。他坐下来，沮丧地朝挂在桌子上方的美男子像瞟了一眼。那是劳里的父亲，年纪轻轻就出走了，违拗这位固执老人的意志结了婚。乔猜想他勾起了往事，并为之深感遗憾。真希望刚才自己什么都没说。

“除非他真的心烦意乱，不然不会这么做的。有时他书读厌了也会说，可那只是说说而已。我倒常想出走，特别是剪了头发以后。所以，要是您发现我们丢了的话，可以发个寻人启事，找两个男孩子，也可以到开往印度的船上找找。”

她边说边笑，劳伦斯先生神态放松了，显然只把这当成了一个笑话。

“你这淘气鬼，怎么敢那样讲？眼里还有我吗？这么没规矩。愿上帝保佑他们！如今的姑娘、小伙子真是麻烦，可少了他们，我们也活不了。”说着，他愉快地在乔脸上捏了一把。“去，叫这孩子下来吃饭，告诉他没事了，叫他最好别在爷爷面前哭丧着脸。那样，我受不了。”

“他不会来的，先生。他心情很坏，当时说不便跟您说，您却不信。我想您的推搡大大挫伤了他的感情。”

乔努力装出一副可怜的样子，可肯定没成功，因为老先生忍不住笑了，乔明白大功告成了。

“那事我很抱歉，我想，还得感谢他没有推搡我。那小子到底想要什么呢？”老人对自己暴躁的脾气显得有点惭愧。

“先生，如果我是您，就会给他写一封致歉信。他说，您不道歉，他是不会下楼的。他还谈到了要出走华盛顿，而且越说越荒唐。一封正式的致歉信会让他明白自己是多么愚蠢，再说，他也会和颜悦色地下楼。写一封吧，他喜欢开玩笑，这比说嘴好多了。我拿上去，教他该怎么行孝道。”

劳伦斯先生瞪了她一眼，戴上眼镜，慢慢地说：“真是个狡猾的丫头，可被你和贝丝摆布，我也不在乎。好吧，拿纸来，让我们把这无聊的事情结束掉。”

这封信言辞恳切，就像一位绅士深深得罪另一位绅士后表达歉意。乔在老先生的秃顶上丢下了一个吻，跑上楼把致歉信从劳里的门缝下面塞进去，透过钥匙孔劝他要听话、有涵养，又讲了一些好听的大道理。看到门又锁上了，她便把信留在那儿发酵，自己则打算悄悄走开，可年轻人已经从楼梯扶手上滑了下去，站在下面等她，面孔流露出一种无比贤明的神情。“你真是好人，乔！刚才有没有挨训？”他笑着说。

“没有，总的说来，他相当心平气和呢。”

“啊！我全想通了。连你都把我丢弃在那里，我感到要去见鬼了呢。”他内疚地说。

“别这么说，翻开新的一页，重新开始，特迪，我的孩子。”

“我不断翻开新的一页，又一一糟蹋掉，就像小时候糟蹋掉抄写本一样，我开的头太多了，永远不会有终结的。”他悲哀地说道。

“去吃你的饭吧，吃过就会好受些。男人肚子饿的时候喜欢发牢骚。”乔说完飞步走出了前门。

“这是对‘我派’的‘标榜’。”劳里学着艾美的话回答，孝敬地陪爷爷进赔罪餐去了。此后一整天，老人心情奇佳，言谈举止也特别谦和体谅了。

大家都以为乌云散去，事情就此了结，可毕竟创伤已经无法弥补，别人可以忘了，美格却还记得。她从不跟人提及某人，可又常常想起他，也做了更多的梦。有一次，乔在姐姐的书桌里翻箱倒柜找邮票时，发现了一张小纸片，上面潦草地写满了“约翰·布鲁克太太”。乔见了悲叹着把它扔进了炉火中，觉得劳里的胡闹加快了那罪恶一天的到来。

第二十二章

怡人的芳草地

此后的几个礼拜相安无事，犹如暴风雨后阳光普照。两个病人都迅捷康复，马奇先生来信提起，新年初就可以回家了。贝丝很快便可以整天躺在书房的沙发上玩乐，起初是跟那几只宠猫玩，后来便惦记起了缝洋娃娃的活计，工期已经延误，让人伤心。她那灵活的四肢如今变得僵硬无力，乔每天得奋臂把她抱到屋外透透空气。美格愉快地为“乖乖女”烹调各式美味伙食，把白皙的双手熏得黑糊糊的；而艾美，这位小圈子的忠实仆从，则费尽唇舌地劝说姐姐们接受她的宝藏，以庆祝她的回归。

圣诞节一天天临近了，屋里开始弥漫起一股惯常的神秘气氛。乔为这个不同寻常的“快乐圣诞”拼命献计献策，提出了许多完全不可能做到或荒唐无稽的庆祝活动，常常令全家人捧腹大笑。劳里同样脱离实际，竟然异想天开，要点篝火、放焰火、搭凯旋门。大家唇枪舌剑，各不相让，最后，那双雄心可嘉的朋友终于偃旗息鼓，绷着脸东奔西走，大家正以为他们已经打住了，却又看到两人凑到一起，一个劲儿地哈哈大笑。

几天来，天气异常温暖，正好预示着一个阳光灿烂的圣诞节。汉娜“从骨子里感到”圣诞节将是一个特别晴好的日子。她果然预测得好准，人人都心想事成，事事都进展顺利。首先，马奇先生来信说，他很快就要与家人团聚；其次，那天早上，贝丝身体感觉非常舒服，便穿上了妈妈的礼物——一件柔软的深红色美利奴羊毛大衣——被隆重背到窗前观看乔和劳里送的礼物。两位“无敌将军”为了使自己名副其实，宛如两个小精灵，通宵达旦，竟在一夜之间搞出了一个妙趣横生的奇迹。外面花园里竖起了一个高贵的白雪少女，头戴冬青花冠，一手挎着装满水果和鲜花的篮子，另一只手里拿着一大卷新乐谱；她冰冷的肩膀上围着一根五彩缤纷的阿富汗围巾，嘴上还挂着一首圣诞颂歌。歌词写在一面粉红色的纸幡上：

高山少女致贝丝

上帝保佑你，亲爱的贝丝女王！
　在这圣诞节里，
愿你永不沮丧，
　健康、平和、快乐，都属于你。

送上水果给勤劳缝纫女品尝，
　鲜花让鼻子享用；
送上乐谱小钢琴上弹奏，
　送上阿富汗披巾让她翩翩起舞。

送上乔安娜的画像，喏，
　出自拉斐尔第二啊，
为了画得栩栩如生，

她可是不辞辛劳。

请笑纳一条红绸巾，
来点缀“喵喵小姐”的尾巴；
还有好佩吉做的冰淇淋——
桶装勃朗峰。

我的塑造者把他们的挚爱
打进我冰雪的心胸：
请从乔和劳里的手中接过去
收下吧，连同这位阿尔卑斯少女。

贝丝见了，笑得好不开心，劳里跑上跑下运礼物，乔则滑稽可笑地发表致词，奉上礼物。

激动时刻过后，乔把贝丝抱到书房休息。贝丝吃着“高山少女”送的美味提子提神，心满意足地叹息道：“我感到太幸福了，只要爸爸在，我就美满了。”

“我也一样。”乔拍拍装着终于到手的《水精灵》的口袋说。

“我当然也一样。”艾美响应道。她正在端详母亲镶在精致画框中送的版画《圣母和圣婴》。

“我也是！”美格叫道。她正在抚摸绸缎裙子的银闪闪褶子，这是她平生第一件绸缎服装，是劳伦斯先生一定要送给她的。

“我又怎么不是呢？”马奇太太看看丈夫的来信，又看看贝丝的笑脸，轻轻抚摸着那枚刚刚由女儿们别在胸前，用灰色、金色、栗色和褐色头发做成的胸针，心中充满感激之情地说。

在这个平淡无奇的世界上，偶尔会发生像小说书里那样饶有趣味的事情，那该是多大的安慰。半小时前，大家说，全家很幸福，只差一件事就美满了，没想到，这好事就来了。劳里打开客厅的门，悄悄地探头进来。他好像刚翻了个筋斗，又像印第安人那样刚呐喊过，脸上洋溢着抑制不住的兴奋，声音也带着诡秘的喜悦，大家见了都跳了起来。他只是气喘吁吁，语气诡秘地说："还有一件圣诞礼物，送给马奇大家庭。"

还没等把话说完，他就不知怎么闪开了。在他的位置上出现了一位男子，只见他高高的个子，头上用围巾包得严严实实，露出两只眼睛，由另一个高个子搀扶着。他想说点什么，可又没能说出口。大家蜂拥而上，好几分钟，跟发了疯一样，做出了最古里怪气的事，可谁都没讲一句话。四双充满浓浓爱意的手臂把马奇先生抱了个严严实实；乔差一点都要昏过去了，不得不被扶到瓷器储藏室接受劳里的治疗，这令她大为丢脸；布鲁克吻了一下美格，他吞吞吐吐地说是完全出于误会；艾美向来稳重，可这回却被凳子绊了一跤，也顾不得爬起来，就抱住爸爸的靴子大喊大叫，十分感人。马奇太太第一个回过神来，举起手警告大家："嘘！别忘了贝丝在休息！"

可已经晚了，书房的门飞快地打开，门口出现了披红色晨衣的小人儿，喜悦给虚弱的四肢增添了力气，贝丝径直扑到了父亲怀里。这以后发生的事已不再重要，因为大家心头洋溢着快乐，它冲走了往日的苦涩，留下的尽是现在的甜蜜。

有件事不算浪漫，由衷的一笑使大家都清醒过来。她们看到汉娜站在门后，手里捧着一只肥大的火鸡，呜咽着。她刚才冲出来的时候，忘了把火鸡留在厨房里了。等笑声平息了下来，马奇太太便感谢布鲁克认真护理丈夫，这也让布鲁克突然想起马奇先生需要休息。他拉过劳里，匆匆告退了。接着，大家要两位病人休息，他们只得从命。他们坐在同一把大椅子上，聊个不停。

马奇先生说，早就想给大家一个惊喜，天气一放晴，就得到医生允许，趁此机会出院。他谈起了布鲁克悉心的照料，是一位多么正直、可敬的年轻人。马奇先生说到这里停了下来，瞟了一眼美格，只见她正在使劲地捅炉火。他接着又满脸疑惑地皱起眉头，看了看妻子，至于他为什么这样，读者心知肚明。还有，马奇太太微微地点了点头，突然问丈夫要吃点什么，至于这又是为什么，也留给读者去猜想。乔见到这神色，马上就明白了，于是她沉着脸去取葡萄酒和牛肉汤，一边砰地关上门，一边顾自嘟哝着："我恨死了棕色眼睛的年轻人！有什么可敬的？"

从来没有吃过那么丰盛的圣诞大餐。汉娜端上来的大火鸡，真是一道奇观。火鸡肚子里塞着满满的作料，外皮烤得棕黄，而且还点缀了蔬菜。葡萄干布丁也引得人口水直流，放到嘴里就化掉了。还有果子冻，艾美陶醉得像一只掉进蜜罐里的苍蝇。一切都是那么美好，真是上天保佑。汉娜说："太太，我刚才真是昏了头，幸亏，我没有烤布丁，没有把葡萄干塞到火鸡里头，更不用说把火鸡包在布里炙（煮），真是个寄（奇）迹。"

劳伦斯先生祖孙俩过府来共进大餐，布鲁克先生也在座——乔恶狠狠瞪着他，逗得劳里乐不可支。贝丝和父亲并排坐在桌子正座的两把安乐椅上，只吃一点点鸡肉和水果。他们为健康而干杯，讲故事、唱歌，还有如老人们所说，"叙旧"，真是一段无限美妙的时光。本来打算去乘雪橇，可姑娘们不愿离开父亲，所以客人们早早就告辞了。夜幕降临，幸福的一家子围坐在炉火边。

大家尽情地聊天，随后是一段短暂的沉默。接着，乔先开口了："就在一年前，也是平安夜，我们个个都在发牢骚，抱怨倒霉的圣诞节来临。还记得吗？"

“这一年总的说来还算顺利！”美格面对炉火满脸笑容地说，庆幸自己体面地招待了布鲁克先生。

“我觉得这一年挺苦的。”艾美说，一边看着自己闪闪发光的戒指，两眼若有所思。

“总算过去了，我很高兴，因为把您盼回来了。”贝丝坐在父亲的腿上，轻声说道。

“你们走的路确实有不少磨难，小朝圣者们，特别是后半段。可你们勇敢面对，我相信，不久你们的担子就能落地。”马奇先生慈祥地看着围坐着的四张小脸，满意地说。

“您是怎么知道的？妈妈跟您说的吗？”乔问。

“说了没多少，草动知风向嘛，我今天就有一些发现。”

“哦，跟我们说说是哪些！”坐在身边的美格喊道。

“这里就有一个！”他拿起一只放在椅子扶手上的手，指点着粗糙的食指、手背上一点烫伤的疤，还有手掌上的两三个老茧。“我还记得，这手以前是又白又嫩，你最关心的就是保养它。那时确实很美，可在我看来，现在更美——因为透过这些表面的瑕疵，我可以知道一个个故事。对名利场进行了一次燃烧燔祭嘛，这硬结的手掌赢得的远不止是水疱。我相信，这些针刺累累的手指做出的针线活一定很耐用，因为针针线线都包含了良好的祝福。美格，乖乖，比起那些白皙的手和时髦的才艺，我更看重这种妇人的手艺，因为它能为家庭带来幸福。能握一下这善良、勤劳的小手，我感到自豪，真希望不会很快有人恳求我放掉它[1]。”

如果美格长期的耐心劳作需要回报的话，那么在父亲有力的握手和赞许的笑容里，她已经得到了一切。

1　英语中的双关语，指允婚。

“那乔呢？请夸她一下。她也那么辛苦，对我又那么好。”贝丝在父亲耳边嘀咕。

他笑着，往坐在对面的高个女孩看去，只见棕色的脸上带着异常温柔的神情。

“尽管留着一头短卷发，可看不到一年前离开时的那个‘乔小子’了。”马奇先生说，“我看到的是一位年轻小姐，领头别得挺直，鞋带系得整齐，不吹口哨，不说土话，也不像以前那样躺在地毯上了。现在又护理又操心，脸都变得消瘦苍白，可我喜欢看，因为这样更文气。嗓门也没那么大了，不再蹦蹦跳跳，走路也文雅了，还能像妈妈一样照顾某个小孩了，我真高兴。很想念那个野姑娘，可要是代之以坚强、乐意帮人、心地善良的妇人，我会非常满意。不知道我家爱捣蛋的黑绵羊[1]是不是因为剪了毛而变得文静，可我敢肯定，找遍整个首都，都没有一样好东西，值得用乖女儿捎来的二十五元买下来。”

听罢父亲的夸奖，乔那明亮的双眼一时有点模糊，消瘦的脸蛋在火光映照下变得红润起来，心里觉得自己是该夸奖一下。

“现在该轮到贝丝了。”艾美说。她渴望轮到自己，可她愿意等。

“对她没什么可说的，怕说多了她要溜走。不过她已经不像过去那样害羞了。”父亲乐呵呵地说。一想到自己差一点就失去了她，父亲抱紧贝丝，脸紧贴在一起。他体贴地说：“总算没事了，我的贝丝，我要你平平安安，愿上帝保佑。”

在片刻沉默之后，父亲低头看着坐在脚边矮凳上的艾美，摸

1　英语成语，指害群之马。是双关语，比喻乔剪了头发贴补家用，又指黑绵羊剪了毛便无害了。

着她发亮的头发说：

“我发现，艾美吃饭的时候，吃鸡腿了，整个下午都在给妈妈跑腿，今天晚上又给美格让座，耐心地为大家服务，而且乐意这么做。我也看到她不再烦恼，也不照镜子了，也不炫耀手上的漂亮戒指。所以我敢肯定，她已经学会了多为别人着想，少为自己考虑，下定决心培养自己的优秀品格，跟她塑造小泥人一样用心。为此，我很高兴。我为她塑造出优美雕像感到自豪，更为有这样一个可爱的女儿，一个有才干为己为人创造美丽人生的女儿，而感到无比自豪。”

“你在想什么，贝丝？”当艾美谢过父亲并介绍了戒指的来历后，乔问。

“今天我读《天路历程》，读到基督徒和希望徒排除万难，来到一片长年开满百合花的怡人的芳草地，在那儿愉快地歇息，如我们现在一样，然后继续向目的地挺进，”贝丝答道，一面从父亲的臂膀中溜脱出来，慢慢走到钢琴前说，“唱圣歌时间到了，我想回到老位子。我来试唱朝圣者们听到的那首牧童歌。爸爸喜欢这歌词，我特地为他谱了曲。”

说着，贝丝坐到宝贝钢琴前，轻轻触动琴键，边弹边唱。那柔美的声音恍如隔世之音，他们以为再也无缘听到了。这首古雅的赞美诗仿佛专为她而作：

下位者无惧跌落，
　低贱者无需自尊；
卑下者心中，
　自有上帝做引导。

我心常知足，

　贫富不能移；

主呵！我求知足乐，

　只因此乐主珍惜。

漫漫朝圣旅，

　担子满沉重；

此生微小，来世极乐，

　生生世世最快乐！

第二十三章

姑婆解决问题

第二天，母女几个围着马奇先生团团转，宛如蜜蜂簇拥着蜂王。她们把一切都抛到脑后，只管伺候这位新到的病人，注视着他，听他说话，使他招架不住，真是好心也杀人。他搁着腿坐在大椅子里，靠在贝丝坐的沙发旁边，其他三个女儿围在身边，汉娜不时地探头进来，“偷偷地看一眼亲人”，大家其乐融融，一切都显得完美无缺。可家里就是缺了点什么，大人们都觉察到了，不过谁都不愿承认。马奇夫妇把目光追随着美格，焦躁地面面相觑。乔有时突然严肃起来，还看到她对着布鲁克先生留在过道里的伞挥拳头。美格心不在焉，羞得一言不发，一听到门铃响就心惊肉跳，一听到约翰的名字就满脸通红。艾美说：“大家好像都在等什么，坐立不安，这就奇怪了，爸爸都已经平安到家了。”贝丝天真地纳闷儿，她家的邻居怎么突然不来了。

下午劳里路过，看到美格坐在窗边，仿佛一下子心血来潮，单膝跪在雪地上，捶胸扯发，还哀求地抱拳，犹如乞讨什么恩典。美格叫他放尊重一点，命他走开，他又用手帕绞出几滴假泪，然后摇摇晃晃转身而去，仿佛伤心欲绝。

“那憨头鹅是什么意思？”美格笑着明知故问。

“他在向你示范，你的约翰以后会怎么做。感人吧？”乔奚落道。

“别说‘我的约翰’，这不礼貌，也并非事实。”但美格的声音却恋恋不舍这几个字，仿佛听起来很悦耳。“请不要烦我了，乔，跟你说过的，我对他并没有怎么，这事也没什么可说的，还像以前一样朋友来往。”

“我们可办不到啊，都已经说出口了的。对于我来说，劳里的恶作剧已毁了你。我看出来了，妈妈也一样。你一点也不像过去的你，似乎离我那么遥远。我不想烦你，而且会像男子汉一样承受此事，但我很想把它解决掉。我痛恨等待，所以如果你真有意的话，就请抓紧时间，赶快了断。”乔没好气地说。

“他不开口，我可没法乱说乱动，而他不会说的，因为爸爸说我还太小。”美格说，一面低着头做活，脸上露出一丝异样的微笑，表明在这一点上不苟同父亲的意见。

“要是他真的开口了，你会不知道怎么说好，只会哭鼻子，脸红，让他遂心如意，而不是好好地、坚决地说一声‘不’。”

“我可不是你想象的那么傻，那么软弱。我知道该说什么的，已经计划好了，免得措手不及。谁也不知道会发生什么事，我希望自己有备无患。”

看到姐姐不知不觉摆出一副煞有介事的神气，就像脸颊上两朵美丽的红晕，变幻不定，十分好看，乔禁不住微笑起来。

“不介意告诉我你会说什么吗？”乔肃然起敬地问。

“不介意。你也十六岁了，完全可以参与我的心事。再说你以后要碰到这种事情，我的经验或许会对你有用。”

“不打算碰到的。看别人谈情说爱倒是挺带劲的，但自己坠入情网时，我会觉得愚不可及。”乔说。想到这，她不觉惊恐万状。

“我看不会的，如果你很喜欢一个人，而他也喜欢你的话。”美格仿佛在自言自语，说完向外面的小巷望去。夏日黄昏时，她常常看到恋人们在这里双双散步的。

“我想你是准备把这番话告诉那个男人吧。”乔不客气地打断姐姐的遐想。

“哦，我只会平静、干脆地说：‘谢谢你，布鲁克先生，你的心意我领了，但我和爸爸都认为我还太年轻，目前不宜订婚。此事请不要再提，咱们还是一样做朋友吧。’”

“哼！真够刚强、够漂亮！我不信你会这样说，我看即使说了他也不会甘心。如果他像小说里头那些失恋者一样纠缠不休，你就会答应他，而不愿伤害他的感情。”

“不会的。我会告诉他我主意已定，然后很有尊严地退出房间。”

美格说着站起来，正准备排练那尊严告退的一幕，过道里却传来脚步声。她飞快地坐到座位上，做起了针线活，仿佛有人给规定了时间，要缝完才能活命。见到这个突变，乔强忍着笑。听到有人轻轻地敲门，乔板着脸开了门，那样子很不客气。

“下午好。我来拿伞——也就是看看你爸今天怎样了。”布鲁克先生问，看着两张爱憎分明的脸，心里有点迷惑不解。

“很好，爸爸在搁架上，我去拿，跟伞说你来了。”乔回答时把父亲和雨伞张冠李戴了。她悄悄溜出房，让美格有机会表明心迹、保持尊严。可是，乔一走，美格就侧身往门口走，低声说：“妈妈想见你，请坐，我去叫她。”

“请别走，你怕我吗，玛格丽特？”布鲁克先生一副痛心的神情，以致美格以为自己一定做了很无礼的事。她立刻满脸通红，布鲁克从来都不叫她玛格丽特的；同时也感到惊奇万分，怎么听他叫会这么自然，这么动听。她急于显得友好、自在，伸手做了个信赖的姿势，感激地说：“你对爸爸那么好，我怎么会怕呢？只想着要好好谢你呢。”

“要我告诉你怎么谢吗？”布鲁克问，双手一把抓住美格的小手，低头看着她，棕色的眼睛里充满了浓浓的爱意。美格心跳得厉害，她既想逃开，又想留下来听个明白。

“不要，请别这样——还是别告诉吧。”她说着试图把手抽回来。尽管她不承认，可还是显得很害怕。

“我不会找你麻烦的，美格，只想知道，你是不是对我有点好感。乖乖，我是那么爱你。”接着布鲁克含情脉脉地说。

到时候了，该冷静地说那番正经话了，可美格没开口。她已经忘得一干二净，只低着头回答：“不知道呀。”说得那么轻，约翰不得不弯下腰才能听见这傻乎乎的回答。

他似乎觉得这个麻烦很值得，满意地顾自笑了笑，感激地紧握那只胖乎乎的手，诚挚地劝道：“你愿意设法弄明白吗？我很想知道，要弄清楚我最终能否得到奖赏，才能安心工作。”

“我太小了。”美格支支吾吾地说，纳闷儿怎么会这么心绪不宁，可心里还是暗自高兴。

“我可以等，与此同时，你可以学会喜欢我。这门课程是否很难呢，乖乖？”

“如果想学就不难，不过——”

“那就学吧，美格。我乐意教，这可比德语容易。”约翰打断她，把她另一只手也握住，这样她的脸便无处可藏，他可以弯下腰来端详了。

他的口气简直在恳求了，但美格含羞偷偷看了他一眼，却看到那含情脉脉的眼睛里藏着快活，脸上一副胸有成竹的微笑，十分得意，心中不觉恼火起来。此刻，她的脑海里浮现出安妮·莫法特教给她的愚蠢的卖俏邀宠课程，沉睡于大部分小妇人内心深处的支配欲在心中幡然觉醒，令她失去自制。她感到激动，她感到古怪，一时手足无措，仿佛心血来潮，竟把双手抽出，大惊小怪地说："我不想学。请走开。别烦我！"

可怜的布鲁克先生大惊失色，仿佛他那漂亮的空中楼阁在耳边轰然倒塌。他以前从来没见过美格发这样的脾气，心中不觉糊涂起来。

"你说的是真话？"他焦急地问，一边跟着拔腿就走的美格。

"不假。我不想为这种事烦恼。爸爸说我没必要。太早了，我还不想。"

"请问，你会慢慢改变主意吗？我会等，等你考虑考虑再说。别戏弄我，美格。我想你也不会那样的。"

"对我千万什么也别想，你不想也罢。"美格说。一句话既逞了自己的威风，又考验了情郎的耐心，她心中产生一股淘气的满足感。

他脸色阴沉下来，变得煞白，神态极像她所崇拜的小说主人公，但他既没有学他们拍额头，也没有在房间里踱步。他只是痴痴站在那儿，温情脉脉地看着她，她心里不由得软了下来。如果不是马奇姑婆在这有趣的当儿一瘸一拐地走进来，接下来会发生什么，就不得而知了。

老太太在户外透气，碰到了劳里，得知马奇先生已经回来了，她忍不住要看看侄子，就马上乘马车来看他。一家人都在后屋忙碌，她轻手轻脚地进来，希望给他们一个冷不防。她确实使其中的两位颇感意外，美格仿佛看到了鬼，吓了一跳，布鲁克先生则马上退入书房。

“天哪，这到底是怎么回事？”老太太看看脸色苍白的年轻人，又瞧瞧满脸通红的美格，把手杖一叩，大声喊道。

“那是爸爸的朋友。我被您吓了一跳！”美格结结巴巴地说，觉得自己这下又要被好好地训一顿了。

“显而易见的嘛。”姑婆边坐下边回答，“可你爸爸的朋友说了什么，让你脸红得像朵牡丹？里面肯定有鬼，我一定要搞清楚。”手杖又敲了一下。

“我们只是在聊天。布鲁克先生是来拿伞的。”美格开口了，但愿布鲁克先生已经拿着伞平安地走了。

“布鲁克？就是那男孩的家庭教师？啊，我明白了。我什么都知道了。乔在读你爸爸的一封信时，无意中说漏了嘴，我让她说了出来。孩子，你还没有答应他吧？”姑婆生气地喊道。

“嘘！他会听到的。要我把妈妈叫来吗？”美格心烦意乱地说。

“还不用。我要跟你说些事。必须一吐为快。告诉我，你想嫁给这个库克[1]？要是真的，我可一分钱都不会传给你。记住了，放明白一点。”老太太威严地说。

姑婆擅长激起那些温顺之人的逆反心理，并以此为乐。我们多数人骨子里都有一点任性，年轻的恋人们更是如此。如果姑婆恳求美格，要她接受约翰·布鲁克，美格可能会宣布她连考虑都不会考虑。可要是有人断然要求她不要喜欢约翰，她却马上会铁了心要喜欢他。倾慕加上任性使美格轻易就做出了决定。美格显得非常激动，以非凡的勇气拒绝了老太太。

1　这里马奇姑婆由于生气，一下忘了布鲁克的名字，把它说成了库克，下文的鲁克、布克也是如此。

“我爱嫁谁就嫁给谁，姑婆，把钱爱传谁就传给谁吧。”她说着坚定地点点头。

“放肆！我可是好意，你就这样对我，小姐？到草房里做你的爱情梦去吧，你会明白什么叫失败，到时会后悔莫及的。”

“总不会比豪宅业主的爱情差吧？”美格反驳道。

姑婆戴上眼镜，仔细地端详美格，从没见过这姑娘有如此的新脾气。美格也几乎不认识自己了，只觉得自己是那么勇敢、自立——能维护约翰，随意宣示自己爱他的权利，令她很高兴。姑婆发现自己出师不利，沉默片刻之后，她又另起炉灶，尽量温和地说：“好了，美格，好孩子，别乱来，听我的话。我是为你好，不想看到你第一步走错，毁了一生。你要嫁个有钱人，帮帮你的家。嫁给有钱人，是你的责任，你应该刻骨铭心。”

“爸爸、妈妈不会这么想的。他们知道约翰没钱，可还是喜欢他。”

“我的宝贝，你父母跟两个小孩子一样，不懂什么世故。”

“我就喜欢这样。”美格决不屈服。

姑婆没在意，继续开导她：“这个鲁克没钱，连个有钱的亲戚都没有，是吧？”

“是的，可他有很多热心的朋友。”

“你们不能光靠朋友度日。试试看吧，朋友会变得多么冷淡。他没职业，对吗？”

“还没有。劳伦斯先生会帮他的。”

“那长不了。詹姆斯·劳伦斯是个喜怒无常的怪老头，不可靠。那你打算跟这么个人结婚啰？一个没钱、没地位也没职业的人。你打算干得比现在更苦啊。其实，听我的话，好好做人，日子会过得很舒服的！美格，我原来以为你是明白人。”

“哪怕等上下半辈子，我也无法更好地做人！约翰很聪明，是个人才，勤劳肯干，肯定能干一番事业。他精力充沛，而且敢作敢为，大家都喜欢他，尊重他。我一个小姑娘家，没钱，什么都不懂，可他喜欢我，我感到很自豪。”美格说话真挚，显得比以往更加美丽动人。

“他可知道你有阔亲戚的，孩子，我猜，这是他喜欢你的秘诀。”

“姑婆，你怎么敢这么说？约翰不会这么卑鄙，要是你再这么说，我可不听了。”美格愤怒地喊道，这时她已忘记了一切，脑海里只有老太太不公正的猜测。“我的约翰不会为了钱结婚，我也不会。我们都肯干，愿意等。没钱我不怕，你看，我现在不是一直很幸福嘛。我相信，跟他在一起会幸福，因为他爱我，我——”

美格没有说下去，突然想起自己还未下决心，她刚才已经要“她的约翰”走开。他可能无意中会听到自己前后矛盾的话。

姑婆十分懊恼，她一心要为漂亮的侄孙女找一份美满姻缘，可姑娘年轻脸上的开心的神情使老太太感到伤心，气不打一处来。

“好吧，这事我可撒手不管了！你这个任性的丫头。尽做蠢事，你失去了很多，有些你甚至还不知道。不，我不耽搁了。对你很失望，没心思再看你爸爸了。出嫁时就别指望了，我什么都不给。你的布克先生有那么多朋友，他们会照顾你的。我跟你到此完了。”

然后，姑婆当着美格的面把门砰地关上，怒气冲冲地驱车走了。她仿佛把美格的全部勇气也卷走了，姑娘独自一个人站着发呆，不知道该笑还是哭。她还没回过神来，布鲁克先生就一把抱住她，一口气说道：“我不是有意偷听，美格。谢谢你替我说话。

我也要谢谢马奇姑婆，她证实了你真的有点喜欢我。”

“要是她不骂你，我也不知道我是多么喜欢你的。”美格说。

“我不用再走了吧，可以留下来快活吗，乖乖？”

这时本来又是一个好机会，美格可以发表决定性的讲话，然后体面地开脱。但美格从来都没有想过这么做，只是把脸靠在布鲁克的马甲上，温顺地喃喃道：“行，约翰。”这使她在乔面前永远都抬不起头来。

在姑婆离去一刻钟之后，乔轻轻走下楼梯，在大厅门口站一下，听到里头没有声音，便满意地点点头，笑着自语道：“她已按计划把他打发走了，此事已经了断。让我去听听这件趣事，痛痛快快笑一场。”

不过，可怜的乔永远也没笑成，她刚踏上门槛便怔住了。眼前的情景，使她的嘴巴张得几乎跟圆瞪着的眼睛一样大。她本来要进去为退敌而欢庆一番，称赞姐姐意志坚强，把要不得的情郎逐出家门，不料，却看见那位仇敌安详地坐在沙发上，而意志坚强的姐姐则端坐在他的膝上，脸上是一副天底下最卑鄙的百依百顺的表情。真是触目惊心啊。乔猛吸了一口冷气，犹如一盆冷洗澡水劈头泼下——形势急转直下，实在出乎意料，她不禁呼吸急促起来。听到奇怪的响声，那对恋人回过头来，看到了她。美格跳起来，神情既骄傲又腼腆，但“那个男人”，乔这样称呼他，竟自笑了起来，吻了吻惊得目瞪口呆的不速之客，冷静地说道：“乔妹妹，祝贺我们吧！”

这无异于伤害又加侮辱——实在太过分了——乔恼羞成怒，两手狠狠一甩，一声不吭地消失了。她跑上楼，闯进房间，痛心疾首地大叫，把两位病人吓了一跳：

“哎哟，谁快下楼来呀。约翰·布鲁克在做见不得人的事，美格还很高兴！”

马奇夫妇飞快地冲出房间。乔扑倒在床上，一边痛哭一边痛骂着，把这个可怕的消息告诉贝丝和艾美。不过，两位小妹妹却觉得这是件快事，还很有趣。乔未得到她们的同情，便躲上了阁楼，把满腹的牢骚向几只小老鼠倾诉。

没人知道那天下午客厅里发生的事。可大家聊了许多，一向不善言语的布鲁克先生滔滔不绝，这使朋友们都颇感诧异。他还热切地求婚，讲了他的打算，又说服大家一切都按他的想法来办。

喝茶的铃声响了，布鲁克还没讲完，正在描绘自己设想为美格创造的乐园。他自豪地陪同美格入席吃晚饭，两人都显得无上幸福。乔无心嫉妒，也无心沮丧。艾美被约翰的真情和美格的高贵深深地打动。贝丝远远地望着他们笑，马奇夫妇满意地、深情地审视着这对年轻人，毫无疑问，姑婆称他们“一对什么都不懂的小孩子”一点没错。大家都吃得不多，可都显得兴高采烈。家里有了第一件罗曼史，简直蓬荜生辉。

“现在，你不能说高兴事从来不进家门了吧，美格？”艾美问，一边盘算构思，如何把这对恋人双双画进画中。

“对，肯定不能这样说。我说这话以来，发生了多少事情啊！好像是一年前的事了吧。”美格回答。她此刻正在做着远远超越了面包黄油这类俗物的美梦。

“这次是欢乐紧跟悲伤而来，我倒以为转机开始出现了。”马奇太太说。“很多家庭不时会遇上多事之秋；这一年便发生了许多事情，但毕竟结局总算不错。”

“但愿来年的结局更好。”乔咕哝道。看到美格当着她的面迷恋一个陌生人，她心里难以接受哇。乔对一些人爱得颇深，唯恐会失去他们的爱，唯恐情意会浅下去。

“我希望从今年开始的第三年会有一个更好的结局。我看这是势在必行的，只要我能够实施自己的计划。”布鲁克先生笑微微地望着美格说，仿佛现在对于他来说，一切都成为可能的了。

“等三年是不是太久了？”艾美问，恨不得婚礼立即举行。

“我还有许多东西要学，还嫌准备时间显得太短呢。”美格回答，甜甜的脸上露出一种前所未有的严肃劲。

“等着就行了，活嘛我来干。”约翰说干就干，捡起美格的餐巾，脸上的表情令乔直摇脑袋。这时，前门砰地响了一声，乔松了一口气，自忖道：“劳里来了。我们终于可以谈点正经事了。”

但乔想错了。只见劳里心花怒放地跑进来，手里捧着一大束喜花送给“约翰·布鲁克太太”。他显然还执迷不悟，错把自己的乖巧张罗当成了这桩好事的促成要素。

“我早就知道，布鲁克一定心想事成的，他一向如此；只要他下定决心要做一件事，天塌下来也能做好。”劳里把花献上，又祝贺过了。

“承蒙夸奖，不胜感激。我把这话当作一个好兆头，这里就邀请你参加婚礼。”布鲁克先生答。他待人一向平和，连调皮捣蛋的学生也不例外。

“我即使远在天边也要赶回来参加，单单乔那天的脸色就值得我长途跋涉回来一看的啦。你好像不大高兴呢，小姐。怎么回事？”劳里问，一面跟着乔，和众人一起来到客厅一角迎接劳伦斯先生。

“我不赞成这桩婚事，但我已决定把它忍下来，一句坏话也不说。”乔严肃地说，“你不会明白的，失去美格有多么难受。”她接着说，声音微微颤抖。

“你并不是失去她，只是与人平分而已。”劳里安慰道。

“再也不会一样了。我失去了至亲至爱的朋友。”乔叹息道。

“但你有我呢。你看，我虽一事无成，但一定会和你站在一起的，一生一世。一定！我发誓！”劳里说话算话的。

“我知道你一定会的，我千恩万谢。你总是给我带来莫大的安慰，特迪。”乔答道，感激地握着劳里的手。

“嗳，好了，别愁眉苦脸的啦，好孩子。这事其实并没有什么不好。美格感到幸福，布鲁克跑动一下，很快就能安定下来的。爷爷会照顾他。看到美格住自己的小窝，该是多么快活。她走后我们会过得十分开心的。我很快就读完大学的，届时我们结伴出国，好好游览一下。这样你心里舒服了吧？”

“但愿如此。但谁知道这三年里会发生什么事情呢。”乔心事重重地说。

“那倒是的。难道你不想向前看，想象一下我们大家到那时有什么进展吗？我可想的。”劳里回答。

“不看也罢，我怕看到伤心事。现在大家都这么高兴，我想将来也不会更上一层楼的。”乔说着把房间慢慢扫视一遍，眼睛随之一亮，那边是风景独好。

父母亲坐在一起，静静地重温约二十年前初恋时的情景。艾美正在替那对情侣作画，他们坐在一边，沉醉在自己的美妙世界里，脸上闪着上帝恩宠的光辉，这是小画家所不能描摹的。贝丝躺在沙发上，与老朋友愉快地交谈。劳伦斯先生握着她的小手，觉得它好像具有一股力量，能引导他与她平静地同行。乔懒洋洋地躺在她最喜欢的矮椅子上，神色黯然而平静，这恰好是她自己的风格。劳里靠在她的椅子背上，下巴贴着乔的卷发头，笑容可掬，面对映着两人的长镜子，朝乔点点头。

人物聚齐，可以落幕，美格、乔、贝丝和艾美的故事也告一段落。帷幕是否再次拉起，全仰仗各位读者是否接受《小妇人》这部家庭剧的第一幕了。

读客
读客三个圈经典文库
经典就读三个圈　导读解读样样全

第二部

小妇人

[美]露易莎·梅·奥尔科特 著
王之光 译

读客三个圈经典文库
经典就读三个圈　导读解读样样全

江苏凤凰文艺出版社
JIANGSU PHOENIX LITERATURE AND ART PUBLISHING

图书在版编目（CIP）数据

小妇人 / (美) 露易莎·梅·奥尔科特
(Louisa May Alcott) 著 ; 王之光译. — 南京 : 江苏
凤凰文艺出版社, 2018.4（2025.6重印）
书名原文: Little Women
ISBN 978-7-5594-0107-6

Ⅰ. ①小… Ⅱ. ①露… ②王… Ⅲ. ①长篇小说－美
国－近代 Ⅳ. ①I712.44

中国版本图书馆CIP数据核字 (2018) 第039348号

小妇人

［美］露易莎·梅·奥尔科特 著　　王之光 译

责任编辑	丁小卉
特约编辑	周奥扬　　车　童
装帧设计	读客文化　021-33608320
责任印制	刘　巍
出版发行	江苏凤凰文艺出版社
	南京市中央路165号，邮编：210009
网　　址	http://www.jswenyi.com
印　　刷	三河市中晟雅豪印务有限公司
开　　本	890 毫米 × 1270 毫米 1/32
印　　张	19.5
字　　数	410 千字
版　　次	2018 年 4 月第 1 版
印　　次	2025 年 6 月第 19 次印刷
书　　号	ISBN 978-7-5594-0107-6
定　　价	69.90 元（全2册）

Little Women

Louisa May Alcott

目　录

第二部

第二十四章

闲聊

故事重新开讲，还是先聊一些马奇家的事，然后轻松参加美格的婚礼。这里请允许我澄清一点，如果年岁大的读者觉得故事里写了太多有关“谈情说爱”的内容，恐怕他们会这么提出（倒不怕年轻读者提出这种异议），我只能用马奇太太的话说：“我家有四位快乐的姑娘，那边还有一位潇洒的小伙子做邻居，你们又能指望什么呢？”

三年过去了，平静的家里没有多大变化。战争已经结束，马奇先生平安地待在家里，整天为小教区的事务忙碌，一有空便埋头读书。他的性格和风度都让人觉得，他天生就是个牧师——沉默寡言，勤劳肯干，富有书本里学不到的智慧，善心广博，认为四海皆“兄弟”，生性虔诚，却让人敬畏爱戴。

虽然贫穷和正直的天性使他无缘于世俗名利，但这些优点使许多好人都亲近他，如芳草吸引蜜蜂般顺理成章。同样，他给予他们的花蜜凝聚着五十年饱经风霜的经历，却没有半点苦涩。兢兢业业的年轻人发现，这位满头白发的学者，心跟他们一样年轻；妇女有心事或遇到麻烦的，本能地向他倾诉疑惑和忧伤，相信能在他那里得到最体贴的同情和最明智的忠告；罪人们把罪孽向这位心地纯洁的老人忏悔，以获得训诫和拯救；天才们把他视作知音；有进取心的人在他那里找到了更高尚的抱负；连那些凡夫俗子都承认，他的信仰既真且美，虽然“没有回报实惠”。

在外人看来，马奇家是由五个精力旺盛的女人做主。在很多事务中，她们确实如此。虽然沉默寡言的学者埋在书堆里，可他还是一家之主、家里的良知、精神支柱和安慰者。每当遇到麻烦时，忙碌不安的妇人总会向他求助，发现丈夫和父亲这两个神圣的字眼对他真是名副其实。

姑娘们把心都交给了母亲保管，把灵魂交给了父亲保管。对于忠诚地为女儿们生活、劳作的父母，她们给予的是爱，这种爱随着年龄的增长与日俱增。爱赐福生，超越死，如同一根无限美好的纽带，把她们温柔地牵在一起。

马奇太太虽然比以前看到的苍老多了，可还是像过去那样风风火火，乐观开朗。现在她正忙于张罗美格的婚事，医院和收容所的事也就无暇顾及。毫无疑问，济济一堂的伤员“孩子们”和烈属遗孀们都渴望着这位母亲传教士的探望。

约翰·布鲁克勇敢地服役了一年，受伤回家，没有再让他上战场。领章上没有加星，肩章上也没有加杠，可他问心无愧，因为他不顾一切，毅然投身战场。值此生命和爱情之花开得正艳时，这难能宝贵。约翰完全服从退役的安排，全身心投入身体的恢复，并准备找个职业，为美格挣回一个家。他的特点是有见识，坚决不依赖人，所以拒绝了劳伦斯先生慷慨的邀约，而接受了记账员的工作。他觉得一开始老老实实挣薪水比贷款冒险要踏实得多。

美格在期待中工作，变得女人味十足，操持家务的本领日益完善，人也越发美丽动人。可见，爱情是一种超凡的美妆品。她满怀少女的憧憬和希望，可想到新生活必须以卑微的方式开始，心中不免有几分失落。内德·莫法特刚娶了萨莉·加德纳，美格忍不住要拿他们豪宅香车、大量的礼物、亮丽华服进行攀比，并且暗自希望自己也来一份。可当她想起，约翰为这个小家不辞辛劳，付出了无限真爱，她心中的羡慕和不满顿时烟消云散。当他们坐在暮色中讨论家庭小计划时，前途总是变得那么美好而光明，美格也就忘记萨莉的荣华富贵，只觉得自己是基督教世界最富有、最幸福的姑娘。

乔没有再回到马奇姑婆家，老太太喜欢上了艾美，为了收买她，甚至提出要为她延请当今最好的绘画老师教她。为了实现这种好事，艾美在所不惜，即使再难缠的老太太也会去服侍。她早上当差，下午享乐，日子过得不错。乔则全身心地投入文学创作，同时照顾贝丝。虽然猩红热早已成为过去，贝丝身体还是很虚。她已经不能算病人，可再也不能像以前那样脸色红润、体健身轻。不过，贝丝还是心情开朗，充满希望，宁静而安详，整天都默默地忙于自己喜欢的工作。她是家里的天使，大家的朋友，那些至爱亲友到后来才慢慢地认识到这一点。

只要《展翅的雄鹰》刊登她所谓的“垃圾”，然后每一栏再支付一元钱，乔就觉得自己是款姐，并且努力撰写她的传奇故事。不过，她忙碌的脑袋雄心勃勃，酝酿着众多宏伟计划。阁楼上的旧铁柜里，满是墨迹的手稿在渐渐增厚，总有一天，会使马奇的名字载入名人录的。

劳里为了讨爷爷欢心，乖乖地上了大学。同时，为了使自己高兴，他尽量用最轻松的方式完成学业。他资质聪明、举止优雅，又出手大方，因此人缘很好。可他心地善良，常常为了帮助别人，反而自己陷入困境，他正面临着被宠坏的危险。就像许多前途无量的年轻人那样，他本来可能早就被惯坏了，幸亏有个辟邪的护身符，在他记忆深处铭刻着一位慈祥老人，一心要确保他成功，还有那位慈母般的益友，把他当成亲生儿子监护。最后，无论如何也是相当重要的，他明白，有四位天真的姑娘，她们衷心地爱他、敬仰他、信任他。

劳里只是一个“食人间烟火的好小伙”。当然，他也嬉闹、调情、打扮入时，有时他也感情用事、随波逐流、爱好体育，这也难怪，大学里的潮流就是如此。他捉弄人也被人捉弄，满嘴俚语，不止一次差点儿就被停学，甚至开除。可由于这些恶作剧都是源于一时兴起和喜欢寻开心，他总能坦诚地承认错误、体面地改过自新，要么凭借他炉火纯青的口才说得人不得不信服。其实，他为自己能侥幸逃脱感到自鸣得意，喜欢向姑娘们绘声绘色地描绘，他是如何成功地战胜愤怒的导师们、尊贵的教授们，还有那些手下败将。在姑娘们的眼里，“我班上的男生们”都是英雄，她们对“我们的伙伴们”的战绩百听不厌。劳里经常带同学到家里，于是她们也常能领受这些大人物的笑脸恩泽。

艾美特别欣赏这份荣耀，成了他们中间的大美人，因为这位小姐很早就体会到，也开始学会如何运用她天生的魅力。美格过于迷恋她的专宠约翰，对其他男人都不屑一顾。贝丝太腼腆，只敢偷偷地朝他们瞥上几眼，心里还纳闷，艾美怎么敢这么把他们弄得团团转。可乔却感到得心应手，她情不自禁地模仿起绅士的姿态、说话和举止。在她看来，这些可比那些小姐礼节要自然多了。男孩子们都非常喜欢乔，可不会爱上她。当然，面对女神般的艾美，很少有人能不献上一两声满怀深情的叹息。说到深情，很自然我们便想到了“斑鸠房”。

那可是布鲁克先生为美格准备的新家，是一座棕色的小房子。劳里给它取了这个名字，说这对温情脉脉的恋人来说正合适。他们“就像一对斑鸠在一起生活，先是接吻，接着便是叽叽地说情话”。这是一座小房子，屋后有一个小花园，屋前有一块手帕大小的草坪。美格打算在这里建一个喷水池，栽些灌木，再种上大批可爱的鲜花。不过，目前的喷水池只是一个饱经风霜的水缸，很像破旧的泔水盆；灌木丛是几株落叶松幼苗，也不知道能不能成活；各种鲜花只是插上一些树枝，表示那里埋了种子。屋子里面却是一派迷人的景象，从阁楼到地下室，开心的新娘都觉得无可挑剔。当然，过道很窄，幸亏他们也没有钢琴，因为谁都别想把整架钢琴抬进去；餐厅很小，六个人就拥挤不堪；厨房的楼道似乎专门是为把仆人连同瓷器乱七八糟地堆入煤箱而设。可一旦习惯了这些小缺憾，也就感到一切都是那么完美，因为屋子里的摆设处处都显示出品位和情趣，终究令人心满意足。没有大理石铺面的桌子，没有落地的穿衣镜，小客厅里也没有花边窗帘，有的只是简单的家具、丰富的藏书和一两幅美丽的图画，还有窗台上的一簇鲜花。漂亮的礼物散放在房间里，朋友们送的，带来了他们的深情厚谊，因而格外悦目。

劳里送的是一尊伯利安白瓷普绪喀[1]，约翰把它的架子分开搁在一边，可我觉得这丝毫无损于它的美。艾美富有艺术感，她为新房装饰了朴素的纱布窗帘，显得优雅别致，这是任何装饰商都无法做到的。乔和母亲把美格为数不多的几个箱子、大桶和包袱一起放进储藏室，连同她们的美好祝福、快乐寄语和幸福热望都一起放进去，我想再没有比这间储藏室更丰富的了。汉娜把厨房里的锅碗瓢盆排列了十几遍，一切准备妥当，等“布鲁克太太

1　古希腊罗马神话中爱神丘比特所爱的美女。

回家”随时可以生火。要没有汉娜的辛勤劳作，我敢确信，这个簇新的厨房不会这么舒适、整齐。我也怀疑，有哪个年轻的主妇开始新生活前会有这么多抹布、容器、碎布袋，因为贝丝准备了很多，足够美格用到银婚典礼。而且她又发明了三种不同的洗碗布，专门用来擦洗新娘的瓷器。

那些雇人做这些事的人，永远都不会明白他们失去了什么，不要说这是居家最平凡的事，可要是由那些爱意浓浓的手来做，就会变得美妙无比。美格深有感触，在她这个小窝里，从厨房的卷筒毛巾到客厅桌子上的银花瓶，一切都凝聚着亲人的爱心和周到的谋划。

一起筹划时，度过了多么美好的时光！购置嫁妆时，又是多么郑重其事！她们犯了多么愚蠢的错误，看到劳里买来的可笑便宜货，她们又是怎样哄堂大笑的？这位年轻绅士喜欢开玩笑，虽然大学快毕业了，还是长不大。最近，他异想天开，每周来访时，都为小主妇带上一些实用的新发明。这次送一包奇特的衣服夹子；下次送一个神奇的肉豆蔻磨碎机，谁知，第一次用就散架了。一个刀具清洁器，却把所有的刀具都糟蹋了；一个清扫器，能拔除地毯的绒毛，却留下了尘土；省力肥皂，却使人手上蜕皮；强力胶，对什么都无效，却能粘住上当受骗的买主的手指；还有各种马口铁工艺品，从收集分币的玩具储蓄罐到精致的汽锅，这汽锅能用蒸汽洗东西，可在洗涤过程中随时都可能爆炸。

美格恳求劳里不要再送了，可没用。约翰嘲笑他，乔叫他“再见先生”。可劳里正被一种狂热冲昏了头脑，他愿意资助美国佬的发明创造，喜欢看到朋友们逐件添置器具，所以每个礼拜都有滑稽可笑的新鲜事。

终于，一切都准备就绪。工作细致到艾美已经准备了各色肥皂，与不同颜色的房间相配，还有，贝丝也为第一顿饭摆放了餐桌。

“满意了吗？看上去像小家庭吗？你感到在这儿会幸福吗？”马奇太太问，母女俩正手挽着手在巡视这新王国。此时，她俩显得越发互相依恋了。

“是的，妈妈，十分满意。感谢你们大家。幸福得说不出话了。”美格回答，她的表情胜于言语。

“要是有一两个仆人就好了。”艾美从客厅走出来说道。她在那里试图敲定，墨丘利铜像是放在博古架上好，还是放在壁炉台上好。

“妈和我谈过这事，我决心先试试她的办法。我有洛蒂帮我跑腿，忙这忙那，该不会有多少事情要做的了。我要干的活儿，只够使我免于懒惰和想家。”美格平静地答道。

“萨莉·莫法特可有四个仆人呢。”艾美说。

“要是美格有四个，屋子里也没法住下，先生与太太只好在花园里扎营了。”乔插了嘴。她身系一条蓝色大围裙，正在为门把手做最后的加工。

“萨莉可不是穷人妻，众多的女仆也正适合她的豪宅。美格和约翰起点低，可是我觉得，小屋里会有大房子里同样多的幸福。像美格这样的少妇若是什么事也不干，一味打扮、发号施令、闲聊，那就大错特错了。刚结婚时，我总是盼着新衣服快点穿坏撕破，这样就有缝缝补补的乐趣了。我打心里烦透了钩编织品，摆弄手帕。”

“干吗不去厨房捣鼓菜呢？萨莉说她就是这样玩烹饪的，尽管烧的东西总是不好吃，仆人们也总笑她。”美格说道。

“后来我就是那么做的，但不是‘瞎捣鼓’，而是向汉娜学着做。我的仆人们就不用笑话我了。当时是玩玩的。可是，自己一度感到很受用，我不仅有决心，也有能力为我的小姑娘们烧煮健康食物。后来我雇不起帮工了，也可以自力更生。美格，乖乖，你是倒过来开始的。但是现在学的课程，约翰完成小康时，迟早会派上用场。对家庭主妇来说，不管多么阔气，如果希望仆人忠实尽力，都应知道干活的门道。”

“是的，妈妈，我相信的。”美格说，她毕恭毕敬地听着这个小小的教诲。就管家这引人入胜的话题来说，大部分妇女都会滔滔不绝的。“知道吗？小屋里我最喜欢的就是这一间。”很快，她们上了楼，美格看着装满亚麻织品的衣橱说道。

贝丝正在那儿，将雪白的织品齐整地码放在橱架上，得意地端详着这漂亮的礼物。听了美格的话，三人都笑了起来，那批亚麻织品可是个笑话呢。要知道，姑婆曾说过，假如美格嫁给“那个布鲁克”，就休想得到她的一文钱。可是，当时间平息了她的怒气，当她为自己发的誓后悔时，老太太左右为难了。她从不食言，便绞尽脑汁想办法绕过去，最后设计了一个自以为是的方案。弗洛伦斯的妈妈卡罗尔太太，奉命采购、定做了一大批装饰屋子和桌子的亚麻织品，并印上专门标记，作为自己的礼品送给美格。事情不折不扣地照办了，但无奈走漏了风声。全家人大为受用，因为姑婆还装聋作哑，坚称只能给那串老式的珍珠项链，那是她早就承诺要送给第一个新娘的。

“这是我很高兴看到的，是当家主妇才有的品位。以前我有个年轻朋友，开始成家时只有六床被单，但因有洗指钵伴着她而心满意足。”马奇太太带着地道的女性鉴赏力，轻轻拍打着织花台布。

“我连一个洗指钵也没有，但是，这份家当够我用一辈子的了，汉娜也这样说。”美格看上去一副知足的样子，她也满可以这样知足。

“‘再见’来了。”乔在楼下叫了起来，大家便一起下楼迎劳里。她们生活平静，劳里的每周来访是件大事。

一个膀大腰粗的大个青年迈着有力的步子快速走了过来，他理着平头，头戴大毡帽，身穿宽松衫。他没有停步去开那低矮的篱笆门，而是跨了过来，径直走向马奇太太，一边伸出双手，热诚地说道：

“我来了，妈妈！对，没事情了。”

后面的话针对老太太眼神里流露出的慈祥询问，他漂亮的双眼露出坦然的目光迎上去。这样，小小的仪式像往常一样，以母亲的一吻结束。

“这个给约翰·布鲁克太太，顺致制作人的恭贺。贝丝，上帝保佑你！乔，你真是别有风韵。艾美，你出落得太漂亮了，不宜再当单身小姐了。”

劳里一边说着，一边丢给美格一个牛皮纸包，扯了扯贝丝的发带，盯着乔的大围裙，在艾美面前假装出一副痴迷样，然后和众人一一握手，大家便攀谈起来。

“约翰在哪儿？”美格焦急地问道。

“留下领取明天婚礼的证书去了，太太。”

“上场比赛哪边赢了，特迪？”乔问道。尽管已经十九岁，乔一如既往地对男人的运动感兴趣。

“当然是我们了。真希望你也在看。”

“那位可爱的兰德尔小姐怎么样了？”艾美意味深长地笑着问。

“更残忍了，看不出我多么憔悴？”劳里响亮地拍着宽阔的胸膛，夸张地叹息道。

“这最后一个玩笑是什么？美格，打开包裹瞧瞧。”贝丝好奇地打量着鼓鼓囊囊的包裹，说道。

“家里有这个很管用的，防火防盗。”劳里说。在姑娘们的笑声中，一个更夫用的梆子出现在众人眼前。

“一旦约翰不在家，而你又感到害怕的时候，美格太太，只要在前窗摇一摇它，邻居立刻就能惊动。这东西很妙，是不是？”劳里示范其效力，大家不由捂住了耳朵。

“你们的配合真让我感激！说到感激，我想到一件事，你们可以谢谢汉娜，她保护了婚宴蛋糕免遭毁灭。我过来时看到了蛋糕进屋，要不是她英勇地护卫着，我会吃上几口的。好像加了好些提子呢。”

“真不知会不会长大，劳里。”美格带着主妇的口气说道。

“我尽力而为，太太。恐怕长不了多高了。在这堕落的年代，六英尺大概是所有男人能长到的高度了。”小先生回答，他的脑袋快够到那枝形小吊灯了。

“我想，新闺房里吃东西会亵渎神灵的，可我饿极了，因此，我提议休会。”接着他补充道。

“我和妈妈要等约翰呢，还有最后一些事情要料理。”美格说着，急急忙忙走开了。

“我和贝丝要去吉蒂·布莱恩特家为明天婚礼多弄些鲜花。”艾美接过话头。她华美的鬈发上戴着花妖的帽子，和大家一样大为欣赏如此装扮的效果。

“乔，来吧，别丢开男孩子。我筋疲力尽，没人帮扶回不了家的。无论如何不要解下围裙，好看极了。”劳里说道。乔将那个他特别讨厌的围裙放入大口袋里，伸出胳膊，支撑他无力的脚步。

“好了，特迪，我要和你谈谈明天的正经事，”他们一起离开时，乔开口了，“你必须保证放规矩一点儿，别搞恶作剧，破坏我们的计划。”

“决不再犯。”

“该严肃时，别说滑稽的事情。”

“我从来不说。你才会说呢。”

“还有，我恳求你在婚礼进行中别看我。你要是看，我肯定要笑的。”

“你不会看到我的。你会哭得很厉害，厚厚的泪雾将模糊你的视线。”

“除非伤心万分，我不会哭的。”

“比方男孩子们去上大学啦？”劳里笑着插嘴暗示她。

“别神气活现了，我只是陪姐妹们一起呜咽了一小会儿。”

“千真万确。我说乔，爷爷这礼拜好吗？脾气还温和吗？”

“非常温和。怎么？你惹麻烦了，想知道他会怎样接受？”乔很尖锐地问道。

“哎呀，乔，你以为，如果惹了麻烦，我会有脸正儿八经对你妈妈说‘没事情’的吗？”劳里突然停步，露出受伤的样子。

“没的事情。”

“那就别疑神疑鬼的。只是需要弄些钱。”劳里说道。她热切的语气抚慰了他，他继续走路。

“花钱太厉害了，特迪。”

“天哪，不是我花了钱，而是钱自己花掉了。不知不觉，钱就没了。”

“你那么慷慨大方，富于同情心。借钱给别人，对任何人都不好意思说‘不’。我们听说了亨肖的事，听说了你为他尽心尽力。要是一直像那样花钱，没人会怪你。”乔热情地说。

“噢，他小题目做大了。他一人可以抵一打我们这样的懒家伙，你总不会让我眼睁睁看着好人只为缺少区区一点儿帮扶而劳累致死吧？”

“当然不会。但是，你有十七件背心，数不清的领带，每次回家都戴一顶新帽子，我看不出这有什么好处。我还以为，你已经过了纨绔子弟的时期。可老毛病时不时又在新的地方冒出来。如今丑陋倒成了时髦——把头弄成了板刷相，紧身夹克，橙色手套，厚底方头靴。要是这么难看的打扮不要钱，我就不说话吧，可它照样费钱，而且我看了一点儿满意度也没有。”

听了这一攻击，劳里仰头哈哈大笑，结果毡帽掉到了地上，被乔从上面踏过去。这个侮辱只为他提供了阐述粗糙实用服饰有好处的机会。他折叠起惨遭虐待的帽子，塞进口袋。

“别再说教了，好人儿！我整个礼拜够听的了，回家来想轻松快活一下的。明天，我还是要不惜工本打扮起来，让我的朋友们有满意度。”

“只要把头发蓄起来我就保你太平。我不是贵族，但反对让人看见和个貌似职业拳击手的小伙子在一起。”乔严肃地说。

“这种不显摆的发型能促进学习的，所以我们才采用。”劳里回答。他主动牺牲了漂亮的鬈发，迁就这种只有四分之一英寸长的短发茬要求，当然不能指责他爱慕虚荣。

“顺便说说，乔，我看那个小帕克真的是为艾美死去活来了。他一刻不停地念叨她，为她写诗，神不守舍的，让人起疑。他最好将稚嫩的激情消灭于萌芽状态，是不是？”沉默了片刻，劳里以推心置腹的、长兄般的口气接着说道。

“该呀。我们家里不希望几年内又出什么婚姻大事。我的天哪，这些孩子们在想些什么东西啊？”乔看上去怒不可遏，仿佛艾美和小帕克还没有长到十三岁。

“如今是快节奏时代，不知道我们以后会什么样子，小姐啊。你是个小丫头，但下一个出嫁的就是你了，把我们留下来悲叹。”劳里对这堕落的时代大摇其头。

“别惊慌，我不是那种可人儿。没有人要我，那也是神的恩赐，一家子里总要有个老处女的。”

“你就是不给任何人机会呀，”劳里说着斜瞥了她一眼，晒黑的脸庞上泛起了一点儿红晕。“不愿将性格里温柔的一面示人。假如哪个小伙子凑巧窥视到这一面，不由自主地表示爱慕之情，你会像戈米基太太[1]对她的情人那样待他——向他泼冷水——变得浑身长刺，没有人敢碰你、看你。”

“不喜欢那种事情。太忙了，没空为废话烦恼。我觉得以那种方式分裂家庭很可怕的。好了，别提这事了。美格的婚礼把我们大家的脑子都弄乱了，整天谈情人这类荒唐事儿。我不愿发脾气，所以换个话题吧。”乔看上去严阵以待，稍有挑衅便会大泼冷水。

不管劳里有什么情绪，还是发泄出来了的——在门口分手时，劳里低声吹了个长口哨，并做了可怕的预言：“记住我的话，乔，下一个出嫁的是你。”

---

1 狄更斯小说《大卫·科波菲尔》中的人物。

第二十五章

第一个婚礼

那是一个六月的清晨，万里无云。阳台上的月季花睁开蒙眬的睡眼，在晨光的照耀下，满怀喜悦地开得正艳，宛如一个个友好的小邻居，事实也正是如此。它们随风摇曳，激动得满脸通红，窃窃私语，谈论着看到的一切。有些花儿正透过厨房的窗口往里面窥探，看到那里摆着宴席；有些花儿爬到上面，对着正为新娘打扮的姐妹们点头微笑；还有些花儿挥手致意，迎接那些在花园、阳台和过道里来来往往忙碌着的人们。无论鲜艳盛开的花朵，还是颜色最浅的花苞，花园里所有的月季都把自己的美丽和芳香献给这位温柔的女主人。因为长期以来，女主人对它们呵护有加，细心照料。

美格自己看上去就像一朵玫瑰状月季花。那天，她心灵深处最美好、最甜蜜的事似乎都绽放在了脸上，使它显得格外美丽动人，充满魅力，漂亮无比。她不要丝绸礼服，婚纱上也没有花边，连白色香橙花都没有要。“今天我不想见外，不要打扮。”她说，“我不要时髦的婚礼，只要有我爱的一些人在身边，对他们，我只想做他们熟悉的那个我。”

因此，她自己做结婚礼服，把少女内心温柔的期望和天真的浪漫向往都缝进了婚纱。妹妹们给她的秀发扎起辫子，她仅有的饰品就是几朵铃兰花，这是世上百花中，“她的约翰”最最喜欢的。

等打扮完了，艾美高兴地审视着姐姐，嘴里喊道：“你真的是我们亲爱的美格，这么漂亮，这么可爱，要不是怕你的衣服弄皱，我真想抱你。”

“这么说，我就心满意足了。请你们每个人都抱我，吻我吧，别管衣服。今天，我还想在婚纱上添加很多这种褶皱呢。”美格向妹妹们张开双臂，她们依偎在姐姐身边一阵子，满脸春意，心里觉得新的爱丝毫没有改变往日的姐妹手足情。

“下面，要去替约翰打领结，再和爸爸在书房里静静地待上几分钟。”说完，美格跑下楼，去完成这些小礼节，然后形影不离地跟着妈妈。她心里明白，虽然妈妈慈祥的脸上带着微笑，可看到第一只小鸟就要离巢去翱翔，慈母心里不免黯然神伤。

妹妹们站在一起，为自己简朴的打扮作最后的修饰。现在这个当口，正好描绘一下过去三年里姑娘们外表上的一些变化，因为她们此刻统统打扮得最漂亮。

乔的棱角已经磨平不少，虽然不很有风度，可她学会了举止自然。卷曲的短发已经长成了浓密的一团，高个子和小脑袋更趋和谐。棕色的双颊气色很好，温柔的双眸闪闪发亮，那张利嘴里现在说出的都是温和的话语。

贝丝身材更加纤细，脸色更加苍白，性格更加文静。美丽、善良的双眼更大了，可眼神却哀而不怨。年轻的脸上点缀着痛苦的阴影，却透出几分坚毅，真是可怜。贝丝很少抱怨，总是满怀希望地说“很快就会好起来的”。

艾美作为“家庭之花”名副其实。她只有十六岁，却已经具有成熟女性的神态和风度，并不算漂亮，却拥有那种难以言喻的魅力——这就是风姿绰约。显而易见，她身上的曲线、举手投足、飘垂的服饰和披散的秀发，能吸引很多人——没有刻意地修饰，却非常协调，正如美本身。艾美的鼻子仍旧是她的一块心病，它永远都不可能长笔挺了。她的嘴巴太大，也让她苦恼不堪，更甭提那个坚定的下巴了。这些刺眼的特征使她整张脸都与众不同，可她自己看不到。还好，她还有美白的肌肤、敏锐的蓝眼睛和日益浓密的金色卷发，借此聊以自慰。

三个妹妹都身穿薄薄的银灰色衣裙（她们夏天最好的裙服），头上和胸前都别着红玫瑰。三位姑娘都显出了少女的本色——脸上充满青春活力，心中洋溢着幸福快乐。她们生活过得忙忙碌碌，此时，要在人生驿站驻足片刻，用渴望的双眼，去解读女人浪漫人生中最甜蜜的一章。

没有隆重的仪式，一切都是那么自然、亲切。这时，马奇姑婆到了，看到眼前的一切大不以为然：新娘竟跑出来迎她，而新郎却忙着固定掉下来的花环，身为父亲的牧师则两只胳膊下各夹着一瓶酒一本正经地往楼上走。

“我的天，真是好样子啊！”老太太叫着，在为她准备的贵宾席上就座，拉扯着她那淡紫色波纹绸衣的皱褶，发出好一阵沙沙声，“孩子，要到最后一刻才能露面哎。”

“姑婆，我又不是展品，没有人来评头论足，讨论服饰，估算婚宴的费用。我太幸福了，顾不上别人怎么说怎么想。我要以自己喜欢的方式举行我的小小婚礼。约翰，亲爱的，给你锤子。”美格就这样走开了，去帮“那人”干那件完全不得体的工作。

布鲁克先生甚至没有说声“谢谢”。但他弯腰去接那毫不浪漫的工具时，在折门背后吻了他的小新娘，见了他那种神态，姑婆急速地掏出手帕，抹去突然涌进她敏锐老眼的泪滴。

哗啦声，叫喊声，劳里的笑声，伴随着不雅的惊叹：“大神啊！好家伙！乔又把蛋糕倒翻了！”这下引起了一阵忙乱。这边还没完，那边又来了一群亲戚。正像贝丝小时候常说的：“大队人马驾到。”

“别让那小巨人靠近我。他比蚊子还让我烦。”老太太对艾美耳语道。屋子里挤满了人，而劳里的黑色脑袋可谓鹤立鸡群。

“他答应过今天好好表现。如果他愿意，他能做到非常优雅。”艾美回答道。她溜过去警告海格立斯要当心火龙喷火，可警告反倒使他一心一意缠住老太太，让她差点儿晕头转向。

没有长长的婚礼队伍，但当马奇先生和这对新人在绿色的拱门下站住时，房间里立刻显得肃静一片。母亲和妹妹们紧紧地依偎在一起，仿佛舍不得美格出阁。父亲的声音不止一次地中断，这使婚礼仪式更加美妙庄严。大家都看到，新郎的手在颤抖，连说话声别人都听不清楚了。可美格却直视着丈夫说：“我愿意！”神情和声音里都充满深情和信任，这让母亲感到欣喜万分，而姑婆却嗤之以鼻。

尽管乔差一点儿就想号啕大哭，可还是没有哭出声，因为她意识到劳里正盯着她看，他那双刻薄的黑眼睛里透出几分喜悦和深情。贝丝把脸靠在母亲肩上，艾美却站在一边，一缕柔和的阳光照着她那雪白的脑门和头上的月季花，活像一尊优美的雕塑。

事情恐怕并非中规中矩啊，一等仪式结束，美格就哭出声来：“第一个吻献给妈咪！”说着转过身，满怀深情地给了母亲一个亲吻。在接下来的一刻钟里，美格显得更像一朵玫瑰，不管是劳伦斯先生，还是老汉娜，每个人都充分利用这个难得的机会，向美格表示祝福。汉娜围着一条恭敬地织就、非常精致的头巾，在过道里就扑到美格身上，又哭又笑着喊道：“祝福你，乖乖，千千万万次！蛋糕一点儿都没有搞坏，一切都很好！”

随后，大家都开心起来，说些高兴的话，要么尽量这么做。这也有效，因为大家心情轻松，很快就欢声笑语。礼物没有展示，都已经放进了小屋子新房，也没有丰盛的早餐，只有午餐还算丰富，蛋糕加水果，又点缀了一些鲜花。劳伦斯先生和马奇姑婆发现三位赫柏[1]往来穿梭，提供的玉液琼浆只有水、柠檬水和咖啡。他们耸耸肩，相对而笑。但是谁也没说话，直到劳里出现在新娘面前。他手端装满食物的托盘，脸上带着迷惑的神情，坚持让新娘吃东西。

“是不是乔不慎把酒瓶都打碎了？”他轻声问，“或许我张冠李戴了，早上看见地上有一些碎酒瓶。”

“不是的，你爷爷很客气，把最好的酒拿来给了我们，而且，姑婆也送过来一些。但是爸爸给贝丝留了少许以后，便把剩下的送去军人之家了。你看，他认为只有生病时才应该喝酒。妈妈说，她和女儿们都不会在家中用酒招待小伙子的。”

美格正经八百地说着，以为劳里会皱眉或耻笑，但他不为所动，只是迅速地扫了她一眼，以他那急不可耐的方式说：“我喜欢那样！我看够了喝酒害人，希望别的女人也跟你们一个想法。”

“希望这不是经验之谈吧。”美格的口气里有些担心。

“不是，我向你保证。但也别把我想得太好，这不属于我面临的诱惑。在我长大的国家，葡萄酒和水一样平常，而且几乎无害。我不喜欢喝酒，但是，如果美丽的姑娘前来敬酒，就不想拒绝了，是吧？”

“可你要拒绝的，即使不为自己，也要为别人着想。劳里，答应我，就算给我增加一条理由，证明今天是毕生最幸福的日子

1　赫柏是斟酒女神，相传为宙斯和赫拉的女儿，这里指的是三姐妹。

好了。”

突如其来的殷殷请求使小伙子一时犹豫起来，因为嘲弄往往比自我克制更难消受。美格知道，一旦答应下来，他将不惜一切代价遵守诺言。她感觉到了自己的力量，为了朋友的好，她以女人的方式运了力。她没有说话，抬头看着他。幸福使她的脸十分雄辩，她的笑容似乎在说：“今天谁也不能拒绝我的要求。”劳里当然不能。带着会意的笑容，他把手伸给她，由衷地说道：“我答应你，布鲁克太太！”

“谢谢你，非常非常感谢。”

“‘祝你的决心健康长寿’，干杯，特迪。”乔叫着，泼了一杯柠檬汁为他洗礼。她摇着杯子，赞许地朝他微笑。

就这样，祝酒，发誓，尽管有许多的诱惑，劳里还是恪守了诺言。女孩们凭着本能的智慧，瞅准了一个喜庆时刻替朋友效劳，为此劳里终身感谢她们。

午餐后，人们三三两两在房子、花园里闲步，享受着屋里屋外的阳光。美格和约翰碰巧一起站在草地中央。劳里突然来了灵感，一下子给这不时髦的婚礼最后润了色。

“所有结了婚的人拉起手来，围着新郎新娘跳舞，就像德国人那样，我们单身汉、姑娘家在外围捉对跳！”劳里喊道，他正和艾美沿着小路散步。他说话很有技巧，极具感染力，大家毫无异议，跟着跳起来。马奇先生和马奇太太、卡罗尔叔叔和婶婶先开了头，别的人很快加入进去。萨莉·莫法特犹豫再三，也将裙裾挽在臂上，迅速将内德拖进舞圈。最可笑的是劳伦斯先生和马奇姑婆这一对。稳重的老先生跳着庄严的滑步过来邀请老太太，老太太将拐杖往胳膊下一夹，便轻快地跟大家一起绕着新人转起来。而年轻人们像仲夏时节的蝴蝶一样，满花园地翩翩起舞。

大家跳得气喘吁吁，即兴舞会这才结束。随后人们纷纷离去。

“祝你幸福，宝贝，衷心地祝你万事如意！可你会后悔的。”姑婆对美格说。新郎把她送上马车，她又对新郎说：“小伙子，你得了个宝贝，可要确保配得上她。”

“内德，这婚礼一点儿都不时髦，可不知为什么，总觉得这是我多年参加过的最美妙的婚礼。”驾车离开时，萨莉·莫法特对丈夫说。

“劳里，我的孩子，要是你想享受这种福气，就在那些小姑娘中挑一个在一起，我没意见。”兴奋了一上午，劳伦斯先生说，他正坐在安乐椅上休息。

“我会尽力让您称心如意的，爷爷。”劳里格外恭敬地回答，一边小心翼翼地把花朵拔掉，这是乔插在他纽扣孔里的。

小房子离得不远，美格仅有的蜜月旅行就是与约翰静静地迈步，从老家走到新家。美格下楼来，身穿鸽灰色的衣裙，头戴系着白结的草帽，宛如一位漂亮的贵格会[1]女教徒，全家人都围在她身边，依依不舍地说“再见”，仿佛她要去远门。

“妈咪，不要觉得我和您分开了，千万别认为我爱约翰就不爱您了。”她满含热泪，依偎在娘身上，过了好一会儿又说，“爸爸，我每天都会回来的。我出嫁了，可但愿你们大家心里还能给我留个位置。贝丝没事会常来陪我，乔和艾美也会常过来，看我在家务活上闹的笑话。谢谢大家，让我的婚礼过得很开心。再见，再见！”

他们站着，目送美格走远，脸上个个都洋溢着爱意、希望和自豪。大姐挽在丈夫臂弯里，双手捧满鲜花。六月的阳光照亮了开心的脸——就这样，美格的婚姻生活开始了。

---

1 原意为震颤者，祷告“主”时身体要求震颤的一个教会宗派。

第二十六章

艺术的探索

要辨别才能和天赋，得旷日持久，尤其对那些踌躇满志的青年男女来说。在经历诸多磨难之后，艾美才领悟了这种区别。由于错把热情当灵感，她以年轻人特有的张狂尝试过各种艺术。“泥饼”作业歇了好长一段时间，她又全身心地扑在钢笔画上，体现出她的品位和才情，那些优美的作品不仅赏心悦目，还给她带来了收益。不过，钢笔画太费眼神，她又大胆地尝试起烙画来。她进击烙画的那些日子，全家人一直生活在惊恐不安之中，生怕火灾突临。整座房子夜以继日地弥漫着烤焦炭的气味，烟雾时不时地从阁楼和工作间里冒出来，让人提心吊胆。各种型号的火钳烧得通红，横七竖八地乱搁一气，以致汉娜上床前总要备好一桶水，并将开饭铃放在门边以防起火。画神拉斐尔的头像很醒目地烙制在擀面板反面，酒神巴克斯的头像则被烙在啤酒桶顶上。装糖的桶盖上，点缀上了一个唱歌的小天使，接着，她全副心思烙制罗密欧与朱丽叶，烟火又持续了一阵子。

手指烫伤了，“火”就顺理成章地转换成“油”，艾美以丝毫不减的热情迷上了油画。一位画家朋友送来废旧的调色板、画笔和颜料，她操起它们就涂抹起来。画出的田园风光和海洋景致真是陆地未见，海上难寻。画出的畸形牛足以在农产品汇展上得奖；画出的船只颠簸得险象环生，哪怕是航海经验丰富的人也会晕船。其实，她全然不顾通常的船体结构和缆索规则，内行的观者一眼看去，就会笑得前仰后合，哪会去登船受罪呢。黑黝黝的男孩肖像、黑眼睛的圣母画像，在画室的一角盯着你，这暗示着牟利罗[1]的杰作；而油褐色的阴影表示脸部，配上错位的猩红条纹，就算是伦勃朗[2]了。丰腴的女子和水肿的婴孩是鲁本斯[3]风格，而透纳[4]的意境出现在由蓝色的滚雷、橙色的闪电、褐色的雨水、紫色的云层构成的暴风雨中，中间泼着一团番茄色，可能是太阳或者是浮标，也可能是水手的衬衫或者是国王的御袍，一任观者自由想象。

接着，艾美拿起了木炭肖像画，于是全家的画像挂成一排，看上去粗野得很，黑乎乎的，仿佛刚刚从煤箱里起出来。她急流勇退，搞起了油画棒素描，这些要好些，画得挺像，众人一致称赞艾美的头发，乔的鼻子，美格的嘴巴，劳里的眼睛画得“极妙”。然后，艾美又重操旧业，摆弄起陶土和石膏来，她把自己的熟人都塑成可怕的雕像，幽灵似的栖息在屋子的角角落落，要是从橱柜架上掉下来，还会砸中什么人的脑袋。她把小孩子引诱来当模特儿，孩子们则把她的神秘行为，描述得牛头不对马嘴，人们便把艾美小姐当成食人小妖来看。不久，她在这个行当上的努力，因一次不幸事故突然中断了，她的热情也由此熄灭。有一阵子，她找不到好模特儿，于是用自己漂亮的脚铸模。一天，全家人被一阵千奇百怪的碰

1　牟利罗，巴洛克时期西班牙画家，代表作《吃西瓜的孩子》《云中圣母》。
2　伦勃朗，十七世纪荷兰著名画家，代表作《夜巡》。
3　鲁本斯，十七世纪弗兰德斯（今比利时）画家，代表作《美惠三女神》。
4　透纳，十九世纪英国风景画家，代表作《还是渔夫》。

撞声和尖叫声惊起，忙不迭地冲过去救驾，发现这个小狂热者在工作间里狂跳，一只脚被紧紧地卡在装满石膏的盆里，因为石膏的硬结异常神速。费了好大的劲，冒着不小的风险，她的脚终于被挖了出来。由于乔在挖脚的时候禁不住笑出来，而把刀插得太深，划破了可怜的脚，至少给一种艺术探索留下了永久的纪念。

打这以后，艾美就偃旗息鼓了。可是，不久她又醉心于写生了，于是整天出没在河边、田野和树林，搞风景素描，渴望有名胜古迹可以描摹。她老是感冒，因为总是坐在潮湿的草地上绘制“心爱的小品”，其中包括一块石头、一段树桩、一朵蘑菇和一枝折断的毛蕊花梗，或者画“天上的浮云”，成品看上去活像各种羽绒床褥的精品展示。她顶着盛夏时节的烈日，在河上漂流，不惜晒黑脸蛋，为的是研究光与影；她时而侧目察看，时而眯眼打量，不惜鼻梁起皱，为的是找到“视点”。

米开朗基罗确信，“天赋就是持之以恒”，果真如此的话，艾美可谓有一点儿这种超凡的品质，因为不论有多少障碍、失败和挫折，她总是孜孜以求，并且坚信，自己终有一天能创作出堪称“上品”的东西来。

艾美学习着，创作着，同时对其他东西也兴趣甚浓，她决心即便成不了艺术家，也要做一个多才多艺、有魅力的女子。在这一方面她比较成功，因为她属于那类天生丽质的女孩，能轻而易举地讨人喜欢，在哪儿都能交上朋友，生活轻松洒脱，以至于那些不太走运的人不得不相信，她是在福星高照下出生的。人见人爱，鉴貌辨色是她的天赋之一。她有本能的讨好意识，非常识时务，知道见什么人说什么话，在什么时间、场合做什么事，而且她很能做到泰然自若，所以姐姐们曾经这样说：“如果艾美上法庭，即使事先没有做任何准备，她也会应付裕如。”

渴望进入“上流社会”是艾美的一个癖好，尽管她并不清楚到底什么是“上流”。在她看来，金钱、地位、时髦的才艺、优雅的举止是最令人羡慕的东西，所以，她喜欢与拥有这一切的人交往，不过却经常错误地认假当真，追慕那些不值得追慕的人。她向来认为自己是个天生的贵妇人，念念不忘培养自己的贵族品位和贵族感觉，以便机会一到，就可以随时扮演这个角色，只是目前家中贫困，使她无缘高贵。

朋友们称她为“我的贵妇”，她自己也非常渴望能名至实归，并已在内心深处把自己看作是贵妇。但她还不明白，金钱买不到天然的文雅，地位不总是赠予高贵的气质，良好的教养会自然而然地流露出来，外部条件的缺陷倒在其次。

“妈，请帮个忙。”一天，艾美从外面回来，一脸的严肃。

“什么事？小姑娘？”母亲问道。在母亲的眼里，这位仪态高贵的小姐仍然还是个“小宝宝”。

“下个礼拜，我们绘画班要放暑假了，放假前我想邀请姑娘们来我家郊游一天。她们很想看看这里的河，素描一下河上的破桥，临摹一些我的画册里她们所欣赏的东西。她们在各方面对我都很好，我很感激。她们都是富家子弟，而我是个穷人的孩子，但她们从来没有另眼相看。”

“为什么要另眼相看呢？”马奇太太问道，脸上呈现出一种女儿们称之为“玛丽亚·特蕾西亚[1]神态”的表情。

“你我都清楚，几乎所有的人都慕富嫌穷。所以当你的雏鸡遭到大鸟啄击时，无须像一只溺爱的母鸡那样羽毛直竖。要知道，丑小鸭会变成小天鹅的。”艾美笑眯眯地说着，她性格开

1 十八世纪神圣罗马帝国的皇后，哈布斯堡王朝的最后一位统治者。

朗，满怀希望。

马奇太太笑了，她放下母亲的架子问道：“那么，我的小天鹅，你打算怎么做？”

“下礼拜，我想请姑娘们吃顿午餐，弄辆车带她们到想看的地方转转，也许还要划划船，为她们举行一个小小的艺术聚会。”

“这个计划还行。午饭吃些什么呢？我想，有蛋糕、三明治、水果和咖啡差不多了吧？”

“哎哟，不够的！我们要有门腔和鸡肉冷盘，还要有法国巧克力和冰淇淋。姑娘们一贯吃这些东西，我希望我的午餐体面而高雅，尽管我还得为生计奔忙。”

“会来多少姑娘呢？”母亲问她，脸色开始凝重起来。

“全班有十二到十四人，但我想不会全部来的吧。”

“天哪，孩子，你还得包辆公共马车，才能带着她们出去转。”

“哎呀，妈妈，你怎么会这样想？来的人可能不会超过六到八个，这样的话，我只要租一辆沙滩马车，再从劳伦斯先生那里借了巧蹦车（汉娜把敞篷大马车发音成这样）就行了。”

“操办这一切很费钱的，艾美。”

“不会很多，我已算过费用，我自己来支付。”

“乖乖，你想过没有，这些姑娘对这些东西习以为常，我们就是尽再大的努力，她们也不会有新鲜感。也许粗茶淡饭反而能讨她们欢心，至少可以换个口味，而这样对我们来说会好得多，不需要的东西就不用去买去借，不用去尝试那种与境况不符的做派。”

“如果不能如我所愿，那宁可不办。我肯定能把它办得很好，如果你和姐姐们再帮上一把，那更是锦上添花。我不明白，为什么我自己花钱还不能办。”艾美说道，她的决心由于遇到了反对而变得执着。

马奇太太明白，经验是最好的老师。可能的话，她总是放手让孩子们自己去吸取教训；不过，要是她们不像拒吃泻盐、通便剂一样忌讳逆耳忠言的话，她倒很乐意使教训变得轻一些。

“那好，艾美，如果你决心已定，又觉得不会太费钱，不会浪费时间和耐心，那你就去办吧，我不会再说什么。你去跟姐姐们商量商量吧，不管做出什么样的决定，我都会尽力帮助你的。”

“谢谢妈妈，你总是这么好。”艾美转身找姐姐们公布自己的计划去了。

美格立刻同意了，她答应相助，并乐意奉献自己所有的任何东西，无论是新房小屋，还是最高档的盐匙。但是，乔反对这个计划，起先根本不想介入。

“究竟为什么，你要花费自己的钱，烦扰自己的家人，把全家整个鸡犬不宁，去讨好一帮压根儿就不关心你的人？我原以为你很高傲很有见识，不会去巴结那些俗女人的。有什么了不起的？仅仅穿法国靴，坐轿式马车而已！”乔发话了，她正在写小说，情节正到了悲剧的高潮，所以情绪不太好，没心思搞社交活动。

“我没有巴结谁，跟你一样讨厌被人施舍！”艾美愤愤地回答。她俩碰到类似的问题，还是要争吵几句。“那些姑娘关心我的，我也关心她们。尽管你把那些东西说成是时髦的废话，但她们很有善意，有见识，有才能。你不愿讨人喜欢，不愿进入上流社会，不愿培养自己的风度和品位，可我愿意，我可要充分利用每一次机会。你就管自己衣衫褴褛、挺胸凸肚地招摇过市吧，并号称这是自立，悉听尊便。我可不想这么过。”

艾美伶牙俐齿，思维开阔，言语间始终合情合理，所以总是占上风，而乔侈谈自由，愤世嫉俗，喜欢走极端，争论中自然是一败涂地。艾美对乔的自立观描述得如此贴切，以致两个人都忍不住突然笑了出来，于是气氛轻松了。尽管很违心，乔还是同意牺牲一天的时间“追俗流”，帮妹妹完成这件在她认为是“无聊的事”。

请柬发出去，几乎所有的人都接受了，盛大的活动就定在下个礼拜一。由于一礼拜的工作安排都被打乱了，汉娜情绪很不好。她预言：“移（如）果澌汤（洗烫）不宁（能）按次（时）完成，一彻（一切）都会乱了套。”家庭机器的主轴出故障，将妨碍全局的运转，但艾美的格言是“不言放弃”，只要是下定决心要做的事，她都会排除万难，义无反顾地做到底。首先，汉娜的烹饪做坏了，鸡肉太老，门腔太咸，巧克力起泡不正常。接着，蛋糕和冰淇淋的开支比艾美预计的要高，租车费和许多杂费也超出了预算。原先以为这都是些小事，要不了几个钱，结果却费用惊人。贝丝感冒了，卧病在床。美格家来了众多客人，缠得她脱不开身。乔心不在焉，老是摔碎杯盘，发生意外，出现差错，而且情况严重，令人心烦意乱。

“要不是有妈帮忙，我那天根本就过不了关。”艾美咋呼道。她事后充满感激地回忆着，其实大家早已把“那一季节最好笑的事”忘得一干二净了。

礼拜一天气要是不好，姑娘们要推迟到礼拜二来访，这样安排使得乔和汉娜恼火得无以复加。礼拜一这天早晨，天气反复无常，这比豪雨倾盆更让人揪心。时而细雨霏霏，时而半晴半阴，时而寒风阵阵，使你下不了决心，做不出决定。待到天气稳定下来时，一切都已晚啦。艾美在拂晓前就起了床，她把其他人都从床上拖起来，匆匆用完早餐，以便收拾屋子。她突然发现，她家的客厅太破旧了，但并没有因此怨天尤人，而是因地制宜，将客厅巧妙地布置起来。她在地毯磨破的地方摆上椅子，用常青藤当画框的图画挡住墙壁上的污点，用自塑的雕像填补在客厅四角空闲处，乔也摆上插有鲜花的漂亮花瓶四处补遗，客厅平添了一些艺术气息。

她打量着备好的午餐，真心希望这看上去很诱人的菜肴能美味可口，希望那些借来的玻璃杯、细瓷碗和银餐具能完好地归还。车子已经预订好了，美格和母亲随时准备一尽地主之谊，贝丝可以帮助汉娜在后面做些事。乔答应保证情绪活跃，面容和蔼，尽管心不在焉，头痛不已，因为她讨厌并坚决反对她已经无奈答应的这一切及其始作俑者。艾美一边疲倦地梳妆打扮，一边打起精神期待着那个幸福的时刻：午餐圆满结束后，她将和朋友们一起驱车去享受一个下午的艺术喜悦，“巧蹦车”和破桥是她的强项。

令人提心吊胆的两个小时中，她不停地从客厅蹦到门廊，再从门廊走回客厅。大家七嘴八舌，意见像风标似的没个定论。11时，一阵大雨显然泼灭了小姐们的兴致，原来安排12时到艾美家，结果谁也没来。到了下午2时，筋疲力尽的一家人围坐在灿烂的阳光下，吃掉了易变质的那部分美食，以免造成浪费。

次日早晨，阳光唤醒了艾美。她说道：“今天无疑是个好天气，她们肯定会来，我们得赶快准备。”话虽然说得精神抖擞，可在内心深处，她却但愿自己压根儿就没有提起过礼拜二，因为她的热情如同她的蛋糕，已经有点不新鲜了。

“买不到龙虾，今天就不要做色拉了。”半小时后马奇先生进屋来，一脸无奈地说道。

“那就用鸡肉替代吧，肉老一点儿做色拉没关系的。”他太太建议说。

“很抱歉，艾美，汉娜把鸡肉放在厨案上，就一会儿工夫，几只小猫已把它吃了。”贝丝紧接着说，她一直宠养着她的猫。

“那就必须搞到龙虾，仅有牛舌是不行的。”艾美决然地说。

“我赶到镇上去硬搞一只，怎么样？”乔问，像殉道者一样慷慨。

“你会不包纸袋就夹在胳膊下带回家，真是会气我呢。我自己去。”艾美答道，脾气开始大了起来。

披上厚厚的面纱，提着斯文的旅行篮，艾美出发了。她觉得，在车上吹吹冷风，能平息自己的烦躁情绪，以适应这一天的劳动。费了一些周折，她如愿以偿地搞到了所要的东西，还买了一瓶调料，以免在家里再浪费时间。她乘上了回程车，为自己的先见之明得意洋洋。

公共马车上只有她和另外一个乘客，那是个睡意蒙眬的老妇人。艾美把面纱装进了口袋，开始回忆自己的钱都花在哪里了，打发沉闷的路程。她一心合计着纸片上横七竖八的数字，未察觉又上来了一个新乘客。此人上来时车也没停，等到一个男人的声音在她耳边响起：“早上好！马奇小姐。”她才抬起头来，原来是劳里的大学同学中最文雅的那个人。她急切地盼望着他能在她之前下车，而完全忘记了自己脚边的篮子。她一边暗自庆幸穿了新的外出裙服，一边回答了小伙子的问候，口气温柔热情，一如平常。

他们谈得很好，艾美了解到他先下车，最关心的问题解决了，她那颗悬着的心放了下来。她谈兴正浓，内容特崇高，正在这时，那个老妇人要下车了。她步履蹒跚地朝车门走去，碰翻了篮子。哦，天哪！——那只尺寸粗大、色形俗丽的龙虾整个儿地呈现在都铎王室后裔的贵眼之下。

“天哪，她忘了带上自己的午餐了！”不知情的小伙子喊了一句，接着用手杖把鲜红的怪物拨回原处，准备追去把篮子递给老妇人。

“请不要——这是——是我的。”艾美低声地说，脸红得像那只龙虾。

“哦，是吗，请原谅。这是只非常好的龙虾，不是吗？”都铎说道，只见他神定气闲，饶有兴趣，不愧为有教养的人。

艾美很快恢复了常态，把篮子大大方方地摆在座位上，笑着说：“难道你不想尝尝龙虾做的色拉，同时看着品尝龙虾色拉的迷人姑娘？”

此话很有策略，刺激了男人心里的两个主要弱点。龙虾立刻戴上了一圈愉快回忆的光环，对“迷人姑娘”的好奇，更使他不去留意那滑稽的尴尬境遇。

“他肯定会把这一幕当成笑话告诉劳里的。不过，反正没当着我的面，眼不见心不烦。”当都铎躬身离去时，艾美心里想着。

她没跟家里人提起这次遭遇（尽管她发现由于篮子倒翻，新裙服被流出的调料弄脏了，污汁沿着裙子蜿蜒流下），而是马上着手准备午宴，只是越发有点厌倦了。到了12点，所有的一切再次准备就绪。她能感觉到邻居们对她的活动很关注，所以希望用今天的巨大成功，抹去昨天失败的记忆。于是，她要来了“巧蹦车”，隆重地驱车前去迎接贵宾赴宴。

“那是车轮的声音，她们来了！我要到门廊去迎接她们，这样才显得好客。我要让可怜的孩子玩得快乐，她可费了那么多神呢。”马奇太太说着就站起身来。可望了一眼，她就退了回来，脸上的表情无法形容，因为宽大的车厢里空空荡荡，只坐着艾美和一个姑娘。

“快去，贝丝，帮汉娜把桌子上的东西撤下一半。在一个姑娘面前摆上十二个人用的午餐太荒唐了。”乔大声说着，赶紧躲到地下室，兴奋得都来不及笑出来。

艾美进来了，她镇定自若，热情地款待这唯一守信的客人。家里的其他人都有戏剧天分，也很好地扮演了自己的角色。艾略特小姐觉得这是个十分嬉闹的集体，她们的身上洋溢着无法抑制的欢乐气氛。愉快地享用了重新调整过的午餐，参观了画室和花园，热烈地讨论了艺术之后，艾美叫来一辆轻便的双人车（可惜了高雅的巧蹦车！），平静地带着朋友到街坊上游玩。落日时分，“聚会结束”。

她步行着走进家门，神情非常疲惫，但极其沉着。她觉察到，倒霉聚会的所有痕迹已经消失，只是乔的嘴角还有着一丝可疑的噘起。

“乖乖，你们下午去兜风，天气不错呀。”母亲殷勤地问候道，仿佛十二个人都到齐了。

“艾略特小姐是个很可亲的姑娘，我看她玩得很愉快。”贝丝以不同寻常的热情接话。

“能分给我一些蛋糕吗？我很需要的，来了那么多的客人，自己又不会做这么好吃的蛋糕。”美格认真地要求道。

“都拿去吧。家里只有我一个人喜欢吃甜点，没等我吃完就会发霉了。”艾美嘴上说着，心里却在叹息，自己的慷慨准备却等来了这么个下场。

“真可惜劳里没在，没法帮我们吃。”当她们坐下来吃这两天里的第二次冰淇淋和色拉时，乔开始说话了。

母亲以警告的眼神让她别再说什么。全家人缄口不言，狼吞虎咽起来。终于，马奇先生温和地打破了沉默："色拉是古人最喜欢吃的一道菜，伊夫林[1]——"全家人突然哄堂大笑，打断了"色拉的历史"，让这位博学绅士深感意外。

"把所有的东西装进篮子，给胡梅尔家送去。德国人喜欢吃大杂烩的。我一看到这些就倒胃口，没有理由因为我的愚蠢而让你们撑死。"艾美擦着眼泪大声说道。

"看着你们两个姑娘在那辆——你称它什么来着——车里颠簸着，像两颗果仁在硕大的果壳里跳动，看着妈妈毕恭毕敬等在那里准备迎接一大群客人，我想我快要笑死了。"乔叹息道，这会儿她再也笑不出来了。

"我很难过，你失望了，乖乖，但我们大家都是竭尽全力来使你满意的。"马奇太太说道，语气里充满了母爱和遗憾。

"我很满意。应承的，我都做到了，没有成功不是我的错，我问心无愧，"艾美的声音有点颤抖，"非常感谢大家的帮忙，如果你们不再提起此事，至少在一个月内不提，我会更加感激。"

此后的几个月里，没有人再提及此事，但是"聚会"这个词总能让大家生发出一丝会意的微笑。劳里送给艾美的生日礼物，就是一个小小的珊瑚龙虾饰品，可以佩带在她的挂表链上。

1 英国作家（1620－1706），详细记录民风。

第二十七章

文学课

幸运之神突然间对着乔微笑了，并在她的人生之路上抛下一枚幸运铜钱。虽说不是金币，但是毫无疑问，即使给她50万，也不会比以这种方式获得小笔金钱更让她感到由衷的幸福。

每隔几个礼拜，她总是会把自己关在房间里，穿上起稿工作服，全身心地投入小说写作，她自己把这形容为“掉进旋涡”，不把它写完就不得安生。她的“起稿工作服”是一条黑色的羊毛围裙加一顶黑色的羊毛帽子，上面装饰着一朵可爱的红色蝴蝶结；围裙供她在写作时随意擦笔，清理桌面准备大干一场时，帽子为她拢束头发。爱打听的全家人视帽子为航标灯，当她戴着帽子时，大家都跟她保持距离，只是好奇地偶尔探头问一声：“乔，灵感在燃烧吗？”他们甚至不敢随随便便问这个问题，而是要通过观察帽子来做出判断。如果这件善于表达情绪的行头低低地压在前额，表示艰苦的工作正在进行；若是帽子歪戴着，那是正写到激动之处；要是帽子取下丢在地板上，那就是沉浸在绝望中。进门见到这种场景，大家都会不声不响地退出，只有当红色的蝴蝶结在天才的额头快乐地飞舞时，大家才敢跟乔说话。

她并不认为自己是个天才，但是每当创作欲发作时，就全身心地投了进去。幸福感油然而生，忘记了贫困、烦恼，甚至意识不到恶劣的天气，她安全幸福地端坐在想象的世界里，周围拥有很多在她看来是有血有肉的亲切而真诚的朋友。她废寝忘食，夜以继日，只有在这时候感到自己很幸福，活得很有价值，白天和黑夜都显得太短，哪怕别的方面一事无成。神来之笔通常维持一两个礼拜，然后，她从“旋涡”里出来了，饥饿、困乏、乖戾、沮丧。

一次，她刚刚从这些发作中恢复过来，推托不掉，便去陪克罗克小姐听一个讲座，好心有好报，此行让她有了新的主意。这是一次教区信徒的“人民行动”，讲座内容涉及埃及金字塔，乔纳闷为什么要给这些听众选这样的主题。她只能想当然地认为，这些听众满脑子是煤价和面粉价，生活在比狮身人面像斯芬克斯之谜更难解的谜语中；向这些人揭示法老的荣耀，社会上的某大罪孽便可以得到挽救，某大缺憾也会得到解决。

她们到得早，为了消遣时光，乘克罗克小姐扯起袜跟的空儿，乔玩笑着打量起同排座位上人们的脸来。她的左边是两个主妇，结实的额头上戴着无边的帽子，嘴上在讨论女权问题，手上在梭织着什么。再过去，坐着一对卑微的恋人，他们淳朴地握着对方的手，一个忧郁的老处女从纸袋里掏薄荷糖吃，一位老先生脸上盖着一块印度扎染大头巾，打着盹做听课的预备。她的右边只坐着一个看上去勤奋好学的小伙子，正全神贯注地在读报。

那是一张图文并茂的报纸，乔闲得无聊，一边察看离她最近的画作，一边在心里纳闷，是什么事情需要这么一幅具有情节的插图来进行有缘串联。只见画面上，全副武装的印第安人在悬崖上与扑向他喉咙的恶狼以命相搏；两个狂怒的年轻男子正在附近短兵相接，双脚小得奇特，眼睛大得过分；后面另有一个衣衫凌乱的女子逃在一边，惊恐地张大着嘴巴。小伙子停下阅读，翻页时发现她在看，于是好心地给了她半份，率直地问道："要看吗？这可是一流的故事。"

乔微笑着接受了，她从小就喜欢小伙子。很快，她就觉得自己纠缠于用爱情、神秘和凶杀编织起来的平凡迷宫之中。这篇故事属于通俗文学一类，里面激情泛滥。作者才思不够，写不出什么东西时，就安排一场大灾难的情节，其中一半人物被清除出局，剩下的一半为对手的覆灭而欢呼雀跃。

"一流的情节，是吧？"当她读到她那半份的最后一段时，小伙子问道。

"我觉得如果努力一把，你我都可以写得这么好。"乔回答说，看他如此欣赏这些垃圾，觉得真逗。

"要是我能写得这么好，那就太幸运了。据说，她写这类故事发了财呢。"说着，他用手点了点小说标题下的作者名字：S.L.A.N.G.[1]·诺思伯里太太。

"你认识她？"乔突然来了兴趣。

"不，但是读了她的全部作品，我有个熟人在这份报纸的办事处工作。"

"你是说，她写这类小说发家致富了？"乔看着画报上那群狂躁不安的人和密密麻麻地装点在版面上的惊叹号，肃然起敬。

"我想是的！她很清楚老百姓的喜好，专写人们喜闻乐见、稿酬丰厚的东西。"

讲座开始了，乔几乎没听。当桑兹教授乏味地讲着贝尔佐

1　五个英文字母拼起来的意思是粗俗俚语。

尼[1]、胡夫[2]国王、圣甲虫和象形文字时，乔偷偷地记下了报社的地址，斗胆决定要去争取那百元奖金。原来这家报纸的专栏在有奖征集轰动性的故事。等到讲座结束，听众们醒来时，她已为自己积累起了可观的财富（报纸稿费不是第一笔了），而且已经沉浸在故事情节的虚构中，只是还未能定下，决斗是安排在私奔之前还是在谋杀之后。

回到家里，她只字没提自己的计划，第二天就投入了工作。妈妈忐忑不安，每当“灵感发生燃烧”时，母亲总显得忧心忡忡。以前，乔从未写过此类题材，仅仅满足于为《展翅的雄鹰》报撰写温文尔雅的罗曼史。她的演戏经历和博览群书这下可帮上了大忙，不但形成了戏剧性效果的概念，还提供了情节、语言和特定时代的服饰。她尽可能地调用自己对不安情绪的有限理解，努力让故事充满绝望和冒险，背景着落在里斯本，结局安排为一场大地震，真是令人震撼，又合乎情理。稿件悄悄地寄出去了，并附上一张便条，上面用谦虚的口吻写道：故事能否获奖，笔者几乎不敢奢望，若编辑部认为拙作有哪怕一点点的价值，些许小钱她也将乐意接受。

六个礼拜是漫长的等待，这对一个还须保守秘密的姑娘来说，就显得更为旷日持久。但是，乔不动声色地等着，就在她要放弃全部希望，觉得再也见不到自己手稿的时候，她收到了一封来信。这封信几乎让她窒息过去，因为就在打开的瞬间，一张一百美元的支票落在了她的膝上。她盯着支票看了一下，仿佛看到了一条蛇，然后，她读着信哭了起来。如果那位和蔼可亲的

1 意大利埃及学家（1778－1823）。

2 公元前26世纪的埃及国王，他的坟墓就是那个最大的金字塔。

先生得知，他那封客套信会给一个同胞带来如此强烈的幸福，我想他只要一有机会，定会把全部休闲时间搭上去，并且乐此不疲的。乔看重那封信更甚于奖金，因为它能鼓劲。在多年的努力之后，她发现，自己已经学会了做事，尽管还只是写写煽情故事。真是令人心花怒放。

世上再没有比她更自豪的小妇人了。这时，她控制住自己的情绪，出现在家人面前，只见她一手举着信，一手举着支票，大声宣布自己得奖了，全家人怔住了。当然啦，大家欢呼雀跃。故事见报后，每个人都读了，一致给予赞美。然而，她的父亲在评论了故事语言通顺、情节新奇而丰富、悲剧气氛令人紧张之后，摇摇头，用一种超凡脱俗的口气说道：

"你可以写得更好，乔。盯住最高目标，别考虑钱。"

"我倒认为这件事情的最大好处是钱。这么多财富你打算怎么打发？"艾美问道，同时用满含崇敬的眼神注视着那张有魔力的纸条。

"让贝丝和妈妈去海边住上一两个月。"乔不假思索地回答。

"啊，太棒了！不，我不能去，乖乖，那样太自私了。"贝丝叫了起来。她拍了拍纤弱的手，深吸了口气，好像渴望着新鲜的海风，然后停下来，推开了姐姐在她面前挥动的支票。

"哦，你得去，我已经下定决心。我写小说就为这个，因此才会成功。我只想着自己时，从来干不好事情。你看看，为你写作挣钱也成全了我自己，对吗？而且，妈咪也需要换换空气，她不会丢开你，所以你一定得去。等你长胖了回来，面色红润，那该多好！乔医生万岁！她总能妙手回春！"

一番商量之后，她们俩去了海滨。尽管贝丝回来时不如大家期望的那样长胖了、红润了，但看上去健康多了，而马奇太太则宣布自己感到年轻了十岁。因此，乔很满意对这笔奖金的处理，又心情愉快地投入了工作，争取赚到更多可爱的支票。那一年，她的确赚了好几笔稿费，并开始感到了自己在家里的实力；通过一支魔笔，她写“垃圾”变成了全家改善生活的福利。《公爵的女儿》付了肉店的账单，《幽灵之手》给铺了新地毯，《考文垂家的诅咒》成了马奇家食品和衣物进项的福音。

财富确是称心如意的东西，但贫穷也有它的光明面。逆境最可贵的功效之一，就是可以激发人们用自己的聪明才智或辛勤双手来争取由衷的满足。世界上的聪明、美好和办事能力，有一半要归功于需要所激发的灵感。乔愉悦地体味着这种快意，不再嫉妒富家姑娘，想到能够负担自己的日常所需，不必求人出一分钱，不觉舒心极了。

她写的小说没有引起人们的关注，却找到了市场。她深受鼓舞，下决心朝名利双收大胆地出击。在誊写了四遍，对着所有知心朋友朗读了一遍之后，她战战兢兢地把她的长篇小说稿交给了三个出版商考虑。最后，终于有了着落，条件是压缩三分之一，删去所有她特别自鸣得意的片段。

“现在我得做个决定，要么把书稿捆回来放在我的铁皮柜里发霉，要么自己掏钱印刷出版，要么迎合买家的意图做些删减，尽量拿点稿费。出名对全家固然是件很好的事，但现金却是更实惠些，所以，想听听大家对这个重要问题的看法。”乔召集了家庭会议，对大家说道。

“别糟蹋了你的书，孩子，其中的价值比你知道的要高，小说的构思很好。让它放着，等成熟了再出版。”这是父亲的建议。他心口如一，积极按照自己布道的内容行事，花了30年时间，耐心地等待自己的果实成熟，甚至到如今果实已经甜美醇香，他也不急于收获。

“依我看，接受检验比等待更有利于乔，”马奇太太说，“对这类作品而言，评论是最好的检验，会揭示出本人意识不到的优缺点，有助于下次写得更好。我们难免过于偏爱，外界的毁誉对她有好处，即使没什么稿费。”

“对，”乔愁眉不展，“正是这个意思。我折腾这部书那么长的时间，确实不知道它究竟是好，是坏，还是马马虎虎。让冷静而不偏不倚的人看看，然后谈谈他们的看法，对我会是很大的帮助。”

“我倒认为一个字也不能删除。这样做，就糟蹋了这部书。小说的兴趣点在于人物的思想，而不是人物的行动，如果不加阐释地任故事发展下去，就会让读者如坠五里雾中。”美格说道。她坚信这部小说是迄今为止最出色的。

“可艾伦先生说：‘删去阐释性段落，可使故事简洁而富有戏剧性，要让人物讲故事。’”乔打断了美格，将话题转向出版商的信函。

“就照他说的做。他知道什么样的书有销路，我们不知道。把它弄成一本优秀的通俗小说，尽可能多赚些钱。慢慢地，出了名，就有资格漫笔离题，你的人物中就可以有思想家和玄学家了。”艾美说。她对这个问题持有非常实用的观点。

“唔！”乔笑了起来，“如果我的人物是‘思想家和玄学家’，那可不是我的错，我全然不懂这些东西的，只是有时听爸爸说过。如果我能捕捉到他那些睿智，融进我的小说里，对我来说那更好。行啦，贝丝，你有什么说的？”

“我就是想看到小说尽快出版。”贝丝面带微笑，就说了这么一句，无意识地强调了“尽快”一词。她那始终孩子般率真的眼睛里，流露出渴望的神态，让乔有一种不祥的恐惧，只觉着心里一阵发冷，从而促使她下决心“尽快”去闯一闯。

于是，这位年轻的女作家怀着斯巴达人的坚毅，把她的处女作放在书桌上，断其筋碎其骨，手法之残忍，不亚于任何一个食人恶魔。为了让大家高兴，她采纳了每一个人的建议，结果就像寓言中的老人和驴，没有一个人中意。

父亲喜欢有点玄学色彩，它是不知不觉融进去的，因此还保留着，尽管她自己将信将疑。母亲认为细节描写太多，那就大部删除，结果故事中许多必要的过渡都去掉了。美格喜欢悲剧，乔就堆砌了痛苦去迎合她。而艾美反对搞笑的场面，乔怀着生活中最美好的心肠，扼杀了活生生的场景，而这本来是想缓解故事中的忧郁气氛。然后，她砍掉了三分之一，毁灭得真是彻底，还信以为真地寄出了这部可怜的小说，就像一只拔了毛的知更鸟，被放飞到纷繁的世界碰运气去。

嘿，书倒是给出版了，她拿到了300美元的稿费。表扬和批评纷至沓来，来势比她预期的要大得多。她陷入了困惑之中，好些时候才恢复过来。

“妈妈，你说过评论会帮助我。可怎么帮？这些评论互相矛盾，我不知道自己到底是写了本前途无量的书，还是违反了基督教全部十诫。”可怜的乔哭着说，双手翻动着一堆短评，细细读去，一会儿让她心里充满自豪和喜悦，一会儿又使她感到愤怒和沮丧。“这个人说：‘是一部上好的书，充满了真实、优美、诚挚。一切都很可爱、纯洁、健康。’”困惑的女作者接着说道，“下一个说：‘这本书的理论不好，充满了恐怖的虚幻、唯灵的理念和反常的人物。’而我没有任何理论，也不相信唯灵论，我的人物都来自现实生活，我认为这种评论不会是正确的。另一个说：‘这是美国多年来出现的最好的小说之一。’（我看不见得）下一个断言：‘尽管它有独创性，写得气势磅礴，表现出极强的感受力，但它是本危险的书。’不是吗？一些人嘲笑挖苦，一些人夸张过奖，几乎所有的人都强调说我有深厚的理论功底，可我只是为娱乐和金钱而写作。我真希望这部书要么全文出版，要么就干脆不出，我痛恨被人如此曲解。”

家人和朋友们时时都来安慰她，表扬她。然而对敏感、心高气傲的乔来说，这是个艰难的时刻，她出发点很好，却显然把事情做砸了。但这对她有好处，因为具有真知灼见的评论者，提出的批评对一个作者来说是最好的教育。最初的悲伤熬过去以后，她能嘲笑自己那本可怜的书了，尽管如此，她依然相信它有价值。经历了这次打击，她感到自己更聪明，更坚强了。

“我不是济慈那样的天才人物，这不能把我捧杀的。”她刚强地说，“别忘了，我还可以嘲笑他们呢，直接取材于现实生活的部分，居然被他们说成是不可能的、荒谬的；而从我愚蠢的脑袋里构思出来的情景，却被说成是自然的、温馨的、真实的。所以我要以此来安慰自己，等我准备就绪，我会振作起来再写一本。”

第二十八章

家务经验

和大多数少妇一样，美格开始婚姻生活时，就下决心做一个模范的主妇，让约翰感到家是个天堂，太太永远笑脸相迎，每天过着优裕的生活，决不让他衣服上的纽扣少一个。她爱意深厚、精力充沛、心情愉快地做着家务，尽管有一些障碍，但一定要干好。不过，她的天堂并不宁静，因为这位小妇人尽是折腾，过于想让丈夫满意，跑来跑去不亚于真正的马大[1]，操心的事情实在多。她有时累得连笑都笑不起来，约翰顿顿美味佳肴，搞得消化不良，忘恩负义地要吃什么清淡的。至于纽扣，她很快就发现，根本无法知道它们掉在何处。对男人的粗心大意她直摇头，威胁说要他自己钉扣子，要看看他自己钉的扣子是否更经得起那双不耐烦的笨手去折腾。

他们很幸福，虽然他们已经发现，仅靠爱情来维持生活是不行的。约翰认为美格依然美丽，尽管她的微笑隔着熟悉的咖啡壶。美格每天照样得到浪漫的吻别，此时丈夫还会温柔地问："达令，要差人送些牛肉或羊肉来做菜吗？"小房子不再是辉煌的凉

1 《圣经》中忙碌的家庭妇女。

亭，而是一个家了，年轻的夫妇觉得这种变化更好。起初，他们玩儿似的料理家务，孩子似的在家里嬉戏。后来，约翰慢慢地开始做起生意来，他意识到自己肩负着户主的赡养责任。美格则脱下麻纱披肩，系上大围裙，像前面说的那样，毛手毛脚，干劲十足地投入到家务中。

烹饪热情高涨期间，美格通读了科尼利厄斯太太的《食谱》，仿佛在做数学题，耐心细致地解了一道又一道题目。有时候，菜做得味道很不错，量太多了，她就把全家人请来帮着一起吃宴席；有时候，菜做坏了，她就打个包，躲着人，暗地里差洛蒂送给胡梅尔家的孩子们去吃，方便利用嘛。要是哪天晚上她和约翰一起看了账本，则烹饪热情通常会暂时消退，节俭冲动继起，可怜的户主只能吃面包布丁、大杂烩和反复加热的咖啡了。结果吃伤了他的心，尽管他以难能可贵的坚韧去忍受。然而，在发现调和折中的办法之前，美格在家产中添置了年轻夫妇不能长期没有的——家用腌缸。

家庭主妇都渴望看到储藏室里存有自制蜜饯，于是她热情高涨，着手制备自己的醋栗冻。她让约翰订购一打左右的小罐子和大量的糖，因为他们家的醋栗熟了，得马上处理。约翰坚信，任何事“我妻”均能胜任，自然为她的手艺感到自豪，他决心满足她的要求，把他们家唯一的果实以最中意的形式储存起来供冬天食用。家里来了四打漂亮的小罐子，半桶糖和一个帮助她摘醋栗的小男孩。年轻的主妇把漂亮的头发卷起来塞进小帽子里，袖子挽到手肘，系上一条尽管有护胸但看上去很妖艳的格子围裙，开始干了起来。她毫不怀疑自己能成功，不是数百次地看着汉娜做过的吗？起初那一大排的小罐子让她感到相当吃惊，但约翰是那么喜欢吃果冻，漂亮的小罐子摆在架子上又会是那么可爱，美格决心把它们全部装满，于是，花了整整一天的时间采摘、煮沸、过滤，折腾着她的果冻。她尽了最大的努力，还向科尼利厄斯太太的书请教，绞尽脑汁地回忆汉娜如何处理，而自己遗漏了什么。她再煮、再加糖、再过滤，可是讨厌的东西就是不“结冻”。

她很想就这样系着围裙戴着帽子跑回家向母亲求助，但约翰和她有约定，不管遇到什么麻烦，诸如个人烦恼，缺乏经验，怄气争吵，都不去烦扰任何人。当时，提到“争吵”这个词，他俩都笑了，仿佛这个想法是最荒谬的；但他们遵守自己的约定，无论何事只要能自己解决就都不求人，也没有人出面干预，这也是马奇太太的建议。所以，在炎炎夏日里，美格独自一人捣鼓着那难弄的果酱，到了下午5点，她坐在被整得乱七八糟的厨房里，搓着沾满果汁的双手，大声地哭了起来。

在令人兴奋的新生活的最初阶段，她经常说：“只要丈夫愿意，他随时可以带朋友来家里。我会时刻准备着。没有忙乱，没有责怪，没有不舒服，却有一个整洁的家，一个快乐的妻子，一桌丰盛的饭菜。约翰，亲爱的，不用征得我的批准，喜欢请谁就请谁，我肯定会欢迎的。”

无可否认，这有多诱人！听了妻子的话，约翰骄傲得神采飞扬，深感有这么一个优秀的妻子是多大的造化。但是，尽管不时有客人来，可每一次都是事先打过招呼的，到目前为止，美格根本就没机会表现自己。在这个眼泪谷般的人世间，总有诸如此类不可避免的事情发生，而我们只能感到惊异，表示悲痛，并尽可能地去忍受。

一年有那么多天，可约翰偏偏选择在那一天带朋友回家吃饭，且事先也不打个招呼，如果没有忘记美格在做果冻的话，他确实是犯了个不可饶恕的错误。他庆幸自己在那天上午已预订了美食，确信它会准时烧好，纵情地想象着这次宴请会产生迷人的效果，漂亮的妻子会跑出来迎接他，他怀着一个年轻主人和年轻丈夫抑制不住的踌躇满志，陪着客人走进自己的宅邸。

约翰走近斑鸠房，发现那扇通常好客地敞开着的门，今天不仅关着，而且还上了锁，台阶上仍然点缀着昨天的泥浆，他感到大失所望。客厅的窗关着，窗帘也拉上了。他看不到身着白色的衣服，头上扎了朵勾人的小蝴蝶结的漂亮妻子在门廊上做针线，也没见目光明亮的女主人羞涩地微笑着迎接客人。什么也没有，连个人影都没有，除了一个看上去很凶的男孩在醋栗树丛下睡觉。

“怕是发生了什么事。斯科特，你在花园待一会儿，我得去找布鲁克太太。”约翰说道，寂静和孤独使他警觉起来。

顺着糖被烧焦了的刺鼻气味，他匆匆地绕过房子，斯科特表情讶异，不紧不慢地跟在后面。突然不见了布鲁克，他知趣地远远停住了脚步，但他仍能看见听到。作为一个单身汉，他觉得前景非常有趣。

混乱和绝望笼罩着厨房。一批果冻被倒入了一个个罐子里，另一批还摆在地上，第三批正在炉子上欢快地煮着。有着条顿人般冷静的洛蒂正在平静地吃着面包，喝着醋栗酒，果冻仍旧无望地处于液体状态，布鲁克太太则用围裙蒙着头，坐在那里凄惨啜泣。

“我最亲爱的姑娘，出什么事啦？”约翰叫着冲了进来，心情很复杂：见到娇妻手被烫伤心痛，听到痛苦的意外消息心焦，想到花园里的客人暗自惊慌。

“约翰哦，我又累又热又恼又愁！一直干活，彻底累垮啦。你可要来帮我，否则我会没命的！”疲惫的主妇扑到他的怀里，给了他一个不折不扣的甜蜜欢迎，因为她的围裙和地面一样已经受到醋栗汁的洗礼。

“为什么烦恼，亲爱的？发生了什么可怕的事？”约翰焦急地问，温柔地亲吻着她小帽子上的蝴蝶结，帽子已完全歪斜了。

“是的。”美格绝望地抽噎着。

“那就快告诉我，别哭了。我能承受任何事情，就是受不了你的哭。说出来，亲爱的。”

“那——那果冻凝结不起来，不知道怎么办！”

约翰·布鲁克顿时大笑了起来，不过他以后再也不敢这么笑了。这阵钟声般的纵情大笑，喜欢嘲讽的斯科特听了不知不觉地露出了笑容，而对可怜的美格来说却是雪上加霜。

“就这事？扔出窗外，以后不再烦果冻了。你要吃，我给你买几大罐。看在上帝的分上，别歇斯底里了。我今天邀请了杰克·斯科特来共进晚餐——”

约翰打住了，因为美格一把推开了他。她凄惨地拍拍双手，跌坐进一张椅子里，大声叫着，语气夹杂着愤怒、责备和沮丧：

“请人吃饭，一切都乱糟糟的！约翰·布鲁克，你怎么可以做这种事？”

“嘘，小声点，人在花园里！我把这可恶的果冻给忘了，现在已没有退路了。”约翰说，焦虑的眼睛扫视着一切。

“你应该捎个话来，或者今天早上就告诉我，你应该知道我有多忙。”美格暴躁地继续说，斑鸠急了也会啄人。

“早上还不知道要请客，也来不及捎话，是出来的路上碰到他的。我根本没想到要批准，你一贯说可以随便请人的。我以前还没这么试过，以后要是再这样，罪该万死！”约翰委屈地补充说。

“希望不要这样！立刻把他带走。我不能见他，也没有晚餐吃。”

“嗨，可我要！我让人送来的牛肉蔬菜在哪里，还有你答应做的布丁？”约翰吼着冲向食橱。

“来不及做任何东西。本来打算到娘家去吃饭。很抱歉，我忙不过来了。”美格的眼泪又掉下来。

约翰是个温和的男人，但他也是人。忙碌了一天，回到家里又累又饿，心里充满了希望，却发现家里一团糟，餐桌上空空的，妻子发脾气，这可不利于心平气和、举止文雅啊。然而，他克制住了情绪，要不是不幸说错了一个词，这场小风暴也就平息了。

“我承认，事情乱套了，但是如果你能帮我一把，我们就能过去，而且还可以过得开心。别哭了，亲爱的，只要稍微卖点力，给我们弄点吃的。我们俩都饿扁了，所以吃什么都不在乎。给我们吃点冷盘肉、面包和奶酪，不会要果冻吃的。”

他只是开个善意的玩笑，可“果冻”这个词断送了他的前途。美格认为，暗讽她那伤心的失败太残酷了，他的话使她最后的一丝忍耐也消失了。

“你自作自受，自己解决麻烦吧。我已经筋疲力尽，不想为任何人卖力了。想用肉骨头、粗面包和奶酪待客，像什么话。我不想让这种事发生在我的家里。把那斯科特带到妈家去，告诉他我不在，病了，死了，随你怎么说。我不想见他，你们俩尽管嘲笑我，嘲笑我的果冻。在这里你们别想吃别的。”美格一口气发泄完她的挑衅，扔下围裙，冲出战场，到自己的房间里独自伤心去了。

外面两个男人到底做了些什么，她无从知道，但她知道斯科特先生没有被“带到妈家去”。他俩一起离开后，美格下楼发现餐桌一片狼藉，是大杂烩餐留下的，心里十分恐怖。洛蒂汇报说：“他们吃了很多，谈笑风生，主人还命令她扔掉所有的甜原料，把罐子藏好。”

美格想去告诉妈妈，但自知犯错的羞耻感和对约翰的忠诚感阻止了她，约翰“是残酷了点，但不该家事外扬”。草草收拾了一下屋子后，她把自己穿得漂漂亮亮的，坐在那里等约翰来请求原谅。

不幸的是，约翰没有来，他的看法可不一样。他滴水不漏，把此事当成笑话跟斯科特解释，尽可能为小妻子开脱，同时尽地主之谊盛情款待自己的朋友。即席的晚餐令客人非常满意，允诺下次再来。但是，约翰很不高兴，虽然没有流露出来。他觉得美格让他陷入了麻烦，还在他急难的时候抛弃了他。“说是可以随时带朋友回来，可以自由决定，当他信以为真了，却发了火，还责怪他，把他撂在尴尬的处境中，听凭人笑话，听凭人可怜，这不公平。对，的确不公平！必须让美格知道这一点。”用餐期间，他内心深处怒火中烧，但是，当忙乱过去了，朋友送走了，他漫步回家去时，一股柔情袭上心头。“可怜的小东西！她努力想让我高兴，这太难为她了。当然是她错了，可她太年轻。我必须耐心地开导她。”他希望她没有回娘家——他讨厌多嘴，也不希望有人干涉。可是，只要想起这件事他就会生气，而后又担心起美格会哭坏了身体，心也就软了。这促使他加快了步子，决心要平和友好，但坚定不移地，绝对坚定地让她知道，她在什么地方没有尽到做妻子的责任。

美格也同样决心要“平和友好，但坚定不移”地告诉他做丈夫的责任。她内心里很想跑过去迎接他，请求原谅，接受他的亲吻和安慰。相信他肯定会亲吻她，原谅她。可是，她没有这样做，看见约翰过来了，就装着很自然地开始哼起小调，在摇椅上边摇晃边做着针线活，活像休闲的贵太太坐在豪华的客厅里。

约翰因没有看到一个柔弱的尼俄柏[1]而有点失望，但他觉得自己的尊严需要她先道歉，所以就没吭声，只是步态悠闲地走进来，躺在沙发上，说了句非常切题的话："亲爱的，我们要走进新时代了。"

"我不反对。"美格用同样令人舒畅的口气回答说。

布鲁克先生引出几个普遍感兴趣的话题，都被布鲁克太太泼了冷水，话题就此凋萎。约翰走到一扇窗前，翻开报纸，仿佛要埋头于此。美格走到另一扇窗前，继续做她的针线，仿佛新的拖鞋圆花饰物是生活的必需品。两人都不说话，看上去都相当"平和与坚定"，可两人都感到极不舒服。

"天哪！"美格心想，"婚姻生活真费劲，正如母亲所说的，确实需要无尽的爱心和无尽的耐心。""母亲"这个词又使她想起了很久以前母亲的其他忠告，那时候自己还不相信，声明不接受。

"约翰是个好男人，不过，他有他的缺点，你必须了解他的缺点，容忍他的缺点，也要看到自己的缺点。他是个很有主见的人，但是，如果你平和地与他讲理，而不是不耐烦地与他对抗，他是不会固执的。他讲究较真，过分拘泥事实，这是优点，尽管你认为是'折腾'。千万不要有欺骗他的言行，美格，他就会给你应有的信心和你需要的支持。他有脾气，但不像我们发火过后就没事了，他那寂静的怒火很少发作，可一旦发火起来就很难熄灭。要当心，非常当心，不要引火烧身，和睦与幸福取决于维持他的尊重。注意，如果你俩都有错，要带头道歉。要警惕怄气、误会和不耐烦的话，这些往往会走向伤心后悔。"

1　希腊神话中的人物，现在引申指因丧失子女而悲伤度日的妇人。

美格坐在夕阳下做针线，脑海里回忆起母亲的话语，尤其是最后一句。这是他们之间第一次严重的争执。她回想自己那脱口而出的气话真是又蠢又冲，她的愤怒现在看起来太孩子气了。一想到可怜的约翰回到家里见到的是这么一幅景象，她的心软了。她含着眼泪瞥了他一眼，可他没有看见。她放下手头的活计，站起来，心里想着，我要带头说“请原谅”，可他似乎没有听见。她慢慢地穿过房间，强咽下自尊，站到他的身边，然而，他却连头也不回。有一会儿，她感到自己真的做不到，随后又想：“这是开始。我要尽到自己的责任，做到扪心无愧。”她弯下腰，温柔地亲吻丈夫的前额。当然，问题统统解决。悔过的吻胜过所有的语言，约翰马上把她拉过来坐在膝上，温柔地说：

“嘲笑不起眼的小果冻罐太不应该了。原谅我，亲爱的。我再也不会了！”

但他还是接着嘲笑，你瞧他，真的，总有几百次吧。后来，美格也自嘲起来。两人都说这是他们有史以来做得最甜的果冻，因为那小小的家用腌缸长期保存了家庭和睦。

后来，美格特意邀请斯科特来共进晚餐，愉快地款待，出来的第一道菜也不是没精打采的主妇。她表现得既快乐又亲切，结果气氛搞得很诱人。斯科特先生说，约翰是个幸运的家伙，回家时，他一路上直摇头感叹，单身汉的日子真艰难。

那年的秋天，美格有了新的磨难和经历。萨莉·莫法特与她重叙旧情，经常跑到小屋子里来闲聊，或者邀请“那小可怜”到她的大屋子里去玩一天。美格很乐意，阴沉的天气里她经常感到孤独。家人都很忙，约翰夜晚才回来，她在家里除了做做针线活、看看书，或者随便游荡，没事可做，自然而然要养成外出走走的习惯，与朋友聊聊天。看到萨莉的漂亮东西，她渴望自己也有，经常为此而自怜。萨莉很友好，经常想送她些她爱不释手的小玩意儿，但都被美格拒绝了，她知道约翰不喜欢这样。可是，傻傻的小妇人结果还是做出了约翰深恶痛绝的事。

她知道丈夫的收入，丈夫信任她，她喜欢这种感觉，他不仅把自己的幸福交给她，还把有些男人更看重的钱托付给她。她知道钱放在哪里，可以随意拿，他只要求把花出去的每一分钱都记个账，每月结算一次，只要求她记住自己是穷人妻。此前，她都做得很好，精打细算，小账本的账目记得很清楚，每个月都不必担心交给他过目。但是那个秋天，大毒蛇钻进了美格的伊甸园，像诱惑许多现代夏娃那样诱惑了她，不是用苹果，而是用衣服。美格不想让人可怜自己，使自己感觉寒酸。贫穷令她恼火，她却羞于承认，于是，就时不时地买些可爱的小东西，尽可能安慰自己，这样，萨莉就不会认为她手头拮据。每买一次东西她都有负罪感，因为这些漂亮的小玩意儿很少是必需品，可这些东西花钱不多，不值得担心。于是，小玩意儿在不知不觉中积少成多，逛店的时候，她不再是消极的浏览者了。

然而，小玩意儿累计的花费超乎想象，月底合计账目，总数大得吓人。那个月约翰很忙，把账目的事就全交给了她，接下来的一个月他出差在外。然而，第三个月他来了个季度大结算，让美格永远忘不了。那次结算的前几天，她做出了一件可怕的事情，良心颇为不安。萨莉一直在购买丝绸，美格很想买一块新的——就买一块漂亮的浅色丝绸，参加聚会时穿。她那件黑色丝绸服太普通了，薄绸晚装只适合姑娘家。马奇姑婆元旦通常给四姐妹每人二十五美元的红包。只要再等一个月就有这笔钱了，这块可爱的紫罗兰丝绸正在削价，只要她敢拿，她是有这个钱的。约翰总是说，他的就是她的，但是这不仅要花掉还没到手的二十五美元，还要从家庭基金里另外拿出二十五美元，他会认可吗？这是个问题。萨莉怂恿她买，并说要借钱给她，她的好意引诱美格失去了自控。就在这个邪恶的时候，店主举起了可爱的亮闪闪的绸缎匹说：“很便宜，我向你保证，太太。”她应答说：“买下吧。”绸料剪下了，钱也付了，萨莉非常高兴，美格也若无其事地笑了，随之就驱车离开了，那感觉如同偷了东西，警察正在追似的。

回到家里，她想努力缓和内心自责的痛苦，于是摊开那可爱的丝绸。但它这会儿看起来没那么银光闪闪了，而且也不适合她。“五十美元”几个字似乎像图案被印在整幅绸料上。她收了起来，可它还是折磨着她，全然没有马上要穿新衣的快乐，倒是像遇上了挥之不去的傻冒胚的幽灵，让她害怕。那天晚上，约翰拿出账本时，美格的心都沉下去了，结婚以来第一次，她害怕起老公来。那双仁慈的棕色眼睛显得很严厉，尽管他看上去异常高兴，她感觉到他已经发现了，只是不想让她知道。家里的账单都付清了，账本记得很有条理。约翰夸奖了她，正在打开他们称之为“银行”的旧皮夹子。美格很清楚里面没什么钱了，这时，她压住了他的手，神经质地说：

“还没看我的个人开销账呢。”

约翰从不要求看她的个人开支账目，但她总是坚持让他看，常常快意于他看见女人需要的奇怪东西时所表现出来的那种男子气的惊异表情，她要他猜“绲边”是什么，强烈要求他说说“抱紧我[1]”是什么，或者让他感到惊奇：由三朵蔷薇花蕾、一小块天鹅绒和两根绳子组成的小东西，居然可以是一顶无边女帽，还值六个美元。那天晚上，他看上去好像乐于打听她的花费数目，摆出被她的奢侈

1　一种紧身羊毛背心。

吓坏了的神情，他经常这样，因为他为精打细算的妻子感到骄傲。

小账本被慢慢地拿出来，摆在他面前。美格站在他的椅子后面，借口要为他疲劳的额头抚平皱纹。她站在那里，越说心里越慌了：

"约翰，亲爱的，报账了我很惭愧，最近确实太奢侈了。你知道，我走动很多，免不了要买些东西。萨莉建议我买，就买了，我的新年红包可以支付一部分。可是买下来就后悔了，因为我知道你会认为我犯错误了。"

约翰笑起来，把她拉到身边，开心地说："别躲躲闪闪的。即使买了一双天价靴子，也不会揍你的。我为妻子的脚感到自豪，花八九美元买一双靴子没什么大不了的，靴子好就行。"

那双靴子是上一次买的一件"小玩意儿"，约翰说话的时候眼睛刚刚落在这笔账上。"噢，他看到那可怕的五十美元会说什么！"美格的心颤抖着。

"比靴子更糟的，是丝裙。"她以绝望的镇静说道，希望这最糟糕的局面赶快结束。

"是吗，亲爱的，就像曼塔里尼先生[1]说的，'该死的总数'是多少？"

这不像是约翰的作风，她知道的，只见他抬起头，双眼直视着她，以前她总是时刻准备迎接他这样的目光，并报之以同样坦率的目光。她翻过账页，同时转过头，手指着总数，这个没有那五十元就已经够糟糕的总数，加了这一笔更让她心惊肉跳。一时间屋子里非常寂静，于是约翰慢慢地说话了——她能感觉到他正竭力克制着自己的不满：

1　狄更斯小说《尼古拉斯·尼克尔贝》中的人物，乱花钱的角色。

“唔，不知道花五十块钱买一件衣服是不是贵了，如今你还得买些花边裙饰来配吧。”

“衣服还没做呢，没有配花边。”美格轻轻地哀叹道，突然想起还要花钱，她有点不知所措了。

“用二十五码丝绸裹一个小女人似乎多了些吧，但我毫不怀疑，我妻子穿上它，会和内德·莫法特的太太一样漂亮了。”约翰冷冷地说道。

“我知道你生气了，约翰，但我没有办法。并不想浪费你的钱，可没想到那些小玩意儿加起来那么费钱。一看到萨莉想买什么就买什么，看我不买而可怜我，我就克制不住了。我努力想让自己知足，但这很难，我已厌倦了贫困生活啊。”

最后一句话说得很轻，她以为他没听到，但是他听到了。这句话深深地刺伤了他，因为为了美格他已经放弃了许多享乐。话刚出口，她就恨不得把自己的舌头咬掉。只见约翰把账本推开，站起来，话音有点颤抖地说：“我就是怕这一点。我尽力吧，美格。”如果他责骂她，甚或推搡她，都没像这两句话这样使她心碎。她跑过去紧紧搂住他，流着后悔的眼泪，哭着说：“哦，约翰，我亲爱的、善良的、勤快的男孩儿，我不是这个意思！这太狠毒、太不忠诚、太忘恩负义了，我怎能说出口！天哪，怎能说出口！”

他很善良，马上就原谅了她，也没有一句责备的话。但美格知道，自己做的事、说的话，是不会被很快遗忘的，尽管他可能再也不会提及此事。她曾经许诺永远爱他，不管是富裕还是贫穷，而现在，她，他的妻子，鲁莽花掉了他赚来的钱后还责备他穷。太可怕了，最糟糕的事情还是约翰从此变得沉默寡言，仿佛什么事也没发生，只是他在城里待得更晚，等她一个人哭着入睡后继续挑灯夜战。一个礼拜的悔恨几乎使美格病倒，又发现约翰取消了定制的新大衣，更使她处于绝望的境地，让人看着怪可怜的。她吃惊地问约翰，为什么改变了主意，约翰只淡淡地回答说："买不起，亲爱的。"

美格没再说什么。几分钟后，他发现她在过道把脸埋进那件旧大衣里撕心裂肺地哭着。

那天晚上，他们彻夜长谈。美格懂得了贫困的丈夫更值得去爱，因为贫困仿佛使他成了铮铮铁汉，给了他力量勇气去独立奋斗，贫困教会他用温柔的耐心去承受和抚慰他亲人的正常渴望和失败。

第二天，她收起自尊去找萨莉，告诉她实情，请她帮忙买下那块丝绸。善良的莫法特太太欣然把它买下了，后来又当作礼物相送，当然她考虑周到，不是马上就送的。然后，美格订购了大衣。约翰回家了，她穿上了它，问他是否喜欢她的新丝绸礼服。可以想象他会如何作答，他会怎样接受送他的礼物，也可以想象随之而来的是什么样的快乐场面。约翰回家早了，美格不再外出闲逛。早晨，满怀幸福的丈夫穿上那件大衣，晚上，被最可心的小妻子亲手脱下。冬去春来，到了仲夏，美格有了新的经历，女人一生中最深切最温柔的经历。

一个礼拜六，兴高采烈的劳里悄悄地溜进斑鸠房的厨房，汉娜一手拿锅，一手拿盖击节相拍，给他一阵铙钹作响的欢迎。

"小妈妈好吗？人都哪里去了？为什么不在我回家之前告诉我？"劳里低声地问。

"那乖乖幸福得像皇后！大家都在楼上欣赏着呢。我们不要驱（飓）风在这里刮。去客厅里等着，我把他们叫下来。"应答有点复杂，汉娜欣喜若狂地转身去了。

不一会儿，乔出现了，得意地捧着搁在一个大枕头上的法兰绒包袱。她神情镇定，眼睛却闪闪放光，说话的声音由于某种抑止的感情而显得有点古怪。

“闭上眼睛，伸出双臂来。”她引诱着说。

劳里急忙退进一个角落，把手放到背后，带着一种哀求的姿势说：“不，谢谢你，宁可不抱，我肯定会把他掉到地上摔碎的。”

“那你就看不到你的外甥。”乔坚决地说着，转身就要走。

“我抱，我抱！只是弄坏了你负责。”劳里听从命令，勇敢地闭上眼睛，让东西放入怀里。听到乔、艾美、马奇太太、汉娜和约翰发出一阵大笑，他睁开眼睛，发现手里有两个小宝宝，而不是一个。

难怪他们要笑，因为他脸上的表情很滑稽，能逗乐一个贵格会[1]教徒。他站在那里，兴奋地看看两个没有意识的小生命，又看看欢闹的众人，那一副惊讶的表情，乔绝倒，坐在地上尖叫着。

“双胞胎，天哪！”一时间他只说出这么一句话，接着他转向女人们求救，脸上的表情又滑稽又可怜，“快抱走，求求你们啦！我要笑了，会摔到地上的。”

约翰救过自己的宝贝，一手抱一个，在房间里踱来踱去，好像已经掌握了育婴奥秘，而劳里则笑得眼泪都流下了脸颊。

“这是本季最搞笑的事，不是吗？我不让告诉你，打定主意要让你大吃一惊，庆幸自己做到了。”乔喘过气来后说。

“生来从没有这么吃惊过。很可笑吧？两个都是男孩吗？都给取了什么名字？让我再看一眼。乔，扶我一把，天哪，想不到好事成双啊。”劳里回答着，盯着婴儿，那神态就像一只仁慈的纽芬兰大狗看着一对小猫。

“一男一女。很漂亮吧？”爸爸得意地说，望着那粉红皮肤

1 基督教派别。

蠕动着的小东西愉快地微笑着，仿佛那是羽毛未丰的天使。

“是我见过的最棒的孩子。哪一个是男，哪一个是女？”劳里像井水吊桶杆一样，弯腰仔细观察起两个神童宝贝。

“艾美用法国方式给男孩系上蓝丝带，给女孩系上粉丝带，方便辨认。还有，一个蓝眼睛，一个棕色眼睛。特迪舅舅，亲亲他们。”乔调皮地说。

“恐怕他们不喜欢亲。”劳里说，对这种事总是异乎寻常地难为情。

“他们当然喜欢亲，已经很习惯了。现在就亲，先生！”乔命令道，生怕他会找个人代替。

劳里撮起腮帮，遵乔之命，小心翼翼地在每一张小脸上啄了一下，那样子又引来一阵笑声，却把小宝贝们弄哭了。

“你看，早就知道他们不喜欢亲！这个是男孩儿，你看他在踢腿，挥舞着拳头很像那么回事。嘿嘿，小布鲁克，与你同级别的男人较量拳头去，行吗？”劳里的脸上挨了来回乱打的一小拳，高兴得叫起来。

“男孩准备叫约翰·劳伦斯，女孩跟母亲和外婆的，叫玛格丽特。我们管她叫戴茜，这样就不会有两个美格了，我想如果没有更好的名字，小男孩就叫杰克吧。”艾美带着当姨妈的兴致说道。

“叫他戴米·约翰[1]，简称戴米。”劳里说。

“戴茜和戴米——就这么叫！就知道特迪会取名。”乔鼓起掌来。

这一次特迪当然成功了，因为两个孩子到了书尾还叫“戴茜”和“戴米”。

---

1 意思是小约翰。

第二十九章

拜 访

“快来，乔，时间到了。”

“什么事？”

“你不会忘了答应过的，今天要和我一起做六个拜访吧？”

“我这辈子是做过许多草率傻事，但还不至于疯到这个地步，说要一天做六次拜访，一次就够我难受一礼拜的了。”

“没错，你说过的，是我俩的交易呀。我为你完成贝丝蜡笔画，你好好陪我一起回访邻居。”

“‘如果天气晴朗’，协议中有这句话，我字字句句遵守协议，讨债鬼。可东边有一大堆云，天气不晴朗，我不去。”

“嘿，你这是逃避责任。天气很好，没有下雨的迹象，你一向为自己能遵守诺言而自豪，还是老实一点儿，尽了你的义务，然后会有半年的安宁。”

那会儿，乔正特别专心地在做衣服，她是家里的外套总管，很居功自傲，因为自己的针线功夫不亚于笔头功夫。刚首次试穿就被人抓差，够恼火的，而且还是在一个七月的热天里盛装外出拜访。她很讨厌那种正式拜访，要不是艾美缠着跟她交易，威逼利诱，是决不去的。到了眼下这种田地，也无法逃脱，她恨恨地敲击着剪刀，愤愤地说听到雷声了，可最后还是屈服了。她把活儿收起来，无可奈何地拿起帽子和手套，对艾美说，殉道者已经准备好了。

“乔·马奇，你太任性了，圣人也会恼火的！希望你不要打算穿成这个样子去拜访人家。”艾美惊愕地打量着她。

“为什么不行？我穿着整洁、凉爽、舒服，很适合走在尘土弥漫的热天里。如果人们更在乎我的衣着，而不在乎我这个人，我就不想见他们。你可以穿得又体面又惹人爱，喜欢怎么文雅就怎么文雅。你这样穿戴感觉值得，而我觉得不值，裙饰只能让我烦啊。”

“天哪！”艾美叹气了，“她现在逆反心理发作，若不把她抚顺，会逼得我心烦意乱的。我当然也不高兴今天去，但我们欠了社交的债呀。除了你和我，家里又没人能还这笔债。乔，只要穿得漂亮一点儿，帮我完成这些礼节，会为你做任何事的。如果你努力，是很会讲话的，穿上了漂亮衣服，看上去也有贵族气派，举止也那么优雅，我真为你感到骄傲的。我不敢一个人去的，去吧，去照顾我。”

“真是个油滑的小丫头，居然这样恭维和哄骗生气的老姐。说什么有贵族气派、有教养、不敢单独出去！真不知道哪一个最荒唐。行，既然非去不可，那我就去，尽力而为。你是此行的司令官，我盲目服从，该满意了吧？”任性的乔突然变成了顺从的小绵羊。

“真是个小天使！来，穿上所有最漂亮的衣服吧，每到一处我会说明如何表现，给人留下美好的印象。我希望人们喜欢你，他们会喜欢你的，只要你努力做到随和一点儿。梳理个漂亮的发型，帽子放上粉红的玫瑰花。这样很好看，素色的衣服看上去太严肃了。带上你浅色的手套和绣花手帕。我们在美格家弯一下，把白色阳伞借来，你就可以用我的鸽子色阳伞了。”

艾美一边打扮自己，一边对乔发号施令，乔不无抗议地遵命。她唉声叹气窸窸窣窣地穿上自己那件蝉翼纱新衣；忧郁地皱着眉头把帽子的带子系成无可挑剔的蝴蝶结；恶狠狠地拨弄别针把领圈戴上；抖出手帕时挤眉弄眼，手帕上的刺绣刺激她的鼻子，就像眼前的使命刺激她的情绪；还把手挤进了有三颗纽扣和一条穗的小手套。完成这最后一道高雅的工序后，神情痴痴的她转身对着艾美温顺地说：

“太痛苦了，但是如果你认为我这样体面，我会幸福地就义。”

“非常令人满意，慢慢地转过身来，让我好好地看看。”乔旋转着，艾美这里触一下，那里碰一下，然后往后退一步，把头偏往一边，谦和地审视着，“行，不错。你的头饰是我最满意的，玫瑰花配白色的帽子相当迷人。挺直肩背，手放得自然些，别管手套是否太紧。有一样东西对你很配，乔，来，戴上披肩。我用披肩不好看，可它很适合你，很高兴姑婆送给你那条可爱的披肩。虽然素雅，但很美观，臂上的褶子确实有美感。我的斗篷花边居中了吗？我的礼服卷得均匀吗？我喜欢把靴子露出来，因为脚长得漂亮，鼻子可不漂亮。”

“你是漂亮的小东西，总是那么赏心悦目。”乔说着，比画着单手，以鉴赏家的神态看着艾美金色头发上的蓝色羽毛饰物。“请问小姐，我这盛装是一路拖着扫灰尘呢，还是把它拎起来？”

“走路的时候提起来，进屋就放下来。裙摆拖地的款式最适合你，必须学会优雅地拖着裙摆。一个袖口还没有扣上一半，马上扣。如果不注意细节，就永远不会形象完美，可人的整体形象是由细节构成的。”

乔叹口气，扣袖口时把手套的纽扣差点儿绷掉了。终于，她俩准备就绪，飘然出发了，汉娜在楼上窗口探头望着她俩说：“美得像画儿一样。”

“喂，乔姐，切斯特一家子自命高雅得很。因此，希望你表现出最好的举止。千万不要乱说话，不要有古怪举止，行吗？只要沉着、镇定、宁静，这样最保险，最有贵妇气质，你能轻而易举地做到，就一刻钟。”快到第一家的时候，艾美说道。她们已经从美格家借到了白阳伞，并接受了两只手各抱一个婴孩的美格的检阅。

“让我想想，‘沉着、镇定、宁静’，行，我想能做到。我曾在舞台上扮演过古板的贵夫人，舞台下就试试看。我的表演能力很强，你会看到的，所以放心吧，孩子。”

艾美看上去放心了，可是调皮的乔死扣着她的话去做。拜访第一家的时候，乔坐在那里，手脚优雅地搁着，裙褶都恰到好处地垂着，平静得像夏天的海面，镇定得像冬天的雪堆，宁静得像狮身人面像。切斯特太太提及她“迷人的小说”，切斯特小姐们提及晚会、野餐、歌剧和时装的时候，她均以微笑、鞠躬和冷冰冰的“是”或“不”作答，端庄有余。艾美使眼色要她“说话”，试着引她开口，暗地里用脚捅她，均告徒劳无效。乔闲雅地坐着，好像一点儿也没察觉，仪态如同莫德[1]的脸，“五官端正却冷若冰霜，毫无表情却光彩照人”。

“马奇家大小姐太傲慢，是个索然无趣的人！”客人离开

1　英国诗人丁尼生同名诗歌《莫德》（1855年）中的人物。

关上门，一位切斯特小姐发表议论说，不幸的是被客人听见了。在穿过门廊的整个时间里，乔哑笑着，而艾美对指令失灵一脸反感，自然怪罪起乔来。

“怎能这么曲解我的意思？我只是要适当地端庄点儿、稳重点儿，而你却把自己变成了彻头彻尾的泥塑木雕。到了兰姆家可要活络点儿。要像其他姑娘那样聊聊八卦，对裙子、调情和随便什么无意义的事，也要表现出应有的兴趣。他们出入上流社会，与他们交往对我们很有价值，我无论如何都要给他们留下好印象。”

“我会很好相处的。我会谈笑风生，你喜欢的任何一点儿琐事，我都会表现出惊讶和狂喜。我喜欢这样的。我将模仿所谓的‘迷人姑娘’的举止。我能做得到，因为有梅·切斯特做榜样，而且迎头赶上。倒是要看看兰姆家会不会说：‘乔·马奇多可爱，多讨人喜欢！’”

艾美担心起来了，这不无道理，乔一旦中了邪，就不知道会在什么地方刹车。看着姐姐移步进入又一个客厅，热情地亲吻所有的年轻小姐，优雅地对着年轻男士微笑，热情参与聊天，这种状况让旁观者感到吃惊，艾美的脸色值得品味啊。兰姆太太很喜欢艾美，拉着她，硬是要她听自己滔滔不绝地谈论经典传说中什么卢克雷霞的最后攻击，而三个快乐的年轻男士则在附近转来转去伺候着，准备稍有停顿就冲进来把她救走。有鉴于此，她无法脱身去制止乔，而乔似乎是妖精附身，淘气地和兰姆太太一样喋喋不休。有一群人围在她的周围，艾美竖起耳朵想听听在说些什么，断断续续的话使她惊慌不已，睁大的眼睛和抬起的手折磨着她的好奇心，频频传来的阵阵笑声使她很想去分享这种乐趣。听到以下谈话的只言片语，可以想象她内心遭受的痛苦。

“她骑马骑得那么好——是谁教的？”

“没人教。她曾经把一个旧马鞍挂在树上，练习过上马、勒马和骑马。现在她什么马都骑，不知道什么是害怕。马房对她降低收费，她驯过的马都能很好地接待女士。她那么迷恋马，我经常对她说，如果其他事干不成，她可以当个驯马师维持生计。”

听到这些糟糕的话，艾美很难克制自己，因为给人的印象是，她是个相当放荡的小姐，而这是她最讨厌的。可是她又能怎么样呢？老太太的故事才讲了一半，离讲完还早着呢。乔又侃开了其他话题，披露出更多可笑的事情，犯了更多可怕的错误。

“是的，那天艾美非常绝望，好马都被骑走了，留下来的三匹，一匹跛足，一匹瞎眼，另一匹脾性犟，要它起步就得往嘴里塞土。游乐聚会上这是好马，是不是？”

“她选了哪一匹呢？”一位男士笑着问，他很喜欢这个话题。

“一匹也没要。她听说河对面农庄里有一匹马驹，不曾有女士骑过，但决定试一试，因为那匹马长得气宇轩昂，精神得很。她的奋斗真是悲壮，还不曾有人给这匹马上过鞍，所以她要上鞍。我的天，她真的驾着它过了河，易如反掌地上了鞍，驭它走向马棚，让那个老头大惊！”

“她骑这匹马了吗？”

“当然骑，而且骑得极痛快。原以为会被摔得支离破碎抬回家，结果她把它驯得很好，她可是那次聚会的灵魂人物呢。”

“唷，我说那是胆量啊！”小兰姆先生转身用赞许的眼光瞥一眼艾美，心里在纳闷，他母亲到底说了些什么，居然让这位姑娘满脸涨得通红而且很不自在。

当话题突然转到服饰的时候，她脸色更红更不自在了。一位小姐问乔，野餐会上戴的那顶漂亮的土褐色帽子是哪里买的。傻乎乎的乔不提两年前买的地方，而是没必要地坦白说：“哦，是艾美在上面涂了颜色。街上买不到那么柔和的颜色的，所以我们喜欢什么颜色就上什么颜色。有一个搞艺术的妹妹，是我们极大的安慰。”

“这不是很有创意吗？”兰姆小姐叫起来，她发现乔很逗。

“与她的某些才气横溢的表演相比，这算不了什么的嘛。这孩子无所不能。嗨，她想穿一双蓝色的靴子参加萨莉的晚会，于是就把自己那双脏兮兮的白色靴子涂成天蓝色的了。那种蓝的好看程度前所未有，很像缎子嘞。”乔补充道，满脸是为妹妹的才艺感到自豪的神情，可把艾美气得真想用名片盒掷她才解恨。

“前阵子读了你写的小说，很喜欢呢。”兰姆大小姐说道，意在恭维这位文学女士。必须承认，此刻文学女士并没有现出本色。

一听有人提起她的“作品”，乔的反应总是不好，她要么变得生硬起来，像是受到了冒犯，要么用粗话改变话题，如同现在这样。“很遗憾，你没有找到更好的书读。我写那些垃圾是因为好卖，受凡人欢迎。你今年冬天要去纽约吗？”

由于兰姆小姐“喜欢”她的小说，这么说话就显然不够领情，也不礼貌。乔出口后马上就意识到了错误。怕把事情弄得更糟，她突然记起该自己先提出来告别，行为如此唐突，使得三个人还有一半话留在嘴里。

“艾美，我们得走了。再见，亲爱的，一定要来看我们。期待你们的拜访。不敢邀请你，兰姆先生，不过若是你来了，我想我肯定不忍心打发你走的。”

乔说这话时模仿梅·切斯特过分热情的派头。那种滑稽相，促使艾美尽可能快地冲出了房间，同时强烈地升起一种哭笑不得的感觉。

“我做得还好吧？”离开后，乔踌躇满志地问道。

“没有更糟的了，”艾美全盘否定道，“着什么魔让你去说我的马鞍呀、帽呀靴呀的事情，一切的一切？”

“没什么呀，这些事很有趣的，能逗大家高兴。他们知道我们穷，所以，没必要装出我们雇有马夫，一季能买三四顶帽子，能像他们轻而易举地添置东西的样子。”

“不要去对他们说我们的小花招嘛，完全没必要以那种方式来揭自家的穷。你没有一点儿正常的自尊心，从来就学不会什么时候闭嘴，什么时候开口。”艾美绝望地说。

可怜的乔难为情了，用发硬的手帕默默地拭着鼻头，仿佛在为自己的罪错忏悔。

“在这一家我该怎么做呢？”走近第三家别墅的时候她问道。

“爱怎么怎么的。不管你了。”艾美简短地回答。

“那我会过得很愉快的。那些男孩都在家，我们会玩得很痛快。天知道，我需要换点花样，优雅举止对我的身体很不利。”乔粗声粗气地说，她为自己无法适应而烦恼不安。

三个大男孩和几个漂亮孩子的热情欢迎，迅速安抚了她的烦恼心情。乔让艾美一个人去对付女主人和碰巧同样来访的都铎先生。她专心致志地与年轻人玩，发觉这新花样很提神。她饶有兴趣地听大学的故事，一声不吭地爱抚着指示犬和卷毛小狗，欣然同意“汤姆·布朗[1]是块好砖”，全然不顾这种赞美方式不恰当。当一个小伙子提议参观自己的海龟池时，她爽快地跟着走了。这招来妈妈的笑容，慈爱的淑女整一整被子女们的拥抱弄乱了的帽子，熊抱的样子倒很亲切，对她来说比心灵手巧的法国女子制作的无懈可击的发型还宝贝。

1　托马斯·休斯的小说《汤姆·布朗的求学时代》中的人物，小说主要讲述学校生活。

艾美听任姐姐管自己玩，自己也尽兴玩乐着。都铎先生的叔叔与一个英国小姐结了亲，而她是在位勋爵的远房亲戚。艾美无限崇敬他们家族，尽管生在美国长在美国，但她还是跟大多数国人一样，对爵位肃然起敬——这是对早期君主信仰的那种默认的忠诚；若干年以前，一个皇家金发男孩到来的时候，这种忠诚曾经使这个阳光下最民主的国家骚动起来；这与年轻国家对古老国家的敬爱也息息相关，就像大儿子对专横的小母亲的爱，母亲有能力的时候拥有儿子，但儿子造反后，便一顿责骂令其远走高飞了。不过，即使与英国贵族远房亲戚的攀谈令人心满意足，也不能使艾美忘记时间，盘桓的分钟数恰到好处时，她留恋不舍地抽身离开了贵族伙伴，去寻找乔，热切地希望那无可救药的姐姐不会处在给马奇姓氏蒙羞的境地。

情况原本可以更糟，但艾美已经认为够糟的了。乔坐在草地上，周围驻扎着一群男孩，一条四爪污秽的狗歇息在她节日礼服的裙摆上，而她正在向心怀钦佩的听众讲劳里恶作剧的故事。一个小孩正在用艾美的宝贝阳伞拨弄海龟，第二个正在乔最好的帽子上吃姜饼，第三个正在用她的手套玩球，所有的人都玩得很高兴。当乔收拾起那被损坏了的财物要离开的时候，她的那一群卫队簇拥着请求她再来："听你讲有关劳里的玩乐故事真好玩。"

"都是顶好的男孩，不是吗？待了一会儿后，我就感到格外的年轻活泼。"乔说着，把双手背在后面慢步走着，几分是出于习惯，几分是在隐藏弄脏了的阳伞。

"为什么总是躲着都铎先生？"艾美问，明智地避而不谈乔走了形的外表。

"不喜欢他呗，他爱摆架子，慢待姐妹，烦扰父亲，提到母亲很不尊重。劳里说他放荡不羁，我觉得他不值得结识，所以不理他。”

“至少要对他有礼貌吧。你对他只是冷冷地点个头，可刚才对汤米·张伯伦又是鞠躬又是礼貌地微笑。他父亲是个开杂货店的，你对他俩的态度反一反，那才对。”艾美责怪地说。

“不，不行，”乔倔强地回答说，“我不喜欢，不看重，不钦慕都铎，尽管他的爷爷的叔叔的侄子的侄女是一位爵爷的远房表亲。汤米贫穷、羞涩，但他善良，而且非常聪明。我觉得他好，愿意对他表示恭敬，因为他虽然手里摆弄的是牛皮纸袋，却是个绅士。”

“跟你争论没用。”艾美说。

“是没用，乖乖，”乔打断她的话，“还是让我们显得友好些，在这里留张名片吧，显然，金家都外出了，谢天谢地。”

家庭名片尽了职，两位小姐继续前进。到了第五家，她们被告知小姐们今天有事，乔再次感恩起来。

“现在就回家吧，今天就别管马奇姑婆了。随时可以去她家的，穿着最好的礼服拖过一路灰尘太可惜了，再说我们又累又烦。”

“爱怎么说，就怎么说吧。姑婆喜欢我们穿着入时主动地登门造访。这对我们来说是抬脚之劳，但会给她带来快乐。我认为，这对你衣服的损坏程度不及那几条脏狗和那群野孩子所损的一半。弯腰，让我取掉你帽子上的碎屑。”

“真是个好姑娘，艾美！”乔说着，懊悔地打量一下自己弄坏了的衣服，又瞥一眼妹妹的衣服，她的衣服仍然光鲜无尘。“希望能像你那样，能轻而易举地做些小事情来取悦人。我想过这些，但做这些事情太费时间了，所以总在等待时机搞个大好事，而让小事从身边溜走了，但我看最终还是小事最有效。”

艾美笑了，怒气立刻平息，还带着母爱的神情说：“女人应该学会随和，尤其是穷女人，没有其他方式回报人家给予的善意嘛。如果记住这一点，并照着去做，你会比我更招人喜欢的，你的长处更多呀。”

“我是个坏脾气的古董，而且永远改不掉，但我愿意承认你是对的。只是对我来说，与其违心地去取悦一个人，还不如去为他两肋插刀容易些。我这种爱憎分明太强烈的性格很不幸，是不是？”

“如果你不能掩饰，那是更大的不幸。不瞒你说，我并不比你更认可都铎，但没有人要我对他这么说。你也同样，犯不着因为他不讨人喜欢而使自己显得不随和。”

“但我认为，女孩不认可男孩就要表露出来，除了举止上体现出来，还能怎么做？说教没有用，这一点自从我对付特迪以来就明白了，真悲哀。但是可以从许多小事情上去默默影响他。嗨，如果可能的话，对其他人我们也应该如法炮制。”

“特迪是个出类拔萃的男孩，不能用来例证其他男孩的。”艾美说，音调严肃而肯定，这话若被那“出类拔萃的男孩”听到，他会笑得合不拢嘴的。“如果我们是美女，或者有钱有地位，也许能做点什么。但是，因为不认可一些青年就横眉冷对，认可一些青年就笑脸相迎，这样做毫无效果，只能让人觉得我们古怪，像清教徒。”

“所以要默许我们厌恶的人和事，只因为我们不是美女和百万富翁，是不是？这是多好的道德原则。”

“说不过你，我只知道这是处世方式。反对它的人，只会费尽苦心而遭人耻笑。我不喜欢改革家，希望你也不要尝试着去当这个改革家。”

“我的确喜欢改革家，如果可能，我要成为一个改革家。尽管有人耻笑，但这个世界没有改革家就不会进步。我俩观点不对路；你属于旧派，我属于新派。你会生活得很好，但我会活得很有生气。我想我宁愿享受拍砖和起哄。”

“行啦，镇静一下吧，不要用你的新观念去打扰姑婆。”

“我尽量不去烦扰她，可在她面前，我总像是着了魔似的，会突然冒出一些特别不客气的话，或是激进的看法。这是命中注定，我不由自主的啊。”

她们发现卡罗尔婶婶在老太太家里，全神贯注地谈论着某个有趣话题，看到姑娘们进来便放下了话头，用一种窘困的眼神看着她们，说明刚才正在谈论她们的侄孙女们。乔情绪不好，任性劲儿又发作了，但艾美正处在天使般的心境中，她善良地尽到了责任，控制住了情绪，并使每个人都舒心。这种亲情交融的气氛立刻感染了两位长辈，她们亲切地称她为“我的乖乖”，眼神里传达出她们后来加以强调的意思：“这孩子每天都在进步。”

“你是不是要去交易会帮忙，乖乖？”卡罗尔太太问道，艾美坐到她的身边，那种贴心的神情是每个长辈都喜欢的。

“是的，婶婶。切斯特太太问我去不去，我提出看管一张桌子，因为除了时间没有其他东西可出让。”

“我不去，”乔断然插话，“我讨厌受人恩惠，切斯特一家认为让我们去他们亲友满座的交易会帮忙，对我们是个莫大的恩惠。我惊讶你居然会答应，艾美，他们只要你去干活。”

“我愿意去干活。交易会是为切斯特家办的，也是为自由人办的。他们真好，让我去参加劳动分享快乐。善意的恩惠不会让我烦心。”

“完全正确。我喜欢你的感恩之心，乖乖。帮助那些感激我们助力的人，是件令人愉快的事。有些人并不感激，这令人懊恼。”马奇姑婆一边从眼镜的上面看着乔，一边说道，乔离她有点距离，坐在摇椅上摇着，表情有点郁闷。

要是乔知道一股巨大的福气正在她俩中间徘徊，而平衡点只能落到一个人身上，她马上就会变得像只鸽子的。但是，很不幸，我们的心里没有窗户，看不到朋友的脑子里在想些什么。在普通的事情上，也许看不见更好，但有时候能知道人家在想什么，会是一种安慰，也能节约时间，免得淘气。乔接下来的话，剥夺了自己长达多年的快乐，同时也接受了一个学会管住舌头的适时教训。

“我不喜欢受人恩赐，这样压迫我，让人感到像个奴隶。我宁愿一切事情都由自己做，完全独立。”

“啊咳！”卡罗尔婶婶轻轻地咳了一声，眼睛看看马奇姑婆。

“早就跟你讲过了。”马奇姑婆果断地向卡罗尔婶婶点个头说。

幸好乔不知道自己到底干了什么，她还趾高气扬地坐在那里，一副造反的表情，这种神情随你怎么形容，就是不能说是动人的。

“你会说法语吗，乖乖？”卡罗尔太太把手放在艾美的手上问道。

“相当好，多亏马奇姑婆，只要我愿意她就让埃丝特经常跟我对话。”艾美感激地回答说，这使得老太太的脸上露出和蔼的微笑。

“你的外语怎么样？”卡罗尔太太问乔。

“一个字也不懂，我学任何东西都很笨。受不了法语。法语是那么难缠那么无聊的一种语言。”乔唐突地回答说。

两位老太太再次交换了眼色。马奇姑婆对艾美说：“乖乖，你现在身体相当强壮，是不是？眼睛没再烦扰你了，是不是？”

“一点儿也没有，谢谢你，太太。我很好，今年冬天我想干些大事，以便那快乐的时光到来时，可以随时动身赴罗马。”

“真是个好姑娘！你应该去，相信你会有这么一天的。”姑婆赞许地拍拍她的脑袋说，艾美则为她捡起了线团。

牢骚鬼，闩上门，
坐到炉边纺纱去。

鹦哥正歇息在乔座椅背后的栖木上，它弯下头来看着乔的脸嚎叫，仿佛在放肆地质询，神情那么滑稽，不由你不笑起来。

“很会察言观色的小鸟。”老太太说。

“来，散步呀，乖乖？”鹦哥叫着朝瓷器柜跳去，示意要一块糖。

“谢谢，我这就去。走，艾美。”乔结束了这次拜访，更加强烈地意识到拜访的确对她的身体很不利。她以绅士的方式握手道别，而艾美亲吻了两位长辈。两个女孩离开了，留下的印象像阴影和阳光，见其消失在远处的背影，马奇姑婆做出了决定：

“玛丽，你最好去安排吧，我出钱。”卡罗尔婶婶则果断地回答：“我当然会去的，只要她父母同意。”

第三十章

后 果

切斯特太太的交易会精致而有档次，被邀请参加交易会并负责一个展台，相邻的年轻小姐们都感到十分荣幸，所以大家都对此事兴致勃勃。艾美接到邀请了，而乔却没有，这对各方面来说都是件幸事，因为她正处在胳膊叉腰的盛气凌人阶段，要教会她如何与人和睦相处，还得让她多摔几个跟头。这个“傲慢无趣的家伙”被无情地排除在一边，而艾美由于是负责工艺品的展台，则其天赋和趣味得到了适时的赏识，她全身心地投入了筹备工作，确保艺术展台有合适的价值作品出现。

一切进展顺利，但交易会开幕的前一天出现了一场小冲突。要知道，老老少少总共有二十五六名太太小姐聚集一起工作，各自都有自己的脾气和偏见，这是不可避免的。

梅·切斯特相当嫉妒艾美，因为对方更受人喜爱，而此时出现的几个小情况，增加了这种情绪。艾美那精致的钢笔画，使梅描画的花瓶黯然失色，这是第一根刺。在最近的一次舞会上，所向披靡的都铎与艾美共舞四次，而与梅只有一次，这是第二根刺。但在她心里翻腾的主要怨情，给她的不友好行为以口实的是，某个仗义的长舌头把流言传给她，说马奇家的小姐在兰姆家嘲笑了她。这事儿本应全部怪乔，她那淘气的模仿太逼真了，旁人一看就知道在模仿谁，爱嬉闹的兰姆家就把这个笑话传了出去。然而，两个始作俑者对此一无所知，所以，艾美听了切斯特太太的话所表现出来的惊愕是可想而知的。得知女儿被人嘲弄，切斯特太太信以为真，当然非常气愤。在交易会开幕的前夕，见艾美正在给漂亮的展台做最后的修饰，她表情冷淡，口气却温和地说：

“乖乖，我发现小姐们对我把这个展台给人家而不给女儿挺有看法。这个展台最显眼，还有人说所有展台中这个最引人注目，而她们是这次交易会的主要张罗者，最好自己来用这个展台。很抱歉，但我知道你对这个交易会一片诚心，所以不会计较个人的小得失。如果你愿意，可以换展台。”

按切斯特太太预先的想象，说这几句官腔话会很容易，但是真到了要说的时候，她发现难以自然地说出口，艾美信任的双眼直视着她，充满了惊讶和苦恼。

艾美感到，此事的背后肯定有问题，但猜不透到底是什么。她觉得自己受到了伤害，而且没有加以掩饰，轻轻地说：“也许你更愿意我一个展台也不用？”

“哎，乖乖，不要生气，求你了。你瞧，这只是应急之计，我的女儿们自然是要带头的，大家认为这个展台最适合她们。我认为这个展台也很适合你，非常感谢你做了那么多，布置得这么漂亮。但是，我们当然必须放弃个人的意愿，我保证让你换个好位置。喜不喜欢那花卉展台？那几个小姑娘在负责那个展台，她们没信心了。你能把它装点得很迷人的，要知道，花卉展台总是诱人的。”

“尤其对男士而言。”梅补充道，她的表情向艾美提示了自己突然失宠的原因。她气红了脸，但没有进一步介意这女孩子的讽刺，而是用意想不到的友善语气回答说：

“听你的，切斯特太太，如果你喜欢，我马上放弃这个展位，去张罗花卉展台。”

“如果你愿意，可以把东西搬过去放到自己的展台上嘛。”梅开口说，看着艾美那些漂亮的搁物架、描绘鲜艳的贝壳、精致小巧的灯饰，她内心有点过意不去。毕竟，这些都是艾美精心制作、别致地摆放的东西。她的本意是友善的，但艾美误会了，抢着说：

“哦，当然，如果它们碍事的话。”说着她就把自己的东西一股脑儿揽进围裙里走开了，深感自己和自己的艺术品受到了不可饶恕的羞辱。

“哎，她气疯了。天哪，真希望我没叫你去说，妈妈。”梅说着，愁眉苦脸地看着自己空荡荡的展台。

“姑娘们吵架很快就会过去的。”她母亲回答道，但对自己在其中担任的角色感到有点羞愧。她确实也应该感到羞愧。

看到艾美和带来的宝贝，小姑娘们高兴得欢呼雀跃起来，热忱的欢迎稍稍平息了她烦恼的情绪。她大干起来，决心无法在艺术上成功，就在花卉上取得成绩。但所有的事情似乎都在与她作对。时间来不及了，再说她也很累。每个人都自顾不暇，没法帮她，而小姑娘们只能帮倒忙，乖乖们就知道一惊一乍，叽叽喳喳的像是一帮喜鹊。她们为维护最完美的秩序，笨拙地努力，却造成了一大堆的混乱。常春藤拱门竖立起来了，却站不稳，悬挂在上面的吊篮装满花卉后就摇摇晃晃，像是要朝她的头顶砸过来。她最好的瓷砖画溅上了水，结果在爱神丘比特的脸颊上留下一滴黑色眼泪。她使用榔头干活，结果擦伤了手。她在穿堂风口干活，结果患了伤风，也就为第二天忧心忡忡。任何一个有同样遭遇的女读者都会同情起可怜的艾美，祝愿她顺利完成任务。

那天晚上，她把情况说了，全家人都对此愤愤不平。母亲说真可惜，但告诉艾美说她做得对。贝丝宣布她绝对不去看交易会，乔问艾美为什么不带上自己所有的漂亮东西走掉，任由那些卑鄙小人去折腾那个交易会。

“没有理由因为她们卑鄙我也跟着卑鄙。我讨厌这种事，尽管我有权表示出我受到了伤害，但不想这么做。这会比怒言愤行更能让她们感觉到，是不是，妈咪？”

“你做得对路，乖乖。用亲吻回报拳头，永远是最好的办法，尽管有时候很难做到这一点。”母亲说，表露出对说说容易做做难深有体会的神情。

尽管嫌怨报复的各种诱惑不时油然而生，但次日艾美还是坚持了自己的决定，用善良的心来克敌制胜。她开局很不错，多亏一个意想不到却非常及时的无声提示。那天上午，她在布置展台，小姑娘们在前庭装花篮，她拿出自己最宠爱的作品——一本小书。封面是古董，是爸爸在宝贝里面找到的，而她在精制的犊皮纸书页上根据不同的主题画上了装饰插图。当她带着那种情有可原的自豪，翻动着画有很多精美图案的书页时，目光落在一行诗句上，于是停下来思考。醒目的鲜红、天蓝、金黄三种颜色的涡形边框衬托着诗句，插图中善良的小精灵在荆棘和鲜花丛里忙上忙下互相帮助。诗句的内容是：“爱邻居当如爱自己。”

“应该爱邻居，但我没有做哇。”艾美想，从鲜艳的书页上抬起头，望着大花瓶后面梅那张不满意的脸。显然，大花瓶遮不住取走可爱的小摆设后留下的空缺。艾美站了一会儿，翻动着手中的书页，每一页都有一些对嫉妒和刻薄的温和指责。在大街、学校、办公室，在家里，每天都有人潜移默化地向我们宣讲许多智慧而实在的训诫。如果交易会能宣讲永远不会过时的善良有益的道理，连展台也可以成为讲道坛。艾美内心深处从那本书里得到了一点儿启迪，当时当地，她铭记在心里，并立刻付诸行动。她做了我们许多人很难做得到的事。

一群女孩站在梅的桌子周围，欣赏着漂亮的东西，议论着调动女销售员的事。她们把声音压得低低的，但艾美知道她们在议论她，听信一面之词，并做出评判。这令人不舒服，但此时的她已有了一个更良善的信念，不久验证它的机会来了。她听到梅忧愁地说：

“太糟了，来不及制作其他东西了，我又不想用零星杂物滥竽充数。当时这张展台已布置好了，可现在全毁了。”

“我保证如果你开口，她会物归原处的。”有人建议说。

“那么折腾过了，怎能说得出口？”梅开口了，但她的话还没说完，展厅的另一边传来了艾美乐呵呵的声音：

“如果你喜欢，不用开口，尽管来拿去好了。我正在考虑主动物归原处呢，它们属于你那个展台，而不是我这个。喏，都在这里，请收下吧，原谅我昨晚匆匆地把它们撤走了。”

艾美点点头，面带微笑，边说边把她的那些宝贝放回去，而后又赶快离开。她觉得做一件友好的事比待在那里等人家道谢更容易。

“嗨，我说她可爱，是不是？”一个女孩叫起来。

梅的回答听不见，但另一个小姐冷笑着加了一句。她的情绪显然是调和进了柠檬汁，酸溜溜的：“很可爱，她知道这些东西在她那个展位卖不出去的。”

唉，真让人心寒。我们做出一点儿牺牲的时候，总希望至少能得到理解和欣赏。有一瞬间艾美甚至感到后悔，觉得善不总是有善报。但她不久发现，善的确有善报。她的情绪高涨起来，展台在她巧手的布置下花团锦簇了。姑娘们也很友好，那小小的举动似乎令人惊异地刷新了气氛。

这一天对艾美来说漫长而难熬，她坐在桌子后面，经常很孤独，小女孩们早就开小差了。几乎没人喜欢在夏天买花，远没到晚上她的花束就开始发蔫了

艺术展台果然最有人气。从早到晚，周围总是有一群人，服务员们得意地抱着咔嗒咔嗒响的钱箱跑来跑去。艾美不时若有所失地望着对面，渴望亲自上阵，那样就会感到自如，感到幸福，就不用晾在角落里无事可做。这对我们当中的一些人来说算不了什么，但对一个漂亮而活泼的姑娘来说，不仅沉闷，而且非常折磨人。一想到晚上家人、劳里和同学们要看到自己窝在那里，就觉得要英勇就义殉道了。

她到夜里才回家，家人见她脸色苍白，沉默不语，就知道那一天很难熬，尽管她没有抱怨什么，也没告诉大家她做了些什么。母亲额外给她沏了一杯热茶。贝丝帮助她穿衣服，还做了一个可爱的小花冠戴在她头上。而乔一反常态，精心地修饰起自己的外表来，神秘地暗示着交易会上的展台要被掀翻[1]，让家人吃惊不小。

"求求你，乔，别做任何鲁莽的事情。我不想乱折腾，让一切过去，你放规矩点吧。"艾美哀求道。她要早点出发，希望能增援鲜花，来振作那可怜的小展台。

"我只是想把自己打扮得迷人一点儿，让每一个熟人喜欢，让他们在你那个角落里尽可能待得长久些。特迪和他的同学们会

1　英语双关语，还表示局面扭转，参见下文的情节。

助一臂之力的，我们还是会过得很愉快的。”乔回答说，她倚在门口等候着特迪的到来。不一会儿，熟悉的脚步声从暮色中传来，她跑出去迎接他。

“这是我的小伙子吗？”

“就像你是我的小姑娘一样确定！”劳里拽住她的手夹在胳膊下，一副志得意满的神态。

“噢，特迪，居然有这种事！”乔以姐姐的满腔热情讲述了艾美的委屈。

“我的那帮伙计马上就要驾车过来了，我非得让他们买光她的花不可，然后驻扎在她的展台前，否则我就不得好死。”劳里说道，热情地支持她的事业。

“艾美说，那些花一点儿也不可爱，新鲜的花也可能无法及时到货。我倒不想冤枉别人，也不是多疑，哪怕新鲜的花永远不到货，我也不会感到意外的。做了一件卑鄙的事，很可能会一不做二不休的。”乔深恶痛绝地说。

“难道海斯没有把我家花园里最好的花采给你们？我吩咐过他的。”

“这倒不知道呀，我猜想他把这事儿给忘了。你爷爷的身体不舒服，所以我不想问他去要，免得让他操心，虽然我很想要一些。”

“哎呀，乔，你怎么能这样想，有什么好问的？花是我的也就是你的。我们不是什么东西都对半分的吗？”劳里应道，他这种语气总是让乔变得浑身带刺。

“得了，我可不想！你的一半东西，有些根本不适合我。不要站在这里调笑了。我得去帮助艾美，你去把自己打扮成帅哥。你要是真的这么好，就叫海斯送一些漂亮的鲜花到交易厅，我会永远为你祈福的。”

“难道现在不为我祈福？”劳里问，乔受不了他这种挑逗的口气，急忙不客气地当着他的面把门关上，透过栏杆叫着：“走开，特迪，我很忙。”

多亏这两位同谋者，那天晚上局面真的扭转过来了。海斯送来了如草原般丰富和水灵灵的鲜花，还送来一个可爱的花篮，用上了他最好的插花技术，放在展台的中心。接着，马奇一家全体上场了，乔特别卖力，成效显著。人们不仅走过来，而且还驻足，冲着她的胡扯哈哈大笑，还赞赏艾美有品位。他们显然都玩得很愉快。劳里和他的同学们殷勤地挺身而出，买光了花束，在展台前安营扎寨，使那个角落成为交易厅里最热闹的地方。艾美此刻如鱼得水，哪怕不是别有用心，就是出于感激之情，也尽可能做到了举止活泼和彬彬有礼。大约在那个时候她得出了一个结论：归根结底，善人有善报。

那天晚上，乔的表现很恰当，堪称楷模。当艾美被她的仪仗队幸福地簇拥着的时候，乔在交易厅里转悠着，听到了各种闲言碎语，让她明白了切斯特改变初衷的原因。她责备自己，那恶感自己也有份，决心尽快去为艾美开脱责任。她也了解到艾美早上就事态都做了些什么，认为她是宽宏大量的模范。经过艺术展位时，她朝展台扫了一眼，想看看妹妹的东西，但都不见了。“恐怕都给藏起来不让人看见了。”乔想，她对自己的委屈可以不和人计较，可对家人的侮辱，她可愤愤不平。

“晚上好，乔小姐，艾美那边怎么样啦？”梅用和解的口气问，想让人知道她也能做到很大度。

“她已卖完所有值得卖的东西，现在正尽情享受呢。花卉展台总是诱人的，你知道，‘尤其是对男士而言’。”

乔忍不住反唇相讥，但梅听了后表现得很温和。乔马上就后悔了，她开始赞美起摆在展台上还没卖出去的几个大花瓶。

“艾美的灯饰还在吗？我想给我爸爸买下。”乔说，很想知道妹妹作品的命运。

“艾美的东西早就卖光了，我特意摆在相关人士容易看到的地方，为我们赚了可观的一笔钱呢。”梅回答说，她那一天也跟艾美一样，克服了各种小诱惑。

乔感到很欣慰，急忙回去告诉大家这个好消息，艾美知道了梅的言行后，既感动又惊讶。

“好了，先生们，想让你们去别的展台尽点义务，就像在我的展台一样出手大方——要特别照顾工艺品展台。”她命令“特迪的家丁”出发，姑娘们对大学同学都是这么叫的。

“‘冲啊，切斯特，冲啊！’是那个展台的台训，要像男子汉那样尽你们的义务。从艺术品的角度来说，花出去的每一分钱都是物有所值的。”当义勇军准备冲锋陷阵时，乔按捺不住激动的情绪说。

“言听计从，但马奇比梅漂亮多了。”小帕克说。他拼命想说几句既诙谐又温柔的话，可是劳里迅速制止他说：“很好，孩子，真是个小孩子！”劳里慈父般的拍拍他的头，送他走开了。

“把花瓶买下来吧。”艾美对劳里耳语说，想最后一次以德报怨，让她的敌人感到后悔惭愧。

令梅惊喜不已的是，劳伦斯先生不仅买下了那对花瓶，而且还一手夹着一个，在交易厅里游走着。其他几位绅士同样投机，鲁莽地买下了各种易碎的小玩意儿，然后拿着沉甸甸的蜡花、手工绘画的扇子、金银丝公文包和其他一些实用的适用品，在大厅里瞎逛，茫然不知所措。

卡罗尔太太也在那里，听说了此事，显得非常高兴，把马奇太太拉到角落里不知嘀咕着什么。马奇太太听了非常满意，望着艾美，脸上神情复杂，既自豪又焦虑。不过，她没有说出为什么开心，直到几天以后。

大家都认为交易会圆满成功。梅和艾美道晚安时，没有像往常那样滔滔不绝，只是给了艾美一个深情的吻，脸上的神情仿佛在说："请原谅，别放心上。"这使艾美感到心满意足。她到家时发现，两个花瓶陈列在客厅的壁炉架上，里面各插着一大束鲜花。劳里吆喝着宣布："奖给宽宏大量的马奇小姐。"

"艾美，我表扬过你，可你的美德远不止这些。你为人正直，宽宏大量，品行高尚。你举止优雅，我佩服得五体投地。"那天深夜，一起梳头的时候，乔热切地说。

"说得对，她对别人这么宽容，我们都尊重她，爱她。这肯定艰难得要命，要知道，累了这么久，还一心想卖掉自己的漂亮东西呢。要是换了我，我相信，要像你这么宽容，肯定办不到。"贝丝躺在枕头上补充说。

"好了，姐姐们，用不着这么夸我。我做的算不了什么，只是希望别人也会这么待我。我说过要做一名淑女，你们还笑我呢，可我是说真正做言行端正的淑女。我只是按照我理解的去做。到底要怎么做，我说不清楚。小气、愚蠢，还有挑剔，这些都是小毛病，可它们毁了那么多女人，我只是不想这样。现在还做得远远不够，可我会尽力的，希望有朝一日能和妈妈一样。"

艾美说得很热切，乔热情地拥抱她说："现在懂你的意思了，不会再笑你。你太小看自己了，进步得很快，我要虚心向你学习。我相信，你一定知道秘诀了。继续努力吧，乖乖。总有一天你会得到回报的，到时候，我会比谁都开心。"

一个礼拜后，艾美确实得到了回报，可怜的乔却感到很难开心起来。卡罗尔婶婶来信了，马奇太太看信的时候，脸上闪着喜悦的光芒。真巧，乔和贝丝和她在一起，忙问是什么喜讯。

“卡罗尔婶婶下个月出国，她想——”

“想拉我陪她一起去！”乔插嘴说。她抑制不住心中的狂喜，从椅子上跳了起来。

“不，乖乖，不是你，是艾美。”

“噢，妈妈！她太小了。该先轮到我。我早就想了——这对我很有好处的，太棒了——我非去不可。”

“恐怕这不行，乔。婶婶说是艾美，很肯定，她给了这样的恩惠，我们不能再提条件。”

“怎么老是这样。艾美享乐，我受罪。这不公平，噢，这不公平。”乔激动地喊道。

“这恐怕有一半还要怪你自己，乖乖。那天，婶婶跟我说，你做事太直率，性格太独立，她感到很遗憾。这里她就是这么写的，好像还有你说过的几句话：‘开始我打算让乔去，可“恩惠给她负担”，她又“讨厌法语”，我想我不敢邀请她。艾美更听话，她会成为弗洛的好伙伴的。她知道感恩，懂得这次旅行给她的馈赠。’”

“噢，都是我这舌头，这该死的舌头！为什么就不学会闭嘴呢？”乔呻吟道，想起那毁了自己的话。听了乔对信中引用的这些话的解释，马奇太太伤心地说：

“我希望你能去，可这次是无望了。努力吧，开心地接受事实。别抱怨，也别后悔，那样艾美会不开心的。”

“我会尽力的。”乔说着使劲地眨眨眼，然后屈膝拾起刚才因兴奋而打翻的针织篮子。“我跟她学，不光看上去开心，而且真的开心。对她的幸福，一点儿也不嫉妒。可这不容易，这次失意太可怕了。”可怜的乔忍不住流下几滴伤心的泪，打湿了手中鼓鼓的小针垫。

“乔姐，我很自私，不能放你走。你暂时还不走，我很高兴。”贝丝轻声说，一边把乔和篮子一起抱住。这种执着的拥抱和爱意浓浓的神情，使乔感到莫大的欣慰，尽管她刚才还悔恨交加，恨不得打自己一个耳光，低声下气地恳求卡罗尔婶婶赐她这个恩惠，然后看看她怎样感激地承受这个负担。

等艾美回家时，乔已经能做到与家人同庆了，可能不像往常那样开怀，却也没有抱怨艾美的幸运。这位四小姐也把消息当作特大喜讯，心中一阵狂喜，可她还是不失风度。那天晚上，她开始收拾颜料，整理铅笔，而把衣服、钱和护照之类的小东西留给那些没她那么热衷于艺术憧憬的人去整理。

“姐姐们，对我来说这不仅仅是一次游乐，”她一边刮着那块最好的调色板，一边动情地说，“它将决定我的事业，如果我有任何天赋的话，在罗马就要发掘它出来，而且我将会想办法证实它。”

“假如你没有天赋呢？”乔问，她双眼红红的，正在缝制新的领口，准备把它让给艾美。

“那我就打道回府，靠教绘画过日子。”这个求名者用哲人的沉着口气回答道。但她对这个假如做了个鬼脸，并继续刮着她的调色板，仿佛在放弃希望之前要拼搏一番。

“不，你不会这样结局的。你讨厌苦干，会嫁个阔佬，然后回到家里，荣华富贵过一生。”乔说。

“你的预言有时候灵验的，但不信这个预言会实现。我倒希望预言实现，如果自己成不了艺术家，希望能够帮助那些是艺术家的人。”艾美微笑着说，仿佛一个慈善富婆的角色比一个贫穷的绘画老师更适合自己。

“哼！你的希望能实现的，你总是心想事成——而我永远不成。”乔叹口气说。

“你想去？”艾美若有所思地问，用刮刀拍拍自己的鼻子。

“非常想！”

“那行，一两年后我会来接你的。我们一起去古罗马广场发掘文物，实现我们反反复复做出的所有计划。”

“谢谢。当那个快乐的日子果真来临的时候，我会提醒你的承诺的。”乔接受了这个不确定但却是宏伟的邀请，尽力让自己表现出不胜感激之至。

准备的时间没多少，屋子里乱哄哄的，接着艾美便出发了。乔挺住了，表现得不错。可等到那飘动的蓝丝带一消失，她就躲到自己的避难所，在阁楼上哭了个够。艾美也在努力控制自己，直到汽船起航。就在舷梯收起的那一刻，她突然想到，波涛滚滚的大海就要把她和深爱她的家人隔开了。她一把抱住最后一个送客者劳里，哽咽着说：

“哦，替我照顾她们，万一有不测——”

“我会的，乖乖。要是有不测的话，我会来安慰你的。”劳里小声地说，可他怎么也想不到，后来真的被请去履行他的诺言。

就这样，艾美乘船走了，去寻访那个旧世界[1]，可在年轻人看来，它总是那么新奇、美丽。父亲和朋友在岸上目送着她，热切地希望只让好运降临到这个乐天的女孩儿身上。她也冲着他们挥手，直到什么都看不见了，只有夏日的海面阳光灿烂，金光闪闪。

1 欧洲人眼里的美国是新世界，所以欧洲在美国人看来是旧世界。

第三十一章

海外来信

最亲爱的家人：

此刻我真真切切地坐在巴思饭店内临街的窗前，在伦敦皮卡迪利大街。这旅馆并不是时髦交际场所，但叔叔几年前在这里留宿过，而且别的旅馆不想去。不过，我们没打算长待，所以没什么。噢，我无法一五一十地表达我是多么喜欢这里的一切！恐怕永远不能了，因此只能从记事本中摘录点滴情况给你们寄去，自从出发以来啥事也没干，除了素描和简短潦草地写些东西。

曾在哈利法克斯港发出过一封短信，当时感觉糟极了。但从那以后，日子过得快活起来了，很少生病，整天在甲板上，有许多快乐的人来逗我开心。每个人对我都很友善，尤其是那些军官。别笑，乔，在船上真是非常需要男士们，可以扶靠他们，还可以伺候你；他们没事做，让他们变得有用是一种慈悲，否则，他们恐怕会抽烟抽死。

婶婶和弗洛一路上身体不舒服，喜欢独自待着，所以为她们做了力所能及的事以后，我就出去玩个痛快。多么悠闲地在甲板上散步，多么绚丽的落日，多么清新的空气和壮观的波涛！简直就像当初我们骑上骏马雄赳赳地奔驰一样刺激。真希望贝丝能来，这对她的身体是很有好处的。至于乔，她可能会爬上去坐在主桅前的三角帆上，或者管它叫什么来着的高高的东西上，与轮机员交朋友，在船长的传声筒上咋呼，她会这样喜不自胜的。

一切都美极，但看到爱尔兰海岸时，我还是很高兴，觉得它非常可爱。郁郁葱葱，阳光灿烂，到处可见棕色的小屋，某些山上还有废墟，山谷里有绅士们的乡间宅邸，狩猎区里有鹿在吃草。天还很早，但起早欣赏美景不感到遗憾。海湾里小船很多，岸上风景如画，头顶是玫瑰红的朝霞。毕生难忘。

在昆士顿镇，新认识的一个朋友伦诺克斯先生下船离开了我们。我说起基拉尼湖时，他看着我，叹息着吟诵起来：

“噢，你可曾听说过凯特·基阿尼？
她就住在基拉尼湖畔；
她眼睛一瞥，
危险，避之不及，
凯特·基阿尼的目光能致命。”

难道不是很荒唐的吗？

在利物浦只停泊了几个小时。那里又脏乱又嘈杂，很高兴能早点离开。叔叔匆匆跑下船，买了一副狗皮手套、丑陋而笨重的鞋子和一把雨伞，还把胡子剃成络腮式的了，这可是头等大事。然后，他自吹自擂，这下像个真正的英国人了。可他第一次去擦鞋，擦鞋童一眼就看出前面站着的是美国人，笑嘻嘻地说：“擦毕[1]了，

1　原文“There yer har”，系伦敦方言。

先生。我是用最新美国佬鞋油擦的。”叔叔被逗得哈哈大笑。噢，一定得告诉你们那个荒唐的伦诺克斯做了什么！他让朋友沃德为我订购了一束花，沃德会上船与我们同行的。我打开房门就一眼看到了一束漂亮的鲜花，卡片上面写着“罗伯特·伦诺克斯敬献”。好不好玩，姐姐们？我喜欢旅游。

如果不抓紧点，恐怕永远没空写伦敦的事了。这次旅行就像驱车经过一个很长的画廊，看不完的美景。农舍让我欣喜，茅草屋顶，常春藤爬上屋檐，格子窗户，门口有壮实的妇女，身边带着脸色红润的孩子们。连牛看上去都比我们的更安静些，站在齐膝的苜蓿草中，母鸡满足地咯咯叫着，好像它们从来不会像美国佬的小鸡那样神经质地叫。从来没见过这么完美的颜色——草碧绿，天湛蓝，谷物金黄，森林葱郁，一路过来我欣喜若狂。弗洛也和我一样，我们不停地从这边跳到那边，不想放过每一个美景，而我们正在以时速60英里向前疾驶呢。婶婶感到疲倦睡觉去了，但叔叔在读他的旅行指南，对任何事物都无动于衷。这就是我们的状况：艾美跳起来——“噢，那肯定是凯尼尔沃思，树丛中灰灰的地方！”弗洛冲到我的舷窗来——“多美呀！我们总有一天要去那里，是不是，爸爸？”叔叔平静地欣赏着自己的靴子——“不行，乖乖，除非你要喝啤酒，否则不会去那里，那是个酿酒厂。”

停顿——接着弗洛又叫起来，“天哪，有个绞架，一个人正在往上爬。”“在哪儿，哪儿？”艾美尖声叫着，往外望，看见远处有两根高高的柱子，之间有一根横梁，梁上挂着几根链条。“是煤矿哪。”叔叔说，单眼一眨。“这儿有可爱的羊群躺着呢。”艾美说。“看，爸爸，它们是不是很漂亮？”弗洛富有情感地补充了一句。“是鹅群，小姐们。”叔叔回答说。他的语气使我们安静了下来，后来弗洛坐着欣赏起《卡文迪什船长调情记》，而我独享景色。

到达伦敦时自然是下雨，除了雾和雨伞看不到其他东西。我们住下来，打开行李，在大雨间隙买了些东西。玛丽婶婶给我买了些新物品，我走得太匆忙，准备不充分。一顶装饰着蓝色羽毛的白帽子，配上棉布裙衫，还有从没见过的最漂亮的披风。在摄政街购物太棒了。东西都挺便宜，漂亮的丝带只要六便士一码，我买了点备用，但手套要到巴黎买。你们说这是不是有点儿高雅和富有?

叔叔婶婶出去了。出于好玩，弗洛和我叫了辆双轮双座马车出去兜风，后来得知，小姐单独乘出租马车并不时髦。太逗了！我们被木挡板关在车厢里，车夫驾着车子飞快地跑着。弗洛害怕了，她叫我去制止他。可是他在外面，高坐在后面的什么地方，我无法接近。他听不到我的叫声，也没看到我在前面挥动着阳伞，事情就这么着，很无奈，马车哐当哐当一路奔驰，以非常危险的高速拐着每一个弯。终于，绝望之中我看到车厢的顶上有一扇小门，一捅就打开了，一只红眼睛出现了，他用喝醉了的声音说：

“什么事，小姐？”

我尽可能严肃地下达了命令，砰的关上门。“中，中，小姐，”那人让马慢步走着，仿佛去参加葬礼。我又把门捅开说：“稍稍快一点儿。”于是他又策马奔跑起来，跟前面一样慌张，我们只能听天由命了。

今天天气晴朗，我们到附近的海德公园散步，我们比自己的外表更有贵族气派。德文郡公爵就住在附近。我经常看到他的随从在后门闲逛，惠灵顿公爵的宅邸离这儿也不远。天哪，我看到的都是些什么景象啊！就像《笨拙》杂志的漫画一样好看，胖墩墩的富孀坐在红黄四轮马车里出行，华服仆从脚穿丝绸长袜，身穿天鹅绒外套坐在后面，扑了粉的马车夫坐在车前。伶俐的女佣们带着脸色极红润的孩子，标致的姑娘们看上去半睡不醒，戴着古怪的英国帽子和穿着淡紫色山羊皮衣的小伙子们懒洋洋地闲逛着。身着红色上衣的高个子士兵们，头上斜扣着松饼帽子，样子很滑稽，很想给他们画速写。

“洛腾街”法语叫Route de Roi，意思是“国王之路”，可是现在更像是骑术学校。那里的马很棒，男士们骑术很高，尤其是马夫，可是女士们僵硬地骑在马上跳跃着，与我们的规则不一样。我很想让她们看看美国式的飞奔，因为她们穿着单薄的骑装，戴着高帽，驾驭着马儿小跑着，表情很严肃，像玩具诺亚方舟里的女人。这里人人都会骑马，不管是年长的男士，矮胖的妇人，还是小孩们。这里的年轻人很会调情，看到过一对情侣交换玫瑰花蕾，纽扣眼里插一朵玫瑰花，很时髦的，我认为这是一个相当好的创意。

下午去了威斯敏斯特教堂，别指望我来描写它，那是不可能的——只能说太宏伟壮观了！傍晚要去看费其特的戏，我生命中最幸福的一天，就在这一站恰到好处地结束了。

午夜

已经很晚了，但是不告诉你们昨晚发生了什么，就无法在早上把信寄出。你们猜，我们喝茶的时候谁来了？劳里的英国朋友弗雷德·沃恩和弗兰克·沃恩双胞胎！我太吃惊了，要不是看了名片不可能认出他们。他俩都长得很高，还留了腮胡。弗雷德是英国式的英俊。弗兰克身体好多了，只有一点儿点跛，不用靠拐杖了。他们从劳里的信里得知我们住在这里，便来邀请我们到他们家去。但叔叔不愿意去，所以我们要再找时间回访他们。他们陪我们去剧院看戏，大家都极开心。弗兰克全身心地对付弗洛，弗雷德和我谈论过去、现在和将来的趣事，仿佛我们一直都熟悉。告诉贝丝，弗兰克向她问候，听说她身体不好感到很难过。当我谈到乔时，弗雷德笑了，他向“那个大帽子致意”。他俩都没忘记劳伦斯营地，也没忘记一起度过的好时光。那似乎是很多年以前的事儿了，是不是？

婶婶在墙上敲了第三次了，必须搁笔了。我真的感到自己像一个放肆的伦敦贵妇人，坐在这里写到这么晚，房间里满是漂亮的东西，脑子里翻腾着公园、剧院、新衣衫。还有那些好献殷勤的男士们，他们一声“啊！”，用手捻着金黄色的胡子，十足的英国贵族气派。我渴望见到你们大家，尽管我废话连篇。

永远是你们亲爱的

艾美于伦敦

亲爱的姐姐们：

上一封信跟你们谈起过伦敦之旅——沃恩一家真友好，多次为我们举办了愉快的聚会。汉普顿宫和肯辛顿博物馆之行，尤其让我开心——在汉普顿看到了拉斐尔的漫画，博物馆的展厅里满是透纳、劳伦斯、雷诺兹、贺加斯[1]等巨擘的绘画。在里士满公园度过的那一天真快活，享受了地地道道的英国式野餐。那里有很多漂亮的橡树和鹿群，画都画不完。我也听到了夜莺歌唱，看到了云雀腾飞。多亏弗雷德和弗兰克，我们尽情“兜”伦敦，离开的时候不免有些难过。英国人尽管接受你很慢，但是一旦决心接受你了，我想那是再好客不过了。沃恩一家希望冬天在罗马见到我们。要是他们失约，我肯定会非常失望的，因为格雷斯和我已是好朋友了，男孩们也很好——尤其是弗雷德。

瞧，我们刚刚落脚，他就又来了，说是来度假的，要去瑞士。婶婶刚开始显得有点冷淡，但他泰然处之，她也不说什么了。现在我们相处得很好，很高兴他来了，因为他的法语说得很溜，跟本地人没有区别，我不知道没有他我们会怎么样。叔叔认识不了十个单词，他总是把英语讲得很响，好像声音大一点儿人家就能听懂了。婶婶的法语发音是老式的，弗洛和我自以为很懂，结果发现我们的法语也不怎么样。非常感谢有弗雷德去“说大戏”，叔叔就是这样说的。

1　这几位都是18—19世纪英国画家。

我们度过了多么美好的时光！从早到晚观光，中午在轻松愉快的小餐馆里美餐，经历了各种各样好笑的奇遇。下雨的日子里，我陶醉在卢浮宫的绘画里。对其中的一些极品，乔可能会淘气地嗤之以鼻。她没有艺术热情，但我不同，我要尽快地陶冶自己的眼力和品位。她可能更欣赏伟人的遗物，我已看到她所崇拜的拿破仑三角帽和灰色大衣，他儿时的摇篮和他的旧牙刷。还看到了玛丽·安托瓦内特[1]的小鞋，圣但尼[2]的指环，查理大帝[3]的剑，有趣的东西还有许多。回家后可以跟你们谈上好几个小时，但现在没有时间来写。

皇宫是个极其富丽堂皇的地方，有很多珠宝首饰和可爱的东西，我因买不起而几近发疯。弗雷德要给我买一些，我当然不允许。布洛涅树林和香榭丽舍大街très magnifique[4]。我见过几次皇室成员。皇帝长得很丑，看上去冷酷无情；皇后漂亮但苍白，而且依我看穿着很不得体——紫色的裙衫，绿色的帽子，黄色的手套。小拿泊是个英俊的男孩，他坐在四马大车上，一边与家庭教师聊天，一边向经过的人群飞吻，每一匹马上的御者都穿着红色绸缎短上衣，车前车后还有一个骑马的卫兵。

我们经常在蒂伊勒里公园散步，很棒的，虽然我更喜欢古色古香的卢森堡花园。拉雪兹神父公墓很奇特，那里有许多坟墓看上去像一个个小房间。走近往里望，可以看

1 法国末代王后，1755年生，1793年上断头台。

2 公元二世纪基督教殉道士，法国的最高圣人。

3 法兰克国王（742? -814）

4 法语：非常壮丽。

到一张桌子，桌子上摆着死者的肖像或者画像，桌子周围还有几张椅子，供前来凭吊者坐的。这是非常法国味的。

我们的房间在里佛利大街，坐在阳台上，可以左顾右盼这条灿烂的长街。在外面玩了一天很累了，晚上不想动，坐在阳台上聊天真是一种享受。弗雷德很逗，是我见过的青年中最容易相处的人——劳里除外，劳里的举止更有风度。我想要弗雷德黑一点儿，不喜欢白皮肤的男人。可是，沃恩家很富有，出身名门望族，因此我没觉得他们的黄头发不好，再说我自己的头发更黄。

下礼拜要动身去德国和瑞士。由于要赶路，所以只能给你们草草地写一点儿。每天记日记，尽量“准确记住和清楚描写所见所闻”，这是爸爸的建议。这对我也是个很好的练习，这些日记加上我的写生簿，能比这些短信更好地向你们传达此次旅行的情况。

再见，亲切地拥抱你们。

你们的艾美于巴黎

亲爱的妈妈：

乘我们动身去伯尔尼之前有一会儿空闲，我要告诉您发生了些什么，因为有些事很重要，您一会儿就会明白。

在莱茵河溯流而上太棒了，我只是坐着尽情享受。拿出爸爸的旧旅行指南翻阅着。景色的美丽不能用语言来形容。在科布伦次玩得很开心，弗雷德在船上认识了一些来自波恩的学生，他们给我们唱了小夜曲。那是个明月之夜，大约一点钟，弗洛和我被窗口下最动听的乐曲吵醒了。我们飞快地爬起来，躲在窗帘后面窥望，发现弗雷德和学生们在窗下唱着。这是我平生见过的最浪漫的情景了——那河，那浮桥、对面岸上的大要塞，月光洒满大地，音乐可以融化石头的心。

他们唱完后，我们扔下去一些花朵，只见他们争抢着，还给看不见的姑娘们送来飞吻，然后笑着走开了，我猜想可能是去抽烟喝酒来着。次日早晨，弗雷德给我看他背心口袋里一朵压坏了的花，看上去很动情。我嘲笑他说，我并没有扔花，是弗洛扔的。这一说似乎让他很反感，他把花丢出窗外，恢复理智了。恐怕我跟这个男孩会有麻烦，现在已经有苗头了。

拿骚的温泉浴场很好玩，巴登巴登也一样。在巴登巴登，弗雷德输了钱，我骂了他。弗兰克不在身边的时候，他需要有人照顾。凯特曾经说，她希望他早点成婚，我也同意她的看法，结婚对他有好处。法兰克福令人赏心悦目。我瞻仰了歌德故居、席勒雕像，还有丹尼克[1]的雕塑名作《阿里阿德涅骑豹》。非常可爱，要是多懂一点儿希腊神话，就可以欣赏得更好。我不想请问，因为这故事尽人皆知，或者不懂装懂。希望乔能从头至尾给我讲讲这个故事。我应该多读点书，发现自己孤陋寡闻，真苦恼。

现在言归正传——事情就发生在这里，弗雷德刚刚离开。他是那么友好，乐呵呵的，大家都相当喜欢他。

1 德国雕塑家（1758－1841）。

在唱小夜曲之前，除了旅伴友谊，我从来没多想。自那晚以后，我开始感觉到月光下漫步、阳台交谈、每天的探险，对他来说不仅仅是好玩了。我没有卖弄风情，妈妈，真的，我永远记着您对我说的话，而且尽力而为。人家要喜欢我，我也没办法。我没有刻意让人家喜欢我。如果我不关心他们，会难过的，尽管乔说我这个人没心没肺。我知道妈妈这会儿会摇摇头，姐姐们会说："噢，这唯利是图的小东西！"但我已决定，如果弗雷德求婚，我就接受，尽管我自己并没有发疯似的爱上他。我喜欢他，在一起相处得很惬意。他年轻英俊，还算聪明，腰缠万贯——比劳伦斯家富裕得多。我想他家不会反对的。我将会很幸福，因为他们都很善良，有教养，慷慨大方，而且他们喜欢我。弗雷德是双胞胎老大，我想他会继承产业的，那产业有多棒啊！在市区一条时髦的街上拥有宅邸，不像美国大房子那么花哨，但舒适度高两倍，实实在在的华贵，英国人信奉这种风格。我喜欢，它货真价实。我见过金银餐具、传家珠宝、老仆人，还有乡间别墅的图片，里面有狩猎场、大宅、漂亮的花园和骏马。哦，这些令人心满愿足！我可不愿像一些姑娘那样一味追抢爵位，结果却发现除了爵位啥也没有。我可能是唯利是图，但我对贫穷深恶痛绝，只要能够，我就不想再多忍受一分钟。四姐妹当中必须有一个人嫁得好。美格没做到，乔不愿意，贝丝还不能，所以我来吧，把周围的一切搞得温馨点。我不会跟不喜欢或看不起的人结婚的。这一点你们放心，尽管弗雷德不是我心中的白马王子，但是他言谈举止很得当，如果他很喜欢我，让我随心所欲，我终有一天会喜欢上他的。因此，上个礼拜，这件事一直在我脑子里转着，不由自主地看弗雷德喜欢我的神情。他虽然没说什么，但见微知著呀。他从来不跟弗洛一起走，坐马车，上餐桌，散步，总是靠近我的边上。单独在一起的时候，他显得很动感情，看到有人胆敢与我说话，他会皱眉头。昨晚用餐时，一个奥地利军官盯着我们看，然后对他的朋友说了些什么“美艳金发女郎”，那朋友是个风流倜傥的男爵。弗雷德的脸色就像凶猛的狮子，狠狠地切割着自己盘子上的肉，因用力过猛，肉差点儿飞出了盘子。他不是那种冷静而拘谨的英国人，性子有点暴躁，因为身上流淌着苏格兰人的血，那双漂亮的蓝眼睛可以让人猜到这一点。

哦，昨天傍晚大概日落时分，我们去了城堡。除了弗雷德都去了，他要先去“存局候领”处取信，再来与我们会合。大家都玩得很尽兴，逛遍了遗迹、存放大酒桶的地窖和很久以前选帝侯为英国妻子建造的美丽花园。我最喜欢那个大露台，那里景观令人神往，其他人进屋参观房间时，我就坐在露台上，画着墙上灰色的石狮子头，其周围爬着红色的紫茎忍冬藤。我感到自己仿佛坠入了罗曼史：坐在那里，看着内卡河的溪水翻滚着流入山谷，听着城堡下面奥地利乐队演奏的乐曲，就像故事书中的女孩那样，等待着情人到来。我感觉到有什么事就要发生了，而我已做好了准备。我没脸红，也没颤抖，而是相当冷静，稍微有点儿激动罢了。

后来，我听到有弗雷德的声音，只见他匆匆穿过大拱门来找我。他看上去心烦意乱，所以我完全忘了自己，忙问发生了什么事。他说收到信，要他火速回家，弗兰克病危了。他打算乘夜车立刻回家，时间只够说再见。我为他感到很难过，也为自己感到失望。但这种感觉只停留了那么一瞬，因为他握着我的手说："很快就回来的，不会忘了我吧，艾美？"这种口气，我不可能误解他的意思。

我没承诺，但双眼看着他，他似乎满足了。他来不及了，仅够说说情况，道声再见。一小时后他就出发了，大家都放不下他。我知道他欲言又止，但他曾经暗示过，所以我猜想，他可能答应过父亲暂时不做求婚之类的事。他是个轻率的孩子，而老父亲害怕他娶进一个外国媳妇。不久就会在罗马见面，到了那个时候，如果我没改变主意的话，当他说："你愿意吗？"我会说："愿意，谢谢。"

当然这是很私密的事，我只是希望让您了解情况。请不要为我担心，别忘了我永远是您"谨慎的艾美"，我肯定不会鲁莽行事。尽管给我忠告。如果我能做到，肯定言听计从，真希望能与您好好面谈一次，妈咪。爱我，相信我。

永远属于您的艾美于海德堡

第三十二章

柔情的烦恼

“乔，我替贝丝担心。”

“为什么，妈妈？双胞胎出世以后，她看起来特别好。”

“我不是担心她的身体，而是精神状态。我肯定她有心事，希望你能搞它清楚。”

“您为什么这么想，妈妈？”

“她经常独自一人坐着，跟你爸谈话也没像以前多。有一天，我发现她抱着双胞胎掉眼泪。她唱的歌总是很伤感，脸上不时出现一种我无法理解的表情。那不像贝丝，让我很着急。”

“您问过她吗？”

“我试过一两次，她要么避而不答，要么显得很痛苦，我只好不问了。我从不强迫孩子们向我袒露心事，靠自觉的，而且等待时间通常不长。”

马奇太太说着看了一眼乔，可是对方那张脸的表情说明，她一点儿也没有替贝丝隐瞒的烦躁。乔做着针线，思考了一会儿，说：“我想她长大了，所以开始做梦了，有希望，有恐惧，有不安，可又不知道为什么，也解释不清楚。哎呦，妈妈，贝丝十八岁了，我们都没意识到她长大了，还把她当小孩，忘了她是个女人了。”

“那倒是的，心肝宝贝，真快，你们都长大了。”母亲叹口气微笑着说。

“这是没办法的，妈咪，所以您对所有的担忧必须泰然处之，让您的鸟儿一个一个地飞出巢。我答应决不飞得很远，如果这样对您有点安慰的话。”

“足慰我心，乔。你在家我总感到很踏实，美格出嫁了，贝丝太弱，艾美太年轻还不能靠她。有苦力活的时候，你总是乐于帮着我做。”

“没什么的。您知道我不怕干苦力活，一个家总要有人干的。艾美擅长精细工作，而我不会。当所有的地毯要清理的时候，或者全家有一半人同时病倒的时候，我就觉得自己得心应手。艾美在国外表现很杰出，家里如果有点什么事，我就是您的男劳力。”

“那么，我把贝丝交给你，她会对她的乔第一个打开她柔弱的心灵。要非常友善，别让她感到有人在观察或者议论她。要是她能恢复健康和快乐，我就再也没什么心愿了。”

“真是幸福的女人！我可有一大堆心愿呢。”

“乖乖，那都是些什么？”

“先把贝丝的麻烦解决掉，再找您说说我的。它们不是很烦人，所以先搁一搁。”乔做着针线，明智地点点头，让妈妈放下心，至少暂时不必为她担心。

乔在表面上专心做自己的事儿，暗地里却观察着贝丝。她做了许多推测，但都不能自圆其说，最终锁定了一个，似乎能解释她的变化。她认为，一件微不足道的小事，给了她解开秘密的线索，接下来的工作可是需要活跃的想象和爱心去完成了。一个礼拜六的下午，她和贝丝单独在一起。她一边装模作样地忙着写些东西，一边注意着妹妹。妹妹这会儿看上去是异乎寻常地安静。贝丝坐在窗边，手里的活儿经常掉落到腿上，她手托着脑袋，神情沮丧，眼睛凝视着外面毫无生气的秋景。忽然有人从下面经过，吹着口哨，像一只歌喉婉转的乌鸫鸟，接着传来了说话声："万物宁静！今晚进来。"

贝丝吃了一惊，身子往前靠着。她又是微笑又是点头，看着这个过路人，直到他急促而沉重的脚步消失在远处，然后温柔地自言自语："那个可爱的男孩，看上去是多么强壮、健康和幸福啊！"

"哼！"乔脱口而出，目光仍旧盯着妹妹的脸。这张脸上的兴奋红晕来得快，去得也快，微笑突然不见了，接着一颗泪珠掉在窗台上闪闪发亮。贝丝迅速地将它拂去，担心地瞥了一眼乔。乔正在奋笔疾书，显然她全神贯注于《奥林匹亚的誓言》。可是，贝丝一转头，乔又开始观察她，看到贝丝不止一次地轻轻擦眼睛，侧向一边的脸上透出一种温柔的悲哀。乔禁不住热泪盈眶。她生怕暴露目标，念叨着要去拿些纸，赶紧溜走了。

"天哪，贝丝爱上了劳里！"她在自己房间里坐下，为自认的这一新发现震惊得脸色煞白。"做梦都没想到。妈妈会怎么说呢？不知道他会不会——"乔顿住了，突然想到了什么，脸涨得通红。"如果他不回报她的爱，那会多可怕。他必须爱她。我要让他爱她！"她恶狠狠地对着男孩的照片摇摇头。这张照片挂在墙上，神态淘气，正对着她笑呢。"噢，我们都猛然长大了。美格已婚并当了妈妈，艾美在巴黎出风头，贝丝恋爱了，只剩下我一个有足够理智的人不胡闹。"乔注视着照片，凝神想了片刻，然后舒展开额头，朝着对方那张脸决断似的点点头，说道，"不了，谢谢你，先生。你很诱人，但你比风标还不稳定。因此，你不必写动人的纸条，也不必施展谄媚的微笑。这没有意义，我不会接受的。”

接着，她叹口气，想入非非起来，黄昏时分才回过神来。她下楼重新开始观察，却仅仅证实了她的猜测。劳里常常会与艾美调调情，与乔开开玩笑，可他对贝丝永远是特别的友善温和，不过每个人对贝丝都是这个态度的。因此，没有人认为他喜欢贝丝要比喜欢其他人多一点儿。事实上，最近全家人都有的印象是认为，“我们的男孩”越来越喜欢乔了，而乔却不愿听相关的话题，如果有人敢暗示一下，她就会激烈地斥骂。要是他们得知，今年乔和劳里之间曾经互通款曲，或者说想通款曲却被扼杀在萌芽状态了，他们会非常满意地说：“我早就跟你说过了。”乔讨厌“滥情”，而且也不允许这种事情发生，总是在危险初露苗头的时候，用玩笑或者微笑把它挡开。

劳里刚上大学那会儿，他大概每个月要坠入情网一次，但这些小火花炽热而短暂，没有任何伤害。乔感到很好玩，以极大的兴趣听着由追求、绝望、放弃等内容交织起来的故事；每礼拜一次的见面，劳里都会向她掏心。但是有一阵子，劳里停止了对众多神龛的朝拜，他暗示专一的激情，有时候沉浸在拜伦[1]式的忧郁里。于是，他干脆避开温情的话题，给乔写起了富有哲理的便条，同时也变得用功起来。他要让乔知道，他在“钻研”，打算以优异的成绩风光地毕业。这比黄昏的交心、温柔的牵手和含情脉脉的眼睛更合乔的胃口，因为她的脑子比心成熟得早。她更喜欢想象中的英雄，而不喜欢真实的人物，因为当她厌烦他们的时

1　Byron，19世纪初英国大诗人，代表作《唐璜》。

候，想象中的英雄可以关进铁皮橱柜里，什么时候想要了再招出来，而真实的人物就不那么好对付了。

有了重大的发现之后，形势就不一样了：那天晚上乔以前所未有的目光注视着劳里。要不是脑子里有了先入为主，她肯定是看不出什么异样的。贝丝很文静，劳里对她很友善。而此刻，乔的想象力异常活跃，一如快马驰骋，由于长期想象或虚构的写作，一般的常识反而贫乏，使她不能自拔。与平常一样，贝丝躺在沙发上，劳里坐在旁边的一张矮椅上海阔天空地神聊，逗她高兴。她很依赖他每周的“胡编”，而他也从来没让她失望过。但那天晚上，在乔的想象中，贝丝的眼神特别快乐地盯着身边那张充满生气的黝黑的脸，饶有兴趣地听他讲某场激动人心的板球赛事，尽管“抢断贴板球”“击球手撞柱子出局”“左外场中三球”之类的术语，对她来说就像听梵语似的一窍不通。乔还想象，很用心地去看，劳里的举止更亲切了，偶尔还放低声音。他的笑声比平时少了，有时还有点心不在焉，他把阿富汗羊皮袄盖在贝丝的脚上，体贴入微，柔情似水。

“谁知道呢？千奇百怪的事情都已经发生了，”乔想着，在屋子里折腾，“她会把他变成一个真正的天使，他会让那乖乖生活得舒适快乐，只要他们相爱。我看他是无法不爱的，我确实相信他会的，只要我们其他人不挡着路。”

除了自己，其他人都没有挡着路，乔开始感到要尽快把自己处理掉。但去哪儿呢？心中燃烧着为姐妹情谊献身的热情，她坐下来解决这个问题。

且说客厅里的那张旧沙发，简直是十足的沙发鼻祖，又长又宽，软软的、低低的，看上去有点儿破旧，也应该破旧了，因为姑娘们婴儿时期就在这沙发上睡觉、爬行；孩提时期，从它靠背后面掏东西，在扶手上骑马，在沙发下养宠物；姑娘时期，在沙发上歇息疲倦了的脑袋、做着美梦、倾听温柔的话语。她们都爱它，因为它是家庭的庇护所，有一个角一直是乔最喜欢的歇息处。装点老资格沙发的众多枕头中，有一个用马毛织物做成的枕头，圆圆硬硬的有点儿扎人，两端各有一个球形的纽扣。这个不讨人喜欢的枕头是她的特殊财产，她用这个枕头作为防卫武器，也用它来设置障碍，或者用它苛刻地防止自己过度睡眠。

劳里很熟悉这个枕头，有理由对它深恶痛绝，因为在嬉戏喧闹的孩提时代，他遭受过它的无情痛击，现在它经常使他无缘坐到沙发角上那个让他垂涎三尺的紧挨着乔的位子。如果这条“香肠”——他们是这样称呼这个枕头的——竖在那里，这是他可以坐过去休息的信号，如果它平躺着横在沙发上，不管是男是女还是小孩，谁敢动它一下，就会倒霉！那天晚上，乔忘了封锁她那个沙发角，坐下来还没到五分钟，一个庞然大物便出现在她的身边，两只手臂摊开着伸到沙发的背上，两条长腿伸展在前面，劳里满足地叹口气说：

“嘿，这叫加钱续杯。”

“不准说俚语。”乔急速叫着，砰的把枕头扔下。但已经来不及了，没有空间了，枕头滚落到地上，并非常神秘地消失了。

“得啦！乔，别这么浑身带刺了。人家用功了一周，全身瘦了一圈，也该得到爱抚了。”

“贝丝会爱抚你的。我很忙。”

“不，她不愿意我去烦她，而你喜欢那样，除非你突然没兴趣了。怎么样？你不喜欢你的男孩了，想朝他扔枕头了？”

再没听到过比这更能哄人的动人请求了，但乔用一个严肃问题熄灭了“她的男孩”的热情：“这个礼拜给兰德尔小姐送了几束花？”

“一束也没送，我保证。她订婚了。怎么样？”

“我真高兴，你愚蠢的挥霍行为之一，就是给那些你一点儿也不在乎的姑娘们送花送物。”乔继续斥责说。

“我最在乎的聪明姑娘，不让我送花和礼物，又让我怎么办？我的感情需要出口。”

“妈妈不赞成调情，即便是开玩笑也不行，而你拼命调情的，特迪。”

“假如能回答说‘彼此彼此’，我愿一掷千金啊。正因为不能，我只说，我觉得这个快活的小游戏无伤大雅，如果大家都明白只是开玩笑。”

“行啦，这玩笑确实显得快活，但我学不会怎么开呀。我试过，因为在人堆里不随大流会难为情，但我似乎毫无长进。”乔说，一时间她忘了好为人师的角色。

“向艾美学习，她在这方面很有天赋。”

“是的，她在这方面确实做得漂亮，从来不会显得玩笑过头。我想，有些人不用努力就天生讨人喜欢，而有些人总是在错误的地方说错话做错事。”

“很高兴你不会调情。看到聪明率直的姑娘，实在令人耳目一新，她不用出洋相就可以做到快活、和善。不瞒你说，乔，我认识的一些姑娘确实有点犯贱，我都为她们感到羞耻。我相信她们没有恶意，但是如果知道我们男孩事后怎么议论她们，我想她们会改过自新的。”

“她们也不甘落后的，她们的舌头最刻薄，所以被损得最惨的往往是你们。原因是你们和她们一样愚蠢，不差分毫。如果你们放规矩些，她们也会注意些。但是她们知道你们喜欢听她们废话，所以就大肆说废话，而你们又反过来怪她们。”

“你倒是知道得不少，小姐，”劳里说话的口气中带着优越感，“我们不喜欢嬉戏和调情，有时候是装作喜欢而已。我们绅士间从不鄙薄漂亮谦和的姑娘，始终毕恭毕敬的。你真天真无邪！要是处在我的位置一个月，就会看到一些让你吃惊不小的事情。说实话，我看到任何轻浮冒失的女孩儿，总是要模仿我们的朋友雄八哥儿的声调说：

‘去吧，呸呸，厚颜无耻的贱货！’”

劳里在对待女人问题上所表现出来的矛盾让人觉得很滑稽，忍不住要笑话他。一方面，他对女子谦恭有礼，骑士式的殷勤体贴，不愿意说她们的坏话；另一方面他本能地讨厌那些在时髦社会比比皆是的不贤淑的愚蠢行为。乔知道，世俗的妈妈们认为“小劳伦斯”是最合格的快婿人选，女儿们对他报以青睐，各种年龄的太太们都恭维他，使他成了个花花公子。所以她相当妒忌地看牢他，生怕他被宠坏了。当她发现他依旧信任谦和的女孩儿时，她内心的欣喜溢于言表。她突然回到苦口婆心的口吻，压低声音说：“如果你必须要有个出口，特迪，那就专心致志地去爱一个你真正敬重的漂亮谦和的女孩儿吧，别把时间浪费在愚蠢的女孩儿身上了。”

“你真的这么建议？”劳里看着她，脸上的表情怪怪的，又忧虑又欢喜。

“是的，真的这么建议。但最好等到读完大学，一般说来是这样。这期间你得充实自己，以便能胜任这个角色。你离优秀还差得远呢，配不上——呃，不管这个谦和的女孩儿是谁。”乔的表情也有点怪，都差点儿把一个名字说出来了。

“我确实不配！”劳里默认了，脸上谦卑的表情是以前没有过的。他垂下眼帘，茫然地用手指绕着乔围裙上的穗子。

“天哪！这绝对不行，”乔心里想着，于是大声地说，“走，给我唱个歌听听。我很想听歌，而且总是喜欢听你唱。”

“谢谢你，我宁愿待在这里。”

“噢，不行，这里没地方了。去做有用的人吧，你块头太大，当不了装饰物。你不是讨厌被系在女人的围裙上吗？”乔引用他自己的逆反言辞来反击他。

“啊，那要看是谁穿着这围裙！”劳里大胆地拧了一下穗子。

“你去不去？”乔喝问，跳起来直奔枕头。

他当即逃开，刚刚唱起“快活邓迪抬起帽子”，她就溜走了，没再露面，直到年轻人怒气冲冲地离开。

那天晚上，乔躺着久久不能入睡，正有点迷迷糊糊的时候，传来了强忍着的抽泣声，她冲到贝丝的床边，焦急地问：“出什么事儿啦，乖乖？”

“以为你睡着了呢。”贝丝哭泣着说。

“宝贝，是不是老毛病？”

“不，是新的，但我能忍受。”贝丝努力忍住泪水。

“详细跟我说说，让我来治，像我平常治那个毛病那样。”

“你治不了，没法治了。”贝丝控制不住自己。她抱着姐姐绝望地哭起来，乔被吓坏了。

“哪里疼？我去叫妈妈好吗？”

贝丝没有回答第一个问题，但是，黑暗中她一只手无意识地按住了胸口，好像就是那里疼，另一只手紧紧抱住乔。她急切地低声说道：“不，不，别叫她，别告诉她。我一会儿就好，你躺下来，‘怜抚’我的头，我会安静下来睡着的，真的。”

乔依从了，当她的手温柔地在贝丝滚烫的前额和沾满泪水的眼帘上来回抚摸的时候，心里有很多话想说出来。但是尽管她还年轻，却知道心灵就像花朵，不能粗暴地对待，而是要让它自然地绽放。所以，虽然她自信知道贝丝新伤痛的原因，但她只是用最柔和的声音说："有什么事让你烦吗，乖乖？"

"是的，乔。"过了好一会儿，贝丝才回答说。

"把它说出来是不是会好受些？"

"不是现在，还没到时候。"

"那我就不问了，请记住，小贝丝，妈妈和我永远会很高兴听你的诉说，如果能帮助你，也肯定会帮的。"

"知道，慢慢会告诉你的。"

"现在疼痛好些了吧？"

"哦，是的，好多了，你真会安慰人，乔！"

"睡吧，乖乖。我在这儿陪着你。"

她们就这样脸贴着脸睡着了，到了次日早晨，贝丝似乎恢复了常态。十八岁的年龄，头疼心痛都持续不长，一句爱语可以对大多数的病下药。

乔已经打定了主意，酝酿了几天之后，她向母亲透露了自己的计划。

"您那天问我有什么心愿。妈咪，现在就告诉您一个。"她们单独坐在一起时，乔开口了，"今年冬天我想到别的地方去，换个环境。"

"怎么了，乔？"母亲迅速抬起头，似乎乔的话里还有话。

乔一边埋头忙着手中的活儿，一边冷静地答道："想做点新鲜事。我感到坐立不安，真想出去长点见识，增加才干。我自己的小事情盘算得太多了，需要活动一下。再说，今年冬天我没事做，想试着飞一下，到不远的地方去。"

“要飞到哪里去？”

“去纽约。昨天我想到一个好主意，就是这个。你知道，柯克太太给您写过信，要找一个正派人教她的孩子学习，并做些针线活。要找适当的还真不那么容易，可我如果努力一下的话，还是合适的。”

“天哪，怎么会想到去那膳宿大公寓里做用人！”马奇太太满脸惊讶，可并非不开心。

“并不全是做用人。柯克太太是你的朋友——是天底下最善良的人——她会让我过得开心的，这我知道。她家和其他房间隔开，在那里没人认识我的。即使有人认识也没关系，又不是什么见不得人的事，我不用难为情。”

“我也不会。可你的写作呢？”

“换个环境，只会更好。能见识一些新东西，获得新灵感，即使那里空闲时间不多，回家的时候，也可以带回大批新素材，写我的那些垃圾。”

“我相信。你突然想起要走，就这原因吗？”

“不，妈妈。”

“还有其他什么原因，能告诉我吗？”

乔抬起头，可又低了下去，突然满脸通红，吞吞吐吐地说：“也许是我自我感觉良好，也许并不是这么回事，可——恐怕——劳里变得过于喜欢我了。”

“他开始喜欢你，这显而易见，难道你不喜欢他吗？”马奇太太满脸愁容地问。

“哎呀，不！我一向都很喜欢这个可爱的男孩，为他感到非常自豪，可再要有什么，那是不可能的。”

“乔，真要这样，我很高兴。”

“为什么？求您告诉我。”

“因为，乖乖，你俩不般配。做朋友，你们会很开心，可能经常吵架，很快也就没事了。可我怕你们要是成为终身伴侣，两人就会对抗。你们太相像，太喜欢自由，且不提脾气暴躁、个性很强。你们在一起不可能幸福，婚姻不仅需要爱情，还需要无限的耐心和自制。”

“这正是我的感觉，虽然我表达不来。很高兴您也认为他刚刚开始喜欢我。让他不开心我会很难过的，但不能仅仅因为出于感激之情而爱上这个亲爱的老伙计，您说对吗？”

“你肯定他对你有这种感情吗？”

乔脸颊上的红晕更深了，她的神情很复杂，高兴、自豪、痛苦，女孩子谈起初恋情人时往往是这样。她回答说：“恐怕是的，妈妈。他没说过什么，但他的表情说明了很多。我想最好在这层纸捅破之前躲开。”

“同意。如果这样做行得通的话，你就去吧。”

乔松了口气，沉吟了一会儿，她笑着说：“莫法特太太要是知道了，会很奇怪您是怎么管教孩子的，她也会很高兴安妮仍然有希望。”

“哎，乔，母亲管教孩子的方法各不相同，但愿望是一样的，都希望看到孩子幸福啊。美格感到幸福，我很满意她的成功。你嘛，我让你去享受你的自由，直到有一天你厌倦了。只有到了那时候，你才会发现还有更甜蜜的东西。现在，我主要关心的是艾美，但她有见识，会应付裕如的。至于贝丝，我不奢望别的，只希望她身体好。顺便说说，她最近两天似乎快活点了。你跟她谈过了？”

“是的，她承认有点烦恼的事，答应慢慢告诉我。我没再说什么，我觉得我知道是什么了。”乔讲了这个小故事。

马奇太太摇摇头，并没把事情想得这么浪漫。她神情严肃，重申了自己的看法，为了劳里，乔应该离开一段时间。

“在计划落实下来以前，先不要告诉他。等他还没回过神来，还来不及悲伤，我已经走了。贝丝肯定以为，我是为了过得开心才离开，其实也是这么回事。我不能对她说起劳里。可等我走后，她会安慰他的，替他消除浪漫的意识。这种小挫折他见得多了，也习惯了，很快就会摆脱失恋的痛苦。”

乔满怀希望地说着，可心中挥不去那不祥的预感。这次“小挫折”比其他的更难接受，劳里无法像以前那样轻松地摆脱“失恋”痛苦的。

家庭会议讨论并通过了这个计划。柯克太太欣然接受了乔，答应给她安排舒服的生活环境。家教够她自食其力，空闲时间还可以写作赚钱，新环境和新社交既对她的创作有用，又令人愉快。乔憧憬着纽约的日子，迫不及待地想出发，因为家在她看来已经太狭窄，鸟儿要出巢放飞其不平静的个性和冒险精神。一切准备就绪，她战战兢兢地去告诉劳里，但让她吃惊的是，他居然很平静地接受了。他最近比平常更严肃了，但很快乐。当大家开玩笑说，他要翻开新的一页重新做人时，他审慎地回答说：“是的，我要让这一页永远翻开着。”

乔感到很欣慰，劳里的美德心境来得正是时候，使得她能够轻轻松松地打点行装。而贝丝似乎也更高兴了，乔希望自己正在为所有的人尽力。

“有件事儿我要拜托你，你要特别关照。”出发前夜她说。

“你是说你的那些稿件？”贝丝问。

“不，是我的男孩。请你好好待他，可以吗？”

“当然，我会的，但我替代不了你，他会非常想念你的。”

“这伤不了他，所以别忘了，我把他交给你照看，烦扰他，宠爱他，管着他。”

“为了你，我会尽力的。”贝丝答应着，心里纳闷，乔为什么如此奇怪地看着她。

劳里说再见的时候，意味深长地低声说道：“这样做没有一点儿好处，乔。我的眼睛盯着你呢，所以你做事要小心，否则，我会赶过来把你带回家的。”

第三十三章

乔的日记

纽约，11月

亲爱的妈咪和贝丝：

要给你们写整整一本书，有大堆的话要说，尽管我不是在欧洲大陆游历的时髦女郎。那天，等看不到爸爸那亲切的脸庞时，我感到有点伤感，要不是一个爱尔兰妇女带着四个小孩，一路上哭哭闹闹，分散了注意力，可能会掉下泪来。每当孩子们张嘴哭闹时，我就在座位上扔姜饼糖自娱自乐。

不久太阳出来了，我把这看成是好兆头，心情也好起来了，尽情地享受起旅途的快乐。

柯克太太很亲切地欢迎我，有宾至如归的感觉，尽管这个大房子里满是陌生人。她让我住在阁楼的起居室里，小小的，很可爱，顶楼就这么一间，有一个炉子，向阳的窗下还有一张可爱的桌子。只要我喜欢，随时可以坐在这里写东西的。窗外景色很美，对面有个教堂塔楼，觉得爬再多的楼梯也心甘情愿，我立刻就喜欢上了我的书房。我要教书做针线的育儿室是个舒适的房间，在柯克太太的起居室边上。那两个小女孩挺漂亮的——我觉得她们被宠坏了。但她们听我讲了《七只坏猪》的故事后，就喜欢上了我，我不怀疑自己能成为模范的家庭女教师。

我可以在大桌子上用餐，但宁愿跟孩子们一起吃，至少目前喜欢这样，因为我感到害羞，尽管没人会相信。

“噢，乖乖，别太拘束，就像在自己家一样。”柯克太太母亲似的说，“我从早忙到晚，要管这么一个家，你是可以想象的。但如果我知道孩子们跟你在一起安全，这颗悬着的心就放下了。这个家所有的房间都对你开放，我尽可能把你房间给整得舒适些。如果要交朋友，这房子里有一些人不错。晚上不用工作。有什么问题尽管跟我讲，尽量使自己快活。喝茶的铃响了，我得赶快去换帽子。”她匆匆离开了，丢下我在新窝里打理自己。

我很快就下楼去，看到了令我欣喜的一幕。高大的房子有长长的楼梯，我站在第三段的平台上，等着一个小女佣吃力地上来。只见后面来了个男士，从她手里接过那沉甸甸的煤炭桶，一直拎到上面放在附近的一扇门边，走开时，还友善地点点头，带着外国口音说：“这样好一点儿。小小的背脊，有这么重的分量太嫩了。”

他是不是好人？我喜欢这样的事情，就像爸爸说的，“于细微处见品质”。那天晚上我把此事跟柯克太太说了，她笑着说：“肯定是巴尔教授，他总是干这种事。”

柯克太太告诉我，他是柏林人，博学、善良，但穷得叮当响，靠讲课养活自己和两个父母双亡的小外甥。他姐姐嫁给了美国人，根据其遗愿，两个孩子得在美国受教育。故事并不浪漫，但我很感兴趣，我很高兴听说柯克太太把起居室借给他几个学生使用。客厅和育儿室之间有一扇玻璃门，我要偷偷地看看他，然后告诉你们他的长相。他都快到四十岁了，所以这没什么坏处的，妈咪。

晚茶后，把两个小女孩哄上床，再动手整大针线篮。整个晚上我都静静地在对话这个新朋友。我要给你们写日记形式的信，每周一封。晚安，余话明天再聊。

星期二，傍晚

今天上午的课上得很活跃，孩子们吵得像是《堂吉诃德》的桑丘，一度我真想统统推搡教训一遍。鬼使神差，我突然灵机一动，就让她们学体操。她们不停做着体操动作，直到最后高高兴兴地坐下来，而且一直保持安静。午饭后，女佣带她们出去散步，我开始了我的针线活，像小保姆梅贝尔一样“心甘情愿”。我正在庆幸自己学过锁漂亮的扣眼，突然听到起居室的门打开又关上，接着听到有人哼哼，“Kennst du das Land[1]”，像大黄蜂在嗡嗡发声。我掀起玻璃门上窗帘的一角，偷看着。我知道这样做是极不合适的，但挡不住这个诱惑。巴尔教授在那里，乘他整理书，我好好地打量着他。标准的德国人——矮胖身材，乱蓬蓬的棕色头发，大胡子，鼻子长得不错，

1 德语：你熟悉这个国家嘛。

这么和善的眼睛是我不曾见过的。听惯了要么刺耳，要么蹩脚的含糊美国腔后，就觉得他的声音特别洪亮悦耳。他穿着很旧的衣服，手很大，除了一口齐整的牙齿，五官长得并不怎么好，但我喜欢他。他头脑聪明，衬衣烫得挺挺括括，看上去很有绅士风度，尽管外套上少了两个纽扣，一只鞋上有个补丁。他嘴里哼着，表情却很严肃。他走到窗前，把风信子球转到朝阳的方向，然后摸摸猫，它像老朋友似的欢迎他。于是，他脸上露出了微笑，此时传来了敲门声，他响亮而轻快地说：

"Herein[1]!"

我正要逃开，却看见一个小不点儿拿着本大书。我停住了，想看看接下来的一幕。

"宝贝要我的巴尔。"小东西说着，砰的扔下她的书，向他跑去。

"给你巴尔。来吧，让他好好地抱抱，我的蒂娜。"教授说。他笑着抱起她，高举过头顶，她不得不弯下身子用小脸去亲他。

"宝贝要学课课了。"滑稽的小东西说。于是，他把她放到桌子边，打开她带来的大词典，给她纸笔。她乱涂起来，不时地翻一页词典，那胖嘟嘟的小手指在页面上往下移动着，仿佛在查一个词，看上去那么认真。我差点儿忍不住笑起来，暴露形迹。巴尔教授站在一旁，慈父般地撩撩她的秀发，我觉得那一定是亲生女儿，虽然她更像法国人，而不像德国人。

1　德语：进来。

敲门声再次响起，两位小姐出现了，于是我回去做自己的针线活。这会儿我不再偷看，一直很规矩地坐着干自己的事，但仍然能听到隔壁的吵闹声和说话声。一个小姐老是发出很做作的笑声，并且卖弄风情地说："哎，教授。"另一个小姐的德语发音很糟糕，使他很难保持冷静。

两位小姐似乎都在狠心考验他的忍耐力，不止一次听到他强调说："不，不，不是这样，你没注意听我说。"还听到一下很响的敲击声，好像是他在用书猛敲桌子，接着是绝望的感叹："呸！今天一切都乱套了。"

可怜的人，我同情他。小姐们离去了，我再偷看一眼，看看他有没有劫后余生。他似乎筋疲力尽，靠在椅子上，闭着双眼，一直到时钟敲了两下，才猛地跳起来。他把书放到口袋里，好像又要上课了。小蒂娜在沙发上睡着了，他把她抱起来，轻轻地出去了。我想象他的生活有点艰难。

柯克太太问我，愿不愿意下楼与大家一起吃五点钟的晚饭，我有点儿想家，所以愿意去，就想看看同一个屋檐下住着的都是些什么人。我把自己打扮得很得体，跟在柯克太太后面，想溜进去。但是，个儿她矮我高，藏身的努力宣告失败。她给我一个她边上的位子。发烫的脸退下去后，我鼓起勇气东张西望。长桌子坐满了人，每个人都在专心吃饭——男士们尤其专注。他们似乎是计时吃饭，真真切切在狼吞虎咽，吃完马上就消失了。他们中无非有只顾自己的小伙子，有互相倾慕的小夫妻，有一心牵挂着孩子的已婚妇女，还有满脑子政治的老头。我想不会跟他们多打交道的，除了一个长相甜甜的单身女子，她看上去有点儿花头。

教授冷落在末座，一边坐着个耳朵有点儿背的老头，另一边是个法国男人。他大声地回答着好问的老头，还跟法国人谈些哲学。要是艾美在这里，她会永远别过脸去不理他，因为，很遗憾地说，他的胃口很大，那大口铲进的样子会吓着“尊贵的小姐”的。而我不在乎，因为我喜欢“看人家津津有味地吃”，汉娜是这么说的。教了一整天的傻瓜，可怜的人肯定需要大吃大喝。

吃完饭我上楼的时候，有两个小伙子在门厅的镜子前整理帽子，我听到其中的一个轻声地问另一个：“那个新来的是谁？”

“家庭教师之类的吧。”

“见鬼，她干吗和我们同桌？”

“是老太太的朋友。”

“漂亮的头脑，但没有风度。”

“一点儿也没有。借个火，走吧。”

起先，我很生气，后来不在乎了，家庭女教师和职员一样体面。根据这两位雅士的评论，就算我没有风度，但是我有见识，这是有些人所不具备的。他俩聊着走开了，像两根老烟枪。我不喜欢平庸之辈！

星期四

昨天很平静，教书、做针线，然后在自己的小房间里写东西。小房间很舒适，有灯又有火炉。我道听途说了一些新闻，还被引见给教授。蒂娜的妈妈好像是在本地洗衣房熨烫衣服的法国人。那个小不点儿喜欢上了巴尔先生，只要他在家，她就像小狗儿似的跟着他转。这让他很开心，因为他很喜欢小孩，尽管他是个“光滚（棍）汉”。柯克家的基蒂和明妮对他也很亲热，告诉我有关他的各种故事，他发明的游戏，他带来的礼物，他讲的好听故事。小伙子们好像要戏弄他，他们叫他“老弗里茨[1]”“德国窖藏啤酒”“大熊星座”，用他的名字取各种绰号。但他像个小孩儿似的，觉得这些称呼好玩，柯克太太说了，这样他都能蔼然处之，所以大家都喜欢他，尽管他是个老外。

那个单身女子叫诺顿小姐——富家女，有教养，而且很友善。今天她在餐桌上跟我说话了（我又去大桌子吃饭了，觉得观察人很好玩），邀请我去她房间玩。她有不少好书好画。她认识些有趣的人，显得很友好，所以我也要表现得很和气，也很想进好人的上流社会。只是这个与艾美喜欢的那个上流社会不一样。

昨天傍晚，我在客厅里，巴尔先生进来给柯克太太送报纸。她不在，但明妮像个小大人，很悦人地介绍说：“她是妈妈的朋友，马奇小姐。”

“是的，她很快活，我们很喜欢她。”基蒂补充说，她说话常常令大人难堪。

我们互相鞠个躬，然后都笑了，因为前面古板的介绍和后面坦诚的补充存在相当滑稽的反差。

1 暗指二十世纪初的德国货，质量低劣。

“哈，对了，我听到这两个小淘气在惹你生气，马奇小姐。如果她们还要这样，叫我一声，我就来。”他说着，皱了一下眉，露出恐吓的样子，这又把小坏蛋们给逗乐了。

我答应说可以，他就离开了。似乎命中注定我要反复见到他，今天出来时路过他的房间，雨伞柄不小心碰到了他的门上。房门马上被撞开了，只见他穿着晨衣站在那里，一手拿着一只蓝色的大短袜，一手拿着针线。我忙做解释，匆匆离开了，他却一点儿也没觉得不好意思，挥挥手，袜子什么的仍拿在手上，大声而愉快地说：

“今天好天气，适合出门。Bon voyage, Mademoiselle.[1]”

我一路笑着走完楼梯，一想到可怜的人还要自己补衣服，不禁有点伤感。德国男人会刺绣，这我知道，但织补袜子是另一码事，可不是那么优雅的事儿。

星期六

没什么别的可写，就写写拜访诺顿小姐吧。她的房间里尽是些漂亮的东西。她很可爱，宝贝都拿出来给我看，问我愿不愿意偶尔跟她一起去听讲座和音乐会，做她的陪伴人——如果我喜欢这些东西。她要施恩于我，我敢肯定，柯克太太把我们的情况告诉她了，对方当然完全是出于善意的。我自尊心极强，但来自这些人的这种恩惠我觉得不是负担，所以感激地接受了。

1 法语：一路顺风，小姐。

我回到育儿室的时候，起居室里很喧闹。朝里面看了一眼，只见巴尔先生四肢着地爬着，蒂娜骑在他背上，基蒂手持跳绳牵引着他，明妮在给两个小男孩喂芝麻饼。他们在椅子围成的笼子里叫着跳着。

“在玩动物游戏。”基蒂解释说。

“他是我的象象！”蒂娜抓住教授的头发说道。

明妮接着说：“礼拜六下午，弗兰茨和埃米尔都来，妈妈总是随便我们玩喜欢的事，是不是，巴尔先生？”

“象象”坐起来。他的神情和每个小孩一样认真，一本正经地对我说：“我保证是这么回事，如果声音太大了，你就‘嘘’一声，我们会轻声一点儿的。”

我答应了，只是让门开着，跟他们一样，觉得挺有趣——我从来没见过这么有意思的游戏呢。他们玩捉迷藏，玩打仗游戏，又跳舞又唱歌。直到天色暗了下来，孩子们都上了沙发，挤在教授的周围，听他讲童话故事，诸如送子鸟到烟囱顶上啦，做好事的森林小“精灵”乘着雪片下凡啦。真希望美国人能像德国人那样淳朴自然，你们呢？

太喜欢写信了，要不是考虑到经济问题，会一直唠叨下去的。尽管用的是薄信纸，字也写得很小，可一想到长信要花去的邮票费，我就抖抖的。艾美的来信看过后请即转寄给我。我的小消息跟她的灿烂游记比起来要平淡得多，但我知道你们会喜欢的。特迪学习很用功，没时间给他的朋友们写信吧？替我好好照顾他，贝丝，并请告诉两个婴儿的情况。非常地爱你们每一个人。

你们忠实的　乔

又及，看一遍这封信，发现巴尔居然占了很大的篇幅，但是对奇怪的人，我总是兴趣盎然，再说也确实没有东西可写。上帝保佑你们！

十二月

我的宝贝小贝丝：

这封信写得乱乱的，就直接寄给了你，可以让你发笑，让你了解我的一些情况，尽管很平淡，但也相当逗人。就为这一点，快乐起来吧！经过艾美所谓大力神城般摧枯拉朽式的努力，经过智力和道德上的耕耘，我灌输的幼稚观念开始发芽，小小的嫩枝遂我所愿迎风摇摆了。她们不像蒂娜和那两个小男孩那样有趣，但我尽到了责任，她们也喜欢我。弗兰茨和埃米尔是快乐的小伙子，德国人和美国人精神的混血，造就了一贯兴高采烈的性格，我十分喜欢。礼拜六下午，不管在室内还是去户外，都是欢闹的时间。天气晴好的时候要出去走走，像是在书院里一样。教授和我得维持秩序，这时候真是好玩！

我们现在是很好的朋友了，已经开始跟他上课。这件事非我能左右，整个过程很逗，得告诉你。从头说起吧，有一天路过巴尔先生的房间，柯克太太把我叫住了，她正在那里翻箱倒柜。

“你见过这样的窝吗，乖乖？进来吧，帮我把这些书整理一下。把东西都给翻遍了，想看看他把我前不久给他的六块新手帕怎么样了。”

我进去了。一边帮她整理着，一边打量着周围，这可真是“一个窝”。满屋子的书和纸头；壁炉架上的海泡石烟斗和旧笛子，像是不能用了；一只没有尾羽的鸟邋遢得很，在一边窗台上叽叽喳喳地叫着，另一个窗台上摆设着一盒小白鼠；稿子上搁着半成品的船只和几根绳子；壁炉前烘着脏兮兮的小靴子。到处是两个得宠小男孩的斑斑痕迹，他把自己变成了他们的奴隶。经过好一番折腾，才找见三条手帕，一条盖在鸟笼上，一条满是墨水，第三条用作垫布而被烤得焦黄。

“这么个人！”性格温和的柯克太太笑着说，把遗存物放进了碎布袋。“我猜想另外三条被撕成布条做船索了，或者包扎割破的手指，或者做了风筝的尾巴。真是糟糕，又不能责备他。他漫不经心、脾气温和，让几个男孩骑在头上作威作福。我答应给他洗洗补补，可他忘了把东西拿来，我也忘了查看，有时候他的境况很糟糕。”

“我来替他补吧，”我说。“我不在乎，他也没必要知道。我喜欢——他那么友善，经常帮我拿信，借我书看。”

于是，我把他的东西整理好，还修整好被他奇怪的织补弄得走了形的两双短袜的后跟。我没跟他说，也希望他不会发现，但在上个礼拜的一天，被他逮了个正着。蒂娜老是进进出出，把门开着，所以我能听见他给人上课。我挺感兴趣，也觉得好玩，有了学的念头。我坐在靠近门的地方，正缝补最后一只袜子，耳朵却竖起来，听他给一个新学生上课，尽力想办法听懂，而这个学生也跟我一样笨。女孩走了，我以为他也走了，四周一片寂静。我嘴里忙不迭地念着一个动词，坐在那里摇啊摇的，一副非常可笑的样子。忽然听到一丝欢叫声，抬头发现巴尔先生站在那里看我，无声地笑着，还给蒂娜打手势，叫她不要说破。

“哦！”他说。我停下来，憨头鹅似的瞪着眼。“你偷看我，我偷看你，这不错。只是，我这么说话不会让人开心的，你想学德语吗？”

“想，可是你太忙了。我又太笨了，学不会。”我慌乱地说，脸红得像朵牡丹花。

“呸！我们会挤出时间来的，我们总会找到意思的。在傍晚可以给你上点课，很高兴的，马希小姐，因为我要还你这笔账。”他指指我手里的活儿说，“那些所谓善良的女士们传来传去地说：‘是的，他是个老傻蛋，不知道我们都做了什么，不会发现袜跟不再有洞，会以为衣服扣子掉了会重新长出来，相信线带会自己连上去。’哈！可是我有眼睛，都看到了。我有一颗心，我知道感恩。来吧，不时地上点课，否则就不要给我和家人做童话般的事儿了。”

这么一来，我当然没话了。再说，这也确实是个好机会，我答应换工，并开始实施了。上了四次课后，我发现自己陷入了语法的泥沼。教授对我很耐心，但这对他肯定是痛苦的折磨。他不时略带着点绝望的表情看着我，弄得我不知道是哭好，还是笑好。我哭过，也笑过，眼看着要恼羞成怒，他索性把语法书往地上一扔，冲出了房门。我感到自己很丢人，被永远地抛弃了，但一点儿也不怪他。匆匆收拾起自己的纸头，正想冲到楼上痛责自己一场时，他回来了，表情轻松快活，仿佛我是载誉而归。

“现在我们来试试新方法。我俩一起读这些令人愉快的Märchen[1]，不要再啃那本枯燥的书了，那本书给我们惹麻烦，墙角里去。”

他说话态度别提多温和了，随后打开了安徒生童话，很诱人地摆在我面前。我感到更羞愧了，于是就顾头不顾尾地学功课，他看了似乎非常好笑。我忘了害羞，尽最大的努力锲而不舍地（找不出别的词来表达）学着，多音节词读得结结巴巴，凭当时的灵感发音，尽力而为。当我读完第一页，停下来喘口气时，他拍着双手，由衷地叫起来：“Das ist gut[2]！我们学得很好，接下来该我念了。我用德语念，你听着。”他朗读开了，单词从他的嘴里低沉有力地蹦出来，他读得津津有味，有一种视听上的感染力。所幸这个故事是《坚定的锡兵》，你知道，是个滑稽故事，所以我可以笑——我笑了——尽管有一半我听不懂。我也禁不住要笑，因为他是那么认真，我是那么激动，整个事件又是那么滑稽。

打那以后，我们相处得更好了。现在我课文读得相当好了，这种学习方法适合我。我能看出故事里诗歌里含着语法，就像果冻裹着药丸子服用一样。我很喜欢这种教学方法，他似乎也乐此不疲——你说他是不是很好？我想送他圣诞礼物，不敢给他钱。妈咪，请告诉我送什么好。

很高兴劳里显得那么快活忙碌，甚至把烟戒了，头发也留起来了。你瞧贝丝是比我管得好。我不妒忌，乖

---

1 德语：童话。

2 德语：很好。

乖，你尽力而为吧，只是别把他改造成圣人。如果他没有一点儿正常的淘气，我恐怕就不会喜欢他了。我的信读一点儿给他，没时间多写，这样做也可以了。感谢上帝，贝丝继续保持那么舒坦。

一月

祝新年快乐，最亲爱的全家！这个家当然也包括了劳先生和那个叫特迪的小伙子。我无法表达对寄来的圣诞包裹有多么的欢喜，直到晚上才收到，其实我都已经不指望了。信是上午收到的，没提及包裹的事。你们是想给我一个惊喜，而我却有点失望，因为有“一种感觉”，你们不会忘记我。晚茶后坐在房间里，情绪有点低落，就在此刻，这个风尘仆仆的、饱经摔打的大包裹送来了，我一把将它抱住，欢蹦乱跳起来。睹物如见人，令人精神焕发，我照例纵情地坐在地上读着、看着、吃着、笑着、哭着。所有的东西都是我正想要的，都是自做而不是买来的，这更好。贝丝的新“擦墨围兜”好极了，汉娜的那盒姜饼是我的宝贝。妈咪，我肯定会穿上你送的这件漂亮的法兰绒衣服，肯定会仔细阅读爸爸标注过的书籍。谢谢大家，非常感谢！

谈到书，我觉得自己在这一方面变得富裕起来了，因为元旦那一天巴尔先生送给我一部精致的莎士比亚。他很喜欢此书，与他所珍视的德语圣经、柏拉图、荷马、弥尔顿的书籍摆在一块儿，我经常赞美它。他把它取下来，没有了封面的，指出我的名字在上面，“朋友弗里德里希·巴尔赠”，你可以想象，这时候我是一种什么心情。

“你经常说希望拥有藏书。我送给你一本，因为这个盖子（他的意思是封面）里面是个合订本。好好读莎士比亚吧，会有很大帮助的，此书的阅人观点会帮助你读懂现实生活中的人物，然后用你的笔来刻画性格。”

我尽自己所能向他道谢了。现在谈“我的藏书”，好像我有一百本书似的。以前我从来不知道莎士比亚的内容有多少丰富，不过那时候没有一个巴尔跟我解释它。且别笑话他那可怕的名字。它的发音既不是“拜尔”，也不是“比尔”，人们通常是这样叫他的，而是介于两者之间，这种音只有德国人才发得出来。我很高兴，爸爸妈妈都喜欢有关他的故事，希望有一天你们能认识他。妈妈会欣赏他的热心肠，爸爸会欣赏他的聪明脑袋。我两者都羡慕，有新“朋友弗里德里希·巴尔”，感到自己很充实。

没有多少钱，也不知道他的喜好，我买了几样东西摆在他房间里，他会意外地发现。这些东西要么实用，要么漂亮，要么好玩。一个新的墨水台摆在桌上；一个小花瓶给他插花，他总是在玻璃杯里插一朵花，或者一点儿绿色植物，用他自己的话说是，使自己保持朝气；还有一个架子供他搁吹风机，这样他就不会把艾美称之为mouchoirs[1]的东西烤焦。我把手绢折成一个大蝴蝶结，像贝丝发明的那种，身子肥肥的，黑黄相间的翅膀，毛纱触须，珠子眼睛。他非常喜欢，把它摆在壁炉台上当作艺术品，可见毕竟是不成功的。尽管很穷，但他不忘

1　法语：手帕。

记同一屋檐下的一佣一孩。也没有任何人，从法国洗衣女佣到诺顿小姐，会忘记他。这一点我很高兴。

除夕夜举办了化装舞会，大家玩得很开心。我本来没打算下楼，没有衣服穿。但在最后一刻，柯克太太记起来有旧锦缎衣服在，诺顿小姐借给我一些花边和羽毛。因此我打扮成错别字太太[1]，脸上戴了个面具滑入舞池。没有人认出我，因为伪装了声音，人家做梦也想不到这个文静而傲慢的马奇小姐（因为他们，他们中大多数人，认为我很呆板很冷漠，而我对于那类自以为了不起的小人就是这个态度的）居然会跳舞，会打扮自己，会突然迸出“乱七八糟的墓志铭，就像尼罗河边的寓言”。我玩得很开心，摘下面具时，大家都盯着我看，我觉得这场面太有趣了。听到一个小伙子对另一个说，他知道我做过演员，更有甚者，他记起了在某个小剧院看过我演戏。美格会喜欢这类笑话的。巴尔先生装扮成尼克·博顿，蒂娜装扮成提泰妮娅[2]——他怀里拥着一个完美的小仙女。看他们跳舞，用特迪的话说，是“一道很好的风景线”。

毕竟我过了一个很愉快的新年。回到房间，我陷入了沉思，尽管有许多失败，可感到自己还是有了一点儿长进。我现在一直都很高兴，起劲地工作，对他人比以前更有兴趣了，这一切令人满足。上帝保佑你们！

永远爱你们的　乔

1　英国剧作家谢里丹的喜剧《情敌》中的人物，经常误用词语。

2　博顿和提泰妮娅都是莎士比亚的剧作《仲夏夜之梦》中的人物，分别是纺织工和仙后。

第三十四章

朋 友

尽管乔陶醉在周围良好的人际关系中，尽管那份工作使她整日里忙忙碌碌，保证糊口的同时还由于付出劳动而让面包变得更为香甜，可她仍然挤时间搞文学创作。眼下占据她全身心的创作目的，对一个穷则思变的女孩来说十分自然，但为了达到目的而采取的手段却不是尽善尽美的。她发现金钱可以带来权力，于是，就下决心去拥有金钱和权力，不仅仅是为自用，而且为了那些她无限热爱的人享用。

要给家里添置舒适的用品，要满足贝丝的一切需求——从冬天的草莓到她卧室里的风琴；自己要出国。永远有花不完的钱，可以尽情地施舍，这情景是乔朝思暮想的空中楼阁，已经酝酿了许多年。

写故事获奖的经历，似乎打开了一条路，只要长途跋涉和努力攀登，便可通往这令人欣喜的《西班牙城堡》。但是那部长篇小说的灾难一度锉了她的锐气，因为公众舆论是个巨人，曾经吓坏了比她更胆大的杰克[1]们，而且他们攀登的豆茎要比她的来得粗

1 童话故事，杰克顺豆茎攀登至仙境，抢夺了巨人的珍宝。

壮。和那个不朽的英雄一样，首次尝试后她休息了片刻。如果我没记错的话，那次的结果是跌了一跤，却赢得了巨人的珍宝中最最不可爱的一份。但是乔与杰克一样，“爬起来再干”的念头强烈得很，因此这一次，她从背阴的一面往上爬，获得了更多的战利品，但差一点儿丢下了远比钱袋更宝贵的东西。

她着手写轰动性小说了，那个黑暗的年代，就连最优秀的国人都在读垃圾。她任何人也没告诉，编造了一个“骇人听闻的故事”，然后亲自带上稿件，斗胆去找《火山周报》杂志的编辑达什伍德先生。她从来没看过《裁缝重新裁》[1]，但具有女人的本能，知道服饰对许多人的影响力，要比性格的价值或者风度的魔力强大得多。所以她穿上盛装，尽力做到不激动，也不紧张，勇敢地爬上两段又暗又脏的楼梯，来到了一间混乱不堪的房子。屋里弥漫着雪茄烟的云雾，眼前坐着三位先生，他们的脚跟搁得比他们的帽子还要高。看到她出现，他们中没有一个人费神去脱帽致敬。这种接待形式让乔感到有些气馁，她在门槛上犹豫着，很尴尬地低声说道：

“劳驾，我找《火山周报》编辑部。想见达什伍德先生。”

那双跷得最高的脚跟落地了，那位烟抽得最凶的先生站了起来，手指间小心地夹着雪茄。他点点头往前走，脸上除了睡意毫无表情。不知怎么地，乔觉得自己必须把这件事搞定，便拿出稿子，心慌意乱地说着事先精心准备好的话，结结巴巴，脸越说越红。

“一个朋友希望我帮着递交——一篇小说——仅仅是试笔——想聆听高见——如果合适，乐于再写。”

就在她红着脸结结巴巴说着的当儿，达什伍德先生把稿子接

---

1 英国作家卡莱尔（1795－1881）的散文作品。

了过去，两个脏兮兮的手指翻动着稿纸，挑剔的目光上下扫视着整洁的页面。

“依我看，不是第一次试笔了吧？”他注意到页码标出来了，单面誊写，没有用丝带捆扎——那是新手的明显标记。

“是的，先生。她写过一些，有一个故事在《巧言令色石旗帜》杂志上获过奖。”

“哦，是吗？”达什伍德先生迅速扫了乔一眼，这一眼似乎囊括了她身上所有的穿戴，从帽子上的蝴蝶结到靴子上的扣子。“好吧，愿意的话，可以留在这里。现在手头此类稿子太多，都不知道该怎么处理。但是我会看一遍，下礼拜给你回话。”

这会儿乔倒不想把稿子留下来了，因为达什伍德先生一点儿也对不上她的胃口。可是，眼下她别无选择，只能鞠躬离去。她昂着头显得很高傲，每当恼羞成怒的时候，总是这样。此刻，她既怒又羞，很显然，根据三位男士相互会意的眼神，“我的朋友”的小编造被他们当成了大笑话。那个编辑关上门，嘴里说了句什么没听清，立刻爆出了一阵笑声，她更加感到自己狼狈不堪。回家的路上，她几乎决心再也不来了。她拼命地缝制围裙以泄愤，一两个小时后冷静下来了，能够笑着回忆那一幕，并且渴望下礼拜的到来。

她再去的时候，只有达什伍德先生一人在，她高兴了。达什伍德先生没有上次那么一副瞌睡相，因此合胃口了。他也注意举止了，没有一味地抽他的雪茄，所以第二次见面比第一次要舒服得多。

“如果不反对做些修改，我们将刊用（编辑们从来不说‘我’）。故事太长了，把我做过记号的段落删掉，长度就比较合适了。”他以公事公办的口气说道。

乔几乎不认识自己的稿子了，一页页都弄得皱巴巴的，还有很多段落下面画了线。感觉就像一位慈母被要求锯断自己孩子的腿，以适应新的摇篮。她看了看标有记号的段落，发现所有道德反省的段落都被勾销了。她感到很奇怪，这些段落都是她精心安插的，是传奇文学的镇重物。

“可是，先生，我认为每一个故事都需有某种道德教训的，所以我有意让故事中的一些负罪人物忏悔。”

达什伍德先生收起编辑的严肃表情，露出了微笑，因为乔忘了她的“朋友”，口气俨然是个作者。

“你知道，人们要娱乐，不要说教的。道德教训在当今社会是没有销路的了。”顺便提一下，他的这种说法不太对。

“那么，你认为做这些改动就成了？”

“是的，情节很新颖，构思很好——语言也不错，等等。”达什伍德先生和蔼可亲地回答说。

“你们那个——也就是，稿酬多少？”乔不知道怎么表达。

“噢，对了，那个，我们付这类东西的稿费通常是二十五到三十美元，刊用即付。”达什伍德先生回答说，仿佛刚才漏了这一点。据说，这类小事儿，编辑们通常都会漏的。

“很好，你们就用吧。”乔神情满意地把小说递回去，她干过报纸专栏一元一栏的工作，二十五美元也算是个好报酬了。

“我是否可以告诉朋友，如果她有更好的故事，你们愿意再刊用一篇？”乔问道，成功给她壮了胆，根本没有发觉自己刚才已经说漏了嘴。

“我们得先看看稿子。现在不能承诺。告诉她要写得简短，来点猛料，不要去在乎道德教训。你朋友喜欢在上面用什么名字？”编辑用满不在乎的口气问。

"请不要署名，她不喜欢出现自己的名字，也没有笔名。"乔说，脸不由自主地红了。

"当然可以，就按她的意思办。故事下周可以刊出，是自取稿费呢，还是给你汇过去？"达什伍德先生问，他很自然地想知道他的新撰稿人是谁。

"我来自取。再见，先生。"

她离开了，达什伍德先生把脚搁到桌上，发表了一句雅评："老套路，贫穷而清高，但她能行。"

乔按照达什伍德先生的指示，把诺斯伯里太太当作原型，一头扎进了轰动性文学的泡沫性海洋里，多亏一个朋友扔下救生衣，她才又浮了上来，没有因为潜水而呛坏了。

像大多数年轻的写书者一样，她也把目光瞄准国外去寻找故事的人物和场景。匪徒、伯爵、吉普赛人、修女和公爵夫人都出现在她的舞台上，担任着各自的角色，真实而生动，尽可能不负众望。读者们对诸如语法、标点符号和可能性之类的小事不是很挑剔。达什伍德先生以最低价好心地让她担任他的专栏作者，并认为开门迎客的真正原因没必要告诉她——他的一个捉刀人被别人以更高的价码挖走了，卑鄙地把他晾在困境里。

不久，她就对自己的工作产生了兴趣，因为她那瘪瘪的钱包鼓起来了。随着时间一周一周地过去，明年夏天带贝丝到山区度假的小积蓄稳扎稳打地增长了。她感到满足，但有一件事让她不安，那就是没把这事告诉家里。她有一种感觉，爸爸妈妈不会赞同的。但她宁可先斩后奏，以后请求原谅。保守这个秘密是容易的，因为故事上没有署名。达什伍德先生没过多久当然发现了秘密，但承诺保持沉默，奇怪的是他居然没有食言。

她认为这样做对她没有坏处，因为她真心实意地不打算写让自己感到羞耻的东西。她一想到奉上自己所赚的钱，笑谈守口如瓶的那个幸福时刻，内疚之心就平息下来了。

但是，达什伍德先生除了令人毛骨悚然的故事，一律退稿，而除非去折磨读者的灵魂，是达不到刺激效果的。为了实现这个目的，乔不得不在历史与传奇、陆地与海洋、科学与艺术、警察局档案与疯人院里到处搜索素材。不久，她发现自己的经历很单纯，只不过略略窥见过构成社会基础的悲剧世界。从商业的角度出发，她调动特有的劲头，来弥补自己的不足。她急切地为故事寻找素材，一心要使故事情节独辟蹊径，写作手法的娴熟就顾不得了，因此她在报纸上搜寻事故、事变和犯罪案件。她打听有关毒药的书，结果引起了公共图书馆职员的怀疑。她上街观察路人的脸，研究周围人物，不管是好人、坏人，还是不好不坏的人。她钻进尘封的故纸堆里寻找真实的或虚构的故事，由于这些故事十分久远，所以和新的一样好使。她利用自己有限的机会去接触人间的荒唐、罪过和苦难。她以为自己混得很成功，却在不知不觉中开始亵渎某种女子特有的细腻品质。她生活在坏人堆里，尽管这是她虚构的社会，但对她产生了影响，因为她目前的精神和想象的食粮是危险和虚无，过早地接触生活的阴暗面，很快就让本性中抹去了天真无邪的青春气息，尽管我们每个人迟早都会经历的。

过多地描写他人的爱恨情仇，促使她研究和反思起自己的情感来，她开始感觉到，而不是看到，自己正沉浸在一种病态的、健康的年轻人不会主动介入的娱乐活动中。做了错事总会得到惩罚，乔在最需要惩罚的时候，她得到了。

不知道是对莎士比亚的研究帮助她读懂人物，还是女人渴望诚实、勇敢和坚强的天性帮助了她，当她赋予故事中的英雄以阳光下所有的完美品质时，乔发现了一个现实生活中的英雄，她对他产生了兴趣，尽管他身上还有许多常人的不完美之处。巴尔先生在他们的一次谈话中建议她，要她研究淳朴、真实、可爱的人物，不管她在哪里发现他们，并把这当成是作家的有益训练。乔听从了他的建议，冷静地转身研究起他来。他要是知道她在研究自己的话，肯定会很惊讶的，因为可敬的教授认为自己是非常微不足道的。

起初，有个问题乔始终搞不懂，为什么大家都喜欢他。他既不富有又没什么成就，既不年轻也不潇洒，无论哪方面都称不上风度翩翩、仪表堂堂，更不用说才华横溢。可他却像一团温暖的火，人们为他所吸引，在他身边就像围在暖和的火炉边。他很穷，却仿佛总把东西送给别人；是个外国人，可好像每个人都是他的朋友；并不年轻，可心情开朗得像个孩子；相貌平平，还有点古怪，可在很多人眼里，他却是漂亮的，看在他的分上，人们都愿意原谅他的怪癖。乔常常观察他，试图找出他的魅力所在，最终断定是仁爱之心创造了这一奇迹。他要是有什么伤心事，也是“头埋在翅膀下”，他向世人展示的只是阳光灿烂的一面。他额头上出现道道皱纹，可时间之神似乎记得他待人善良，只是轻柔地触他了一下。他嘴边的曲线令人赏心悦目，铭记下许多友好的话语和爽朗的大笑。他那双眼睛从不冷漠，也不严厉。他那双大手温暖有力，其表现力胜过千言万语。

就是他穿的衣服似乎也具有主人热情好客的天性。外形很宽松，意在穿得舒服。宽大的马甲，暗示着里面有宽广的胸怀。褪色的上衣，透出几分善交际的样子。几个松垂的口袋，清楚地表明那几双小手经常空手进，满手出。那双靴子给人一种仁爱，衣服的领子也从不像别人的那样挺括，不会发出刺耳的咔咔声。

“原来如此！”乔心想。她终于发现，真诚地善待自己的同类能美化人，提升人，一位德国胖教师也不例外，尽管他大口地吃饭，自己缝补袜子，还得为巴尔这个名字所累。

乔非常珍视善良，也尊重才智，这是女性的特质嘛。对这位教授的一个小发现，使她更加敬重他。他从来不提自己，也没人知道他在家乡的城市非常受人尊敬，因为他学识渊博、诚实正直。后来一个同乡来看他，在和诺顿小姐聊天时，才透露出这件令人高兴的事。乔是从诺顿小姐那里得知的，而巴尔先生自己从来没提过，为此她更高兴了。他在美国只是个寒酸的语言教师，可在柏林他却是位尊贵的教授，乔得知此事感到十分自豪。这个发现给他的生活增添了几分浪漫的色彩，大大美化了他朴实、勤奋的生活。

除了才智，巴尔身上还有一种更加优秀的天赋，以非常意外的方式展现给了乔。诺顿小姐有出入文学圈的资格，要是没有她，乔也没有机会去见识一番。这个孤独的女士喜欢上了这位胸怀壮志的姑娘，她把许多类似的机会友善地赠予了乔和教授。一天晚上，她带着两人参加了为若干名流举办的内部聚会。

赴会时，乔准备向这些大人物鞠躬致敬。早在遥远的地方，她就已经以年轻人的热情崇拜这些人。可是，那天晚上，她对天才的敬仰受到了沉重的冲击。她发现这些大人物也不过是凡夫俗子，好久都没回过神来。她怀着仰慕的心情，羞怯地看了一眼那位诗人，他的诗句提示着餐“精神、火和露水”为生的天神，看见他正狼吞虎咽地吃着晚餐，而这种吃的热情烧红了那知性的面容，她的沮丧可想而知。偶像落地了，她掉转方向，又有其他的发现，迅速驱散了她的罗曼蒂克错觉。那位小说大家在两个大酒杯之间举棋不定，像个钟摆有规律地摆动着；那位著名的神学家公然与一个当代的斯塔尔夫人[1]调情，而她对另一个和蔼地讽刺她

1　法国女作家和文艺理论家（1766－1817）。

的科琳[1]怒目而视，因为科琳在吸引起渊博的哲学家的注意时占了她的上风；而哲学家像约翰逊[2]一样高雅地饮着茶，显得睡意蒙眬，因为那女士喋喋不休，使得他无法说话。科学界名流们忘记了他们的软体动物和冰川时期，一边聊着艺术，一边以特有的劲头专攻牡蛎和冰淇淋；俨然是俄耳甫斯[3]第二的年轻音乐家，迷倒了整个城市，却在吹牛；那个英国贵族的现场标本，恰恰是这次聚会里最普通的人。

聚会还未过半，乔就完全幻灭了。她在一个角落里坐下来，努力恢复常态。不久，巴尔先生也坐了过来，他显然与这里的环境格格不入。很快，几位哲学家大谈起了各自的业余爱好，他们踱步过来，最后在休息室演化成了一场智力竞赛。他们的谈话乔不知所以，可她喜欢听，虽然康德和黑格尔不知是哪方神仙，“主观”和“客观”也是莫名其妙的术语。这一切结束以后，“她内在意识产生的”唯一产物是头痛。她渐渐明白过来，世界正在被拆得粉碎，然后按照新原则重新组合，而这些谈话者认为，这些原则空前无比优越。而宗教很有可能被推理为虚无，智慧则是唯一的上帝。乔对各种哲学和玄学都是一窍不通。但是她听着听着，心里升起一种奇怪的激奋，既快乐又痛苦，感到自己飘到了时空之间，就像节日里放飞的小气球。

她回过头想看看教授的意见，发现他看着自己，脸上带着从未见过的严肃神情。他摇摇头，示意她走开。可她当时对思辨哲学的自由着了迷，呆呆地坐在位置上，想知道这些智者推翻了一切旧的信仰之后，拿什么做依靠。

---

1 希腊女诗人名，借代女诗人。

2 英国作家、文学评论家和诗人，代表作《英国大辞典》。

3 希腊神话中的诗人和歌手，琴声可使猛兽俯首，顽石点头。

再说，巴尔先生天性害羞，不轻易发表己见，倒不是因为拿不定主意，而是因为观点太真诚、执着，不想轻率地讲出来。他的目光从乔转到另外几个年轻人身上，他们都被璀璨的哲学焰火所吸引，他皱起眉头，渴望着说几句，他替一些血气方刚的年轻人担心，生怕他们会被焰火引入歧途，等到曲终人散才发现，只有一根空空的烟花棒，或者就是烧焦的手。

他尽量克制着，可等到有人呼吁他发言时，他义愤填膺，用雄辩的真理来捍卫宗教的尊严——雄辩使他拗口的英语变得动听起来，相貌平平的他也显得漂亮了许多。他战斗得很艰苦，因为那些智者能言善辩，而他永不言败，如铮铮汉子坚守阵地。不知怎的，听着他的讲话，乔感到世界恢复了正常。古老的信仰存在了那么长时间，显得比那些新观点要优越。上帝不是盲目的力量，永恒也不是美丽的寓言，而是一个福音事实。她感到又脚踏实地了。虽然巴尔先生讲不过别人，但信仰绝没有动摇，等他讲完，乔想鼓掌感谢他。

她没有这么做，不过她记住了这一幕，从心底里尊敬教授。她明白，要在此时此地直抒胸臆，确实要费很大的劲，是良知让他不能保持沉默。她开始意识到，拥有品德比金钱、地位、才智和美貌都更可贵；她开始感到，要是伟大像一位智者说的那样是“真理、尊严和善意”，那么她的朋友弗里德里希·巴尔不仅善良，而且伟大。

这一信念日益巩固。她重视他的看法，她希望得到他的尊敬，她要使自己配得上他的友谊。就在她的这个愿望最诚挚的时候，她几乎失去了一切。事情起源于一顶三角帽，有一天傍晚教授来给乔上课，头上戴了顶纸做的士兵帽，是蒂娜给戴的，而他忘了拿下来。

"很显然他下楼前不照镜子。"乔心里想着，面带微笑。只见他说了声："晚上好！"便严肃地坐下，要给她朗读《华伦斯坦之死》，完全没意识到他的主题与他的头饰是个滑稽的反差。

起先她什么也没说。她喜欢听他开怀大笑，当有趣的事情发生时他总是这么笑，所以她不去提它，而让他自己去发现。不久她把这事完全忘记了，听德国人读席勒的作品令人全神贯注。阅读之后便是功课，这节课上得很活泼，乔那晚的心情很好，那三角帽让她的眼睛快活地闪烁着。教授不知道她是什么原因，终于忍不住了，他停下来问她，略带奇怪的神情，令人无法抗拒：

"马希小姐，你当着老师的面笑什么？你不尊重我，今天表现这么不好？"

"你忘了把帽子拿下，我怎么尊重得起来呢，先生？"乔说。

这位漫不经心的教授严肃地把手举到头上，碰到了那顶小三角帽，他拿下来盯着看了一会儿，然后把头一仰，笑了起来，笑声像是从大提琴发出来的，很欢快。

"啊！我看到了，是那个小淘气鬼蒂娜干的，她让我成了个傻瓜。哦，这没什么，但你得注意，要是这堂课你学得不好，你也要戴帽子。"

但是这堂课停了好几分钟，因为巴尔先生看到帽子上的画，把它打开来，非常厌恶地说："我希望这类报纸不要进这幢房子。孩子们看了不合适，年轻人也不宜读。这种东西很不好，我不能容忍制造这些危害的人。"

乔朝那张纸看了一眼，看到了一幅可爱的插图，上面画着一个疯子、一具尸体、一个恶棍和一条毒蛇。她不喜欢它，但内心有一股冲动促使她去把报纸翻过来看，这冲动不是不高兴而是害怕，因为这一刻她想到报纸可能是《火山周报》。然而它不是，她的恐慌平息了，她还记得，即使是那报纸，上面有她的小说，也不会有她的署名，她不会暴露。可是她的眼神和脸红出卖了自己，虽然教授是个漫不经心的人，可是他看到的要比人们想象的多得多。他知道乔在写东西，也曾不止一次在报社碰到她。她从来不提起，所以他也没问，尽管他很想看看她的作品。现在他意识到了，她正在做她自己羞于承认的事情，这让他很不安。他不像许多人那样对自己说："这不关我的事。我无权说三道四。"他只记得她是个贫穷的小姑娘，远离父母的关爱，便产生了帮扶的冲动，这冲动来得既迅速又自然，就像要伸手从污水坑里救一个婴儿。所有这些念头在他的脑子里闪过，但脸上没显露一丝痕迹。报纸翻过去了，乔在穿针引线，他相当自然但又很严肃地开口说：

"对，你做得很对，不去看这些东西。我认为好女孩是不应该看这些的。这些东西是用来取悦一些人的，但我宁可让我的外甥玩火药，也不会给他们看这些害人的垃圾。"

"并不是所有这类东西都是害人的，只是无聊，你也知道。如果有需求，我觉得供应这些东西没什么坏处。许多非常体面的人就写这所谓的轰动性小说，这是正当的谋生手段。"乔说着用针猛地划皱褶，针过之处留下一道小裂痕。

"威士忌有需求，但我想你我都不喜欢去销售它。如果体面的人知道自己都做了什么样的伤害，就不会觉得这种谋生手段是正当的。他们没有权力在小糖球里包毒药，然后给小孩子吃。不，他们应该想一想，在做这种事之前先清扫大街上的泥巴。"

巴尔先生热切地说着，把报纸揉成一团，朝炉子走去。乔静静地坐着，仿佛火已烧到她的身上。那三角帽变成了烟，毫无害处地沿着烟囱离去了。可她的脸还在燃烧，而且还烧了好一会儿。

“我真想把所有剩下的都付之一炬。”教授嘴里咕哝着，带着宽慰的神情走回来。

乔想象着，她楼上那堆报纸烧起来，火焰会有多大啊，此刻她那辛辛苦苦赚来的钱沉重地压在她的良心上。然后，她自我安慰地想：“我的跟那些不一样，只是无聊，绝对不会害人，所以用不着烦恼。”她拿起书本，一副勤学的神情问：“我们还要继续上课吗，先生？我现在很乖，很有礼貌了。”

“希望如此。”他就说了这么几个字，但其含义比她想象的要多，他严肃而慈祥的目光让她有一种感觉，仿佛“火山周报”这几个大号字体就印在她额头上。

一回到自己的房间，她就拿出报纸，细细地重读了一遍自己所写的每一个故事。巴尔先生有点近视，有时要戴眼镜。乔曾经试戴过一次，笑着发现她书上细小的字放大了。此刻，她似乎戴上了教授的精神眼镜，或者说道德眼镜，而荒唐故事中的瑕疵令人恐惧地盯着她，让她惊慌失措。

“确实是垃圾，如果继续写下去，过不了多久，情况会更加糟糕，因为一篇比一篇耸人听闻。我这么盲目地写着，损人不利己，仅仅是为了钱。我知道是这么回事，只要我静下心来读，就会感到非常羞愧。要是家里人看到了，或者巴尔先生掌握了，我该怎么办？”

单单这么想着，乔的脸又发烫了，她把整捆报纸都塞进了火炉里，火焰之大差点儿要把烟囱烧着了。

“是的，火炉是这些易燃垃圾的最好归宿。我宁可把整幢房子烧掉，也不愿意叫人家用我的火药来炸飞他们自己。”她一边想，一边看着《侏罗纪的魔鬼》迅速燃烧，化成带一只只火热的眼睛的一堆黑色灰烬。

三个月的辛劳只留下一堆灰烬和搁在腿上的钱了。乔坐在地上，冷静地思考怎么来处置这笔工资。

“我认为，还没造成太多的伤害，我可以保留这笔钱，偿付我的工时费。”乔自言自语地说。经过长时间的沉思后，她不耐烦地补充道：“我简直希望自己没有良心，这要方便得多。如果我不讲究做好事，那么，做了错事就不会感到不安，我就会活得很好。有时候真希望妈妈爸爸对这种事情不那么苛求。”

哦，乔，不能这么想，而应该感谢上帝，“爸爸妈妈有苛求”，而且从内心深处可怜那些没有这样的监护人的人们吧。监护人用原则来管束，对不耐烦的年轻人来说，这可能看起来像是监狱的高墙，但结果证明是妇人塑造性格的可靠基础。

乔不再写轰动性小说了，她认定金钱补偿不了她所承受的情感震撼。但是，她走向了另一个极端，这是她那一类人通常的做法。她走上了舍伍德[1]太太、埃奇沃思[2]小姐和汉娜·莫尔[3]的道路，然后写了一篇故事，与其说是小说，不如说是随笔，或者说是布道词更为恰当，因为它是激情洋溢的道德篇。她从一开始就心存疑虑，她活跃的想象力和女孩子特有的浪漫情感，对这种新的风格感到不自在，就像穿着上世纪呆板而累赘的服装参加化装舞会。她把这篇说教的宝贝送给好几个市场，结果却发现没有买主。于是，她倾向于同意达什伍德先生的观点——道德说教没有销路。

然后，她开始试着写起儿童故事来，如果不是那么唯利是图，想要得到几个臭钱的话，这个故事是很容易脱手的。唯一愿

1 英国儿童文学女作家，代表作《小亨利和他的仆从的历史》《仙童之家的历史》。

2 爱尔兰儿童文学女作家，代表作《父母的助手》。

3 英国女作家、诗人，作品多以宗教信仰为主题。

意给她付足稿酬，使她感到少儿文学值得一试的人，是位可敬的先生。这位先生觉得，让全世界皈依他那种信仰是自己的使命。但是，虽然乔很愿意为儿童写作，但她不情愿让自己笔下所有的淘气男孩，因为不去某个主日学校上学而落入熊口，或者被疯牛顶撞；也不情愿让笔下所有去上学的好孩子得到各种各样的福佑，从金色的姜饼到他们离开今世时的护送天使，口齿不清的舌头喃喃着圣歌或者布道词。所以，少儿文学的尝试没有结果，面对现实的乔把墨水瓶盖上，突然变得非常谦虚起来了，是一种健康的谦虚：

“我什么也不懂。得等待开窍以后再重新开始。这期间，如果我不能做得更好，就‘清扫大街上的泥巴’，至少，那是正当的。”这个决定证明，第二次从豆茎上掉下来，对她来说是有益的。

当这些内心革命进行着的时候，她的外表生活和往常一样忙碌，波澜不惊。如果说，有时候她显得严肃或者有点儿悲伤的话，那么，其他人都不会察觉，只有巴尔教授注意到了。他默默地关注着，乔根本没发觉他在注意她，看她有没有接受他的责备，并从中受益。她经受住了考验，他满意了。尽管他们之间从不谈起，他知道她已放弃了写作。他的这种猜测不只是凭她右手的食指不再沾着墨水了，而且还有现在晚上的时间她下楼来了，报社里也不再碰见她了，学习起来有顽强的毅力了。所有这些现象让他断定，她现在全身心地在从事一些有益的事情，哪怕不是很对她的胃口。

他多方面帮助她，成了她的一位挚友。乔感到乐融融的，尽管墨水笔搁起来了，但她还学了德语以外的课程，为谱写自己人生的轰动性故事打下基础。

这是一个漫长而怡人的冬天。到六月，她离开了柯克太太家。分别的时刻，大家都依依不舍。几个孩子极为伤心，巴尔先生的满头毛发都倒竖起来，心情烦躁不安的时候，他总把头发弄得乱七八糟。

“回家？啊，你有家可回，真幸福。”当她告诉他回家的事时，他回答说，然后默默地坐在一个角落里，抚弄着胡子，这是离别前夜在她举行的小告别会上的一幕。

她一早就要动身，所以提前跟大家一一道别。轮到该他说话时，她热情地说：“喂，先生，如果旅行路过我们那里，别忘了来看我们，好吗？如果你忘记，我肯定不会饶恕你的，我要他们都来认识我的朋友。”

“是吗？我可以来？”他一边问，一边低下头看着她，脸上是一种渴望的表情，她没看出来的。

“是的，下个月来。劳里下个月毕业，你来参加毕业典礼，换个新口味。”

“你是说你那个最要好的朋友？”他的语气有点变了。

“是的，我的男孩特迪。我很为他骄傲，想让你见见他。”

乔抬起了头，神情自若，只沉浸在快乐的憧憬中——介绍他们认识的情景。巴尔先生脸上的某种东西突然让她想起，她看待劳里可能超越了一个“最要好的朋友”。正是因为特别不希望表现出有什么异样，脸却不知不觉地红起来了，她越是努力克制，脸越是红。要不是蒂娜坐在她的膝上，她真不知道自己该怎么结局。幸好这个小孩要拥抱她，于是她立刻顺势把脸藏起来，希望教授没看见。但他看见了，他的心情又起了变化，从瞬间的焦虑变成了平常的神情，他诚恳地说：

“恐怕没时间参加毕业典礼，但我希望这个朋友非常成功，希望你们大家幸福。上帝保佑你们！”他说着与乔热烈地握握手，把蒂娜驮到肩上，离开了。

但是，等两个男孩上了床之后，他长时间地坐在壁炉前，脸上的表情显得很倦怠，还有点“heimweh”，德国人的思乡病，心情很是沉重。有一次，他回忆起乔抱着那个小孩坐着时脸上曾经露出一种从没见过的温柔表情，于是双手托着头坐了一会儿，然后站起来在房间里踱步，好像在寻找不见了的东西。

“那不是我的，现在不可有这种奢望。”他自言自语，近乎呻吟地叹息着。然后，仿佛在责备自己没有控制住这种渴望，他走过去，亲吻枕头上两个头发蓬乱的脑门，拿起他很少用的海泡石烟斗，翻开了他的柏拉图。

他已尽了最大的努力，也处理得很有男子气概。可是我认为，他不会觉得一双乱哄哄的男孩，一个烟斗，抑或那本神圣的柏拉图，能够替代老婆孩子家里等的满足感。

第二天早上，天虽然还很早，可他还是赶到车站来为乔送行。多亏了他，乔在愉快的记忆中开始了寂寞的旅途。一张熟悉的笑脸为她送行，一束紫罗兰陪着她，最美好的是，她幸福地想着：“好了，冬天过去了，书没写，财也没发。可我交了个朋友，值得结识，我要一生都以他为友。”

第三十五章

心痛

无论劳里有何种动机，那一年，反正他的学习效果相当不错，毕业时成绩斐然，拉丁语演说，竟然跟菲利普斯[1]那样悠扬流畅，像狄摩西尼[2]那样滔滔不绝，这是他朋友的说法。他们都在现场亲眼目睹，他的爷爷——啊，真感到自豪！——当然，还有马奇夫妇，约翰、美格夫妇，以及乔和贝丝。他们都为他欢呼雀跃，感到由衷的钦佩。当时，男孩子一般对此殊荣都不屑一顾，然而日后要在世上这样功成名就，却是做不到了。

“我只能留下吃那顿短命的晚宴，明天一大早会赶回家。姑娘们，会像以往那样接我吗？”劳里一边问，一边把小姑娘一个接一个搀扶进车厢。一天的欢庆已经结束了。他喊着“姑娘们”，心里指的却是乔，唯一遵循老规矩的姑娘。对于她那人品好、事业成功的男孩，她一向有求必应，所以态度热情地回答：

“特迪，我会来的，风雨无阻，在前面开路，单簧口琴吹《向凯旋英雄欢呼》。”

1 Phillips，当时的美国改革家、演说家（1811—1884）。

2 Demosthenes，雅典雄辩家（公元前384-公元前322）。

劳里看了她一眼致谢。她心里为之一阵惊恐不安："唉，天哪！我知道他要说话了，我该怎么办呢？"

经过夜间的思考和上午的工作，乔心里的恐慌减轻了，并且断定自己不会虚荣透顶，认为别人会向她求婚。她已经给了他们充分的理由，可以了解她的回答会是什么。于是，她按照预定的时间出发了，希望特迪不会轻举妄动，让她去伤害他那脆弱的情感。她在美格家坐了一会儿，呷了几杯清香提神的戴茜和戴米饮料之后，进一步增强了与特迪面对面交谈的底气。但是，她看见远处模糊的健壮身影后，却巴不得转身就逃了。

"乔，单簧口琴在哪里？"劳里一走近能听见，就嚷道。

"忘记带了。"乔又鼓足了勇气。这样打招呼，就称不上情人见面了。

以往，乔在这种场合总是挽着他的胳膊，这次却没有。但劳里并没有抱怨，这可是一个不好的征兆。当时，劳里一个劲地谈论天南地北的风情轶事，从大道走进了小路。那条小路穿过一片树丛，通往家里。此刻，他走得越来越慢，后来，突然不再谈笑风生了，并且不时出现难堪的停顿。眼看不断陷入沉默的陷阱，乔为了救场，急切地说道："这下，你必须好好来一个长假了！"

"有此打算。"

劳里语气坚定，乔不由迅速抬头看了看他，发现他正低头看着自己，那表情让她确信，可怕的时候来了。她伸出手，恳求道："不，特迪，别这样！"

"就要这样，你得听我说。否则，是无济于事的。乔，我们的事必须挑明了，越快越好，对双方都好。"他说话时，面色涨红，情绪激动。

"那么，就说说你的打算吧。我洗耳恭听。"乔豁出去了，反而心气平和地答话。

劳里是个青涩的情郎，但他情真意切，确实想“把事情挑明”，哪怕要他的命。所以，他还是那样急躁地单刀直入，但嗓音时不时地哽咽起来，尽管作为男子汉，他也努力想把话说得顺畅：

“我对你可是一见倾心，一往情深啊，乔。我情不自禁地，你对我一直那么铁。我曾想表白，但你不让我说。现在，我要说给你听，请给我一个答复，我实在不能再这样下去了。”

“我是想让你省省别说了。我以为你理解——”乔开口道，不禁觉得事情的难度远远非自己所料。

“我了解你的动作，但是，姑娘们的心都难以捉摸，永远搞不清她们的意思。说不行，往往意味着可以，把男人折腾得魂飞魄散，从中取乐。”劳里以不可否认的事实作为防御工事，振振有词地说道。

“我可不是这样，从来不想让你爱上我。我总是尽量走开，让你不去想它。”

“我也这样认为。你就是这么一个人，这是无济于事的。我反而爱你爱得更深了，我努力学习是为了讨好你。我不打台球了，凡是你不喜欢的，我都放弃。耐心等待，从不埋怨。因为，我希望你是爱我的，尽管我离优秀还差得远——”说到这儿，他情不自禁地哽咽了。他折断了几根毛茛枝条，清了清“短命的嗓子”。

“不，你好优秀的。对我来说真是太优秀了，我感恩不尽的，为你而感到自豪，真的喜欢你。我无法想象，为什么不能如你所愿地爱你。我努力过，但无法改变自己的感情。如果我口是心非，那可就是骗人了。”

“乔，真的吗？千真万确？”

劳里顿住，握着她的双手，问话时的神情，乔是不会立刻忘记的。

“是真的，千真万确，乖乖。”

此时此刻，他俩走在树丛里，已经靠近跨篱笆的台阶。乔说得慢吞吞的，刚说完，劳里便丢下她的手，转过身想继续往前走，但是，毕生第一次篱笆变得无法逾越了。于是，他将头靠在长了苔藓的栏柱上，僵立着，可把乔给吓坏了。

“哦，特迪，对不起，真的对不起。假如事情能够挽回，我宁可以死相搏的！希望你不会这么想不开，我实在没办法啊。你知道，要强迫自己爱一个不爱的人是办不到的。”乔尽管心里悔恨，却生硬地诉说着，一边轻轻地拍了拍他的肩膀，回想起当年他是这么安慰自己的。

“有时候是可以强迫的呀。”栏柱边传来沉闷的嗓音。

“我认为这种爱情是不对的，我宁可不去尝试。”回答是斩钉截铁的。

一阵长时间的沉默。河边的柳树上传来一阵乌鸫欢快的叫声，高高的青草在风中发出唰唰的声响。后来，乔坐在篱笆的台阶上，严肃地说：“劳里，我想告诉你一件事。”

他一怔，似乎中了一枪，将头一扬，声嘶力竭地喊道：“别跟我说那个，乔，现在我受不了！”

“说什么呢？”乔问道，对他的怒吼感到迷惑不解。

“说你爱那个老头儿。”

“什么老头儿？”乔问道，心想他一定在指祖父。

“那个恶魔似的教授，你写信总爱提到他。如果你说爱他，我肯定会铤而走险的。”劳里说话时，紧握拳头，眼露凶光，似乎说话算数的。

乔真想笑，但忍住了。她也很激动，暴躁地说："特迪，不要骂人！他既不老，也不坏，是一位好人，是我最好的一位朋友，但仅次于你啊。恳求你别发脾气了，我想友善一点儿，但是，我知道，如果你骂我的教授，我会发怒的。爱他，爱其他什么人，我根本没有想到过啊。"

"但是，你以后会的，那我会是什么下场呢？"

"你也会爱上别人的，做个明智的男孩，忘记这些个烦恼。"

"我无法爱上别人，永远不会忘记你，乔，永远都不会的！"他一边说，一边跺了跺脚，加强语气的激昂。

"我拿他怎么办呢？"乔叹息道，觉得情感这样东西比想象的要难以驾驭。"你还没有听想告诉你的话呢。坐下来听我讲，我确实想说清楚，让你开心。"她解释道，希望能够凭理智来宽慰他，但这恰恰证明她一点儿都不懂爱情。

劳里从最后那句话中听出了一线希望，便在她脚边的草地上坐下，将胳膊靠在篱笆底部的台阶上。他抬起头，满怀期望地望着她。这种姿势，对于乔来说，想说一些平静的话，想保持头脑清醒，就很不方便了，因为，她的男孩儿在深情地望着自己，目光充满了渴望的神情，况且，由于她铁石心肠，他的睫毛仍然带着泪珠的湿润，这样，她怎么能够开口绝情呢？她轻柔地转过他的头，抚摸着那一头为她而留的波浪式头发——哎，多么感人哪！——说道：

"我同意妈妈的看法，你我并不般配，因为，我俩爱发脾气，个性很强，这大概会搞得很惨的，假如我俩愚蠢透顶，去——"说到这最后一句话，乔停顿了一会儿。但是，劳里接过话，欣喜若狂地说了出来。

“结婚——不，不会那样惨的！如果你爱我，我会成为一位完美无缺的圣徒，因为，你能随心所欲地塑造我的。”

“不，我做不到。我做过努力，但未成功。我不想通过这么严肃的尝试，拿我俩的幸福冒险。我俩意见不合，而且永远都不合，所以，我俩终生都是好朋友。但我们不会草率行事的。”

“会的，如果有机会，我们会的。”劳里不服气地咕哝道。

“请你理智一点儿，考虑情况理性些。”乔恳求说，几乎理屈词穷了。

“我不会理智的，也不会吃你的‘理性考虑’这一套的，这对我没有用，只能使你变得更加狠心。我认为你没心没肺的。”

“但愿如此！”

这时，乔的嗓音有一点儿颤抖。劳里认为是一个好征兆，便转过身，竭尽全力，以空前耸人听闻的谄媚口吻劝道：“乖乖，可别让我们失望啊！大家都在期盼这件事。爷爷早已把它挂在心上了。你家的人都喜欢，我可离不开你呀。你就同意了吧，让我们幸福起来吧。快呀，来吧！”

乔是在几个月之后才懂得，她拥有坚强的毅力，才坚持住己见，决意断定自己并不爱她的男孩，而且永远都无法爱。做出这种抉择是很艰难的，可是她做到了。她明白，拖延下去是没有用的，而且也是残酷的。

“我不能发自内心地说‘同意’，所以根本不会说的。你慢慢会明白，我是对的，以后，你会为此而感谢我的——”乔神情肃穆地说。

“如果谢你，那我该死！”劳里从草地上蹦了起来，一听就感到气愤极了。

“不对，你会的！”乔一口咬定地说，“过一阵，你会缓过劲儿来的，然后，去找一位才貌双全的姑娘，她会爱慕你的，在你豪宅中成为称职的主妇。但是，我做不到。我相貌平平，动作笨，脾气怪，年龄大，你会为我而感到羞愧的。于是，我俩就会吵架——你看甚至现在都忍不住。我可不喜欢上流社会，但是，你喜欢。你会讨厌我写东西，可我不写就活不下去。这样，我俩会得不到幸福的，接着，就悔不当初，最后，一切都会遭殃了！”

“还有呢？”劳里问道，感到难以耐心地倾听这种预言式的滔滔评议。

“说完了，但我认为自己永远都不会嫁人。我独自一人很快活，我太喜欢这种自由，不会匆匆忙忙地为了一位凡人而将其抛弃。”

“不敢苟同！”劳里插话，“你现在这样想，但是，总有一天，会喜欢上某人，然后，你深深地爱上他，生死相托的。我知道，你会这样做的。这是你的德行，旁观者清，我倒要拭目以待的。”这位气急败坏的情郎将帽子往地上一扔，那个手势如果不是他那张悲剧面孔，倒会有喜剧效果。

“是啊，我会生死相托的，假如他出现，让我不得不爱上他，你得好自为之啊！”乔大声地说道，对可怜的特迪不耐烦了，“我已经倾注了全力，可是你并不理智，还一个劲儿地逗我，强求于我，真是太自私了。作为朋友，我会一直喜欢你，真的好喜欢，但是，我决不会嫁给你。你明白得越早，我俩就越好过——就这样！”

这话就像火药点了火，脱口而出。劳里望了望乔，一时不知如何是好。后来，他猛然转身，声嘶力竭地喊道：“乔，你总有一天会后悔的。”

“唉，你去哪儿呀？”乔大声地问道，他的脸色吓了她一跳。

“去见鬼！”真是令人欣慰的回答。

乔听了不禁一怔。劳里冲下河岸，朝着河边飞快地走去。可让年轻人就这样去寻短见横死，需要极度的愚蠢，痛苦或者罪孽。劳里可不是那种软弱无能的人，一次失败就被打倒。他并不想夸张地纵身跳进河里，而是鬼使神差地将衣帽扔进船，奋力划船，划得比比赛时都要快。乔深深地吸了一口气，松开握紧的双手，望着可怜的小伙子力图超越心中的苦恼。

“这样对他有好处，回家时，他会温柔平和，悔悟一番的，届时我可不敢见他了。”乔说。在缓步回家的路上，觉得自己仿佛谋杀了一个无辜者，然后埋尸荒草下，就补充说：“现在，我得去见劳伦斯先生，请他好好对待我的这位可怜朋友。我希望他是爱贝丝的，或许到时候会的，但是，我开始觉得自己错怪了她。哎呀呀！女孩子怎么能够又去找情郎，又将其拒绝呢？我看真是太糟糕了。”

乔坚信，这件事谁都没有她干得漂亮。于是，她直接去见劳伦斯先生，坚强地讲述了那段难以启口的故事，说完之后，不禁垮掉了，哭得很凄惨，埋怨自己太过分，不讲情面，结果，尽管劳伦斯这位好心的老先生听了之后很失望，但没有说一句指责的话。他觉得不可思议的是，居然有女孩可以不爱上劳里的，所以希望乔回心转意。但是，他比乔更加明白，爱是不能勉强的。这时，他悲伤地摇了摇头，决心帮孙子脱险。因为，劳里年轻气盛，跟乔分手时说的那些话，对他产生的震动很大，尽管他不肯承认。

劳里回到家之后，筋疲力尽，但神志镇静。爷爷迎接他，装作一点儿都不知情，而且装得很成功，长达一两个小时之久。后来，他俩一起坐在暮色中。这一直是令他俩心旷神怡的时刻，但是，这一次，老人家却觉得难以跟以往一样，天南地北地侃侃而谈了，而小伙子更难以听进那些表扬他去年成功的话。对于他来说，那些成功现在仿佛是莎士比亚演绎过的爱的徒劳。他耐住性子，听了一会儿，便走到钢琴旁边弹奏起来。屋子的窗户开着；恰巧乔和贝丝在花园里散步。这一下，乔听到琴声，感悟就比妹妹都深刻了。劳里是在弹奏贝多芬的《悲怆奏鸣曲》，而且弹得比以往都动听。

“可以说，弹得真是太好听了，可是太伤心了，让人听了就想落泪。小伙子，弹一曲欢快的吧。”劳伦斯先生说道。他那颗善良的心充满了同情，很想表示表示，但是，一下子却不知从何做起。

劳里迅速弹起了欢快的曲调，节奏猛烈，达数分钟。本来他可以鼓足勇气弹完的，这时，短暂的间歇里却传来了马奇太太的喊声：“乔，乖乖，进来吧。我要找你。”

这正是劳里的心里话，当然，含义不同罢了！听到这句话之后，他弹得走了调，琴声戛然止住，而琴师则默默地坐在黑暗中。

“我忍受不下去了。”爷爷喃喃低语。他站起身，摸索着走向钢琴，友善地将双手搭在劳里厚实的肩膀上，用慈母般的口气说道：“孩子，我都明白了。都明白了。”

沉寂了片刻，劳里突然问道：“谁告诉你的？”

“是乔自己嘛。”

“那，都结束了！”劳里不耐烦地抖落了爷爷的手。他尽管对他的同情很是感激，但是，男子汉的自尊心使得他难以承受男人的怜悯。

“不见得。我有一句话要说，说完之后，一切就结束了。”劳伦斯先生以非同寻常的和蔼口吻答道，“或许，你现在不想待在家里吧？”

“我不打算逃避一个女孩。乔不能不让我见到她，我就住在这儿，爱住多久，就住多久。”劳里以挑衅的口气插话。

“假如你是我眼里的那种绅士，就不要这样。我也很失望，但是那姑娘已经无能为力了。现在，你唯一能够做的事情，就是出门一阵子。要去哪儿？”

“任何一方。我不在乎自己如何下场。”劳里站了起来，满不在乎地放声大笑，十分刺耳，爷爷听了发怵。

“处理这件事，要像个男子汉，看在上帝的分上，切不可鲁莽。何不按计划出国，忘了它呢？”

“我不能。”

“但是，你一直痴痴地想往外跑。我答应过你，读完大学让你出国。”

“啊，并没有打算独自一人出国的！”劳里一边说，一边快步走过房间。说话时的那种表情，幸亏爷爷没有看见。

“不是叫你一个人走。有人乐意跟你一块儿出国，浪迹天涯海角。”

“是谁，老爷？”他停下来倾听。

“是我呀。”

劳里立即转身回过来，伸出手，嗓音嘶哑地说：“我真是个自私的野蛮人，可是——你知道——爷爷——”

“上帝保佑，是的，我是知道的。以前我经历过这一切的，一次是我还年轻时，后来是和你父亲的事情。哎，乖孩子，给我安静地坐着，听听我的安排。一切已经就绪，立刻就能执行。”劳伦斯先生解释道。他一直握着劳里的手，似乎生怕他像父亲当年那样，挣脱后逃之夭夭。

“好吧，老爷，什么安排呀？”劳里无动于衷地坐下，脸上、说话都表现不出兴趣。

“伦敦有生意需要照看。我原来的意思是让你去处理，当然，我去解决会更好。这儿的事情由布鲁克管着，会顺顺利利的。我的合伙人几乎包揽了一切。我只是坚持到你来接班，任何时候都可以交班的。”

“可是，你并不喜欢旅行，老爷。你这把年纪了，我可不能强求啊。”劳里说道。对于爷爷的自我牺牲精神，他很感激，但是，要走的话，他宁可独自去。

老先生早已看透了他的心思，便想方设法加以劝阻。劳里的情绪使他明白，让孙子自行其是是很不明智的。于是，他明知出门之后不如家里舒服，却按下了遗憾的情绪，口气坚决地说道：“嗨哟哟，好孙孙，我还没有老掉牙嘛。我对于这个计划很满意，这对身体会有好处的，我这把老骨头是不会累坏的，现在外出旅行，就像坐在家里的椅子上一样轻松自在啊。”

这时，劳里坐在椅子上不安地挪动着身子。这表明，他的椅子并不舒服，或者说，他可不喜欢旅行安排。这不禁使老人赶快补充说：“我不想瞎掺和，也不想成为累赘。我一起外出，是因为我认为，我若留在家，你反而不愉快。我并不打算与你一块儿闲逛，而是让你爱去哪儿，就去哪儿，我会自得其乐的。我在伦敦、巴黎都有朋友，想去探望他们。其间，你可以去意大利、德国、瑞士，随便你选择，去欣赏绘画，聆听音乐，欣赏风景，体验冒险的行程，玩个够。”

先前，劳里觉得心都完全碎了，外面的世界像一片荒野。但听了爷爷最后那句巧妙的话语，他那颗破碎的心不禁为之震颤，原先头脑中那片陌生而荒芜的世界，骤然展现出几块绿洲来。他叹了一口气，然后淡漠地说道：“老爷，随意啦。我去哪儿，去干啥，都无所谓。”

“可是，孩子，请记住，我有所谓的呀。我给你完全的行动自由，拜托你能够诚实地加以利用。劳里，答应我，这些你都能做到。”

“老爷，随你。”

“很好，”老先生想道，“你现在不在乎，但日后那个许诺可以使你免得淘气，否则，算我看错人。”

劳伦斯先生是一个精力充沛的人，所以，他趁热打铁，不等垂头丧气的小子缓过气来反扑，他们就出发了。后来，准备行装的时候，劳里的举止又恢复到失恋年轻人的常态，喜怒无常，一会儿脾气暴躁，一会儿忧郁寡言，而且，食不甘味，衣着散乱，把大部分时间都花在钢琴上，尽弹奏一些节奏猛烈的曲调。他在躲避乔，但却又通过窗户凝视着她，这样，心里感到宽慰一点儿。夜间，劳里那悲怆面容使乔梦魂萦绕；白天，则使她深感内疚。劳里跟一般的痴情人不同。他从不提起自己失恋，也不愿意让别人，甚至不让马奇太太安抚自己，或者表示同情。为此，他的朋友们知情后，倒觉得一阵轻松，只是劳里出发前的几周令人十分难熬。所以，听说“可爱的可怜家伙要出门去忘却忧愁，再欢乐回家时”，大家都很开心的。当然，对于他们的误解，劳里仅仅狡黠地笑了笑。他就像一个态度清高、内心酸楚的徇情者，对于爱情坚贞不屈。

动身出发时，劳里装出一副兴高采烈的样子，故意掩饰内心忐忑不安的情绪，但似乎老是露馅儿。别人并不理会他的轻松神态，但表面上装作深受鼓舞，给他看的。他表现得挺不错，直到马奇太太亲吻他。马奇太太在他耳边嘀咕，充满了慈母般的关切。后来，劳里知道马上就要上路了，便匆忙和大家拥抱，包括伤心的汉娜。接着，他拼命地跑下了楼。乔跟在他身后，要是他转过身就朝他挥手。他果然转身回来了，伸出双手去搂抱上一级台阶上面的她，仰望着她，那脸色使他的短暂恳求既信誓旦旦，又哀婉动人。

“唉，乔，你就不能？”

“特迪，乖乖，但愿能够做到！”

除了短暂的停顿之外，送别就这样过去了。当时，劳里挺了挺身子，对大家说道：“好了，别在意。”他二话没说，转身就走了。啊，其实并不好呀，乔确实在牵肠挂肚。因为，她狠心回绝后，他的卷发脑袋一度靠在她胳膊上。她心里觉得，好像用刀刺杀了心爱的朋友。当劳里头都不回地离开她时，她明白，男孩劳里永远不会回来了。

第三十六章

贝丝的秘密

春天，乔回家，对贝丝身上发生的变化感到吃惊。没有人提到这种变化，似乎也没有人觉察到。变化是逐步逐步地出现的，每天碰到的人，并不感到惊诧。当然，对于离开一段时间而擦亮眼睛的人来讲，变化是一目了然的。乔见到妹妹的面容，内心感到很沉重。苍白的面色跟去年秋天差不多，但消瘦多了，不过，脸上带有一种奇特的透明神色，似乎凡人因素已经缓缓提炼掉了，而脆弱的肉身透出不朽的亮丽，带着一种不可名状的凄凉的美。乔看在眼里，感同身受，但当时一言未发。不久，她的初步印象便失去了大部分力度；贝丝似乎很愉快，似乎没有人表示怀疑她身体好多了。当时，乔正陷于其他的烦恼，一时便忘记了自己的担忧。

劳里走了之后，一切又都平静了。乔又开始感到无名的惆怅在缠绕着她。她吐露了自己的罪孽，大家宽恕了她。但是，后来她向妹妹展示自己的积蓄，并且提议去山地旅行时，贝丝向她表示深深谢意之后，却恳求不要离开家那么远。妹妹觉得，再来一趟海边小住更加适合自己。由于无法劝动外婆丢下婴儿，乔便把贝丝带到了那个安静的地方，在那里，贝丝可以大量呼吸野外的空气，让海边新鲜的微风吹红她那苍白的面庞。

这地方不算时髦，但是，即使和一些愉快的人在一起，姐妹俩也很少交朋友。她们喜欢相依为命。贝丝很害羞，不敢接触外界，而乔一心想着贝丝，也顾不上关心别人了。所以，她们姐妹俩待在小天地里，独来独往，根本没有意识到，自己已经引起周围人的兴趣。外人以同情的目光观察着这对强姐弱妹，她们总是互不相离，似乎已经本能地感到，彼此永别已经为时不远了。

她俩确实都感觉到了，但谁都没有说出口。在我们与至爱亲朋之间，往往存在着一种保留地盘，很难克服。所以，乔觉得贝丝和她的心之间，拉上了一层面纱。每当她伸手去拉开时，似乎宁静的气氛中有着某种神圣的东西，让乔等待贝丝先开口。乔感到迷惑不解，也觉得很庆幸，因为父母亲好像并没有发现她所看见的那些事情。那几周过得十分清静，她心中的阴影越来越清楚，但她没有对家里人提起，认为等到贝丝回到家之后，身体状况毫无起色时，一切都会不言自明。乔越发纳闷，妹妹是否已经猜测到严酷的真相；当贝丝长时间躺在温暖的岩石上，头靠着她的腿部，任凭有益健康的海风吹拂着，聆听脚边浪花歌唱时，脑子里都在想些啥。

有一天，贝丝向她袒露了。当时，乔以为她睡着了，因为，她一动不动地躺着。她把书放在一边，若有所思地望着妹妹，试图从苍白的脸颊上看到希望的征兆。但她并没有看到令人满意的结果。贝丝的面颊仍然很消瘦，双手无力，仿佛连采集的玫瑰色小贝壳都捧不住。乔越发痛苦起来，知道贝丝在缓缓离她而去。于是，她就本能地抱紧了自己最值钱的宝贝。乔一时觉得目光模糊，看不清东西。后来，当她看清时，只见贝丝温柔地仰望她，仿佛根本没有必要地说：“亲爱的乔，你都知道了，我很高兴。我曾经想告诉你，但说不出口。”

她不回答，也无泪，两个人脸贴着脸。伤心时，乔从来都不哭。当时，她比贝丝更虚弱，妹妹试图安慰她，勉励她——双臂拥抱着她，轻声地在她耳边说着宽心的话。

“乖乖，我早已明白了。现在，我已经习以为常了。考虑这件事，加以忍受，其实并不难。你尽可以这样来考虑，别为我难过，因为，这是最好的解脱了，千真万确的。”

“贝丝，你在秋天这么闷闷不乐，就是为了这件事吗？后来，你感觉不到了，也就长时间保密了，不是吗？”乔问道。可是她不愿意知道或者说出这就是最好的解脱。然而，乔很高兴得知，劳里与贝丝的麻烦无关。

“是的，当时我放弃了一切希望，但不愿意去承认它。我尽量去认为，那是一种病态的痴想，所以，不想让它去扰乱别人。不过，当我看见你们大家都精神焕发，身体强健，又有那么多幸福的打算时，不免觉得，难道我就不能像你们那样生活吗？那时，我的心情很惨的，乔。”

“贝丝唉，你却没有告诉我，没让我安慰你，没让我帮助你呀！怎么能拒我于局外，独自一人忍受呢？”

乔的嗓音充满了温柔的责怪口气。一想到贝丝孤独地挣扎，她就心痛不已。贝丝学会向健康、爱情和生命告别，快乐地背起十字架的过程中，她一定是在孤军奋战啊。

“也许，这都是错的，但我尽力好自为之。我心里也没有数，没有人说过这些事。我希望自己搞错了。怎么能用这事去吓唬你们大家，那样做就自私了；当时，母亲在操心美格，艾美不在家，你跟劳里在一起那么愉快——至少，我当时是这样认为的。

“我那时认为你是爱他的，贝丝。我离开，是因为无法爱他。”乔把心里话一吐为快。

贝丝对于乔的想法实在太惊讶了，弄得乔不顾贝丝的苦楚笑了笑，轻轻地往下说：“那么，你不爱他，乖乖？我担心真有这么回事啊，心想那时候，你那颗脆弱的心一直在为情所困呢。”

“嘿，乔，他那么爱你，我怎么会呢？”贝丝像天真的孩子似的反问道，“我确实很爱他。他对我那么好，我怎么能不爱呢？但是，他除了当姐夫之外，又能成为什么人？我真希望有一天，他真的成为那种人。”

“不会通过我的。”乔口气坚定地说。“艾美是为他留下的。他俩很般配。但是，我现在对于这种事没有心思。贝丝，除了你，别人会怎么样，我并不在乎。你可得好好活着啊。”

“哎，我实在想活下去的！我在尝试，可是生命每天都会失去一些，而且日益确信，失去的再也夺不回来了。就像大海的潮水，乔，一旦退潮，虽然缓慢，但是无法阻拦。”

“必须阻拦，你的潮水不能这么早就退，十九岁还太年轻呀。贝丝，我不能让你走。我要苦干，为你祈祷，为你抗争。无论如何，我都要保住你。一定有办法的，还来得及。上帝不会残忍地将你我分离。”可怜的乔大声反抗道，她的精神状态远远不如贝丝那么温顺而虔诚了。

心地单纯而真诚的人很少会奢谈虔诚，他们不会夸夸其谈，而是将其体现于行动。这样做所产生的影响力强于信誓旦旦的说教、表白。贝丝无法论证，也无法解释是什么信念给了她勇气和耐心去放弃生命，笑迎死亡。她就像一个袒露心扉的孩子，什么问题都不问，便将一切都交给了上帝和大自然，给了我们大家的父母亲。她确信，他们，只有他们才能够教诲人，加强人的心灵，振作人的精神去面对现世和来世。她没有用圣人的大话去责怪乔，而是为乔的满腔热情而更加热爱乔了，更加密切地拥抱可贵的人类亲情。天父从不规定我们要戒掉它，反而通过它吸引我们亲近天父。贝丝不能说："我乐意离开。"因为，生命对于她还是甜蜜的。她紧紧抓住乔，只能抽泣着说："我尽可能愿意离开。"此刻，这一巨大苦恼的第一波苦涩潮水向她俩袭来。

后来，贝丝的思绪渐渐地恢复了宁静。她问道："回家之后，你会告诉他们吗？"

"我想不用说他们也会知道的。"乔叹息道。她觉得，贝丝每天都有变化。

"或许不会吧。听说，凡是深爱的人，对于这种事情都是熟视无睹的。他们如果觉察不出，你就替我告诉吧。我不需要保留任何秘密，让他们先有思想准备更仁慈。美格有约翰和孩子去安慰她，你必须坚决帮在父母身边，好吗乔？"

"尽力而为。可是贝丝，我还没有放弃呢。我开始认为，那正是病态的痴想，不想让你信以为真。"乔尽量欢快地说道。

贝丝躺着沉思了一会儿。接着，她安静地说："不知道该怎样表达自己，除了你，我不想对任何人讲，因为，除了对你乔，我无法表白。我只想说，自己觉得命中并没有打算要我长寿。我跟你们其他人不一样，从来没有制订长大后该做哪些事的计划。我和你们大家不一样，也从来没有考虑过结婚。我除了认为自己是一个愚笨的小贝丝，只会在家跑跑，到哪儿都没有用之外，真难以想象自己会成就什么事。我从来都没有想过外出，现在棘手的是要离开大家。我不害怕，但是，我似乎觉得，即便上了天堂都会想家的。"

乔一时不知道该说什么好。只有海风呼呼，海潮拍岸。几分钟过去了，一只白翅膀的海鸥展翅飞过，银灰色的胸脯折射出一道太阳的光辉。贝丝目送着海鸥在天空消失，眼里充满了悲伤的神情。这时候，有一只灰毛的小沙鸥在海滩上轻盈地跳跃，顾自轻声叽叽，似乎在欣赏天上的太阳和地上的大海。有时候，那只鸟飞得离贝丝很近，用友好的目光望着她，然后，停落在温暖的岩石上，梳理身上湿润的羽毛，显得相当自在。贝丝笑了，感到一阵安慰，因为，这只小生灵似乎在向她示好，提醒她，世界是美好的，仍然值得自己去欣赏。

"可爱的小鸟！乔，你看，多么驯服啊。海鸥和叽叽沙鸥相比，我更喜欢沙鸥。虽然野性不足，样子一般，但看上去很愉快，是贴心的小家伙。我去年夏天度假称其为我的小鸟。妈妈说，这些小鸟往往使她想到我——一刻都不停，素色羽毛，总爱靠近海边，哼着自得其乐的曲子。乔，你是一只海鸥，健壮狂野，喜爱暴风雨，时常飞往大海深处，独自开心。美格是一只斑鸠，艾美像一只她所描写的云雀，总想飞入云霄，但总是落进自己的巢穴。真是可爱的小妹妹啊！那么有抱负，但心地善良温柔，无论飞得多高，决不会忘记家园。希望能再次见到她，可是她似乎又飞得那么遥远。"

"她春天会回来的。我是说，你要准备好，再次见到她，欣赏她。到那时候，我会把你调养得身轻体健，容光焕发。"乔说道。她觉得，贝丝身上发生的所有变化中，说话的变化最大，因为，现在说话似乎并不费力。妹妹在自言自语，已经根本不像过去那个害羞的贝丝。

"亲爱的乔，不要再希望了。那样徒劳无益，我敢肯定。我们不要再凄凄惨惨，而要享受亲情，在一起等待。我们会有欢快时光的，因为，我现在并不难受。如果你帮助我，我想退潮会顺利的。"

乔弯下腰亲吻那张宁静的脸庞。随着那安静的吻，她将自己的身心都献给了贝丝。

她想得对。她们回家时，无须说什么话。父母祈祷免于看见的东西，早已昭然若揭。贝丝经过短途旅行，已经筋疲力尽，回到家便上床了。她说能够回到家真是比什么都好。后来，乔走下楼，发现已经不用再吃苦费力去叙述贝丝的秘密了。她进屋时，只见父亲的头靠着壁炉台，一动不动，而母亲伸出双臂，似乎在求救。乔一句话未说，走向前给予她无声的安慰。

第三十七章

新印象

下午三点，在英格兰大道漫步，法国尼斯的整个时尚界一览无余——那是个迷人的地方，宽阔的步道边种植着棕榈树，四处都是鲜花和热带灌木，一边靠海，另一边则是宽阔的汽车道，路边上是一幢幢风格各异的饭店和别墅，再后面有背靠山坡的橘园。这个大道反映了各国的风土人情、语言和服饰。天气晴朗时，到处都是欢声笑语，就跟狂欢节一样热闹。这里有举止高傲的英国人、谈吐生动的法国人和态度刻板的德国人。当然，还能碰到潇洒的西班牙人、丑陋的俄国人、温顺的犹太人以及不拘礼节的美国人。他们有的坐马车，有的席地而坐，有的在悠闲地散步，或谈论新闻，或批评最近抵达尼斯的社会名流——不管是里斯托里[1]，还是狄更斯，是维克托·伊曼纽尔[2]，还是桑威奇群岛[3]王后。五花八门的车队丝毫不逊色于来自四面八方的游客，也吸引了大批人注目，尤其是那些低矮的敞篷四轮四座马车，太太和小姐们自驾马车，驱赶着一双大劲头的矮种马。马车上都蒙着漂亮

1　意大利女演员（1822－1905）。
2　意大利国王（1820－1878）。
3　夏威夷群岛旧名。

的轻薄网罩，以免荷叶状的裙边飘出狭窄的车厢。车厢后面都站立着年轻的马夫。

圣诞节，沿着这条步道，有一位个子高大的小伙子在背着手散步。他表情淡然，看上去像意大利人，但一身的穿着却像英国人，无拘无束的举止则像美国人——这种混杂特征吸引了无数女子爱慕的回眸，还引起了各种纨绔子弟不停地耸肩，继而羡慕起那个男子的身材。他们身穿黑色的丝绒西装，打着玫瑰色的领结，戴着浅黄色的牛皮手套，西服的扣孔边还插着黄色的香橙花朵。人群中有不少值得羡慕的漂亮脸庞，但是，小伙子并不理会，仅仅有时候瞥一眼那些蓝色衣服的金发女郎。后来，他离开了步道，在十字路口踯躅了一下。他似乎犹豫不决，不知是去聆听公园里的乐队演奏，还是沿着海滩闲逛，去城堡山看看。这时，他听到急促的马蹄声，便抬头张望，只见一辆精巧的马车载着一位小姐快速驶过大街。那是一位穿蓝色衣服的金发小姐。他朝她凝视了一会儿，神情不禁为之一振，连忙像孩子似的挥舞着帽子，连奔带跑地去迎接她。

“哎，劳里，真的是你吗？我以为你永远不会来了！”艾美一边大声喊道，一边放下缰绳，伸出双手。旁边一位法国妈妈很反感，急忙拉着女儿跑开，生怕孩子见到这位举止随便的英国“疯子”后，跟着伤风败俗。

“我被堵在这儿了，但我说过会陪你过圣诞节的，所以，就在这儿了。”

“你爷爷好吗？什么时候到的？住在哪里？”

“很好——昨晚——住肖旺饭店。我去过你们住的饭店，但你们出去了。”

“我有很多话要说，但不知从何说起！上车随便谈吧。我赶马车兜风呢，正急着找做伴的。弗洛在为今晚留点力气呢。”

“什么活动呀，有舞会吗？”

“我们饭店有一场圣诞晚会。那儿有许多美国人，是他们为了庆祝圣诞而举办的。你一定会跟我们去吧？婶婶一定会着迷的。”

“谢谢。现在去哪儿逛？”劳里问道。他身子往后一靠，抱住胳膊休息。这个动作正合艾美的心意。她喜欢赶马车，阳伞、马鞭和白马背上蓝色的缰绳让她感到无比满足。

“我打算先去银行取信，然后去逛城堡山。那儿景色美丽，我要去喂孔雀。去过那儿吗？”

“前几年经常去，去看看吧，我并不介意。”

“嗬，好好说说你的情况吧。我上一次听说你的事，是你爷爷在信中说，等你从柏林回来。”

“是的，在那儿住了一个月，然后去巴黎见他。他住在那儿过冬。他当地有许多朋友，开心的事情多，所以，我去了之后，又出来了。我俩相处得好极了。”

“那是适合社交的安排。”艾美说道。她发现劳里的举止少了什么，不过，不明白是什么。

“嘿，你看，他讨厌旅行，而我讨厌不动，所以，两人都自便，没有麻烦。我经常陪着他。他喜欢听我的冒险故事，我喜欢从外地漫游回来之后，有人欢迎我。金窝银窝，不如自家的狗窝，不是吗？”他一脸嫌弃地说道，他们驱车沿着林荫大道，向旧城的拿破仑广场驶去。

“尘土美如画，我并不介意。山河秀丽嘛。其实，能看上几眼狭窄的马路纵横交错，我最乐意了。现在，我们得等待那队伍走过去，是去圣约翰教堂的。”

劳里在无精打采地观看那些华盖底下行进的牧师，还有头蒙白色面罩、手持细长燃烛的修女，以及一些低声吟唱的蓝衣教友。艾美在望着劳里，一种新的羞涩感偷偷袭上心来，觉得他跟以前不一样了。身边的这个男人看上去情绪低沉，已经找不到当初那个满脸挂着喜悦的男孩了。她心想，他比以前帅多了，气质也大为提高，可这时，碰到她时内心涌现的喜悦红晕消退了。她定眼看了劳里一眼，发现他疲惫不堪，精神欠佳——但不是病态，也不是不高兴，而是比一两年前老成持重了；过往的优裕生活反而使他显得暮气沉沉了。艾美无法理解，但不敢冒昧问他。她摇摇头，鞭子笼了一下马。这时，那支队伍蜿蜒地走过帕格里奥尼大桥的拱门，消失在教堂里。

“Que pensez-vous[1]？”艾美亮出法语问道。自从出国之后，她的法语句子说得比以前数量多了，但质量并没有提高。

“小姐光阴没有虚度，成绩斐然啊。”劳里答道。他用手贴在胸前，面带仰慕地欠身。

艾美兴奋得脸红了，但这句恭维话却并没有使她感到满意，还不如以前在家里时，劳里说几句心直口快的赞扬话。那时候，劳里会在节日里围着她漫步，笑容可掬，拍拍她的头，说上一句她“真让人感到快活”之类的话。她不喜欢劳里现在说话的口气；不是听腻了，而是听上去言不由衷，尽管他的表情颇为生动。

“如果他长大后会变成这样，我真希望他永远是个孩子呢。”艾美心想。她的内心有一种很失望，很难受的奇怪感受，但同时却试图装作轻松快活。

艾美在阿维格多银行找到了那封金贵的家信后，便把缰绳递

1 法语：您在想什么？

给劳里，如饥似渴地读了起来。马车正在沿着光线暗淡的林荫道徐徐行进。路边绿篱的香水月季花像在六月那样绽放。

“母亲说，贝丝身体很差。常常想应该回家去看看，但他们都让我‘待着’。所以就没走，这种机会永远都不会碰到了。”艾美说，一边严肃地看着一页信纸。

“这件事，我想你是对的。你在家里什么都干不了。他们知道你现在一切都很好，快乐又充实，就感到莫大宽慰了，乖乖。”

劳里往前挪了挪身子。说过那句话，他看上去更像以往的模样了。不时压在艾美心头的担心减轻了，劳里的表情，刚才的举止，以及兄长般的一句“乖乖”，似乎让她放下心，即使出现了麻烦事，在异国他乡，她也不会孤单一人。想到这儿，她笑了起来，给劳里看一张乔身穿起稿工作服的速写小像。只见乔的帽子上耸立着一个蝴蝶结，嘴里吐出一句话：“灵感在燃烧！”

劳里笑了，接过速写像，放进背心口袋，“以免被风吹掉”，然后，饶有兴趣地听艾美读那封精彩的信。

艾美说：“对我而言，这是一个跟往年一样的快乐圣诞节。早晨收到礼物，下午碰到你，收到信，晚上出席晚会。”这时，他俩下车登上了古要塞的废墟，身边跟着一群华丽的孔雀，都在温顺地等待喂食。艾美站在一堵残墙上方，位置比劳里高。她一边放声大笑，一边将面包屑撒向羽毛光亮的孔雀。劳里跟她刚才看自己一样端详着她，难免要好奇地观察时间和离别在她身上带来的变化。他找不到感到困惑失望的东西，却有不少可以钦佩赞许的地方；艾美除了姿态说话稍稍做作之外，仍然是那么生机勃勃，风度翩翩；衣着和神态还增添了一丝难以形容的气质，就叫它典雅吧。她一贯比正常年龄更成熟，如今在言谈举止上又赢得了某种稳重的气度，简直像一位过于老于世故的少妇，但她过去就有的娇气却时常露头，固执的性格依然如故，国外的历练也没有糟蹋她天生具有的坦荡个性。

劳里在观看艾美给孔雀喂食时，并没有发觉以上所有情况。但他所看见的一切已经使他很感兴趣，觉得心满意足了。他已经在心中留下了一张可爱的相片，里面站在阳光下的是一位神采飞扬的大姑娘；阳光把她的衣服照出了柔和色彩，把她的脸颊照得清新动人，把她的头发照得一片金黄。她在宜人的景色中，显得楚楚动人。

他俩爬到山顶的岩石平台上之后，艾美向劳里挥手，似乎在欢迎他来到自己的老窝。她一边往山下比画，一边喊道："还记得那个大教堂和彩车吗？还记得海湾里拉网捕鱼的渔民吗？就在下面，有通往弗兰卡别墅、舒伯特塔楼的那条可爱道路，最美的是海上的那个小点，听说是科西嘉岛，这些你都记得吗？"

"记得，变化不大呀。"劳里毫无热情地回答。

"乔为了看一看那个著名的小黑点，愿意用什么来换啊！"她兴致勃勃，很想看见劳里也和她一样情绪高涨。

"是啊。"劳里说完了。但他转过了身，瞪大眼凝视着科西嘉岛；一位比拿破仑[1]野心还大的篡位者使他对它产生了兴趣。

"替乔好好看一眼，然后过来给我讲讲这一段你自己都干了些什么。"艾美说完，就地坐下，准备好好谈一谈。

但是，她并没有如愿。尽管他来到她身边，爽快地有问必答，可她只听到他在欧洲大陆游逛，还去过希腊。他俩打发了一个小时，便驱车回家了。劳里向卡罗尔太太问候之后，便告辞

1 号称"科西嘉人"。

了，答应晚上再来。

一定要替艾美记一笔，夜里，她特意“扮靓”了一番。时光和分离使这两个年轻人都发生了很大的变化。艾美对老朋友刮目相看，不再把他看作“我们的男孩”，而看作英俊合意的男人了。她意识到自己有一种十分自然的渴望，要获得他的青睐。她完全了解自己的长处，而且能够品位高尚、技巧娴熟地加以充分利用。这可是贫穷而美貌的女子的财富啊。

尼斯的塔勒坦布和绢网薄纱价格很便宜。所以，艾美在这种场合便用这种面料妆扮起来。她效仿明智的英国时尚，大姑娘着装简朴，而用鲜花、小饰件和各种花哨的小玩意儿，把自己装饰得惹人注目，化妆既不昂贵，又有效果。必须承认，有时候妇女的本性会受制于艺术家的品位，而痴迷于花里胡哨的东西，一会儿是古董发型，一会儿是塑像般姿态，一会儿又是古典式服饰。但是，亲爱的人们，我们都有些许偏爱，年轻人的这些不足之处是情有可原的。她们以自己的美貌替我们养眼，用自己的朴素打扮使我们心情快乐。

“我确实想让他觉得我漂亮，而且，回家去告诉他们。”艾美自言自语道。她穿上了弗洛白色的旧丝绸舞裙，外面罩了轻如云烟的崭新“错觉”薄纱，白皙的双肩和一头金色秀发喷薄而出，产生无与伦比的艺术效应。她将自己的一头卷曲的波浪式头发扎成赫柏[1]式发束披在脑后，其余未加处理，很有见地。

“这发式现在不时髦，但很美观，我可经不起惊世骇俗的打扮。”过去，每当建议艾美按照最时髦的样式去留卷发、吹风、或者梳辫子时，她都会这么回答。

1 希腊神话中的青春和春天女神，原为斟酒女神。

艾美没有高档的饰物过节，便在羊毛裙上系上玫瑰红的杜鹃花环，还在洁白的双肩上挂了细嫩的绿色藤蔓。她还记得当年给靴子涂彩的情形，便审视了一眼白色缎面便鞋，那个满意劲儿，就跟小姑娘一样。接着，她在房间里跑滑步，独自欣赏那双贵族打扮的脚。

“鲜花刚好配我新买的扇子，手套很合手，婶婶给我的法国手帕有真丝花边，给整套裙子增添了气派。要是有古典式的美丽鼻子和嘴巴，那我该多么开心啊。”她一手拿着一根蜡烛，挑剔地审视自己。

尽管有此先天不足，艾美移步离开房间时，看上去却异乎寻常地高兴，走起路来十分潇洒飘逸。她平时很少奔跑——她认为，这跟她的风度不配。她的个子较高，不宜活泼奔放，只有典雅庄重才合适，就像朱诺天后[1]一般雍容华贵。她在狭长的客厅里来回踱步，等待劳里进来。一开始，她伫立在枝形吊灯下，灯光照耀下的头发效果极佳。接着，她又改变了主意，走到了客厅的另一头，似乎为急于把第一印象做好的小姑娘愿望觉得不好意思。偏巧，她做得不能再好了，因为，劳里悄悄地进了客厅，她竟然没有听到。她站在远处的窗户旁边，头转向一边，手提着裙子，背靠红色的窗帘，看上去就像一尊白色的雕像，摆放效果非常好。

“狄安娜[2]，晚上好！”劳里说。他的目光停留到艾美的身上时，露出她很高兴看到的满意神色。

“晚上好，阿波罗[3]！”艾美看着他，笑脸应答。劳里看上去

1 罗马神话中的主神朱庇特之妻。

2 罗马神话中的月亮和狩猎女神。

3 希腊神话中的太阳神。

也格外débonair[1]。艾美想到能手挽这么一位风度翩翩的男子汉步入舞厅，不禁从心底为戴维斯家相貌一般的四位小姐感到可惜。

“给你鲜花。是我亲自插的，记得你不喜欢汉娜称之为‘短花丛’的那种。”劳里说话时，递给她一束香喷喷的鲜花。那花束托架正是她当初每天路过卡迪利亚花店，看到摆放在橱窗里，久久心仪的那种。

“你真好！”她感动地喊道，“如果知道你会来，我今天一定会给你准备一点儿东西，尽管恐怕比不上这个漂亮。”

“谢谢。东西不好，你戴才好看的。”劳里又说道，只见艾美一甩手腕戴上了银镯。

“可别这样说了。”

“我想你喜欢听这种话。”

“但不是听你讲呀，听上去不自然嘛。还是喜欢你过去的直言不讳。”

“我真高兴。”劳里回答时，一副欣慰的神态。接着，他替艾美扣紧了手套，还问自己的领带是否打直了，举止就跟他在家里结伴去参加晚会时一模一样。

那天晚上，聚集在长餐厅的客人五花八门，只有在欧洲大陆才能见到。好客的美国人把他们在尼斯认识的每一个人都请来参加舞会，他们对爵位没有偏见，所以为了给圣诞舞会增光添彩，特邀了几位贵族。

有一位俄国王子屈尊在客厅的角落里坐了一个小时，跟一个胖妇人交谈。那个妇人身穿黑色的丝绒，脖子下戴珍珠扣链，打扮得就像哈姆雷特的母亲。一位十八岁的波兰伯爵跟妇人们打得

1　法语：温文尔雅。

火热。她们都叫他“可爱小伙子”。一位德国尊贵殿下之流则专门为进晚餐而来，他四处闲逛，寻找好吃的大快朵颐。罗斯查尔德男爵的私人秘书，是大鼻子犹太人，脚蹬一双利索的靴子，此时此刻，他满脸堆笑，似乎主人的大名给他戴上了金色的光环。有一个认识皇帝的法国胖子在纵情过跳舞瘾。英国的德·琼斯夫人给场面平添趣味，她从小家庭拖来了八个孩子。当然，舞会上有许多步履轻松、嗓门尖厉的美国姑娘，还有不少相貌端庄、表情木然的英国姑娘。可是，法国小姐虽然不漂亮，却相当泼辣。同时有常见的远游小绅士，都在尽情地玩耍。不同国籍的母亲们则坐在墙边，笑盈盈地观看他们跟自己的女儿跳舞。

那晚艾美靠在劳里的胳膊上“亮相”时，年轻姑娘谁都能猜出她当时的心情。她知道自己漂亮。其实，她酷爱跳舞，觉得自己的脚生来就适合在舞厅里跳舞。当时，艾美那种沁人心脾的权力感油然而生，那是年轻姑娘第一次发现了可爱的新天地呀，她们注定要凭青春美貌和女人的天性在此叱咤风云的。她打心底里怜悯戴维斯家的女儿们，她们笨手笨脚，长得又不好看，没人愿意去陪伴，除了表情严肃的老爸，或者满脸凶相的三位待字闺中的姑姑。她走过她们身边时，十分友好地朝她们鞠躬。这样做很好，可以让她们有机会看一眼她的裙子，而且会极其好奇地打听，谁会是她仪表堂堂的朋友呢？乐队刚开始演奏，艾美便喜形于色，双眸炯炯发光，双脚不耐烦地敲打着地板。她擅长跳舞，很想让劳里知道。不久，劳里口气十分平静地问她：“你愿意跳舞吗？”这时，她内心的震动有多么巨大，是只可意会不可言传的啊。

“舞会上总得跳舞嘛。”

看见艾美惊诧的面色，听到她的抢白，劳里立即纠错。

“我是说第一支舞，给我面子吗？”

“可以和你跳一次的，如果让那位伯爵等上一等。他的舞跳得棒极了，但他会见谅的，你可是老朋友嘛。”艾美说道。她希望提到那个人的名字会有作用，可以向劳里表明，她是不能小觑的。

不过，艾美仅得到了这些满足：

“是个棒小子，可惜波兰人矮了点，无法支撑

诸神的女儿。
亭亭玉立，美艳超凡。[1]”

他俩的周围是一批英国人。在法国四对舞中，艾美不得不循规蹈矩，始终觉得自己连塔兰台拉舞[2]都能尽兴地跳一场。劳里把她留给那位“棒小子”之后，自己便去找弗洛尽义务了。他并没有向艾美预定后面的乐事，这种缺乏远见的做法要不得，后来受到了应有的惩罚。艾美随之一口气跳到吃晚饭，那时候是打算宽恕劳里的，只要他能稍示忏悔就行了。但他慢悠悠地走过去，并没有奔跑，想请她跳下一场，欢乐的波尔卡雷多瓦舞，这时，艾美佯装正经，愉快地递给他一本跳舞预约本。艾美并没有在意劳里礼貌的道歉。不一会儿，她就和那个伯爵跑开去跳舞了。她看见劳里坐在她婶婶旁边，脸上一副安然的神情。

这是不可原谅的。艾美很长时间都没有再去注意劳里，除了跳舞间歇，她走到陪媪那儿补充必要的别针，或者稍微休息一下时，偶尔给劳里打几个招呼。艾美生气具有明显作用，一肚子气都藏在笑脸后面，笑起来显得格外爽朗快乐。劳里愉悦地望着

1 英国诗人丁尼生的诗句，1833年作。

2 意大利民间舞步。

她，艾美跳得不快不慢，富有活力，非常优雅，这正是休闲取乐的应有之义。劳里十分自然地开始以这种新的角度打量艾美。尚未入夜，劳里就断定："小艾美长大了，一定会亭亭玉立，楚楚动人。"

舞会十分热闹，不久，在场的人都被社交情绪笼罩住了。参加圣诞节的娱乐活动，大家都面带喜气，心情舒畅，脚下生风。乐师们有的拉琴，有的吹号，有的弹奏，似乎都陶醉了。会跳舞的，都在尽情地欢跳，不会跳的，则对于跳舞的邻座眼热非常。戴维斯们脸色阴沉，琼斯们像一群小长颈鹿似的嬉闹。突然，那位金色光环的秘书像流星似的穿过舞厅，领着一位神采飞扬的法国妇人飞奔，地板上拖曳着她那粉红色的绸缎裙裾。那位尊贵的条顿人找到了餐桌旁，喜不自胜，接二连三地吃遍了菜单美味。看到他风卷残云地糟蹋食物，garçons[1]瞠目结舌。那位皇亲国戚却大出风头，他什么舞都跳，不管会不会。每当舞步跳不好时，就即兴地以芭蕾舞的脚尖旋转动作应付。胖墩墩的家伙像孩子似的忘乎所以，看上去很有趣，因为，尽管他"有分量"，但跳舞时就像橡皮球蹦蹦跳跳的。他一会儿小步奔跑，一会儿快速滑步，有时候，还扬腿跳跃。他跳得满面红光，光秃的头顶油光闪亮，燕尾服的后摆在飘荡，轻舞鞋真的在空中闪亮。当舞曲终止后，他擦了擦额头上的汗珠，像不戴眼镜的法国式匹克威克似的朝大家粲然一笑。

艾美和她的波兰舞伴也跳得非常出色，同样热情洋溢，但在优雅和灵巧方面更胜一筹。劳里不由自主地随着舞曲的节奏望着那双白色的舞鞋上下跳跃，它们似乎长了翅膀，不知疲倦。终

1 法语：服务员们。

于，小弗拉基米尔松开握着艾美的手，一边忙不迭地宣称自己“早退了，不胜惶恐”。艾美则打算休息了，想去看看她那位变节骑士是怎样接受惩罚的。

惩罚很成功。二十三岁的人沉浸在友好的圈子里，失恋便得到了慰藉；沉浸于美貌、灯光、音乐和舞蹈的销魂因素之中，年轻的神经激荡起来，热血沸腾，青春蓬勃，精神高涨。劳里起身为艾美让位子，看上去似乎振作起来了。他又匆忙去为她拿晚饭时，艾美脸上带着满意的微笑，自言自语地说：“啊，我看这样对他有好处！”

“你看上去就像巴尔扎克笔下的‘Femme peinte par elle-même[1]’。”劳里说，一只手为艾美扇风，另一只手为她拿着一杯咖啡。

“我的口红不会脱落的。”艾美用手擦了擦容光焕发的面颊，干练地向劳里亮出白色的手套。劳里见了哈哈大笑。

“这面料，你叫什么呀？”劳里碰了碰她飘到他膝上的裙褶子。

“‘错觉’薄纱。”

“好名字。很好看——新产品，不是吗？”

“不，老掉牙了。你见过许多姑娘穿它，直到今天才发现很好看——stupide[2]！”

“我从来没看见你穿过，所以才说错了，是不是啊。”

“别说了，住嘴。现在宁可喝咖啡，不听恭维话。喂，不要晃来晃去的，见了就紧张。”

劳里正襟危坐，温顺地接过空盘子，听任“小艾美”差使

1 法语：自画的妇人。

2 法语：真笨。

自己，心里感到一阵无名的喜悦，因为，艾美已经不害羞了。她有难以遏制的欲望去践踏他了，其实，男人露出任何臣服的迹象时，姑娘们都有让人开心的践踏办法。

“你是从哪里学会这种东西的？”劳里脸上带着疑问的神色问道。

“‘这种东西’可是一种非常模糊的说法。请问你能解释吗？”艾美回道。她其实是明白他的意思的，但故意捉弄他，让他解释无法说清的难题。

“嗯——风度啦，气派啦，坦然自若啦，还有——还有——‘错觉’薄纱——你知道的。”劳里说到这儿，不禁笑了。他话说了一半，就用那个新词解脱了自己的困境。

艾美满足了，当然没有流露出来。她假正经地答道：“国外生活会不由自主地改造人的，我边玩边学习的，至于这个吗——”她朝裙子做了一个手势——“呃，绢网纱不值钱，花束是白拿的，而我习惯于废物利用。”

艾美后悔刚才最后说的一句话，担心趣味不高尚，但劳里反而更喜欢她了，觉得自己很赞赏她耐心抓住机会的勇气，也尊重她巧用鲜花遮盖贫穷的乐天精神。艾美不知道为什么劳里那么友善地望着自己，也不知道为什么他把自己的签名写满了她的跳舞预约本，欢欣鼓舞地把晚上其余的时间都倾注在她身上。然而，导致上述可喜情感变化的冲动，却来自双方彼此无意识中赋予对方的一个崭新的印象。

第三十八章

束之高阁

在法国，年轻的姑娘们日子过得很无聊，直到出嫁才改变，“自由万岁”才成为座右铭。在美国，众所周知，姑娘们很早就签署了独立宣言，怀着共和党人的热情去享受自己的自由。但年轻的少妇通常跟着太子出世就放弃了王位，然后，就像进了法国的修道院一样，过着幽居生活，当然，其实还谈不上清静。不管她们愿意与否，结婚的喜庆气氛一过去，她们实际上便被束之高阁了。不过，她们当中大部分人不以为然，就像前几天一位美貌妇人所宣称的：“我现在依然漂亮，可嫁了人，就没有人理睬我了。”

美格没有长得那么超凡出众，打扮也不入时，所以，直到孩子们一周岁时，才经历这种精神折磨，因为，在她的生活小天地里，民风淳朴，她觉得比以往更受钦佩和爱戴。

她是一位真正的小妇人，天生的母爱意识在她身上尤其强烈。她成天都在一心一意地为孩子们操心，两耳不闻窗外事，两眼不瞧他人颜。无论白天，还是夜晚，她都无微不至地照顾孩子，可谓牵肠挂肚，兢兢业业，忘记了疲累。所以，她听任保姆去摆布约翰，这位爱尔兰妇女现在是厨房部主事了。约翰是恋家的男人，已经习惯了妻子的关爱，如今绝对想念这种照顾，但是，他对孩子非常宠爱，一度十分乐意地放弃自己的舒适，一派男子汉的大度气概，糊涂地认为不久一切都会恢复宁静的。然而，三个月过去了，安宁并没有复得。因为，美格看上去很憔悴，神情不安，那两个孩子每时每刻都在缠着她，耗费她的时间。这样一来，不少家务活就耽搁了。再说，厨师基蒂干活总是“随随便便”，结果，约翰经常食不果腹。早晨，约翰出门时，那位身陷家务活的老婆就爱给他派一些小差使，让他感到很迷惑。夜晚，每当他开心地回到家，渴望搂抱一下老婆孩子时，总是碰钉子，“嘘，他们烦人了一整天啦，刚刚睡着啊”。如果他想在家开心地娱乐一下，则会听见她这句话：“不行，会吵醒孩子的。”如果他暗示去听讲座，或者听音乐会，看到的总是一张责怪的面孔，然后，听到一句斩钉截铁的话：“想扔下孩子去寻欢作乐，办不到！”孩子的夜哭经常把约翰从睡梦中惊醒。有时候，他会在深更半夜，迷糊地看见一个静悄悄地来回走动的怪影。每当楼上的鸟巢发出轻微的叽叽喳喳叫声，操持家政的家伙便会说跑就跑出去，扔下他不闻不问，所以，饭菜吃了一半就丢下了。晚上，他看报时，戴米的肚子痛进入了船期消息，戴茜跌跤会影响股票价格，因为，布鲁克太太只关心家庭新闻。

可怜的约翰活得很不舒坦，因为，孩子夺走了他的妻子，家庭仅仅是一个托儿所。每当他走进孩儿国的神圣领地，不绝于耳的“嘘嘘声”便使他觉得自己简直成了破门而入的蛮横外人。半年来，他都十分耐心地逆来顺受。可是，并没有出现任何修正的迹象。于是，他便像其他父亲流浪者那样——企图去外面寻找一点点安逸。斯科特结婚了，就在不远处安了家，于是，夜晚，当自家的客厅空无一人时，约翰经常跑过去玩一两个小时；妻子唱起摇篮曲来，可真是没完没了。而斯科特太太则长得可爱动人，家务不多，脾气温顺，是一位贤妻良母。她家的客厅总是窗明几净，棋盘随时都可以拿来下棋，钢琴调音很准。另外，客人们总是谈天说地，海阔天空，心旷神怡，而且，她家的晚餐精美，诱人胃口。

如果不是感到在家孤独难忍，约翰一定会守着自家的火炉，可惜，他谢天谢地地退而求其次了，邻居家成了他赏心悦目的地方。

起初，美格倒很赞成丈夫新近的串门活动；得知约翰在那儿能够愉快地打发时间，她十分宽慰，否则，他不是在自家的客厅打盹儿，就是步履沉重地在屋里踱步，把孩子吵醒。星移斗转，出牙期的操心事后来都过去了，宠儿们都会按时去睡觉了，妈妈的休闲时间多了，便开始惦念起约翰。她觉得，如果没有约翰穿着旧晨衣，在她对面坐镇，靠着火炉的围栏安逸地烘烤他那双便鞋，自己一个人陪伴针线筐就太乏味了。她不会开口要求约翰待在家里，但不告诉他，他也就不知道老婆需要他，所以她感到受伤，而她已经彻底忘记，有过无数个夜晚，他曾经徒劳地等待自己。美格由于整日牵挂家庭，心事重重，这时，已经变得神惶心疲了。再好的家庭主妇每当承受到家务事的压力，每每也会心境扭曲，不讲理。另外，这些人身体缺乏锻炼，整天郁郁寡欢。她们过度崇拜那个美国妇女的偶像，就爱围着茶壶转，一个个难免觉得自己太神经，没力气。

“是啊，我又老又丑，约翰对我早已不感兴趣了，所以，他会抛下人老珠黄的妻子，去见那位无子女拖累的靓邻居。”美格经常盯着镜子说道，“不过，孩子们喜欢我。他们可不在乎我身体瘦弱，脸色苍白，没工夫烫发的呢。他们是我的慰藉，约翰迟早会明白，我欣然为他们做出的牺牲，对吗，宝贝？”

对于这种伤感的表白，戴茜发出“咕咕”，戴米发出“喔喔”作答，美格于是把悲哀放在一边，来一下母爱的宣泄。这暂时安抚了她孤独的心情。但是，约翰后来竟然痴迷政治，总爱跑去和斯科特谈关心的问题，一点儿都不知道美格对他的惦记。这增加了她的痛苦。然而，美格一声不响，直到有一天，母亲看见她在抹泪，便一个劲儿地刨根问底，女儿的低落情绪是逃不过她的眼睛的。

“妈妈，除了你之外，我不会告诉人的。如果约翰再一意孤行，我和守寡没什么两样，我很需要指教。”布鲁克太太一边回答，一边伤心地用戴茜的围裙擦拭眼泪。

“乖乖，怎样一意孤行的？”母亲焦虑地问道。

“他整日外出不归啊，晚上我想见他时，他一直去斯科特家。我干的是最累的活，却没有任何欢乐，太不公平了。男人最自私自利了，连最好的也不例外。”

“女人也是如此啊。别责怪约翰了，先看看自己哪儿错了。”

“但他冷落我，怎么说也不对。”

“难道你没有冷落他？”

“唉，妈妈，我想你会站在我一边的！”

“就同情而言，没错，但是，我认为过错在于你，美格。”

“我不明白。”

“让我告诉你吧。当初你在夜晚他唯一的休息时间总是陪伴他的时候，约翰像你说的那样冷落过你吗？”

“没有，可现在我做不到，得照看两个孩子。”

“我想，你是做得到的，乖乖，而且应该做到。我能够随便说吗？你会记得是妈妈既同情你，又责怪你吗？”

“当然啦！给我说吧，就把我当作当年的小美格吧。自从两个孩子样样事都要找我照料，我就经常觉得，自己更加需要有人指教了。”

美格把矮脚椅子拖到母亲的身边。母女俩每人膝上抱着一个小捣蛋，不停地摇晃着，一边促膝谈心，感到做母亲的纽带让她们更加打成一片。

“你只是犯了多数年轻妻子犯过的错误——在关爱自己的孩子时，忘记了对于丈夫的责任。美格，这是一个很容易犯的错误，但也很容易得到原谅。但是，最好及时加以改正，免得分道扬镳成为习惯；孩子应该把你俩拉得更近，而不是离间你们，仿佛他们全部属于你，而约翰除了抚养他们之外，一点儿都不相干。几个礼拜来，我都看得一清二楚，只不过没有吭声罢了。我肯定，这件事总会解决的。”

“恐怕不行啊。如果我请他待在家里，他会以为我嫉妒。我可没有想过用这样的念头侮辱他。他一直不知道我需要他待在家，我也不知道该怎样不用言语去让他明白。”

“把家搞得快乐一点儿，他就不会往外走了，乖乖。他也是渴望小家庭的，但没有你不成其为家了。可是，你总是待在育儿室。”

“不该在那儿吗？”

“不用一直在那儿。禁闭过长，会使你精神紧张，结果干样样事情都不合适。再说，你既欠孩子们东西，也欠约翰的。可别重孩轻夫啊。别把丈夫排斥在育儿室之外，应该教会他帮点儿事情。他跟你一样，在那里都有位置，孩子们需要他；要让他觉得有事可做，他会高高兴兴、勤勤恳恳地去做。这样，就会皆大欢喜的。”

“妈妈，你果真这样想的吗？”

“美格，我是很清楚的，我是过来人。没有亲身体会证明可行，我很少对别人提建议。你和乔小的时候，我就像你现在这样，总觉得好像不全身心都扑在你们身上，就是不尽职。我谢绝了所有帮助，可怜的父亲便只管自己看书，都让我一个人试验。我竭尽全力挣扎着，但乔让我受不了了。我对她娇生惯养，差一点儿惯坏了。你身体不好，我很焦急，急得连自己都病了。后来，父亲来帮忙了，一声不吭地张罗所有的事情，帮助可大了。于是我看见了自己的过错，从此生活就少不了他了。这就是我们家庭幸福的奥秘啊：父亲从不由于生意而推托涉及大家的些许家务职责，而我总是尽力不让家庭烦恼破坏自己对于你父亲职业的兴趣。许多事情上，我们各自去尽职，但回到家之后，总是分担家务。”

“妈妈，确实如此。我最大的愿望，就是在丈夫和孩子眼里成为像你那样的贤妻良母。告诉我怎么办吧。你怎么说，我就怎么做。”

“你一直是乖女儿。唉，乖乖，我要是你呀，就让约翰更多地参与照看戴米，男孩需要训练，无论何时开始，都不会过早。接着，我要去做自己常常提议的事情，让汉娜来帮助你。她是一流的保姆，你可以把宝贝孩子托付给她，自己去干更多的家务活。你需要锻炼了，汉娜会乐于做剩下的事情。这样，约翰便会再次找到自己的妻子。你要到外面去多走动走动，要忙得心情舒畅，因为，你可是家里的阳光啊。你心情阴沉，家里就不会有晴天。接着，你要尽量对约翰喜欢的一切都感兴趣——要和他谈心，让他读书给你听，要交流看法，以此来互相帮助。可不要因为你是女人而把自己封闭在纸板盒子里，要了解世情人况，让自己学会参与世界上的工作，因为，这些事情都会影响你和家人的啊。”

“约翰太精明了。我担心，问他政治问题什么的，他会认为我十分愚蠢的。”

“我看他不会。爱可以遮盖众多的罪孽。除了他，你难道还可以尽情地去问谁？去试一试嘛，看他是觉得斯科特太太的晚餐好，还是你对他的陪伴更加温馨。”

“好吧。可怜的约翰啊！我担心自己把他冷落在一边，让他伤心透了。我还认为自己的做法对，他什么也没有说呀。”

“他尽可能不让自己显得自私自利，但想必已经觉得众叛亲离。美格，正是现在这个时候，小夫妻最容易疏远了，所以，现在夫妻俩最需要常待在一起。因为，新婚的柔情蜜意，不花精力去维护是容易淡漠的。小生命交给他们去训练的头几年，对于父母来说，没有任何时光能比这段时期更加美好，更加珍贵了。不要让约翰与孩子形同陌路，在这个充满考验和诱惑的世界里，要保证约翰一生平安，心情愉快，非他们莫属啊。通过他们，你们会学会，而且应该也可以相知相爱。乖乖，我得说再见了，好好想一想妈妈的说教吧，觉得有道理，就照着去做吧。上帝保佑你们！”

美格仔细考虑了，觉得很有道理，于是，就去身体力行了，尽管一开始做得不完全如意。当然，孩子都在对她撒娇，发现蹬腿和哭叫会给他们带来想要的所有东西之后，便成了家里的主宰。妈妈在喜怒无常的孩子面前，成了可悲的奴隶，但爸爸可不是能够轻易就范的。有时候，对于吵吵闹闹的儿子，他会发一阵父亲的脾气，严厉管束，可是，心软的老婆就难受了。儿子戴米继承了父亲坚毅性格中的一点儿成分，当然，我们不称其为固执。每当这个小家伙认定一样东西，要做一件事时，即使花上九牛二虎之力，也无法改变那个坚持己见的小脑筋。妈妈认为，宝贝还太小，不应该教他学会克服恶习。但爸爸则认为，学会循规蹈矩越早越好。因此，戴米少爷很早就发现，每当跟“大大”较劲，总没有好果子吃。就像英国人一样，戴米尊重征服者，爱戴父亲。所以，父亲严厉的“不行”比妈妈的所有爱抚更深入了孩子的心。

美格跟母亲谈话几天之后，决心试一个夜晚陪约翰。她安排了丰盛的晚饭，把客厅布置得井井有条，自己也穿戴得花枝招展。她很早就把孩子送到床上睡觉了。这样，不会有别的事情干扰自己的精心策划了。可惜戴米是难以俯首帖耳，最大的恶习就是不甘心去睡觉。那天夜里，他一心一意想闹个天翻地覆。于是，可怜的美格只好哼着歌谣，晃动小床，还得讲上一个故事，哄他睡觉。她使出了浑身解数，均失败了，戴米就是瞪着大眼。这时候，听话的戴茜早就睡熟了，胖乎乎的小东西一直很乖。可是，淘气的戴米却躺在床上，凝视着灯光，精神好得很，一副难以劝说入睡的模样。

“妈妈跑下去给劳累的爸爸倒茶，戴米好孩子，乖乖地躺着，好吗？”美格问道。只听过道门轻轻地合上，熟悉的脚步声，踮着脚走进了吃饭间。

“宝贝吃茶！”戴米打算来凑热闹。

“不行，我会给你留糕糕当早餐，如果像戴茜那样瞌瞌。乖乖，好吗？”

“西（行）！”说罢，戴米紧紧地闭上双眼，似乎在追赶睡眠，忙着去迎接盼望已久的白天。

美格赶紧利用这宝贵的机会，悄悄地跑下楼，满面春风地去问候丈夫。她头上的蓝色蝴蝶结是他最欣赏的。约翰一眼就看见了，惊喜地问道："啊，小妈妈，咱们今晚多么开心。你有客人吗？"

"亲爱的，只有你啊。"

"是过生日、周年什么的？"

"不是，讨厌做邋遢鬼了，所以打扮起来换花样。你在吃饭时，总是穿得干干净净，无论多么疲劳。所以，我有空时为什么不能也一样呢？"

"我穿得干净，是为了尊重你呀，亲爱的。"穿着过时的约翰说。

"彼此彼此，布鲁克先生。"美格笑语应答，看上去又变得年轻而漂亮了。她一边朝约翰点头示意，一边给他倒茶水。

"嗯，真轻松愉快啊，又回到往日了。茶味道真好啊。亲爱的，祝你健康，喝了。"约翰安详神往地呷了一口。然而，好景不长。他刚放下茶杯，门把手便发出一阵神秘的咯吱声，接着，传来了儿子不耐烦的嗓音：

"卡（开）门，我要清（进）来！"

"又是这淘气的孩子。我告诉他一个人去睡觉的，现在，又下楼了，踏着帆布，要命的冷。"美格一边解释，一边应答。

"早上了。"戴米进了门，兴奋地说道。长睡衣优雅地搭在胳膊上，他在餐桌边奔跳着，卷头发欢蹦乱跳，眼睛热切地盯着"糕糕"。

"不行，早晨还没有到。必须去睡觉，别给可怜的妈妈惹麻烦。这样，你可以尝到带糖的蛋糕了。"

"宝贝爱爸爸。"戴米机灵地答道。他正准备往父亲的膝上爬，违禁戏闹一番，但约翰摇了摇头，对美格说了一句话：

“你叫他楼上待着单独睡觉，就得让他听话，否则，以后根本就不会顾忌你了。”

“是啊，没错。戴米，过来。”美格把儿子领走了，心里真想揍一顿这个扫兴的小家伙。但戴米在她身边又蹦又跳，还以为一到育儿室，就会分到贿赂。

戴米没有失望。妇人目光短浅，真的给了戴米一块方糖，然后，把他塞进被窝，吩咐天不亮，不准走动。

“西（行）！”戴米假装发誓道，高兴地吮吸着方糖，认为自己旗开得胜。

美格回到座位，继续愉快地吃晚饭。这时，小鬼头又走出来了，大胆地要求道：“妈妈，糖还要。”这一下，可就暴露了母亲刚才的失职。

“这绝对不行。”约翰说道。面对可爱的小调皮，他没有心软。“这孩子只有知道去好好睡觉了，我们才会有安宁。你呀，当奴仆已经够长，该教训他一顿了，这样才会了结。把他按上床别理他，美格。”

“他不会待在楼上的。从来不那样，除非我坐在身边。”

“我来对付他。戴米，上楼睡觉去，听妈妈的话。”

“不嘛！”小家伙一边顶嘴，一边拿起令人垂涎的“糕糕”，大模大样地吃了一口。

“不准这样对爸爸讲话。你不走，就把你抱上楼。”

“走开，宝贝不喜欢爸爸。”戴米退到妈妈的裙子旁，寻找庇护。

但是，连那个庇护所也用不上了，他被移交给了敌人。一句“轻一点儿，约翰”令罪人闻风丧胆；一旦妈妈撒手不管，审判日就迫在眉睫了。可怜的戴米丢了蛋糕，谈笑间没了玩耍机会，被有力的手拖到了那张讨厌的床上。但戴米怒不可遏，居然公然反对约翰，上楼梯时，又踢又喊，大吵大闹。戴米刚被放在床上，便从一头滚到另一头，跳下床，向门口跑去，但很差劲，睡袍的下摆被抓住了，提溜回了床上。戴米就这样不停地折腾，直到小伙子筋疲力尽，于是便扯着嗓子号叫。戴米这样的发声练习，通常能够征服美格的心，但约翰坐在一边，就跟聋子似的不为所动。房间里，没有哄骗声，没有糖果吃，没有悦耳的摇篮曲，没有好听的故事，连灯都吹灭了。只有火炉里红色的火焰映衬出那“大黑黑”。对于“大黑黑”，戴米与其说感到害怕，倒不如说感到好奇。这种新秩序让他感到很恶心，于是，他沮丧地大声叫喊找“妈妈”。原来，愤慨情绪渐渐止息了，被俘的霸主又想起了温柔的女奴。狂喊大叫之后，适时的哀哭撕痛了美格的心。她连忙跑上楼，哀求道：

“让我陪他吧，他会听话的，约翰。”

“不行，亲爱的。我已经对他说过，睡觉去，听你的话。所以，他必须睡下去，哪怕我在这儿坐一夜。”

“可是，他会哭坏身体的。”美格继续哀求，怪自己扔下儿子不管。

“不行，哭不坏的。已经哭累了，很快就会睡着，那样事情就解决了。今后，他就会懂得必须听话了。别插手，我会对付他的。”

“他是我的孩子呀。可不能让粗暴摧残他的心灵。”

“他是我的孩子。我不能一味地宠他，把他的脾气惯坏。下楼吧，亲爱的，把孩子交给我。”

每当约翰专横地发表见解时，美格总是俯首帖耳，而且，从来不为自己的顺从态度感到遗憾。

“约翰，就让我跟他吻别，好吗？”

“当然可以。戴米，对妈妈说‘晚安’吧。让她去休息。照顾你一整天，她已经很累了。”

美格总是认为，亲吻是制胜的法宝；吻过戴米之后，哭泣声轻下去了，他静静地躺在床上。极度伤心时，他曾经在被窝里大肆踢腾。

“可怜的小家伙，总算哭累了，该睡着了。给他盖好被子，再去安抚美格。”约翰心想。他轻轻地走到床边，希望看到叛逆的后嗣已经入睡。

可是，戴米没有睡着。就在约翰瞅他一眼时，戴米睁开了眼睛，小下巴开始颤动。他伸出胳膊，打着嗝儿，以忏悔的声音说：“宝贝现在摆（乖）了。”

美格坐在门外的楼梯上，发现吵闹之后出现了很长一段时间的寂静，就纳闷了。她想象里面出了各种各样的离奇大事，便悄悄跑进门去看个究竟，以便放下提起的心。只见戴米已经酣睡，不像平常那种四脚朝天的样子了。他就范了，身子蜷成一团，躺在约翰的臂弯里，握着他的手指，似乎心里明白了恩威并施的意思。他已经伤心地睡着了，却是长了一个智慧。约翰手指被困，就像女人一样耐心等待，直到小手松开。这时，约翰自己也睡着了，与其说工作一天疲劳了，不如说与孩子较劲折腾累了。

美格见父子俩并排枕着枕头，暗自笑了，接着，悄悄转身走开，满意地说：“我不用担心约翰对待孩子过分粗暴的。他知道该怎么管教他们，这是个很大的帮助，戴米对我来说，确实是太累人了。”

后来，约翰走下楼梯，心想妻子一定满脸思虑，或者一脸不高兴。但是，他看见美格正在平心静气地给一顶出客帽缀边，而且，还要求他读读报上有关选举的新闻，假如他不是太累的话。约翰不禁惊喜交集。他立刻明白了，一定有什么革命性的事情在发生，但知趣没有打听。他知道美格是个透明人，不会保留秘密日后救命用，所以，很快就会露出端倪的。约翰满口答应，读了一大段有关辩论的消息，然后，尽量清楚地加以解释。美格则摆出一副饶有兴趣的样子，不时地提一些有意思的问题，让自己的思绪围绕国家大事，而非那顶帽子。其实，美格暗中断定，政治和数学一样让人作呕，政治家的使命似乎就是指名道姓地彼此谩骂攻击。不过，她仅仅将女人的这些心里话藏在心里。后来，约翰停顿时，她摇了摇头，说了一句自以为像外交辞令的含混语，“哦，真不知我们该怎么结局。”

约翰笑了，看了她一会儿。美格手上正在凝神比对漂亮的系带和花边，连约翰刚才高声朗读都未能唤起这样的真实兴趣。

“为了我起见，她开始喜欢政治了，我也得为了她而喜欢女帽，这样才公平。”想到这儿，公正的约翰又大声说，“真是太漂亮了。这就是你说过的早餐便帽吗？”

“亲爱的，这可是出客帽啊！我最好的了，适宜听音乐会，或者上剧院了。”

“对不起。这么小，自然会以为，有时候你戴的，就是这种一阵风便会吹跑的帽子呢。怎么戴上去不飞走的呢？”

“这两根系带可以用玫瑰扣系在下巴底下，这样做。”说完话，美格戴帽演示了一番，然后，就怡然自得地望着约翰，令人怦然心动。

“帽子真可爱，但我更喜欢戴帽的脸孔，看上去又青春焕发，无比开心了。”这时，约翰在美格的笑脸上使劲地吻了一下，下巴下面的玫瑰扣就倒霉了。

“你喜欢，我很高兴，我还想让你哪天晚上陪我去听新音乐会呢。我很需要听听音乐，调整一下情绪。你愿意吗？”

“当然愿意。尽心奉陪，随你去什么地方。你很久没有出门了，所以，出去走走真是有说不完的好处。我特别喜欢这一套的。你是怎么想到这个的，孩子他妈？”

“嗯，前几日，我跟妈咪交谈过，告诉她我有多么紧张、焦躁，脾气不好。她说我需要调节一下，不要太操心。所以，汉娜要来帮我看孩子。我可以更多地料理家务，不时还可以乐一下。这样，就可以避免心情不安，不会未老先衰。约翰，这仅仅是尝试一下罢了，这样做，可是为了你我两人啊。最近我冷落了你，感到很遗憾。我打算尽力让我们家恢复以往的气氛。希望你不会反对吧？”

我们不用在意约翰都说了些什么话，也不用管那顶女帽九死一生，差一点点没有彻底损坏。我们所应该知道的是，从屋里和家里人慢慢的好转来判断，约翰显然没有表示反对。当然，生活不是天堂。但是，合理的分工，可以对每个人有好处。孩子有了父亲的管束，茁壮成长起来。一丝不苟、坚定不移的约翰给孩子堆里带来了秩序和顺从，而美格进行了大量的健身锻炼，来一点儿玩乐，她还经常和精明的老公一起促膝谈心，终于恢复了精神，稳定了情绪。这时，他们家又像一个家了。约翰也不想出门了，除非带上美格。现在，反而是斯科特一家来布鲁克家串门了。邻居们都认为，约翰的小房子真是一个欢乐的地方，充满了愉快的气氛，丰衣足食，非常温馨。连快活的萨利·莫法特都愿意去他们家。“这儿总是那么宁静宜人。美格，这儿对我很有益处啊。”她经常这么赞叹，而且，眼神左顾右盼，总是流露出渴望的神情，似乎很想发现那个护身符，以便移植到自家的大屋子里。她觉得，家里装饰得富丽堂皇，反而显得冷冷清清；家里没有孩子的嬉闹声，更没有孩子阳光灿烂的笑脸。内德生活在自己的圈子里，并没有为她留下空间。

这家人的快活家庭生活并不是一朝一夕获得的。约翰和美格终于找到了幸福之门的钥匙。婚后生活的岁岁月月，都让他们明白使用这把幸福钥匙的神机妙法，所以，他们能够打开天伦之乐、互助互爱的宝藏；这个宝藏，再穷苦的人都有可能获得，但再富足也有钱难买。这就是年轻的妻子和母亲们同意被束在那种高阁的原因。她们可以安全地摆脱世间的躁动与狂热，在那些依恋她们的幼儿稚女身上找到忠诚的爱，无惧悲痛、贫困与老龄；她们和一个忠实的朋友携手并进，同甘共苦。丈夫，在那优秀的英国古语里，真正意思就是“管家”。她们就像美格那样，认识到妇人最幸福的王国是家庭，而其最高荣耀并非作为女王的统治术，而是作为贤妻良母的家政术。

第三十九章

懒虫劳伦斯

劳里去了尼斯，打算住上一个礼拜，却耽搁了个把月。一个人独自闲逛，他已经感到厌倦了。然而，有艾美在一边陪伴，她那熟悉的身影，对于她融入其中的异国景致而言，似乎增添了家乡般的迷人魅力。劳里很怀念往日受到的“宠爱”，又旧梦重温，其乐融融；哪怕过往陌生人纷纷投来羡慕不已的眼神，其快意根本就无法跟家乡姑娘的爱慕相比。艾美绝不会像姐姐们那样宠爱他的，却很乐意看着他，贴近他，因为她觉得，他代表的是亲爱的家人。对于他们，她十分想念，尽管口头上不说。这时，他俩自然地为彼此朝夕相处而感到宽慰，相互之间可谓形影不离，不是一块儿骑马，一块儿散步，就是一块儿跳舞，一块儿闲逛。因为，在尼斯游玩的季节，谁都无法老是勤劳干活儿。不过，他俩表面上在无拘无束地自娱自乐，却在漫不经心地了解对方，形成自己的看法。艾美在朋友的评价里蒸蒸日上，但劳里在她的评价里却下降了。他俩不用开口就心中有数了。艾美总想讨他喜欢，而且旗开得胜，因为，她十分感激劳里给予的许多快乐，经常为他做一点儿事，作为回报。对于这种照顾，母性十足的女人都知道该怎样添上超越言语的风情韵味。劳里却无所用心，看上去随心所欲，任其自然，试图忘掉过去。由于被女人冷落过，他觉得所有的女人都欠他一句友善的话。他非常慷慨，这根本不费吹灰之力，如果她愿意接受，他满可以把尼斯的饰件统统都买来相送。同时，他觉得自己很难改变艾美正在对他形成的看法，也怕看见艾美目光犀利的蓝眼珠，似乎在注视他时带有那种既悲伤又轻蔑的惊诧神情。

“大家今天都去摩纳哥了，但我喜欢待家里，写几封信。信写好了，我打算去瓦儿罗萨玫瑰谷写生，你去吗？”天空爽朗的一天，中午时分，劳里照例懒洋洋地走进门时，艾美凑上去问道。

“哦，好吧，不过，走这么远的路，是不是天气太热了？”他慢吞吞地答道，刚才户外阳光炫目，阴凉的客厅十分诱人。

“我会去叫一辆四轮马车，巴蒂斯特来驾车。你只管撑阳伞，不用管其他事。手套不会弄脏的。”艾美说着，讥讽的目光瞥了一眼一尘不染的小山羊皮手套，那是劳里的嗜好。

“那我乐意奉陪。”劳里说完话，便伸出手去接她的写生本。但艾美却将本子夹在腋下，尖刻地说：

“不麻烦了。我不费力，你倒看上去拿不动似的。”

劳里瞠目结舌，见艾美奔下楼，便步履悠闲地跟着走下楼。他们上了马车，劳里一把抓住缰绳。小巴蒂斯特无事可做，只好双臂抱着胳膊，在后车厢睡觉了。

他俩从不吵嘴——艾美很有教养，而眼下劳里懒得吵。不一会儿，他以好奇的神情瞅了一眼艾美的帽檐底下。艾美微笑相答，一团和气，双双上路。

马车沿着蜿蜒曲折的乡间车道轻快地行驶，沿途景色秀丽，令人赏心悦目。不一会儿，一座古老的修道院映入眼帘，飘逸入耳的是修道士们咏诵的那些庄重肃穆的赞美诗。后来，他俩看见一个戴着尖顶帽、光腿穿着木拖鞋的牧羊人。只见那人一个肩上搭着粗布上衣，坐在岩石上吹口哨。一只只山羊有的在岩石间奔跑，有的就躺在他的脚边。没多久，一队脾气温顺的灰色毛驴驮着一筐筐刚收割的青草，从路边经过，青翠草堆上要么坐着一位头戴宽边帽的漂亮姑娘，要么坐着一个老妇人，一路上纺织杆不停地捻着。路边的奇怪石棚子中，跑出不少浅色眼睛、棕色皮肤的孩子，兜售一束束鲜花和一串串带枝叶的橘子。放眼望去，漫山遍野都是枝节粗壮，叶片浓绿的橄榄树。果园里，金色的果实挂满枝头。路旁开满了红色的大银莲花。绿色的山坡和峻峭的山顶后面，白雪皑皑的滨海阿尔卑斯山，在意大利蔚蓝的天空下，高耸入云。

玫瑰谷真是名不虚传，一年四季，气候温暖，玫瑰花到处盛开。繁茂的花朵悬挂在拱道上方，伸出院门的栅栏，散发出宜人的芳香，欢迎过路的行人。柠檬树下，叶面柔软的棕榈树下，野花盛开，四处蔓延，一路生长，连山上的别墅旁，都能见到。每一处树荫下，开放的鲜花簇拥着散落的座椅，让人见了就想停住脚步，坐上去歇息。这儿的岩洞，阴凉爽气，洞内的大理石仙子塑像在花瓣的掩映下微笑。这儿的喷泉，映照出的是或红或白的玫瑰花的颜色。这些垂挂的玫瑰花似乎都在为自己的美丽姿容流露出得意的笑容。这儿，家家户户的房墙上，都布满了玫瑰花，有的爬卧在飞檐上，有的缠绕在梁柱上，还有不少随意蔓延，在房屋露天平台的栏杆上生长。从高处眺望，可以看见阳光照耀下，波光粼粼的地中海，以及海岸边城中的白色房屋。

“这是蜜月旅行的天堂，不是吗？看见过这样的玫瑰花吗？”艾美问道。她在屋顶的露天平台上停下脚步，欣赏眼前的景致，贪婪地呼吸随风飘来的浓郁馨香。

“没有，也没有碰到过这样的花刺呢。”劳里一边说，一边将拇指送进口中。刚才，他想伸手去摘一朵孤零零的鲜红玫瑰花，但就差一点儿距离，没有够着。

“弯下腰嘛，摘那些没有刺的。”艾美说完话，从身后鲜花点缀的墙上采摘了三朵奶油色小蔷薇，然后，把蔷薇插在对方衣服的扣子孔中，作为讲和的礼物献给劳里。劳里表情古怪地低头盯着三朵蔷薇，凝神了一会儿；他有意大利血统，有点迷信。此刻，他的心境是悲喜交加，好不郁闷，就跟那些富于想象的小伙子一样，能从小事中悟出奥秘，到处都有浪漫的题材。劳里刚才伸手去摘那棵带刺的红玫瑰时，想到了乔，她就配生动艳丽的花朵，身上常戴家中温室里摘下的这种玫瑰。而艾美刚才递给劳里的浅色蔷薇是意大利人捧在死者手里的，婚礼的花环从不使用这种。这时，劳里犹豫了一会儿，不知这不祥之兆是针对乔的，还是他本人。但他很快就恢复了美国人的常识，战胜了多愁善感，并爽朗地开口大笑。出国以来，艾美从未听他这样笑过。

“是个好建议，你最好从善如流，保全手指要紧。”艾美说道，心想自己的话把劳里逗乐了。

“谢谢，我会的。”他玩笑着答道。殊不知，几个月之后，他却真心诚意地照办了。

“劳里，什么时候去你爷爷那儿？”艾美突然问道。问完话，她坐在一个树枝编制的座位上。

“很快。”

“这三周来，你说过无数次了。”

“我想，简洁的回答可以免得麻烦。”

“他盼着你去，你确实应该去。”

“你真热心！我知道的。”

“那为何没有行动？”

“我想，天生堕落吧。”

“你的意思是天生惰性。真可怕啊！”艾美说话时，一脸严肃。

“还没这么严重。去了他那儿，只会烦他，所以，我不妨就待在这儿，再烦你一阵子，你忍受能力强。其实，我想，这样非常适合你的胃口。”劳里调整了身体，准备躺在栏栅的宽阔横木上。

艾美摇了摇头，以逆来顺受的神情打开速写本。其实，她已经决定教训一下这“小子”。没过多久，她又开口了。

“你在干什么呀？”

“看蜥蜴。”

“不是这个意思。我问你打算，或者希望干什么？”

“我想抽支烟，可以吗？”

“你真气人！我不赞成抽烟，除非你让我把你画进速写才可以。我需要画人像。”

“愿意效劳。你怎么画我——是全身的，还是大半身，画倒立呢，还是直立？我斗胆建议，画一张卧姿吧，然后，把你自己也画进去，取名《无所事事乐融融》。”

“别动，如果你喜欢，睡觉也行。我可要大干了。”艾美精力充沛地说道。

“真是热情高万丈！”他一边心满意足地靠在一只巨型陶瓮上。

“乔如果现在看见你，会说什么呢？”艾美不耐烦地问道，希望提到比她更精力充沛的姐姐大名之后，能够激发劳里的热情。

“老一套，‘走开，特迪。我很忙！’”劳里笑着说道。但他的笑容并不自然，脸上掠过一丝阴影；熟悉的名字刺痛了心中还未愈合的伤口。劳里的口气和面色都打动了艾美，先前见过这种面色，也听过这种口气。她抬起头，正好看见劳里的表情变了——一副严峻愤恨的神态，满脸痛苦，不满现实，悔恨交加。但艾美还未仔细端详，该表情早已消失，恢复了一副无精打采的模样。艾美以艺术的愉悦注视了劳里一阵子，心想，他多么像意大利人啊。只见他沐浴在阳光下，头上没有遮盖，眼睛里流露出南国的梦幻感，他似乎忘记了身边的姑娘，沉醉于幻想之中。

“你看上去就像一位躺在墓穴上的年轻骑士形象。”她一边说，一边细心地勾勒画像的线条，深色岩石的背景，轮廓清晰的剪影。

“希望如此啊！”

“愚蠢的希望，除非你早已空度一生。你变化太大了，有时候，我想——”但说到这里，艾美停顿了，神情半羞半神往，此时无言胜有声。

劳里心领神会，明白了艾美欲言又止，所要表示的温情的担心。他直视艾美的双眸，以往常跟她母亲说话的口吻讲道：“没事的，小姐。”

艾美听罢满意了，将近来开始惹她揪心的疑虑都抛到了一边。劳里的话还感动了她。她说话时亲切的口吻就表明了这一点：

“我真高兴！我也并没有认为你是一个严重的恶少，不过，想来你也许在德国巴登巴登那个鬼地方浪费了不少钱，要么连心都被哪个迷人的法国有夫之妇勾走了，要么在异国他乡陷入困境，一些年轻人往往认为那是出国旅游在所难免的。别待在太阳底下，过来，在草地上躺一会儿，‘做个朋友吧’，以前，乔邀我坐在沙发的一角，开始聊秘密时就是这样说的。”

劳里顺从地往草地上一躺，将一些雏菊插在旁边地上艾美帽子的系带上，自娱自乐。

“我早就准备好了，快讲秘密吧。”劳里抬头看了一眼，眼里明显露出饶有兴趣的神情。

“我没有什么可讲。你说吧。”

“没有福气拥有秘密。我还以为，你大概收到了家里的消息。”

“最近的消息你都听过了。难道你不是经常听到的吗？还以为乔会给你寄许多信。”

“她很忙。我到处游逛，你知道，不可能按时联系。你什么时候开始艺术大作呢，我的女拉斐尔？”劳里停顿了一会儿，突然问道，将话题转开。其实，刚才他在纳闷，艾美是否了解自己的秘密，想不想谈论它。

“永远不做。”艾美答道，口气沮丧，但却斩钉截铁，“罗马灭了我的虚荣心，看了那里的艺术奇迹，我觉得自己活在世界上真是十分渺小，失望中，就放弃了所有不明智的期盼。”

“你如此精力充沛，才华横溢，为什么要这样呢？”

“问题就在这儿——因为，才华不是天才，精力再充沛也无法造就的。我想要么成名成家，要么一事无成。我不想成为一名平庸的画匠，所以，就不想再努力了。”

“敢问你现在自己有何打算？”

“磨炼自己的其他才能，为社会增光添彩，当然，得有机会。”

艾美的讲话很有个性，听上去很有魄力；但年轻人就得无所畏惧，而且艾美的抱负具有良好的基础。这时，劳里笑了。艾美一旦发现自己长期向往的目标无望实现，便毫不迟疑地另起炉灶，决不愁眉苦脸。这种精神，他很喜欢。

“好哇！我说，那个弗雷德·沃恩就在这里插足了。”

艾美审慎地保持沉默，但低垂的脸上露出一丝会意的神色。

劳里见了，赶紧坐起身，板起脸问道："我现在当你的哥哥，问几个问题，行吗？"

"不保证一一回答。"

"你呀，嘴硬，面怯。乖乖，你可不是那种深藏不露的情场老手啊。去年，我听到过你和弗雷德之间的流言蜚语。我个人认为，如果不是他突然奉召回家，又绊住那么久，嗨，会发生什么事了吧？"

"这不该我来回答。"艾美一本正经地回答，但嘴角还挂着一丝笑容。她的眼神泄露出火花，坦白了她的内心世界：了解自己的魅力，并因此而得意非凡。

"希望你还没有订婚吧？"劳里一下子变得就像一个大阿哥，看上去很严肃。

"没有。"

"但你会的，假如他回来，在你面前规矩地跪下，不是吗？"

"很可能。"

"那么，你喜欢弗雷德这个老家伙？"

"有可能，如果试试看。"

"但是，时机不到，你是不打算试试看的，是吗？天哪，真是异乎寻常的谨小慎微啊！他是个好人，艾美，但不是我心目中你会喜欢的那种男人。"

"他有钱，而且温文尔雅，风度翩翩。"艾美答道，试图让自己显得沉着冷静，不亢不卑，但她感到有一点儿不好意思，尽管她是真心诚意的。

"知道了。社交女王可离不开钱啊。所以，你打算嫁得好，而且就此开始生活？世道就是这样的嘛，很不错，循规蹈矩，但从你母亲的女儿嘴里说出来，却有点儿怪异。”

“然而千真万确。”

回答相当简洁，但说话时的平静和断然却一反常态，小姑娘的表现很奇怪。劳里本能地感觉到这一点，便又往草地上一躺，带着一副自己难以说清的失望感。他的这种神态以及他的沉默，还有那种发自内心的自责，让艾美感到生气。于是，她决定立刻教训他一顿。

艾美口气尖锐地说：“希望你帮个忙，给我提起精神来。”

“你帮我提吧，乖乖女。”

“有可能，如果试试看。”艾美看上去似乎真的雷厉风行。

“那么就试试看吧。我准许你。”劳里答道。他长期独自一人，茶余饭后，就爱戏弄人。这可是久违的消遣。

“过五分钟，你就会生气的。”

“我从来不跟你生气的。单块火石打不出火来的。你呀，就跟白雪一样冰冷柔软。”

“你不知道我的能耐。雪如果堆积得当，也会发光，也会刺眼。你无动于衷，其实，有点儿做作。好好刺激一下，就能证实。”

“尽管来刺激吧，伤害不到我的，或许你倒会快活一阵。就像大男人说的那样，小妻子揍大丈夫——隔靴搔痒嘛。就把我当成丈夫，或者一块地毯吧。可以一直打到精疲力竭，如果这样的锻炼运动对你挺合适的话。”

艾美着实恼怒，加上很想看见劳里能够摆脱那种使他大变的淡漠情感，便削尖了铅笔，口气也尖利逼人地问道：

“弗洛和我给你取了个新名字，‘懒虫劳伦斯’。喜欢吗？”

艾美以为劳里会生气，但他仅仅将胳膊垫在头下，心如止水地说："不错呀。谢谢女士们。"

"你想知道我对你的真实看法吗？"

"洗耳恭听。"

"好吧，我鄙视你。"

哪怕艾美用怒气冲冲，或者撒娇的声音说"我讨厌你"，劳里都会大笑，而且很喜欢听的，但这一次，艾美的嗓音却低沉伤心，劳里听了不禁睁开眼睛，立刻问道：

"请问为什么啊？"

"因为，尽管你有各种各样学好、造福社会、幸福美满的机会，但你却屡犯错误、懒惰、可悲。"

"语重心长啊，小姐。"

"愿意听，我可以接着讲。"

"愿闻其详，真有意思。"

"我想，你会觉得有意思的。自私自利的人总爱谈论自己的。"

"我也自私吗？"劳里听罢，不禁大吃一惊，随即脱口而出地问了一句，因为，慷慨大方是他引为骄傲的唯一优点。

"是啊，而且相当自私。"艾美接着说，嗓音沉稳冷峻，其效果简直两倍于气话。"我可以说明根据的；我们在一起嬉笑逗乐时，我注意过你，对你感到很不满意。你已经出国将近半年了，可以说，一事无成，就知道消磨时光、挥霍钞票，让你的朋友失望啦。"

"苦学了四年，小伙子难道不能快活一下呀？"

"你看上去可没有十分快活呀。反正你依然故我，我可以这么说。我们刚见面时，我说过你有长进。现在，我收回原话，因为我看你还没有我出国那时候一半好呢。你已经懒得令人作呕，而且喜欢说一些闲言碎语，把时间都浪费在鸡毛蒜皮的小事上。你还醉心于愚人的宠爱奉承，并没有得到智者的爱慕尊崇。你有金钱，有才华，有地位，有健康，还有英俊潇洒——啊，你喜欢那个‘名利场’！这可是千真万确的，所以我不得不指出来——你有这么些美妙东西去使用，去享受，你居然会觉得，除了游手好闲，简直无事可做。你没有做可能成为也应该成为的那种人，却仅仅是——”突然，艾美的话戛然而止，脸上流露出痛苦而怜悯的神情。

“火上煎熬的圣徒劳伦斯啊。”劳里冷冰冰地补充成句。但是，姑娘的训话开始生效了，劳里的眼神透露出一丝如梦初醒的火花，刚才那副漫不经心的样子不见了，脸上的表情看上去既恼火又受伤。

“我想你会这么说的。你们男人都说我们女人是天使，还说我们能够随心所欲地把你们变成什么人。但是，一旦真心诚意地想为你们着想，你们马上就嘲笑我们，听不进去，这只能证明你们的奉承话到底价值多少。”艾美愤愤地说道，背对着正坐在自己脚边令人发火的殉道者。

不一会儿，一只手捂在速写纸上，使她无法画下去，接着，劳里模仿悔过孩子的滑稽口吻说道：“我要学好，啊，我要学好的！”

然而，艾美并没有笑，她可是认真的。这时，她用铅笔敲击着劳里张开的手，一字一句地说道：“你难道不为这张手感到羞耻吗？就跟女人的手一样柔软白皙，看上去似乎只会戴朱汶牌高级手套，为女士采摘鲜花而已，别的事，什么都没有干过。谢天谢地，你又不是花花公子，所以，我很高兴看见，除了乔很久以前送给你的那枚又小又旧的戒指之外，手上没有戴什么钻石戒指，或者大图章戒指一类的玩意儿。亲爱的，我真希望，她也在这儿，能够帮助我！”

“我也如此啊！”

手抽了回去，跟刚才伸出一样突然。听了艾美的祝愿话，他的回应里现出了足够的力量，连艾美都高兴起来。她低头朝他看了一眼，脑子里顿时闪过一个新念头，但劳里正躺在地上，用帽子半遮着脸，似乎是在遮阳，而大胡子则遮住了嘴。艾美只看见他的胸膛随着一声深呼吸起伏着。那深呼吸就像是一声叹息，他那只戴着戒指的手垂在草丛里，似乎在隐藏一件连提都不宜提及的珍贵或是脆弱的东西。顷刻间，拉拉杂杂的提示和琐事在艾美的脑海里拼凑成形了，产生了意义，她明白了事情的原委，原来姐姐没有向她吐露啊。她记得，劳里从未主动谈及乔的事情。她想起了刚才劳里脸上掠过的阴影，他性格上的转变，而他戴的那枚旧戒指并不配用来装饰一只漂亮的手。女孩子观察这种迹象的速度是极快的，而且迅速感受到了那无言的控诉。艾美曾经想象，或许转变的根源是爱情的纠葛，现在，她已经确信了。敏锐的眼睛热泪盈眶，这时，她又开口说话了，嗓音则控制在最为委婉温柔动听的程度。

“我知道，自己是没有权利跟你这么说话的，劳里。如果你不是世界上脾气最好的小伙子，你一定会跟我生气的。可是，我们都很疼爱你，都为你而感到骄傲，所以，想到家里人会像我一样对你感到失望，我就很不忍心，尽管他们也许比我更理解你的变化。”

“我想，他们会的。”声音来自帽子底下，语气冷淡，听上去有气无力，令人哀伤。

“他们早就应该告诉我，不要让我继续错上加错，乱责备人，我原本应该格外亲切，格外宽宏大量的。我从来都不喜欢那位兰德尔小姐，现在我讨厌她了！”艾美机巧地说道，希望这次能够确认自己觉察的事实。

“去她的兰德尔小姐！”劳里一边说，一边把帽子从脸上推开，脸上的表情毫无疑义地说明他对那位小姐所怀有的感想。

“对不起，我还以为——”她突然很有策略地停止了。

“不，别以为了。其实，你最清楚了，我除了乔，任何人都不爱。”劳里说这句话时，跟以往一样口气冲动，而且，一边说，一边转过了头。

“我就是这么以为的。但他们关于这件事只字未提，你又出国，所以，我猜想，自己搞错了。难道乔不肯对你好吗？哎，我肯定，她爱你爱得很深。”

“她确实很亲切，但却不到位。如果我就是你认为的那种不成大器的人，她不爱我就很幸运。不过，她看错人了，你可以转告她的。”

劳里说话时，脸上的神情又恢复了严峻愤恨的样子。这让艾美感到为难，她不知道这会儿该使用何种安慰剂。

“我自己搞错了，不知道情况。很对不起，刚才态度太粗暴，现在不免要希望你能够善加忍受，特迪乖乖。”

“别这样，那是她给我取的名字！”劳里急速地挥手，制止了模仿乔的那种柔中带骂的口气。“等你亲身试一试再说吧。”劳里又低声加了一句，顺手一把一把拔草。

“我会像男子汉一样坦然对待的，没有得到爱，也要得到尊重啊。”艾美情况不明决心大。

你看，劳里一直庆幸自己对此事忍受得相当好，既没有埋怨，也没有企求同情，而将自己的苦恼带在身边，独自排解。艾美对他的教训，使得他换一种角度看待那件事了。他第一次体会到，头一次失恋就灰心丧气，自我封闭，郁闷冷漠，看上去未免就显得很意志薄弱，自私自利了。他觉得自己似乎突然从一场思绪万千的睡梦中惊醒，再也无法入睡。没过多久，他坐了起来，慢悠悠地问道："你认为乔会跟你一样，看不起我吗？"

"如果她看见你现在的样子，会的。她一向讨厌懒虫。你何不干一番轰轰烈烈的事情，迫使她爱上你呀？"

"我已经使出了浑身解数，但是没有用啊。"

"你是指毕业成绩不错吗？这不过是你的分内事，为你爷爷做的。花了那么多的时间和金钱，如果不毕业，是很可耻的。因为大家都知道，你可以出色毕业的。"

"不管你怎么说，反正我没有毕业，因为乔不肯爱我。"劳里说道，心灰意冷地用手支着头。

"不，你毕业了，最终你会承认的，因为，毕业对你有好处，证明了只要你努力，还是能够干出个模样的。你只要找到另一件事情去做，很快就能够恢复到舒心愉快的心境，忘记自己的烦恼。"

"这不可能。"

"努力去争取嘛。你不必耸耸肩，认为'这姑娘对这种事情知道得不少'，我并不是自作聪明，而是在仔细观察，所发现的比你想象的要多。我很关心别人的恋爱经历和矛盾行为，尽管不能加以解释，但可以记在心里，以后为我所用嘛。当然，如果你愿意，就一辈子都去爱乔吧，但不要因此而失意。不能因为自己得不到所要的一个福气，就抛弃许多美好的东西，这样做是作恶。哎，我可不想继续训话了，因为，尽管那个姑娘心肠很硬，但我知道你会幡然醒悟的，重新做男子汉。”

他们俩一时间寂寞无语。劳里坐在草地上，摆弄着那个小戒指。艾美正在对说话时所作的速写做最后的润色。过了一会儿，她将速写本放在他的膝上，径直说了一句话：“觉得怎么样啊？”

劳里看了一眼，不禁笑了，因为画得太妙了——修长的、懒洋洋的身子正躺在草地上，表情淡然，眯着眼，手上夹着一支雪茄烟，袅袅烟圈笼罩着做梦人的头部。

“画得真不错啊！”他说道，对艾美的速写技巧感到由衷的惊喜。接着，他又似笑不笑地加了一句：“是呀，那不就是我吗。”

“这是现在的你，而这是过去的你。”艾美又拿出一张速写，放在旁边。

这一张画得不怎么样，却很有生气和灵气，足以弥补许多的败笔。这张画生动地勾勒了如烟往事，小伙子见后，脸上的神情不禁为之一变。只见画面上寥寥数笔，显示劳里正在驯马，没有戴帽子，外套脱掉了，所以，身段活跃，线条清晰，面色果敢，威风凛凛的姿势，整张画洋溢着一股青春活力，耐人寻味。画中那匹彪悍的马已经驯服，正站在一边，被缰绳勒着脖子，低着头，蹄子一个劲儿地刨着地面，但耳朵却竖立着，似乎在聆听征服者的号令。鬃毛散乱，骑手头发蓬松，神态警觉，表现化动为静的画面，让人体味到力量、勇气和青春活力，跟《无所事事乐融融》速写的躺卧式优雅形成鲜明对比。这时，劳里一言不语，眼睛在来回扫视。艾美发现他脸红了，并且抿着嘴唇，似乎已经理解了她的意思，接受了教训。对此，艾美很满意，不等劳里开口，爽朗地说开了：

“有一天，你让拉里和帕克那两匹马比赛，我们都在观看，记得吗？美格和贝丝都吓坏了，但乔却拍手欢腾。我当时骑在篱笆上，为你画速写。前几天，在画夹里找到了这张速写，稍微润色了一下，就一直保存着，打算给你看。”

“感激涕零。自那以后，你的速写技巧突飞猛进，恭喜恭喜。在‘蜜月天堂’，我能否冒昧地提醒，你下榻的饭店，晚餐时间在下午五点？”

劳里说着站起来，一边笑着鞠躬，将画像归还，看了一下表，似乎在提醒她，即便是道德说教，也应该结束了。这时，劳里又想摆出以往那副随意而无所谓的样子，但这一次，却很做作了，因为，艾美振聋发聩的谈话很灵验，尽管他不愿意坦白。艾美觉察到一丝冷淡的态度，思忖道：

“是我惹怒了他。哎，如果对他有好处，我就高兴了。如果让他讨厌我，那就很遗憾了。这确实是我的真心话，决不反悔。”

回家的路上，他们又说又笑，身后坐着的小巴蒂斯特心想，先生小姐真是兴致勃勃。可是他们俩都感到很不自在。原先彼此之间坦诚相待的情趣已经扰乱了，阳光明媚的天空出现了一片乌云。尽管两人表面上仍然谈笑风生，但彼此已经打心底里暗自不满了。

“我们今晚可以见到你吗，mon frère[1]？”在婶婶的门口分手时，艾美问道。

“不凑巧，我有约在先了。Au revoir，mademoiselle[2]。”劳里说罢，弯下腰，似乎要以外国方式去吻她的手。这可是劳里最拿

1 法语：兄弟。

2 法语：再见，小姐。

手的，谁都比不上。艾美看见他的神情，急忙态度和蔼地说：

“不行，跟我来老规矩，劳里。咱们还是和以前一样告别吧。我喜欢英国的热烈握手，不喜欢法国人那些伤感的离别礼节。”

“再见，乖乖。”劳里以艾美喜欢听见的口吻说完这句话，跟她握了握手，握手热烈得手痛，然后走开了。

第二天早晨，没有像往日那样的拜访，但艾美收到一个便条。她看见之后就笑了，但没有过多久，便叹气了：

我的良师益友：

请代我向你婶婶告别，愿你开心，因为“懒虫劳伦斯”像好男儿一样，陪祖父去了。谨祝冬安。愿上帝保佑你，在玫瑰谷的蜜月幸福美满！我想，弗雷德有了搅和者，会受益匪浅的。请转告他，并致祝贺。

感谢你的　忒勒玛科斯[1]

“好小伙！他走了，太好了。”艾美带着认可的微笑说道。但是，她回首望着空荡荡的房间时，面色就变了，情不自禁地叹息道：“是啊，我很高兴，可是又会想念他的！”

1　希腊神话中的助父杀死其母求婚者的人。

第四十章

死亡幽谷

最初的痛苦熬过去之后，一家人都接受了这个无法避免的结局，并努力乐观地面对，用更多的爱相互帮助。在困难关头，这种温馨的爱把一家人紧紧凝聚在一起。他们忘却悲伤，尽心尽力，让贝丝幸福地走完人生的最后一年。

家里最舒适的房间已专门为贝丝准备好了，里面集中了她最心爱的每一样东西——鲜花、绘画、钢琴、小工作台，还有可爱的小猫。父亲最爱看的书籍也搬到了那儿，当然，母亲的安乐椅、乔的书桌以及艾美的速写精品都用来布置她的房间了。每天，美格都抱着孩子，温情地过来朝圣，给贝丝阿姨带来阳光般的快乐。约翰默默地存起了一小笔钱，以源源不断地给病人提供她渴望能够吃到的心爱水果，他自己也从中得到了快乐。老汉娜乐此不疲地烹调美味佳肴，来引诱百味难调的胃口，一边干活，还经常流泪。时常收到一些漂洋过海寄来的小礼物和热情洋溢的信件，似乎给她带来了那些四季如春的异国土地所散发的温暖、芬芳气息。

贝丝在这儿得到无微不至的关怀，就像家族圣徒一般，被供奉了起来。可她还是一如既往，那样文静，那样忙碌。一切都改变不了她那善良、无私的本性。即便打算离开人世间，她还是尽力让留在世上的人生活得更加幸福。她那双细弱的手一刻都停不住。她的一个乐趣就是为每天过往的小学生制作一些小玩意儿——从自己的窗户里往外扔一副连指手套，送给一位冻紫了小手的孩子，或者给那些拥有许多洋娃娃的小母亲准备一本缝针纸夹，或者为那些歪歪扭扭练字的孩子提供用布料做的揩笔垫；她还为喜爱绘画的孩子做剪贴簿，还有各种各样的小巧文具。后来，这些正在学习的阶梯上勉强攀登的顽童都得到助力，求学的道路仿佛铺满了鲜花，可以说，这些孩子都把这位善良的捐助人看作了某种神仙教母。贝丝高高在上地就座，慷慨地抛撒礼品，神奇地满足着孩子们的不同口味和需求。如果贝丝需要得到什么回报的话，那就是在她窗前抬头嗷嗷待哺的一张张幼小的灿烂笑脸了，有的不停地向她点头，有的则一个劲儿地微笑。当然，寄给她的那一封封墨迹斑斑、天真烂漫的简短感谢信，也就是她所想得到的回报了。

开始的几个月，贝丝过得非常愉快。每当全家人坐在那阳光明媚的房间里，她会环顾四周，赞叹道："这里太美了！"两个小孩在地板上摸爬叫闹；母亲和两个姐姐在旁边干活；父亲则用悦耳动听的嗓音读书，这些书历史悠久、充满智慧，书中有大量劝慰人的金玉良言，虽然几个世纪过去了，至今仍然具有说教作用。房间成了小教堂，当牧师的父亲在给家人羔羊群上课，虽然很难，却是人生必修课。他努力使她们明白，只要心中怀有希望，就能给爱心带来慰藉，只要心中信仰坚定，就能使人顺从命运。简单的说教深入人心，因为父亲的心皈依了牧师的信仰，而时常哽咽的声音使他的布道更加意味深长。

大家都很知足，毕竟她们度过了这段宁静的时光，为后来悲伤时刻的降临做了铺垫。随着时光的推移，贝丝说手上拿着的缝衣针“很重”，就永远放下了针。说话使她感到疲倦，见面使她感到不安，痛苦吞噬着她。病魔折磨着她虚弱的肌体，悲哀的是，还扰乱了她宁静的精神。噢，天哪！多么难熬的白天！多么漫长、漫长的黑夜！多么痛苦的心灵！多么诚恳的祈祷！人们是那么深爱着她，却无可奈何地面对那双骨瘦如柴的手伸出来向他们哀求，听着那撕心裂肺的哭喊：“救救我！救救我！”他们终于绝望了。一个安详的灵魂黯然失色了，年轻的生命与死神展开一场激烈的较量，上帝总是仁慈的，这两者都很短暂。接着，本能的反抗结束了，往日的平静气氛以壮丽无比的气势重新回归贝丝的生活。尽管贝丝的病体已经弱不禁风，可心灵却更加坚强了。虽然她寂寞无语，可身边的人都感到她已做好了准备，发现第一个被召唤的朝圣者同样也是尘世生存的适者。他们陪她等在岸上，希望看到，她到达彼岸时，有光芒四射的天使来迎接她。

贝丝对乔说：“你在这里，我感觉更有力量。”从那以后，乔离开贝丝的时间再也没有超过一个小时。她睡在房间的长沙发上，不时地醒来给炉火加点柴，喂她吃，扶她起来，精心照顾病人。但这位坚韧的病人很少提出要求，“尽量不成为一个累赘”。乔对其他护士都猜疑，所以整天都守在房间里，并为被指派照看贝丝而感到自豪，这成了她一生中的最高荣誉。这对乔来说也是宝贵而又有益的时光，因为这时她的心灵学到了急需的教义：忍耐，以亲切的方式教授，而且她不折不扣地学会了；对人的仁爱之心，这是一种可贵的精神，能够原谅并且彻底忘却不友善的行为；忠于职守，能使最困难的问题都迎刃而解；还有虔诚的信仰，毫无畏惧，一心一意地信任。

乔夜里醒来，常看到贝丝在读那本翻旧了的小宝书，听到她轻声吟唱，以此打发失眠的长夜；有时也看到她用手捂着脸，泪水顺着透明的指缝慢慢地往下淌。乔躺着看着她，思绪万千，顾不得哭了。她觉得，贝丝用淳朴无私的方式，用神圣的安慰词、默默的祈祷和酷爱的音乐，正努力从心爱的现世中解脱出来，去适应来世的生活。

最明智的布道、最圣洁的赞美诗、最狂热的祈祷都没有比这更使乔触动。泪水洗净了乔的双眸，极度的悲伤软化了她的心灵，她终于看到了妹妹生命中的魅力——平平淡淡，与世无争，却充满了真正的美德，“散发着芳香，在尘世间盛开”。她那忘我的境界，使世间最谦卑的人最早在天堂扬名；而这种货真价实的人生功绩每个人都能达到。

一天夜里，贝丝在自己的书桌上翻阅一堆书籍，想寻找一点儿东西，好忘却如同病痛一样难以忍耐的厌世心态。忽然，她在翻阅心爱的小说《天路历程》时，看见一片纸，上面是乔一行行潦草的诗句。乔的名字首先映入她的眼帘，只见那一行行诗句字迹模糊。她断定，那是落在纸上的泪珠造成的。

“可怜的乔！她已经熟睡。不用把她叫醒，取得阅读许可了。她把自己的一切都给我看的。看看这个，我想她不会介意的。”贝丝看了一眼姐姐，心想。只见姐姐正躺在地毯上，身边放着一把火钳，炉火中的木块一旦烧塌，她会随即惊醒。

我的贝丝

耐心坐在幽暗处，
　等待祥和的光降临。
心灵宁静，人品圣洁，
　超升着我们烦恼的家庭。

人间的悲欢离合、希望祝愿，
　都在人生大河的肃穆岸边，
如浪花飞溅，转眼即逝，
　而她则心甘情愿，屹立河岸。

妹妹呀，要从我身边离去，
　脱离人世冷暖和挣扎。
请将美化你的生命的
　那些美德留赠予我。
乖乖，给予我那伟大耐心吧，
　它强大无比，
能够在痛苦的牢笼中，
　保持无怨无悔，开颜欢笑。

智勇双全，温柔甜美，
　把这些都留给我吧，我太需要了。
有了这些美德，
　脚下人生职责之路始终常青。
把无私的品格也留给我吧，
　以神圣的仁爱，
去以德报怨——
　温良的心，宽恕我的过失吧！

我俩的分离，于是在一天天
　减轻离别的痛苦。
明白了这一无情的道理，

　我的巨大损失也就成为获益。
忧伤的接触，会使
　我的不羁性格走向平和，
赋予生活新的追求，
　对于未知世界抱有新的信赖。

从今之后，坦然越过人生之河，
　我将永远看到，
等在彼岸的，
　可爱而恋家的精灵。
希望和信念源于伤痛，
　将会成为护卫天使。
妹妹先我而去，
　但天使的双手会把家给我指引。

尽管诗句字迹模糊，墨迹斑斑，语句有误，笔触无力，但贝丝看了脸上呈现出一种难以名状的欣慰；她心中唯一的缺憾就是一生碌碌无为，但眼前的诗句却让她感到放心。她的生活并非一事无成，所以，死后不会引起她所担心的绝望。就在她拿着折叠的那片纸坐着时，突然，烧焦的木头坍塌了。乔惊醒，重新拨旺了炉火，然后，蹑手蹑脚地走到贝丝的床边，希望看见她还在熟睡。

“乖乖，我没有睡，还挺高兴呢。瞧，这是找到的，都看过了，我知道你不会介意的。乔，难道我给你的就那样多吗？”贝丝满怀希冀和恭敬，认真地问道。

“噢，贝丝，一点儿不少，一点儿不少！”说罢，乔把头靠在妹妹的枕边。

“那我就不觉得自己是虚度一生了。我虽然不如你说的那样好，但我一直都在试图行事正确。现在，想让一切都好上加好，为时已晚。但知道有人那么疼爱我，觉得我曾经帮助过他们，这对于我来说，就是莫大的安慰了。”

“贝丝，世界上无人能够比得上你。我想过，不能就让你这样离别。我现在学会了这种感觉，我不会失去你的，你比以往任何时候离我都要近。死亡是无法使你我分离的，尽管看上去似乎会那样。”

“我明白的，所以我对死亡早就不害怕了，因为我确信，我将仍然是你的贝丝，一如既往地爱着你，帮助你。乔，我走了之后，你必须替我做父母的心肝宝贝。他们会依靠你的，不要让他们失望。一个人独自工作艰难的话，就请记住，我不会忘记你的。你不去撰写力作，不去周游世界，一心干活，会更加愉快的，因为，人间的爱是我们离开时唯一能够随身携带而走的东西。有了爱，会走得很轻松。”

“贝丝，我会尽力而为的。”乔当场就放弃了往日的志向。她发誓要拿起新的更好的志向，承认了其他欲望的虚幻，体味爱的恒久信念所孕育的至福慰藉。

春天来去匆匆。天空越来越晴朗，大地越来越葱绿。鲜花早早地盛开，候鸟都按时飞返故地，陆续向贝丝告别。贝丝像一位疲倦但很听话的孩子，紧紧地牵着父母领了她一辈子的手。现在父母又要亲切地领着她走过死亡幽谷，把她交给上帝。

除了在书中，弥留之际的人很少会说出令人难忘的话，也不会看到显灵，更不会面带极乐的脸色离开。那些多次为人送终的人都知道，对于大多数的人而言，最后的时刻来临时，倒是十分自然的，简直就跟睡眠一样简单。正如贝丝希望的那样，“退潮顺利”。在黎明前的黑暗时分，她依偎在母亲的胸前，就在来到人间第一次呼吸的地方，她轻轻地吸了最后一口气，没有道别，只有深情的一瞥，一声轻轻的叹息。

母亲和两个姐姐流着眼泪为贝丝祈祷，轻轻地为她的长眠做准备。现在病痛永远不会再打扰她安睡了。贝丝过去脸上有一丝哀婉的坚韧，这曾经让她们揪心了那么久。很快她们感激地看到，贝丝显出了那种美满的安详。她们带着虔诚的喜悦感到，对于她们的宝贝，死亡是仁慈的天使，而不是可怕的鬼怪。

早晨，炉火灭了，乔的位置上见不到人，房间里静悄悄的，好几个月里，这些都还是第一次。但是，不远处刚刚吐出嫩芽的树枝上，一只小鸟在欢快地歌唱，窗边，雪花莲刚刚开放，春天的阳光照进房间，仿佛要祝福枕头上那张安详的脸——一张毫无痛苦、充满宁静的脸，那些深爱着它的人破涕为笑，他们感激上帝，贝丝终于没事了。

第四十一章

学会忘记

艾美对劳里的教训确实很有效，当然喽，劳里到了很久以后才肯承认这一点。男人很少会承认的；妇女提出建议时，大老爷们并不会采纳的，除非让他们确信，这果真符合自己的意图。然后，他们就会付诸实施，而如果事后获得了成功，弱女子的成绩却只算一半；如果失败了，他们便大方地全部归咎于她们。劳里回到了爷爷身边，一连几周承欢膝下。老先生大悦，宣布尼斯的气候对他恢复健康很奏效，还说不妨再去那儿试试。小先生原本再高兴不过了，但自从挨了骂之后，就是用几头大象也难将他拖到那儿去了。自尊心不允许啊，每当愿望强烈之时，他就是反复地唠叨这么几句刻骨铭心的话："我看不起你""干一番轰轰烈烈的事情，迫使她爱上你吧"，加强自己不去的决心。

劳里心里经常在琢磨这件事，不久，便承认自己既自私，又懒惰。不过，话说回来，男人遇到了大悲，就应该尽情胡闹一通，直到挺过痛苦。他觉得自己的苦恋几乎都快消失殆尽了。尽管他会念念不忘，忠实哀悼，却没有理由去公然披麻戴孝的。乔不会爱他了。然而，他可以通过行动证明，姑娘说一声不同意，并没有毁掉他的一生，从而迫使她尊重自己，甚至羡慕自己。他劳里始终打算去大干一番的，艾美的建议则是可有可无的。他仅仅在等待时机，要把上述的苦恋厚葬而已。完事以后，他就感到，已经做好准备去“隐藏起伤痛的心，仍然苦干不已”。

正如歌德无论遇到欢乐和忧愁，都会将其化为歌曲一样，劳里决意把自己的失恋用音乐记载，使之永垂不朽。他打算谱写一首安魂曲，让乔的灵魂不得安宁，让每一位听的人都感到心碎。因此，老先生再次发现他神魂不定，情绪忧郁，便打发他走开时，他去了维也纳。那儿有他的音乐界朋友。不久，他就开始发奋，不干出点名堂绝不罢休。然而，或许他心中的悲伤太深广，无法用音乐表现，或许音乐太虚无缥缈，无法拔除人世间的悲痛，他很快就明白，目前，他还没有能力谱写安魂曲。很明显，他的头脑还没有处于工作状态，他的思想需要澄清，因为，谱写哀怨的旋律中间，他时不时地哼起一首舞曲，令人清晰地回想起尼斯的圣诞舞会，尤其是那位法国矮胖子，于是就十分有效地暂时停止构思悲剧的曲调。

后来，劳里又尝试创作歌剧，因为，开头似乎并没有什么难，可是，他又被不期而至的困难围困了。他打算把乔作为剧中的女主人翁，接着，搜索枯肠，想提供有关自己爱情方面的温情轶事和浪漫憧憬。可是记忆背叛了他。仿佛被姑娘的任性精神所驾驭，只记得乔的形形色色古怪行为、错误、心血来潮，而且笔下的乔仅仅表现出毫无情调的方面——不是头上扎着大手巾，在拍打垫子，就是用沙发靠垫封锁自己，或者对他的音乐创作热情泼冷水——发出一阵阵无法抵御的嘲笑，破坏了他努力描绘的忧愁景象。所以，乔无论如何都放不进他的歌剧，结果，不得不放弃。他说一声：“她真折磨人！愿上帝保佑她。”扯了一下头发，这是心烦意乱的作曲家的家常便饭。

劳里开始四下里寻找一位不那么难对付的女郎，将她写成不朽的旋律。这时，他回想起一位不请自来的人选。这个人物造型具有多种面目，但头发总是金黄色的，周身薄雾缭绕，就在他的心目中飘浮游荡，附近宜人地混杂着玫瑰花朵、孔雀、白色矮种马和蓝绸带。劳里没有给这位自己感到满意的幻想角色取名。但他决定将她作为女主人公，而且非常钟爱她。这是十分自然的，因为劳里把天下所有女人的天赋和风度都赋予了这个角色，并且毫发不损地护送她通过各种考验，尽管考验足以消灭任何一位凡人女子。

由于这个灵感，他写起曲子也一度行云流水，可是，该作品慢慢地变得索然无味了。他经常手里拿着笔，坐在那儿沉思默想，忘记写字，或者游逛那快乐之城，想获取新创意，廓清头脑。那年冬天，他的头脑似乎有点儿七上八下。他做事不多，但思考得很多，意识到某种变化正在不由自主地发生。“那大概就是天才的火花吧。我要让它继续燃烧，看看会有什么结果。”他自言自语。可是，他内心却一直在怀疑，那点儿思绪火花并不是什么天才，而是更为普通的东西而已。当然，不管是什么，还是燃烧得像模像样，因为，他对自己自由散漫的生活，感到越来越不满意了。因此，他开始渴望干一些脚踏实地的工作，能够全身心地投入。最后，他十分明智地断言，不是热爱音乐的人都可以成为作曲家的。一天，劳里在皇家大剧院聆听了气势磅礴的莫扎特大歌剧。回家之后，他翻阅了自己创作的歌剧脚本，演奏了几处精华片段，便坐下凝视着门德尔松、贝多芬和巴赫的半身塑像，只见他们还是在慈祥地看着自己。突然，劳里将自己谱写的歌曲一页一页撕得粉碎。最后一张纸片从手中飘落后，他清醒地自言自语：

“她说得对啊！才华并不是天才，你是无法把它变成天才的。就像罗马让她摆脱了虚荣一样，大师的乐曲唱掉了我的虚荣。我不能自欺欺人了。可是我该干些什么呢？”

这似乎是一个难以解答的问题。劳里开始希望自己不得不打工糊口。当然，甘愿“堕落”的合适机会现在就出现了。他曾经强调过这一点，因为，他很有钱，但无所事事。谚语云，撒旦就爱让有钱人游手好闲。可怜的劳里受够了来自自己内心和外界的各种诱惑，但他出色地经受了考验，这主要因为，尽管他崇尚自由，他更加珍惜忠诚和信任。他向爷爷做过保证，自己也希望能够诚实地面对那些爱他的妇人们说出“一切都好”，这样也就使他安然无恙、稳妥可靠。

格伦迪太太[1]很可能会这样评论：“我才不信呢，男孩儿就是男孩儿。男子汉年轻时就会拈花惹草，女人决不能期望奇迹出现。”但是，我敢说，这位挑剔的太太可以不相信，但这可是千真万确的。女人可以创造许多奇迹，因为，我认为，她们通过拒绝附和格伦迪太太之流的胡言乱语，甚至可以创造更大的奇迹，即提高男子汉的道德标准。就让男子汉像个男子汉的样，无论多久，都不为过。所以，男人年轻时，熬不住的，就让其风流倜傥吧。然而，母亲、姐妹和朋友都可以助上一臂之力，别让其出格，别让稗草毁了收成；她们的手段是相信，而且表明自己相信，让男人忠于美德是可能的，可以在良家妇女眼中表现得像个堂堂正正的男子汉。如果这是女人的误解，那就不妨让我们沉湎于其中吧，因为，如果没有女人的上述规劝，生活中的美和浪漫情怀就会失去一半，而悲哀的预言就会让我们对勇敢善良的小伙

1 虚构人物，传统观念卫道士。

子所寄托的各种希望化为痛苦的泡影；本来，那些小伙子疼爱母亲胜过关心自身，而且并不耻于承认这一点儿的。

劳里原本以为，让他忘记自己对乔的爱慕心情，那得竭尽全力好多年，但最近，他很惊讶地发现，这件事情正在日趋容易。起初，他拒绝相信自己的感觉，而且，想到这件事就生气，觉得真是不可思议。但是，人心都是奇怪的、矛盾的；时光和自然在把握我们的心，而不是我们自己啊。劳里的心不肯感到痛苦了。当他内心的创伤迅即愈合时，他本人倒大吃一惊。于是，他非但没有设法忘记，反而试图牢记在心。他并没有料到自己的恩怨纠葛会出现这种转折，所以，一点儿准备都没有。他开始责备自己了，对自己多变的态度感到惊诧。他既失望，又轻松，百感交集，毕竟可以很快就从沉重打击状态下解脱了。他曾在熄灭的爱情火堆里细心地吹拨，可是没有重新燃起火花。只见爱情的火堆舒适宜人，足以温暖他的心，但不至于让他重新头脑发热。他不得不承认，毛头小伙子狂热的爱情已经逐渐退潮成宁静的爱慕之情，非常温柔，不过有一丁点儿伤心或者怨恨，但不久肯定会消失，最终，他所保留的那份情感就是兄妹情谊了，而且，牢不可破，一直持续到底。

劳里在沉思默想中，脑海里掠过“兄妹情谊”一词时，不禁笑了，接着，抬头看了一眼身前的莫扎特画像：

“嗨，他可是伟人啊，走了身边的姐姐，就找了妹妹，照样幸福快乐。”

不过，劳里并没有将心里话说出口，而是思量着。过了一会儿，他吻了一下手上戴着的那枚旧戒指，自言自语道：“不行！我没有忘记，永远做不到的。我要再争取一次，但是，如果这次失败，嘿，那就——”

劳里话没有说完，便拿起纸笔，开始给乔写信，想告诉她，只要她回心转意的一线希望还存在，自己就一直心绪不定，无法做事。难道她不能吗，难道她不愿意，何不让他回家，做幸福的人呢？等待乔回信时，他什么事情都没有干，但他的等待却是炽热如焚，急不可耐。后来，回信终于来了，让他彻底死心，因为，乔在信中说，她毅然决然，既不能，也不愿意回心转意。她埋头于服侍贝丝，再也不想听到“爱情”两个字了。不过，乔还求劳里幸福美满地另觅佳偶，他只要在心里给亲爱的乔妹留一小块位置就行了。另外，乔在附言中要求劳里，希望不要将贝丝病情恶化的消息告诉艾美，反正她会在开春时回家，没有必要让艾美在剩余的日子里感到悲哀。感谢上帝，时间还绰绰有余的。劳里可得经常给她写信呀，不要让她觉得孤独，想家，焦虑。

“好的，立即照办。我担心，可怜的小姑娘，回家会让她伤心的。”这时，劳里打开书桌抽屉，似乎给艾美写信就是最合适的收尾办法了，去结束几周前没有完结的那句话。

但是，劳里当天并没有写信；翻找最漂亮的信纸时，他发现一件东西，不禁改变了初衷。在一个抽屉里，账单、护照、各种商务信函堆里有几封乔寄来的信；另一个抽屉里，有三张艾美给他的条子，用她的一条蓝绸带细心地扎着，亲切地提醒有一朵小小的干玫瑰夹在里面。这时候，劳里的表情有点儿悔恨，又有点儿好笑。他把乔的信都收集起来，一封封捋平，折好，放进书桌的一个小抽屉，然后，站在书桌边上，若有所思地摆弄着手指上的那枚戒指，慢慢地将其摘下，和信件放在一块儿，锁上抽屉，走出屋子，去聆听圣·斯蒂芬教堂的大弥撒。他觉得似乎参加了葬礼，尽管自己并非不胜悲哀，但是，这似乎是消磨一天所剩时间的好办法，比在家里给迷人的女郎写信强多了。

然而，信寄出去不久之后很快就有了回音，因为，艾美非常想家，而且在信中推心置腹地甜蜜吐露。后来，两人之间的书信不断增多，初春时期，定期书信来往从未间断。最后，劳里把自己的那几个音乐家塑像都卖掉了，把自己创作的歌剧付之一炬。然后，他去了巴黎，希望有人不久也会到达。其实，他很想去尼斯，但没有收到邀请，他不会去的。艾美是不会请他去的，她正在那儿小事不断，很想避开“我们的男孩”的探询目光。

弗雷德·沃恩回来过，提出那个问题，她曾经决定这样回答的：“好的，谢谢！”但是，现在她的回答是：“不了，谢谢。”口气虽然和蔼，但是非常坚决，因为，就在那个紧要关头，她一时失去了勇气，她发现要有比金钱地位更重要的东西，才能使她心中的新渴望得到满足，因为，她当时心里充满了温柔的希望，当然，也有不少恐惧。她记起了一句话，“弗雷德是一个好人，但不是我心目中你会喜欢的那种男人”，劳里说这句话时的音容笑貌，还历历在目，就像她自己口头不说，面容实际上说“我嫁人就是为了钱嘛”时的表情一样挥之不去。现在，回想起这句话，她就感到心里不安，真希望能够将其收回来，因为，现在听上去，太不像女人说的话了。她不想让劳里认为她是一个无情无义的女人，一个世俗的家伙。她现在已经不奢望去当社交贵妇人了，只想成为一位惹人喜爱的女人。想到这里，她很高兴，劳里没有因为她说了那些混账话而厌恶她，而是把那些话当成她的娇声嗲语，对她更加宠爱了。劳里写给她的那些信是很大的宽慰，因为家信非常不定时，而且收到之后，读上去索然无味，根本不及劳里的信合意。答复这些信件，不仅仅是快事一件，而且是履行义务，因为，那个可怜的家伙孤苦一人，需要宠爱，而乔一直铁石心肠。其实，乔应该有所表示，竭力去爱他的。这样做并不很难。许多人如果碰到这么一位可爱的小伙子关爱自己，都会很高兴，很自豪的。但是，乔和别的姑娘从来都不同，所以，她只能好好地对待他，把他当兄长，别无其他举动了。

如果天下所有的哥哥都像劳里现在这样得到女人的关注，那他们就是幸福美满的人，完全不同于现在的境地了。艾美现在早已不训人了，各种事情都向劳里征求看法，凡是劳里做的事，她都很感兴趣，还给劳里制作了不少精巧可爱的小礼物。她每周都会给劳里写两封信，信里谈的都是轶闻趣事，妹妹的心里话以及一些令人神往的周围景色速写。哥哥很少会得到诸如此类的礼遇：妹妹把他的书信放在衣袋里随身携带，反复阅读回味，来信简短了要失声痛哭，来信较长则亲吻一下，还会作为细软加以珍藏。所以，我们并不是在暗示，艾美干了这种可爱的蠢事。不过，那年春天，她确实有点儿面色苍白，心事重重的样子。她对社交活动失去了一大半兴趣，只是常常一个人出去画速写。回家时，她从未拿出多少画来给大家看，我可以断定，她仅仅在观察自然，她会独自一人叉着双手，在玫瑰谷的平台坐上好几个小时，或者心不在焉地将头脑里的任何奇思妙想速写下来——一位雕刻在墓碑上的彪形骑士，或是一位在草地上用帽子遮住眼睛的酣睡年轻人，有时候也会画一位盛装华服的卷发女郎，和身材高大的绅士挽着胳膊在舞厅里漫舞，而且根据最时尚的艺术画法，两个人面部都搞得模糊不清。这样处理，虽然在画法上比较保险，但绝对不能让人感到满意。

婶婶以为她在为自己给弗雷德的答复追悔不已。艾美觉得，否认徒劳无益，也解释不清。她也就听任婶婶自己去怎么想，不过她留心让劳里知道，弗雷德已远去埃及。就那么简单，但劳里懂，而且看上去如释重负，他带着倚老卖老的神气自言自语道：

“我早就肯定她会改变主意的。可怜的老家伙！我是过来人，可以感同身受的。”

劳里说罢，长叹了一口气。接着，似乎他已经对过去的一切卸下了责任，在沙发上架起脚，兴趣盎然地欣赏起了艾美的来信。

国外发生这些变故时，国内的家中出现了丧事。告知贝丝身体每况愈下的家信并没有抵达艾美的手中，下一封到她手里时，贝丝的坟头已经绿草萋萋了。噩耗是在沃韦地方到达她身边的，由于天气炎热，五月份，她们避暑离开了尼斯，慢条斯理地去瑞士旅行了，途中经过了热那亚和意大利的湖区。她很好地挺过去了，一声不响地服从了家里的嘱咐，没有缩短行程，因为，当时赶回家为贝丝送别，已经太晚了。所以，她不妨就待在国外，让远离家园化解心中的悲哀。但她的心情是沉重的，渴望能够待在家里，所以天天抬头望着大湖对岸，等待劳里赶过来安慰自己。

劳里果然很快就赶过来了，因为，同一艘邮轮把信件寄给了他们俩，可是他当时在德国，过了几天才送到他手上。他刚看完信，就整理好背包，告别同路人，起程实现自己的诺言。他的心里悲喜交加，既有希望，也有悬念。

劳里对沃韦很熟悉。所以，船一靠上小码头，他就沿湖边急急忙忙向塔楼奔去。卡罗尔一家都寄宿在那儿。但是，侍者很绝望，全家都去湖上兜风了，不对，金发碧眼的小姐或许就在大花园里。如果先生费神坐下等，她片刻就回来了。但先生连“片刻”也等不及，话才说了一半，就亲自去找她了。

令人赏心悦目的古式花园位于美丽的湖边，园内栗树成荫，沙沙作响，常青藤随处攀爬，阳光照耀的湖面映照出湖边塔楼的长长而浓郁的倒影。花园的围墙很长，但不高，墙角有一个座位，艾美经常来这里看书或者干活。她也以四周的美景安慰心情。那天，她就坐在这儿，单手支着头，心系家乡，目光沉凝，惦念贝丝，不明白劳里为何还不来。她没有听见劳里穿越前面庭院时的脚步声，也没有看见他正站在通往花园暗道边的拱廊旁。他停留在那儿有一分钟，以新的眼神望着艾美，端详出了别人看不出的变化——她性格中的温柔一面。艾美身上的一切都暗示着爱和悲——放在膝上的那些字迹斑斑的信件，扎在头上的黑带，脸上泛着的女人特有的痛楚和耐心，甚至连挂在脖子上的乌木十字架在劳里看来都悲哀。因为，那是劳里送给她的，她把它当成自己唯一的饰物佩戴。如果说，劳里对于艾美将会如何迎接自己仍有疑虑的话，那么，就在艾美抬起头看见他的一刹那，一切疑虑都打消了；艾美不顾身边落下的东西，连忙呼叫着朝劳里奔跑过去，情真意切，思念万分：

“啊，劳里，劳里，知道你会来看我的！”

我想，此时此刻，一切都在无言中了，一切都定下了。他们俩一言不语，站在原地过了一阵，黑头发垂下头保护着黄头发。这时，艾美心想，除了劳里，没有任何人能够带来这么好的宽慰和支撑，而劳里也斩钉截铁地认为，世界上只有艾美这个女人才能替代乔的位置，才能让他幸福。当然，劳里并没有把心里话说出来，但艾美并没有失望，因为，两人都感觉到了那个事实，都心满意足，彼此之间就没有必要再费唇舌了。

后来，艾美又回到刚才坐的地方。在她擦眼泪的当口，劳里捡起了散落在地的纸张，看见信都破旧了，还有意味深长的速写，觉得是未来的好兆头。他在艾美身边坐下时，艾美又害羞了，想到自己刚才迎接时的冲动，脸不禁红得像一朵玫瑰花。

“我刚才真是情不自禁呀，感到非常孤独，很伤心，所以看见你真开心。抬头看见你真令人惊讶，正在担心你不会过来了。”艾美说话时，想装出一副轻松自然的样子，可惜装得不像。

“我收到信，就赶过来了，失去了可爱的小贝丝，希望能够说几句安慰你的话，但是，我只能感觉，而——”劳里话未说完，他突然间也害羞了，一时间不知道该怎么说。他很想让艾美把头靠在自己的肩头，请她痛痛快快地哭一场。但没有胆量做，于是仅仅握住艾美的手，用力握了一下，表示同情。这要比说话安慰有效。

艾美温和地说道：“你不用讲话，这样就是对我的安慰。贝丝现在好了，很幸福，我真不能希望她回来；但我害怕回家，尽管很想见他们大家。现在，我们不谈这事，一说我就会流泪。你在这儿，我想和你玩个痛快。你不用马上回去，行吗？”

“可以，如果你需要我，乖乖。”

“很需要你，太需要你了。婶婶和弗洛都很客气，但你好像是家里人一样，哪怕和你在一起时间不长，也很舒服。”

艾美的言谈举止看上去真像一位一心一意思念家乡的孩子，所以，劳里一时间竟然忘记了自己的羞怯，满足了她的需要——她所习惯的爱抚和她所需要的快乐交谈。

“可怜的宝贝，你看上去似乎都悲哀成病了！我会照顾你的，别哭了，跟我一起去散一会儿步吧。这儿风太冷，不能坐着不动啊。”劳里劝慰道，口气既爱护，又不容分说，艾美可喜欢了。接着，劳里系好了艾美的帽子，挽起她的手，准备在吐出嫩叶的栗树下，沿着阳光明媚的小路散步。这时，劳里觉得走走更加轻松，而艾美靠在一只结实有力的胳膊上，望着一张熟悉的笑脸，听着独自对她在婉婉而言的亲切嗓音，也觉得非常爽快。

精巧的古园里曾经有过不少恋人，好像就是为他们专设的。这里阳光和煦，空旷幽静，只有一座塔楼在俯视着院落，湖水在下面泛着涟漪，宽阔的湖面带走了恋人们窃窃私语的回声。劳里和艾美这一对新恋人边走边谈已经有一个小时。他俩有时候靠在院墙上休息一阵，欣赏眼前的甜蜜感应，它给时间和地点增添了无穷的魅力。当吃晚餐的扫兴钟声敲响时，艾美觉得，似乎心中的孤独和悲伤都丢在这个大花园里了。

卡罗尔太太看见那姑娘面色改变了，立即想到一个新主意。她顾自大喊道："我现在都明白了——那孩子一直都在思念小劳伦斯。天哪，我万万没有想到这种事情啊！"

这位善良太太非常有见识，值得赞许，她一言未发，心照不宣，只是热情地请劳里住下来，而且恳求艾美好好陪他，这样，比独自孤独要好得多。艾美是温顺的模范，由于婶婶大量时间在操心弗洛，只留下她去招待朋友，而且，招待得还比往常出色。

在尼斯，劳里比较闲散，艾美经常训斥他。在沃韦，劳里就空不着了，总是精神抖擞地散步，骑马，划船，或者学习。艾美则对劳里干的每一件事都感到钦佩，而且，一步一个脚印地、雷厉风行地跟着学。劳里说，这种变化得归功于气候的变化。艾美随声附和，很高兴将其也作为她自己身心康复的借口。

这儿，新鲜的空气对他们俩都有好处，大量的锻炼不仅改善了身体状况，而且改善了精神状态。他俩在绵绵不绝的群山中，似乎更加明确了人生观和责任感。清新的和风吹散了令人沮丧的疑虑，吹走了虚假的幻想，吹开了忧郁的雾霭。温暖的春天阳光让人萌发了各种雄心壮志，产生了无数温柔的希望，并且，形成了很多乐观的想法。那一池湖水似乎冲走了过去的愁苦。雄伟壮丽的亘古高山慈祥地低头俯视着他们，似乎在说："孩子们啊，彼此相爱吧。"

尽管有新的哀伤，但是，眼下的时光还是非常幸福的。劳里觉得很愉快，一句话都不愿意说，生怕影响这种气氛。他的初恋愈合得如此神速，曾几何时他还坚信那是他最后的和唯一的爱情呢，思前想后，他好一阵子才从惊讶中恢复过来。他认为，乔的妹妹几乎就是乔的化身，并且坚信，除了艾美，这么快这么深情地爱上其他女人是根本办不到的，他以此来安慰自己表面上的不坚贞。劳里当初求爱时，犹如疾风骤雨，如今，他怀着怜悯和遗憾交织的心情回顾它，恍如隔世。他没有感到不好意思，仅仅将其当作一段甜酸苦辣的人生经历而抛至脑后，失恋的痛苦挨过之后，这段往事他还感到挺感激的。他决定，自己第二次求爱应该尽可能平静、简化，没有必要搞排场，几乎不需要告诉艾美自己对她的那份爱。她早就明白了，无须言语表白，而且，很早就得到了她的答复。那种爱情来得自然而然，水到渠成，没有人可以抱怨，所以，他知道人人都会满意的，甚至乔也会同意的。当然，人们第一次小小的爱情风波受到挫折之后，大家都容易变得谨小慎微，放慢了第二次尝试。所以，劳里任凭日子一天天过去，欢度每一个小时，等待机会到了才倾吐，而那句话将结束他新的罗曼史中最甜蜜的第一部分。

劳里甚至还想象过，自己爱情的圆满结局将会在月光照耀下，于那个城堡花园内发生，而且会气氛幽雅、彬彬有礼。但结果正相反，因为，那是中午，他俩在湖上说了几句干脆的话之后，就把彼此相爱的大事给解决了。那天上午，他俩荡舟湖上，去了不少景点，从湖边肃穆的圣然戈夫划到阳光明媚的蒙特勒，一面是阿尔卑斯山脉的萨瓦地区，另一面是圣伯纳德峰和米迪峰，而俏丽小城沃韦坐落在山谷中，远处，可以眺望日内瓦湖北岸的洛桑。只见湛蓝的天空，万里无云，湖水碧波荡漾，湖面星星点点的游船，犹如一只只在贴着水面飞翔的白翼海鸥，真是好一派诗情画意。

劳里和艾美在船上划过锡荣城堡时，谈论起了波尼瓦[1]，后来，他俩抬头看见岸边的克拉朗，就讨论卢梭[2]，作家就在那个地方创作了名篇《新爱洛绮思》。他俩都没有读过那本小说，但知道那是一部爱情故事，而且都在暗自思量，那个故事是否能够抵得上自己有趣的爱情经历的一半。有时候，谈话歇下时，艾美就用手抚弄湖水。她抬头张望时，发现劳里靠着桨，眼神里有一种表情。艾美看见之后，总是迫不及待地跟他讲话，其实，也就是没话找话而已："你一定很累了。歇一会儿，我来划吧，这对我有好处。你来了之后，我就一直很懒散，养尊处优。"

"我不累，不过愿意的话，你可以划一支桨。这儿还有足够的空位呢，但我必须尽量坐在中间，否则船就不平衡了。"劳里答道，似乎很喜欢这种安排。

艾美心想，自己还没有把事情修补好，便在劳里让出的三分之一座位处坐下，然后，将飘荡在脸上的头发甩开，接过了桨。她划得很出色，她做事情一般都这样。尽管她用双手，劳里用一只手，但双桨节奏划一，游船在湖面上平稳地前进着。

"我们一起划得真好，不是吗？"艾美反对暂时的沉默。

"划得太好了，我希望能够和你一辈子同舟共济，好吗，艾美？"劳里温柔地问道。

"好的，劳里。"艾美低声回答。

这时候，他俩都停止了划船，无意中给湖面上随着水波而散开的无数倒影增添了一点儿人间的爱情美满画面。

---

1 日内瓦爱国者（1493－1570），英国诗人拜伦的诗歌《锡荣囚徒》使他不朽。

2 法国思想家（1712－1778）。

第四十二章

孤家寡人

一个人的自我由另一个自我所包裹，心灵由动人的榜样所净化时，发誓要自我克制是十分容易的。可是，以往萦绕耳边的谆谆教诲已经沉默，每日的戒律已经结束，而且心中热爱的人已经离别，所剩下的只有孤独和悲哀时，乔觉得就很难再去履行自己的诺言了。每当自己的心无休止地疼痛，想念逝去的妹妹时，怎么能够去“安慰父母”啊。贝丝离开了居住多年的老家，换了新家，家中原有的光明、温馨和美好的气氛似乎都荡然无存，这时，怎么能够让她给这个家带来欢快的情调？天底下哪里能够让她找到一份既有用又开心的活儿，来替代她往日对贝丝的服侍呢？那服侍本身是一种回报的爱。所以，她只能十分迷茫而无望地干自己的分内活儿，同时在内心悄然抵制着它。对于乔来说，本来就不多的快乐减少了，肩上的担子加重了；她越操劳，生活就越艰苦，这好像很不公平合理。生活对于有些人总是阳光明媚，而对于有些人则总是阴云弥漫。这太不公正了。乔为学好付出的努力比艾美多，但是，除了感到失意、碰到麻烦和累得要命之外，从未得到任何回报。

可怜的乔啊，她的生活真是暗无天日。每当她想到下半辈子将会在那座寂静的屋里度过，整天为一些单调无味的事情操劳，得到些许微小欢乐，而且，自己的分内事似乎永远都不会减轻时，就会感到近乎绝望。“不能这样下去了。我来到世上可不是要这样生活的，我知道的，如果没有人来帮我，我会冲出去，我会铤而走险的。”每当乔初战失败，强烈的意志不得不屈服于不可避免的事态，觉得心情痛苦郁闷时，总是这样自言自语。

但是，后来确实有人来帮她了，尽管乔没有一眼辨认出这些善意的天使，因为外形都很眼熟，用的也都是最适合可怜人的简单魔法。乔经常在夜里惊起，以为贝丝在召唤她，看见那张空床，就会情不自禁地伤心落泪，开始自言自语：“哦，贝丝，回来吧！回来吧！”果然，她并没有白白地伸出双臂；就像她过去迅即听见妹妹微弱呼叫一样，母亲马上听见了她的抽泣，就过来安慰她，不仅以言相劝，而且亲切地爱抚她。母亲的眼泪默默提醒，她的悲恸比乔更深，母亲哽咽的低语比平时的祈祷还要雄辩；虽然她也无可奈何，但她在忧心忡忡的同时，心里总是抱有希望的认命。夜深人静，庄严时刻，心心相印，驱灾祈福，这样，悲哀可以解除，爱心可以增强。乔有了这种感觉，在母亲怀抱的安全庇护下，觉得重担似乎容易负了，分内事儿干起来也有味了，生活看上去要容易忍受了。

痛苦的心得到一点儿安慰时，烦恼的心灵也会得到救助。一天，乔去了书房。见那善良的灰白头发脑袋抬起来，以宁静的微笑迎接她，她低头谦卑地说道：“老爸，跟我谈一会儿吧，就像跟贝丝一样。我比她更需要，因为，我完全弄错了。”

“乖乖，只有这样才能使我感到安慰。”父亲一边颤声地说道，一边搂住乔，似乎他自己也需要别人的帮助，而且不怕恳求。

然后，乔坐在贝丝的小椅子上，紧紧地靠着父亲，诉说自己内心的苦闷——失去妹妹的愤懑悲哀，碌碌无为的挫折感，缺乏信念使生活看上去那么黯淡，以及我们称之为绝望的悲观迷茫。她对父亲无所不谈，父亲也给予她急需的帮助，父女俩都从中得到了宽慰；事到如今，他们交谈已经不仅仅局限于父女关系，而且也是男女之间的交谈，相互之间都能够给予同情，都乐于给予关爱。旧书房里的时光是令人愉快而又让人思绪万千的，乔称为“单人教堂”，她离开这里时总是勇气倍增，心情从新爽朗，精神更加谦恭。父母亲曾经教育一个孩子视死如归，现在又开导另一个不要沮丧地迎接生活，要相信生活，要满怀谢意，朝气蓬勃地抓住生活中的各种美好机会。

乔还得到过其他帮助——谦卑、健康的职责和乐事，无法拒绝它们服侍她的反哺作用，她对此也逐渐地觉察到了，也知道该如何去珍视了。现在，扫帚和洗碗布再也不会令人讨厌了，因为贝丝过去把持着这两样东西。所以，时至今日，小拖把、旧刷子这些东西似乎仍然让人想起贝丝勤俭持家的家庭主妇风范，都没有扔掉。乔使用这些东西时，嘴上总是哼着贝丝喜爱的歌曲，模仿她的有条有理，不时地收拾一下东西，把家里安排得井井有条，温馨舒适。这是营造一个幸福家庭的第一步，但乔一直不知道，直到汉娜赞许地握着她的手说：

“你想得真走（周）到，你决心尽自己的可能，不让我们过多地想念那可爱的羔羊。我们虽然不多说，但看在眼里，上帝会保佑你的，看着吧。”

乔和美格坐在一块儿缝纫时，发现姐姐真是今非昔比了，谈吐竟然那么广博，对于什么是高尚，妇女的内心冲动、思想情操都了解得那么透彻，而说到丈夫孩子，她往往喜不自胜，他们还彼此为对方竭尽全力呢。

“毕竟，婚姻是一件好事嘛。假如自己争取，我不知道结果能否及得上你的一半。”乔说话时，已经在零乱的育儿室为戴米做了一只风筝。

“你只要付出本性中女性温柔的一半就行了，乔。你像一只毛栗子，有人得到你的话，就会发现，其实你仅仅外表带刺，但内心柔软甜蜜。总有一天，你的真心会随着爱情而表白，然后，粗糙的外壳也就脱落了。”

“太太，霜冻可以打开栗子的壳，但得使劲抖动才能掉下来。男孩子爱去拾栗子，但我不喜欢他们把我装进口袋。”乔一边答道，一边拼命甩风筝，但普通的风不可能托住风筝，因为，戴茜已经把自己粘在了上面当尾巴。

美格笑了，乐见乔流露出一星半点往日的神态，但她觉得有义务通过已经掌握的每一个论据加强自己的观点。姐妹间的闲聊也不浪费，尤其是谈孩子的事，这是美格两个最有效论据，乔非常喜欢他们的。悲伤是打开某些人内心世界大门最有效的钥匙。乔基本上准备好装进口袋了。这时候，栗子的成熟就差一点儿阳光了，但不需要男孩急不可耐地去抖动，只要一个男人伸出手，轻轻地剥开栗壳，就能发现结实而香甜的栗心了。如果她猜测到这一点，就会紧紧地自我封闭，比以前更加带刺了，幸亏她没有在想自己，所以，后来就水到渠成，瓜熟蒂落了。

噢，假如乔是道德说教故事中的女主角，那么，她在这个年龄就应该过着相当圣洁的生活了，她会与世隔绝，戴着帽子，一副苦行的模样，口袋里放着教会的册子，四处行善积德。但是，你知道，乔可不是这种主角。她不过就是成千上万像她一样在生活中搏击的一个姑娘而已。她仅仅在按照自己的本性行动，就如同情绪所反映的那样，有时候伤感烦恼，有时候无精打采，当然，有时候也会浑身是劲。可以善良地说，我们要学好，但是，这不可能一蹴而就，而是需要漫长的磨炼，奋力的修炼，大家一起做，然后一部分人才能踏上正轨。乔已经达到了这一步，试图干好自己的分内事，一旦没有做到，就会闷闷不乐；而要开开心心地去做——啊，那当然是另外一回事了！她经常说，要干一些了不起的事情，无论多么艰难困苦。现在，她实现了这个愿望，把自己的一生都献给父母亲，一心一意地让家庭充满欢乐，就跟他们曾经给自己带来欢快的日子一样。有什么事，能够比这种行为更加壮美感人呢？如果说，为了增加努力的辉煌程度，所碰到的各种困难都是必需的，那么，对于一个一刻都闲不住，具有自我抱负的姑娘来说，毅然放弃了自己的憧憬，人生的蓝图和七情六欲，开开心心地为了别人而活着，有什么能比这更加艰巨？

上帝成全了她的诺言。现在，任务就在眼前摆着，不是她所期盼的事情了，但这样反而更好，因为，里面没有自我的份额。噢，她能够做到吗？她决定去尝试一下。第一次，就遇到了我所提到过的那种帮助。后来，又得到了一个帮助。然而，她接受帮助时，没有认为那是对她的一种回报，而是将其理解为对她的宽慰，就跟那攀登名叫“困难”这座山的基督徒一样，有时候，也会躺在小树里休息一阵，得到身心的恢复。

“你为什么不写作了呢？过去，你写作时，总是很高兴。”有一次，失望的情绪笼罩了乔的时候，她母亲问道。

“我没有心思写作，就是写好了，也没有人爱看。”

“我们爱看的。给我们写一些吧，别去管人家。乖乖，可以尝试一下嘛。我敢肯定，对你会有好处的，我们也会觉得很愉快的。”

“别以为我还能写作了。”不过乔拉开书桌，开始整理写了一半的手稿了。

一个小时之后，母亲往这边张望了一眼，见她还在里面，围着一条黑色的围裙，神情贯注，伏案疾书，不禁笑着赶紧走开了，对自己的成功建议颇感得意。乔一直都莫名其妙，只知道小说里面溜进了什么东西，它直接打动了读者的心。家里人跟着故事内容，时而大笑，时而流泪。接着，父亲不顾她的反对，把小说寄给了一家通俗杂志。令乔感到震惊的是，她不但收到了稿酬，还收到了求稿信。小故事登出来以后，几位读者来信，都赞不绝口，给了乔很大的荣誉。不久，报纸也纷纷转载，无论是朋友，还是陌生的读者，都非常欣赏这篇故事。当然，仅就这件小东西，她的成功是很大的。乔比当初她的长篇小说同时遭到褒贬时，还要大吃一惊。

“我真不理解。一篇小故事有什么值得这样赞扬的？”乔十分困惑地问道。

“里面说的是实话，乔，这就是奥秘。幽默加上煽情，使故事活龙活现，你最终也找到了自己的风格。还有，你写作时丝毫没有考虑名利，而是全身心地投入创作。女儿啊，你可是苦尽甜来呀。想想办法吧，跟我们一样，为你的成功而欢欣鼓舞吧。”

“如果我写的东西含有善和真的成分，那其实不是我的创作；完全都归功于你和母亲，还有贝丝。”乔说，使她深受感动的不是外界的任何赞扬，而是父亲的谆谆话语。

乔受到了爱和悲的熏陶，所以，写出了自己的一篇篇小说。她将这些打发出去，替自己、替她广交朋友；她发现这给那些卑微的漂泊者找到了一片慈善的天地。它们在那里受到善意的欢迎，也给家中的母亲带来了令人舒坦的纪念品，就跟孝子贤孙突然交上了好运一样。

艾美和劳里来信提及两人订婚时，马奇太太担心乔难以为此欢天喜地，但不久她就放宽心了。尽管乔起初看上去很沉闷，但仍然平静地接受了，而且，不用看第二遍信，就为两个孩子丰富了愿景规划。信是以二重奏形式写的，双方都充满爱意地夸奖对方，读起来很舒服，琢磨一下也让人觉得满意，没有人表示反对。

“妈妈，你喜欢这样？”乔问道。她们将写满字的信纸放下，相互对视着。

“是啊，自从艾美信里说拒绝了弗雷德求婚之后，我就希望会如愿以偿。我当初确信，她灵机一动，其预后肯定会比你所谓的唯利是图精神更加高尚的。而且，她信中经常闪烁其词，更加让我怀疑爱情和劳里会占上风的。”

“妈咪，你真厉害，而且真缄默！你对我一直只字未提。”

“当母亲的就需要眼明嘴紧，她们需要管好女儿。我当时有点不敢把这想法告诉你，生怕你事情没定下来就给写信祝贺。”

“我可不会像从前那样沉不住气。可以相信我。现在我非常冷静懂事，谁都可以推心置腹的。”

“可不是吗，乖乖，我早就应该跟你推心置腹了。只不过我心想，知道你的特迪爱上了别人，会让你痛苦的。”

“哎，妈妈，当初爱情尽管不成熟，却非常新鲜，我还是拒绝了他，事到如今，你真的以为我那么愚蠢，那么自私吗？”

“我知道当时你是真心真意，乔，不过，最近我认为，如果特迪回家再次求婚，你或许会喜欢换个答复的。乖乖，请原谅，我不由自主地看到你孤苦一人，有时候，你那种饥渴眼神直刺我的心啊。所以，我想你的小伙子如果现在恳求的话，就有可能乘虚而入，填补你的感情空白嘛。”

“不，妈妈，现在这样还是最好，艾美已经开始爱上他，我很高兴。但有一件事，你是对的。我确实孤独，也许，假如特迪再次求婚，我有可能说，‘行啊’，这倒不是因为我还是喜欢他，而是因为跟他离开时相比，我更加在乎有人爱了。”

“这样我真高兴，这说明你在进步。爱你的人多着呢，所以，现在你就安心守着爸爸妈妈、兄弟姐妹、朋友孩子们吧，就等着最佳爱人的回报吧。”

“母亲是世界上最好的爱人，但我不会介意悄悄跟妈咪讲，我什么都想试试。奇怪的是，越尝试各种各样的人间真情，让自己满足，就越感到匮乏。真不明白，人心竟然能够装进这么多东西。我的心就很有弹性，永远不显得满足，而在过去，跟一家人在一起，就心满意足了。真不明白。”

“我明白的。”马奇太太睿智地笑了。乔则翻过几页信，开始回顾艾美对劳里的看法。

得到爱，像劳里那样爱我，是一件很美满的事。这人看上去并不多情。对于这种事，他谈得不多，但从他的一言一行中，还是觉察到了，这让我感到很幸福，也感到很卑贱，觉得自己似乎不是原先的我了。直到现在，我才了解到他是多么好心，多么大度，多么温柔，他把心都亮给我了，让我看到他的高尚情操、美好理想和各种打算。得知这些都属于自己时，我觉得自豪极了。他告诉我，他好像觉得“现在就能开始进行一次前途似锦的远航了，有我在轮船上当大副[1]，还有无限爱心充当压舱物”。我在祈祷，他会心想事成的，并且不幸

1 原文“mate”英语双关语，也可以作“佳偶”理解。

负他对我的一切期望，而我一心一意、尽心尽责地爱慕这位勇猛的船长，决不会离开他，愿上帝保佑我们天长地久。噢，妈妈，我从来没有想过，人彼此相爱，为对方活着时，天地会有多么的不亚于天堂！

“瞧瞧，这位就是我们冷静、矜持、世俗的艾美哟！爱情是可以创造奇迹的，千真万确的。他俩该多么恩爱幸福啊！”说罢，乔小心翼翼地理好那几张哗哗作响的信纸，仿佛合上一本催人泪下的爱情故事书似的，因为故事紧紧地吸引读者，直到结局出现，才让读者孤零零地回到俗务缠人的世界上。

乔慢悠悠地走上楼，天下雨，不能出去散步。她一时觉得坐立不安，往日的感觉又回来了，没有以前那么愤懑，但她仍然伤心而无怨地纳闷着，为什么一个姐妹要什么有什么，而另一个却一无所有。她知道，这种看法并不对，尽量不去考虑。然而，渴望亲情是人之常情，非常旺盛，再说，艾美的幸福也唤醒了她内心如饥似渴的欲望，希望可以一心一意地爱某人，依附他，愿上帝保佑两人天长地久。

心神不宁的漂泊结束了，乔站在阁楼里，身边有四只小木板箱并排放着，箱子上都刻着主人的名字，里面放满了统统一去不复返的童年时代和少女时期用过的物品。乔往箱内看了一眼，看见自己用过的那只箱子时，不禁将下巴靠在箱子边上，神色木然地凝视着杂乱的收藏。忽然，她看见一捆旧练习本。于是，就拿了出来，翻开几本，重温自己在好心的柯克太太家中度过的愉快冬天。起初，乔在笑，后来，神情专注，若有所思，接着，就满脸哀伤了。她看见了一张教授当年的亲笔字条，嘴唇开始颤抖了，膝上的本子纷纷落地。她坐了下来，开始端详那亲切的字字句句，仿佛现在都具有一层新的含义，触动了她的心弦。

“等我一下，朋友。也许有点迟到，但我一定会来的。”

“噢，但愿他会来！亲爱的老哥弗里茨，总是对我那么和蔼可亲，那么心诚意切，那么心平气和。在他身边时，我对他的珍惜根本不够，可是现在，我多么想见他呀，因为似乎大家都在疏远我，我真是孤家寡人了。”

乔紧紧攥着那张纸条，好像那是一纸待履行的承诺书。接着，她把头靠在一只舒适的碎布袋子上，失声痛哭，似乎在跟敲打着屋顶的雨点唱对台戏。

这一切是自怜吗？孤独吗？抑或情绪低落？或者是某份感情的苏醒？它始终像激起涟漪的对方一样在耐心等待？可是，谁能说得清呢？

第四十三章

惊喜不断

黄昏中，乔独自一个人躺在旧沙发上，盯着炉火，陷入了沉思。她最喜欢这样度过傍晚时分。没人打搅，她喜欢躺在贝丝的红色小枕头上，构思小说，做梦，有时也满怀深情地想念妹妹，仿佛妹妹就在附近。她显得神情憔悴，神色黯然，非常悲伤。明天就是生日，她正在感叹时光如梭。一晃几年过去了，她渐渐变老，可似乎一无所成。就快满二十五岁了，可她却没什么值得炫耀的。乔这么想是错了，慢慢她发现其实有很多东西可以炫耀，并对此感激不尽。

“我就要成为老姑娘了。一个喜欢文学的老处女，以笔为夫婿，以小说当孩子，也许二十年之后会小有名气。像可怜的约翰逊[1]那样，我老了时，不能享受名气之乐了，便会感到孤独。没人可以分享快乐，就自食其力，也用不着名气了。哎呀，我不必去做乖戾的圣徒，或者只顾自己的罪人。我敢说，老姑娘们习惯了独身生活，会心安理得的，可是——”想到此，乔叹了口气，仿佛前景并不诱人。

1　英国作家、文学评论家和诗人，代表作《英国大辞典》。这里指约翰逊受查斯特菲尔德勋爵之托创作《英国大辞典》，耗费数年终于完成，而查斯特菲尔德勋爵只在约翰逊快完成时给予了赞扬，约翰逊回信说赞扬来得太晚他已无法消受。

首先，这前景是难以诱人的。二十五岁的人，到了三十岁便万事休矣。然而，事情并不像看上去那样糟。如果自身有了什么靠山，便能过得相当幸福。到了二十五岁，姑娘们便开始谈起做老姑娘了，但却暗下决心，绝不做老姑娘。上了三十，她们便不再提及此事，而是默默地接受事实；如果有见识，就会想到，还有二十多年有用的幸福时光，可以学会优雅地度过老年生活，聊以自慰。亲爱的姑娘们，别去笑话那些老处女们。因为，朴素晨衣下默默翕动的心里，往往隐藏着非常温柔的苦恋罗曼史；而由于默默地牺牲掉青春、健康、抱负，乃至爱情本身，失色的芳容却在上帝眼里臻于美丽了。即便是悲哀、乖戾的姐妹们，也应好好地加以对待。她们就是为了这才错过了人生最甜蜜的一段。妙龄姑娘们应该同情她们，不应鄙视她们。应该记住，她们也可能会错过花好月圆的时光，红润的面颊不会千秋万代，银丝会掺进秀美的棕发，假以时日，照顾与敬老的礼遇，将和现在的爱情与赞美同样甜蜜。

先生们，也就是男孩子们，对老姑娘们礼貌一点儿吧，别管她们多穷、多难看、多古板。因为，唯一值得拥有的骑士精神，便是随时敬老扶弱，服务妇女，无论身份、年龄及肤色。回想一下那些好阿姨吧，她们不仅教训人，大惊小怪，而且也照顾、宠爱人的，况且往往得不到谢意。想想看，她们帮你们摆脱麻烦，她们见识不多，却给你们指点迷津，她们手指衰老，却不厌其烦为你们缝缝补补。想想她们心甘情愿为你们采取的措施吧，知恩图报地给那些可亲的老太太们献上一点点的殷勤吧，妇女们只要有一口气，就喜欢接受殷勤的。心明眼亮的姑娘很快就会看出你们的这种品格，并会因此而更喜爱你们。唯一能分开母与子的力量也就是死亡罢了，假如死亡夺去了母亲，你们肯定会在某个普里西拉阿姨[1]那里得到亲切的欢迎和慈母的爱抚，因为在她孤寂的老龄心坎里，始终为“世上最好的外甥”保留着最温暖的一角。

乔肯定睡着了（我敢说，读者对于刚才的小小说教，只能打瞌睡了），因为突然劳里的幽灵好像站在了她面前——一个很逼真、实实在在的幽灵——弯腰看着她，那种表情就像他以前感慨万千，可又不愿表现出来时一样。不过，就像情歌中的珍妮：

她万万没料到是他

她躺着，抬头望着他，惊讶得说不出话来。他弯下腰亲吻她，她这才看清是他，跳了起来，高兴地叫道：

“我的特迪呀！我的特迪呀！”

“亲爱的乔，见到我很高兴，是吧？”

“很高兴！福气的男孩！太高兴了，不知道该说什么好。艾美在哪里？”

“你妈妈把她留在了美格家里。来的路上，我们在那里停了一下。她们抓住我的妻子，我也没办法。”

“你的什么人？”乔喊道，劳里不经意间得意地说出了两个字，泄露了秘密。

“哎呀！坏了！这下闯祸了！”他显得非常内疚，乔马上冲着他发火了。

“你居然结婚了！”

“是的，请原谅！可我永远都不会再干了。”他跪下，紧握

1　狄更斯的小说《大卫·科波菲尔》中的人物。

双手，一副悔恨的样子，满脸淘气、高兴和胜利的神情。

“真的结婚了？”

“差不多，谢谢啦。”

“天哪！下面你还会做出什么可怕的事？”乔哀叹着瘫倒在椅子上。

“你的祝福有特点，可就是不太客气。”劳里答道，还是一副可怜巴巴的样子，可脸上满意地笑了。

“你像个贼，偷偷地溜进来，又那样就露了馅儿，你吓着人家了。你还想怎么样？起来，你这怪小子，把事情都跟我说说。”

“一个字都不说，除非让我坐到我老地方，答应不设障碍。”

乔听了大笑起来，她已经很久没这么笑了。她拍拍沙发邀请他坐下，一边诚恳地说：“旧枕头在阁楼上，现在我们不要了。好了，来吧，老实交代，特迪。”

“听你叫‘特迪’真顺耳！除了你，没人那么叫我。”劳里极满意地坐下。

“艾美怎么叫你？”

“老爷。”

“像是她叫的。还好，你也蛮像的。”从乔的眼神可以清楚地看到，她发现她的男孩更清秀了。

枕头没了，可还是有一个障碍——一个天然的障碍，由时间、分离和心的变化所造成的隔阂。他们俩都意识到了，面面相觑了片刻，似乎这个无形的障碍给他们笼罩了一层阴影。可很快这层阴影就消失了。劳里试图摆出一副架子，可没用。他说：

“难道我不像一个结了婚的人，不像一家之主？”

“一点儿都不像，你永远都不会像。个子长大了，人也长漂亮了，可你和以前一样无赖。”

“行了，真的，乔，你应该对我放尊重些。”劳里回答，可心里却对一切很受用。

“我怎么也做不到，一想到你结婚、成家，忍不住要笑，我严肃不了！”乔答道。她满脸笑容，引得两人都不由得哈哈大笑起来。接着，他们坐下来畅谈，气氛仍像以前一样令人愉快。

“你没必要大冷天出去接艾美，她们马上就过来的。我等不及了，早就想亲口告诉你这个大大的惊喜。我要抢到‘第一撇’，以前抢吃奶油的时候，不是这么说的吗？”

“你当然抢到了啦，你的故事开头就不对，结果毁了全局。好了，老实说，告诉我怎么回事，我太想知道了。”

“好吧，我这么做是为了让艾美高兴。”劳里说着眨眨眼，弄得乔大声喊道：

“天大的胡扯。艾美这么做是为了让你高兴。行的话，说下去，说实话，先生。”

“哎呀，她开始用小姐的口气说话了。听她说话是不是很开心？”劳里对着炉火说。熊熊燃烧的炉火闪闪发光，似乎表示赞成。“都一样，要知道，她和我都成了一家人。一个多月前，我们本来打算和卡罗尔一家一起回来，可她们突然变卦，决定在巴黎再待个冬天。可爷爷想回家，他去就是为了让我开心，我不能让他独自回来，可又不能丢下艾美。卡罗尔太太有些英国人的观念，小姐需要有监护人之类的无聊东西，不肯让艾美跟我们一起回国。我说：‘让我们结婚吧，那样就可以随心所欲了。’问题就解决了。”

“你当然行，总是那么顺。”

“也不一定。”劳里的话有弦外之音，乔听了，赶紧说：

“你们怎么让婶婶答应的？”

“真的很难。可，别说出去，我们有很多理由，终于说服了她。来不及写信征得你们的同意，可你们都高兴的，早就慢慢答应了的。像我妻子说的那样，只是‘抓住时间的后腿嘛’。”

“难道我们不为那些话感到自豪吗？难道我们不喜欢这样说吗？”乔插话说，这回轮到她对着炉火说。她高兴地注视着，看到他的双眼中仿佛闪烁着幸福的火花，而她上次看到的却是一双忧郁悲伤的眼睛。

“也许只是小事一桩。她这个小妇人非常迷人，我不由得为她感到自豪。嗯，接着，有婶婶夫妻俩当监护人；我们两个深深相爱，不在一起，根本就不行的。这种绝妙的安排使一切都变得很容易，所以我们就结婚了。”

“什么时候？什么地点？怎么结婚的？”乔问，女儿家的狂热好奇心被唤起了，而她自己根本就没有意识到。

“六个礼拜前，在美国驻巴黎领事馆。当然婚礼很静默，因为我们在幸福的时候，也没忘记亲爱的小贝丝。”

说着，劳里握住了乔伸过来的手，轻轻地抚平红色的小枕头，他对它记忆犹新的。

他们默默地坐了片刻。“你们事后为什么不告诉我们呢？”乔问道，声音更轻了。

“本来想给你们一个惊喜的。原先想直接回家，可等我们一结婚，这位亲爱的老先生觉得，他至少得一个月才能准备好。他就让我们去度蜜月，到哪里随我们的便。艾美说过，玫瑰谷确是个度蜜月的好地方，我们就去了那里。我们过得非常幸福，毕竟人生只有一次。没错，爱情就在玫瑰花丛中！”

劳里一时似乎忘掉了乔。乔感到很高兴，这样随便、自然地跟她讲这些，使她确信他已然不念旧恶了。她试图抽出手来，但他好像猜到了该模糊不自觉冲动背后的想法，反而握紧了她的手。他带着她不曾见过的男子汉的严肃神情说道：

“乔，乖乖，我想说件事，然后我们就把它永远丢开吧。我曾经写信提到，艾美一直对我很好，正如我在那封信中所说的，决不会停止对你的爱。但是那种爱已改变了，我已经懂得了随遇而安。艾美和你在我心中变换了位置，就这么回事。我想，事情本来就是这样安排的；假如我按照你的苦心去等待，这件事也会水到渠成的。可是我根本耐不下性子，所以得了头疼病。那时我是个孩子，固执狂暴，给我指出各种错误，需要经过硬邦邦的教训才能做到。乔，正如你说的，那确是个错误。我当了回傻瓜，才明白这一点。信我的话，有一段时间我脑子里乱糟糟的，不清楚最爱是谁，你还是艾美，我试图两人都爱，但做不到。在瑞士见到艾美时，一切似乎都立刻明朗了。你俩都站到了适当的位置上。我确信，旧爱完全消失了，才开始了新欢。因此，我能够诚实地与乔妹妹及妻子艾美交心，同时深深地爱着两人。你愿意相信吗？愿意回到我们初识时那段幸福的时光吗？”

“我愿意相信，没有半点保留。但是，特迪，我们再也不是男孩女孩了。昔日的好日子不可能重来，我们不能这样企盼。现在我们是男人和女人，有正经的事情要做。游戏时期已经结束，必须停止嬉闹了。我相信你也感到了这一点儿。我在你身上看到了变化，你也会在我身上看到变化。我会怀念我的小伙子，但是我会同样爱那个男人，更加赞赏他，因为他打算做我希望他做的事。我们不可能再当小玩伴了，但会成为兄弟姐妹的，一辈子都会互爱互助，对不对，劳里？”

他没有开口，却握住了伸过来的手，将脸贴在上面放了一会儿。他感到，从孩子气激情的坟墓中，升腾起一种美丽的牢不可破的友情，给两人带来福气。乔不愿使他们的回国变成痛事，所以过了一会儿，她便愉快地说：“我还是不能确信，两个孩子真的结了婚，要开始居家过日子了。哎呀，我替艾美扣围裙扣子，你开玩笑时我拽你的头发，好像还是昨天的事。天哪，时间过得真快！”

“两个孩子中有一个比你大呢，不用说话像老奶奶那样。我自以为已经是个‘长大的先生’，像佩格蒂说大卫·科波菲尔[1]的那样。看到艾美时，你会发现她是个相当早熟的孩子。”劳里说，他看着她母亲的神气感到好笑。

“你岁数可能比我大一点儿，可是我感情上比你老得多，特迪。女人总是这样的。而且这一年过得那样艰难，我感到我有四十岁了。”

“可怜的乔！我们丢下你，让你独自承受，而自己却在玩乐。你是老了些。这里有条皱纹，那里还有一条。除了笑时，你的眼神透着悲哀。刚才我摸过枕头，发现上面有泪滴。你承受了那么多，而且不得不独自忍受。我是个多么自私的家伙哇！”劳里面带悔恨，拽着自己的头发。

然而，乔只是把那泄露秘密的枕头翻过去，尽量轻松愉快地答道：“不对，我有爸妈帮我，有可爱的孩子安慰我，还想到你和艾美安全、幸福，这些都使这里的麻烦容易忍受些了。有的时候，我是感到孤独，可是，我敢说那对我有好处，而且——”

“你再也不会孤独了。”劳里打断她。他用胳膊拢住她，仿佛要挡住人间的一切不幸。“我和艾美没有你没法生活的，所以你必须来教‘两个孩子’管家，就像以前那样，凡事均对半分。

1 狄更斯的小说《大卫·科波菲尔》中的人物，保姆和小主人的关系。

让我们爱抚你，大家在一起幸福美满，友好相处。”

“假如我不碍事的话，那敢情好了。我又开始感到年轻了，你一来我所有的麻烦似乎都飞走了。你总是让人感到安慰，特迪。”乔将头靠到了劳里的肩上，就像几年前贝丝生病躺在那里，劳里让她抓住他那样。

他低头看看她，想知道她是否还记得那个时候。但是乔顾自笑着，仿佛他的到来真的使麻烦全都消失了。

“你还是那个乔，一下掉泪，一下笑的。现在你看着有点顽皮，想什么呢，奶奶？”

“我在想你和艾美在一起过得怎样。”

“过得像天使！”

“那当然。开始是这样，可是谁说了算呢？”

“我不介意告诉你，现在是她说了算，至少我让她这么认为——你看，这样她高兴。将来我们会轮流的。据说，婚姻中均分权力会使责任加倍。”

“你会一发而不可收拾的，艾美会一辈子统治你的。”

“咳，她做得那样不知不觉，我想我不会太在乎的。她这种妇人知道如何统治好男人的。事实上，我倒挺喜欢那样。她就像绕一束丝绸一般，轻柔漂亮地将你绕在她手指上，左右你，却使你感到仿佛她始终在恩赐你。”

“居然让我看到你成为妻管严的丈夫，真惬意！”乔举起双手叫道。

只见他挺起肩膀，带着男子汉的蔑视神情对那讥讽一笑置之，不错哎。他“神气活现”地回答：“艾美有教养，不会那样做的，我也不是那种屈从的人。妻子和我尊重自己，也互相尊重，不会横强霸道，也不会争吵的。”

乔喜欢这样，认为新出现的尊严很适宜。不过，那男孩仿佛很快在长大成人，使她快乐之中夹杂着遗憾。

“那我相信。你和艾美从来不像我们俩那样争吵。她是那寓言故事里的太阳，我是风。记得吗？太阳对付男人最灵。”

“她既能刮他走，也能照耀他。”劳里笑了，“我在尼斯受了什么样的训话啊！我保证，那比你任何一次责骂都厉害得多——刺激可大了。改日我来告诉你——她绝不会告诉你的，因为她告诉我，说她看不起我，为我感到羞耻，话刚说完，她便爱上了那卑鄙的家伙，并嫁给了那个窝囊废。”

“那么下贱啊！好吧，假如她骂你，找我好了，我来保你。”

“看来我需要有人来保的，是不是？”劳里站起来摆出架子，可这时传来了艾美的声音：“她在哪里？我亲爱的乔在哪里？”他的威严神态旋即转为狂喜了。

全家人列队进入，大家又都拥抱、亲吻了一遍。好不容易，三个漂泊者最后坐定，让大家都看着他们，表达高兴。劳伦斯先生还是那么精神矍铄，和另外两人一样，出国旅行改善了他的精神外貌，固执的脾气似乎也一扫而光，他那传统的礼节也得到了提升，显得更加和蔼可亲。他叫这对新人“我的孩子们”。他对他们的笑真叫怡人。更妙的是，艾美待老人像女儿一样孝顺亲热，使老人心满意足。最妙的是，劳里围着他俩团团转，欣赏着这一老一少组成的美景，好像永远都看不够。

美格的目光一落到艾美身上，便意识到自己的服装没有巴黎人的风味。小劳伦斯太太会使小莫法特太太黯然失色的。那位“女士”是个地地道道、非常优雅有风度的妇人。乔观察着这对新人，想着：“他俩在一起看着多么般配啊！我做对了，劳里找到了美丽、出色的女孩。她比笨拙的老乔更适合他的家庭，她会成为他的骄傲，而不是他的烦恼。”马奇太太和丈夫面露喜色，他们相互点头微笑着。他们看到小女儿做得很好，不仅待人接物入情入理，而且也得到了爱情、自信、幸福这些更好的财富。

艾美的脸庞柔和文静，神采奕奕，显示出内心的宁静。她的声音里新添了一种柔情，冷漠拘谨的仪表变成了文雅端庄、妩媚动人。没有矫揉造作的损害，热诚美好的举止，比以前的优雅或者新婚的美貌更为迷人，因为它立刻明白无误地使她印上了一个真正的淑女标记，以前她多么希望这样啊。

“爱情使我们的小女儿变了许多。”妈妈和蔼地说。

“她一生都有个好榜样，亲爱的。”马奇先生低声回答，他深情地看了一眼身旁那张神情憔悴的脸和头发灰白的头。

戴茜的眼睛离不开她的“漂良（亮）阿姨”，于是就像叭儿狗似的把自己系在了那充满了诱惑的神奇女主人身上。戴米先是顾盼着，怔怔地考虑这新出现的关系，后来便性急地接受了贿赂，妥协了。诱人的贿赂是从伯尔尼带来的一组木熊玩具。然而，一阵侧翼运动迫使他无条件地就范了，因为劳里知道怎样对付他。

“小伙子，我第一次有幸认识你时，你就打我的脸。现在我要求绅士般的决斗。”说着，高个子姨父便着手将小外甥抛着、揉着，那动作既破坏了他雅士的尊严，也逗乐了他孩子般的内心。

“哎呀，她从头到脚穿着丝绸！你看她坐在那儿神采洋洋（飞扬），听大家叫小艾美，劳伦斯太太，真有趣的场面！”老汉娜咕哝着。她一边绝对地在胡乱摆着桌子，一边忍不住频频透过滑门朝里张望。

天哪，瞧他们是怎么说话的！你一言，我一语，接着大家一起七嘴八舌起来，都想在半个钟头内把三年的事情讲完。幸好茶点准备好了，为大家提供了喘息机会，吃点点心。再那样说下去，他们都会嗓子沙哑，头昏眼花的。一队人马鱼贯进入了小餐厅，真是非常愉快的队列！马奇先生自豪地护送着“劳伦斯太太”，马奇太太则同样骄傲地依在“我女婿”的臂上。老先生对乔耳语道：“现在你得当我的女儿了。”他拉着她的手，瞥了一眼炉火边那个空角落，乔双唇颤抖着低声回答：“我会尽量填补她的位置的，先生。”

那对双胞胎在后面欢跳着。他们感到太平盛世就在眼前，因为大家都忙着应酬新来的人，丢下他俩任意狂欢。可以确信，这个难得机会他们充分加以利用了。君不见，他们偷偷呷了几口茶，随意把姜饼装进嘴巴，每人拿了一个热松饼；登峰造极的是，他们每人往小口袋里塞了一个诱人的果酱馅饼，结果馅饼粘在那里，不可靠地成了碎屑，这开导了他们，原来人性和馅饼都很脆弱。他们兜里藏着馅饼，良心不安，担心乔乔姨锐利的眼睛会穿透那薄薄的麻纱布衣和美丽奴绒线衣，那下面可隐藏着他们的赃物。所以，小罪人们紧贴着没有戴眼镜的“外东（公）”。艾美刚才像点心似的被大伙儿传来传去，这时靠着劳伦斯爸爸的肩臂，回到客厅，其余的人像方才进去一样捉对出来了。这样一来只剩下乔没了伴儿。当时她没在意，因为她滞留在餐厅，回答着汉娜急切的询问。

“艾美小姐要坐那四轱辘马车吗？要用那边储藏的漂亮银盘子吃饭吗？”

“要是她驾着六匹白马，每天用金盘子吃饭，戴钻石戒指，穿针绣花边衣，我也不奇怪。特迪认为怎么善待她都不过分。”乔心满意足地回答。

“无题可问问！你早饭吃什么？杂烩还是鱼丸子？”汉娜

问。她聪明地将诗歌格式混在了讲话里。

“我随便。”乔关上了门，她感到此时食物是个不投机的话题。乔站了片刻，看着那群人上楼消失。随着戴米穿着格子呢裤子，跨着短腿，吃力地爬上最后一级楼梯，她心头突然涌上一股强烈的孤独感。她眼睛模糊了，环视四周，似乎要寻找可以依靠的东西，因为现在连特迪都离她而去。如果她知道，随着时间一分分逝去，生日礼物正在向她靠近，她就不会这么想的：“等我上床后，再稍微哭一下。现在哭丧着脸还不行。”然后，她用手擦了一下眼睛——这是她的一个习惯，颇具男孩风格，从来都不知道手帕在哪里——她刚装出一副笑脸，大门上就传来一阵敲门声。

她好客地急忙开门，不禁吓了一跳，仿佛又来了个幽灵，令她惊喜不已。门口站着一位先生，高个子，络腮胡，在黑暗中冲着她笑，俨然午夜的太阳。

“啊，巴尔先生。见到你真的高兴！”乔一把抓住他喊道，仿佛唯恐他还没被请进来，就被黑夜吞噬了。

“我来见马希[1]小姐——不，你们有聚会——”听到楼上传来说话声和跳舞声，教授便停住了。

“不是的，都是家里人。我妹妹和几个朋友刚回国，我们都很高兴。进来吧，和我们一起玩。”

虽然是个爱交际的人，可我想巴尔先生还是会知趣地走开，改天再来。可现在乔都已经把门关上，夺下他的帽子，他又怎么走呢？也许这与她的笑容有关，见到他，乔忘了掩饰内心的喜悦，于是便坦率地表露。这对这位孤独的先生具有不可抵抗的诱惑力，欢迎仪式远远超出了他最大胆的想象。

1 德国人发音不准。

“要是我不是‘多余先生’的话，倒很高兴见见大家的。你生病了，朋友？”

他突然提出这个问题。乔替他挂衣服时，灯光照到她脸上，他注意到了些许变化。

“没有病，倒是累，还有点伤心。离开你以后，我们遇到了麻烦。”

“啊，是，我知道。听说那事，我很伤心！”他又和她握握手，一脸同情，从那双和蔼的眼睛和温暖大手的握力，乔感受到无比宽慰。

“爸爸，妈妈，这是我的朋友，巴尔教授。”她介绍说，神情和口吻里都有一种不可抑制的自豪和喜悦。她甚至会吹着喇叭、手舞足蹈地开门迎接。

陌生人对自己会受到的接待没有底，但他受到热忱的迎接，疑虑便随之烟消云散了。每个人都亲切地问候他，起先是看在乔的分上，可不久便喜欢上了他。他们不由自主，因为他身上的法宝，能让所有人都敞开心胸。这些淳朴的人们立刻对他热情起来，因为他贫穷，他们反而感到更加友好。贫穷使生活小康的人们更加富有，当然能使他们真正表现出好客。巴尔先生坐着，环顾四周，仿佛是一个旅行者敲开了陌生人家的大门，等门打开，却发现自己回到了家。孩子们围着他，就像蜜蜂围着蜜罐。两个孩子一条腿上坐一个，童年无忌，上去搜他的口袋、拔他的胡子、摆弄他的表，想引起他的注意。女人们互递眼色，表示赞许，马奇先生找到了知音，为他的客人打开了话匣子，祭出他最精辟的话题。沉默寡言的约翰听着，欣赏这番谈话，只是一个字都没说。劳伦斯先生发现，要去睡觉是不可能的了。

要不是乔在忙着别的事，她会被劳里的表现逗乐的。一阵轻微的刺痛，不是出于忌妒，而是出于些许怀疑，使得这位先生开始时带着兄长般的慎重超然地观察着新来者，但为时不长。他还没反应过来，便不由自主地产生了兴趣，被吸引进那一圈人中。因为，在这样亲切的氛围里，巴尔先生的口才充分发挥了出来。他极少对劳里说话，却常看他。他看着风华正茂的年轻人，脸上便会掠过一丝阴影，仿佛为自己失去的青春遗憾。然后，他的眼睛便会渴望地转向乔。假如乔看到了他的眼神，她肯定会回答那无声的询问。可是乔得管住自己的双眼，觉得不能放任它们。她小心地让眼睛盯着正在织的小袜子上，像是个模范的独身阿姨。

乔不时地偷看一眼教授，这使她神清气爽，就像风尘仆仆赶路之后饮几口清水一样，因为在侧面扫视中，几个吉兆露头了。第一，巴尔先生的脸上丝毫没有心不在焉的表情，他精神抖擞，兴致勃勃；她以为，实际上是年轻漂亮。她忘了将他和劳里比较，对陌生人她通常这样做，这对他们大为不利。第二，巴尔似乎很有灵感，虽然谈话转到了古人的丧葬习俗，不能看作是令人兴奋的话题。当特迪在一场争论中被驳得哑口无言时，乔得意得脸上放光。她看着爸爸神情专注的脸，心里想道："要是他每天都有我的教授这样的谈友，该有多乐啊！"最后，巴尔先生穿着黑色新西服，这使他看上去分外像绅士。浓密的头发剪了，梳理得很整齐，可是保持不了太久，他一激动起来，便像往常一样，把它们弄得滑稽不堪。比起平整的头发，乔更喜欢他的头发乱竖着，她认为那样使他漂亮的额头带上了朱庇特[1]式的样子。可怜的乔，她是怎样赞美着那个其貌不扬的人啊！她坐在那儿，默默地织着袜子，但什么也没逃脱她的眼睛，她甚至注意到巴尔先生洁净的袖口上有着金光闪闪的

1 Jove，罗马神话中的主神。

扣子。

“亲爱的老兄！哪怕去求婚，他也不可能更精心地装扮自己了。”乔心里想着。这句话突然使她灵魂深处一闪念，她的脸陡然红了起来，只好将线团丢下，弯腰去捡，借机遮住脸。

然而，这个动作并不像她预期的那样成功，因为，用比喻的说法，教授正在为火葬堆点火，见状后他放下了火把，躬身去捡那蓝色小线团。当然，他们两人的头猛地撞到了一起，撞得眼冒金星。两个人红着脸直起身来，大笑，都没有拾到线团。他们回到了各自的座位，心里后悔不该离座。

没有谁意识到夜已深了，汉娜早就巧妙地挪走了孩子。他们打着盹，就像两朵粉红的罂粟花，劳伦斯先生回家休息了。剩下的人围炉而坐，不停地谈着，完全不顾时间的流逝。后来，美格的母性脑袋里产生了坚定的信念：戴茜肯定摔到床下去了，戴米想必在研究着火柴的结构，睡衣定是被燃着了。于是她动身回家了。

“让我们来唱歌吧，就像以前那样，因为我们又到齐了。”乔说。她觉得，引吭高歌可以尽情而又稳妥地宣泄自己心中的喜悦之情。

其实，并不是人人都到齐了，可是没有谁觉得乔的话没头没脑，不正确；因为贝丝似乎还在他们中间，是一个宁静的存在，无形而比以前更亲爱。爱使家庭同盟坚不可摧，死亡也不能将其拆散。那张小椅子放在老地方，整洁的工作篮还放在惯常的架子上，篮子里装着她因缝衣针“很重”而没完成的针线活，那张心爱的钢琴没有移动地方，现在很少有人去碰它。贝丝安详的笑脸就在钢琴上方，像以前那样，俯视着他们，仿佛在说：“快乐一点儿吧，我就在这里。”

“弹点什么吧，艾美。让大家听听你有了多大的长进。”劳里说。他对他有出息的学生满怀自豪，这情有可原。

可是艾美噙着热泪，转动着那张褪了色的琴凳，低声说："今晚不弹了，亲爱的。今晚我不能炫耀。"

然而，她确实露了一手，这一手比才华或琴艺更好，她唱起贝丝常唱的歌来。声音里充满柔情，这是最好的老师也教不出来的。任何其他的灵感都不能赋予她更甜美的震撼力量，它打动了听者的心弦。唱到贝丝最喜欢的圣歌中最后一句时，那清亮的歌声突然卡住了，屋子里非常安静。很难说出口：

人世间没有天堂治愈不了的痛苦。

艾美靠在站在身后的丈夫身上，她感到没有贝丝的亲吻，她回国受到的欢迎便不完美。

"好了，我们以米娘之歌结束吧，巴尔先生会唱的。"没等艾美的停顿使人难受起来，乔赶紧说。巴尔先生喜悦地清清嗓子，哼了一声。他走到乔站着的角落说：

"你和我一起合唱好吗？我俩配合非常好。"

顺便说一句，这可是个可爱的谎话，因为，乔对音乐一窍不通，哪怕拉一只蚂蚱合唱也不过如此。但是，即便教授提议唱整个一出歌剧，乔也会同意的。她颤声唱了起来，喜悦中也不管是否合拍合调。这没多大关系，巴尔先生像个真正的德国人那样起劲地唱着，他唱得不错。很快，乔的声音便降为轻柔的低哼了，这样她便可以听着那似乎专为她唱的圆润歌声。

你知道那个香橼盛开的国家吗？

这曾经是教授最喜欢的一句歌词，因为"那个国家"对他来说，指的是德国，但是，现在他却似乎带着特别热情和调子，拖长了下面的歌词：

那里，哦，那里，我愿和你一起，
我亲爱的，去吧。

这深情的邀请，使一个听众激动不已，她极想说，她真的知道那个国家，只要他愿意，她随时欣然前往。

歌唱得非常成功，演唱者载誉而退。可是，几分钟后，他瞪眼看着艾美戴上帽子，完全忘记了礼貌；因为乔只简单地介绍她为“我妹妹”。从他进屋起，没有谁叫她的新名字。后来他更加忘乎所以了，因为劳里在告别时，以他最优雅的风度说道：

“我和我妻子为见到你深感荣幸，先生。别忘了，我们随时欢迎你大驾光临。”

于是，教授由衷地向他致谢，满怀喜悦，神采飞扬。劳里认为教授是他见过的最令人愉快、感情外露的老兄。

“我也该走了。不过亲爱的太太，如果您允许的话，我会乐意再来的。我城里有点小事务，将在这里逗留几天。”

他对马奇太太说着话，眼睛却看着乔。妈妈的声音和女儿的眼色都真心诚意地表示同意。不像莫法特太太设想的那样，马奇太太并非不明白她的孩子们的心事。

“我觉得那人很聪明。”等客人们都走了，马奇先生站在炉火边的地毯上评论道。他平心静气，带着满足感。

“看得出来，他是个好人。”马奇太太一边给时钟上发条，一边赞许地补充道，显得很肯定。

“我早就觉得你们会喜欢他的。”乔就说了这一句，说完便溜走睡觉去了。

她感到奇怪，什么事让巴尔先生来到这座城里，最后断定他是被指派到某地担任某个要职，可他很谦虚，不愿说出真相。他回到了自己的房间，肯定没人看见了。他看着相片中的年轻小姐，头发浓密，神情严肃、古板，她仿佛忧郁地凝视着未来。她要是看到他这时的神色，特别是当他关灯后，在黑暗中亲吻这张相片，她一切都会明白的。

第四十四章

金童玉女

“岳母大人，请将我妻子借给我半小时行吗？行李到了，我急着找要用的东西，把艾美从巴黎带来的漂亮衣服翻得底朝天了。”第二天，劳里进来说。他发现劳伦斯太太坐在妈妈的膝上，好像又成了“宝宝”。

“当然行，去吧，乖乖。我忘了，你除了这个家还有个家。”马奇太太捏了捏那戴着结婚戒指的白皙的手，仿佛为她母性的贪爱道歉。

“我要是能解决，就不会过来了。可是，没有我的小妇人，我就没法生活，就像一个——”

“没有风的风向标。”劳里停住找比喻的时候，乔提示道。自打特迪回来，乔恢复了冲撞无礼的老样子。

“没错。大部分时间艾美让我向正西开，只是偶尔朝南，结婚以来我还没有朝向过东，北面是一无所知。但是我觉得，那完全有益健康，和煦温暖。夫人嗳！”

“至今为止天气不错，不知道能持续多久。可是我不怕风暴，在学着开船。回家吧，亲爱的，我给你找脱靴器，想必你在我的东西里翻找的就是它。妈妈，真是拿男人们没办法。”艾美带着主妇似的神气说，丈夫欢喜这样。

“你们安定下来后，打算做些什么呢？”乔问，她在给艾美扣着斗篷扣，就像以前为她扣围裙那样。

“我们自有计划。我们还不打算大肆张扬，因为刚刚成家。但我们不打算虚度时光。我将专心致志地去经商，这样会让爷爷高兴。我要向他证明没学坏。我需要这样使自己稳定下来。我厌倦了无所事事，得像个真正的男人那样工作。”

“艾美呢？她打算做什么？”马奇太太问。劳里说话时的坚定与活力，使她非常高兴。

“我们向四邻尽过礼仪，展示过我们最好的帽子后，将在家里广延宾客，让上流的社交界为之注目，给我们带来良好的社会声望，到时让你们大吃一惊。就这样，是不是，雷卡米耶夫人？”劳里诡秘地看着艾美问道。

“到时就知道的。走吧，你这莽汉。别当我家人的面骂我，让他们受不了。”艾美回答。她打定主意，家里先得有个好妻子，然后她才能作为社交王后建立一个沙龙。

“这两个孩子在一起似乎多幸福啊！”马奇先生说。小两口走后，他发现很难再专心于他的亚里士多德了。

“是的，我看这样能天长地久的。”马奇太太补充道。她神色安逸，就像领航员将船安全地引入了港湾。

“知道会天长地久的，幸福的艾美！”乔叹了口气。然后，随着巴尔教授急躁地推门进屋，她欢快地笑了。

晚上，劳里对脱靴器放心了，看见艾美转来转去，在摆放着她的新艺术珍品。突然，劳里对妻子说：“劳伦斯太太。”

“老爷！”

“那个人打算娶我们的乔！”

“我希望这样，你呢，亲爱的？”

“嗯，宝贝，我看他是张王牌，包含那个富有表现力的词语的全部意义。但是我真的希望他稍稍年轻些，大大富有些。”

“哎哟，劳里，别太挑剔，太世俗了。只要他们相爱，不管多老多穷，都没一点儿关系。女人们决不能为钱嫁人——”话一出口，艾美突然噎住了，她看着丈夫，而他故作严肃地搭腔了。

“当然不能，尽管有时确实能听到迷人的姑娘说她们打算这样做。要是我没记错，你曾经认为嫁个富人是你的责任。也许，这能说明你为什么嫁给我这样的窝囊废。”

“哦，我最亲爱的男孩。别，别那样说！当我说‘愿意’时，忘了你是有钱人。即使你一文不名，我也会嫁给你的。我有时希望你是穷人，我好表示出多么爱你。”艾美说。在公众场合她很庄重，私下却充满柔情。她令人信服地证实了她话语的真实性。

“你没有当真以为我唯利是图，像我曾试着做的那样，是不是？要是你不相信我乐意与你同舟共济，哪怕你得靠在湖上划舟谋生，那我会伤心欲绝的。”

“我是个白痴野人吗？你拒绝了一个更富裕的人而嫁给我，现在我有权给你东西，可我想给你的你一半都不让给，我怎么能那么想呢？姑娘们每天都那样想，可怜的人们，她们被谆谆教导，认为那是唯一的归宿。你受到的课程较好，尽管我一度曾为你不寒而栗。我没有失望，女儿信守了妈妈的教诲。昨天我跟妈妈这样说了，她看上去又高兴又感激，仿佛给了她百万元的支票，让她用来行善。劳伦斯太太，你没有在听我的道德评论？”劳里住了口，因为艾美眼睛虽然盯着他的脸，表情却心不在焉。

“不，我听着呢，同时我在欣赏你下巴上的凹陷。我不想使你虚荣，可是我得坦白，较之丈夫的钱财，我更为他的英俊自豪。别笑，你的鼻子对我是莫大的安慰。”艾美带着艺术的满足感，轻柔地抚摸着那个轮廓优美的面庞。

劳里一生受到过许多赞美，但没有比这更合他心意的。虽然他笑话着妻子这种特别的趣味，但他还是明白地表示出他的高兴。艾美慢慢说道：“我可以问你个问题吗，亲爱的？”

“当然可以。”

“假如乔真的嫁给了巴尔先生，你会在乎吗？”

“噢，那是烦恼所在，是不？我想到了，那凹陷里有点不合你的意。我可不是占着茅坑不拉屎，而是世界上最幸福的人。我向你保证，在乔的婚礼上，我会带着和脚跟一样轻快的心情跳舞。你怀疑这点，宝贝？”

艾美抬头看着他，放心了。她最后的一点儿忌妒与担心烟消云散了。她感谢了他，神情充满爱意与自信。

“但愿我们能为那个一等一的老教授做点什么。我们能不能编造出个富亲戚，他知趣地死在了德国，留给他一大笔遗产？”劳里问。这时他们手挽手，开始顺着长客厅来回踱步。他们喜欢这样，来纪念城堡花园。

“乔会查明真相，把一切搞砸的。教授现在这样，乔很为他自豪的。昨天她还说，她认为贫穷是件美好的事。”

“上帝保佑她的善心！要是她有个学者丈夫，还有十来个男女小教授要养活，她就不会这样想了。现在别去干涉，见机行事吧。到时我们为他们做点好事，就由不得他们了。我受到的教育，一部分得归功于乔。她相信人们应该诚实地偿还债务，所以我将用那种方法说服她。”

“能够帮助别人多么令人愉快，是不是？有力量慷慨施舍，那一直是我的一个梦想。感谢你，我的梦想实现了。”

“哦，我们尽可能地多做善事，好不好？有一种穷人我特别愿意帮助。十足的乞丐得到了照顾，可是，有身份的穷人日子难过，因为他们不求人，人们也不敢贸然施舍。然而，帮助他们的办法还是成千上万，只要人们知道用计，就不致冒犯他们。我得说，我宁愿为一个落魄的绅士效劳，也不愿去帮一个巧言哄骗的叫花子。我想这样不对。但我就是这样想，虽然它更难做。”

“因为只有一个绅士才能做到这一点。”爱家协会的另一名成员补充道。

“谢谢，恐怕我配不上那么好的赞美。但是，我正打算说，我在国外闲荡时，看到许多才子，为了实现梦想做出各种牺牲，忍受着艰难困苦。其中一些非常杰出。他们像英雄一样工作，饥寒交迫，无亲无友，却充满勇气、耐心、意志。我为自己惭愧，很想给予适当救助。这些人帮助起来令人快活。因为，假如他们是天才，则得以为他们效劳，不让天才由于缺乏燃料揭不开锅而埋没或者耽搁，是个莫大的荣幸。假如他们没有天才，也能够安慰这些可怜的人，发现自己无才时能免于绝望，总归是件乐事。”

“的确是这样。还有一种人无法求助，在默默受苦。我知道点情况，因为是你把我变成了公主，就像老故事里国王对乞丐女那样。在这之前，我也属于那一种人。劳里，有抱负的姑娘日子艰难哪。她们常常看着青春、健康以及宝贵的机会溜过去，只是因为缺少适时的小小帮助。人们一直对我非常好。每当我看到姑娘像我们以前那样奋力挣扎，我就想伸手相帮，就像我得到帮助一样。”

“你就去做吧，你这样像个天使！”劳里叫道。他脸上洋溢着乐善好施的热情，决心专门为有艺术倾向的女人们设立一个机构，并捐赠基金。“富人们无权坐在那里独自享乐，或者积累钱财让别人浪费。死后留下遗产，不如活着时明智地花钱，享受使同胞幸福的乐趣，这样更为聪明。我们将过得非常幸福。而且，慷慨地施舍于人，会额外增加我们的快乐。你愿意做个小多加[1]，一路行善，分光大篮子里的安慰，再装满善行吗？”

“我真心地愿意。愿你做勇敢的圣马丁，骁勇闯天下，驻步让乞丐们合穿你的外套。”

“一言为定，我们将顺水行舟的！”

于是，一对新人为此而紧紧地握手，然后又幸福地继续踱起步来。他们希望能给别的家庭带来光明，所以才感到温馨的小家越发亲切了。他们相信，要是他们为别人踏平了崎岖之路，则自己走在繁花似锦的小路上，双脚会走得更直；他们感到，相爱的心要是能温柔地记得不如他们幸运的人们，便贴得更紧了。

1 《圣经》人物，广做善事的女基督徒。

第四十五章

戴茜和戴米

作为马奇家卑微的家史作者，如果不奉献至少一个章节的篇幅给那两个最宝贝最重要的家庭成员，我会感到自己没有尽到职责。戴茜和戴米已经到了有己见的年龄，因为在这快速发展的年代，三四岁的幼儿会坚持自己的权利，而且能得到自己的权利，在这方面，他们比许多大人更有优势。如果说曾经有一对双胞胎濒临被溺爱彻底宠坏了的危险，那就是这两个牙牙学语的小布鲁克。当然他们是世上最出色的孩子，有下面的事实为证。八个月的时候，他们就会走路；十二个月的时候，他们就能流利地说话；两岁的时候，他们就在餐桌上有了席位，举止很得体，迷倒了所有的目睹者。三岁时，戴茜要做“针线活”，而且还真的缝出了一个有四道缝线的袋子。她还在餐具柜里干起了家务，娴熟地操纵起一个微型的炉灶，汉娜为之流出了骄傲的眼泪。戴米则跟外公学起了字母，外公发明了一种新的教学模式教字母，用手和脚形成字母，从而把头脑体操和脚跟体操结合了起来。这个男孩很早就显现了机械方面的天赋，这让他爸爸欣喜不已，让他妈妈心烦意乱，因为他看到什么机械就去模仿什么机械，育儿室总是乱糟糟的。他的“缝纫七（机）”，是一个由绳子、椅子、晒衣夹和线轴组成的神秘结构，轮子就那么“转着转着”。还有，他在椅子背后挂了一个篮子，把过于轻信的妹妹装在里面，往上拉，结果没成功。而这个有着女性献身精神的妹妹，居然听任自己的小脑袋被撞来撞去，直到获得解救。而这个小发明家却愤怒地说：“哎哟，妈——妈，大（那）是我的跳（吊）车，我想把妹妹拉上来。”

这对双胞胎虽然性格完全不一样，但相处得非常好，很少有一天超过三次吵架的。当然戴米对戴茜专横跋扈，但总是勇敢地保护她免受其他人的侵犯。而戴茜则把自己变成了划船奴，她崇拜哥哥，认为他是世界上唯一的完人。她脸色红润、身体圆胖，有一颗阳光灿烂的小心灵。她很讨人喜欢，并且在每个人的心坎里安顿下来。她是那类生来就惹人去亲吻、去拥抱的迷人孩子，像个小仙女那样地被打扮着，被爱慕着，似乎生就是各种喜庆场合上的赞许对象。她的小美德很可爱，要不是她活泼的天性中有点小淘气，她会是个十足的小天使。她的世界里都是晴好的天气，每天早晨她穿着小睡衣，爬上窗台观察，不管是下雨还是晴天，她总是说：“哦，考（好）天气，哦，考（好）天气！”在她眼里每个人都是朋友，她会很信任地去亲一个陌生人，连一个最乖僻的单身汉都会变得温和起来，喜欢孩子的人更是爱慕不已。

“我爱每格（个）人。”有一次她这么说着，一手拿着勺子，一手拿着杯子，张开双臂，仿佛渴望着去拥抱和润泽整个世界。

看着她慢慢长大，她母亲开始感到，斑鸠房有幸居住了这么个安详又可爱的人儿，就像老房子曾经居住着一个让家人感到温暖的人儿一样，她祈祷自己免受类似的损失，这种损失最近让大家都懂得了，他们长期以来不知不觉地拥有着一个天使。外公经常叫她“贝丝”，外婆总是不知疲倦地看护着她，仿佛在设法弥补以往的某种过失，这个过失除了她自己没有人能看到。

戴米像个真正的美国佬，有追根究底的癖好，什么都想知道，永远在问“为什么？”并经常为得不到满意的答复而恼火。

他也有哲学的爱好，这一点儿叫他的外公喜出望外，外公跟他进行苏格拉底式的交谈，这时候，这个早熟的学生偶尔还会难倒老师，而一旁的女人们毫不掩饰自己的得意神情。

“是什么东西让我的腿走路，外东（公）？”一天晚上被哄上床休息后，这个年轻的哲学家问，若有所思地打量着自己那两条活动着的腿。

“是你的小脑袋，戴米。”这位圣人回答说，谦恭地抚摸着黄头发的脑袋。

“什么是小脑太（袋）？

“它是某种指挥你身体行动的东西，就像手表里的发条使得齿轮转动，我给你看过的。”

“把我打开，我要看看它的转动。”

“你打不开手表，我打不开你的脑袋。上帝给你上了发条，你一直走着，直到有一天他要你停下来。”

“是吗？”戴米汲取着新思想，棕色的眼睛瞪得又大又亮。“我像这只表一样上了发条？”

“是的，但是我无法向你说明是如何上的发条，因为上的时候我们没看到。”

戴米摸摸后背，仿佛要看看自己的背部像不像手表，然后严肃地评论说：“我擦（猜）想，长（上）帝是在我睡觉的时候给我上发条的。”

接下来是外公仔细的解释，小家伙全神贯注地听着。一旁的外婆担忧地说：“亲爱的，你认为对孩子讲这些事情明智吗？他的额头上出现了隆起，会问出最难回答的问题的。”

“如果他能提出问题，就能接受真实的回答。我没有往他的脑袋里灌输思想，而是帮助他解开已经在那里的问题。现在的孩子比我们聪明，我一点儿也不怀疑，他能听懂我对他说的每一个字。好了，戴米，告诉我，你把你的脑袋放在哪里了？”

要是这个男孩像亚西比德[1]那样地回答说：“老天爷作证，苏格拉底，我说不出。”他的外公不会感到奇怪。但是他像只沉思的幼鹳，单腿站立了一会儿，然后沉着肯定地回答说：“在我的小肚子里。”老先生只能加入外婆的行列笑起来，结束了这堂形而上学课。

要不是戴米令人信服地证实了他既是一个萌芽的哲学家，也是一个真正的孩子，母亲会有理由焦虑的。哲学的讨论常常使汉娜不祥地点头预言说：“这个孩子不会在这个世上长留。”好在他转身马上玩起恶作剧，这足以打消她的担忧。可爱的、糟糕的、淘气的捣蛋鬼们的胡闹，总是让他们的母亲既不安又欢喜。

美格制定了许多道德准则，试图严格遵守，但是，有哪一个母亲曾抵制住这些袖珍男女们迷人的诡计、机灵的借口、不声不响的放肆呢？他们还那么小，就表现出了狡猾蒙骗的才能。

“不能再吃葡萄干了，戴米，你会生病的。”在葡萄干布丁节，母亲对那个老是定期来帮厨的小大人说。

“我喜欢生病。”

“我不要你帮忙，走开，帮助戴茜做小馅饼去。”

他不情愿地离开了，但这个冤屈沉重地压在他的心头，不久昭雪的机会来了，他以精明的交易取胜了妈妈。

---

1 Alcibiades，雅典政治家（公元前450-前404），苏格拉底的学生和朋友。

“好了，你们都很乖，现在你们喜欢玩什么我就玩什么。”美格说着，把她的两个小帮厨带到楼上，此时布丁已经安全地进了锅子发酵。

“真的，妈——妈？”戴米问，一个绝妙的主意出现在他撒满了粉的脑袋里。

“真的，随你说吧。”这个短视的母亲回答。她心里准备着把《三只小猫》唱上个六七遍，或者不顾劳累把全家带去“买个便士小面包”。但戴米的冷静回答把她逼到了墙角：

“那么，我们去把所有的葡萄干都吃光。”

乔乔姨是两个孩子的主要玩伴和知心朋友，他们三个人把小屋子弄得乱七八糟。艾美姨对他们来说，还只是个名字，贝丝姨的愉快记忆不久就淡去了。但乔乔姨是活生生的事实，他们对她极为重视，有此恭维深深地感动了她。但是巴尔先生来了，乔乔疏远了玩伴，这两个小心灵感到沮丧和凄凉。喜欢到处兜售吻的戴茜失去了最好的顾客，破产了。戴米用稚嫩的眼睛观察，不久就发现，比起自己，乔更喜欢跟“熊人”玩。尽管受到了伤害，但他把自己的愤怒隐藏了起来，因为他没有勇气去羞辱这样一个对手。对方背心口袋里总是源源不断地产出巧克力，还有一只表可以从匣子里拿出来任凭热情的欣赏者摇晃。

有人会认为，这些讨人欢心的特许是“贿赂”，但戴米不是这么看，继续以若有所思的友好态度光顾这个“熊人”，而戴茜在他第三次拜访时就有点喜欢上了他，认为他的肩膀是她的宝座，他的手臂是她的庇护所，他的礼物是极有价值的宝贝。

绅士们有时会心血来潮，喜欢起他们所仰慕的女士们的小亲戚来，但是这种假模假样爱小孩儿的表现与他们很不协调，一点儿也骗不了人。然而，巴尔先生对孩子的爱是真诚的，尽管同样奏效——在法律问题上诚实最是上策，爱的问题也一样。他是那种天生能跟小孩混熟的男人，当小脸蛋与他那张男子气的脸形成愉快的对比时，他显得尤其可爱。他的事情，不管是什么事情，把他一天天地留住在这里，而且晚上也很少不来光顾的——嘿，他总是来找马奇先生，所以我以为是马奇先生吸引了他。这个优秀的爸爸为这个假象所迷惑，以为自己是有吸引力，扬扬得意地与这个同好进行长时间的交流，直到有一天，他那更具有观察力的外孙偶然的一句话，让他突然明白过来。

一天傍晚，巴尔先生来了，他在书房的门口停下，对眼前的情景感到惊讶。马奇先生趴在地上，那尊贵的大腿往后翘起在空中，身边的戴米也趴着，用他那双穿着红色长袜的短腿，努力去模仿外公的姿势。这两个“五体投地”的人非常投入，没有意识到来了些观众，直到巴尔先生朗朗地笑出声来，大为不快的乔大叫起来：

“爸爸，爸爸，教授来了。”

黑腿放下来，白头抬起来。这位教师尊严依旧地说：“晚上好，巴尔先生。请稍等，我们就要完成功课了。来，戴米摆出这个字母，然后念出来。”

经过一些前仰后合的努力，那双红腿摆出了一只圆规的形状，然后这个聪明伶俐的学生狂喜地说：“我认识！这是We（我们），外东（公），这是We（我们）！”

“他生来就是个韦勒[1]。”乔笑着说。她的父亲起来了，她的外甥却要倒立，这是他对放学感到满意的唯一表达方式。

1　狄更斯的小说《匹克威克外传》中的人物，惯于在引用名言后加上滑稽动作。

“你今天都做了什么了，bubchen[1]？”巴尔先生拉起这个体操运动员问。

“我去看过小玛丽了。”

“你在那里做了什么？”

“我吻了她。”戴米毫不掩饰地回答。

“嗬你开始得太早了。那个小玛丽怎么说？”巴尔先生问，继续要这个小罪人忏悔，后者正站在他的膝盖上探索马甲背心的口袋。

“噢，她喜欢，她也吻了我，我也喜欢。难道小男孩不是喜欢小女孩的？”戴米问，他的嘴巴塞得满满的，心里显得很满足。

“你这只早熟的小鸡！是谁把它塞到你的脑袋里的？”乔问，她和教授一样欣赏这天真无邪的坦白。

“不是在脑袋里，是在嘴里。”抠字眼的戴米回答说。他伸出舌头，上面有颗巧克力糖，以为她指的是糖果，而不是思想。

“你应该省下来一些送给那个小朋友。甜糖送甜心，小达（大）人。”巴尔先生递给乔一些巧克力，脸上的表情让她纳闷，巧克力是不是众神饮用的美酒。戴米也看到了他的微笑，深受触动，他直统统地问：

“大男孩也喜欢大女孩吗，家（教）授？？”

巴尔先生和小华盛顿[2]一样“不会说谎”，所以他含含糊糊地回答说，依他看，有时候是这样的。那说话的口气使马奇先生放下手里的衣服刷，扫视一眼乔那腼腆的表情，然后一屁股坐到自己的椅子上，仿佛那只“早熟的小鸡”把一种思想塞进了他的脑

1　德语：小伙子。

2　有传言称，美国开国总统华盛顿从小就不说谎。

袋，这种滋味甜甜的、酸酸的。

半小时后，乔在瓷器橱里抓到了戴米，她没有因为他在那里而推搡他，而是亲热地搂抱他，几乎让他的小身体窒息。“为什么乔乔姨在这异常的举动后，还意想不到地赏给他一大片面包和果冻？”这个问题一直困扰着他的小脑袋，最后被迫让它留着，永远不去解答。

第四十六章

伞下定情

劳里和艾美把家安排得井井有条，并计划着幸福的未来。夫妻俩在天鹅绒的地毯上悠闲地踱步。此时，巴尔先生和乔正享受着另一种完全不同的情趣，他们漫步在泥泞的路上和湿透的田野里。

“我总是在傍晚的时候散步，不知道为什么要放弃这个习惯，难道就因为我常常碰上出来散步的教授吗？”两三次不期而遇后，乔自言自语地说。尽管通往美格家有两条路可走，但是不管走哪一条路都会碰到他，要么在去的路上，要么在回的路上。他总是走得很快，不到走得很近，似乎看不见她。他给人的感觉是，他的近视眼只有在那一刻才能认出这位走近的女士。而且，如果她是去美格家，他总是带了一些东西哄小孩；如果她是在回家，他则恰好刚看完河回来：希望他们没有腻烦他的频繁光临吧?

在这种情况下，乔除了礼貌地与他打招呼，邀请他进屋，还能有其他选择吗？哪怕是厌倦了他的拜访，她也滴水不漏地掩饰起了自己的疲惫，关照晚餐要有咖啡，“因为弗里德里克——我是说巴尔先生——不喜欢喝茶”。

到了第二个礼拜，每个人都对整个情况心知肚明了，然而大家都装着对乔脸色的变化全然不知。他们从来不问，她为什么在工作的时候唱歌，为什么一天梳三次头，为什么傍晚的散步会让她脸色红润。巴尔教授在跟父亲谈论哲学的同时，也在给女儿上爱情课，关于这一点似乎没有人有丝毫的怀疑。

乔芳心有主，却方寸大乱，甚至不能维持正常的礼仪了，不过，她还是毅然决然，要按捺住自己的感情，结果没有成功，便更加忐忑不安了。她曾多次激烈地宣言独立，所以极度害怕别人笑话自己被招安。她尤其害怕劳里，但是多亏那个新当家的，他的言行很恰当，难能可贵。他从不在众人面前称巴尔先生“一等一的老教授”，对乔今非昔比的外表也不以任何方式影射，看到教授的帽子几乎每天晚上都出现在马奇家的桌子上，也没有表示丝毫的惊讶。但他暗自欣喜若狂，渴望送礼时刻的到来，到时候可以送给乔一件金质餐具，上面铭刻着一头熊和 一根破权杖，作为贴切的盾形纹章。

连续两个礼拜，教授像情郎似的有规律地来来回回。然后，连续三天不露面，连影子都不见。这使得每个人都严肃起来，乔先是变得深沉，后来——哎哟罗曼史！——显得非常烦躁。

“他讨厌我了，我敢说，突然回去了，就像突然的来。当然，这没什么大不了的，但我觉得他应该像个绅士那样，来向我们道个别。”她神色绝望地瞧着大门，自言自语地说。这是一个阴沉沉的下午，她穿戴停当，准备例行散步。

“你还是带上小雨伞吧，乖乖。这天看上去像是要下雨。”母亲注意到了她戴着新帽子，但没有说什么。

“好的，妈咪，你有东西要买吗？我得去镇上买点纸。”乔回答说。她站在镜子前面，拉出下巴的蝴蝶结，回避母亲对视的目光。

“有，我要买些斜纹里子布，一板9号针，二码淡紫色窄丝带。你穿厚靴子了吗？有没有穿上保暖一点儿的衣服？”

“我想是的。”乔心不在焉地回答。

“要是你碰到巴尔先生，请他来喝茶。我很想看到这位可爱的人呢。”马奇太太补充道。

乔听到了，但没有回答，只是亲吻一下母亲，便匆匆离开了。虽然她的心在作痛，但一股感激的暖流涌上心头：“她对我多好啊！那些没有母亲来帮助渡过烦恼的女孩子该怎么办哪？”

纺织品店与男士成堆的账房、银行和批发店不在一个区域，但乔一样东西还没买，却鬼使神差地出现在镇上的这个地段。她徘徊着，像是在等什么人。她带着与女人极不相符的兴趣，在这个橱窗看看工程器械，在那个窗口看看羊毛样品，不小心被几个桶绊了一脚，差点儿被落下来的货物埋进去。几个正忙碌着的男人大手大脚地把她推开，脸上的表情似乎在奇怪：“见鬼，她怎么会到这里来。”一滴雨落在她的脸颊上，把她的思绪从受挫的希望带回到毁坏了的丝带。雨点继续落下，身为情侣兼女人，她感到尽管挽救她那颗心已为时过晚，但她还可以挽救她的帽子。此刻，她记起了那把小雨伞，匆忙中她忘记带上了，世上没有后悔药，别无他法，只能去借一把，或者任由雨水淋湿全身。她抬眼望望昏沉沉的天空，低头看看深红色的蝴蝶结，上面已有斑斑黑点；朝前看是泥泞的街道，再往后恋恋不舍地看了很久，有一个破旧的商店，只见门上写着“霍夫曼·斯瓦茨公司”，她严厉地责备起自己来：

“活该！我为什么要穿上最好的衣服，轻佻地来到这里，希望见到教授？乔，我为你感到羞耻！不，你不能到那里去借雨伞，也不能向他朋友打听他的下落。你应该走开，冒雨完成你的任务。如果得病死了，帽子毁坏了，那是你自找的。行啦，就这么着了！”

她想着想着就鲁莽地冲过街去，差点儿被一辆迎面驶来的马车轧死，突然又跟一个正儿八经的老先生撞个满怀。他嘴里说着“对不起，小姐”。脸上的表情却是非常生气。乔有点沮丧，她调整了一下情绪，拿出手帕盖住那心爱的丝带，把诱惑抛在脑后，急忙赶路，她的脚踝越来越湿，头顶上是过往行人雨伞的碰撞声。突然，有一把破损的蓝色雨伞定格在她那没有保护的帽子上，引起她的注意，抬头一看，是巴尔先生正低头望着她。

“我想认识这位意志坚强的女子，居然这么勇敢地在许多马匹鼻子下穿行，这么快速地跋涉在泥泞路上。你来这里干什么，我的朋友？”

“购物。”

巴尔先生笑了，他的眼睛从这边的泡菜坊，扫视到街对面的皮革制品批发商店。但他只是礼貌地说：“你没有雨伞。我可以送你一程，帮你拿东西吗？”

“可以，谢谢。”

乔的脸跟她的丝带一样红了。不知道他会怎么看待她，但她才不在乎呢。不一会儿，她发现自己和她的教授手挽手走着。那感觉就像太阳忽然冲出乌云，光芒四射，世界又恢复了正常，一个极度幸福的女人，那一天就这样蹚水走着。

“我们以为你离开了。”乔急忙说，因为她知道他在看着她。她的帽子不够大，遮不住她的脸。她害怕他会认为自己脸上显露出来的高兴神情不符合少女身份。

“你认为，我会不跟那些对我那么好的人告别就离去吗？”他带着责备的口气问，使得她感到好像自己诋毁了他。她热诚地回答说：

“不，我不认为。我知道你正忙着自己的事情，但我们都很想念你——尤其是爸爸妈妈。”

“你呢？”

“见到你我总是很高兴，先生。”

她急切地要把自己的声音控制得相当平和，结果显得相当冷淡，末尾那个冷若冰霜的称呼似乎使教授寒心。他的笑容消失了，只听他严肃地说：

“我谢谢你，离开之前，我会再来一次。”

“这么说，你要走了？“

“这里我不会再有事了，办完了。”

“想必办得很成功吧？”乔问，他那简短的回答充满了失望的痛苦。

“应该这么认为，因为我打开了一条路子，能为自己赚来面包，并且对我的Junglings[1]有很大帮助。”

“告诉我，求你啦！我想知道有关孩子们的——一切。”乔急切地说。

“好心人，我很高兴告诉你。朋友帮我在一所大学里找了一份差事，在那里我可以像在自己国家一样教书，可以赚到足够的钱来为弗兰茨和埃米尔铺平道路。就这一点我就应该欣慰，是不是？”

“的确应该。做自己喜欢做的事，太棒了。我也可以经常看到你和孩子们！”乔高兴得叫了起来，她坚持借口孩子们来掩饰自己那种无法隐藏的满意神情。

“啊！恐怕我们不能经常见面，学校在西部。”

---

1 德语：孩子们。

“那么远！”她放开手里拎着的裙子，听任命运的摆布，仿佛现在衣服会怎么样或者她自己会怎么样都已经无所谓了。

巴尔先生能读懂好几门语言，但他还没有学会读懂女人。他自诩很了解乔，因此他对乔的表现感到困惑，那天她的声音、脸部表情和举止相互矛盾，快速变换着，因为那半个小时里她经历了五六种不同的心情。刚遇见他的时候，她显得惊讶，她说了来这儿的目的，但不可能不使人对她的这个目的产生怀疑。当他把胳膊伸出来让她挽着的时候，她的表情让他充满了喜悦，但是当他问她是否想他时，她的回答又冷淡又古板，让他很失望。听到他的好运气时，她高兴得几乎要鼓掌。她纯粹是为孩子们高兴吗？然后，她听到他的目的地时，说了声“那么远！”，口气是那么的绝望，把他送到了希望的顶峰，但是过了一会儿她说了句话，像是全神贯注在差事上，又使他从顶峰上摔了下来：

“我办差事的地方到了。你愿意进去吗？时间不会长的。”

乔对自己的采购能力相当自豪，尤其希望给她的陪同留下她会干净利索地完成使命的印象。但由于她心慌意乱，一切都乱了套。她打翻了盛着针的盘子，里子布剪下来后才想起来应该是“斜纹的”，零钱也给错了，还糊里糊涂地在棉布柜台找淡紫色丝带。巴尔先生站在一旁，看着她又是红脸又是犯错，看着看着，他的困惑似乎消退了，因为他开始明白，有时候，女人像做梦一样，要反过来看的。

他们出来的时候，他把那包东西夹在胳膊下，看上去更愉快了。他踩着水坑走着，任凭污水飞溅，好像他还是很喜欢这样。

“如果今天晚上我来你那个温馨的家做最后的拜访，我们是不是该给孩子来点你说的‘采购’，来个告别晚宴？”他停在一个摆满水果和鲜花的橱窗前问。

“买什么呢？”乔问道，没有去接他的前半个话题。他们走进商店，她装着很高兴的样子，闻着各种鲜花水果混合着的香味。

“他们可以吃橘子和无花果吗？”巴尔先生父亲似的问。

“拿到就吃。”

“你喜欢吃坚果吗？”

“像只松鼠。”

“汉堡葡萄。对了，我们吃着这些东西为祖国（德国）干杯，好不好？”

乔皱起了眉头，觉得那个太铺张了，问他何不买一篓枣子、一桶葡萄干和一袋杏仁来祝酒？巴尔先生随即拿下了她的钱包，掏出自己的钱包，买了几磅葡萄、一盆玫瑰红雏菊和一坛漂亮的蜂蜜，是那个广口瓶里的蜂蜜。他把瓶瓶罐罐装在他的几个口袋里，撑得口袋走了形。他把花儿交给她拿着，自己打起那把旧雨伞，又继续前进了。

“马希小姐，我想请你帮个大忙。”涉水走了半个街区后，教授开口说道。

“说吧，先生。”乔的心猛烈地跳起来，她担心他会听见。

“尽管在下雨，我还是大胆提这个要求，因为留给我的时间不多了。”

“你说吧，先生。”乔紧张得突然一使劲，差点儿把手上的小花盆给捏碎了。

“我想给我的蒂娜买件小衣服，我太笨了，自己买不好。你能给我参谋参谋款式，帮我挑好吗？”

“好的，先生。”乔感到自己仿佛步入了冰库，那颗心突然变得平静淡漠了。

“也许还要给蒂娜的母亲买条披肩。她那么穷，身体那么差，丈夫又那么令人操心。对，对，一条厚厚的保暖披肩对这个小母亲来说是再好不过了。”

“我很乐意帮忙，巴尔先生。”接着，乔自言自语道：“我走得很快，他却分分秒秒变得越来越可爱了。”她带着精神上的震颤，热心地投入了这项工作，那样子看上去很可爱。

巴尔先生放手让她挑选，她给蒂娜选了一件漂亮的衣服，然后叫店员拿出一些披肩。店员是个已婚的男士，态度谦恭，对他们挺感兴趣，认为他们是前来采购的夫妻。

“尊夫人可以选这条，这条披肩质量很好，颜色很悦目，相当朴素高雅。”他说着抖开一条可心的灰色披肩，披在乔的肩上。

“你觉得合适吗，巴尔先生？”她问着把背转向他，庆幸这个能掩饰自己表情的机会。

“非常好，我们买。”教授回答说。付钱的时候他暗自笑了，而乔继续搜索其他柜台，像是个找惯了便宜货的人。

“现在我们该回家了吧？”他问，好像这几个词很让他高兴。

“是的，时间已晚，我也很累了。”乔的声音比她自己想象的还要凄凉。因为此刻太阳像突然出来那样地突然钻进去了，世界又恢复了泥泞和凄苦。她第一次发现自己的双脚冰冷，脑袋疼痛，而心则比脚更冷，比头更疼。巴尔先生要离开了，他只是把她当作一个朋友似的喜欢她，一切都是个误会，结束得越快越好。她一边这么想着，一边去招呼一辆驶近的马车，动作毛毛腾腾的，结果雏菊被甩出了花盆，掉在地上打烂了。

“这不是我们的车。”教授说着，挥挥手，让满载乘客的车子走了。他停下来捡起那些可怜的小花。

“请原谅。我没看清楚名字。没关系，我可以步行。我习惯在泥泞的路上行走。”乔使劲地眨着眼，宁死也不愿公开地抹眼泪。

尽管她把脸转向别处，巴尔先生还是看到了她脸上的泪珠。这情景仿佛让他很感动，他突然弯下身子意味深长地问："宝贝儿，你为什么哭啦？"

要不是乔在这种事情上很嫩，她会说她没有哭，只是有点感冒，或者随便撒点儿女人可撒的小谎。可是，她没这么说，还控制不住地抽泣起来，有失自尊地回答说："因为你要离开了。"

"Ach, mein Gott[1]，太棒了！"巴尔先生叫着，费劲地鼓起掌来，因为手上有雨伞，胳膊下还夹着坛坛罐罐。"乔，我没有什么东西能给你，但我有很多的爱。我来这里就是要知道，你是不是在乎我的爱，我等待着有一天能确信我比朋友更进一步。现在等到了吧？你能在心里给老弗里茨留一个小小的位置吗？"他一口气说出了这一连串话。

"哦，当然能！"乔说。他太满足了，因为她双手抱住了他的胳膊，抬头望着他。脸上的表情明白地显示，人生有他的陪伴，她会是多么的幸福，哪怕没有比旧雨伞更好的庇护，只要有他举着。

这当然是困难条件下的求婚，因为满地泥浆，即使巴尔先生想跪下来求婚也不可能做到。因为两手都拿着东西，他也伸不出手来，除了象征性地伸手。更不能在大街上放纵温柔的表白，尽管他几乎要这样做了。他狂喜之情的唯一表达方式就是看着她，那种表情使他容光焕发，以至于胡子上闪闪发亮的水珠居然看上去像小彩虹。如果他不是非常爱乔，他不可能有这种表情，因为她看上去根本谈不上可爱，裙子一塌糊涂，脚脖子以下的橡胶靴子上溅满了泥水，帽子也被淋坏了。好在巴尔先生认为她是世上最美丽的女人，

1　德语：天哪。

而她也觉得他比以往任何时候都更“像朱庇特”，虽然他的帽边软软的，雨水从帽沟上滴下来，然后落到他的肩膀上（他把伞打在乔的头上），他手套上的每一个指头都需要缝补。

路人可能会认为，他们是一对不会伤人的疯子，因为他们完全忘记了喊一辆车子，悠闲地散着步，没在意渐浓的暮色和雨雾。不在乎人家会怎么想，因为他们在享受着幸福的时光，这种幸福很少有，一生只有一次。这个有魔力的时光会使人返老还童，变丑为美，以富易穷，让人心预先品尝一下天堂的滋味。教授的神情像是他已征服了一个王国，这个世界上他不再有更多赐福了。乔跋涉在他身边，觉得自己的位置似乎一直在这里，不明白自己以前居然还会有其他地块的选择。当然，她首先开口说话——我的意思是能够说清楚的话，继她脱口而出的“哦，当然能！”之后，她那些情话就不具有连贯性或者可转述性了。

“弗里德里希，为什么你不——？”

“哦，天哪，自从米娜死后，没有人这样称呼我！”教授在一个水坑里停下来，看着她又感激又高兴地说。

“刚才我忘了，其实我总是在心里这样称呼你。以后不会这样叫了，除非你喜欢。”

“喜欢？这样称呼我，我心里有说不出的甜蜜。你也可以称‘郎’，我想你们的语言和我们的语言几乎是一样美丽。”

“称‘郎’不会有点太多情吧？”乔嘴上这么问，暗自却想这可是个可爱的字。

“多情？是的，感谢上帝，我们德国人信奉情意，它能让我们保持年轻。你们英语中的‘你’太冷漠了，称‘郎’，宝贝儿，它对我意味深长。”巴尔先生请求道，此刻他一点儿也不像个庄重的教授，倒更像一个浪漫的学生。

“那好吧，郎为什么不早点告诉我这些？”乔含羞地问道。

“现在我把心掏出来给妹，我高兴这样，因为妹从此以后就得照料它。瞧，这个，我的乔啊——可爱而有趣的名字——在纽约告别的那一天，我就想说些什么，但我想那个英俊的朋友和妹订婚了，所以没有说。如果那时我说了，妹会同意吗？”

“不知道，恐怕不会，那时候我根本没那个心。”

“呸！这个我不相信。它一直在睡觉，直到白马王子穿过树林，把它唤醒。啊，好啦，‘Die erste Liebe ist die beste’[1]，但我不能有这个奢望。”

“是的，初恋是最美好的，你满足了吧，因为我从来没有恋爱过。特迪只是个男孩，很快就克服了他的小幻想。”乔说，她急于纠正教授的错误。

“好极了！那就心满意足了，妹要保证给了我全部。我等了那么长的时间，变得自私了，妹会发现的，教授夫人。”

“我喜欢这个，”听到这个新的名字她高兴得叫起来，“现在告诉我，是什么把你带到这里，在我需要你的时候，你终于来了？”

“是这个。”巴尔先生从马甲背心口袋里掏出一张有点皱巴巴的纸。

乔打开那张纸，显得很窘迫，因为那是她给一家报社的诗稿之一，这个报社付稿费，所以她偶尔还投投稿。

“它怎么能把你带来？”她问道，不理解他的意思。

“我是偶然发现它的。我从诗中的人名和缩写字母的署名判断出来，诗中有一节似乎在召唤我。读吧，把它找到。我会看住

1　德语：初恋最美好。

不让你踩到水里。”

乔听从了，匆匆浏览着诗句，她取的题目是：

阁楼里

四只小箱排成行，
尘封无光，岁月苍苍，
很久以前成形，装满，
出自而今正值青春年华的孩子。
四把小钥匙并排挂着，
褪色的丝带，从前的雨天，
系上时华丽而鲜艳，
带着稚嫩的骄傲。
四个小名字，每个盖子一个，
是男孩的手刻出，
盖子下面藏着
这帮幸福人儿的历史。
曾经玩耍在这里，经常停住，
倾听甜蜜的节奏，
它来自高高的屋顶，
淅沥而落的夏雨。

“美格”刻在首位，平滑又漂亮。
我用爱的眼睛往里瞧，
细心的折叠，众所周知，
颇大的收集，优美地摆放，
平和安宁生活的档案——

给温柔女孩的礼物，
新娘的礼服，致妻子的诗，
袖珍的鞋，婴儿的卷发。
没有玩具留在第一箱，
都取走了，
等岁月苍苍，又去加入
另一个小美格的游戏。
啊，幸福的母亲！我知晓
你听到了催眠曲，像甜蜜的节奏，
永远温柔而轻声，
淅沥而落的夏雨。

“乔”刻在第二位，潦草又破旧，
里面混杂而丰富，
无头娃娃，破教科书，
不再发声的鸟兽；
战利品来自童话仙境
仅由年轻的脚踩踏过。
未来的梦无从找到，
过去的回忆依旧美好；
半辍的诗，胡诌的故事，
四月的书信，知暖又知冷，
任性孩子的日记，
暗示着一个女人提前衰老；
女人在孤独的家里，
听着，像哀伤的节奏——

“值得爱，爱会来”，
淅沥而落的夏雨。

我的贝丝！刻着你名字的盖子，
始终在掸尘，
仿佛热泪滚滚的眼睛扫过，
仔细的纤手常常抹过。
死神为我们封了圣徒一位，
不在人间，位列仙境，
我们仍然如泣如诉，
将遗物供奉家庙——
银铃不常摇，
小帽临终戴，
漂亮的死凯瑟琳
挂在门上方，为天使所负；
她那无哀诉的歌儿，
囚禁于痛苦中，
永远曼妙地混杂在
淅沥而落的夏雨。

最后一箱盖是贼亮的场地——
美丽传说成真
骁勇骑士的盾牌
刻着“艾美”的蓝色金字。
里面躺着她的束发网，
弃用的舞鞋，

枯花悉心藏，
不再劳累的扇子；
情人节花哨卡片，余炽尤烈，
事无巨细，每一件都曾分享，
女孩的希望、担心、娇羞，
记录下少女的心
如今学会了更美更真的魔法，
听着，如轻松的节奏，
那婚礼钟声银铃般交集，
淅沥而落的夏雨。

四只小箱排成行，
尘封无光，岁月苍苍，
四个妇人，转益祸福是我师
青春年华，去爱去劳动。
四个姐妹短暂离别，
无人迷途，只有一个先行。
爱的力量不朽，
使她们越发亲近。
啊，当我们的这些存储
展现在天父的眼前，
愿它们丰富在金色时光里
事迹因灵光而更美，
生命的华章经久奏响，
如激荡心灵的节奏，
灵魂高兴地翱翔歌唱

在雨后绵绵的艳阳天。

J.M.

“这首诗太烂了，但我是有感而发。那一天我很孤独，对着碎布袋痛哭了一场。我绝对没想到它还会出去讲故事。”乔说着把教授长时间珍藏的诗撕个粉碎。

“让它去吧，它已尽到了义务。在我读完记着她小秘密的褐色笔记本时，我会有她的新作的。”巴尔先生自语道，微笑地看着碎片随风飘落。“是的，”他诚挚地补充道，“我读过它，心里想：她有痛苦，她很孤独，她会在真爱中找到安慰。我心中充满了爱，充满了对她的爱。难道我不应该去表白：‘如果这份爱不是太卑微的话，看在上帝的分上接受它吧，换取我所希望得到的。’”

“所以你来了，发现你的这份爱不是太卑微，而是我所需要的宝贵东西。”乔低声地说。

“起先我没勇气这么想，尽管你非常友好地欢迎我。但不久我开始希望了，于是对自己说：‘哪怕付出生命我也要得到她。’我会得到的！”巴尔先生大声地说，蔑视一切地点点头，仿佛笼罩着他们的雾墙是他要战胜的，或者要勇敢地去摧毁的障碍物。

乔心想，那太棒了，她决心要无愧于她的骑士，尽管他没有昂首挺胸地鞭策战马盛装前来。

“是什么原因让你保持距离这么久的？”不一会儿她又问。提这些私密问题，得到的回答总是让人欣喜不已。她太高兴了，所以保持不了沉默。

“这很不容易，我没勇气把你从那个幸福的家里带走，而要等到能给你一个美好的前景时，这也许要经过很长时间，努力工作以后才能实现。我怎么能要求你为了一个穷酸的老家伙放弃那么多呢？我没有任何财产，只有一点点学问。”

“我很高兴你穷。我不能忍受阔丈夫。”乔斩钉截铁地说，接着用更温柔的语调说，“别担心贫穷。我过惯了贫穷生活，所以不惧怕贫穷。为我所爱的人工作是一种幸福。别说你自己老——四十正值生命的最好年华。即使你是七十岁，我也会禁不住爱上你的！”

教授感动得热泪盈眶，要是他能伸手去拿手帕，他会很高兴的。因为他不能，所以乔帮他擦去了眼泪，从他手里拿走一两包东西，笑着说：

“我可能固执己见，但没有人可以说我越出了范围，因为女人的特殊使命是擦干眼泪和承担重负。我要去承担我的那份重负，弗里德里希，帮助你赚钱养这个家。这一点你要拿定主意，否则我决不去。”她坚决地补充道，此时他在试图拿回他的负担。

“到时候再看。你有耐心长时间等待吗，乔？我必须离开，一个人去干我的工作。我必须首先扶助我的外甥们，因为，即使是为了你，我也不能对米娜食言。你能原谅吗？你能乐意我们希望着等待着吗？”

“是的，我知道我能，因为我们彼此相爱，这就足以使一切变得容易忍受。我也有我的义务，我的工作。如果忽视了它们，即使是为了你，我也不会过得快活。因此，没必要匆忙或者迫不及待。你可以在西部干你的那份工作，我可以在这里干我的，两个人都幸福地从好处着想，把未来交给上帝来安排。”

“啊！妹给了我如此的希望和勇气，我无以回报，只有一颗爱心和空空两手。”教授被感动得无法自持。

乔永远永远学不会矜持。他们站在台阶上，听他说着说着，她就把双手放进他的手里，温柔地耳语道：“现在不空空了。”她弯下身子，在雨伞下亲吻了她的弗里德里希。太惊心动魄了，但她会干的，哪怕树篱上那群尾巴湿透的麻雀是人群，因为她真的神游得很远了，全然忽视了世界的存在，只有她自己的幸福。虽然在如此简单的外衣下来临，但这是他俩生命中最最幸福的时刻，把黑夜、风暴和孤独变成了家里的灯光，温暖和安宁在等待着迎接他们。“欢迎回家！”乔高兴地说着，把爱人引进家，并关上了门。

第四十七章

收获季节

整整一年，乔和她的教授在工作和期待中度过。他们盼望着、恋爱着，偶尔幽会，还写了很多长篇情书，致使一时纸价上涨，劳里是这么说的。第二年，开始显得相当冷静，因为他们的未来并不明朗，再加上马奇姑婆又突然去世。可当她们最初的悲伤过去之后——老太太虽然说话尖刻，可她们还是爱她的——她们有理由高兴起来，因为老太太把梅园留给了乔，一下子，各种喜事接踵而来。

“那是个很不错的老庄园，会带来一大笔钱的，你当然会打算卖掉它。”劳里这么说。几个礼拜后，大家在讨论这件事。

“不，我不卖。”乔坚决地回答。她抚弄着那只肥壮的长卷毛狗。出于对原先的女主人的尊重，乔领养了它。

“你不是打算住在那儿吧？”

“是的，我要去住。”

“可是，我亲爱的姑娘，那是非常大的豪宅，管理要花大钱的。光是花园和果园就得两三个人照看。我想巴尔对农活也不懂行。”

“要是我提议，他会在那方面努力的。”

“你指望靠那里的农产品过活？嗯，听起来像乐园，可你会看到，干农活要命的艰苦。”

“我们要种的庄稼，盈利丰厚的。”乔笑了起来。

“丰收的庄稼什么样的，小姐？”

“男孩子。我想为小孩子们办一所学校——一所愉快的、家庭式的好学校。我来照顾他们，弗里茨教他们。”

“那可真是乔式计划！这不正是她的样子吗？”劳里喊着，向家里人呼吁。他们和他一样大吃一惊。

“我喜欢那个计划。”马奇太太斩钉截铁地说。

“我也喜欢。”她丈夫补充道。想到有机会对现代青年试行苏格拉底的教育法，他欣然接受。

“乔要操很多的心哪。”美格说，一边抚摸着需要全力以赴的独养儿子的头。

“乔能做到的，会因此而幸福的。这是个绝妙的主意。把全部计划都告诉我们吧。”劳伦斯先生大声说。他一直渴望帮这对情侣的忙，但知道他们不愿意。

“我知道你会站在我一边的，先生。艾美也会的——我从她的眼神里看出来了，虽然她小心谨慎，等考虑成熟了才会说。好啦，我的亲人们，”乔诚恳地说道，“你们得理解，这不是我的新花样，而是酝酿已久的计划。在我的弗里茨到来之前，我常考虑，等我发了财，家里又不需要我时，我就去租间大房子，收养一些没有母亲照顾的、可怜的小弃儿，照料他们，及时改善他们的生活，免得铸成大错。我看到，许许多多弃儿因为得不到及时的帮助而走向堕落。我非常乐意为他们尽心尽力。我似乎感觉到了他们的需要，我同情他们的困难。啊，我是多么地希望做他们的母亲啊！”

马奇太太向乔伸出了手，乔握住。她噙着泪水笑了，像以前那样热情洋溢地说起话来。很长时间没有看到她这样了。

“我曾经将我的计划告诉过弗里茨，他说那正是他想做的，他同意等我们富裕了就去试试。上帝保佑那好心人！他一辈子都在这么做——我是说帮助穷孩子们，而不是发家致富；他永远也富不了。钱在他的口袋子里放不长，不可能有积蓄的。而如今，多亏了我那好姑婆，承蒙她的错爱，我倒是富有了，至少我这样感觉。要是我们办起一所兴旺发达的学校，就能在梅园生活得非常好。那地方正适合男孩子们，宅子很大，家具朴素结实。屋子里面足可以容下几十个孩子，屋外有漂亮的场地。孩子们能在花园和果园帮忙：这样的工作有益健康，是不是，先生？而且弗里茨可以用他的方式训练、教育孩子们。爸爸可以帮忙的。我可以做饭，照顾他们，爱抚他们，责骂他们。妈妈在旁边做帮手。我一直盼望能有许多孩子，从来都不嫌多的。现在可以把宅子住满了，尽情和这些可爱的小东西们狂欢。想想那是多么奢侈——梅园是自己的，野地里还有一大群孩子和我一起共享！”

乔手舞足蹈，心驰神往地感叹着。全家人爆发出一阵欢笑。劳伦斯先生大笑不止，他们还以为他中风要发作呢。

“没什么好笑的，”乔等说话能听清时，神情严肃地说，“我的教授开办学校，而我情愿住在自己的田庄，这是再自然、再适当不过的了。”

“她已经在搭架子了。”劳里说，他把这个主意当成了天大的笑话。“请问你打算用什么来支持学校呢？要是学生都是衣衫褴褛、肮脏不堪的流浪儿，用俗人的观点来看，恐怕你的庄稼不会盈利的，巴尔夫人。”

“哎呀，特迪，别扫兴啦。我当然也会收些有钱的学生——也许全部就像那样开始。然后，等到学校开办起来了，我就能收下一两个流浪儿，只为增添趣味。富家孩子和穷孩子一样，往往也需要照顾和安慰。我见过一些不幸的小东西们，丢给仆人们管着。还有些迟钝的孩子被强迫赶进度。真是残忍。一些孩子因为调教不当照顾不周而变得调皮捣蛋，还有些孩子失去了母亲。而且，再好的孩子也要经过笨手笨脚的青少年时期，就是这个时期最需要耐心友善的开导。可是，人们嘲笑他们，把他们相互推诿，所谓眼不见，心不烦，还指望他们从漂亮小孩子一下子就变成优良的小伙子呢。知难而进的小家伙们，他们不大发牢骚的——但是他们有感觉。我见识过一些，对此完全了解。对这些小天才我特别有兴趣。我想使他们看到，尽管他们笨手笨脚，头脑乱七八糟，我看到了这些男孩子热情、诚实、心地善良。我也有经验的，难道我不是养育了一个男孩，成为他家人的自豪、光荣吗？”

“我作证你那样尝试过。”劳里带着感激的脸色说。

“而且，我的成功超乎我的希望；因为，你就在这里，一个稳重、精明的商人，用你的钱财做了大量的好事。你不是在积累美元，而是在积累穷人的祝福。你不仅仅是个商人，你崇尚善和美的事物，自己享有，也让别人分享你一半的财富，就像过去常做的那样。特迪，我真为你骄傲，你年年进步的。虽然你不让宣扬，但大家都感到了这一点。是的，等我有了一群孩子，我就会指着你对他们说：‘孩子们，那就是你们的榜样。’”

可怜的劳里眼睛不知朝哪边看了。这一阵赞扬使得所有的脸都转向他；大家赞许地看着他，尽管他是堂堂正正的男子汉，以前那种羞怯又笼罩了他。

“我说，乔，那样太过分了，”他就以从前那种男孩的口气说，“你们是为我做了许多，我感激不尽的，只能尽力不辜负你们而已。最近你完全抛弃我了，乔，可我还是得到了最好的帮助。所以，要说我有什么进步，可以感谢这两位。”他一只手轻轻地放在爷爷的白发脑袋上，另一只手放在艾美的金发上，这三个人从来都不分开的。

“我真的认为世界上最美好的东西就是家庭！”乔脱口而出。此时，她的情绪异常高涨。“我自己成了家后，希望和另外三个非常熟悉、无比热爱的家庭一样幸福。要是约翰和我的弗里茨也在这里，那真是人间的一个小天堂。”她接着压低声音说。那天晚上，一家人快活地召开了家庭会议，讨论了希望和打算，乔回到自己的房间时，心中充满了幸福。她跪在一直靠近自己铺位的那张空床边，柔情地想着贝丝，心里方才平静下来。

总的说来，那一年惊喜不断，一切都显得异常顺利，令人心情愉快。乔几乎还没明白是怎么回事，发现自己已经结了婚，并在梅园定居。然后家里如雨后春笋般冒出六七个小男孩，奇怪的是，学校办得热热闹闹，招收的既有富家子弟，也有穷孩子，因为劳伦斯先生不断地发现一些赤贫的动人事例，恳求巴尔夫妇能同情孩子，他乐于付些钱给予资助。就这样，这位足智多谋的老人战胜了高傲的乔，并为她带来了她最喜欢的那种男孩。

当然，万事开头难，起初乔也犯了一些古怪的错误。可才智过人的教授将她安全地引到了平静的水域，连最不听话的流浪儿最后也被管得服服帖帖。乔是多么喜欢“男孩们的莽原”！梅园以前是个神圣的院落，规规矩矩，收拾得井井有条，可现在被那帮汤姆们、迪克们和哈里们搅得天翻地覆。要是可怜的、可爱的马奇姑婆见到这一幕，她会多么，多么痛心疾首！可毕竟，这里还有一种田园诗般的公正，因为过去方圆几里内的男孩都惧怕老太太。现在这些逃亡者肆无忌惮地偷吃李子禁果；他们用肮脏的靴子踢起砂砾，也没人责骂；在空旷的场地里玩板球，那里那个易怒的“弯角牛”，过去常常引莽撞的半大孩子来挨挑。这里简直成了男孩子的乐园。劳里提议，应该管它叫作“巴尔花园”，既是对主人的赞扬，对它的居民也很贴切。

学校从来不赶时髦，教授也没有发财。可乔就想学校成为这个样子——“那些需要教导、照顾和体贴的男孩子们的幸福家园”。大宅子里，每个房间都很快就住满了人；花园里的每一块土地都有了自己的主人；因为孩子们被允许养宠物，所以在谷仓畜棚内建了个像样的动物园；一天三次，乔坐在长桌子一端，冲着她的弗里茨笑，桌子两边是一排排开心的小脸蛋，他们都充满深情地望着她，对“巴尔妈妈”满怀感激和敬慕，向她吐露心声。她现在的孩子够多了，可她觉得并不腻烦，虽然他们无论如何都称不上是天使，而且一些孩子还会给教授和夫人带来诸多麻烦，并为此忧心忡忡。可她坚信，即使最调皮、最无礼、最让人揪心的小流浪儿心中都有优点，只要有耐心，用适当的方式总能把他们驯服。巴尔爸爸像太阳一样慈爱地照耀着他们，巴尔妈妈宽恕他们七七四十九次，只要是凡人都不会顽抗到底。让乔最感珍贵的是与小家伙们的友谊；干了坏事后悔过的抽噎，小声认错；滑稽或感人的悄悄话；他们讨人喜欢的热情、希望和打算；甚至他们的不幸，因为这些使乔对他们倍加疼爱。男孩们有的反应迟钝，有的生性羞怯；有的身体虚弱，有的调皮捣蛋；有的口齿不清，有的结结巴巴；一两个缺胳膊断腿的；一个开心的小混血儿，哪儿也不要他，却在“巴尔花园”受到了欢迎，虽然有些人预言他的到来会毁了这座学校。

真的，在那里，尽管工作艰辛，操心事多，还要忍受无休止的吵闹，可乔过得很开心。她由衷地喜欢这一切，发现孩子们的称赞最令人满意，胜过社会上的任何称颂。现在她把故事只讲给她的那群满腔热情的信徒和崇拜者。时光飞逝，她的两个小男孩也来喜上加喜——一个叫罗布，跟爷爷的名，另一个叫特迪，是个乐天派的婴儿，他似乎继承了爸爸开朗的性格和妈妈充沛的精力。在这些乱糟糟的孩子堆里，他们怎样活得下去，外婆和阿姨们始终搞不懂。春天，他们像蒲公英一样茁壮成长，那些保姆虽然粗野，可疼爱他们，对他们照顾得很周到。

梅园有很多假日，其中最愉快的一个，要数一年一度的苹果节，因为那时马奇夫妇、劳伦斯夫妇、布鲁克夫妇和巴尔夫妇全体出动，庆祝一番。乔结婚已经五年了，又盼来了一个硕果累累的丰收季节——十月的一天，佳果成熟，空气里弥漫着令人兴奋的清香，使人感觉精神焕发，热血奔腾。古老的果园穿上了节日的盛装：长满青苔的墙上点缀着一枝黄花和翠菊；枯草丛中，蚱蜢轻快地蹦跳，蟋蟀叽叽地鸣唱，就像童话中宴会上的吹笛手；松鼠们也忙着它们的小收获；鸟儿们在小路边的桤木上叽叽喳喳地唱着，向秋天道别；每棵树都只要一摇，就落下一阵苹果雨，有红的也有黄的。大家一哄而上，唱着笑着，爬上去，跌下来；每个人都赞同，从来没有像今天这样完美，也从来没有这样一群快乐的人来享受它；每个人都轻松地沉浸在此刻这种朴素的快乐中，仿佛世间根本就没有忧虑和烦恼之类的东西。

马奇先生平静地四处漫步，一边向劳伦斯先生引据塔瑟[1]、考利[2]和科卢梅拉[3]，一边欣赏：

1 Thomas Tusser，英国农事作家、诗人，代表作《Five Hundred Points of Good Husbandry》。
2 Abraham Cowley，英国诗人、散文家，代表作《大卫王传奇》《古希腊品达罗斯颂歌》。
3 Lucius Junius Columella，罗马帝国时期西班牙农事作家，代表作《农业》。

和醇的苹果是浓郁的果汁。

教授俨然一个强壮的日耳曼骑士，在绿色的过道里冲上冲下，手执木杆当长矛，率领男孩们摘苹果。男孩子们组成了一支云梯队，在地上翻筋斗和高空落地方面都创造了许多奇迹。劳里专心致力于照看几个小孩，让他家小女儿坐在蒲式耳筐子里推行，把戴茜抱到鸟巢中间，留神喜欢冒险的罗布，以免他摔断脖子。马奇太太和美格坐在苹果堆里，俨然一对波摩娜[1]，拣选不断倒进来的苹果。艾美满脸慈祥的神情，非常漂亮，为不同的人群画素描，一边照看着一个脸色苍白的小家伙。这孩子身边放着小拐杖，坐在一旁崇拜地望着她。

那天，乔如鱼得水，跑东跑西。她把长裙别了起来，帽子也不知到了哪里，手臂下夹着儿子，随时准备应付任何可能出现的惊险场面。小特迪总能逢凶化吉，什么事都没有。乔从来都不担心，不管他被哪个小家伙飞快地送上树，还是由另一个小家伙背着飞奔开去，甚至看到迁就的爸爸给他喂褐色的酸苹果，她也不担心。这位爸爸富有日耳曼人的幻想，坚信小孩子吃什么东西都能消化，不管是腌菜、纽扣，还是钉子，连他们的小鞋也不例外。她知道，小特迪迟早总会安全出现，虽然样子脏兮兮，可还是脸色红润，平安无事。她总会由衷地欢迎他回来，因为乔深爱着她的两个孩子。

四点钟，劳动暂告一段落。篮子空了，摘苹果的人们休息了，攀比着衣服的裂缝和身上的擦伤。接着，乔和美格带领一队大男孩子在草地上摊开晚餐。露天茶点总是节庆的最高潮。毫不夸张地

1 Pomona，古罗马神话中的果树女神。

说，在这种时候，场地上真的成了奶和蜜之地，因为小家伙们不要求坐在桌子边，允许随意地享受茶点——自由这种调料是男孩子的最爱，他们充分享用这个难得的特权。有些人觉得好玩，便试着倒立着喝牛奶；其他人做着跳背游戏，中间停下来吃一口馅饼，玩出了花样。最后弄得饼干撒得到处都是，半拉的苹果扔在树上，就像一种从未见过的小鸟。几个小姑娘私下开茶会，小特迪则在各种茶点之间随意地转来转去。

等大家都吃不下了，教授首次正式提出干杯，在这种时候总是必要的。——“为马奇姑婆干杯，愿上帝保佑她！”这位好人由衷地为她敬酒，他永远都不会忘记自己欠她很多。孩子们静默地干杯，他们一直受到教诲，要牢记她老人家。

“还有，为外婆的六十岁生日干杯！祝她老人家长寿，让我们一、二、三，欢呼三次！”

那是真心的祝福，读者们，你们也完全会相信。他们一开始欢呼，就很难停下来。大家为每个人的健康干杯，从劳伦斯先生这位特邀赞助人，到那只受惊的豚鼠，它漂泊到此来寻找小主人。戴米是长外孙，于是向节日王后送上各种礼物。礼物太多了，只能用独轮车送到喜庆地。有些礼物滑稽可笑，可别人的眼里的瑕疵，在外婆看来却是装饰品——因为这些孩子们的礼物都是亲手做的。戴茜耐心的小手为手帕镶了边，在马奇太太看来，其中的每一针都胜过刺绣；戴米的鞋盒是机械技术的奇迹，尽管盖子盖不上；罗布的脚凳腿不稳，歪歪扭扭，可她却说很舒服；艾美的孩子送给她的书上，歪歪斜斜地用大写字母写着几个字——“赠亲爱的外婆，您的小贝丝。”这一页是这本高价书中最漂亮的一页。

赠送仪式还在进行中，男孩们已经神秘地消失了。马奇太太想感谢孩子们，却抑制不住，放声大哭。小特迪用自己的围裙替她擦眼泪，教授突然唱起了歌。接着，从他头上，声音此起彼伏，接着歌词唱，棵棵树上隐藏着一支合唱队，歌声回荡在树之间。男孩们由衷地唱着由乔填词、劳里谱曲的歌，教授教他的小家伙们以最佳的效果歌唱。总的说来，这是件新鲜事，结果取得了巨大成功。马奇太太惊喜不已，一定要跟树上那些不长羽毛的小鸟一一握手，从高大的弗朗茨和埃米尔，到那个小混血儿，他的歌声最甜美。

此后，孩子们四下散开，最后再去快活一下，留下马奇太太和女儿们还待在节日树下。

“我想，不应该再把自己叫作‘不幸的乔’了，我最大的愿望已经圆满完成。”巴尔夫人说着，一边将小特迪的小拳头拽出了牛奶罐，他的手正狂热地在罐里搅和着呢。

“可是，你的生活和很久以前想象的大相径庭。你可记得我们的空中楼阁？”艾美问道。她笑看着劳里和约翰在和孩子们玩板球。

“亲爱的伙伴！看到他们忘掉事务玩耍一天，真让我高兴。”乔回答。她现在说话带上了所有母亲的慈爱口气。

“我记得的。可是，我那时向往的生活，现在看来显得自私、孤寂、清冷。然而，我并没有放弃写本好书的希望，可以等待的，我确信生活里有了这样的经验和例证，书会写得更好。”乔指着远处蹦蹦跳跳的孩子们，又指指爸爸。爸爸倚着教授的胳膊，两人在阳光里正走来走去，热烈地谈着什么，两人都非常感兴趣的。乔接着指了指坐在那里的妈妈。女儿们众星捧月，她膝上、脚边坐着外孙儿外孙女，仿佛大家都从她脸上得到了帮助和幸福。那张脸在他们看来永远不会老。

“我的空想实现得最彻底啦。的确，我那时要求美好的事物，但我心知道，假如我有一个小家，有约翰和一些这样可爱的孩子，就应该知足了。我得到了这一切，感谢上帝。我是世上最幸福的女人。”美格将手放在她的高个子儿子的头上，脸上的表情充满温柔与虔诚的满足。

“我的楼阁和原来计划完全不同。但是，我不会像乔那样更改的。我不放弃所有的艺术希冀，也没把自己局限于帮助别人实现审美的梦想。我已经开始制作一个婴儿黏土塑像。劳里说，那是我做的最好的一件。我自己也这么认为。我打算用大理石制作。这样，不管天塌地陷，至少可以保留我的小天使的形象。”

艾美说着，一大滴泪珠落在了怀中孩子的金发上。她心肝宝贝的独生女弱不禁风，对失去她的担心是艾美幸福生活中的阴影。这个磨难十字架对父亲母亲都有很大影响，同样的爱与恨把两个人紧密相连。艾美的性情变得更加甜美、深沉、温柔，劳里变得更加严肃、强壮、坚强。两个人都懂得了，美貌、青春、好运，甚至爱情本身，都不能使最有福气的人免于焦虑、疼痛、损失与悲哀，因为：

每个人生活一定有雨点落下，
某些日子会变得黑暗、哀伤、凄凉。

“她身体有起色了呢，我确信这一点，亲爱的。别灰心，要充满希望，要保持快乐。”马奇太太说道。心地温和的戴茜从外婆膝上俯过身去，将红润的脸颊贴在了小表妹苍白的脸颊上。

“我根本就不该灰心的，我有你鼓励，妈咪，有劳里承担一大半负担。”艾美热情地回答，“他从不让我看出他的焦虑。他对我那么温柔、耐心，对贝丝又是那么尽心。这对我始终是很大的支持与安慰，我怎么爱他都不过分。所以，尽管我有这个十字架，还是能跟着美格说：‘感谢上帝，我是个幸福的女人。’”

“我不需要再说了。大家一眼看得出来，我的幸福远远超过了我应得的。”乔接着说，她扫视了一眼好丈夫和身边草地上翻滚着的胖孩子们，“弗里茨越来越老，越来越胖了，而我日渐消瘦。我已经三十岁了，我们根本富不起来！梅园说不定哪天夜里会给烧掉，那个恶习不改的汤米·邦斯[1]非要在被褥下抽香蕨木烟。他已经三次烧着了自己。尽管有这样不太浪漫的事情，我无怨无悔，一辈子从来没有这样快活过。请原谅我的措辞，和那些男孩们厮混，时不时要用他们的说法。”

“是的，乔，我看，你肯定会获得丰收的。”马奇太太开口说。一只黑色的大蟋蟀盯着小特迪，弄得他惊慌失措，还好，马奇太太这一说，把它吓走了。

“没你一半的丰收，妈妈。你看，你耐心地播种，然后收获，我们怎么谢你都不够。”乔急得充满深情地大声喊道，她这个毛病永远都改不了。

“我希望每年都多些麦子，少些稗子。”艾美温柔地说。

“一大捆麦子，亲爱的妈咪，可我知道，在您心里还能装得下。”美格温情脉脉地说。

马奇太太深受感动，只能张开双臂，似乎要把儿孙们都拥抱在怀里。表情和声音里充满了慈祥的爱意、感激和谦卑，她说道：

“我的姑娘们啊，不管你们活到几岁，只要能有这么幸福，我就知足了！”

1　作者本人的小说人物，她后面的作品《小男人》和《乔的男孩们》中有详细刻画。

2018年新版译后记

《小妇人》是英语国家青少年必读书，一百五十年来其影响有增无减，历久弥新。原书初版于1868年（第一部）和1869年（第二部），一上市就供不应求，来不及重印。以前我写的序言认为，第一部的销量不多是因此书本身原因造成的，但实际是印刷厂跟不上。反正作者赶写的第二部在第一部出版后三个月就交稿了。作品大获成功。截至作者1888年去世前，发行量超过百万册，收入是二十多万美元，当时算天文数字了。到目前为止，全书已经翻译成上百种语言。英美影视改编版本《小妇人》一波接一波，从最初的两次默片（1917，1918），到四次有声电影（1933，1949，1978，1994）。到了2017年又在筹拍新片了。一共拍过六个电视系列剧，其中包括哥伦比亚广播公司1958年制作的和BBC摄制的四个（1950，1958，1970，2017）。1980年代，日本制作了两个动画系列片。美国百老汇于2006年开演了音乐剧；1998年，美国推出歌剧《小妇人》，国际巡演，并于2001年拍成电视片在美国播出。

本书的主题，表面上是以家庭为中心的青少年成长史。与男孩子的冒险故事相平行的，小说宣扬小妇人的居家美德。但读者大众还是从本书的三大主题中看到标新立异的地方：家居生活、埋头苦干、倾心真爱都是独立存在，分别为女主人公的个体身份的实现所必需。我们一联系当时的时代背景，就大抵能猜测《小妇人》大受欢迎的缘由：美国第一次移民高潮发生在1820年至1860年，美国人口从一千万激增到三千万，这中间移民总数可想而知，被美国历史学家称之为“伟大的人类迁徙运动”。移民者来自世界各地，生活艰苦，而且民风各异，不和谐元素比比皆是，南北战争就是矛盾不可调和的结果。人们迫切需要看到一种邻里和睦，扶贫济困，特别是帮助新移民的氛围，而小说的描写正中下怀。

一百五十年来，美国社会要融合各族群，似乎始终需要《小妇人》。渊源复杂的读者读此书，产生了一种激情，它在小说创作的时代结束后保持了顽强的生命力，还超越了小说样式，变成了具有非凡渗透力的一个文本。

女性读者可以从马奇姐妹们身上联想到自己难以实现的梦想。女主人公乔就在一定程度上反映了作者本人的经历。奥尔科特出身于贫困的家庭，还有三个姐妹，一生没有嫁人。当年，姑娘们都把嫁个如意郎君当作终极目标，所以大家都兴致勃勃地追看故事结局。作者放大了美国妇女追求个性的神话。小妇人也能在世上独立生存，与社会的安排保持批判性的距离。所以马奇姐妹们都怕长大，担忧顺从社会的安排会失去自己特有的个性。

二十一世纪，全球化浪潮浩浩荡荡，逆浪在所难免，反对者也大有人在。如果人们能按照《小妇人》所描述的场景和谐相处，自然不失为一个近乎“人类命运共同体”的盛世了。

王之光于浙江大学外语学院

2018.1.4

欢迎您从《小妇人》走进
读客三个圈经典文库

亲爱的读者，感谢您选择读客三个圈经典文库。

我们的封面统一使用“三个圈”的设计，读者可以凭借封面上形式各异的“三个圈”找到我们，走进经典的世界。

你想成为什么样的人?

对你来说什么是重要的?

这个世界应该是什么样子?

我们在生命中遇到的这些问题，或许可以在浩如烟海的文学经典中找到答案。

跟随读客三个圈经典文库，认识世界、塑造自我，成为更好的人!

《漫长的告别》

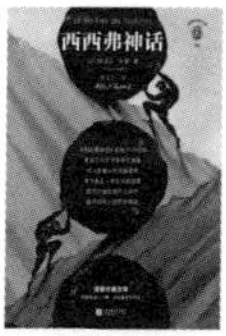

《西西弗神话》

《人间失格》

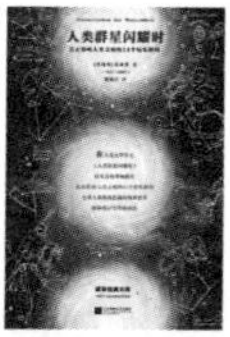

《人类群星闪耀时》

《鼠疫》

《小王子三部曲》

《局外人》

《月亮与六便士》

《基督山伯爵》

《罗生门》

三个圈

读客三个圈经典文库

精神成长树

你想成为什么样的人？
对你来说什么是重要的？
这个世界应该是什么样子？

我们在生命中遇到的问题，每个时空的人都经历过，一些伟大的人留下一些伟大作品，流传下来，就成了经典。正是这些经典，共同塑造并丰富着人类的精神世界。

我们重新梳理了浩若烟海的文学经典，为您制作了精神成长树。跟随读客三个圈经典文库，汲取大师与巨匠淬炼的精神力量，完成你自己的精神成长！

树干：

不同的精神成长主题，您可以挑选任意感兴趣的主题进行深入阅读

例如：
寻找人生意义
探索自己的内心
拥有强大意志力
理解复杂的人性
…………

枝丫上的果实：

我们为您精选的经典文学作品

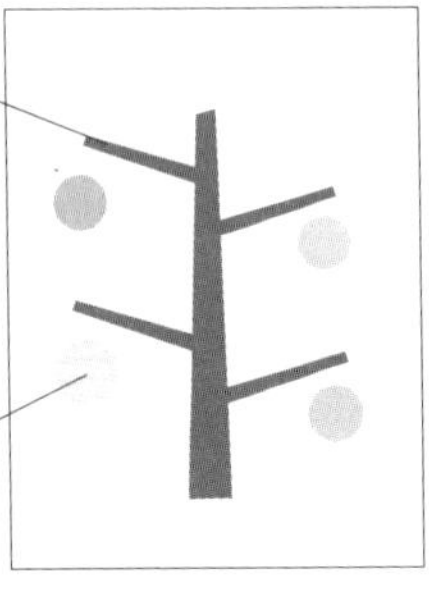

精神成长树示意图

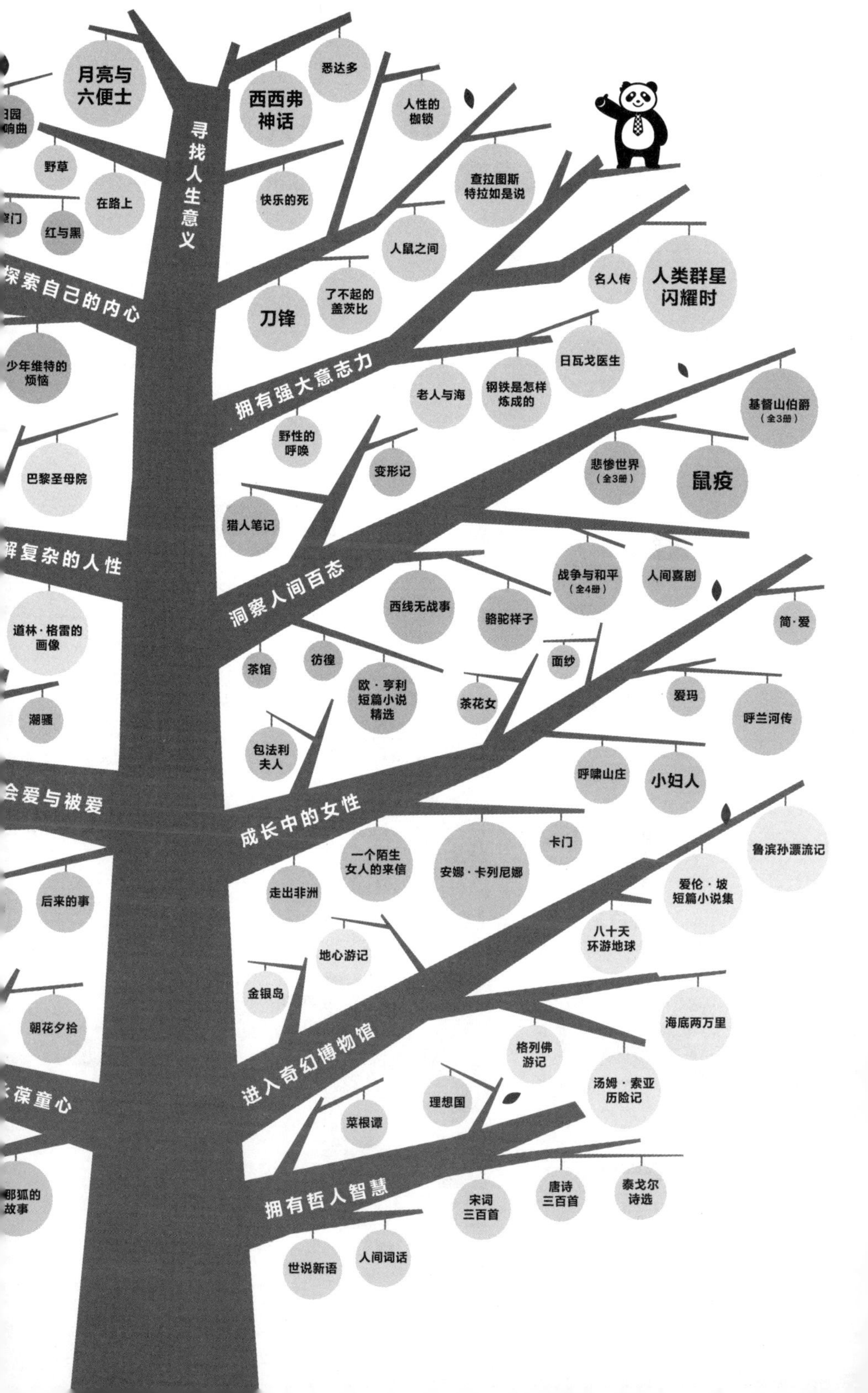

寻找人生意义
月亮与六便士
西西弗神话
悉达多
人性的枷锁
野草
在路上
红与黑
快乐的死
查拉图斯特拉如是说
人鼠之间
名人传
人类群星闪耀时
探索自己的内心
刀锋
了不起的盖茨比
少年维特的烦恼
拥有强大意志力
老人与海
钢铁是怎样炼成的
日瓦戈医生
野性的呼唤
基督山伯爵（全3册）
巴黎圣母院
变形记
悲惨世界（全3册）
鼠疫
猎人笔记
解复杂的人性
洞察人间百态
西线无战事
骆驼祥子
战争与和平（全4册）
人间喜剧
简·爱
道林·格雷的画像
茶馆
彷徨
欧·亨利短篇小说精选
面纱
茶花女
爱玛
呼兰河传
潮骚
包法利夫人
呼啸山庄
小妇人
会爱与被爱
成长中的女性
一个陌生女人的来信
安娜·卡列尼娜
卡门
鲁滨孙漂流记
后来的事
走出非洲
爱伦·坡短篇小说集
地心游记
八十天环游地球
金银岛
朝花夕拾
海底两万里
进入奇幻博物馆
格列佛游记
汤姆·索亚历险记
葆童心
理想国
菜根谭
拥有哲人智慧
宋词三百首
唐诗三百首
泰戈尔诗选
故事
世说新语
人间词话

如果你喜欢《小妇人》
你可能也会喜欢“成长中的女性”书单

《小妇人》
文库编号：005

《包法利夫人》
文库编号：013

《面纱》
文库编号：096

《安娜·卡列尼娜》
文库编号：062

《爱玛》
文库编号：166

《呼兰河传》
文库编号：129

《简·爱》
文库编号：086

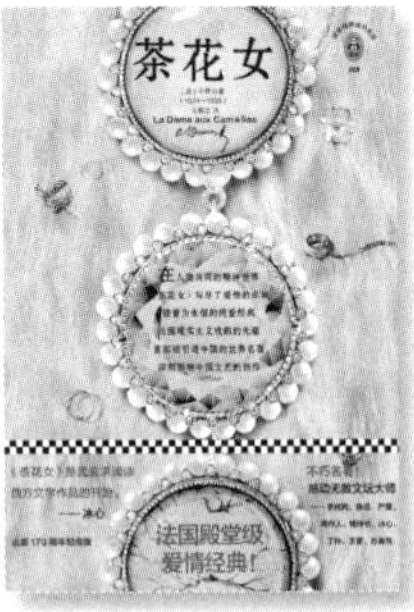

《茶花女》
文库编号：008

认准读客熊猫

读客所有图书，在书脊、腰封、封底和前后勒口都有“读客熊猫”标志。

两步帮你快速找到读客图书

1. 找读客熊猫

2. 找黑白格子